KB187149

외국어 번역 고소설 선집 2

판소리계 소설 2

—심청전·흥부전·토끼전—

역주자

이진숙 세명대학교 산학협력단 연구원
김채현 명지대학교 방목기초교육대학 객원조교수
권순긍 세명대학교 한국어문학과 교수
이상현 부산대학교 인문학연구소 HK교수

이 책은 2011년도 정부(교육과학기술부)의 재원으로 한국학중앙연구원(한국학진흥사업단)의 지원을 받아 수행된 연구임(AKS-2011-EBZ-2101)

외국어 번역 고소설 선집 2
판소리계 소설 2
— 심청전·홍부전·토끼전 —

초판인쇄 2017년 11월 20일
초판발행 2017년 11월 30일

역 주 자 이진숙·김채현·권순긍·이상현
감 수 자 정출헌·최성희·박상현·한재표·강영미
발 행 인 윤석현
발 행 처 도서출판 박문사
책임편집 최인노
등록번호 제2009-11호

우편주소 서울시 도봉구 우이천로 353 성주빌딩 3층
대표전화 02) 992 / 3253
전 송 02) 991 / 1285
홈페이지 http://www.jncbms.co.kr
전자우편 bakmunsa@hanmail.net

ISBN 979-11-87425-64-9 94810 정가 47,000원
979-11-87425-62-5 94810(set)

외국어 번역 고소설 선집 2

판소리계 소설 2

— 심청전·흥부전·토끼전 —

이진숙·김채현·권순긍·이상현 역주

정출헌·최성희·박상현·한재표·강영미 감수

한국에서 외국인 한국학에 대한 연구는 지금까지 주로 외국인의 '한국견문기' 혹은 그들이 체험했던 당시의 역사현실과 한국인의 사회와 풍속을 묘사한 '민족지(ethnography)'에 초점이 맞춰져 왔다. 하지만 19세기 말 ~ 20세기 초 외국인의 저술들은 이처럼 한국사회의 현실을 체험하고 다룬 저술들로 한정되지 않는다. 외국인들에게 있어서 한국의 언어, 문자, 서적도 매우 중요한 관심사이자 연구영역이었기 때문이다. 그들 역시 유구한 역사를 지닌 한국의 역사·종교·문학 등을 탐구하고자 했다. 우리가 이 책에 담고자 한 '외국인의 한국고전학'이란 이처럼 한국고전을 통해 외국인들이 한국에 관한 광범위한 근대지식을 생산하고자 했던 학술 활동 전반을 지칭한다. 우리는 외국인의 한국고전학 논저 중에서 근대 초기 한국의 고소설을 외국어로 번역한 중요한 자료들을 집성했으며 더불어 이를 한국어로 '재번역' 했다. 우리가 『외국어 번역 고소설 선집』 1~10권을 편찬한 이유이자 이 자료집을 통해 독자들이자 학계에 제공하고자 하는 바는 크게 네 가지로 요약된다.

첫째, 무엇보다 외국인의 한국고전학 논저 중에서 가장 큰 비중을 차지하는 사례가 바로'외국어 번역 고소설'이기 때문이다. 한국의 고소설은 '시·소설·희곡 중심의 언어예술', '작가의 창작적 산물'이라는 근대적 문학개념에 부합하는 장르적 속성으로 인하여 외국인들에게 일찍부터 주목받았다. 특히, 국문고소설은 당시 한문 독자층을 제외한 한국 민족 전체를 포괄할 수 있는 '국민문학'으로 재조명되며,

그들에게는 지속적인 번역의 대상이었다. 즉, 외국어 번역 고소설은 하나의 단일한 국적과 언어로 환원할 수 없는 외국인들 나아가 한국인의 한국고전학을 묶을 수 있는 매우 유효한 구심점이다. 또한 외국어 번역 고소설은 번역이라는 문화현상을 실증적으로 고찰해볼 수 있는 가장 구체적인 자료이기도 하다. 두 문화 간의 소통과 교류를 매개했던 번역이란 문화현상을 텍스트 속 어휘 대 어휘라는 가장 최소의 단위로 살필 수 있기 때문이다.

둘째, 이 선집을 순차적으로 읽어나갈 때 발견할 수 있는 '외국어번역 고소설의 통시적 변천양상'이다. 고소설을 번역하는 행위에는 고소설 작품 및 정본의 선정, 한국문학에 대한 인식 층위, 한국관, 번역관 등이 의당 전제될 수밖에 없다. 따라서 외국어 번역 고소설 작품의 계보를 펼쳐보면 이러한 다양한 관점을 포괄할 수 있는 입체적인 연구가 가능해진다. 시대별 혹은 서로 다른 번역주체에 따라 고소설의 다양한 형상을 발견할 수 있다. 예컨대 민속연구의 일환으로 고찰해야 할 설화, 혹은 아동을 위한 동화, 문학작품, 한국의 대표적인 문학정전, 한국의 고전 등 다양한 층위의 고소설 인식을 살펴볼 수 있다. 이러한 인식에 맞춰 그 번역서들 역시 동양(한국)의 이문화와 한국인의 세계관을 소개하거나 국가의 정책에 도움을 주고자 하는 한국에 관한 지식을 제공하기 위해서 출판되는 양상을 살필 수 있다.

셋째, 해당 외국어 번역 고소설 작품에 새겨진 이와 같은 '원본 고소설의 표상' 그 자체이다. 외국어 번역 고소설의 변모양상과 그 역사는 비단 고소설의 외국어 번역사례로 국한되는 것이 아니다. 당대 한국의 다언어적 상황, 당시 한국의 국문·한문·국한문 혼용이 혼재되었던 글쓰기(書記體系, écriture), 한국문학론, 문학사론의 등장과 관련해서도 흥미로운 연구지점을 제공해주기 때문이다. 예를 들어 본다면, 고소설이 오늘날과 같은 '한국의 고전'이 아니라 동시대적으로 향유되는 이야기이자 대중적인 작품으로 인식되던 과거의 모습 즉, 근대 국민국가 단위의 민족문화를 구성하는 고전으로 인식되기 이전, 고소설의 존재양상을 발견할 수 있다. 이 원본 고소설의 표상은 한국 근대 지식인의 한국학 논저만으로 발견할 수 없는 것으로, 그 계보를 총체적으로 살필 경우 근대 한국 고전이 창생하는 논리와 그 역사적 기반을 규명할 수 있다.

넷째, 외국어 번역 고소설 작품군을 통해 '고소설의 정전화 과정'을 살펴보는 것이다. 20세기 근대 한국어문질서의 변동에 따라 국문 고소설의 언어적 위상 역시 변모되었다. 그리고 그 흔적은 해당 외국어 번역 고소설 작품 속에 오롯이 남겨져 있다. 고소설이 외국문학으로 번역의 대상이 된다는 사실은, 이본 중 정본의 선정 그리고 어휘와 문장구조에 대한 분석이 전제됨을 의미하기 때문이다. 사실 고소설 번역실천은 고소설의 언어를 문법서, 사전이 표상해주는 규범화된 국문 개념 안에서 본래의 언어와 다른 층위의 언어로 재편하는 행위이다. 하나의 고소설 텍스트를 완역한 결과물이 생성되었다는 것은, 고소설 텍스트의 언어를 해독 가능한 '외국어=한국어'로 재편하는 것에 다름 아니다.

즉, 우리가 편찬한 『외국어 번역 고소설 선집』에는 외국인 번역자만의 문제가 아니라, 번역저본을 산출하고 위상이 변모된 한국사회, 한국인의 행위와도 긴밀히 관계되어 있다. 근대 매체의 출현과 함께 국문 글쓰기의 위상변화, 즉, 필사본·방각본에서 활자본이란 고소설 존재양상의 변모는 동일한 작품을 재번역하도록 하였다. '외국어 번역 고소설'의 역사를 되짚는 작업은 근대 문학개념의 등장과 함께, 국문고소설의 언어가 문어로서 지위를 확보하고 문학어로 규정되는 역사, 그리고 근대 이전의 문학이 '고전'으로 소환되는 역사를 살피는 것이다. 우리의 희망은 외국인의 한국고전학이란 거시적 문맥 안에서 '외국어 번역 고소설' 속에서 펼쳐진 번역이라는 문화현상을 검토할 수 있는 토대자료집을 학계와 독자에게 제공하는 것이다.

물론 우리가 편찬한 『외국어 번역 고소설 선집』이 이러한 목표에 얼마나 부합되는 것인지를 단언하기는 어렵다. 이에 대한 평가는 우리의 몫이 아니다. 이 자료 선집을 함께 읽을 여러 동학들의 몫이자 함께 해결해나가야 할 과제라고 말할 수 있다. 이들 외국어 번역 고소설을 축자적 번역의 대상이 아니라 문명·문화번역의 대상으로 재조명될 수 있도록 연구하는 연구자의 과제를 들 수 있을 것이다. 더불어 당대 한국의 이중어사전, 해당 언어권 단일어 사전을 통해 번역용례를 축적하며, '외국문학으로서의 고소설 번역사'와 고소설 번역의 지평과 가능성을 모색하는 번역가의 과제를 이야기할 수도 있을 것이다.

목차

제1부

판소리계 소설
심청전

미국 외교관 알렌의 〈심청전 영역본〉(1889)

- 효녀 심청

H. N. Allen, “Sim Chung, the Dutiful Daughter”, *Korean Tales,* New York & London: The Nickerbocker Press., 1889.

알렌(H. N. Allen)

| 해제 |

알렌(H. N. Allen, 1858~1932)의 <심청전 영역본>이 수록된 저술은 『한국설화집』*(Korean Tales)*이다. 알렌의 “SIM CHUNG, THE DUTIFUL DAUGHTER”은 “直譯도 아니오, 意譯도 아닌 中庸을 얻은 훌륭한 名作”이라는 구자균이 평가한 면모를 충분히 지니고 있다(「Korean: Fact and Fancy의 서평」, 1993). 모리스 쿠랑은 『한국서지』에서 <심청전>의 줄거리를 기술할 때 알렌의 <심청전 영역본>을 참조하였다. 즉 쿠랑의 <심청전> 줄거리 요약이 암시해주는 원본<심청전>의 형상은 알렌의 영역본을 매개로 창출된 것이다. 알렌의 <심청전 영역본>을 <심청전> 이본들과 비교했을 때 단어 혹은 문장 단위로는 그 대응관계를 정확히 규명하기 어려워, 구술한 것을 번역했을 가능성이 있다. 그러나 그러한 가능성을 인정할지라도, 이 영역본은 <경판본> 계열의 <심청전>에 가장 근접하다고 볼 수 있다. <경판본> 계열 중에서도 경판24장본(한남본)으로 추정된다. 그 근거로는 심봉사의 이름이 심현이고, 심봉사의 안맹시기가 부인이 심청을 낳고 죽은 후로 설정된 점, 구렁에 빠진 심봉사를 구출한 노승이 장래를 예언하는 장면, 심청이 매신하기 이전 득몽하는 장면, 용궁에서 심청이 듣게 되는 '심청, 심봉사의 전생 이력담' 등의 화소들에서 <경판본> 계열의 특성이 잘 반영되어 있다. 이에 비해 장승상 부인, 뺑덕 어미 및 안씨 맹인 삽화, 인당수로 가는 노정 속에서 고인과의 만남과 같은 완판본 계열의 특성이 보이지 않는다. 미학적 차원에서도 "가난과 가족애란 문제를 제기하고 있었음에도" 심현이 전형적인 사대부로 형상화되며 "몰락한 사대부의 입장에서 출세와 가문의 번영이라는 꿈을 실현" 시키려고 한 <경판본>의 지향점이 잘 반영되어 있다. 더불어 알렌의 몇 가지 개작부분이 존재한다. 첫째, 결말부분을 개작하여 본래 원전작품보다 완결성을 높이려고 했다. 둘째, 심봉사가 안맹하게 된 개연성을 부여했다. 셋째, 심청의 출생과 성장부분을 확대함으로 전체 이야기의 균형을 맞추었다. 이 세 번째 개작은 한국 사대부 양반 가정의 모습을 보여주고자 한 그의 의도가 반영된 것이기도 하다.

참고문헌

구자균, 「Korea Fact and Fancy의 書評」, 『亞細亞硏究』 6(2), 1963.

김영수, 『필사본 심청전 연구』, 민속원, 2001.
오윤선, 『한국 고소설 영역본으로의 초대』, 집문당, 2008.
이상현, 「서구의 한국번역, 19세기 말 알렌(H. N. Allen)의 한국 고소설 번역— '민족지'로서의 고소설, 그 속에 재현된 한국의 문화」, 부산대 점필재연구소 고전번역학센터 편, 『한국 고전번역학의 구성과 모색』, 점필재, 2013.
이상현, 『한국고전번역가의 초상, 게일의 고전학 담론과 고소설 번역의 지평』, 소명출판, 2013.
조희웅, 「韓國說話學史起稿—西歐語 資料(第Ⅰ·Ⅱ期)를 중심으로」, 『동방학지』53, 1986.
전상욱, 「<춘향전> 초기 번역본의 변모양상과 의미 - 내부와 외부의 시각 차이」, 『고소설연구』37, 2014.
최운식, 『심청전 연구』, 집문당, 1982.

Sim Hyun, or Mr. Sim, was highly esteemed in the Korean village in which he resided. He belonged to the Yang Ban or gentleman class, and when he walked forth it was with the stately swinging stride of the gentleman, while if he bestrode his favorite donkey, or was carried in his chair, a runner went ahead calling out to the commoners to clear the road. His rank was not high, and though greatly esteemed as a scholar, his income would scarcely allow of his taking the position he was fitted to occupy.

심현(Sim Hyun) 또는 심선생은 그가 사는 한국의 마을에서 대단히 존경받는 인물이었다. 그는 양반(Yang Ban) 즉 신사 계급(gentleman class)에 속하여[1] 길을 걸을 때면, 신사의 위엄을 드러내면서 당당하게 큰 보폭으로 걸었고, 아끼는 당나귀를 타거나 가마를 탈 때면, 하인이 앞서 달려 나가 평민들에게 길을 비키라고 소리쳤다. 그는 학자로서 명망이 높았지만 높은 관직에 오르지 못했고 수입도 변변찮아서 그의 학식에 걸맞은 지위를 가지기가 어려웠다.

His parents had been very fortunate in betrothing him to a remarkably beautiful and accomplished maiden, daughter of a neighboring gentleman. She was noted for beauty and grace, while her mental qualities were the subject of continual admiration. She could not only read and write her native eunmun but was skilled in Chinese characters, while her embroidered shoes, pockets, and other feminine articles were the pride of her mother and friends. She had embroidered a set of historic panels, which her father sent to the King. His Majesty mentioned her skill with marked commendation, and had the panels made up into a screen which for some time stood behind his mat, and continually called forth his admiration.

1 심현 또는 ~높았다(Sim Hyun, or ~he resided): <경판 심청전>은 "ᄃᆡ명 셩화 년간의 남군 ᄯᅡ희"로 시작된다. 원문의 시공간적 배경은 중국이다. 알렌은 원본 심청전의 배경을 한국적인 것으로 변경한다. <심청전> 작품 속의 세계는 당시 한국의 현실과 별도로 존재하지 않는다. 그는 심현을 양반("Yang Ban, or gentleman class")으로 규정했으며 원문의 "명문거족"이란 어휘에 대해 양반의 위세 있는 풍경을 제시하는 것으로 대신했다. 알렌은 *Korean Tales*의 서문에서 그가 책을 쓴 이유는 반-미개인으로 인식된 한국에 대한 서구인의 오해를 시정하기 위해서라고 했다. 그는 한국인의 사고와 삶, 습관이 잘 반영된 한국인의 구전물들이 서구인들이 궁금해 하던 한국인의 생활과 민족성을 보여주는 첩경이 될 것이라고 기대했다(3~4쪽). 이러한 목적 의식에 맞추어 알렌은 원문의 일정 부분을 의도적으로 생략하거나 원문에 없는 부분을 대폭 확장하였다.

심의 부모는 아주 운이 좋게도 아들을 이웃에 사는 신사집안의 빼어나게 아름답고 교양 있는 처녀와 정혼시켰다. 그녀는 아름다운 미모와 품위 있는 행동으로 평판이 자자했고, 머리도 총명해서 사람들의 칭찬이 끊이지 않았다. 그녀는 토착 글인 '언문'을 읽고 쓸 수 있을 뿐만 아니라 한자에도 능통했다. 그녀가 수놓은 신발, 주머니, 기타 여성용 물건들은 어머니와 친구들의 자랑거리였다. 그녀가 역사적 장면을 여러 폭에 수로 놓아 한 벌의 자수를 완성한 적이 있었는데 그녀의 아버지는 이를 왕에게 진상했다. 임금은 그녀의 솜씨를 언급하며 매우 칭찬했고 이것을 병풍으로 만들어 한동안 그의 보료 뒤에 세워두고 끊임없이 감탄했다.

Sim had not seemed very demonstrative in regard to his approaching nuptials, but once he laid his eyes upon his betrothed, as she unveiled at the ceremony, he was completely captivated, and brooked with poor grace the formalities that had to be gone through before he could claim her as his constant companion.

심은 다가올 혼인에 대해 특별히 감정을 드러내지 않는 듯 했지만, 혼례식에서 베일을 벗은 정혼녀를 본 바로 그 순간 그녀의 매력에 푹 빠지게 되어,[2] 그녀를 평생의 반려자로 맞이하기 위해 치러야

2 심현의 부모가 심현의 배우자를 정해주는 부분은 원문에 없는 부분으로 알렌이 한국의 결혼 풍습을 보여주고자 첨가한 부분이다. 서구인의 "낭만적 사랑"(성(본능)=사랑(감정)=결혼(제도))이란 이상에 상충되는 '부모의 명에 의한 결혼'의 모습을 첨가했다. 그리고 이에 대한 서구인 독자의 거부반응을 감소시키기 위해, 혼인식에서 심현이 약혼녀에게 반하는 대목을 넣었다. 알렌의 이 부분은

하는 의례적인 혼례 절차들을 품위 있게 수행하지 못할 정도였다.

It was an exceptionally happy union the pair being intellectually suited to each other, and each apparently possessing the bodily attributes necessary to charm the other. There was never a sign of disgust or disappointment at the choice their parents had made for them. They used to wander out into the little garden off the women's quarters, and sit in the moon light, planning for the future, and enjoying the products of each other's well stored mind. It was their pet desire to have a son, and all their plans seemed to centre around this one ambition; the years came and went, however, but their coveted blessing was withheld, the wife consulted priestesses, and the husband, from long and great disappointment, grew sad at heart and cared but little for mingling with the world, which he thought regarded him with shame. He took to books and began to confine himself to his own apartments, letting his poor wife stay neglected and alone in the apartments of the women. From much study, lack of exercise, and failing appetite, he grew thin and emaciated, and his eyes began to show the wear of overwork and innutrition. The effect upon his wife was also bad, but, with a woman's fortitude and patience, she bore up and hoped in spite of constant disappointment.

명백한 '개작'으로, 원본에 대한 보존(직역)의 의도가 상대적으로 미약하다. 이는 한국의 문학작품을 번역한다는 의도보다는, 당시 한국사회의 풍속을 보여주는 구전설화를 번역한다는 '민족지학'적 의미를 더욱 지니고 있기 때문으로 보인다.

She worried over her husband's condition and felt ashamed that she had no name in the world, other than the wife of Sim, while she wished to be known as the mother of the Sim of whom they had both dreamed by day and by night till dreams had almost left them.

부부는 지적으로 서로 잘 맞았고 두 사람 모두 상대방을 끌기에 충분한 신체적 매력을 분명히 지니고 있었기에 더할 나위 없이 행복한 결합이었다. 두 사람 모두 부모가 정해준 배우자에 실망하거나 싫어하는 기색은 전혀 없었다. 그들은 여자의 처소인 안채 밖의 작은 정원을 거닐며 달빛 아래에서 앞날을 계획했고 상대방의 박식한 지식에서 나온 이러저러한 생각들을 듣기를 즐겼다. 그들의 최대 소망은 아들을 낳는 것이었고, 모든 계획은 이 하나의 열망에 온통 집중된 듯했다. 그러나 여러 해가 지났지만 그들이 갈망하는 소망이 이루어지지 않았다. 이에 아내는 여사제[3]에게 조언을 구했고, 남편은 오랜 기간 많이 실망하자 마음이 우울해져 바깥세상이 자신을 우습게 여긴다 생각하고는 사람들과 어울리는 것을 중단했다. 그는 책에 탐닉하며 자신의 거처에 칩거하기 시작하였고 방치된 불쌍한 아내는 혼자 안채에 머물렀다. 그는 과도한 공부와 운동 부족, 식욕 저하로 점점 마르고 허약해졌으며 과로와 영양 부족으로 눈이 나빠지기 시작했다.[4] 이 일은 아내에게도 나쁜 영향을 미쳤지만, 그녀는 계

3 여사제(priestess): 무당, 비구니를 연상할 수 있다.

4 원문에서는 부인이 죽은 후 "안질롤 어더 슈월이 못ᄒᆞ여 지척을 분변치 못ᄒᆞ믹"로 오직 이 대목만으로 심봉사의 안맹을 기술한다. 이에 반해 알렌은 심현의 눈이 머는 과정을 보다 정교하게 확대해서 전개한다. 먼저, 청이가 태어나기 전, 심현이 오랜 동안 자식을 없음을 부끄러워해 부부 관계가 소원해지고, 자신의

속된 실망에도 불구하고 여성의 강건함과 인내심으로 참고 견디며 희망을 버리지 않았다. 그녀는 남편의 상태를 걱정했고, 부부가 밤낮으로 항상 갈망했던 심씨네의 아이를 낳아 어머니로 불리고 싶었지만 자신에게 심의 아내[5]라는 이름 외에 다른 이름이 없는 것을 부끄러워했다. 아이의 어머니가 될 희망은 거의 사라져가고 있었다.

After fifteen years of childless waiting, the wife of Sim dreamed again; this time her vision was a brilliant one, and in it she saw a star come down to her from the skies above; the dream awakened her, and she sent for her husband to tell him that she knew their blessing was about to come to them; she was right, a child was given to them, but, to their great dismay, it was only a girl. Heaven had kindly prepared the way for the little visitor, however; for after fifteen years weary waiting, they were not going to look with serious disfavor upon a girl, however much their hopes had been placed upon the advent of a son.

15년을 기다렸지만 아이가 생기지 않고 있었던 어느 날, 심의 아내가 다시 꿈을 꾸었는데, 이번의 꿈은 매우 선명했다. 그녀는 꿈속에서 하늘의 별이 내려오는 것을 보았다. 꿈에서 깨어나 남편을 불

처소에 공부에만 몰두하여 몸이 쇠약해지고 영양실조와 과로로 시력이 나빠졌다는 원문에 없는 내용이 첨가된다. 이후 부인의 사망 후 눈이 완전히 침침해져 공직을 수행할 수 없었다라고 기술하여 앞부분과 유기적으로 연결되도록 변용된다.

5 심의 아내(the wife of Sim): Mrs. Sim이라 하지 않고 '심의 아내'라 한 것은 알렌이 결혼해도 성이 바뀌지 않는 조선의 관습을 의식한 것이다.

러 하늘의 축복이 그들에게 곧 내릴 것 같다고 말했다. 그 말은 현실이 되어 그녀는 아이를 가지게 되었다. 그러나 참으로 실망스럽게도 아이는 딸이었다.[6] 그러나 하늘은 이미 이 작은 방문자를 위해 길을 친절히 닦아 두었다. 부부가 아무리 아들을 원했다 하더라도 15년이나 기다려 얻은 아이를 딸이라고 해서 함부로 냉대하지는 못할 것이기 때문이다.

The child grew, and the parents were united as they only could be by such a precious bond. The ills of childhood seemed not to like the little one, even the virus of small-pox, that was duly placed in her nostril failed to inoculate her, and her pretty skin remained fresh and soft like velvet, and totally free from the marks of the dread disease.

아이가 자라면서[7] 부모는 그들을 이어주는 너무도 소중한 끈인 아이를 통해서 다시 하나가 되었다. 아동기의 질병은 이 작은 아이를 좋아하지 않는 듯 심지어 그녀의 콧속에 제대로 자리 잡은 천연두 바이러스조차 그녀를 해치지 못했다. 그녀의 예쁜 피부는 생기 있고 벨벳처럼 부드러웠으며 끔찍한 천연두의 흔적은 전혀 찾아 볼 수 없었다.

---

6 "쳥이라 ᄒᆞ고 ᄌᆞᄅᆞᆯ 몽설이라 ᄒᆞ여": 원문의 이 부분이 누락되었다.

7 "쳥이 점점 ᄌᆞ라미": 원문의 이 부분을 알렌은 대폭 확장하여 '심청의 출생과 성장 부분'을 상세히 기술하여 전체적인 이야기의 균형을 맞추었다. 즉 심청이 별탈없이 곱게 잘 자라 홍역으로 인한 얼굴에 곰보자국 남는 일도 없고, 3살 때에 벌써 엄마처럼 교양있고 예쁘고 현명한 아이로 성장하고, 이를 지켜보는 심씨 부부의 마음이 자랑스러움으로 가득함이 상세히 기술된다.

At three years of age she bade fair to far surpass her mother's noted beauty and accomplishments. Her cheeks were full-blown roses, and whenever she opened her dainty curved mouth, ripples of silvery laughter, or words of mature wisdom, were sure to be given forth. The hearts of the parents, that had previously been full of tears, were now light, and full of contentment and joy; while they were constantly filled with pride by the reports of the wonderful wisdom of their child that continually came to them. The father forgot that his offspring was not a boy, and had his child continually by his side to guide his footsteps, as his feeble eyes refused to perform their office.

세 살이 된 딸은 엄마의 소문난 미모와 교양을 훨씬 능가하는 것 같이 보였다. 두 뺨은 활짝 핀 장미이고, 앙증맞은 입매의 입을 열 때마다 은빛 웃음의 물결이나 성숙한 지혜의 말들이 어김없이 흘러나왔다. 지난날 부부의 가슴이 눈물로 가득 찼다면 이제는 가벼워져 온통 만족과 기쁨이 가득 했다. 아이가 매우 지혜롭다는 소식이 계속해서 들려오자 부부는 딸에 대한 자부심으로 언제나 넘쳐났다. 아버지는 아이가 아들이 아니라는 사실을 잊었고, 눈이 제 기능을 수행할 수 없을 정도로 시력이 약해지자 딸을 항상 데리고 다니며 길을 안내하게 했다.

Just as their joy seemed too great to be lasting, it was suddenly checked by the death of the mother, which plunged them into a deep grief from which the father emerged totally blind. It soon became a question as to where the daily food was to come from; little by little household trinkets were given to the brokers to dispose of, and in ten years they had used up the homestead it contained.

부부의 기쁨이 오래 지속되기엔 너무 컸던 것일까. 아이의 어머니가 갑작스런 죽음을 맞이하면서 그들의 기쁨도 끝이 났다.[8] 부녀는 깊은 슬픔에 빠졌고 이로 인해 아버지는 눈이 완전히 멀게 되었다. 곧 매일 먹을 음식을 구하는 것이 시급한 문제가 되었다. 조금씩 집의 자질구레한 물건들이 중개인에게 넘어가 처분되었고, 그들이 가지고 있던 농지가 사라지는 데는 10년이 걸리지 않았다.

The father was now compelled to ask alms, and as his daughter was grown to womanhood, she could no longer direct his footsteps as he wandered out in the darkness of the blind.[9]* One day in his journeying he fell into a deep ditch, from which he could not extricate himself. After remaining in this deplorable condition for some time he heard a step, and called out for assistance, saying:

"I am blind, not drunk,"

whereupon the passing stranger said:

"I know full well you are not drunk. True, you are blind, yet not

8 "공이 크게 비도ᄒᆞ여 녜를 갓초와 안장ᄒᆞ고": 정씨의 죽음 후의 장례를 치루는 부분이 영역문에서 누락되었다.

9 *After reaching girlhood persons of respectability are not seen on the streets in Korea (한국의 명망 있는 소녀들은 일정 나이가 된 이후 거리에 나가지 않는다.)—원주.

incurably so”

“Why, who are you that you know so much about me?” asked the blind man.

“I am the old priest of the temple in the mountain fortress.”

“I am a prophet, and I have had a vision concerning you. In case you make an offering of three hundred bags of rice to the Buddha of our temple, you will be restored to sight, you will be given rank and dignity, while your daughter will become the first woman in all Korea.”

“But I am poor, as well as blind,” was the reply. “How can I promise such a princely offering?”

“You may give me your order for it, and pay it along as you are able,” said the priest.

“Very well, give me pencil and paper,”

whereupon they retired to a house, and the blind man gave his order for the costly price of his sight. Returning home weary, bruised, and hungry, he smiled to himself in spite of his ill condition, at the thought of his giving an order for so much rice when he had not a grain of it to eat.

아버지는 이제 다른 사람의 자비를 구할 수밖에 없었다. 딸이 처녀가 되자 맹인인 아버지가 어둠 속에서 헤맬 때 그를 안내할 수 없게 되었다.[10] 어느 날 길을 가는 동안 심은 깊은 도랑에 빠졌지만 그곳에서 빠져 나올 수 없었다. 한동안 이 개탄스러운 처지에 놓여 있던 그는 다가오는 발소리를 듣고는 도와 달라고 소리쳤다.

"나는 눈이 안 보이오. 술에 취한 것이 아니오."

이에 지나가는 낯선 이가 말했다.

"당신이 술에 취하지 않은 것을 잘 알고 있습니다. 당신의 눈은 멀었지만 고칠 수 없는 정도는 아닙니다."

"아니, 누구기에 나에 대해 그렇게 잘 아시오?"라고 맹인이 물었다.

"산성의 절에 사는 노승입니다."

"그런데, 무슨 연유로 내 눈이 완전히 먼 것은 아니라고 하오?"

"나는 예언자라 당신의 미래를 볼 수 있습니다. 우리 절의 부처님께 공양미 삼백 자루를 바친다면 당신의 딸은 한국에서 가장 지위가 높은 여성이 될 것이고, 당신은 시력을 회복하고, 관직과 위엄을 얻게 될 것입니다."

"하지만 맹인에다 가난한 내가 어떻게 왕이나 할 수 있는[11] 그런 공양을 하겠다고 약속할 수 있겠소?"

"나에게 공양미를 바치겠다는 환증서(換證書)를, 먼저 주고 여력

10 "쳥이 점점 ᄌᆞ라ᄆᆡ 부친의 듀리믈 슬허ᄒᆞ여 동니로 다니면셔 비러다가 조셕을 공양ᄒᆞ니": 알렌은 원문의 이 부분을 의도적으로 삭제하였다. 알렌은 "효녀 심청" 영역본에서 유일하게 주석을 하나 달았는데 그것은 "한국의 명망 있는 소녀들은 일정 나이가 된 이후 거리에 나가지 않는다"이다. 이 주석의 설명과 영역문의 내용이 상응하기 위해서는 양반의 딸인 심청이 동냥을 하며 거리로 나서는 원문의 부분은 맥락상 삭제되어야 한다. 즉 알렌은 양반 여성들이 외출을 하지 못한다는 한국 사회의 관습과 제도를 보여주기 위해 심청이 동냥하는 장면을 생략하였다. 그래서 이어지는 부분에서 심봉사가 동냥 나간 심청을 기다리는 장면이 자연스럽게 소거된다. 서구인들에게 한국에서 여성의 사회적 지위, 위치, 결혼은 중요한 탐구의 대상이었다. 알렌이 한국에 중요한 지식을 제공해 주는 서적으로 꼽았던 그린피스의 저술(1906) 속 「여성과 婚俗」(신복룡 옮김, 『은자의 나라 한국』, 321-334쪽)을 보면, 이러한 알렌의 변용이 이를 이야기로써 풀어주는 것이란 사실을 어렵지 않게 발견할 수 있다.

11 왕이나 할 수 하는(princely): 이 단어는 훗날 심청이 왕비가 된다는 것을 암시한다.

이 되면 그때 주면 됩니다."라고 승려가 말했다.

"좋소. 연필과 종이를 주시오."

이에 그들은 어느 집으로 들어갔고 맹인은 눈을 뜨는 대가로 큰 금액의 환증서를, 써주었다. 그는 지치고 멍들고 허기져 집으로 돌아왔다. 몸 상태가 좋지 않았지만 먹을 쌀 한 톨 없는 처지에도 많은 양의 공양미를 바친다는 환증서를 써주었던 것을 생각하며 혼자 웃었다.

He obtained, finally, a little work in pounding rice in the stone mortars. It was hard labor for one who had lived as he had done; but it kept them from starving, and his daughter prepared his food for him as nicely as she knew how. One night, as the dinner was spread on the little, low table before him, sitting on the floor, the priest came and demanded his pay; the old blind man lost his appetite for his dinner, and refused to eat. He had to explain to his daughter the compact he had made with the priest, and, while she was filled with grief, and dismayed at the enormity of the rice, she yet seemed to have some hope that it might be accomplished and his sight restored.

그는 드디어 돌절구에 쌀을 빻는 작은 일자리를 얻었다. 그와 같은 일을 하지 않고 살아왔던 그에게 그것은 힘든 노동이었다. 그러나 이 일로 그들은 굶주림은 면할 수 있었고 딸은 아버지를 위해 정성을 다해 맛난 음식을 준비하였다. 어느 날 밤 그가 마루에 앉아 작고 낮은 상 위에 차려진 저녁을 먹으려고 하는데 승려가 와서 빚을 갚을 것을 요구했다. 늙고 눈먼 아버지는 밥맛을 잃고 저녁 식사를 물렸다. 그는 어쩔 수 없이 승려와 한 계약을 딸에게 설명해야 했다. 그녀는 깊은 슬픔에 빠졌고 그렇게 많은 쌀을 어떻게 구할까 하는 생각에 절망에 빠졌다. 그럼에도 한편으로는 공양미를 마련하고 아버지의 시력이 회복될 수도 있겠다는 어떤 희망이 생기는 것 같았다.

That night, after her midnight bath, she lay down on a mat in the open air, and gazed up to heaven, to which she prayed that her poor father might be restored to health and sight. While thus engaged, she fell asleep and dreamed that her mother came down from heaven to comfort her, and told her not to worry, that a means would be found for the payment of the rice, and that soon all would be happy again in the little family.

그날 밤 자정이 되자 그녀는 목욕을 한 후 바깥에 자리를 깔고 무릎을 꿇고 하늘을 바라보며 불쌍한 아버지의 건강과 시력이 회복되기를 기원했다. 기도를 하는 동안 그녀는 잠이 들었고 엄마가 하늘에서 내려오는 꿈을 꾸었다. 엄마는 공양미를 구할 수 있는 방법이 있을 것이라고, 곧 모든 것이 잘 되어 이 작은 집에 다시 행복이 찾아올 것이라고 말하며 그녀를 위로했다.

The next day she chanced to hear of the wants of a great merchant who sailed in his large boats to China for trade, but was greatly distressed by an evil spirit that lived in the water through which he must pass. For some time, it was stated, he had not been able to take his boats over this dangerous place, and his loss there from was very great. At last it was reported that he was willing and anxious to appease the spirit by mating the offering the wise men had deemed necessary. Priests had told him that the sacrifice of a young maiden to the spirit would quiet it and remove the trouble. He was, therefore, anxious to find the proper person, and had offered a great sum to obtain such an one.

그 다음날 그녀는 우연히 대상인의 처지에 대해 들었다. 그는 중국을 오고가는 큰 상선을 운행하고 있지만 배가 반드시 지나가야 하는 바다에 사는 악령 때문에 큰 곤경에 빠져 있었다. 한 동안 배가 이 위험한 곳을 지나가지 못해 이로 인한 손해가 막대하였다. 마침내, 그 상인은 현자들[12]이 일러준 대로, 악령의 짝이 될 제물을 바쳐서 악령을 진정시키기를 간절히 원하고 갈망했다. 그는 젊은 처녀를 제물로 바치면 악령을 진정시켜 곤경에서 벗어날 수 있다는 승려들의 얘기를 들은 바 있었다. 그래서 그는 적당한 사람을 찾기를 열망했고 제물이 될 사람을 얻기 위해 이미 엄청난 돈을 내놓았다.

Sim Chung (our heroine), hearing of this, decided that it must be the fulfillment of her dream, and having determined to go and offer

12 현자들(wise men): 현자. 마법사, 주술사, 점쟁이의 의미가 강하다. 과거 신에게 인신 공양하는 것은 신성한 행위로 여겨졌기 때문에 영문에서의 wise man, priest는 부정적인 의미를 가진다고 볼 수 없다.

herself, she put on old clothes and fasted while journeying, that she might look wan and haggard, like one in mourning. She had previously prepared food for her father, and explained to him that she wished to go and bow at her mother's grave, in return to her for having appeared to her in a dream.

> 심청(우리의 여주인공)[13]은 이를 듣고 꿈을 이룰 수 있는 기회임이 틀림없다고 생각하고 가서 스스로 제물이 되기로 결심했다. 그녀는 상중에 있는 사람처럼 창백하고 여위어 보이기 위해 낡은 옷을 입고 길을 가는 동안 밥을 굶었다. 상인을 만나러 가기 전 그녀는 아버지에게 식사를 차려드리면서 꿈에 어머니가 보여 어머니 무덤에 가서 인사를 드리고 싶다고 설명했다.

When the merchant saw the applicant, he was at once struck with her beauty and dignity of carriage, in spite of her attempt to disguise herself. He said that it was not in his heart to kill people, especially maidens of such worth as she seemed to be. He advised her not to apply; but she told her story and said she would give herself for the three hundred bags of rice. "Ah I now I see the true nobility of your

13 원문에서는 1면에 "일혼을 쳥이라 ᄒᆞ고 ᄌᆞ롤 몽셜이라 ᄒᆞ여'라는 대목이 나온다. 알렌은 이 부분을 누락하였고, 심청은 the child, the girl, the daughter, she 등으로 지칭된다. 이 대목에서 처음으로 심청의 이름이 표기되고 알렌은 독자들에게 그녀가 여주인공임을 환기시킨다. 대부분의 영미소설에서도 이름이 이렇게 중간에 우리의 여주인공이라는 풀이와 함께 등장하는 것은 흔한 전개는 아니다. *Korean Tales*의 다른 영역본에서도 이와 같은 전개는 찾을 수 없다.

character. I did not know that such filial piety existed out- side the works of the ancients. I will send to my master and secure the rice," said the man, who happened to be but an overseer for a greater merchant.

상인이 지원자를 보았을 때 그녀가 변장하려고 애썼지만 그 아름다움과 위엄 있는 태도에 많이 놀랐다. 특히 그녀처럼 훌륭한 처녀를 죽이는 것은 자신의 뜻이 아니니 지원하지 말라고 충고했다. 그러나 그녀는 자기의 처지를 이야기하고 쌀 삼백 자루를 주면 제물이 되겠다고 했다. 그 남자는 단지 대상인의 감독관이었기에,

"아, 이제야 당신의 진정 고귀한 인품을 알겠군요. 이런 효심은 옛사람들의 책에서나 나오는 것인 줄 알았소. 주인에게 연락을 해서 쌀을 준비해두겠소."

라고 말했다.

She got the rice and took it to the priest in a long procession of one hundred and fifty ponies, each laboring under two heavy bags; the debt cancelled and her doom fixed, she felt the relaxation and grief necessarily consequent upon such a condition. She could not explain to her father, she mourned over the loneliness that would come to him after she was gone, and wondered how he would support himself after she was removed and until his sight should be restored. She lay down and prayed to heaven, saying:

"I am only fourteen years old, and have but four more hours to live.

What will become of my poor father? Oh! who will care for him? Kind heaven, protect him when I am gone."

그녀는 쌀을 받아서 한 마리에 쌀 두 자루씩 실은 총 150마리의 조랑말을 이끌고 승려에게 갔다. 빚을 청산하고 운명이 정해지자 그런 처지에 뒤따르게 마련인 안도감과 슬픔을 동시에 느꼈다. 이 일을 아버지에게 설명할 수 없었다. 그녀가 사라진 이후 그에게 닥칠 외로움에 대해 슬퍼하며, 그가 시력을 회복할 때까지 어떻게 살아갈지를 걱정했다. 그녀는 무릎을 꿇고 하늘에 기도했다.

"저는 이제 겨우 14살인데, 앞으로 살 수 있는 날이 이제 4시간 밖에 없습니다. 저의 불쌍한 아버지는 어떻게 되는가요? 아아, 누가 그를 보살필까요? 하늘이시여, 부디 제가 없는 동안 그를 보살펴 주십시오."

Wild with grief she went and sat on her father's knee, but could not control her sobs and tears; whereupon he asked her what the trouble could be. Having made up her mind that the time had come, and that the deed was done and could not be remedied, she decided to tell him, and tried to break it gently; but when the whole truth dawned upon the poor old man it nearly killed him. He clasped her close to his bosom, and crying:

"My child, my daughter, my only comfort, I will not let you go. What will eyes be to me if I can no longer look upon your lovely face?"

슬픔에 복받쳐 아버지에게 가서 그의 무릎 위에 앉았지만 흐느낌과 눈물을 주체할 수 없었다. 그는 무슨 곤란한 일이 생겼는지 물어보았다. 그녀는 이제 때가 되었고, 이미 일은 돌이킬 수 없다고 생각하고 그에게 말하기로 결심했다. 그녀는 아무렇지 않은 척 이야기했지만 이 불쌍한 노인은 이 모든 전모를 알게 되자 괴로워 죽을 지경이었다. 그는 그녀를 꼭 껴안고 울었다.

"얘야, 나의 유일한 기쁨인 딸아, 나는 너를 보낼 수 없다. 너의 사랑스러운 얼굴을 더 이상 보지 못한다면 내 눈이 무슨 소용이란 말이냐?"

They mingled their tears and sobs, and the neighbors, hearing the commotion in the usually quiet hut, came to see what was the trouble. Upon ascertaining the reason of the old man's grief, they united in the general wailing. Sim Chung begged them to come and care for the old man when she could look after him no more, and they agreed to do so. While the wailing and heart breaking was going on, a stranger rode up on a donkey and asked for the Sim family. He came just in time to see what the act was costing the poor people. He comforted the girl by giving her a cheque for fifty bags of rice for the support of the father when his daughter should be no more. She took it gratefully and gave it to the neighbors to keep in trust; she then prepared herself, took a last farewell, and left her fainting father to go to her bed in the sea.

그들은 함께 눈물을 흘리면서 흐느꼈다. 평소 조용했던 오두막집이 소란하자 동네 사람들은 무슨 일인지 보러왔다. 늙은 아버지가 슬퍼하는 이유를 알고 모두 하나가 되어 통곡했다. 더 이상 아버지를 돌볼 수 없으니 와서 아버지를 보살펴 달라고 그들에게 부탁하고 그들은 그렇게 하겠다고 약속했다. 그들이 가슴이 찢어지는 통곡을 하고 있을 때 낯선 사람이 나귀를 타고 와서 심가네가 어디냐고 물었다. 때마침 그 불쌍한 부녀가 그 일로 어떤 고통을 받는지를 다 보게 된 그는 딸이 없는 동안 아버지가 살아갈 수 있도록 쌀 오십 자루에 해당하는 수표를 주면서 그녀를 위로했다. 그녀는 감사히 받고 이웃 사람들에게 수표를 맡겼다. 그녀는 준비를 끝내고 마지막 작별 인사를 한 뒤 정신을 잃은 아버지를 두고 바다에 있는 그녀의 침대[14]로 갔다.

In due time the boat that bore Sim Chung, at the head of a procession of boats, arrived at the place where the evil spirit reigned. She was dressed in bridal garments furnished by the merchant. On her arrival at the place, the kind merchant tried once more to appease the spirit by an offering of eatables, but it was use less, whereupon Sim Chung prayed to heaven, bade them all good-by, and leaped into the sea. Above, all was quiet, the waves subsided, the sea became like a lake, and the boats passed on their way unmolested.

이윽고 대열을 이룬 배의 선두에 심청을 실은 배는 악령이 지배하

14 그녀의 침대(her bed): 여기에서 침대는 무덤의 의미를 동시에 지닌다.

는 곳에 도착했다. 그녀는 상인이 준 신부복을 입었다. 그녀가 그곳에 도착한 직후 마음씨 좋은 상인은 한 번 더 음식을 바쳐서 악령을 진정시키고자 했지만, 소용이 없었다. 이에 심청은 하늘에 기도를 드리고 모두에게 안녕을 고한 후에 바다로 뛰어 들었다. 수면이 고요해지고 파도도 가라앉아 바다는 호수처럼 잔잔해졌다. 배는 아무런 방해를 받지 않고 그곳을 지나갔다.

When Sim Chung regained her consciousness she was seated in a little boat drawn by fishes, and pretty maidens were giving her to drink from a carved jade bottle. She asked them who they were, and where she was going. They answered:

"We are servants of the King of the Sea, and we are taking you to his palace."

Sim Chung wondered if this was death, and thought it very pleasant if it were. They passed through forests of waving plants, and saw great lazy fish feeding about in the water, till at last they reached the confines of the palace. Her amazement was then unbounded, for the massive walls were composed of precious stones, such as she had only heretofore seen used as ornaments. Pearls were used to cover the heads of nails in the great doors through which they passed, and everywhere there seemed a most costly and lavish display of the precious gems and metals, while the walks were made of polished black marble that shone in the water. The light, as it passed through the water, seemed to form most beautifully colored clouds, and the rainbow colors were everywhere disporting themselves.

심청이 의식을 찾고 보니, 그녀는 물고기들이 끄는 작은 배에 타고 있었다. 예쁜 처녀들이 옥으로 조각된 병에 든 것을 마시라며 그녀에게 주었다. 그들이 누구인지 어디로 가고 있는지 묻자 그들이 대답했다.

"우리는 바다의 왕[15]의 시녀입니다. 우리는 당신을 그의 궁전으로 데리고 가고 있습니다."

심청은 이것이 죽은 것이라면 꽤 괜찮은 죽음이라고 생각했다. 그들은 일렁이는 해초 숲을 지나 바다에서 이리 저리 먹이를 찾는 굼뜬 큰 물고기도 본 후 드디어 궁궐의 경계에 도착했다. 그녀의 놀라움은 끝이 없었다. 거대한 궁궐 벽은 지금까지 장식품으로만 사용되는 것으로 알았던 보석으로 꾸며져 있었다. 그들이 지나는 큰 문의 못머리는 진주로 덮여 있었다. 모든 곳이 매우 비싼 화려한 보석과 금속으로 장식된 것 같았다. 걸어가는 길은 물에 반짝이는 매끄러운 검은 대리석으로 만들었다. 빛은 물속을 통과할 때 가장 아름다운 오색구름을 만드는 듯 했고, 무지개색이 사방에서 일렁거리고 있었다.

Soon a mighty noise was heard, and they moved aside, while the King passed by preceded by an army with gayly colored and beautifully

15 한국 고소설의 또 다른 외국인 번역자인 게일이 경판 20장본 심청전을 번역하면서 용왕을 'the Dragon King'으로 축자역하는데 반해 알렌은 용왕을 바다의 왕(the King of the Sea)으로 의역한다. 한국 설화에 익숙한 독자라면 용궁의 용왕이 바다 깊은 곳에 있다는 것을 알지만 서구독자들에게는 용왕에 대한 추가 설명이 필요하다. 알렌은 용왕을 바다의 왕으로 옮기는 것이 바다에 사는 왕이라는 의미를 더욱 분명하게 드러내기 때문이라고 생각한 듯하다.

embroidered satin banners, each bearer blowing on an enormous shell. The King was borne in a golden chair on the shoulders of one hundred men, followed by one hundred musicians and as many more beautiful "dancing girls," with wonderful head-dresses and rich costumes.

곧 굉장히 큰 소리가 들리자 그들은 옆으로 비켜섰다. 바다의 왕이 지나갔고, 아름다운 수가 놓인 화려한 색의 공단 깃발을 든 무리들이 거대한 조개를 불며 왕을 앞섰다. 바다의 왕은 100명의 사람들이 어깨에 멘 황금빛 의자 위에 앉아 있었고 그 뒤를 100명의 악단과 더 많은 수의 멋진 머리 장식과 화려한 의상을 입은 아름다운 '무희'들이 뒤따랐다.

Sim Chung objected to going before such an august king, but she was assured of kind treatment, and, after being properly dressed by the sea maids, in garments suitable for the palace of the Sea King, she was borne in a chair on the shoulders of eunuchs to the King's apartments. The King treated her with great respect, and all the maidens and eunuchs bowed before her. She protested that she was not worthy of such attention,

"I am," she said, "but the daughter of a beggar, for whom I thought I was giving my life when rescued by these maidens. I am in no way worthy of your respect."

심청은 그토록 외경심을 불러일으키는 바다의 왕 앞에 가는 것을 반대했지만, 차츰 왕이 친절하게 잘 대해줄 것이라는 확신이 들었다. 바다 시녀들의 도움으로 바다의 왕의 궁정에 걸맞은 의복을 갖춰 입은 다음, 환관들이 어깨에 멘 의자를 타고 왕의 전각으로 갔다. 왕은 그녀를 극진히 대접했고 모든 시녀와 환관이 그녀 앞에서 고개를 숙었다. 그녀는 자신은 그런 관심을 받을 사람이 못되니 그렇게 하지 말라고 말했다.

"저는 단지 거지의 딸일 뿐입니다. 아버지를 위해 목숨을 바쳤다고 생각했을 때 이 시녀들이 저를 구해 주었습니다. 저는 당신의 극진한 대접을 받을 만한 그런 사람이 아닙니다."

The King smiled a little, and said:

"Ah! I know more of you than you know of yourself. You must know that I am the Sea King, and that we know full well the doings of the stars which shine in the heaven above, for they continually visit us on light evenings. Well, you were once a star. Many say a beautiful one, for you had many admirers. You favored one star more than the others, and, in your attentions to him, you abused your office as cup-bearer to the King of Heaven, and let your lover have free access to all of the choice wines of the palace. In this way, before you were aware of it, the peculiar and choice brands that the King especially liked were consumed, and, upon examination, your fault became known. As punishment, the King decided to banish you to earth, but fearing to send you both at once, lest you might be drawn together there, he sent your lover first, and after keeping you in prison for a long time, you were sent as daughter to your former lover. He is the man you claim as father. Heaven has seen your filial piety, however, and repents. You will be hereafter most highly favored, as a reward for your dutiful conduct."

He then sent her to fine apartments prepared for her, where she was to rest and recuperate before going back to earth.

바다의 왕은 옅은 미소를 띠며 말했다.

"아, 나는 그대를 잘 안다. 그대보다 내가 그대를 훨씬 더 잘 안다고 할 수 있지. 내가 바다의 왕이라는 것은 그대도 알고 있을 테다. 우린 저 높이 하늘에서 빛나는 별의 움직임에 대해 완전히 파악하고 있어. 저 별들이 이른 저녁이면 종종 우리를 찾아오기 때문이야. 음. 예전에 그대는 별이었다. 많은 사람들이 그대를 아름다운 별이라 했고 숭배자도 많았지. 그대는 수많은 별 중 한 별을 특별히 사랑했다. 그에게 정신이 팔려서 그대는 하늘의 왕[16]에게 술을 올리는 관원장의 지위[17]를 이용해서 하늘의 모든 귀한 술을 보관하는 궁궐에 연인을

16 하늘의 왕(the King of Heaven): 원문의 "옥데' 즉 옥황상제에 해당된다.

17 술 관원장(cup-bearer to the King of Heaven): 영어 문구 그대로 하면 하늘의 왕에게 술을 따르는 사람, 술을 가져다주는 사람을 뜻한다. 고대 사회에서 술에 독약을 타서 왕을 살해하는 일이 종종 발생했으므로 고위층 중에서 왕이 특히 신임하는 자를 그 자리에 임명했다. 성경에도 요셉과 함께 감옥에 있었던 사람 가운데 하나가 술 올리는 자였고(창 40:1), 느헤미야는 바사 시대 아닥사스다 왕의 술 관원이었다(느 1:11; 2:1). 솔로몬 왕도 술 관원을 두고 있었으며(왕상 10:5), 고대 벽화 가운데도 술관원이 왕 옆에서 한 손에는 술 잔을 들고, 다른 한 손에는 종려나무 가지를 들고 서 있는 모습을 찾아볼 수 있다. (네이버 지식백과, 항목 cupbearer, 『라이프성경사전』 생명의말씀사, 2006.)

자유롭게 출입하게 했지. 그대는 하늘의 왕이 애호하는 진귀한 특상품 술이 바닥이 나버린 것을 미처 알지도 못했어. 술의 재고를 조사한 후에 두 사람의 죄상이 밝혀졌고, 그 벌로 둘은 인간세상으로 추방당했지. 그러나 너희 둘을 동시에 보내면 그곳에서 다시 만나 사랑할까 연인을 먼저 보내고 그대는 오랜 시간동안 감금되었지. 그 후에 인간세상으로 가서 그대는 이전에 연인이었던 자의 딸이 되었다. 그 연인이 바로 그대의 아버지이다. 그러나 하늘의 왕은 그대가 자식으로 효를 다하는 것을 보고 그것을 안타깝게 여겼다. 이제부터 그대는 큰 복을 누리게 될 것이다. 이는 그대의 효행에 대한 상이다."

그래서 바다의 왕은 심청을 위해 멋진 거처를 마련하고 그곳에서 그녀가 인간 세상으로 돌아가기 전까지 휴식을 취하고 원기를 회복할 수 있게 했다.[18]

After a due period of waiting and feasting on royal food, Sim Chung's beauty was more than restored. She had developed into a complete woman, and her beauty was dazzling; her cheeks seemed colored by the beautiful tints of the waters through which she moved with ease and comfort, while her mind blossomed forth like a flower in the rare society of the Sea King and his peculiarly gifted people.

18 원문에서는 심청이 떠난 후의 심봉사의 정황이 꽤 길게 서술되지만 알렌은 이를 생략하였다. 이 부분은 생략된 어느 장면 중에서도 분량 상으로 가장 큰 부분을 차지한다. 이 영역본의 제목이 "효녀 심청"인 것에서도 알 수 있듯이 이야기의 중심은 심청이다. 알렌은 유기적이며 짜임새 있는 이야기로 <심청전>을 재구성하기 위해 중간에 심청 이야기의 흐름을 끊는 심현의 이야기를 의도적으로 삭제한 것으로 보인다.

심청은 떡 벌어지게 차려진 궁정음식을 즐기며 인간세상으로 돌아가기를 기다렸다. 이 기간 동안 그녀는 본래의 아름다움을 되찾았을 뿐만 아니라 더욱 아름다워졌다. 그녀는 이제 완전한 여인으로 성장했고 그녀의 아름다움은 눈부셨다. 그녀의 뺨은 아름다운 바다의 빛으로 물든 것 같았고 그녀는 그 물속을 사뿐히 편안하게 움직였다. 그녀의 정신은 바다의 왕과 그 주변의 특이한 재주를 가진 사람들과 희귀한 교류를 하게 되면서 꽃처럼 활짝 피어났다.

When the proper time arrived for her departure for the world she had left, a large and beautiful flower was brought into her chamber. It was so arranged that Sim Chung could conceal herself inside of it, while the delicious perfume and the juice of the plant were ample nourishment. When she had bidden good-by to her peculiar friends and taken her place inside the flower, it was conveyed to the surface of the sea, at the place where she had plunged in. She had not waited long in this strange position before a boat bore in sight. It proved to be the vessel of her friend the merchant. As he drew near his old place of danger he marvelled much at sight of such a beautiful plant, growing and blossoming in such a strange place, where once only evil was to be expected. He was also well-nigh intoxicated by the powerful perfume exhaled from the plant. Steering close he managed to secure the flower and place it safely in his boat, congratulating himself on securing so valuable and curious a present for his King. For he decided at once to present it at the palace if he could succeed in getting it safely there.

떠나왔던 세계로 출발할 때가 드디어 다가오자 심청은 자신의 방에서 아주 크고 아름다운 꽃을 받았다. 그 꽃은 심청이 들어가면 몸을 숨길 수 있고 향긋한 향기와 꽃즙이 충분한 영양분이 되도록 만들어졌다. 그녀가 특이한 친구들에게 작별을 고하고 꽃 속에 자리를 잡자 그녀가 배에서 뛰어들었던 바로 그 바다 위로 꽃이 옮겨졌다. 심청이 이 기묘한 꽃 속에서 앉아 조금을 기다리자, 배 한척이 시야에 들어왔다. 알고 보니 그 배는 그녀가 우정을 나눴던 상인의 배였다.[19] 그는 예전의 위험 지역으로 다가갈 때 한 때 악령만이 있을 것으로 예상되었던 그토록 이상한 곳에서 그토록 아름다운 식물이 자라서 꽃을 피우는 것을 보고는 매우 경탄했다. 또한 그는 그 꽃에서 뿜어 나오는 강력한 향에 취했다. 그는 가능한 한 가까이 배를 대어 꽃을 무사히 배로 옮겼고, 귀하고 신기한 꽃을 운 좋게 구해서 왕에게 바칠 수 있게 된 것을 기뻐했다. 왜냐하면 상인이 꽃을 보자마자 꽃을 따는데 성공하면 왕에게 곧장 진상하기로 결심했기 때문이다.

The plan succeeded, the strange plant with its stranger tenant was duly presented to His Majesty, who was delighted with the gift, and

19 그녀의 친구인 상인(her friend the merchant): 원전에서 상인이 심청을 제물로 사는 대신 그 처지를 딱하게 여겨 호의를 베푼다. 그렇다고 두 사람의 관계가 친구관계에 있는 것은 아니다. 이에 반해 알렌은 상인과 심청의 관계를 친구(friend)로 규정하고 있다. 알렌은 제물로 받치기 위해 가난한 소녀의 몸을 사는 과거에 행했던 악습이 주는 혐오감을 약화시키기 위해 상인과의 관계를 친구로 설정한 듯하다.

spent his time gazing upon it to the exclusion of state business. He had a glass house prepared for it in an inner court, and seemed never to tire of watching his new treasure.

그 계획은 성공적이었다. 그는 기묘하게 사람을 품고 있는 이 이상한 꽃을 지체 없이 왕에게 드렸다. 왕은 선물을 받고 기뻐했고 그 꽃을 바라보며 시간을 보내느라 국사를 망각할 정도였다. 왕은 궁궐 안에 꽃을 넣을 유리 집을 짓게 해 이 새로운 보물을 지치지도 않고 바라보았다.

At night, when all was quiet, Sim Chung was wont to come forth and rest herself by walking in the moonlight. But, on one occasion, the King, being indisposed and restless, thought he would go to breathe the rich perfume of the strange flower and rest himself. In this way he chanced to see Sim Chung before she could conceal herself, and, of course, his surprise was unbounded. He accosted her, not without fear, demanding who she might be. She, being also afraid, took refuge in her flower, when, to the amazement of both, the flower vanished, leaving her standing alone where it had been but a moment before. The King was about to flee, at this point, but she called to him not to fear, that she was but a human being, and no spirit as he doubtless supposed. The King drew near, and was at once lost in admiration of her matchless beauty, when a great noise was heard outside, and eunuchs came, stating that all the generals with the heads of departments were asking for an audience on very important business. His Majesty very reluctantly went to see what it all meant. An officer versed in astronomy stated that they had, on the previous night, observed a brilliant star descend from heaven and alight upon the palace, and that they believed it boded good to the royal family. Then the King told of the flower, and the wonderful apparition he had seen in the divine maiden. It so happened that the queen was deceased, and it was soon decided that the King should take this remarkable maiden for his wife. The marriage was announced, and reparations all made. As the lady was without parents, supposably, the ceremony took place at the royal wedding hall, and was an occasion of great state.

사방이 고요한 밤에 심청은 밖으로 나와 달빛 속을 거닐며 쉬곤 했다. 그러던 어느 날 왕은 몸이 편치 않고 잠이 오지 않아서, 이 기묘한 꽃의 짙은 향을 맡으며 휴식을 취하고 싶다고 생각했다. 이리하여 그는 우연히 미처 숨지 못한 심청을 보게 되었고 당연히 그의 놀람은 끝이 없었다. 그는 두렵지 않은 것은 아니었지만 그녀에게 다가가 누구인지 밝힐 것을 요구했다. 그녀 또한 겁이 나서 꽃 속에 숨으려고 했다. 그러나 두 사람 모두 놀랍게도 꽃이 홀연 사라졌다. 이제 심청은 방금 꽃이 있었던 자리에 홀로 남겨져 서 있었다. 왕이 그 자리를 피하려고 하는 순간 그녀는 자신은 사람이고 그가 생각하는 것처럼 귀신이 아니니 두려워하지 말라고 그에게 소리쳤다. 왕이 심청에게 가까이 다가가자마자, 그는 심청의 비할 데 없이 아름다운 미모에 탄복하며 넋을 잃었다. 그때 밖에서 큰 소리가 들리더니 환관들이 와서 각 부서의 모든 장관들이 매우 중요한 문제로 뵙고 싶어 한다고 알렸다. 임금은 마지못해 도대체 무슨 일인지 보러 갔다. 천문학에 능통한 한 관리[20]가 전날에 밝은 별이 하늘에서 내려와 궁궐 위에 환하게 빛나는 것을 관찰했고 이를 왕실의 길운을 나타나는 징조로 생각한다고 아뢰었다. 그때 왕은 그 꽃과 신성한 처녀의 놀라운 출현에 대해 말했다. 때마침 왕비가 승하하였기에 조정에서는 왕이 비범한 처녀를 아내로 삼아야 한다는 결정을 내렸다. 결혼이 발표되었고 모든 준비가 완료되었다. 이 숙녀에게 부모가 있을 것이라고 생각하지 않았기 때문에 결혼식은 왕실의 혼례식장에서 국가의 대사로 치러졌다.

Never was man more charmed by woman than in this case. The King would not leave her by day or night, and the business of state was almost totally neglected. At last Sim Chung chided her husband, telling him it was not manly for the King to spend all his time in the women's quarters; that if he cared so little for the rule as to neglect it altogether, others might find occasion to usurp his place. She enjoined upon him the necessity of giving the days to his business,

20 천문학에 능통한 한 관리(An officer versed in astronomy): 원문의 "디수관"에 해당한다. 천문학(astronomy)와 점성술(astrology)는 그 연구 분야가 다르다. 천문학은 "우주의 구조, 천체의 생성과 진화, 천체의 역학적 운동, 거리·광도·표면 온도·질량·나이 등 천체의 기본 물리량 따위를 전문적으로 연구하는 학문"이다. 이 영역본의 내용대로라면 그 관리는 "별의 빛이나 위치, 운행 따위를 보고 개인과 국가의 길흉을 점치는 점술"을 행하는 점성술(astrology)을 담당하는 관리인 셈이다.

and being content to spend the nights with her. He saw her wisdom, and remarked upon it, promising to abide by her advice.

이토록 여인에게 반한 남자를 찾아보기 어려웠다. 왕은 밤이고 낮이고 그녀의 곁을 떠나려 하지 않고 나랏일을 거의 돌보지 않았다. 마침내 심청은 남편을 책망하여 왕이 왕비의 처소에서만 모든 시간을 보내려고 하는 것은 남자답지 못한 행동이며 만약 국왕이 국사를 내팽겨 치고 통치를 태만히 한다면, 이 때를 틈타서 다른 사람들이 왕위 찬탈을 노릴 수도 있다고 말했다. 그녀는 왕이 낮 시간에는 국사에 전념하고 밤에만 그녀와 시간을 보내는 것에 만족해야 한다고 말했다. 왕은 그녀의 지혜로움을 보았고 그 점을 언급하며 충고를 따르겠다고 약속했다.

After some time spent in such luxury, Sim Chung became lonely and mourned for her poor father, but despaired of being able to see him. She knew not if he were alive or dead, and the more she thought of it the more she mourned, till tears were in her heart continually, and not infrequently overflowed from her beautiful eyes. The King chanced to see her weeping, and was solicitous to know the cause of her sorrow, whereupon she answered that she was oppressed by a strange dream concerning a poor blind man, and was desirous of alleviating in some way the sufferings of the many blind men in the country. Again the King marvelled at her great heart, and offered to do any thing towards carrying out her noble purpose. Together they agreed that they would summon all the blind men of the country to a great feast, at which they should be properly clothed, amply fed, and treated each to a present of cash.

심청은 큰 호사를 누리며 얼마간의 시간을 보냈지만 외로웠고 불쌍한 아버지 때문에 슬펐다. 무엇보다 아버지를 다시 만날 수 없어 절망했다. 그가 죽었는지 살았는지도 알 수 없었다. 생각하면 생각할수록 더 슬퍼져 마침내 가슴 속에서 눈물이 마를 날이 없었고 그녀의 아름다운 눈에서 눈물이 자주 흘러 내렸다. 왕은 우연히 그녀가 우는 것을 보고는 왜 우는지 그 이유를 말해 달라 간청했다. 이에 그녀는 불쌍한 맹인이 나타나는 이상한 꿈 때문에 가슴이 짓눌리는 것 같고 그래서 어떤 식으로든 이 나라의 많은 맹인들의 고통을 덜어 주고 싶다고 대답했다. 다시 한 번 왕은 그녀의 깊은 마음 씀씀이에 감동하고는 그녀의 고귀한 목적을 이룰 수 있도록 뭐든지 다해주겠다고 말했다. 두 사람은 이 나라의 모든 맹인들을 큰 잔치에 불러 제대로 된 의복과 충분한 음식을 대접하고 그리고 돈을 선물로 주기로 합의했다.

The edict was issued, and on the day appointed for the feast, the Queen secreted herself in a pavilion, from which she could look down and fully observe the strange assemblage. She watched the first day, but saw no one who resembled her lost parent; again the second day she held her earnest vigil, but in vain. She was about to give up her quest as useless and mourn over the loss of her father, when, as the feast was closing on the third day, a feeble old man in rags came tottering up. The attendants, having served so many, were treating this poor fellow with neglect, and were about to drive him away as too late when the Queen ordered them whipped and the old man properly fed.

칙령이 내려진 후 맹인잔치 날에 왕비는 누각[21]에 숨어서, 모인 낯선 무리들을 내려다보며 꼼꼼히 관찰했다. 첫날에 헤어진 아버지와 닮은 사람을 보지 못했다. 두 번째 날에도 자리를 지키며 아버지를 열심히 찾아보았지만 헛수고였다. 셋째 날, 잔치가 거의 끝나갈 무렵 왕비는 이제 아버지를 찾는 일을 부질없는 것으로 포기하고 그의 죽음을 애도하고자 했다. 그 순간 누더기 옷을 입은 병약한 늙은 남자가 비틀거리며 나타났다. 궁인들은 너무 많은 맹인들을 대접한 후라 이 불쌍한 사람을 못 본체했고, 이미 늦었다고 내쫓으려고 했다. 이를 본 왕비는 그들을 매로 다스릴 것과 그 노인에게 음식을 제대로 대접할 것을 명령했다.

He seemed well-nigh starved, and grasped at the food set before him with the eagerness of an animal. There seemed to be something about this forlorn creature that arrested and engaged the attention of the Queen, and the attendants, noticing this, were careful to clothe

21 누각(pavilion): 원문의 "오봉누"에 해당한다. Underwood(1925): pavilion: 1)천막, 포장, 휴식소; 2) 누각(樓閣), 『한영자전』(1911): 루각: 1) A house with an upper storey, 2) an upper chamber. A tower or high building.

him with extra care. When sufficient time had elapsed for the satisfying of his hunger, he was ordered brought to the Queen's pavilion, where Her Majesty scrutinized him closely for a few moments, and then, to the surprise and dismay of all her attendants, she screamed:

"My father! my father!"

and fell at his feet senseless. Her maids hurried off to tell the King of the strange conduct of their mistress, and he came to see for himself. By rubbing her limbs and applying strong-smelling medicines to her nostrils, the fainting Queen was restored to consciousness, and allowed to tell her peculiar and interesting story. The King had heard much of it previously. But the poor old blind man could barely collect his senses sufficiently to grasp the situation. As the full truth began to dawn upon him, he cried:

"Oh! my child, can the dead come back to us? I hear your voice; I feel your form; but how can I know it is you, for I have no eyes? Away with these sightless orbs!"

And he tore at his eyes with his nails, when to his utter amazement and joy, the scales fell away, and he stood rejoicing in his sight once more.

그는 제대로 굶은 사람처럼 보였고 동물처럼 앞에 놓인 음식을 손으로 움켜쥐었다. 왕비의 시선을 사로잡고 집중시키는 뭔가가 이 노인에게 있음을 눈치 챈 궁인[22]들은 특별히 신경 써서 정성껏 그에게 옷을 입혀 주었다. 허기를 채울 만큼의 충분한 시간이 지났을 때 그는 왕비의 누각으로 오라는 명을 받았다. 왕비는 잠시 동안 그를 꼼꼼하게 살펴보더니 "아버지, 아버지!" 하고 소리를 지르더니 정신을 잃고 그의 발밑에 쓰러졌다. 이에 모든 궁인들은 너무나 황망하여 어쩔 줄을 몰랐다. 시녀들이 서둘러 왕에게 가서 왕비의 이상한 행동을 말하자 왕이 직접 그녀에게로 왔다. 팔 다리를 문지르고 코에 강한 향의 약을 바르자 기절했던 왕비는 정신을 다시 차렸고, 그녀의 특이하고도 흥미진진한 과거사를 털어놓았다. 물론 왕은 이 모든 이야기를 이전에 들어서 알고 있었다. 그러나 불쌍한 늙은 맹인의 경우는 정신을 수습하여 상황을 제대로 파악하기가 쉽지 않았다. 모든 진실이 서서히 드러나자, 맹인은 외쳤다.

"아이고, 내 딸아, 세상에 죽은 사람이 살아오다니. 들어보니 너의 목소리이고 만져보니 너의 몸인 것도 같다만 눈이 보이지 않으니 내가 어찌 네가 내 딸인지 알겠느냐? 이 보이지도 않는 눈알아, 없어져라!"

그가 울부짖으며 손톱으로 눈을 할퀴자 눈딱지가 떨어져 나갔다.[23] 너무도 놀라고 기쁜 일이었다. 그는 일어서서 다시 볼 수 있다

---

22 궁인(attendant): 궁인이란 고려, 조선 시대에 궁궐 안에서 왕과 왕비를 가까이 모시는 내명부를 통틀어 이른 말이다. 『한영자전』(1911): 궁녀: A court lady. The attendants etc., about a Palace. 이어지는 부분의 her maid(시녀, waiting maids-in the Palace)와 구분하기 위해 좀 더 포괄적인 범위의 궁인으로 번역한다.

23 울부짖으며~떨어져 나갔다(And he tore at his eyes with his nails, when to his utter amazement and joy, the scales fell away): 원문의 "혼번 찡긔고 눈을 벗쓰니 두 눈이 쓰니는지라"에 해당하는 부분이다. 알렌은 이 부분을 손톱으로 눈을 찢었더니 눈딱지가 떨어져 나가 눈을 뜨게 되었다로 바꾼다. 광혜원을 설립하고 의과대를 졸업했던 알렌의 입장에서는 원문에서처럼 눈을 찡그렸더니 눈이 번뜩 뜨이게 되었다는 다소 황당한 설정보다는 의학적인 관점에서 심현이 백내장으로 추정되는 안질을 앓고 있었고, 이로 인해 눈 흰자위가 눈을 뒤덮고 있어 눈이 보이지 않다가 딸을 보고 싶은 절절한 마음에 손으로 흰자위의 껍질을 떼어 내었

는 사실에 환호했다.

His Majesty was overjoyed to have his lovely Queen restored to her wonted happy frame of mind. He made the old man an officer of high rank, appointed him a fine house, and had him married to the accomplished daughter of an officer of suitable rank, thereby fulfilling the last of the prophecy of both the aged priest and the King of the Sea.

왕은 사랑스러운 왕비가 예전의 행복한 마음을 다시 찾게 되어 매우 기뻤다. 그는 장인을 고위급 관리로 임명하고, 좋은 집을 마련해 주고, 적당한 지위에 있는 관리의 교양 있는 딸과 짝을 맺어줌으로써 노승과 바다의 왕 두 사람이 한 마지막 세 번째 예언을 실현시켰다.[24]

더니 눈이 보이게 되었다라고 설정하는 것이 더 합리적인 방법이라고 생각하였을 것이다.

24 영역본에서는 후일담이 생략되었다. 알렌은 완결되지 못한 것 같은 인상마저 주는 <한남본>의 결말 부분을 축약했다. 몰락한 양반 심현이 사대부로서 출세와 가문의 영화를 이루었다는 간략한 진술로 심현과 임현의 딸의 혼례와 합궁 장면을 생략했다. 노승와 용왕의 예언이 성취되었다는 말을 첨가함으로써 이야기의 완결성을 제공했다.

한국주재 언론인, 호소이 하지메의 〈심청전〉 개관역(1911)

細井肇, 「沈淸傳」, 『朝鮮文化史論』, 朝鮮研究會, 1911

호소이 하지메(細井肇)

| 해제 |

호소이 하지메(細井肇)의 <심청전> 줄거리 개관역(1911) 역시 여느 다른 번역 작품과 같이, 『조선문화사론』(1911) 8편 '반도의 연문학'에 수록된 것이다. 3장으로 구분되어 있는데, 1장은 '심청의 출생과 성장'이며, 2장은 '심청의 효행과 매신', 3장은 '부녀상봉과 심봉사의 개안'으로 구성되어 있다. 줄거리 요약에 근접한 형태이기 때문에, 그 구체적인 저본을 추정하기는 어렵다. 하지만 소설적 시공간, 등장인물 소개와 같은 사항을 보면, 알렌의 경우와 달리 경판본 24장본(한남본 / 대영A본), 26장본(대영B본)의 특성을 지니지 않고 있다. 가장 유사한 방각본 저본은 경판 20장본 혹은 완판본일 가능성이 높다. 이러한 번역특성을 보면, 1890년경의 상황과 달리 1910년대 외국인이 접할 수 있는 고소설 저본이 확대되었음을 알 수 있다. 더불어 호소이는 비록 다카하시 번역의 우수성을 수용했지만, 다카하시와는 달리 고소설을 구술문화라는 관점이 아니라 서적으로 인식했다는 변별점이 있음도 주목할 필요가 있다.

참고문헌

권혁래, 「근대 초기 설화·고전소설집 『조선물어집』의 성격과 문학사적 의의」, 『한국언어문학』 64, 한국언어문학회, 2008.

권혁래, 「다카하시가 본 춘향전의 특징과 의의」, 『고소설연구』 24, 한국고소설학회, 2007.

다카사키 소지, 최혜주 역, 『일본 망언의 계보』(개정판), 한울아카데미, 2010.

박상현, 「제국일본과 번역－호소이 하지메의 조선 고소설 번역을 중심으로」, 『일어일문학연구』 제71집 2권, 한국일어일문학회, 2009.

______, 「호소이 하지메의 일본어 번역본 『장화홍련전』 연구」, 『일본문화연구』 37, 동아시아일본학회, 2011.

서신혜, 「일제시대 일본인의 고서간행과 호소이 하지메의 활동－고소설 분야를 중심으로」, 『온지논총』 16, 온지학회, 2007.

윤소영, 「호소이 하지메의 조선인식과 제국의 꿈」, 『한국 근현대사 연구』 45, 한국근현대사학회, 2008.

최혜주, 「한말 일제하 재조일본인의 조선고서 간행사업」, 『대동문화연구』66, 성균관대 대동문화연구소, 2009.

一

宋の時琉璃国桃花洞に沈奉事と云ふもの住めり門閥は累代簪纓の族なれど、沈奉事の世となりて家運薄幸、二十歳にして盲目となり、三十歳にして妻を喪ひ、妻の死に先立つ三日にして生れたる一女を沈清と名づけ、貧困の中に養育し、當年早や七歳となりぬ。

1

송나라 때 유리국(琉璃國) 도화동(桃花洞)에 심봉사라 불리는 자가 살았다. 문벌[1]은 대대로 고위고관을 하던 집안이었지만, 심봉사의 대가 되어서 가운이 불행해지고 20세가 되어서 눈이 보이지 않게 되었다. 30세가 되어서 부인을 잃고, 부인이 죽기 3일 전에 태어난 외동딸을 심청이라고 이름 지어, 빈곤함 속에서 양육하였는데 그 해 어느덧 7살이 되었다.

身に百綴の襤褸を纒ひ、朝な夕な巷の東西を往還ふ窶れたる沈清の姿如何にも痛ましけれど、天のなせる麗質は恰も荊山の白玉塵埃に埋もれたるが如く、美しさ言はん方なし、わけても沈清は孝心優れて厚ければ盲の父の手を曳きて、懇ろに劬りつつ此処彼処と人の軒端に憐れを乞ひ一日の糧を得るが常なりき。

몸에 여러 겹의 누더기를 걸치고 아침저녁으로 마을 여기저기를 돌아다니는 야윈 심청의 모습은 매우 안 되었지만, 하늘이 내려 준 아름다운 모습은 마치 형산(荊山)의 백옥이 티끌과 먼지에 덮여 있는 듯 아름다움을 비할 데가 없었다. 특히 심청은 효심이 뛰어나고 두터워서 눈이 보이지 않는 아버지의 손을 이끌고 정성스럽게 수고를 하며, 이곳저곳으로 남의 집 처마 아래에서 동정을 구걸하여 하루의

1 문벌: 일본어 원문은 '門閥'이다. 집안, 가문을 의미하며 문지(門地)의 뜻으로 사용한다(棚橋一郎·林甕臣編, 『日本新辞林』, 三省堂, 1897).

식량을 얻는 것이 일상이었다.[2]

斯くて沈清も漸やく成人し年十四に達したる寒颷骨に沁む師走の某日、例の如く老ひたる盲の父といたいげなる沈清の物哀れる二箇の姿を巷の一角に見受けたりしが、

이리하여 심청도 겨우 성인이 되어 나이 14세에 이르러, 찬바람이 뼈에 스며드는 음력 섣달 어느 날, 언제나 그랬듯이 연로하신 맹인 아버지와 불쌍한 심청 이 두 사람의 서글픈 모습이 마을 한 모퉁이에 눈에 뜨였다.

軈て家に帰りて貰物を取繕ろひたる食膳を父にす、めたる後、沈清云ひけらく、父上よ、この寒天に御老體の苦艱の程も一汐なるべし、明日よりは妾一人にて糧を需め歩くべければ、父上は家にありて妾を待ち玉へと語るに沈奉事は盲ゐたる眼を連嗒ながら、沈清よ、汝が年にも似ず孝心厚きは身にしみじみと嬉しとも嬉し、されど汝ばかりを出しやりて、我のみ家にあるも心切なし、飢うれば興に飢え、食すれば倶に食してこそ、せめてもの慰めなりと云へば、妾も漸やく年長けたり、盲ゐの父上を妾一人の手に助け参らする事も叶はずとありては、亡き母様にも申訳なし、と百方父を諭したる上、

2 『심청전』은 대부분 처음에는 심봉사가 젖동냥으로 심청을 키우고, 나중에는 심청이 구걸로 심봉사를 봉양하는 것으로 되어 있다. 하지만 여기서는 심청이 심봉사를 인도하며 구걸하는 것으로 그리고 있다. 알렌은 "심청이 처녀가 되자 아버지를 이끌고 다닐 수 없었다."고 하면서, "한국에서는 평판 있는 가문의 딸들은 처녀가 되면 밖으로 나다니지 않는다."라는 각주를 달아두고 있다.

그럭저럭 집에 돌아와서는 얻어 온 것[3]으로 잘 차린 식사를 아버지에게 드린 후, 심청이 말하기를,

"아버지, 이 추운 날씨[4]에 연로하신 몸으로는 고난의 정도 또한 더할 것이니, 내일부터는 소녀[5] 혼자서 식량을 구하러 다니겠습니다. 아버지는 집에서 저를 기다리십시오."

라고 말하니, 심봉사는 보이지 않는 눈을 껌뻑거리면서,

"심청아, 네가 나이에 어울리지 않게 두터운 효심이 몸에 절실히 배어있는 것이 기쁘다만, 기쁘다고 하더라도 너만을 내보내고 나만 집에 있는 것도 마음이 아프니, 굶어도 함께 굶고 먹어도 함께 먹는 것이야 말로 적어도 위로가 될 것이다."

라고 말하니,

"저도 점차로 어른이 되었는데, 맹인인 아버지를 소녀 혼자의 힘으로 도울 수 없는 것은 돌아가신 어머니에게도 죄송한 일입니다."

라며 백방으로 아버지를 납득시켰다.

其翌朝より沈清独り古びたる缺椀を手にして師走の寒の雪の巷を南村北村と馸めぐり、此家彼家の厨門に立ち憐を乞ふ様の可憐なる、見るもの泣かぬものとてはなし、されば誰とて一飯を割くを惜まんや、豆飯小豆飯なぞくさぐさの物を乞ひ受けて父上や待ち玉はん急ぎ帰ら

3 얻어 온 것: 일본어 원문은 '貰物'이다. 남으로부터 받은 것이라는 뜻이다(松井簡治·上田万年編, 『大日本国語辞典』04, 金港堂書籍, 1919).

4 추운 날씨: 일본어 원문은 '寒天'이다. 추워보인다라는 뜻이다(金沢庄三郎編, 『辞林』, 三省堂, 1907).

5 소녀: 일본어 원문은 '妾'이다. 소실, 첩, 측실의 뜻을 나타내지만 여기서는 전후 문맥상 아버지 앞에서 딸이 자신을 스스로 칭하는 표현으로 '소녀'라고 해석하였다(金沢庄三郎編, 『辞林』, 三省堂, 1911).

んとて家路を志しぬ。

그 다음날부터 심청 혼자 낡고 이지러진 주발을 손에 들고 음력 섣달의 추운 눈길을 남촌 북촌으로 뛰어다니며, 여기저기의 부엌문에 서서 동정을 구걸하는 모습이 불쌍하여, 보는 사람들이 울지 않는 사람이 없었다. 그렇기에 누구라도 한 끼의 식사를 나눠 주는 것을 아까워하지 않았기에, 콩밥, 팥밥 등 여러 가지 음식을 얻어서는 아버지가 기다리시지 않을까 하여 서둘러 돌아가려고 집으로 향하였다.

沈奉事は独り幽暗なる冷たき土窟の如き室内に坐し、沈清の帰りを待詫びて門外遠く立出でては沈清よ沈清よと呼び需めつつ、娘の上を思ひやり、不覚に親心の熱き涙に咽びける。ああ宿世如何なる約束の斯くも我等の一家に災する事よ、沈清沈清、汝は今、誰が家の厨門に立てるぞ、この指を墮す冱寒の巷に彷徨はで、早やかに帰り来れと、

심봉사는 홀로 어두컴컴하고 차가운 토굴과 같은 실내에 앉아 있다가, 심청이의 귀가를 기다리고 있는 자신을 질책하며 문밖 멀리 나가서는

"심청아, 심청아."

하고 부르다가 딸의 신상을 생각하고는 자신도 모르게[6] 자식을 생각하는 마음에 뜨거운 눈물이 흘러 내렸다.

---

6 자신도 모르게: 일본어 원문은 '不覚'이다. 방심하여 실책을 범한다는 뜻이다(金沢庄三郎編,『辞林』, 三省堂, 1907).

"아아 전생[7]에 어떠한 약속이었기에 이렇게 우리 일가에 재난인가. 심청아, 심청아. 너는 지금 누구의 집 부엌문에 서 있느냐? 이 손가락이 끊어질 듯 추운 거리에서 돌아다니지 말고, 서둘러 돌아 오거라."

고 말하며,

眼前に其人あるが如くに囁きつつ、彼方此方と尋ね廻る途端、薄氷を踏誤りて一尋の河水に澹然とばかり落込みぬ、あなやと叫ぶ一切那玆に夢銀寺の貨主僧一名折柄其処を通り懸り、沈奉事のこの有様に仰天し矢庭に身を水中に躍らして沈奉事を救ひ上げ、且つ云ふやう、供養米三百石を奉加帳に記して佛前に献ずれば三年内に開目して世上の萬物見へずといふことなし、速かに記帳なし給へと勸むれば、沈奉事大いに打喜び、前後の思慮もあらばこそ白米三百石を奉加帳に書き止めて、

눈앞에 그 사람이 있는 것처럼 속삭이면서, 여기저기 물으면서 돌아다니던 바로 그때, 얕은 얼음을 잘못 디뎌서[8] 육 척 높이의 강에 맑고 편안한 마음으로 빠져 버렸다.

"아아"

---

7 전생: 일본어 원문은 '宿世'다. 불교 용어로 과거의 세상, 전생 혹은 과거로부터의 인연이라는 뜻이다(松井簡治·上田万年編,『大日本国語辞典』03, 金港堂書籍, 1917).

8『심청전』에서는 심청을 기다리던 심봉사가 마중을 나갔다가 다리에서 미끄러져 도랑에 빠진 것으로 되어 있는 것을 여기서는 얇은 얼음을 잘못 디뎌 빠진 것으로 그리고 있다.

하고 부르짖던 이때 몽은사(夢銀寺)[9]의 재물을 담당하는 스님 한 사람이 때마침 그곳을 지나다가, 심봉사의 이와 같은 모습에 깜짝 놀라 그 자리에서 바로 몸을 물속에 날려 심봉사를 구하고는, 또한 말하기를,

"공양미 삼백 석을 기부금 명부[10]에 기록하여 불전에 헌상한다면, 3년 이내에 눈을 뜨고 세상의 만물을 보지 못하는 것이 없을 것이니 어서 기록하거라."

고 권하니, 심봉사는 크게 기뻐하며 앞뒤 생각을 하지도 않고 백미 3백 석을 기부금 명부에 적었다.

扨て其僧を送りて後独り思案に耽りけるが沈清一人を杖とも柱とも頼む乞食の淺ましき身空にて如何にせば三百石の白米を得べきかと、独り詑しくすすり泣く折柄、沈清は息もせわしく我家へと帰り来りぬ、沈清の慧き眼は、早くも父の痩頬を縫ふ涙痕にそそがれたり。何事を泣き玉ふと問ふ声さへいたく迫りぬ。

하지만 그 스님을 보낸 후 홀로 사안(思案)에 대해서 생각하니, 심청이 한 사람을 지팡이처럼 기둥처럼 의지하여 걸식하는 한심한 몸으로 어떻게 하면 3백 석의 백미를 얻을 수 있겠는가? 홀로 잘못을 뉘우치며 울고 있을 때, 심청은 숨을 쉴 틈도 없이 자신의 집으로 돌

9 몽은사(夢銀寺): 국문소설『심청전』에서 '夢雲寺'를 '몽은사'로 잘못 읽어 '夢銀寺'로 표기한 사례이다.

10 기부금 명부: 일본어 원문은 '奉加帳'이다. 봉가(奉加) 목록, 혹은 기진자(寄進者)의 성명 등을 기록하는 장부라는 뜻이다(松井簡治·上田万年編,『大日本国語辞典』04, 金港堂書籍, 1919).

아왔다. 심청의 자혜로운 눈은 이미 아버지의 뺨을 타고 흐른 눈물의 흔적을 보고 자신도 눈물을 흘렸다.

"무슨 일로 우셨습니까?"

하고 묻는 소리조차도 아프게 다그쳤다.

沈奉事は有りし事ども一什始終を語り聞けたるに、沈淸慰めて云ひけらく、夢にも心を痛め玉ふ事なかれ、妾に慮りありとて兎も角も食膳をすすめ、

심봉사는 있는 그대로 전후 사정을 말하여 들려주니, 심청은 위로하며 말하기를,

"꿈에도 마음을 아프게 하는 일은 없을 것입니다. 소녀에게 생각이 있습니다."

라고 말하며, 여하튼 먹고 마실 거리를 권하였다.

父の静かにまどろむを見済して裏庭に下り立ち、恭しく神を敬し、せめて妾の身なりとも売りて白米三百石に代へ、父の盲を癒し玉へと、徹宵祈願を罩め、尚夜毎に祈る事三夜に及びたるが、四日目の朝南京商船の舸子打群れて沈淸方の門前を大声に叫び乍ら行過ぐるを聞けば、十四五の処女にて全身に傷痕なき、操行貞潔なる、且つ父母に対して孝養厚きものあらば價を問はず購ふべしといふ、

아버지가 조용히 잠시 졸고 있는 것을 본 후에 뒷마당으로 내려가, 공손하게 신에게 경의를 표하며,

"하다못해 소녀의 몸이라도 팔아서 백미 3백 석을 대신할 수 있다면, 아버지의 눈을 치유할 수 있을 터인데."

라며 밤을 지새우며 기원하고, 또한 밤마다 기원하기를 3일 째 이르렀는데,[11] 4일 째 되던 날 아침 남경 상선의 선원 무리가 심청이 집 문 앞에서 큰 소리를 지르면서 지나가는 것을 들어 보니,

"14-5세의 처녀로 온몸에 상처가 없고 품행이 정결하며, 또한 부모를 대하는 효행이 가득한 자가 있다면 값을 묻지 않고 사겠노라."

고 말하는 것이다.

沈清此言を聞き門外に走り出で、妾にても御役にたつべしやと問ふ舸子共大いに喜び娘子は何程の價を要し玉ふぞ語り玉へとあるに、沈清は唯白米三百石を得れば足れり、さりながら、何一つ辨へぬ不束なる妾を買取りて何の御用に利し玉ふや、承りたしと問試むるに、舸子は暫し躊躇ひたる後ち答へけるやうそは他事に非ず、我等南京商船の道路に臨灘水と稱する難關あり、龍王に犧牲を捧げまつるに非れば船は覆り人は活きず、卿はこの人身御供の生靈たるべしといふ。

심청이 이 말을 듣고 문 밖으로 달려 나가,

"소녀가 도움이 될 것입니다."

라고 말하자, 선원들 모두 크게 기뻐하며

"낭자는 어느 정도의 값을 요구하는가? 말해 보거라."

고 물으니, 심청은

11 심청이의 지극한 정성을 강조하기 위해 원작『심청전』에 없던 내용을 추가한 대목이다.

"오직 백미 3백 석을 얻을 수 있다면 충분합니다."

라고 말하였다.

"그렇기는 하지만, 어느 것 하나 분별이 없고 부족한 소녀를 사서 무엇에 쓰려고 하십니까?"

하고 공손하게 물으니, 선원은 잠시 망설인 후에 대답하기를,

"남의 일 같지가 않으나, 남경 상선의 도로에 인당수(鹽灘水)[12]라고 불리는 지나가기 어려운 관문이 있는데, 용왕에게 희생을 바쳐 제사를 지내지 않으면 배는 뒤집어 지고 사람은 살 수가 없으니, 우리들은 이에 산 사람을 공물로 바치고자 하느니라."

고 말하였다.

沈清この言を聞いて眼眩み、胸潰るるばかり、身も世もあらず悲歎に沈みしが、扨て思ふやう、とてもかくても薄命の身なりけり、せめては此のはしたなき身を犠牲として父上の盲癒ゆる時あらば我願すでに足れりとて身を売らん買ひ玉へといふ、

심청은 이 말을 듣고 눈앞이 캄캄해지고, 가슴은 찢어지는 것만 같았다.[13] 모든 것이 절망인 듯 슬픈 탄식이 스며들었다. 그건 그렇지만 생각해 보니 결국 단명할 몸이니, 하다못해 천한 몸을 희생하여 아버지의 눈을 치유할 수만 있다면 자신이 원하는 바는 이미 충족

12 인당수(鹽灘水): 국문소설 『심청전』의 '인당수'의 의미를 나름대로 추측하여 표기한 사례이다.

13 『심청전』에서는 심청이 남경상인에게 삼백 석에 몸을 팔려고 할 때 이미 알고 있었지만, 여기서는 팔기로 하고 난 뒤 제물로 바쳐진다는 사실을 알게 되는 것으로 그려지고 있다.

되는 것이기에,

"몸을 팔고자 하니 사 주십시오."

하고 말하였다.

事の次第を聞きたる舸子の群は、獣の如き面框せる荒くれ男のみなれど、流石に温かき血の通ひけん、毛むくぢゃらの手の甲に湧き返る涙を押拭ひつつ、汝の言こそ可憐なれ、澆李の末世には得難き孝女なれどこれも宿世の因縁、定まれる約束と諦め玉へとて、白米三百石を沈清の家に贈り、纜を解くべき来ん月の十五日を約して尚衣服一襲を與へて立去りぬ。

일의 전후 사정을 들은 선원의 무리는 짐승 같은 얼굴을 한 험상궂은 남자들이지만, 아무리 그래도 따뜻한 피가 흐르고 있어 털투성이의 손으로 흘러내리는 눈물을 닦아내며,

"너의 사정이 정말 불쌍하구나. 어지러운 세상의 마지막 시기에 보기 힘든 효녀이지만, 이것도 전생의 인연 정한 약속이라 생각하고 포기하거라."

고 말하며, 백미 3백 석을 심청의 집으로 보내고 출범하는 다음 달 15일을 약속하고 또한 의복 한 벌을 주고는 돌아갔다.

沈清は急ぎ夢銀寺の貨主僧を呼び施主して後ち父に云ふやう、佛前に白米三百石を獻じたれば今は御心泰らかに癒ゆる日を待ち玉へとの事に、沈奉事は数限りなく打よろこび、夢には非ずやと打惑ひける。沈清徐ろに答ふらく、常に妾を愛して何くれと物を恵み玉ひける近隣の朴長者が妾を養女となさんとて白米三百石を賜りたるなりといふ、沈奉事は嬉しさに気も引立ちて莞爾に日を送る内、無情なる歳月は流れていつしか出船の日は迫りぬ。

심청은 서둘러 몽은사(夢銀寺) 화주(貨主) 스님[14]을 불러 시주한 후에, 아버지에게 말하였다.

"불전에 백미 3백 석을 바쳤으니, 이제는 마음 편안하게 치유될 날을 기다려 주십시오."

라고 말하자, 심봉사는 헤아릴 수 없이 많이 기뻐하며 꿈은 아닌가 하고 어찌할 바를 몰랐다. 심청은 천천히 대답하며,

"언제나 소녀를 사랑해 주시고 이것저것 물건을 베푸시는 이웃집 박장자(朴長者)[15]가 소녀를 양녀로 삼으시며 백미 3백 석을 주셨습니다."

라고 말하자, 심봉사는 기쁨에 마음도 활기차져 싱글벙글 날을 보내던 중, 무정하게도 시간은 흘러 어느새 출범의 날이 다가왔다.

二

いざ出船の日となりて二十餘名の舸子等門前に来り盛火の如く沈清を促し立つるに、兼ねて期したる事ながら今更に胸つぶれ、其場に泣崩折れしが、さりとて此儘に過すべきに非ず、何事ぞと驚き惑ふ父を

14 화주(貨主) 스님: 화주승(化主僧)의 의미를 정확하게 몰라 화주(貨主)라고 잘못 표기하고 있다.

15 박장자(朴長者): 완판계열의 『심청전』에서는 장승상 댁에 몸을 팔았다고 하고 있는데, 여기서는 장승상 댁 부인의 존재가 설정되지 않은 경판본을 저본하고 있기 때문에 박장자의 양녀로 팔려갔다고 거짓 고하는 것으로 바뀌어 있다.

見返りて、父上よ、佛前に獻じたる白米はげに妾が身の代にて購ひ得たるもの、買はれたる身の今は詮なし、鹽灘水の竜王へ犠牲の生霊として今日を限りの此世の袂別許し玉へとて痛泣する様見るに忍びず。

2

막상 출범의 날이 되자 20여 명의 선원들이 문 앞에 와서 성화와 같이 심청을 재촉하니, 전부터 그렇게 되리라고 알고는 있으면서도 새삼 가슴이 찢어져 그 자리에서 울며 쓰러지는데, 그렇다고 해서 이대로 지낼 수는 없는 것, 무슨 일인가 하고 놀란 아버지를 돌아보고는,

"아버지, 불전에 헌상한 백미는 소녀의 몸값으로 얻은 것으로, 팔려가는 몸은 이제는 별도리가 없이 인당수의 용왕에게 희생의 제물로 바쳐지니, 오늘을 끝으로 이 세상을 하직하고자 합니다."

라고 아프게 우는 것을 보니 참을 수가 없었다.

沈奉事は此言を聞き魂消えんばかり、矢庭に沈清を抱占めああこれ何事ぞと、暫しは続く言葉もなかりしが、汝の死後に我のみ生永らへて何かせん、盲の癒えたりとてはた何の楽しかるべき、死なば諸共人手には渡さじとて天に叫び地に訴へて身悶へするさま悲しき事の極みなり、

심봉사는 이 말을 듣고 정신이 나간 사람처럼, 그 자리에서 바로 심청을 끌어안고는

"이게 무슨 일이냐?"

한동안 말을 잇지를 못하고,

"네가 죽은 후에 나 혼자 살아서 무엇 하랴? 눈을 치유한다고 하여도 무슨 즐거움이 있겠느냐? 죽어도 여러 사람들 손에 [너를] 건네주지 않겠다."

라고 하늘에 울부짖고 땅에 호소하며 몸부림치는 슬픈 모습이 이보다 더 할 수는 없었다.

舸子等は皆一同に涙を流し更に沈奉事の老後の費用にとて金二百両を出し、時刻も迫れば猶豫はならず、疾く疾くと急ぎ立つるに沈清今は心を定めて二百両の金子を村民の重立ちたるものに託し、父の老後さては帰泉の後の佛事供養の事どもまで、何かと心づけて頼入るに村人も袖に餘る涙に別れを惜みぬ。

선원들은 모두 함께 눈물을 흘리고 또한 심봉사의 노후의 비용이라고 돈 2백 냥을 내 주었다. 시각이 다가오니 머뭇거릴 수 없어 서둘러 나서니, 심청은 이제야 마음을 가다듬고 2백 냥의 돈을 마을 사람들 중 중심이 되는 사람에게 부탁하며, 아버지의 노후 그 밖의 죽은 후의 불전 공양 등에 이르기까지 이것저것 신경 써서 부탁을 하니, 마을 사람들도 소매에 흘러넘치는 눈물에 이별을 슬퍼하였다.

沈清起って諸人に向ひ、萬世無彊に亘らせ玉へとて涙ながらに永訣再拜して歩一歩引立てられながら竜鍾として進み行き、漸々遠りて山の裾をめぐれば、早や我家の傾きたる廂も見へず、

심청이 일어나서 모든 사람들을 향하여,

"만세무강(萬世無疆)에 이르십시오."

라고 울면서 영원한 이별을 의미하는 재배(再拜)를 하고는 한발 한발 디디면서 눈물을 흥건하게 흘리며 나아갔는데, 점점 멀어져서 산의 끝자락을 지나가니, 어느새 자신의 집의 기울어진 행랑도 보이지 않았다.

父は別れを惜みて沈清々々と声も涸れ涸れに狂ひ回り、遂には力なく地上に打伏して息も絶へなんばかりなり村内の老少誰彼となく劬はり起し、逝く者は流水の如く再び復らず、詮なき悲歎に身を傷り玉ふなと説論せど、沈奉事は轉展反側我生をぬすんで何かせんとて声を放って慟哭す。

아버지는 이별을 슬퍼하며

"심청아, 심청아."

하는 소리도 나오지 않고, 결국에는 힘없이 땅바닥에 엎드려 숨도 쉴 수가 없게 되니, 마을 내에 늙은 사람이나 젊은 사람 누구 하나 할 것 없이 위로하며,

"가는 것은 흐르는 물과 같아 다시 돌아오지 않으니, 무엇을 해도 보답 받지 못하는 비탄에 몸을 잃지 마십시오."

라고 훈계하니, 심봉사는 몸을 뒤척이면서

"나는 [자식의]목숨을 훔쳐서 무엇을 하려고 하였는가?"

라고 말하며 통곡을 하였다.

爰に沈清を乗せたる商船は順風に帆を揚げて箭の如く急流を駛せ降るにぞ、沈清は艫に立ちて消へ行く故国の山川を涙ながらに打眺め、前世如何なる罪科ありて斯くは悲惨なる憂目を見る事か、父上の今頃は如何に悲み玉ふらんと思ふにつけて身も世もあらず、両の睫を泣腫らしたる三日目遂に臨灘水へ差懸りぬ。

이때 심청을 태운 상선(商船)은 순풍에 돛을 단 듯 화살처럼 급류를 달려 내려가는데, 심청은 배의 꼬리 쪽에 서서 사라져 가는 고향[16]의 산천을 울면서 바라보며,

"전생[17]에 어떠한 죄가 있어서 이렇게 비참한 불행을 맞이하였는가? 아버지는 지금쯤 얼마나 슬퍼하시고 계실런고?"

하고 생각하니 모든 것이 절망이다. 두 눈썹은 몹시 울어 눈이 부었는데, 3일 째 되는 날 결국 인당수에 다다랐다.

然るに水峴石峴忽然狂風を捲起し、船體さながら木の葉の如く九天の高きに搖り上げらるるかと思へば忽ち又九地の底へ逆落しの悽じき勢、帆檣ポツクと折れて帆網船具の類悉く碎断し、あなやと見る間に商船は渦巻く潮に吸込まれんとす、恐ろしさ云はん方なし、船長を始め船員等殆んど生色なく、再び高く帆を上げて告祀の節次を排置し、沈清に齋戒沐浴を行はしめて船首に立たしめ、大なる皷を打ち七及山竜玉、自及山竜王に告祀し祈願畢りて後ち沈清を促して水に入らしめ

16 고향: 일본어 원문은 '故国'이다. 고향 혹은 오래전부터의 나라 즉 역사가 오래된 나라라는 뜻이다(金沢庄三郎編, 『辞林』, 三省堂, 1907).

17 전생: 일본어 원문은 '前世'다. 현생에 태어나기 이전의 세상을 뜻한다(金沢庄三郎編, 『辞林』, 三省堂, 1907).

んとす。

그러자 수현(水峴) 석현(石峴) 홀연히 사나운 바람을 일으켜, 배의 몸체가 마치 나뭇잎과 같이 구천(九天) 높이에 요동을 치는 듯하더니, 홀연 다시 땅 밑 반대로 떨어지는 참혹한 기세에, 돛대를 달아 놓은 기둥이 뚝 부러지고 돛대 줄과 선구(船具)의 종류가 모두 부서지고 끊어졌다. 아아, 하고 바라보는 사이에 상선은 소용돌이치는 조수에 빨려 들어가, 무서움은 말할 것도 없고 선장을 시작으로 선원들은 거의 생기를 잃었다. 다시 높이 돛을 달아서 고사의 절차를 배치하고, 심청에게 목욕재계하게 하여 뱃머리에 세워서, 커다란 북을 울리며 칠급산(七及山) 용왕 자급산(自及山) 용왕에게 고사를 지내고는 기원을 마친 후에 심청을 재촉하여 물에 들어가도록 하였다.

沈清身をふるはして歎き悲めど今は詮なし、諸人さらば別れ参らすべし、千萬里の水路平安に過させ玉へと言了り裳て裾をからげ、沈清を呑まんとして哮り立つ波間に澹然とばかり入水したるに、天地晦冥、四面より黒潮一時に湧返りて、風楽の声震動しけるが、又忽ちにして風止み波静かに、船はゆるく水面を辷り始めぬ。

심청은 몸을 떨며 탄식하여도 지금은 어찌할 수가 없으니, 여러 사람들에게 이별을 고하며,

"그러면 천만 리 물길 편안히 지나가십시오."

라고 말을 마친 뒤 치마의 옷자락을 올려 심청을 삼킬 듯이 으르렁거리는 파도 사이로 점프하듯이 물속으로 들어가니, 천지가 어두

운 가운데 사면에서 흑조(黑潮)[18]가 한꺼번에 세차게 몰아쳐서 풍악 소리가 진동하는 듯하였는데, 또한 홀연히 바람이 잔잔해 지고 파도도 고요해 지며, 배는 완만하게 수면을 달리기 시작했다.

舸子等安堵の胸を撫で卸し且つ怪みて云ふやうこれ迄幾度となくこの難關を經たれど祭事の了りて後ち風楽の音を聞きし事なし、如何なる故ぞと沈清の事ども取沙汰しつつ船路を急ぎぬ。

선원들은 안도감에 가슴을 쓸어내리고 또한 괴이하다고 말하며, "지금까지 몇 번이나 이 어려운 관문을 지나왔지만 제사가 끝난 후 풍악 소리를 들은 적이 없거늘, 어떠한 이유인가?"[19]

심청의 일로 이러쿵저러쿵 이야기를 나누면서 선로(船路)를 서둘렀다.

ここに沈静は不思議や海底の藻屑と消ゆべしと思ひの外、水路サッと開けて彩雲忽ち身を繞り、花の如き八仙女白玉驕を持して沈清を待つ、やがて沈清を請じて玉驕の擔棒を肩に移し、声朗らかに清波詞を歌ひつつ行き行くに、天地明朗、日月燦として、壯嚴まことに云はん方なし。

이에 심청은 희한하게도 바다 아래로 떨어져서 죽었을 것이라는

18 세계 최대의 난류인 멕시코 만류 다음으로 큰 해류로, 태평양 서부 타이완 섬 동쪽에서 시작하여 북쪽으로 일본 열도를 따라 흐르는 난류이다.

19 심청이 인당수에 빠져들기 전 제사를 지낼 때, 이런 풍악소리가 들렸다는 내용이 없는데 갑자기 삽입된 대목이다.

생각과는 달리, 물길이 확 열리며 꽃구름이 바로 몸을 둘러싸더니, 꽃과 같은 팔선녀가 백옥교(白玉驕)를 가지고 심청을 기다리고 있었다. 이윽고 심청에게 청하고는, 옥교의 어깨에 메는 막대기를 어깨에 옮기어 소리 낭랑하게 청파사(淸波詞)를 노래하며 계속 나아가니, 천지는 깨끗하고 해와 달은 빛이 나니 그 장엄함은 이루 다 말할 수가 없었다.

竜王自ら恭敬して雙竜にまたがり水晶門に出で風楽を以て之を迎ふ、郭処士の竹長鼓、王子真の鳳笛、嵇康の明笛、石玄子の琴を合唱するに、さながら銀盤を走る玉の如く、餘音嫋々として縷よりも細くやがて水宮に至れば仙女臨床侍奉して、玉盃に仙酒を盛り恭しくこれをすすめ青鶴、白鶴、鸚鵡、孔雀の類群れ飛んで真に別箇の新乾坤なり、

용왕이 직접 공손히 섬기며 쌍용에 올라타 수정문(水晶門)을 나서서 풍악으로 이것(심청)을 맞이하였다. 곽처사(郭處士)의 죽장고(竹長鼓), 왕자진(王子眞)의 봉적(鳳笛), 혜강(嵇康)의 명적(明笛), 석현자(石玄子)의 거문고를 합창하니, 마치 은반을 달리는 구슬과 같이 음악소리 나긋나긋하게 실보다도 가늘었다. 이윽고 수궁에 도착하니 선녀들이 치료하고 정성껏 모시며, 옥잔에 신선이 빚은 술을 담아서 공손하게 이것을 권하였다. 청학, 백학, 앵무새, 공작 종류의 무리가 날아다니며 정말로 다른 세상의 신천지였다.

沈娘子水晶宮に滯留する事数三朔。竜王八仙女に命じて沈娘子に侍

して再び人間界に送り返さしむ、八仙女乃ち蓮華の花裏に沈娘子を安坐せしめ花瓣を閉ぢて臨灘水に浮べたる後ち、暇乞して云ひけるやう、娘子に侍するの人遠からずして此処に来るべし、娘子再び人間界に出で貴き配匹となり玉ひ、父君とも久々の対面をなし玉へと云ひ終りて那処ともなく消失せたり。

심낭자(沈娘子) 수정궁에 체류하기를 여러 달. 용왕이 팔선녀에게 명하여,

“심낭자를 모시고 다시 인간 세계로 돌려보내라.”

고 하였다. 팔선녀는 바로 연꽃 뒤에 심낭자를 편안히 앉히고 꽃봉오리를 닫고서는 인당수에 뜨게 한 후에 이별의 말을 전하고는,

“낭자를 기다리는 사람이 머지않아서 이곳에 올 것입니다. 낭자는 다시 인간 세계에 나가서 [자신에게]맞는 배필을 만나고, 아버지와도 오랜만에 만날 것입니다.”

라고 말을 끝낸 후 어딘지도 모르는 곳으로 사라져 버렸다.

沈娘子花裏に坐し臨灘水の上に浮ぶ、この時曩の商船南京より帰らんとして適ま臨灘水に差懸りしに一眸際涯なき無邊の大海に一枝の花の泛べるを見て、これ必らずや沈娘子の魂魄ならんと花を掬ひ船へ載せて皇城に帰り、花裏に沈娘子の坐せる事は露程も知らずして船長の家の植木鉢に植え置きたり、

심낭자는 꽃 뒤에 앉아서 인당수 위에 떠 있었다. 이때 지난 번 상선이 남경에서 돌아오려고 할 적에 인당수를 지나는데, 한눈에 바라

다 보이는 끝없이 한없이 넓고 넓은 바다에 한가지의 꽃이 떠 있는 것을 보고, 이는 필시 심낭자의 영혼이라고 [생각하며]꽃을 움켜쥐어서 배에 싣고는 황성으로 돌아갔다. [그리고는]꽃 뒤에 심낭자가 앉아 있는 것은 조금도 알지 못한 채 선장의 집의 화분에 심어 두었다.

三

此時宋天子、皇后崩御の後ちとて心鬱々として楽まず、空しく墻苑を逍遙して、姿優しく香高き草花なぞ打眺めつつ僅かに自ら慰むるのみなりき。されば或時諸国に令を下して千金の賞を懸け名花珍草をすすめしめたり下教に從ひ彼の船長は早速臨灘水に得たる花を獻じけるに皇帝喜ぶ事限りなく、船長へは千金の賞を賜り、玉堂内に植置き晝夜に之を愛玩しけるが、花は蕾心を破って半ば花唇を錠ばし、嫋々として微風にも得堪へぬ風情得も云はれず、

3

이때 송나라 천자(天子)는 황후가 붕어한 후 몹시 울적해 하며 즐기지 못하고, 공허하게 정원을 이리저리 거닐면서, 우아한 모습의 꽃향기 드높은 풀과 꽃들을 멀리서 바라보며 간신히 스스로를 위로할 뿐이었다. 그러던 어느 날 여러 나라에 명을 내려 천 냥의 상을 걸고 이름난 꽃과 진기한 풀들을 모으도록 하였다. 하교에 따라 그 선장은 재빨리 인당수에서 얻은 꽃을 바치니 황제의 기쁨은 더할 나위가 없었다. 선장에게는 천 냥의 상을 하사하고, 옥당(玉堂) 내에 심어 두고 밤낮으로 이를 보며 사랑하며 귀여워하였는데, 꽃망울이 한가운데를 찢고 중앙에 꽃잎을 펼치며, 나긋나긋한 미풍에도 떨어지지 않는 풍정(風情)은 뭐라고 표현할 수가 없었다.

一日皇帝皇極殿に坐して国事を議したる後ち独り黄昏時を祕苑に散策し、珊瑚の杖を曳いて層々たる花階に登臨したるに、此時沈娘子花瓣を破って□然と立ち、花枝を片手に恋々として皇帝を見入る眼光の艶なる事筆には及ばず、暫間にして再び花裏に入りけるより、三五夜に一輪の明月雲裡に沒したるが如く皇帝の心大いに亂れ、精神昏迷自ら辨ぜず、直ちに諸臣を召して彼の花の出所なぞ開訊し、有りし事ども御物語ありたるに、

하루는 황제가 황극전(皇極殿)에 앉아서 국사를 돌본 후에 해질 무렵 홀로 비원(祕苑)을 산책하였다. 산호(珊瑚) 지팡이를 짚으며 겹겹이 이어진 화단에 오르니, 이때 심낭자 꽃봉오리를 찢고 벌떡 일어섰다. 꽃가지를 한 손에 들고 사랑스럽게 황제를 바라보는 눈빛의 요염함이 글로는 다 표현할 수 없었다. 잠깐 동안 있다가 다시 꽃 뒤로 들어가는데, 보름날에 한 송이 보름달이 구름 속에 잠겨 있는 듯하였다. 황제의 마음은 크게 흔들려 정신이 혼미해져 스스로 분별하지 못하고, 바로 여러 신하를 불러 그 꽃이 나온 곳을 물었더니 무언가 사연이 있는 듯하였다.

吏部尙書高斗清伏奏して曰く、階下曩に喪配の御事あり、天上玉皇上帝深く宸襟を悩ませられ、仙娥を下界に降し玉へる也、速かに棟擇を行ひ玉へと、群臣萬口一談之に和す、

이부상서(吏部尙書) 고두청(高斗淸)이 엎드려 아뢰기를,

"폐하가 앞서 황후의 상을 당한 일이 있어, 천상의 옥황상제가 깊이 천자의 마음을 걱정하시어 선녀를 하계에 내려 주셨습니다. 서둘러서 선택을 하여 주십시오."

라고 하자, 여러 신하들의 의견 또한 일치하여 이에 화합하였다.

皇帝直ちに太史官を招き擇吉の評議をなさしめ芳春四月二十一日を以て大禮を行ふ事に一決せり、愈々當日となれば皇極殿の秘花一圓に牡丹の紅ゐ燃ゆるが如き錦の屛風を立めぐらし、紅氈、白氈、青紅緞を布き詰め、五彩燦爛として瑞氣天地を罩めたり、三千の宮女は丹粧綠衣紅裳翩飜として周旋す、

황제는 바로 태사관(太史官)을 불러 길일을 택하여 꽃이 한창인 봄 4월 22일에 대례[20]를 치를 것으로 결정하였다. 마침내 당일이 되자 황극전의 비화일원(秘花一圓)은 모란이 붉게 타오르는 듯 비단으로 만든 병풍을 펼쳐 세웠다. 홍전, 백전, 청홍단을 깔고 오색찬란하게 상서로운 기운은 천지에 퍼졌다. 3천 궁녀는 녹의홍상으로 치장하고 나부끼듯 주선(周旋)하였다.

皇帝の年光正に十八、沈娘子は花耻かしき四四の十六、壯嚴の裡に交拜席の行禮も終りて萬民天長地久をぞ寿ほぎける。

爰に沈淸は、九重の奥深く、翠帳紅閨の貴き身となりたれば、榮華

20 대례: 일본어 원문은 '大禮'로 표기되어 있다. 이는 중대한 공식적인 의식, 즉 즉위식 혹은 황후를 책봉하는 의식을 뜻한다(金沢庄三郎編,『辞林』, 三省堂, 1907).

は心の儘なれど心は常に盲ゐたる父の上を去らず、生死の程も心許なければ、

황제의 나이 바야흐로 18세, 심낭자는 꽃도 무색할 만큼 아름다운 사사 십육, 장엄함 뒤에 교배석(交拜席)의 행례(行禮)도 끝이 나니 모든 백성이 영원히 함께 하고 오래 살기를 기원하였다.

이에 심청은 구중궁궐의 깊은 곳에 취장홍규(翠帳紅閨)의 높으신 몸이 되었지만, 영화(榮華)는 마음대로 되어도 마음은 항상 눈이 먼 아버지를 떠나지 못하여 생사의 여부가 염려되었다.

一日皇帝に乞ふやう、今天下泰平にして庶民皆仁德を謳歌せざるなし、只妾に一つの願あり、天下の盲人を闕内に召し、之に酒饌を賜はらば、如何に嬉しからんといふ。皇帝は皇后が慈心厚きを嘉し玉ひ直ちに下教して天下に令し、津々浦々の盲人を漏れなく皇城に招き玉へり。

하루는 황제에게 청하기를,

"지금 천하태평 하여 서민들 모두 인덕을 노래하지 않는 사람이 없습니다만, 단 소첩에게 한 가지 소원이 있습니다. 지금 하늘 아래 맹인을 성 안에 불러 들여, 이에 주찬(酒饌)을 베풀어 주신다면 얼마나 기쁠지 모르겠습니다."

라고 하였다. 황제는 황후의 자비로움이 두터운 것을 기뻐하며 바로 하교를 내려 천하에 명하여, 전국 방방곡곡의 맹인을 빠짐없이 도성으로 초대하였다.

飜って沈清の父沈奉事はその後、村人の情けにて、心淋しく餘生をつなぎけるがここに他人の生血をすするを生業とせる鬼婆ともいふべき一寡婦あり、沈奉事が老後の為めに積置きたる二百金を奪はんとて、甘言に欺きて押懸け女房の厚釜しくも沈奉事方へ入浸り、盲を幸ひ身ぐるみ剝ぎ取りていづれともなく姿をかくしぬ。悲しき事に思ひて之を悔めど詮力もなし、

한편 심청의 아버지는 그 후, 마을 사람들의 도움으로 마음 쓸쓸하게 여생을 이어 갔다. 한편, 다른 사람을 참혹하게 하는 것을 생업으로 하는 마귀할멈[21]이라고 불리는 한 과부가 있었는데, 심봉사가 노후를 위해 쌓아 둔 2백 냥을 뺏으려고, 달콤한 말로 속여서 청하지도 않았는데 느닷없이 찾아와서 뻔뻔하게도 심봉사의 집에 틀어 박혀서, [심봉사의]눈이 보이지 않는 것을 다행으로 여기며 몸에 지닌 것 전부를 뺏어서 어디론가 모습을 감추었다. 불행한 일로 생각하며 이를 후회해 봐도 어찌할 방법이 없었다.

皇帝の召し玉ふと聞いて、赤裸々一貫のよるべなき身を杖にすがりて、千辛萬苦を經たる後、漸やく皇城に辿り付き、招かれたる席の末班に肩身せばく畏まりぬ。

황제가 부른다는 것을 듣고는, 있는 그대로의 모습으로 일관되게 종잡을 수 없는 몸을 지팡이에 의지하여, 천신만고 끝에 겨우 황성

21 마귀할멈[鬼婆]: '뺑덕어미' 또는 '뺑파'라는 이름을 한자로 옮길 수 없어 그 인물됨을 감안하여 새롭게 지은 이름이다.

(皇城)에 도착하여 초대받은 자리 끝에 주눅이 들어서 공손히 앉아 있었다.

沈清は、盲人の氏名を記録せる名簿を繰りひろげひろげ父の名を求め行くに、中に琉璃国桃花洞沈奉事と書かれたり、天にも昇る心地して簾の裸より差覗くに、老ひさらぼひたる姿にて、末席に坐せるは正しく父なり、餘りの嬉しさに今の身を忘れて、玉座をすべり階下に走り寄ってたた父上よと涙瀧津瀬の暫しは止まず、沈奉事餘りの事に、眼を見開けば、ああら不思議、数十年縫ひ閉ぢられし両眼楙っと開いて、天地明朗たた沈清かと

심청은 맹인의 이름을 기록한 명부를 펼치면서 아버지의 이름을 찾았다. 그 중에 유리국 도화동 심봉사 라고 적혀 있는 것이 있어 하늘에라도 오를 듯한 마음으로 발 뒤에서 엿보니, 나이 드신 모습이기는 하지만 말석에 앉아 있는 사람은 바로 [찾고 있던]아버지였으니, 너무나 기쁜 나머지 지금의 자신을 잊고 옥좌에서 내려와 계단 아래로 달려가,

"아버지"

하고 부르니 눈물이 비 오듯 하며 잠시도 멈추질 않았다. 심봉사는 갑작스러운 일로 눈이 떠지더니 아주 희한한 일이 일어났다. 수십 년 동안 감겨 있던 두 눈이 떠지며 천지가 밝아졌다.

"오, 심청이냐?"

涙溢れて言葉続かず、犇とばかりに抱占めぬ。皇帝事の始終を聞か

せ玉ひ、痛く沈清の孝心に感じ沈奉事を府院君に封じ玉ひけりとぞ。(完)

눈물이 넘쳐흘러 말을 이을 수가 없어, 떨어지지 않게 꼭 안기만 하였다. 황제는 일의 전후 사정을 듣고서는, 심청의 효심에 몹시 감동하여 심봉사를 부원군에 임명하였다.(완)

연동교회 목사, 게일의 〈심청전 영역본〉(1919)

J. S. Gale, “The Story of Sim Chung”, *Gale, James Scarth Papers* Box 9.

게일(J. S. Gale)

▌해제▐

게일의 <심청전 영역본>은 캐나다 토론토대 토마스 피셔 희귀본 장서실인 『게일 유고』(Gale, James Scarth Papers)에 수록되어 있는 원고이다. 『일지』(Diary)에 수록시기와 그가 남겨놓은 서문을 보면, 1919년경 초역되었던 원고를 1933년 활자화한 것이다. <심청전 영역본>의 저본은 영역본 말미의 ‘宋洞新刊’이라고 표식이 잘 말해주듯이, <경판20장본>(송동본)이다. 『게일 유고』 Box14에는 게일이 자신의 번역작업을 위해, 고소설을 누군가가 <경판20장본>을 새롭게 필사한 판본이 있다. 즉, 한자를 병기하고 개신교 집단의 맞춤법에 맞춰 새롭게 필사한 것이다. 게일이 <경판 20장본>을 접촉한 시기는 게일의 논문(1900) 속에 <심청전>이 언급되는 점을 볼 때, 1900년 이전으로 추정할 수 있다. 게일은 <심청전>을 서울에서 구입했으며, 이 작품이 중국 송나라를 배경으로 설정되어 있음을 지적한 바 있다. 이러한 사항을 모두 충족시켜주는 <심청전>의 이본은 <경판20장본>이다. 물론, 그가 보기에 외설스럽거나 비속한 표현, 장황한 사설 등은 생략되어 있다. 그렇지만 그의 다른 한국고전과 같이 전반적으로 충실히 직역을 하고자 노력했으며, 따라서 행 단위 차원의 저본대비가 가능한 번역본이다.

참고문헌

권순긍, 한재표, 이상현,「『게일문서』(Gale, James Scarth Papers) 소재 <심청전>, <토생전> 영역본의 발굴과 의의」, 『고소설연구』 30, 한국고소설학회, 2010.

유영식, 『착훈목쟈: 게일의 삶과 선교』 1~2, 도서출판 진흥, 2013.

이상현, 「게일의 한국고소설번역과 그 통국가적 맥락 - 『게일유고』(Gale, James Scarth Papers) 소재 고소설관련 자료의 존재양상과 그 의미에 관하여」, 『비교한국학』22(1), 2014.

이상현, 『한국고전번역가의 초상, 게일의 고전학 담론과 고소설 번역의 지평』, 소명출판, 2013.

R. Rutt and Kim Chong-un, *Virtuous Women: Three Masterpieces of Traditional Korean Fiction*, Korean National Commission for UNESCO, 1974.

R. Rutt, *James Scarth Gale and his History of Korean People*, Seoul: the Royal Asiatic Society, 1972.

R. King, “James Scarth Gale, Korean Literature in Hanmun, and Korean Books”, 서울대 규장각한국학연구원 편, 『해외 한국본 고문헌 자료의 탐색과 검토』, 삼경문화사, 2012.

Long ago, in the days of the Sung Kingdom of China(960-1126 A.D.) there lived in Haiju a man called Sim Hakyoo. His family had held high office for generations and was accounted gentry. Later, however, evil fortune befell them and Sim when twenty years of age went blind. His spirit failed him; he ceased to visit the capital and his ceremonial robes and special dresses were put away forever. In a little country village, without friend or companion, he passed his weary days. His heart, nevertheless, remained right; his thoughts pure, and his general behaviour that of a gentleman indeed.

옛날 중국 송나라(960-1126) 해주[1] 땅에 심학규라는 사람이 살고 있었다. 그의 가문은 대대로 높은 관직을 역임하였고 상류층에 속했다. 그러나 후에 가문에 불행이 닥쳐 심은 이십 세에 눈이 멀었다.[2] 그가 낙담하여 수도[3]에 가는 것을 중단하자 예복과 특별복을 입을

1 해주(Haiju): 게일은 심학규가 사는 곳을 황주 도화동이 아니라 '해주(Haiju) 도화동'으로 제시했다. 그가 소설적 시공간을 한국으로 전환시키기 위하여 해주로 변경한 것은 분명히 아니다. 그는 중국 고전과 한국을 결코 분리되는 것으로 인식하지 않았으며, 작품 속에서 일관성이 지켜지지 않고 있다. 심학규가 맹인잔치에 가고자 할 때 잔치 소식을 알려 주는 벼슬아치는 'the governor of Whangjoo'이고 옷을 도둑맞고 만난 이는 'the Minister of Whangjoo'로 나온다. 또한 맹인 명부책에도 심학규가 '황주 도화동'에 사는 것으로 나온다. '해주'가 황주보다 작은 범위, 도화동 보다 큰 범위의 지역 명으로 볼 수도 있으나 전체적으로 보았을 때 게일이 황주를 '해주'로 오기했을 가능성이 더욱 크다.

2 심봉사의 이름은 '심학규'로 제시되고 그의 안맹시기가 20세로 설정된 심청전의 이본은 <완판본>과 <경판20장본>이다. 게일의 번역저본이 한남본 계열의 경판본(<경판24장본>, <경판26장본>)이 아님을 알 수 있다.

3 수도(capital): 게일의 <심청전 영역본>에서 "capital"은 황제가 사는 곳의 의미로 계속 표현된다. 하지만 나중에 심봉사가 맹인 잔치에 갈 때는 Imperial city(황시, 황도, 황성)이라고 한 번 쓴다. 전체적으로 capital은 Imperial city와 동의어로 사용되었다.

일이 영원히 없어졌다. 작은 시골마을에서 친구도 동료도 없이 지루한 날들을 보냈지만 그의 마음은 곧았고 생각은 순수했으며 전반적인 태도는 참으로 신사다웠다.

Sim's wife was Kwaksi, a gifted woman, after the model of Tai Im and Tai Sa, (Famous Chinese women, now accounted saints, who aided their husbands in the founding of the Chou Dynasty 1122 B.C.) was sweet of face and lovely of disposition. She was the friend of everybody, and cared for her husband after a model manner. No family fortune, however, had come her way, no rice lands, no slaves, no retainers. Greatly to be pitied was she on account of the poverty that compelled her to work with untiring fingers in order to obtain a livelihood for her family. She made clothes of all kinds, dresses for men and women, in which beautiful stitching was required, hemming, embroidery etc. She also wove headbands; made hat strings, outer coats, wristlets, leggings, socks, pockets, gaiters, girdles, hatcovers, and pillows, done with the goose of good-luck for pattern, or with the character for long life.

She never rested throughout the three hundred and sixty days of the year but saw to everything with unfailing eye even to the sacrifices of the spring and autumn. Whatever in any way could help blind husband she carried out with even hand.

심의 아내인 곽씨는 태임과 태사(오늘날 성인으로 추앙받는 유명한 중국 여성들로 기원전 1122년 주나라 건국 시에 남편을 도왔다)의 재주를 지닌 여인으로 얼굴이 곱고 성품이 사랑스러웠다. 모든 사람들과 잘 지냈고, 남편을 지극 정성으로 돌보았다. 그러나 물려받은 재산이 없어 논도, 노예도, 하인도 없었다. 참으로 가련하게도 곽씨는 가난 때문에 손 쉴 틈 없이 가족의 생계를 위해 일을 해야 했다. 그녀는 단 감치기, 자수 등 뛰어난 바느질 솜씨가 요구되는 온갖 종류의 남녀 의복을 지었다. 또한 머리띠를 짜고, 모자 끈, 겉옷, 팔목대, 속바지, 양말, 주머니, 각반, 허리띠, 모자 덮개, 행운을 상징하는 기러기 문양이나 장수를 기원하는 글자를 넣은 베개를 만들었다.[4]

그녀는 일년 삼백육십일 내내 쉬지 않았고 심지어 봄제사와 가을 제사까지 빈틈없는 눈으로 모든 것을 살폈다. 눈먼 남편을 도울 수

4 머리띠를 짜고~글자를 넣었다.(She also wove~for long life.): 우리는 게일의 한국 의복을 번역한 각 어휘들을 접할 서구인 독자가 연상하게 될 의미로 번역했다. 그렇지만 게일이 제시한 각 어휘들에는, 그에 대응되는 당시 한국인의 의복에 관련되는 다양한 한국어 어휘들이 관련되어 있다. 한국의 개신교 선교사들이 각 영어 어휘에 대응하여 지녔을 의미[한국어 어휘]를 그들의 영한사전을 통해 다음과 같이 엿볼 수가 있기 때문이다.

게일 번역본 (The Story of Sim Chung)	개신교 선교사의 이중어사전	고소설 원본 (경판 20장본)
headband	망건(Underwood 1890, Scott 1891, Jones 1914)	망건
outer coat	젹삼, 져구리(Underwood 1890), 큰옷, 웃옷, 것옷, 큰창옷, 두루마리(Scott 1891), (1)져고리, 웃옷 (2)밧게덥힌것, 외피(外被) (3)막(膜), (層) (4)닙힌것, 바른것	비즈
wristlet / leggings	『한영즈뎐』(1911)에 "토슈(吐手) Wristlets"로 등재되어 있으며, 동의어로 "토시"가 제시되어 있다. 슬갑(膝甲), 힝젼(行纏), 쟝말(長襪), 각반(脚絆).(Underwood 1925)	토슈

있는 일이라면 무슨 일이 있어도 변함없이 해냈다.

One day Sim said to her, "People with all their faculties are oftentimes very unhappy, but we otherwise. By what merit of the past, pray, have you and I become man and wife, so that you wait on me, a blind creature, as though I were a child, fearful lest I suffer from cold or hunger. My blessings, good wife, have been great, but yours, a hard lot indeed. When I think of it my soul melts within me. Nearing forty years we are, and yet have no child has come to gladden our days, or to see that the fires of sacrifice burn not low. Death, a sad prospect, awaits us all when we shall pass on into the Yellow Shades to meet our ancestors with shamed faces. Who will comfort our departed spirits I wonder ? Let's betake ourselves to the hill-temples for

socks	보션.(Underwood 1890), 짜른버션, 단말(短襪), 양말(洋襪) (Underwood 1925)	보션
pockets	쥬먼이(Underwood 1890), 쥬머니(Scott 1891), 옷주머니(衣囊)(Jones 1914), (1) 쥬머니, 호쥬머니, 의낭(衣囊), 회즁(懷中). (2) 지정(財政), 돈(Underwood 1925)	쌈지
gaiter	힝젼(Underwood 1890, Scott 1891), 힝젼(行纏), 각반(脚絆).(Underwood 1925)	힝젼
girdles	허리씌, 씌(Underwood 1890), 띄, 요디(Scott 1891), 씌(帶) (Jones 1914), (1)허리씌, 요디(腰帶), 씌. (2)뼁돌녀벗기는 것, 환상박피(環狀剝皮): v.t. (1)씌를씌다, 둘느다, 갈아올나가다.(2)환상박피ᄒᆞ다(環狀剝皮)(Underwood 1925)	허리씌
pillows	벼ᄀᆡ, 목침(Jones 1914), 벼ᄀᆡ, 침셕 (枕席), 침 (枕) [in comp.](Underwood 1925)	벼ᄀᆡ

prayer in the hope that a son or daughter may be born to us.”

하루는 심이 부인에게 말했다.

“사지 멀쩡한 사람도 때로 아주 불행한데 우리는 그렇지 않소. 과거 무슨 덕으로 우리는 부부가 되어 당신은 내가 어린아이인 양 추위와 굶주림으로 고통 받을까 걱정하며 눈먼 장님인 나를 보살피는가. 좋은 아내를 얻은 내 복은 크지만 당신 신세는 참으로 딱하오. 이를 생각하면 마음이 녹아내리오.[5] 나이 사십이 다 되도록 여전히 우리의 날들을 기쁘게 하고 향불이 꺼지지 않도록 살필 아이를 얻지 못했소. 생각하면 슬픈 일이지만 죽음이 우리 모두를 기다리고 있소. 우리가 황천(Yellow Shades)으로 들어가 조상을 만나면 부끄러울 것이오. 누가 우리의 죽은 영혼을 위로해 줄 것이오? 산사로 가서 아들이든 딸이든 태어나게 해 달라 기도해 봅시다.”

Kwaksi replied, “In the ancient books there are many failings mentioned of the wife, but the most heinous sin of all is to have no child. This is my offence. I should have been a castaway but for the

5 이를 생각하면 마음이 녹아내리오(When I think of it my soul melts within me): 해당 원문의 “肝腸(간장)이 녹는 듯 하거니와”는 서구인 독자에게는 온전히 전달하기 어려운 관용적 표현이기도 하다. 게일의 『한영ᄌᆞ뎐』(1911)을 보면, “간장(肝臟)”은 “liver and bowels – the seat of sorrow, distress etc”로 풀이된다. 즉, 게일은 단어 그 자체와 표면적 의미는 분명히 “간과 창자”를 지칭하지만, 한국인의 언어 속에서 “간장”이 차지하는 의미를 분명히 알고 있었다. 그것은 서구인에게 있어 마음 혹은 영혼에 부합한 ‘애통함과 비통함이 느껴지는 몸의 중심[자리]’이란 의미맥락이다. 게일이 원문의 “간장”을 ‘soul’로 번역한 이유를 이 속에서 짐작할 수 있다.(“my soul melts within me”) 이하 <경판 20장본>을 필사한 게일의 한글필사본을 저본대비 및 인용 자료로 활용도록 한다.[첨부자료 1]

kindness of my husband. Seeing I am allowed to remain, my earnest wish, night and day, has been to have a child. To win this what would I not do? Now that you have spoken of it I shall join gladly in such a prayer. Be it to some noted mountain, great temple or spirit shrine; be it to the Buddha, or the Seven Stars, or to the Ten kings of Hades, I shall do my hundred days with all my heart, trusting assuredly that an answer will come."

곽씨가 대답하였다.

"옛 책에 아내의 허물을 말한 부분이 많지만 그 중 가장 큰 죄는 자식을 못 낳는 것입니다. 나의 죄가 매우 큽니다. 남편인 당신의 관대함이 없었다면[6] 예전에 쫓겨났을 겁니다. 이 집에 살면서 주야로 간절히 기원한 것은 바로 아이를 가지는 것이었습니다. 아이를 얻기 위해 무슨 일인들 못하겠습니까? 당신이 이렇게 말씀하시니 그 기도에 기꺼이 함께 하겠습니다. 명산이든, 큰 절이든, 사당이든 어디든 가겠습니다. 부처님이든, 칠성님이든, 하데스의 십왕[十王]님에게든, 온 정성을 다해 백일기도하면 반드시 기도를 들어줄 것입니다."[7]

---

6 내 남편의 관대함이 없었다면(but for the kindness of my husband): 해당 원문의 표현은 "君子의 넓브신 德澤으로"이다. 게일의 『한영ᄌᆞ뎐』(1911)을 펼쳐보면, "군ᄌᆞ(君子)"는 "The Perfect man; the superior man"으로 풀이되며, 반대말로 '小人'이 제시되어 있다. 즉, 게일의 사전 속에서의 의미는 유교 공자가 이야기한 이상적인 인간상이다. 하지만 원문 고소설 속 '군ᄌᆞ'란 어휘에는 곽씨 부인이 심봉사를 높여 이르는 관습적인 용례가 있다. 하지만 게일은 이러한 문맥을 소거하고 그냥 남편으로 번역했다.

7 부처님이든, 칠성이든, 하데스의 십왕(十王)에게든 ~ 들어줄 것입니다.(be it to the Buddha, or the Seven Stars, or to the Ten kings of Hades~trusting assuredly that an answer will come.): 해당원문의 표현은 "諸佛諸神 彌勒尊佛 七星佛供 百日山祭 十王佛供 갓갓지로 다 지내고"이다. 게일은 원문에서 신앙의 대상을 '부처,

In the year kapja, 4th Moon and 10th night Kwaksi had a dream in which a great light streamed into the room - the Five Primal colours blended softly together. Following in its wake came an angel riding on a crane, all the way from heaven. She wore a silken robe, a shining crown upon her head, and gems hanging from her girdle string. In her hand she carried a flower. Bowing low before Kwaksi, she looked like Kwannon come to life again. Kwaksi was dazed not knowing whether it was real or not.

The angel said, "I am the daughter of the Western Queen Mother, and now a maid in waiting before the throne of the Most High. Once when passing the peaches of the fairy, I lingered for a moment to talk to Tong Pangsaki. For this I was accounted a sinner and driven into exile among men. I know not where to go till Noja, the Mother of the earth, brought me here. Please accept me." Thus she spoke and nestled close to the heart of Kwaksi.

갑자년 음력 4월 10일 밤에 곽씨는 한 꿈을 꾸었는데 큰 빛이 방안으로 들어와 다섯 가지 원색이 부드럽게 섞였다. 이 뒤를 이어 한 천

칠성, 하데스의 십왕'으로 한정하여 번역했다. 게일의 『한영ᄌᆞ뎐』(1911)에서 "부쳐[佛]"은 "Buddha"로, "七星"은 "The Seven Stars" of Dipper; a part of the Great Bear."로 풀이된다. 사전 속 한영 대응관계와 그의 『심청전』번역은 부합한다. 반면 "十王"은 『한영ᄌᆞ뎐』(1911)에는 등재되지 않은 한국어이다. 게일은 이를 하데스의 십왕(Ten kings of Hades)으로 번역했다. 그는 이 어휘가 불교에서 '저승에서 죽은 사람을 재판하는 열명의 왕'을 지칭한다는 점을 분명히 알고 있었다. 개신교선교사의 영한사전 속 "Hades"는 "음부(陰府), 디부(地府), 황천(黃泉)(Jones 1914), 음부(陰部), 명부(冥府), 황천(黃泉), 디옥(地獄)(Underwood 1925)"이라고 풀이된다. 즉, 게일은 저승의 十王이라는 의미로 영역한 셈이다.

사가 학을 타고 하늘에서 내려왔다. 비단 옷을 입고 머리에는 빛나는 관을 쓰고 있었으며 허리춤에는 보석을 달고 손에는 꽃을 들고 있었다. 그녀가 곽씨 앞에 엎드려 절을 하는데 관음이 환생한 듯했다. 곽씨는 이것이 꿈인지 생시인지 몰라 어리둥절했다.

천사가 말하였다.

"나는 서왕모의 딸로 지금은 하나님의 시녀입니다.[8] 한 번은 선계의 복숭아를 전하려고 할 때, 잠시 지체하며 동방삭이[9]와 대화를 나누었습니다. 이로 인해 죄인이 되어 인간 세계로 추방되었습니다. 어디로 가야할지 몰랐는데 노자인 대지의 어머니께서[10] 나를 여기

---

8 나는 서왕모의 딸로 지금은 하나님의 시녀입니다(I am the daughter of the Western Queen Mother~the Most High): 해당 고소설의 원문은 "西王母의 쏠일너니 玉皇上帝…"이다. 게일은 원문 속 "西王母"의 개별 한자를 그대로 풀이하여 "Western Queen Mother"라고 번역했다. 그는 한국의 유명한 여인들이라는 연재기사를 잡지에 게재한 바 있는데, 서왕모 역시 중요한 인물로 소개되었다.(J. S. Gale, "Korea's Noted Women", *The Korea Magazine* 1917. 7.) 즉, 한국고전 속에 반영된 고대 중국, 중국문화를 한국과 분리된 별도의 것으로 여기지 않았다. 요컨대, 한국인의 문학, 마음속에 자리 잡은 이 한문고전세계를 그는 한국인의 중요한 유산으로 이해한 것이다. 이에 비해 "玉皇上帝"는 유대·기독교적 유일신 개념 하느님("the Most High")으로 번역했다. 이는 1910년대 중반 이후 유교의 天神 관념에 관한 게일의 일관적인 번역양상이다. 한국의 성서번역에서 기독교의 신을 上帝나 天主로 번역하는 것을 게일을 비롯한 선교사들은 반대했다. 그 반대의 근거가 되는 神名, 오늘날 하나님이란 신명을 정립하는 데 큰 공헌을 한 인물이 게일이다. 하지만 그는 성서가 한국어로 완역되는 기념식에서 한국인의 다양한 신명이 서구의 유일신 관념과 대등한 것임을 인정했다.(J. S. Gale, "The Korean's view of God", *The Korea Mission Field* 12, 1916. 3)

9 동박삭이(Tong Pangsaki): 게일의 『한영ᄌ뎐』(1911)에서 東方朔은 "An ancient of the Han dynasty who is said to have lived five hundred years."라고 풀이되어 있다. 그와 관련된 이야기를 개신교 선교사들 역시 잘 알고 있었다. 익명의 개신교 선교사가 한국인의 구전을 듣고 옮긴 동방삭에 관한 설화 1편은 이 점을 잘 보여준다.(X, "A Korean Methuselah", *The Korean Repository* IV, 1897)

10 노자(Noja)인 대지의 어머니께서(Noja, the Mother of the earth): 게일은 원문 고소설의 "太上老君"에 관해서 노자라는 고유명사 그대로의 한자음을 번역했고, "후토부인"에 관해서는 后土婦人의 한자 뜻을 풀어서 "the Mother of the earth"라

로 데려다 주었습니다. 나를 받아주십시오" 라 하며 곽씨의 품에 안겼다.

Kwaksi awoke, and lo it was a dream. When husband and wife had talked it over together they found that both had dreamed alike, a mysterious sign indeed.

Time passed and Kwaksi's hour had come. Sim the blind man with mingled joy and pain placed a bowl of water on the table and knelt in reverent prayer. A strange presence filled the room with lights of different colours shimmering here and there, and behold a child was born, a little daughter.

Kwaksi was in deep distress and said, "This late won child of mine, a daughter, not a son, I am so sorry."

곽씨가 깨어나 보니 오호라, 그것은 꿈이었다. 부부가 꿈에 대해 서로 이야기하자 두 사람 모두 같은 꿈을 꾼 것을 알게 되었다. 참으로 신기한 징조였다.

시간이 흘러 곽씨의 해산일이 다가왔다. 눈이 안 보이는 심은 한편은 기쁘고 한편은 힘들어 하며 물 한 사발을 상 위에 놓고 무릎을 꿇고 경건한 마음으로 기도했다. 기이한 존재가 온갖 빛의 색으로 방을 채우며 이리저리 아롱거렸다. 태어난 아이를 보니 귀여운 딸이었다.[11]

고 번역했다. 하지만 전고를 모르는 서구인의 경우, "대지의 어머니 즉 노자"로 해석할 수도 있다.

곽씨는 매우 고통스러워하며 말하였다.

"늙어서 얻은 자식이 아들이 아니고 딸이라니 참으로 섭섭합니다."

Sim replied, "Don't say that. The child comes by aid of God and the good spirits. Though a daughter is counted of less worth than a son, still there are bad sons who shame their ancestors. A good daughter, too. is worth more than many a son. We shall bring this one up well, teach her sewing and weaving, win for her a superior husband and make her life happy as the harp strings. May she have many sons who will sacrifice to our departed spirits when we pass over."

심은 대답하였다.

"그런 말 마오. 이 아이는 하나님과 선령들의 도움[12]으로 태어났소. 비록 딸이 아들보다 못하다고 하나, 조상을 욕보이는 못된 아들도 있고 착한 딸은 여러 아들보다 더 낫소. 우리 이 아이를 잘 키워 바느질하고 옷감 짜는 법을 가르치고 군자 남편을 얻어주어 하프 줄처

11 게일은 외설스럽거나 골계적이고 비속한 원본의 표현들을 생략했다. 즉, 심봉사는 아들인지 딸인지를 확인하는 장면 "심봉사 디쇼ᄒᆞ고 샷ᄎᆞᆯ 만져보니 손이 ᄂᆞ로비 갓치 밋근덩 지ᄂᆞ가니 아마도 무근 조기가 힛조기를 낫ᄂᆞ보오"와 같은 표현을 생략한다. 이 외에도 "雲雨之情"과 같은 표현, 목욕을 하다 옷을 모두 빼앗긴 심봉사의 몰골을 이야기 하는 대목 등이 생략되어 있다.

12 하나님과 선령들의 도움(aid of God and the good spirits): 원본 고소설의 "…天佑神助ᄒᆞᆯ거시오…"이라는 언어표현을 게일이 번역한 부분이다. 게일『한영자뎐』(1911)에서 "텬우신조ᄒᆞ다"는 "To be aid by Heaven and the spirits-in something difficult"이라고 풀이되어 있다.『한영ᄌᆞ뎐』(1911)에서 天이 하늘(Heaven)로 풀이되는 양상과는 달리, 고소설 번역에서는 "God"으로 번역되어 있다. 이러한 "天=God"이라는 대응관계에는, 한국인의 전통적인 하늘에 대한 신앙을 서구와 대등한 유일신 관념으로 수용한 1910년대 게일의 관점이 반영되어 있다.

럼 행복한 삶[13]을 살게 합시다. 이 딸이 아들을 많이 낳으면 그 아이들이 우리가 죽은 후 제사를 지내 줄 것이오."

Soup was prepared quickly and placed on the table, a sacrifice to the Three Spirits. Sim washed put on his headband and his old hat and then lifted his hands and made a prayer, "You have given me a daughter after forty years of age. Such grace is higher than the mountains and deeper than the sea. Let this child of mine live long like Tongpangsaki; have the loveliness of Tai Im, the ability of Panheui, the filial piety of Soon and be rich as Suk soong. Let her grow like the waxing moon fairer day by day."

삼신(Three Spirits)에게 바치는 국을 급히 준비하여 상에 놓았다. 심은 몸을 씻고 머리띠를 매고 낡은 모자를 쓴 다음 손을 들어 기도를 했다.

"나이 사십이 된 후에 딸을 얻었으니 그 은혜는 산보다 높고 바다보다 깊습니다. 이 아이가 동방삭이의 장수, 태임의 사랑스러움, 반희의 재주, 순의 효성, 석숭의 부를 가지게 해주세요. 달이 차듯 날마다 더 아름답게 자라도록 해주십시오."

---

13 하프 줄처럼 행복…(…happy as the harp strings): 원본 고소설의 "…琴瑟友之즐거움"을 '하프 줄처럼 행복함'이라고 게일은 번역한 셈이다. 그의 『한영ᄌ뎐』(1911)에 수록된 관련 표제항을 보면, 琴瑟은 "Harp and guitar-harmony; union; agreement; conjugal felicity"로, "琴瑟之樂"은 "The delights of harmony; conjugal felicity"로 풀이된다. "琴瑟之樂"을 부부 간의 더 없는 행복함(conjugal felicity)으로 의역하지 않고 원문의 '琴瑟友之즐거움'을 축자역하였다.

The table of the Three Spirits was then put aside and the mother given hot gruel. Sim sits with the baby in his arms and sings:

심은 삼신상을 옆으로 치우고 아기 엄마에게 뜨거운 죽을 주었다. 심은 아이를 팔에 안고 앉아 노래했다.

Little treasure, shining gold
Close up to my heart I hold.
Have you come from heaven, pray,
Softly down the Milky Way?
Was your equal ever seen,
Pearls or jewels, my little queen?
Lands, or gold, or riches many,
Like to you there isn't any.
Corals, jewels, could they ever?
Nought could buy thee, never, never.

작은 보물, 빛나는 금,
품에 너를 꼭 안는다.
하늘에서 왔느냐?
은하수에서 사뿐히 내려 왔느냐?
너 같은 이 또 있겠느냐?
진주이냐 보석이냐, 나의 귀여운 여왕.
땅, 금, 부가 많다 해도

너에 비하랴.
산호, 보석 다 준다 해도
너와 바꾸겠느냐, 절대 못 바꾼다.

He rejoiced in his child while she, his poor wife arose with difficulty. For two or three days she moved about a little, and then fell ill of that distemper that mothers suffer. Her limbs trembled and her lips spoke, " My head, my head." Her sickness grew apace and at last reached the point of death. Knowing that she could not live, she took her husband's hand and giving a long sigh said, "We, two, in the poverty of our little home plighted our troth for a hundred years. I have failed in many things and yet my desire has always been to do everything for my dear husband. The will of Heaven leads us thus far only and now our ways part. I shall pass on into the Yellow Shades, but dear husband, who will care for you? A lonely wanderer I fear you will be. I can see you with alms dish in hand, and staff, blindly groping. We were over forty when we made our prayer and won our little child and now I am dying. What is my sin, I wonder. All the way to the Yellow Shades tears will follow me. But I shall come back at times and as a spirit hover over my loved ones. The life, too, that I have failed to live we shall fill out hereafter."

그는 아이를 얻어 기뻤다. 한편 그의 불쌍한 아내는 힘들게 일어나 이삼일 이리저리 조금 움직이더니 산후병을 얻고 말았다. 그녀는 사지를 떨면서 입술로 말하였다. "아이고 머리야."

병이 빠르게 진행되어 마침내 죽기에 이르렀다. 살 가망이 없다는 것을 알고 그녀는 남편의 손을 잡고 긴 한숨을 쉬며 말하였다.

"우리 두 사람 작고 초라한 집에 살면서 백년을 함께 할 것을 맹세했지요. 여러모로 부족한 부분이 많았지만 항상 최선을 다해 내 소중한 남편을 섬기고자 했는데, 여기까지만 함께하고 이제부터 다른 길을 가야 하는 것이 하늘의 뜻인가 봅니다. 내가 황천으로 간 후, 사랑하는 남편이여, 누가 당신을 돌보겠습니까? 당신이 외로운 방랑객이 되지 않을까 걱정입니다. 동냥 그릇을 손에 들고 지팡이로 더듬는 당신의 모습이 눈에 선하네요. 사십이 넘어 기도를 드린 후 아이를 얻었는데 이제 죽어가니 내가 무슨 죄를 지었단 말입니까? 황천길 가는 내내 눈물을 흘리겠지요. 허나 나는 가끔 정령이 되어 이곳으로 와 내 사랑하는 사람들의 위를 떠돌 것입니다. 이승에서 나누지 못했던 나머지 삶은 다음 저승에서 함께 나누도록 해요."

She let go his hand and with a sigh placed her arm about her child. In her agony she turned her face toward the wall and said, "Heaven and Earth have withheld, and the spirits are unrelenting. Would that you had come earlier or that I had lived longer. You are born; I die. Such is our lot. The wide heaven and vast earth push us asunder." She covered her face and, as rain falls, her tears fell. Then with a gasp and choking note she passed away.

그녀는 남편의 손을 놓고 한숨을 쉬며 아이를 팔로 안았다. 극심한 고통을 느끼며 벽 쪽으로 얼굴을 돌리며 말하였다.

"하늘과 땅은 지금까지 주지 않았고, 정령은 지금 무자비하구나. 네가 더 일찍 왔더라면 내가 더 오래 살았더라면 좋았을 것을. 네가 태어나고 나는 죽는구나. 우리의 운명이 기구하다. 넓은 하늘과 광활한 땅이 우리를 갈라놓는구나."

그녀가 얼굴을 감싸니 비가 떨어지듯 그녀의 눈물도 흐른다. 그런 후 그녀는 헐떡이며 캑캑하더니 세상을 떠났다.

Sim, beside himself cried, "Aigo! aigo! My Kwaksi is dead." He beat his breast and said, "Wife, wife, for you to die and me to live, alas, alas!" Then he went on, "My child, in the long winter nights when the wind sweeps by like spiked arrows how shall I wrap you warm? In the dark nights when no moon shines, your cries will pain my ears. Who will feed you? Who will care for you? My heart though it were a stone would melt. Wife, don't die, please don't die. We had thought to live our lives together. Where is Yumna(Hades) any way? Will you leave me thus and go thither? When will you return? When horns grow on the head of the dragon horse?

"When flowers fall do they ever rise to bloom again? The sun that passes today will rise tomorrow, but whither Kwaksi goes, gives back its light no more. Is it to the palace of the Western Queen Mother, where the fairy peaches grow that you have gone? Or to the halls of Hanga(The old woman in the moon) in the moon? Who shall

I follow? Alas! Alas! How desperate my lot!"

심은 정신없이 울었다. "아이고, 아이고, 나의 곽씨가 죽었구나."

그는 가슴을 치며 말했다. "부인, 부인, 당신 죽고 나 살다니, 이럴 수는 없소!"

그런 후 그는 말을 이었다.

"딸아, 긴 겨울밤 바람이 뾰쪽한 화살처럼 몰아칠 때 무엇으로 너를 덮어 따뜻하게 할까? 어두운 밤 달빛도 없을 때 너의 울음소리는 내 귀를 아프게 할 것이다. 누가 너에게 먹을 것을 줄 것인가? 누가 너를 살필 것인가? 내 심장이 돌이라고 해도 녹아내릴 것이다. 부인, 죽지 마오, 제발 죽지 마오. 우리 두 사람 한 평생을 함께 할 것으로 생각했소. 염라(하데스)는 어디에 있는가? 나를 이렇게 두고 당신은 저곳으로 가겠다는 것이오? 언제 돌아올 것이오? 용마의 머리에 뿔이 날 때 돌아오겠소?

"꽃은 떨어지면 언제 다시 피는가? 오늘 지는 해는 내일 떠오르지만, 곽씨가 갔으니, 이제 해도 그 빛을 잃을 것이다. 천도복숭아가 자라는 서왕모의 궁전으로 갔는가? 달에 있는 항아(달의 노파)궁으로 갔는가? 나는 누구를 따라가야 하는가? 아이고, 아이고, 내 처지가 참으로 기구하구나![14]"

The people of the village of Towha wept as they said, "Good honest Kwaksi, her skill of hand so great, her actions so pure! Thus

14 <경판20장본>의 곽씨의 유언장면이 생략되었다. 이는 장황한 사설이기에 게일이 생략한 것으로 판단된다.

she dies. 'Tis most sad!"

Kwiduk's mother came forth and made an offering to the death spirit. She took rice from a box, three measures or so, went into the kitchen, prepared it quickly, making in all three dishes for the spirits of the dead. These she placed upon a table. Sim brought three pairs of straw shoes for the spirits, and with a cash piece in each placed them at the head of the table saying, "These will shoe thee for thy journey. Take them, I pray thee as you go."

Then he took Kwaksi's coat by the collar and whirling it about his head said to the spirits, "Hyunpoong Kwaksi of the town of Towha in the land of Chosen(Korea) Bok, Bok, Bok!" Then he threw the coat up on to the roof and added, "May death take me, Sim Hakyoo instead."

도화동의 사람들이 울며 말하였다.

"착하고 정직했던 곽씨, 손재주도 뛰어나고, 행실은 또 얼마나 단정했는가! 이렇게 죽다니 이보다 더 슬픈 일이 있을까!"

귀덕어미가 앞으로 나와 죽은 영[靈]에게 줄 제물을 만들었다. 그녀는 쌀 단지에서 세 홉 정도의 쌀을 퍼 부엌으로 가 급히 쌀을 씻어 죽은 영들에게 바치는 밥 세 그릇을 지어 상의 맨 위에 두었다. 심은 영혼들이 신을 짚신 세 벌을 가져다가 각 신발에 동전 한 개씩 넣어 제상의 맨 위에 놓으며 말하였다.

"이 신은 그대의 여행을 위한 신입니다. 갈 때 신고 가세요."

그리고 그는 곽씨의 옷의 깃을 잡아 머리 위로 빙빙 돌리며 사자에게 말하였다.

"조선(한국) 땅 도화동의 현풍 곽씨 복, 복, 복!"

그런 후 그는 옷을 지붕 위로 던지며 말하였다.

"죽음이여, 나 심학규를 대신 데리고 가소서."

On seeing this, the village people held a conference at which they decided to take up a collection and have Kwaksi properly buried. They prepared clothes and a coffin and made ready a grave on the sunny hillside. The bier went forth with its frame of wood, its poles for service tent, its oak bars for a canopy overhead, a phoenix tail in front, and red silk lanterns at the corners.

"Lift, all hands!" they shouted, "Open the gates!" and away they went.

Thus we behold poor Sim's sad journey, his little child in swaddling clothes left with Kwiduk's mother. With staff in hand he follows the bier murmuring[15] to himself, "Whither away? thus you leave me, whither away?"

이를 본 마을 사람들이 회의를 한 후 돈을 거둬 예를 갖춰 곽씨의 장례를 치러주기로 결정했다. 그들은 옷과 관을 준비하고 양지바른 언덕에 묘를 준비했다. 상여가 앞으로 나가는데 상여는 나무 틀, 묘막 기둥, 참나무 막대로 받친 차양, 앞쪽은 불사조 꼬리, 모퉁이에는

15 영역본 원문의 mummuring은 murmuring의 오기인 듯하여 수정하였다.

홍사등으로 되었다.

그들은 소리쳤다. “모두 들어 올리시오! 문을 열어라!”

그들은 멀리 갔다. 이리하여 우리는 불쌍한 심의 슬픈 여정을 바라보게 된다[16]. 그는 어린 아이를 강보에 싸 귀덕어미에게 맡겨두고 손에 지팡이를 쥐고 혼자 중얼거리며 상여를 따라간다.

“어디로 가오? 이렇게 나를 두고 어디로 가오?”

Two miles they pass and reach the quiet hill where their ancestral mounds repose.

After lowering the coffin and closing the grave Sim cries, “You have left me, wife, Of what use, tears? The way to the Yellow Shades has no inn at which to rest. How pitiful! How cruel! Blind I am, left here with the child you have given.” Thus he sat lamenting. All the people who gathered at funeral wept with him.

Evening fell and along with the others he returned home. His kitchen is silent, not a sound to greet the ear. Like a castaway he sits with his little child. His quilt, his pillow he gropes for as he says to himself, “All these were seen to for me, but who will help me now? Why did she die?” He said to the child, “A little milk you had today,

---

16 이리하여 우리는 불쌍한 심의 슬픈 여정을 바라보게 된다(Thus we behold poor Sim's sad journey): 이는 고소설에서 서술자가 직접 텍스트에 개입되는 특징적 서술방식이 반영된 부분이다. 즉, “심봉사 거동보소”라는 고소설의 언어표현이 지닌 맛을 게일이 번역하려는 시도이다. 서술화자가 직접등장하며 더불어 과거시제로 되어있지만 이 부분만큼은 현재 시제로 되어 있다. 이는 원본 고소설의 언어표현에 기반을 둔 것이다. 하지만 대체적으로 게일의 번역에 있어서 이러한 서술자 직접개입은 생략되는 경우가 더 많다. 이는 예외적인 사례에 속한다.

but who will care for you tomorrow?"

2마일을 간 후 그들은 조상들의 묘가 안치되어 있는 조용한 언덕에 도착한다.

관을 내리고 봉분한 후 심은 울부짖는다.

"부인, 이제 당신은 나를 떠나갔구려. 눈물이, 무슨 소용이 있겠는가? 황천길에는 쉴 여관도 없다. 참으로 불쌍하오! 참으로 잔인하오! 눈먼 나는, 부인이 낳은 아이와 여기에 있는데."

그는 앉아서 탄식했다. 장례식에 모인 모든 이들이 그와 함께 울었다.

해가 지고 그는 다른 이들과 함께 집으로 돌아왔다. 부엌은 적막하고 귀를 반길 소리 한 점 없다. 버림받은 사람처럼 어린 아이와 함께 앉아 이불과 베개를 손으로 더듬으며 혼잣말을 한다.

"이전에 아내가 나를 위해 모든 것을 살펴 주었는데, 이제 누가 나를 도와 줄 것인가? 아내는 왜 죽었을까?"

그는 아이에게 말했다. "오늘은 젖을 조금 먹었다만 내일은 누가 너를 보살펴 주겠느냐?"

In wind and weather he journeyed from house to house wherever a child might find aid. He had no eyes but his ears did the work of both. In the long nights of winter he tossed about without sleep and when the first sounds greeted the morning he was out beyond the gate saying, " Please, good wife, good mother, help my little one. She is not yet seven days old."

After getting what he needed he would return home. Thus was Sim's life: in one arm the baby in the other hand his staff. He went from house to house: "A little that's over when your own dear baby feeds. How kind an act to a motherless bairn."

In the 6th and 7th moons he went also to where the women were weeding in the fields, or washing by the stream. Some responded kindly, but some replied, "We have given all to our own baby and have none to spare."

바람이 부는 험한 날씨에 그는 아이가 도움을 받을 수 있는 곳이면 어디든 이집 저집 다녔다. 그는 눈이 보이지 않지만 귀는 눈의 일까지 했다. 겨울 긴 밤에 몸을 뒤척이며 잠들지 못하다가 아침을 반기는 첫 소리가 나면 그는 대문 밖으로 나와 말하였다.

"착한 부인, 착한 어머니, 제발 내 어린 것 좀 도와주오. 아직 7일도 되지 않았소."

그는 필요한 것을 얻어 집으로 돌아오곤 했다. 심의 삶은 이러하였다. 한 팔에는 아기를, 다른 팔에는 지팡이를 짚고 이집 저집을 다녔다.

"당신의 귀한 아기가 먹고 남은 것을 조금만 주오. 어미 없는 딸자식에게 이 얼마나 고마운 일이오."

음력 6월과 7월에 그는 여자들이 풀을 뽑는 들판이나 빨래하는 개울가에도 갔다. 어떤 이는 친절하게 그의 말을 들어주었지만 어떤 이는 "우리 아이에게 다 주고 남은 것이 없소."라고 말했다.

When he got what he needed he was so happy and would take his seat in the sun, or on a grassy bank and there would toss his baby up and down saying, “Do you sleep? Can you laugh? How much you have grown.” He would span its little height, clap his hands and say, “So great, so tall! Soon you’ll be like your dear mother and gladden your daddy’s heart. If baby has a hard time when she’s little she’ll grow up to be a princess, rich and great.”

Thus was his child fed and in winning its way he himself was fed as well.

He carried a bag made with two pockets slung over his shoulder. Into one spare part he put cooked rice, and into the other unhulled grain. What people gave him he received, and during the month he visited six market places and gathered his cash pieces one by one. With these he bought gruel for his little one.

원하는 것을 얻었을 때 그는 몹시 행복하여 양지나 풀 덮인 강둑에 자리를 잡고 앉아 아이를 위 아래로 어르며 말했다.

“자느냐? 웃을 수 있느냐? 많이도 자랐구나.”

그는 손 뼘으로 아이의 키를 재어보고 박수를 치며 말하곤 했다.

“많이도 크고 많이도 자랐구나! 너의 엄마처럼 예쁘게 자라 아비의 마음을 기쁘게 할 것이다. 아기가 어릴 때 고생을 하면 자라서 부유하고 멋진 공주가 된다.”

이렇게 빌어서 아이를 먹이고 그러면서 그도 또한 얻어먹었다.

그는 주머니가 두 개 달린 자루를 어깨에 메고 다녔다. 한 주머니에는 쌀밥을 넣고 다른 쪽에는 벼를 넣었다. 사람들이 주는 것을 받았고 한 달에 시장 여섯 곳을 다니면서 동전을 한 개씩 모았다. 이 돈으로 어린 것이 먹을 죽을 샀다.

He passed the years of mourning remembering the 1st and 15th days of the Moon and the Lesser and Greater Sacrifices. During all this time the child grew to be more and more dear. Heaven and Earth aided, and the Buddhas lent a hand. Free from all illness she grew to be six or seven years of age, beautiful beyond compare. Most skilful she was in her work, a child of unrivalled devotion, waiting on her father constantly, and sacrificing to her mother's spirit. All spoke her praises.

그는 삭망제[朔望祭], 소제[素祭]와 대제[大祭]를 잊지 않고 아내를 애도하며 세월을 보냈다. 이 모든 시간 동안 아이는 점점 더 사랑스러운 아이로 자랐다. 하늘과 땅이 돕고 부처가 손을 내밀었다. 딸이 병 한군데 걸린 데 없이 자라 나이가 6-7세가 되니 그 아름다움이 비할 데가 없었다. 일솜씨가 야무지고 아버지를 섬기는 것이 한결같고 모친 제사도 살피는 그 누구도 따라가지 못할 헌신적인 딸이었다. 모두들 그녀를 칭찬했다.

One day she said to her father, "Even the crows in the wood who cannot speak, come back at eventide with food in their mouths. Wang Sang of China broke the ice and caught a winter carp that saved his mother. Maing Jong amid the snow found bamboo sprouts to cheer his parents. I am now six years old, and though not equal to the ancients, still I can do my little part. Your dear eyes are blind and so, as you journey about, you are in constant danger of high cliffs and deep drops. When it rains, too, or in over dry; and when we have wind and frosty weather I am in constant fear lest you fall ill. I'll have you see to the house from now on while I go forth and find the needed rice."

어느 날 그녀는 아버지에게 말했다.

"말 못하는 산 까마귀도 저녁때가 되면 입에 먹이를 물고 돌아옵니다. 중국의 왕상은 얼음을 깨고 겨울 잉어를 잡아 어머니를 구했어요. 맹종은 눈 속에서 죽순을 발견하여 부모를 기쁘게 했어요. 이제 제가 6세가 되었으니 옛사람들에 미치지는 못하겠지만 작은 일은 할 수 있어요. 아버지는 눈이 보이지 않으니 돌아다니다 높은 절벽이나 깊은 고랑에 빠질 위험이 끝없이 생겨요. 비가 올 때나 지나치게 건조할 때도 마찬가지예요. 바람 불고 서리 내리는 날씨면 나는 아버지가 병에 걸리지 않을까 계속 걱정이 되요. 이제부터는 아버지는 집에 있고 내가 나가서 필요한 쌀을 구할게요."

Sim laughed and said, "Yours are the words of a filial daughter, most good and true; but for me to send you to beg while I sit idly at home would never do."

Her answer was, "But I would be like Che Yang who sold her body for her father who was imprisoned behind the bars of Nak yang. As I think it over it brings tears to my eyes. Give me my way please."

Sim Pongsa, greatly astonished, said, "Wonderful daughter! You are indeed a filial child, do as you think best."

심이 웃으며 말했다.

"참으로 착하고 진실된 효녀의 말이다. 하지만 집에 하릴없이 앉아 있으면서 너를 구걸하러 보낼 수는 절대 없다."

그녀는 대답하였다.

"나는 낙양 감옥에 갇힌 아버지를 위해 몸을 판 제영이 되고 싶어요. 이를 곰곰이 생각하니 눈물이 나요. 제발 제 뜻대로 하게 해주세요."

심봉사(Sim Pongsa)는 많이 놀라며 말하였다.

"기특한 딸이구나! 너는 진정 효녀이다. 네 생각대로 하여라."

Form that day Sim Chung went forth to beg. When the light of dawn was on the distant hills and the smoke of the morning was seen to rise over the sleepy village, she would put on her old coat, as well, some remnants of a green curtain for a skirt, and with her bare feet in an old pair of straw sandals, would set out upon her way, her gourd dish at her side.

In the cold days of winter she thought nothing of the weather but went from house to house, saying in pitiful accents, "I have lost my mother and my father is blind and has become my care. Ten spoons make a rice meal, could you not kindly spare me them?"

그날부터 심청은 구걸하러 나갔다. 새벽빛이 먼 언덕에 비치고 아침 연기가 졸린 마을 위로 피어오르는 것이 보이면 낡은 코트와 녹색 커튼의 자투리로 만든 치마를 입고 맨발에 낡은 짚신을 신고 박으로 만든 그릇을 옆에 끼고 길을 나섰다.

추운 겨울날 그녀는 날씨는 괘념치 않고 집집을 돌아다니며 애처로운 목소리로 말했다.

"어머니는 돌아가시고 아버지는 눈이 보이지 않아 내가 돌봐야 합니다. 열 숟가락이면 한 끼 밥이 되니[17] 친절히 나눠 주지 않겠습니까?"

Those who saw and heard were moved in heart. All shared a portion. Some there were who said, "Eat first before you go."

Her reply was, "Thank you, but my father will be waiting for me. I could not think of eating first but must hurry back and see to him."

Returning as she passed the wicket gate she would call, "Are you cold, father dear, or hungry? I am coming."

Such was Sim's welcome. He opened wide the door and taking her two hands in his would say, "Warm them at the fire. Your feet, too will be cold. No mother, poor child, alas! She begs for me and that's how I live."

---

17 열 숟가락이면 한 끼 밥이 되니(Ten spoons make a rice meal): "十匙一飯"이라는 관용적 표현을 그대로 풀어서 번역했다.(Ten spoons make a rice meal) 『한영ᄌᆞ뎐』(1911)에도 "十匙一飯"은 "Ten spoonfuls make one meal"로 풀이되어 있다. 이는 한국어 사전에 등재될 당시 한국인의 관용적인 표현이었던 것이다.

보고 들은 이들은 마음이 동하여 모두 조금씩 나눠주었다. 어떤 이는 말했다.

"먼저 먹고 가거라."

그녀는 대답했다.

"고맙습니다만 아버지가 기다리고 있어, 혼자 먼저 먹을 수 없습니다. 서둘러 돌아가서 아버지를 보살펴야 합니다."

그녀는 되돌아와 쪽문을 지나면서 소리치곤 했다.

"아버지, 추우세요? 배고프세요? 지금 가요."

심의 반김은 이러했다. 문을 활짝 열고 딸의 두 손을 쥐며 말하였다.

"불에 손을 녹이거라. 발도 차겠구나. 아아, 엄마도 없는 불쌍한 아이! 딸은 나를 위해 구걸하고 나는 그 밥을 먹고 사는구나."

Chungee, as he called her, had a most devoted heart and so she comforted him saying, "Don't speak of it father. It is but the ordinary duty of a child to care for her parents. please eat."

Thus she served and thus she found food through all the seasons of the year.

Four summers passed. She was bright by nature and most skilful in her handling of the needle. Little by little she more than made her way.

When she was fifteen her face was like that of the fairies and her filial devotion far renowned.

그는 딸을 청이라 불렀는데[18], 청이는 매우 효심이 깊었으므로 아버지를 위로하며 말했다.

"아버지, 그런 말씀 마세요. 자식이 부모를 돌보는 것은 자식의 당연히 도리일 뿐입니다. 드세요."

사시사철 내내 그녀의 아버지에 대한 섬김은 이러했고, 이런 방법으로 음식을 구했다.

네 번의 여름이 지나갔다. 그녀는 천성이 밝았고 바느질 솜씨가 매우 뛰어났다. 조금씩 그녀는 더 많은 양식을 구했다.

15세가 되자 그녀의 얼굴은 요정과 같았고, 자식으로서의 헌신은 널리 알려졌다.

One evening as the time passed and the day grew late she did not return. Her father, in his anxiety, sat waiting. He was hungry too, and as the room was cold he shivered. From a distant monastery was heard the sound of bells which told that the day was late. He said, "How comes it that my Chungee has not returned? Does she not know the hour? Is she held back by wind and snow? Has she met misfortune on the way?"

Once when he heard the dog's bark he thought, "Chungee is coming," and so opened the door to ask, but from the empty court there was no answer. "The dog has deceived me." said he.

---

18 여기서 게일은 처음으로 심청의 이름을 언급한다.

어느 날, 저녁 시간이 되어 날도 많이 저물었는데도 청이가 돌아오지 않았다. 그 아버지는 걱정하며 앉아 딸을 기다렸다. 배도 고프고 방도 차 그는 몸을 떨었다. 먼 사원에서 날이 저물었음을 알리는 종소리가 들렸다. 그는 말했다.

"어찌하여 내 딸 청이가 아직 돌아오지 않는 것인가? 시간을 모르는 것인가? 바람과 눈 때문에 못 오는 것인가? 오다가 안 좋은 일을 당했나?"

한번은 개 짓는 소리가 들리자

"청이가 오고 있구나."

생각하고 문을 열어 물어 보았지만 텅 빈 뜰에서는 아무런 대답도 들리지 않자,

"저 개가 나를 속였구나."

라고 말했다.

With staff in hand outside the wicket gate he went, past the stream that crossed the road. At last, as though he had been pushed from behind, he fell on his face deep in the mud. Attempting to rise he only went the deeper through the slippery ice. He found it impossible to extricate himself and shouted but it was night and no answer came.

It is said that the merciful Buddha lives in every village. Seemingly, must be so, for at this very time there came by the abbot of Mongam monastery on his way to the temple. He had his contribution book slung over his shoulder, and was returning home with large gifts received. The mountains were shrouded in gloom while the pale moon shone on the snow.

그는 손에 지팡이를 쥐고 쪽문 밖으로 나가서 길 건너편의 개울을 지났다. 마침내 뒤에서 누가 밀치기라도 한 듯이 개울에 떨어져 진흙에 얼굴을 푹 박고 말았다. 일어나려 했으나 얼음이 미끄러워 더 깊이 빠져들 뿐이었다. 스스로 몸을 빼는 것이 불가능하다고 생각하고 소리를 쳤지만 밤이라 대답이 없었다.

마을마다 자비로운 부처가 산다고 한다. 그 말이 참인 듯하다.[19] 마침 그때 몽암사의 주지승[20]이 절로 가는 길에 그곳을 지나갔다. 그는 기부장[21]을 어깨에 걸치고, 받았던 많은 선물을 들고 절로 돌아가는 중이었다. 산은 어스름 속에 쌓였고 희미한 달빛은 눈 위를 비추고 있었다.

On his way to the temple by the winding path he suddenly heard a

---

19 마을마다~그 말이 참인 듯하다.(merciful Buddha lives in every village): 원본에 한 개의 문장으로 된 "眞所謂 活人之佛은 谷谷有之라"를 2문장으로 나누어서 게일이 번역한 것이다. 또한 여기서 "活人之佛"은 사람을 살리는 부처이다. 즉, 게일은 어려운 처지에 처한 사람을 구해주는 부처를 '자비로운 부처' 정도로 번역했다.

20 주지승(abbot): 고소설 원문에는 인가에 나다니면서 염불이나 설법을 하고 시주하는 물건을 얻어 절의 양식을 대는 승려를 뜻하는 "化主僧"으로 되어 있는데 게일은 "abbot"이라고 풀이했다.

21 기부장(contribution book): 고소설 원문에서는 "勸善文"이라고 되어 있다. 『한영주뎐』(1911)에는 절에서 공사를 하거나 특별한 행사를 할 때 시주할 사람의 명단과 금액을 적는 "勸善文" 그 자체가 표제어로는 등재되어 있지는 않다. 그렇지만 "勸善"이란 표제어가 등재되어 있으며, 이에 대하여 "Buddhistic: written forms-as used in begging"이라고 풀이되어 있다. 즉, 이 어휘 자체가 불교적 용례를 지닌 것이며 "勸善文"을 지칭하는 것이다. 하지만 게일은 이를 'contribution book'이라는 넓은 의미로 번역한다. 기독교인은 이 단어에서 연보(捐補)금(헌금)을 적은 연보서를 연상할 것이다.

call for help. He turned to see and lo, someone had fallen into the stream. Seeing this, he threw down his staff and off with his grass hat and outer robe. His straw shoes also he let go along with garters, leggings, stockings. Finally up with his trousers over his knees, and into the stream he went and drew out the unfortunate Sim Pongsa.

"Who are you?" asked Sim.

"I am the abbot of Mongam Temple."

"You are indeed the saviour of men. Your name will forever be carved upon my bones."

구불구불한 길을 따라 절로 가는 중에 그는 갑자기 도움을 요청하는 소리를 들었다. 다시 가서 보니 저런, 누군가가 개울에 빠졌구나. 이를 보고 그는 지팡이를 퍼떡 내려놓고 밀짚모자와 겉 가운[22]을 벗어 던졌다. 또한 짚신, 대님[23], 각반, 양말을 함께 벗었다. 드디어 바지를 무릎 위로 올리고 개울로 들어가서 그 복 없는 심봉사(Sim Pongsa)를 꺼냈다.

---

22 겉 가운(outer robe): 고소설 원문에는 검정 혹은 회색 삼베로 길이는 길고 소매는 넓게 만든 승려의 웃옷을 지칭하는 "長衫"이다. 『한영ᄌᆞ뎐』(1911)에서 "長衫"은 "Buddhistic ceremonial coat"로 풀이된다. 즉, 게일은 승려의 예복이란 점을 분명히 알고 있었다. 그리하여 예복이나 법복을 뜻하는 'robe'라는 단어를 사용하고 그 중에서도 겉에 있는 옷임을 강조하기 위해 'outer robe'를 사용한 것으로 보인다.

23 대님(garter): 고소설 원문에는 "다님" 즉, 남자들이 한복을 입을 때, 바지의 발목 부분을 매는 좁은 끈을 지칭하는 대님이다. 『한영ᄌᆞ뎐』에는 "단임"이라는 표제어가 등재되어 있으며, 이는 "Garters; ankle strings"로 풀이되어 있다. 또한 영한사전 속에서도 garter는 일반적으로 대님을 지칭하는 모습을 보면, 당시 대님을 지칭하는 통상적인 영어 어휘였음을 짐작할 수 있다.(대님(Underwood 1890), 다님, 말뉴(襪紐)(Underwood 1925))

"누구시오?" 심은 물었다.

"몽암사의 주지승입니다."

"당신은 참으로 인간의 구세주[24]요. 당신 이름을 영원히 내 뼈 속에 새기겠소."

The abbot took Sim along with him, had off his wet clothes and wrapped him well in blankets. He inquired as to how he had come to fall into the water and Sim told him, all about it and everything else that pertained to his affairs.

The abbot said, "Our Buddha is all powerful. If you but make a contribution of three hundred bags of rice your eyes will be opened and you will indeed see."

Sim Pongsa delighted at the prospect of seeing and giving no thought to his poverty-stricken condition, answered, "Put me down for 300 bags."

The abbot laughed and said, "Listen to me. You are a poor man, how could you ever hope to have 300 bags of rice?"

Sim in a burst of enthusiasm said, "Put me down. Put me down. If it does not turn out a solid contribution, may my eyes not only not be opened, but may I be a hopeless cripple world without end! Put me down."

---

24 인간의 구세주(the saviour of men): 고소설 원문에는 "活人佛"로 되어 있다. 영한 사전들을 살펴보면, savior는 "구쥬(救主): 구셰쥬(救世主)(Jones 1914), (1)구원ᄒᆞᄂᆞᆫ자(救援者), 구졔ᄒᆞᄂᆞᆫ자(救濟者). (2) 구셰쥬(救世主), 예수그리스도(耶蘇基督)(Underwood 1925)"를 지칭한다.

주지승은 심을 데리고 나와 그의 젖은 옷을 벗기고 담요로 잘 감싸주었다. 그가 심에게 어떻게 해서 물에 빠지게 되었는지 물으니 심은 물에 빠진 경위와 그의 처지와 관련된 모든 것을 말하였다.

주지승이 말했다.

"우리 부처님은 전능하십니다. 만약 쌀 삼백 자루[25]를 공양한다면 당신은 눈을 떠 다시 세상을 볼 수 있을 것입니다."

심봉사는 볼 수 있다는 전망에 크게 기뻐하며 자신의 빈궁한 처지는 전혀 생각하지 않고 대답했다.

"삼백 자루라고 적어 두시오."

주지승이 웃으며 말했다.

"내 말을 들어보시오. 가난한 당신이 어떻게 쌀 삼백 자루를 낼 수 있겠습니까?"

심은 갑자기 열을 내며 말했다.

"적으시오. 적어 두시오. 만약 공양하지 않는다면, 내 눈을 못 뜨는 것은 말할 것도 없고 영원히 비참한 불구가 되어도 좋소. 적어 두시오."

The abbot opened his bag, unfolded his subscription list, and with a red pen wrote on the front line: "Sim Hakyoo, 300 bags of rice

25 쌀 삼백 자루(300 bags of rice): 원문 고소설에는 "三百石"으로 되어 있다. 한국에서의 도량형, 한국어에서 수사(Numeral)의 문제는 개신교 선교사들이 한국문화를 접촉하면서 당면한 문제였다. 언더우드가 출판한 최초의 한영 이중어사전(Underwood 1890)의 부록에는 "셤 or 셕, Bag, sack. Used of grains. etc"라고 등재되어 있다. 즉, 石이 곡식을 재는 단위이며 이를 Bag으로 번역하는 것은 언더우드의 사전이 출판되던 시기 1890년경부터 익숙한 것이었다.

(contribution).” Then he left. As Sim sat in his room he thought it over, “I have really no means of raising 300 bags of rice” said he. “This boast may not prove a blessing, but rather a curse to me. What shall I do? Alas! Alas! my luck, my Eight Stars are beyond repair! God, however, is just, gives to all equally. For what reason then have I become a hopeless incurable? The sun and moon are closed against me. If only my wife had lived, I would have had no anxiety for meals at least, but 300 bags of rice as I think it over is hopeless. This little hut of mine, even though I sold it out and out, what use? Driven through as it is by wind and rain! Even my body itself could not raise a penny. Who would want it?

“There are men in the world whose stars are propitious, whose parents grow old together, who have bevies of children, eyes and ears all in order, plenty of money, lands and field, nothing more to wish for, while I alas, a man of evil fortune am left in outer darkness.”

주지승이 가방을 열고 기부책을 펼친 뒤 붉은 펜으로 앞줄에 기록했다.

“심학규, 쌀 삼백 자루(기부).”

그가 떠난 뒤 심은 방에 앉아서 곰곰이 생각했다.[26]

“나에겐 쌀 삼백 자루를 마련할 방법이 없다. 내가 허세를 부려 복

---

26 구렁에 빠진 심봉사를 구출한 노승이, 심봉사가 부귀공명할 것이라는 장래를 예언하는 장면이 있는 생략되어 있다. 이를 통해 게일의 번역저본이 <경판20장본>에 의거하고 있음을 알 수 있다.

은커녕 저주를 받을 수도 있겠구나. 어찌할꼬. 아이고! 아이고! 내 운인 팔성(Eight Stars)[27]을 고치기가 힘들구나. 공정한 하나님은 모두에게 똑같이 나눠준다는데 어찌하여 나는 대책 없는 불구자가 되어 해와 달을 보지 못하는가. 아내만 살아 있었어도 최소한 끼니 걱정은 하지 않았을 터인데. 다시 생각해보니 쌀 삼백 자루를 마련한 방도가 전혀 없구나. 작은 이 오두막을 처분한다 해도 팔면 뭐하겠는가? 비바람도 피하지 못하는 집이니! 심지어 내 몸을 판다해도 돈 한 푼도 못 받을 것이다. 누가 내 몸을 원하겠는가?

"세상에는 행운의 별을 가지고 태어난 자들이 있다. 양친 모두 장수하고 자식새끼 많이 낳고 눈과 귀 가 모두 성하며 돈과 땅과 밭도 많아 더 바랄 것이 없는 사람들도 있다는데, 아이고, 나는 악운을 타고나 눈이 멀어 아무 것도 보지 못하는구나."

He cried for a time and then Chungee came home. Seeing his condition she gave a great start and asked, "Father, what's the trouble? You came out to find me did you? How cold and distressed

27 팔성(Eight Stars): 고소설 원문의 "八字"를 번역한 것이다. 게일의『한영ᄌᆞ뎐』(1911)에 "八字"는 "The character "eight"; the eight nativity characters as exchanged at betrothal. Luck; fortune"으로 풀이되어 있다. 이 어휘가 '여덟 개의 문자'라는 그 축자적 의미를 한정될 수 없는 사회문화적 의미가 지녔음을 잘 알고 있었다. 즉, 혼인할 남녀의 생년월일시를 오행에 맞추어 보아 부부로서의 길흉을 예측하는 점과 관련되는 점. 八字라는 용어 자체가 자신이 타고난 운이며 복이란 사실을 잘 알고 있었다. 그것이 한국 사회문화에 큰 영향력을 지닌 점 역시 알고 있었다. 따라서 이를 기반으로 한 남녀 간 결연, 숙명론적 한국인의 삶의 태도는 개신교 선교사들에게 비판의 대상이었다.(J. S. Gale, *Korea in transition*, 1909의 4장) 서구인에게 이 어휘를 더욱 잘 이해할 수 있게 해주는 것은 문자(字)라기보다는 서구에서도 점을 치는 별 자리였다. 이 점이 팔자를 여덟 개의 별들로 번역한 게일의 의도였던 것으로 보인다.

you must be."

She took her skirt, wiped his eyes and, "Never mind now, please eat." She led his hand to this and that, "Here is the rice. Here is the pickle. Here is the bean-curd" etc

Sim Pongsa in his anxiety had no thought to eat.

She said, "Father, why not eat? Are you ill? Or are you angry that I have come so late?"

He answered, "Not at all, No! No! But even though you know my trouble it will do no good."

그가 한동안 이렇게 울고 있으니 청이가 집으로 돌아왔다. 그녀는 심의 모습을 보고 크게 놀라며 물었다.

"아버지, 무슨 일이세요? 나를 찾으려 밖으로 나오셨나요? 얼마나 춥고 괴로웠을까."

그녀는 치마로 아버지의 눈물을 닦으면서

"이제 염려마시고 식사 좀 하세요."

그녀는 아버지의 손을 이것저것으로 끌며,

"이것이 밥이고, 이것은 피클이고, 이것은 두부이어요."

심봉사는 걱정이 되어 먹을 생각이 없었다.

그녀는 말했다.

"아버지, 왜 안 드세요? 아프세요? 아니면 내가 너무 늦게 와서 화가 났어요?"

그는 대답했다.

"그런 게 절대 아니다. 네가 내 문제를 안다고 해도 무슨 소용이 있겠느냐."

She replied, "what do you mean, Father? I thought a daughter was everything to her parent. What fault is mine? You trust me; I trust you. In all matters that touch us, we both should know. Now that I here what you say, I fear something has marred our love."

Sim Pongsa answered, "That is not so but I fear to tell you, for I know your love, and that your whole soul will enter into the matter. It is this: I fell into the water and almost died when the abbot of Mongam came by and helped me out. He told me by the way that if I would give the Buddha three hundred bags of rice with a sincere heart I would get back my sight. In my haste I wrote down my name in his book. Afterwards, as I though it over, I repented of what I had done."

Chungee heard him out and comforted him saying, "Don't be anxious, father, but have your meal please. If you repent of what you've done, you know you'll not be blessed. Let us get the three hundred bags and give them so that you may see once more."

그녀는 답했다.

"아버지, 그게 무슨 말씀이세요? 딸은 부모의 모든 것이라고 생각했어요. 내가 무슨 잘못을 했나요? 아버지는 나를 믿고 나는 아버지를 믿고 우리에게 닥치는 모든 일들은 우리 둘 모두 알아야 합니다. 이제 아버지의 말씀을 들으니 우리의 사랑을 망치는 어떤 것이 있는 것 같아요."

심봉사 대답했다.

"그렇지 않다. 너의 사랑을 알기에 말하지 않는 것이다. 알면 너는 온 정신을 오직 그 문제에만 쏟겠지. 사실은 이러하다. 내가 물에 빠져서 거의 죽을 지경이었는데 그때 몽암사의 주지가 지나다가 나를 물에서 꺼내 주었다. 그때 정성을 다해 쌀 삼백 자루를 부처님께 바치면 시력을 되찾을 수 있다고 하더구나. 서둘러 기부책에 내 이름을 적었는데 돌아와서 곰곰이 생각해보니 그 일이 후회가 된다."

청이는 아버지의 말을 다 듣고 위로하며 말했다.

"아버지, 걱정 마시고 식사 좀 하세요. 이미 한 것을 후회하면 복을 받지 못하잖아요. 삼백 자루를 구해다 그들에게 주면 다시 볼 수도 있을 지도 모르잖아요."

She drew clean water in a dish, and after midnight went out and offered incense to the Seven Stars saying, "In this month and on this day, I, Sim Chung, with a sincere heart and devoted spirit offer my prayer to Heaven and to the gods of the Nether Earth, beseeching them that they will condescend to bend low and listen. As the sun and moon are to the sky, so are ears and eyes to a man. If we had no sun and no moon where would our light be? My father, born in the year moo ja, lost his sight before he was thirty. Now, till fifty years and over he has seen nothing. I pray that you will put all his faults to my account bless him and open his eyes to see." Thus she laboured night and day.

그녀는 깨끗한 물을 길러다 그릇에 담고 자정이 지나 밖으로 나와 칠성에 향을 바치며 말했다.

"이 달 금일 저 심청은 진실한 마음과 깊은 신심으로 하느님과 지하 세계의 신들에게 기도를 드립니다. 부디 몸을 굽혀 들어 주시기를 간청합니다. 하늘에 해와 달이 있듯이 사람에게는 귀와 눈이 있습니다. 해도 없고 달도 없다면 어디서 빛이 나오겠습니까? 무자(moo ja)년에 태어난 아버지는 서른 전에 시력을 잃고 오십이 넘어서도 여전히 아무 것도 보지 못합니다. 아버지의 모든 허물을 저에게 주시고 아버지에게 복을 주시어 아버지가 눈을 떠 볼 수 있게 해주십시오."

이렇듯 심청은 주야로 공을 들였다.

One day there passed by sailors on their way to Nan-king who went through the streets shouting, "Who is the maid of fifteen years that will sell her body?."

When Chungee heard this she quickly called Kwiduk's mother and asked her to find out definitely what the purchase meant.

The answer was, "The Nanking sailor want her as a sacrifice against the rapids and dangers of the Indang Sea."

Chungee then said to the sailors, "I live here in this village and my father is blind. Recently I learned that if three hundred bags of rice were offered to the Buddha he would be given back his sight, but we are so poor that I have no means of realizing the amount. My wish therefore, is to sell my body. Would you care to buy?"

The sailors hearing this praised her saying, "We have a great and important voyage to make and so, if you will agree we will at once send three hundred bags of rice to the Mongam Temple. The 3rd of next month is our day of sailing. Write it on your heart so that you will not forget."

어느 날 남경 가는 선인들이 거리를 지나가며 소리쳤다.

"매신(賣身)할 십오 세 된 처자 있소?"

청이가 이 소리를 듣고 재빨리 귀덕어미를 불러 사고자 하는 것이 정확히 무엇인지 알아봐달라고 청했다.

귀덕엄마가 대답한다.

"남경 선인이 처자를 제물로 바쳐 인당수의 급류와 위험을 피하고자 한다."

이에 청이는 선인들에게 말했다.

"나는 여기 이 마을에 사는데 부친이 앞을 보지 못하오. 쌀 삼백 자루를 부처님께 바치면 부친이 다시 볼 수 있다는 것을 최근에 알게 되었소. 그러나 집이 너무 가난하여 공양미를 마련할 길이 없어 내 몸을 팔고자 하니 사시겠소?"

선인들은 이 말을 듣고 그녀를 칭송하며 말했다.

"우리는 멀리 가는 중요한 항해를 해야 하오. 당신이 동의하면 즉시 쌀 삼백 자루를 몽암사로 보내겠소. 내 달 삼일이 우리가 떠나는 날이오. 마음에 새기고 잊지 마시오."

They left, and Chungee said to her father, "I have made the

offering of three hundred bags of rice so don't be anxious any longer."

Sim Pongsa gave a great start of surprise and asked, "How did you do it?"

Her answer was, "Minister Chang's mother, who lives on the other side of the river, made a proposal to me that I become her step-daughter, but I refused at first. Then thinking it over I told her how much I desired 300 bags of rice. She at once said she would give it."

Sim Pongsa, greatly delighted, replied, "How kind and good this mother of the Minister, different from all others. Blessed be she and her three sons who are on the way to highest rank. When will you go? Next month? How well you have done."

선인들이 떠난 후 청이는 아버지에게 말했다.

"쌀 삼백 자루를 벌써 바쳤으니 더 이상 걱정하시 마세요."

심봉사는 깜짝 놀라며 물었다. "어떻게 그렇게 했느냐?"

그녀는 대답했다.

"강 건너 장장관의 어머니가 나에게 수양딸이 되어 달라고 제안했어요. 처음에는 거절했다가 나중에 다시 생각한 후 그 부인에게 쌀 삼백 자루를 간절히 원한다고 말했어요. 그랬더니 부인이 즉시 그 쌀을 주겠다고 했어요."[28]

---

28 장승상 부인에 관한 언급은 뺑덕어미 및 안씨 맹인 삽화와 같이 게일이 완판본과 친연성을 지닌 <경판20장본>을 참조해주었음을 보여주는 준거이다. 더불어 장승상 부인이 각별히 심청을 사랑하여 수양딸로 청하는 장면, 이후 그녀가 심청의 공양미 삼백석을 갚아주려는 장면, 글 혹은 화상을 남기는 장면은 <경판20

심봉사는 크게 기뻐하며 대답했다.

"장장관의 어머니는 참으로 친절하고 선량하구나. 다른 사람들과는 전혀 다르구나. 최고 관직에 오를 세 아들과 그 어머니는 복을 받을 것이다. 너는 언제 갈 거냐? 다음 달이냐? 참 잘 했다."

Chungee from that day forth bade good bye to the world's affairs and thought only of how she would have to say a long farewell to her old blind father. She had lived only fifteen years and now must die. Her mind was in a daze. Nothing could occupy her thoughts. She cut off food and moaned away her days. Soon she would go aboard the boat. Her tears flowed fast.

Sim was greatly exercised over this, pressed his face against her and comforted her.

그날부터 청이는 세상사에 안녕을 고하고 눈먼 늙은 아버지에게 어떻게 긴 이별을 고할 지만을 생각했다. 그녀는 겨우 십오 년을 살았는데 이제 죽어야 하다니 마음이 멍해졌다. 다른 생각은 아무 것도 떠오르지 않았다. 음식을 끊고 하루하루 울며 보냈다. 그녀는 곧 배를 타야 한다. 눈물이 빠르게 흘러내렸다.

심은 이에 크게 놀라 얼굴을 딸에게 대며 위로했다.

장본>과 구별된 완판본의 이본적 특성이다. 게일의 번역본에 이 장면들이 수록되어 있지 않은 점은 그가 『심청전』 완판본을 참조하지 않았음을 보여주는 증거이다.

Chungee thought to herself, "When once I die who will see to my father? Alas, alas! As I grew up he escaped the beggar's lot, but if I die a beggar he will return to be, despised of all men. Mother has passed away into the Yellow Shades. When I die I'll go to palace of the Dragon King. How far is it, I wonder, from the palace of the Dragon king to the Yellow Shades? I shall ask the way. How will Mother know me? When we meet and she asks about Father what will I say? If only the sun would stop tonight on its way down or tomorrow morning on its way up from Poosang and allow me to bide still at my father's side! But who can stop the sun and moon in their courses? No love or heart have they."

청이는 속으로 생각했다.

"내가 죽은 후 누가 아버지를 보살필 것인가? 아아, 아아. 내가 자라면서 아버지는 거지 신세를 면했는데 이제 내가 죽으면 아버지는 다시 거지가 되어 온갖 사람들의 괄시를 받겠지. 어머니는 황천으로 갔다. 나는 죽으면 용궁에 가게 되겠지. 용궁에서 황천까지의 거리는 얼마나 될까? 길을 물어 어머니에게 갈 것이다. 어머니는 나를 어떻게 알아보실까? 다시 만났을 때 어머니가 아버지에 대해 물어 보면 나는 뭐라고 하지? 오늘밤 해가 내려가는 길에서 멈추거나 내일 아침 부상(Poosang)[29]에서 올라오는 길에서 멈추어 내가 아버지 옆

29 부상(Poosang): 게일은 원문 고소설의 "扶桑枝"를 부상이라는 지명만을 따서 그냥 한국 한자음으로 옮겼다. 『한영ᄌᆞ뎐』(1911)에 "扶桑"은 한국인의 마음속에 기억되는 장소이자, 한국어에서도 알아야 할 地名으로 등재되어 있다. 게일이 풀이한 내용을 보면, "Fu-sang - the spot where the sun rises.(On ancient maps

에 계속 있을 수만 있다면! 허나 누가 해와 달의 운행을 막을 수 있겠는가? 참으로 무정하고 무심하다."

Suddenly the cock crew.

"Thou bird of evil omen, please desist. Are you not Maingsang's cock that crowed by night in Chinkwan? If you crow the day will break, and when the day breaks I shall die. My dying is nothing but my poor father, what of him?"

갑자기 수탉이 울었다.

"불길한 징조의 새야, 제발 울지 마라. 너는 밤에 진관에서 울었던 맹상의 수탉[30]이 아니냐? 네가 울면 날이 밝을 것이고 날이 밝으면 나는 죽는다. 내가 죽는 것은 아무 일도 아니지만 불쌍한 아버지는 어찌할까?"

The day, little by little, did break and the barbarian came to the

---

marked as an island on the eastern outskirts of the universes)"이다. 즉, 해가 떠오르는 지점, 고대의 지도 속에 세상의 동쪽 끝에 있는 일종의 상상 속 지리이다. 즉, 이러한 지명이 지닌 의미를 보존하고자 한 게일의 지향점이 반영되어 있는 것이다.

30 맹상(Maingsang): 게일은 원문에는 "孟嘗君"으로 되어 있는데, 孟嘗으로 옮겼다. 『한영ᄌ뎐』(1911)에 맹상군은 "B.C. 279. A powerful Chinaman of Che Kingdom"으로 등재되어 있어, 당시 한국어, 한국인을 알기 위해서 필요한 것이었음을 짐작할 수 있다. 진나라 사신으로 갔다 위급 시에 맹상군이 그의 손님 중에 닭 울음 소리를 잘 내는 계명(鷄鳴)이 있어 닭 울음 소리를 내었더니, 근처 닭들이 모두 울어 성문 지키는 군사가 날이 샌 줄 알고 잠긴 성문을 열어 주어 그곳을 빠져 나올 수 있었던 일화가 보존되어 있는 셈이다.

door and said,

"Today we set out. Make haste, let's be off!"

When Chungee heard this her face turned pale and her heart ceased to beat, but she gathered her thoughts together and said,

"Listen to me, sailor lads, I know that today is the date for departure, but my father did not know of my having sold my body, so please wait a little and I'll prepare a last meal for him and then tell him all about it."

The sailors consented and Chungee, after preparing her rice most carefully with tearful eyes, brought it to her father and had him dine.

날이 조금씩 밝아 오니 그 야만인이 문에 와서 말했다.

"오늘 우리는 떠나오. 서두르시오. 출발합시다."

이 말을 들은 청이는 얼굴이 창백해지고 숨도 쉬지 못했지만 다시 생각을 가다듬으며 말했다.

"선인들이여, 나의 말을 들어 보오. 오늘이 떠나는 날인 것을 알지만 아버지는 아직 내가 몸을 판 것을 모르니 조금만 기다려 주오. 그러면 아버지를 위한 마지막 식사를 준비한 뒤 모든 것을 말하겠소."

선인들이 동의하여 청이는 눈에 눈물이 가득한 채 온 정성을 다해 밥을 준비한 후에 아버지에게 가져가 드시게 했다.

Sim Pongsa was greatly cheered, and inquired, "Today's food is specially fine, is it a sacrificial day?"

After sending out the table and lighting his pipe, she washed all marks from her face; said good bye to the tablets of her ancestors and came in haste to her father and took his two hands in hers but she was speechless. Not a word could she utter.

Sim Pongsa gave a start and exclaimed, “What is this? Tell me at once.”

Chungee replied, “I am a very undutiful daughter and have deceived my father. Who would ever have given me three hundred bags of rice? The truth is this: I sold my body to the Nanking sailors for a sacrifice in the Indang Sea and today we start. Behold me, please, for the last time.”

심봉사는 크게 즐거워하며 물었다. “오늘 음식이 특히 좋구나. 제사 날이냐?”

심청은 상을 물리고 아버지의 파이프에 불을 붙인 후[31] 세수하여 모든 눈물 자국을 없앴다. 그녀는 선조들의 위패에 안녕을 고하고 서둘러 아버지에게 와서 그의 두 손을 잡았지만 말없이 가만히 있었다. 청이는 한 마디도 할 수 없었다.

심봉사는 깜짝 놀라며 소리쳤다.

---

31 파이프에 불을 붙인 후(lighting his pipe): 원문은 “담ᄇᆡ불피워올닌후”이다. 『한영ᄌᆞ뎐』(1911)에 “담ᄇᆡ[煙草]”는 “tobacco”로 풀이되어 있지만, 고소설 해당 어휘를 게일은 “tobacco”로 번역하지는 않았다. 영한사전을 펼쳐보면, 게일이 번역을 위해 활용한 ‘pipe’는 흡연과 관련하여 원한경의 영한사전에서 “담ᄇᆡᄃᆡ, 연죽(煙竹), ᄃᆡ, 연관(煙管)(Underwood 1925)”으로 풀이된다. 하지만 이전의 영한사전에서도 그 용례를 찾아볼 수 있다. Smoking pipe(Underwood 1890), Tobacoo pipe(Scott 1891, Jones 1914)가 지칭하는 “담ᄇᆡᄃᆡ”란 한국어가 그것이다. 게일의 『한영ᄌᆞ뎐』(1911)에도 ‘담ᄇᆡᄃᆡ’는 ‘Tobacoo pipe’이다.

"무슨 일이냐? 당장 말하여라."

청이가 대답했다.

"나는 아주 불효녀입니다. 아버지를 속였어요. 누가 나에게 쌀 삼백 자루를 주겠어요? 사실은 이러합니다. 남경 선인에게 내 몸을 팔아 인당수의 제물이 되었어요. 오늘이 바로 떠나는 날입니다. 제발 마지막으로 나를 보세요."

Sim Pongsa, when he heard this asked, "Is this really true or are you mocking me? You shall never follow these sailors. I was not consulted. You will certainly not do your own will thus. If you live and I get my eyesight, all well and good, but if I get my eyesight through your death, what gain is that? Your mother gave you birth and died in seven days, and this old blind object took you in his arms and went form house to house telling his needy story and finding sustenance. When you grew up the sorrow over your mother was little by little forgotten. What is this, pray? No, no, you shall not. Wife dead, daughter dead, I alone, what would I do? Let us die together. Shall I sell my eyes and buy you, or sell you and buy my eyes? With my opened eyes what would I do? You rascally sea-dogs! Trading is all right within bounds, but to buy souls to offer in sacrifice is the devil's business. To think that you would inveigle away my only child, my daughter, and pay your price for her! I want none of your money, and none of your ill gotten gains."

심봉사는 이를 듣고 물었다.

"이것이 진정 참이냐 아니면 나를 놀리는 것이냐? 너는 이 선인들을 따라가지 못한다. 나한테는 묻지도 않았다. 이렇게 네 마음대로 하지 못한다. 네가 살고 내가 시력을 찾는다면 모든 것이 잘 되어 좋을 일이지만, 너의 죽음으로 시력을 되찾은들 그것이 무슨 소용이냐? 너의 엄마는 너를 낳고 칠일 후에 죽었고 이 늙고 눈먼 것은 너를 안고 이집 저집 다니며 구차한 이야기를 해가며 연명할 거리를 구걸했다. 네가 자라면서 네 엄마를 잃은 슬픔을 조금씩 잊어가고 있었는데 이게 무슨 일이냐? 그럴 수 없다. 절대 안 된다. 아내 죽고 딸 죽고 나 혼자 살면 무엇 하겠느냐? 같이 죽자. 내 눈을 팔아 너를 사겠느냐 아니면 너를 팔고 내 눈을 사겠느냐? 눈을 뜬들 무슨 소용 있느냐? 이 몹쓸 뱃놈들아! 장사도 정도껏 해야지. 사람을 사서 제물로 바치다니 악마나 할 일이다. 내 하나뿐인 아이, 나의 딸을 꾀어서 돈을 주고 살 생각을 하다니! 네 돈도, 부당하게 얻은 네 제물도 나는 싫다."

Chungee took hold of her father and quietly said, "I am already destined for the dead, while you will get back your sight and see once more the beautiful earth; win a good wife, have a son and think no more of your undutiful daughter. Thus may you live a thousand years."

The sailors seeing her faithful soul and the sad condition of her father, gave him, over and above the price paid, two hundred bags of rice and two hundred yang in silver, also several rolls of cotton cloth. "Take the two hundred yang" said they, "buy land and get a trustworthy man to cultivate it and so live. The two hundred bags of rice can be put out at interest and so meet all your immediate needs."

청이는 아버지를 붙잡고 조용히 말했다.

"나는 이미 죽을 운명이지만 아버지는 시력을 회복하여 다시 한 번 더 아름다운 땅을 보고 착한 아내를 얻어 아들을 낳아 불효녀는 더 이상 생각지 말고 천수를 누리세요."

선인들은 심청의 진실한 마음과 그 아버지의 불쌍한 처지를 보고 그에게 지불한 값 외에 이백 자루의 쌀과 은화 이백 냥, 여기다 면화 몇 롤[32]을 더 주었다.

"이백 냥으로 땅을 사서 믿을 만한 사람에게 맡겨 농사를 지어 살아가오. 이백 자루의 쌀로 이자를 놓으면 당장 필요한 것을 모두 마련할 수 있을 것이오."

But Sim took hold of his daughter and said, "They shall kill me first before they take you. You shall not go alone. Why have you done such a thing as this?"

Chungee answered, "Not that I wanted to break the bond that binds father and daughter, nor that I wanted to die, for life is sweet to me. But life and death are fixed by Heaven why mourn the loss?"

---

32 면화 몇 롤(roll of cotton cloth): 원문 고소설의 "白木麻布 各一同"을 번역한 것이다. 게일의 『한영자전』에는 "동: A numerative of packages of ink, bundles of fish, fire-wood etc."로 풀이되어 있다. 그러나 게일은 '동'을 'package' 또는 'bundle'로 옮기지 않고 옷감의 단위에 더 적합한 'roll'(통)으로 번역하는 세심함을 보여준다.

She had the town folk hold her father while she hurried after the sailors. She cried as she went along, her girdle bound tight about her. Her hair was dishevelled and tears dropped on her dress. She stumbled and fell several times as she was led along. Frequently she looked back in sorrow till the very stones cried out.

그러나 심은 딸을 붙잡고 말했다.

"그들이 너를 데려 가기 전에 나를 먼저 죽이고 가야 할 것이다. 너 혼자서는 못 간다. 어쩌자고 이와 같은 일을 했느냐?"

청이는 대답했다.

"아버지와 딸을 묶는 끈을 끊고 싶어서도 아니고 죽고 싶어서도 아니에요. 나도 살고 싶어요. 허나 삶과 죽음은 하늘이 정하는 것이니 슬퍼한들 무엇 하겠어요."

그녀는 마을 사람들에게 아버지를 붙잡게 하고 서둘러 선인들을 뒤쫓아 갔다. 허리띠를 동여매고 가면서 울었다. 그녀의 머리는 헝클어지고 눈물은 옷 위로 떨어졌다. 따라가면서 몇 번이고 걸려서 넘어졌다. 그녀가 여러 번 뒤를 보며 슬퍼하니 돌조차도 눈물을 흘렸다.

Little by little they reached the landing where the sailors placed a plank across and led the way. Thus she found herself inside the boat. They drew up the anchor, raised the sail and with a rowing song, beating of drums, and sweep of the oar, were off into the great sea with its tossing billows. The sea-gull of the marshes flew from among the red reeds; and the geese of the So-sang River came returning by on their measured flight.

Chungee said as she sighed, "How many nights have I been upon this boat? Four months and more have passed like running water. The willow catkins have come and gone. Bright dew and clear winds tell me of autumn. The fishing boats lift high their lanterns, and the voices of the sailors greet me in a song that makes me sadder still."

이윽고 그들은 선인들이 판을 놓아 배로 이어지는 잔교[棧橋]에 도착했다. 이리하여 그녀는 배 안으로 들어갔다. 그들은 닻을 위로 당기고 돛을 올렸고, 노 젓는 노래를 하며 북을 치고 빠르게 노를 저어 큰 파도가 일렁대는 대해로 나갔다. 늪지의 갈매기는 붉은 갈대 위로 날아오르고 소상강의 기러기는 자로 잰 듯이 제 자리로 날아온다.

청이는 한숨을 쉬며 말했다.

"몇 밤을 이 배 안에서 있었을까? 네 달 이상이 흐르는 물처럼 지나갔구나. 버들강아지가 오고 가는구나. 맑은 이슬과 화창한 바람으로 보아 가을이구나. 어선들이 등을 높이 달고, 선인들의 목소리는 나를 맞이하나 그 노래가 나를 더욱 슬프게 하는구나."

Suddenly a great wind awoke; the masts creaked and cracked from pressure. The captain turned pale with fear and said, "The Indang Sea!"

Out come all the implements of sacrifice; a bag of rice cooked up; an ox is slaughtered; one full crock of wine; fruits of all colours and soups of every flavour.

Chungee is made to bathe, put on clean clothes, and take her seat just at the prow, while the captain says the prayers and the big drum is beaten.

갑자기 큰 바람이 일었다. 돛대들이 이를 못 이겨 삐거덕대고 부러졌다. 선장은 겁이 나서 얼굴이 하얗게 되어 말했다.

"인당수다!"

모든 제사용품들을 밖으로 꺼냈다. 쌀 한 자루로 밥을 하고, 소를 잡고, 술 한 독을 가득 채우고, 갖은 색깔의 과일과 온갖 향의 국을 준비한다. 청이를 목욕시키고 깨끗한 옷을 입혀 뱃머리에 앉힌 후 선장은 기도하고 큰 북이 울린다.

He sings out, "Hunwun, the great ancestor made the first boat and crossed the troubled sea. Future generations following made our trade a mighty calling. We twenty four comrades in all, merchants of the deep, have travelled vast distances and have this day found a lucky offering for the Indang Sea. With the dragon and phoenix flags flying, we make ready our sacrifice. May the Dragon King of the Four Seas, the master of rains and water-spouts, accept it and aid us so as to avoid all loss and danger."

Thus they sing out, "Drive on the boat, drive on, through the wild waves drive on. Ply the oars. Lay to over the tossing billows. Away on our trading tour, away, away! Pile the boat high with every kind of goods. Happy days and favouring winds, north, south, east, west; skirting the shallow sands, shying by threatening rocks, like the flying clouds we go. Money piles up like the mounting sea, treasures over and above what heart could wish."

그는 크게 노래했다.

"위대한 조상 헌원께서 처음으로 배를 만들어 거친 바다를 건넜습니다.[33] 그 후 후세대들은 이 일을 강력한 천직으로 삼았습니다. 우리 24인의 모든 동지들은 바다 상인으로 아주 먼 곳을 다니며 이날 인당수에 바칠 행운의 제물을 발견하였습니다. 용과 불사조의 깃발이 펄럭이는 가운데 제물을 준비하였습니다. 사해의 용왕이시여, 비와 회오리의 주인이시여, 우리의 제물을 받으시고 저희들이 모든 손실과 위험을 피할 수 있도록 도와주소서."

그들은 크게 노래했다.

"배를 몰아라, 배 몰아라. 거친 파도 헤치고 배를 몰아라. 노를 저어라. 일렁이는 파도 위에 놓아라. 멀리 장삿길을 떠나자, 멀리, 저 멀리. 배 가득 온갖 물품을 쌓아라. 행복한 날들이 되어 동, 서, 남, 북에 순풍이 불고 얕은 모래는 비켜가고 험한 바위는 피하여 우리는 구름처럼 날아간다. 돈이 산더미처럼 쌓이고 보물은 가득 가득 하면 무엇을 더 바라겠는가."

33 위대한 조상 헌원이~바다를 건넜습니다.(Hunwun, the great ancestor~ crossed the troubled sea): 고소설 원문은"軒轅氏비를 지여 以濟不通호 然後에"이다. 게일은 원문을 그대로 번역한 것이 아니라, 처음으로 배를 만들어 바다를 건넌 전설적 인물이 황제, 헌원이라는 정보를 추가했다.

When the prayer and song were ended they hastened Sim Chung and ordered her into the water. This was her duty, so facing her native village of Towhatong she prayed, "Father I die, may your eyes be opened and may you live forever. Your undutiful daughter, Sim Chung, think not of her. Drop her memory from your mind. May you sailors attain your wish, and over the wide unmeasured sea have a prosperous voyage. If you ever pass this way again call my soul and I will answer. When you see my Father tell him I live. I am not dead."

기도와 노래가 끝나자 그들은 심청이를 재촉하며 물속으로 들어갈 것을 명령했다. 이것이 그녀의 의무이기에 그녀는 도화동 고향을 바라보며 기도했다.

"아버지, 나는 죽습니다. 눈을 뜨고 오래오래 사세요. 불효녀 심청이는 생각하지 마세요. 마음에서 청이에 대한 기억을 지우세요. 선인들이여, 소망을 이루고, 넓고 광활한 이 바다위의 항해가 번성하기를 비오. 혹 이 길을 다시 지날 때 내 혼을 부르면 내 대답하리라. 내 아버지를 보면 나는 살았다고 전해주오. 나는 죽은 것이 아니오."

As she prepared for the fatal plunge she looked beneath the boat and saw the shadow of the departing sun as the waves went lilting by. Closing her eyes she threw her skirt over her head and fell with a dull plunge into the sea.

As the scent of the flower follows the wind, and the moon sleeps in the deep, God had already given orders to the Dragon king, "Tomorrow at noon, my faithful servant Sim Chung will die in the Indang Sea, rescue her at once and take her to the Crystal palace of the underworld there to await my orders."

The Dragon King hearing this was alarmed and called his turtle ministers and mermaids to stand by.

Suddenly the sunlight maiden dropped into the deep and all the maidens took her to their hearts to bear her away to the Jade Palace.

죽음의 낙하를 준비하면서 배 아래를 내려다보니 지는 해 그림자가 보였고 파도는 찰랑대고 있었다. 그녀는 눈을 감고 치마를 머리 위로 뒤집어쓴 채 바다 속으로 풍덩 빠졌다.

꽃향기가 바람을 따라가듯 달이 심해에 잠을 자듯 하나님은 벌써 용왕에게 지시를 내렸다.

"내일 정오에 나의 충직한 시녀 심청이 인당수에서 죽을 것이니 즉시 구하여 지하계의 수정궁으로 데리고 가 그곳에서 나의 명을 기다리라."

용왕은 이를 듣고 깜짝 놀라 거북 대신들과 인어들을 불러 대기하게 했다.

갑자기 햇빛 같은 처자가 바다로 떨어졌고 모든 시녀들은 그녀를 가슴에 받아 품고 멀리 옥궁(Jade Palace)으로 갔다.

Sim Chung, with her faculties awake, said, "I am a child of the dusty world why should I ride in a palanquin of the gods?"

The maids replied, "This is God's command. If you do not ride in it you will be at fault."

Unable longer to resist, she mounted the chair and rode. Thus she entered the Dragon Halls. Thus was God's command.

The Dragon King despatched his mermaids to make inquiry as to her welfare morning and night. Her food was given her in crystal goblets, gem like and sparkling. Cloud wine too from sweet soft chalices she drank, and ate the peaches of the fairy that ripen in three thousand years.

심청은 정신이 돌아오자 말했다.

"나는 홍진[紅塵]세계의 사람인데 어찌 신들이 타는 교자를 타겠습니까?"

시녀들이 대답했다.

"이것은 하나님의 명령입니다. 교자를 타지 않으면 그것은 죄가 됩니다."

더 이상 거절할 수 없어 그녀는 의자에 올라탔다. 이리하여 그녀는 용궁에 들어갔다. 하나님의 명령은 이러하였다.

용왕은 인어들을 급히 보내 주야로 그녀의 안부를 물었다. 음식은 보석처럼 반짝이는 유리잔에 담겨 나왔다. 그녀는 달콤하고 부드러운 잔으로 운주[34]을 마시고 삼천 년이 된 선계의 복숭아를 먹었다.

On a certain day God issued a command, "Let the maiden of the

34 운주(Cloud wine): 고소설 원문의 甘露酒의 이슬 '로'를 구름으로 표현한 듯하다.

Indang waters be sent back to earth. Lose not a moment. Have a care!"

The Dragon King in great fear placed her in the bud of a flower with his fairy maids in attendance. He supplied her with all necessaries for night and morning, and added gold and jade ornaments, a great store.

As she sailed out into the Indang Sea, he, the king, came forth to view her from afar. Thus she returned to the abodes of mortal men to be noble, rich and great.

어느 날 하나님이 명을 내렸다.

"인당수의 처자를 땅으로 다시 돌려보내라. 한시도 지체하지 마라. 조심하라!"

용왕은 크게 두려워하며 그녀와 그녀를 보살필 두 요정을 꽃봉오리 속에 두었다. 그는 아침과 밤에 필요한 모든 필수품뿐만 아니라 이에 더하여 금과 옥 장신구를 한가득 넣어 주었다.

심청이 인당수로 떠나갈 때 용왕은 멀리에서 그녀를 전송했다. 이리하여 그녀는 고귀하고 부유하며 위대해지기 위해 필멸의 인간이 사는 곳으로 되돌아왔다.

The maiden thought, "By the grace of the Dragon King I am once more alive, can I ever forget the kindness shown me?" She made her farewell and arose from the Indang waters, a great and marvellous mystery. The flower in all its colours floated day and night on the surface of the sea, and when the Nanking merchants after their voyage of ten thousand miles were returning home they once more reached the Indang waters. Here they made their preparations for a sacrifice to the Dragon King and called on the soul of Sim Chung. In sad words they comforted her, saying, "Thou, gifted one from heaven, who hast comforted your father and given him hope that his eyes may see, behold you now a lonely spirit in the dragon deeps. How sad! We sailor men by our bond of union with you, have sold our goods at great profit and are now returning home. When will you, sad soul, come back, find your father once more and live? We pour our libation to comfort you. If you hear us or are aware, accept this our sacrifice we pray you."

처자는 생각했다.

"용왕의 은혜로 다시 살았으니 그 친절함을 어찌 잊을 수 있겠는가?"

그녀가 작별 인사를 하고 인당수 위로 올라오니 이 얼마나 놀랍고 불가사의한 일이 아닌가. 온갖 색을 띤 그 꽃이 주야로 바다에 떠 있었다. 남경 상인들이 만 마일의 항해를 하고 집으로 돌아오는 중 다시 인당수에 도달하자 이곳에서 용왕제를 준비하고 심청의 혼을 불렀다. 그들은 슬픈 말로 그녀를 위로하며 말했다.

"하늘이 내린 재인이여, 당신은 아버지를 위로하며 그에게 눈을 뜰 수 있다는 희망을 주었습니다. 당신은 이제 용왕이 사는 바다의 외로운 영혼이 되었습니다. 참으로 슬픕니다. 당신과 인연을 맺은 우리 선인들은 물건을 팔고 큰 이익을 남겨 지금 집으로 돌아가는 중입니다. 슬픈 혼이여, 당신은 언제 돌아와 아버지를 다시 만나 살 것입니까? 당신을 위로코자 제주를 드리니 우리의 말을 듣거나 알면 이 제물을 받으시오."[35]

They then unloosed their offerings and dropped them down, after which they dried their eyes to see, and lo a beautiful flower was floating on the water! They thought it strange and said, "We wonder if the soul of the maiden may not be this flower that comes forth to meet us."

Going nearer to see, they found it to the very place where the maiden had plunged in. Moved by it they took the flower and carried it to the palace gate.

The prince, delighted at finding a boatman with so loyal a heart, readily ordered it in and had it placed in the Whangkeuk Hall.

그들은 제물을 풀어 아래로 떨어뜨렸다. 그런 후 눈물을 닦고 보니 이럴 수가, 아름다운 꽃이 물 위에 떠 있어 이상하게 생각하며 말했다.

"그 처자의 혼이 꽃이 되어 우리를 만나러 나온 것 같구나."

가까이 가보니 그 처자가 뛰어들었던 바로 그곳에 꽃이 있었다. 이에 감동을 받은 그들은 꽃을 따서 대궐문 앞으로 가지고 갔다.

왕자[36]는 선인의 매우 충성스러운 마음을 알고 크게 기뻐하여 기

35 심청이 용궁에서 죽은 모친을 만나는 장면이 생략됨은 게일이 『심청전』 완판본을 참조하지 않았음을 잘 보여주는 근거이다.

36 왕자(prince): 고소설 원문에는 "天子"로 되어 있다. 게일은 이 천자를 the prince, the Emperor, his Highness 등 여러 표현으로 번역한다. 맥락상 동일 인물임을 알 수 있기 때문에 동일하게 황제로 번역하지 않고 각 단어의 일반적인 의미로 번

께이 그것을 들여 황극전에 놓게 했다.

The colour was beautiful beyond words, caught from the rays of the sun and moon. Its fragrance was sweet, such as no flower of earth had ever known. It had a form somewhat like the cassia and yet it was not a cassia flower. It was like the peach that Tong Paingaki plucked, and that blooms once only in three thousand years. It was like the lotus of Sakamoni that comes floating on the sea and is known as the Fairy Flower.

The prince looked carefully at it and behold a halo ringed it round with an atmosphere of sweetly softened glow. Peony and orchid were but common flowers in comparison; and the plum and chrysanthemum the merest underlings.

꽃의 색깔은 이루 말할 수 없이 아름다워 해와 달의 빛을 받는 듯했다. 그 향은 달콤하여 이 세상의 꽃이 아닌 듯했다. 그 모양은 계수나무 같지만 계수나무 꽃은 아니었다. 삼천 년에 딱 한 번만 피는, 동방삭이 딴 복숭아와 같았다. 신선의 꽃으로 알려진 바다 위를 부유

역하도록 한다. 『한영ᄌᆞ뎐』(1911)을 보면, "天子"는 "The son of Heaven-the Emperor"로 풀이 된다. 즉, 중화의 황제를 지칭하는 의미이다. 이러한 의미를 알고 있었음에도 게일은 원문의 어휘를 그대로 번역하지는 않은 셈이다. "prince"는 영한사전에서 "태ᄌᆞ, 셰ᄌᆞ, 공ᄌᆞ(Underwood 1890), 왕ᄌᆞ, 태ᄌᆞ, 셰ᄌᆞ(Scott 1891), 君, 親王, 皇子, 駙馬, 尉, 公, 公爵(Jones 1914), (1)인군(人君), 뎨왕(帝王), 왕후(王侯)(문학의 文學). (2)태ᄌᆞ(太子), 셰ᄌᆞ(世子), 친왕(親王), 황ᄌᆞ(皇子), 왕ᄌᆞ(王子), 대군(大君), 군(君), 궁(宮), 부마(附馬), 위(尉) (3) 공작(公爵), 제후(諸侯)"로 풀이된다. 존스의 영한사전(Jones 1914) 이전에 prince는 대한제국 이전 한국 정치제도에 부합하게 조선왕조의 왕자를 지칭하는 의미로 쓰였다.

하며 오는 석가모니의 연꽃과 같았다.[37]

왕자가 꽃을 눈여겨보니 꽃 주위를 부드럽고 맑은 빛의 후광이 에워 쌓고 있었다. 모란과 난초는 이 꽃에 비하면 그저 평범한 꽃이고 매화와 국화는 최하급에 불과했다.

On a certain night the Emperor ordered the palace maids to bathe in the Whachun Lake while he himself came forth to walk among the flowers. The light of the moon filled the court where all was still. Suddenly there was heard a rustling as though the buds were opening. The prince, surprised at this, looked to see the cause when lo, a very beautiful fairy appeared for a moment and then moved back and hid within the flower. His Highness turned aside and held back the petals to see and there was the fairy seated a true daughter of the Dragon King.

어느 날 밤 황제는 궁녀들에게 화천호에서 목욕하라 명하고 혼자 나와 꽃 속을 거닐고 있었다. 달빛이 뜰을 채우고 모든 것이 고요했다. 홀연 마치 꽃봉오리가 벌어지는 듯 부스럭거리는 소리가 들렸다. 왕자는 이에 놀라 이유를 알고자 바라보니, 이럴 수가, 매우 아름다운 요정이 잠깐 나타나더니 다시 꽃 속으로 들어가 숨었다. 황제가 돌아서서 꽃

37 고소설 원문에서는 '쳔샹의 벽도화가 동방삭이 ᄯᅡ온 후 ᄉᆞᆷ쳔 년이 못되엿스니 벽도화도 아니요 셔역의 연화세게 그 ᄭᅩᆺ치 ᄯᅥ러져셔 히즁으로 ᄯᅧ 왓스니 이 ᄭᅩᆺ 일흠 강션화라 지으시고'라고 되어 있다. 원문에서는 그 꽃은 벽도화가 아니고 연화라고 되어 있으나, 게일은 도화(the peach)와 같고 연꽃(the lotus)과 같았다라고 번역한다.

잎을 잡고 보니 그곳에는 요정이 앉았는데 진정 용왕의 딸이었다.

The Emperor asked, "Are you a spirit or a living person?" One of her attendants replied, "I was a maid in the palace of the Dragon King and have come to wait upon my Lady on her journey over the sea. Now that I behold the face of Your Majesty I am greatly overawed."

The Emperor thought to himself, "God has remembered me and sent me a mate." He could not restrain his joy but commanded the palace-maids saying, "If you open the bud or look in on it death will be your portion."

He examined it the next day and there was the maiden, beautiful as a flower, fairer than the moon itself, a visitor from a higher sphere.

황제가 물었다.

"귀신이냐 산 사람이냐?"

그녀의 시녀 한 명이 대답하였다.

"저는 용왕궁의 시녀로 제 주인의 항해를 돕고자 왔습니다. 폐하의 용안을 뵙게 되어 매우 황공합니다."

황제가 속으로 생각했다.

"하나님이 나를 기억하고 나에게 짝을 보내주셨구나."

그는 기쁨을 억누르지 못 했지만 궁녀들에게 명령했다.

"저 꽃봉오리를 열거나 들여다보면 죽음에 처할 것이다."

다음날 그가 꽃을 살펴보니 꽃처럼 아름다운, 달보다도 더 예쁜, 천상에서 내려온 방문객인 그 낭자가 있었다.

He was delighted and took counsel with his officers. They said to him, "God has taken pity on the lonely world that has lost its empress and has sent you a helpmate. If you fail to accept what God sends trouble will follow. Make her you queen at once." The Emperor consented and chose a propitious day. When it came a great awning was hung over the court of the Whangkeuk Palace, and at every corner were golden and silver screen[38]s opened that shone with light.

The maid stood within the flower and the Emperor bowed. Like the seven stars of the Dipper her maids stood on each side - such beauty of arrangement was never seen. The Ministers shouted Man Se and the people from all corners of the empire sang their anthem of peace.

황제가 크게 기뻐하며 대신들과 상의했더니 그들이 말했다.

"하나님께서 황후를 잃고 외로운 폐하를 불쌍히 여겨 짝[39]을 보내셨습니다. 하나님이 주신 것을 받지 않으면 곤란한 일이 생길 겁니다. 당장 황후로 삼으십시오."

황제가 이를 허락하여 길일을 택했다. 때가 되자 큰 차양이 황덕전 뜰 위에 처지고 모든 모퉁이에는 빛을 받아 반짝이는 금은병풍이 펼쳐졌다.

---

38 병풍(screen): Underwood(1925)에 의하면 [screen: 병풍, 발, 장(帳); 방호, 보호물; 굵은체, 추]이다. 여기에서는 닫힌 것이 열린다는 의미이므로 screen의 여러 의미 중 '병풍'으로 번역한다.

39 짝(helpmate): 게일의 번역문에는 helpmete으로 되어 있는 데, 이는 helpmate의 오기로 보인다.

처자는 꽃 속에 서 있고 황제는 인사를 했다. 북두칠성의 일곱별처럼 그녀의 시녀들이 양 옆에 섰는데 그토록 아름다운 모습은 처음이었다. 대신들은 만세(Man Se)를 부르고 제국의 방방곡곡에서 온 백성들은 태평가를 불렀다.

The new Empress was very rich and great. One anxiety only did she have and that was about her father. On a certain day, feeling specially the weight of sorrow upon her, she sent away her maids and sat alone in her boudoir. The coral screen hung down before her and the sad call of the cricket chirped from the wall. A sense of sorrow overcame her when she chanced to see a lonely wildgoose and heard it as it passed her way. Glad of this she brightened up and said, "Wait a little kind wildgoose till you hear from me pray! You it was who carried letters once for General Somoo. Have you no word from the little town of Towha? It is three years since I left my father, and not a word has come. If I write a letter will you take it for me?"

새로운 황후는 큰 부와 영예를 얻게 되었다. 그녀의 유일한 근심은 바로 아버지에 대한 것이었다. 어느 날 특히 슬픔에 마음이 무거워지자 그녀는 시녀들을 멀리 내보내고 혼자 침실에 앉아 있었다. 앞에는 산호발이 내려져 있고 벽에서는 귀뚜라미의 슬픈 소리가 들려왔다. 슬픔에 복받쳤을 때 황후는 우연히 외로운 기러기를 보았고 그것이 지나가며 내는 소리를 들었다. 이에 기뻐하며 황후는 기분이 좋아져 말했다.

"착한 기러기야 잠깐만 기다려 내 말을 들어보아라! 소무장군의 편지를 전한 것이 바로 네가 아니냐.[40] 도화의 작은 마을에서 온 소식이 없느냐? 아버지를 떠난 지 삼 년이 되었지만 소식 한 번 오지 않는구나. 편지를 써 주면 전해주겠느냐?"

She placed the table and unrolled the paper. Then she took up her pen and began to write. Tears fell and blurred the page. Her words too, were greatly mixed. They ran, "Since I left you, now three years ago, my longings have weighed me down. Have your blind eyes been opened to see? Have the village folk done their part in caring for you?

그녀는 탁자를 놓고 종이를 펼쳤다. 그리곤 펜을 들고 편지를 쓰기 시작했다. 눈물이 떨어져 종이가 흐릿해졌다. 글 또한 매우 혼란스러웠다. 편지는 다음과 같았다.

"삼년 전 아버지를 떠난 이후 나는 그리움으로 마음이 무거웠습니다. 감은 눈은 떠서 보이는지요? 아버지를 보살피기로 한 마을 사람들은 잘해 주는지요?

"Your undutiful daughter, Sim Chung, was carried away in the boat by the Nanking sailors and thrown into the Indang Sea. God, however, saved her and the Dragon King lent his aid so that I am once

40 소무장군의 편지를 나른 것이 바로 네가 아니냐(it was who carried letters once for General Somoo): 해당 원문은 "蘇中郎 北海上에 片紙 傳턴 기력이야"이다. 중국 한나라 시대에 흉노에게 억류당해 있던 소무(蘇武)가 기러기 발에 편지를 적어 보내 소식을 전했다는 고사에서 인물을 초점으로 번역한 셈이다.

again in the world of the living and have become the Empress of China. Wonderful, indeed, but my anxious heart cares not for the these things, great and rich though they be not even for life itself. I want you my father. If this my wish be attained I shall have nothing more to long for. While I was in the kingdom of the waters I had no means of communicating with you, but now that I have come back into the world only distance divides us. I trust we shall meet soon."

"불효녀 심청은 남경 선인들의 배를 타고 멀리 나가 인당수에 빠졌습니다. 그러나 하나님이 구하고 용왕이 도와주어 한 번 더 이 세상으로 오게 되었습니다. 이제 중국의 황후가 되었으니 참으로 경이로운 일이지만 나는 근심으로 이런 것들에 마음을 두지 못하고 아무리 큰 부귀가 있어도 살기 싫습니다. 나는 아버지 당신을 원합니다. 이 소망을 이룰 수 있다면 더 이상 바랄 것이 없을 것입니다. 바다의 왕국에서는 아버지와 연락할 방법이 없었습니다만 이제 세상으로 되돌아왔으니 우리를 갈라놓은 것은 오직 거리뿐입니다. 나는 우리가 곧 만날 것을 믿습니다.[41]"

She wrote quickly the month, day, and year. Then she went forth with the letter but the wildgoose was gone. Away beyond the distant

41 바다의 왕국에서는~믿습니다(While I was in the kingdom of the waters~I trust we shall meet soon.): 해당 원문은 "水國에 잇슬 ᄯᅢ 幽顯이 막혀 잇고 世上에 나와셔 ᄂᆞᆫ 三角에ᄂᆞᆫ호여 天倫이 ᄭᅳᆫ쳣ᄂᆞ이다 쉬이뵈옴을 ᄇᆞ라ᄂᆞ이다"이다. 원문에 비해, 게일은 두 사람 사이의 거리는 곧 극복 가능한 장애물로 표현하였다. 이후의 상황에 대한 복선을 깔아 놓은 것으로 보인다.

clouds the Milky Way bent over its starry length. She put the letter in her desk and silently bowed her head and wept.

Just at this time the Emperor came into the inner quarters and seeing marks of tears on her beautiful face said "My precious treasure, are you sad? My kingdom of the whole wide world is yours why should you cry?"

She replied, "Of all things that live and move the most pitiful are the blind. I wish Your Majesty would summon all the blind to a feast and comfort them for their loss of sun and moon. This is my greatest wish."

The Emperor said, "Good! I'll do so with pleasure." Then he spoke kindly to her and urged her not to be anxious. Without further consultation he issued each and everyone to send in name, age, and station. He added, "If there are any blind who do not come the magistrate of the place will be held responsible."

Like lightning went forth the summons.

그녀는 황급히 일월년도를 적었다. 편지를 가지고 나왔지만 기러기는 이미 가고 없었다. 저 멀리 구름 너머 별이 총총한 은하수가 몸을 구부리고 있었다. 그녀는 편지를 책상에 놓고 말없이 머리를 숙이고 울었다.

바로 이때 황제가 내실로 들어와 그녀의 아름다운 얼굴에 눈물 자국이 있음을 보고 말하였다.

"내 소중한 이여, 마음이 슬프오? 나의 황국인 광활한 전 세계가 당신의 것인데 왜 우는 것이오?"

그녀는 대답했다.

"살아서 움직이는 모든 것 중에 가장 가련한 것이 앞을 보지 못하는 맹인입니다. 폐하께서 모든 맹인들을 연회에 불러 해와 달을 보지 못하는 그들을 위로해 주세요. 이것이 나의 가장 큰 소망입니다."

황제는 말했다.

"좋소. 기꺼이 그렇게 하리라."

그는 다정한 목소리로 걱정하지 말라고 간청했다. 그는 지체 없이 이를 시행하여 모두 빠짐없이 이름, 나이, 주소를 보내라는 명을 내리며 덧붙였다.

"오지 않는 맹인이 한 사람이라도 있다면 그곳의 지방관[42]에게 책임을 물을 것이다."

소집령이 번개처럼 빠르게 내려졌다.

At the time that Sim Pongsa, lost his daughter, he was thrown into a life of poverty and weariness. Near by lived a low woman known as Bangtuk's mother. She hearing that Sim had plenty of rice came of her own accord to offer herself as housekeeper. Sim accepted and she entered on her duties, but instead of doing well she spent as she pleased, and sold this and that for drink and other things that she loved to eat. She slept the day through and got her neighbours to prepare the rice. She got into quarrels with the village folk and fought

42 지방관(magistrate): 원문 "該邑守令"을 번역한 것이다. "守令"은 『한영ᄌᆞ뎐』(1911)에는 "Magistrates: prefects; provincial mandarins."로 풀이되어 있다.

with the passing woodmen taking their tobacco from them. She stirred up the world by day, and brawled the night through. All the evils of her kind she was up to, passing herself off meanwhile as Sim's wife. Thus his world, little by little went to pieces. The wretched woman after having spent his all decided to pick herself up and leave.

이때 심봉사는 딸을 잃고, 가난하고 고달픈 삶 속으로 내던져졌다. 근처에 뺑덕어미라는 천한 여자가 살았다. 그녀는 심이 곡식이 많다는 소리를 듣고 자청해서 그 집의 가정부[43]가 되겠다고 했다. 심이 허락하여 그녀는 일을 맡았지만 잘하기는커녕 마음대로 썼고 이것저것 내다 팔아 술과 먹고 싶은 것들을 샀다. 낮에는 종일 자고 이웃사람들에게 식사를 준비하도록 했다. 동네 사람들과 시비를 했고 지나가는 나무꾼들과도 싸우고 그들의 담배를 빼앗았다. 낮에는 세상을 휘젓고 다니고 밤에는 소동을 일으켰다. 그런 류의 여자들 중에서도 최고의 악행을 일삼으면서 스스로 심의 아내로 행사했다. 이러하니 심의 가산은 조금씩 없어졌다. 이 몹쓸 여자는 심의 것을 모두 탕진 한 후 혼자 몸을 빼 떠날 것을 결심했다.

On a certain day the governor of Whangjoo called Sim and told

43 가정부(housekeeper): 원문에는 뺑덕 어미가 심봉사의 집에 첩으로 들어왔다고 되어 있다. 그러나 게일은 뺑덕어미를 'concubine'가 아닌 'housekeeper', 'serving woman'으로 표현하여 첩의 의미보다는 심봉사 집에 들어와 살림만 맡고 그를 보살핀 여자로 표현한다. 그러나 게일 영역문은 두 사람의 관계가 이 이상임을 문맥상 암시한다.

him of the feast to be held in the Imperial Palace and ordered him to make ready. After writing down his name and address he gave him money sufficient for his travel expenses and ordered him to leave at once.

Sim replied saying, "Yes, sir, I'll leave immediately."

Then he called to his serving woman, "How would you like to go with me to Peking and share the journey together? The ancient writings say, The woman follows the man. Decide now whether you will go or not."

Bangtuk's mother answered in her cunning way saying, "I would really like to go, but I have married a husband recently and must see to him, so sorry!"

Sim spoke again to dissuade her saying, "That's all a pretence, what about your duties to me?"

> 어느 날 황주의 지사[44]가 심을 불러 황궁 잔치에 대해 말하며 떠날 채비를 하라고 명했다. 지사는 심의 이름과 주소를 적은 후 그에게 여행 경비를 넉넉히 주면서 즉시 떠날 것을 명했다.[45]

---

44 지사(governor): 원문에는 "刺史"로 되어 있다. 刺史는 『한영ᄌᆞ뎐』(1911)에 "A provincial governor"로 풀이되어 있다.

45 원문의 '돈 두 냥 노ᄌᆞ 쥬며'를 게일은 구체적으로 두 냥이라 옮기지 않고 'money sufficient for his travel expenses'로 영역한다. 원문 심청전은 그 배경만 중국 송나라이지 세부적인 요소는 조선 후기의 것을 많이 포함하고 있다. 그래서 조선의 화폐 단위인 냥(yang)이 송나라의 어느 정도 금액에 해당되는지 정확히 파악하기 힘들다. 그래서 구체적으로 표현하지 않고 막연하게 표현한 것 같다. 이러한 경향은 뒷부분에서 '석 냥 돈을' 'the necessary yang'으로 영역한 것에서도 알 수 있다.

심은 대답하며 말했다.

"예, 바로 떠나겠습니다."

심은 집에서 일하는 여자를 불렀다.

"나와 북경[46]으로 함께 떠나지 않겠느냐? 옛글에 이르길, 여자는 남자를 따른다고 한다. 갈지 안갈 지 지금 결정하라."

뺑덕어미 간사하게 대답하며 말했다.

"정말 가고 싶지만 최근에 남편을 얻어 그를 보살펴야 하오. 정말 미안하오."

심은 그녀를 단념시키기 위해 다시 말했다.

"모두 핑계일 뿐이다. 나에 대한 도리도 있지 않느냐?"

On the next day they set out, Bangtuk's mother ahead, and thus they made their way. The day grew late and they turned into a village inn to sleep where they met a blind sorcerer, Wang.

He wished to see Bangtuk's mother for he had heard that she had come along with Sim and had asked the innkeeper about her. In the meantime she learned that the sorcerer was a person of influence in his world, rich and good, and so thinking it over, she mused "Even though I go to the capital, as I am not blind, I would not be admitted to the feast, and so I will have no means of getting back home. If I go with this man I'll find support always." and so she decided to take up

46 북경(Peking): 원문에는 "皇城"으로 되어 있다. 원문의 배경인 송나라 황제의 수도는 개봉(開封, 카이펑)인데 게일은 청나라의 황도였던 북경(Peking)으로 영역한다.

with him. In the deep of the night while Sim was sound asleep she slipped out and followed Wang going not as they had been journeying but a thousand li another way.

그 다음날 뺑덕어미를 앞세우고 출발하며 길을 떠나게 되었다. 날이 저물어 마을 여관에 들어가서 자고자 했는데 그곳에서 맹인 점쟁이 왕을 만났다.

왕은 뺑덕어미가 심과 함께 왔다는 이야기를 듣고 여관 주인에게 그녀에 대해 이미 물어보았던 차라 그녀를 만나고 싶어 했다. 뺑덕어미는 그 점쟁이가 부자이고 실력도 좋아 그 세계에서는 영향력이 있는 사람이라는 것을 알고는 거듭 생각하며 중얼거렸다.

"황도에 간다고 해도 나는 장님이 아니므로 연회에 들어갈 수 없을 것이니, 집으로 다시 올 방법이 없을 것이다. 만약 이 남자와 함께 간다면 먹고 사는 것은 항상 구할 것이다."

그래서 뺑덕어미는 왕봉사를 선택하기로 결심했다. 밤이 깊어 심봉사가 깊이 잠든 동안 그녀는 몰래 빠져나가 왕을 따라갔는데 심과 다닐 때와는 천 리 다른 방식으로 갔다[47].

When Sim awoke he groped for Bangtuk's mother. Where could

47 千里 다른 방식으로(a thousand li another way): 해당 원문은 "不遠千里"이다. 『한영ᄌᆞ뎐』(1911)에는 "不遠千里ᄒᆞ다"가 표제항으로 등재되어 있으며, 이를 "To be regardless thousand li; to not consider distance"로 풀이했다. 즉 먼 길을 마다하지 않는다는 의미임을 게일은 알고 있었다. 영역문은 심봉사와 왔을 때는 억지로 왔다면 왕봉사와 도망갈 때는 이와 반대로 잽싸게 갔다는 의미로 해석된다. 또한 심봉사의 길과는 전혀 다른 방향으로 갔다는 의미로 해석되기도 한다.

she be, the runaway? He shouted, "Hello, where are you? No useless words, but come now."

He called the master of the house and said, "Is our woman there?" the master replied, "Not here!"

심은 깨어나 뺑덕어미를 찾아 더듬었다. 도망간 그녀가 어디에 있으리오. 그는 소리쳤다.

"이보게, 어디에 있나? 쓸데없는 소리 말고 당장 오라."

그는 그 집의 주인을 불러

"우리 집 여자[48] 거기 있소?"

하니,

"여기 없소!"

라고 주인이 대답했다.

He then understood that she had run away, and so sighed to himself saying, "Look here Bangtuk's mother, Where have you gone that you have left me thus? Did I ask you to come to me or did you yourself come seeking me? You begged and begged that I take you in and then after our agreement was made you ate me out of house and home until I became a beggar. Now here comes this invitation to the great feast at the Palace, and because of its being most urgent I sold

48 우리 집 여자(our woman): 원문은 "우리 녀편네"로 되어 있다. 『한영ᄌᆞ뎐』(1911)에서 "녀편네"는 "A woman. A wife"로 풀이되어 있다. 'our woman'에는 다층적 의미가 있어서, 심봉사가 뺑덕어미를 단순히 가정부로 생각했는지 아니면 아내로 생각하였는지 모호하다.

all my belongings and gathered the necessary yang for expenses, till my very bones cried out. Now you have robbed me of this as well and have made off who knows where. This miserable blind wretch knows not what to do. How shall I continue my journey?"

그때 심은 뺑덕어미가 도망간 것을 알고 탄식하며 말하였다.

"이보게 뺑덕어미, 나를 두고 어디로 갔느냐? 너에게 오라고 했느냐? 네 발로 나를 먼저 찾아오지 않았느냐. 받아달라고 하도 애걸하여 합의하였더니 내 집도 가정도 다 먹어치우고 결국은 나를 거지로 만들었지. 궁의 큰 잔치에 오라는 초대장이 왔기에 아주 긴급한 일이라 가진 것을 다 팔고 내 뼈가 울도록 경비에 필요한 냥을 마련했더니 이제 이것마저 빼앗아 아무도 모르는 곳으로 내뺐구나. 구차한 앞 못 보는 이놈은 어찌하면 좋으냐. 남은 길을 어떻게 다시 가란 말이냐?"

Thus he sighed and wept. Then he thought it over again and said, "Thus am I left with only thoughts of this wretched woman, worst of all her kind. She devoured my goods when at home and now has let them be stolen from me on the way. Assuredly I am a good for nothing creature. The wife of my youth who bore patiently hardships with me, I had to let go, and my daughter who came to me from high heaven my loving child, I lost in the depths of the sea. Does she live again I wonder? Of her I'll think ten thousand years."

그는 이렇게 한숨을 쉬며 울었다. 그런 후 그는 곰곰이 다시 생각하며 말했다.

"이렇게 버려졌는데도 나는 천하에 제일 나쁜 이 천한 계집만 생각하는구나. 그 계집은 집에서는 내 물건들을 먹어치우고 길 위에서는 내 물건을 훔쳐갔지. 필히 나는 아무짝에도 쓸모없는 물건이다. 젊은 시절 아내는 참을성 있게 나와 고난을 함께 했는데 나는 아내를 떠나보내야 했고, 천상에서 내려온 사랑스러운 나의 딸자식을 깊은 바닷물 속에 잃어 버렸다. 딸이 다시 살아 돌아올까? 딸이라면 나는 만년을 생각하겠다.[49]"

Thus he made his difficult way. It was now the 5th or 6th moon, very hot indeed and the perspiration rolled from him like rain. He wished to bathe in a stream hard by, and so put off his clothes at the side and stepped into the water. When he came out, however, the clothes, headgear, and hat were gone. He groped here and there on all sides seeking them as a hunter's dog searches for snipe, but found nothing.

이리하여 그는 힘들게 길을 떠났다. 이제 음력 5월 혹은 6월이라

49 천상에서 내려온......딸이라면 나는 만년을 생각하겠다(and my daughter who came to me ......Of her I'll think ten thousand years): 본래 해당원문은 "出天之 至孝 심쳥이를 生離別 물에 섀져 죽엇서도 지금썻 사라거든 제만년 다시 싱각하랴" 이다. 여기서 '제만년'은 뺑덕 어미를 지칭하는 욕설 부분이다. 하지만 게일은 이를 "심청이라면 만년을 생각하겠다."로 옮긴다. 이러한 영역으로 욕설 부분이 순화되어 심봉사가 원문보다 젊잖게 그려진다.

정말이지 너무도 덥고 땀이 비처럼 흘러내렸다. 그는 근처 개울에서 목욕하고 싶어 옷을 벗어 개울 옆에 두고 물속으로 들어섰다. 그러나 물 밖으로 나왔을 때 옷과 헤드기어[50], 모자가 사라졌다. 그는 이리저리 사방을 더듬으며 사냥개가 새를 찾듯 살펴보았지만 아무 것도 발견하지 못했다.

He cried and said, "Rascally thief, there are rich men who after eating and ordinary use have enough and to spare, take theirs and not my clothes. I, alas, have no serving woman to prepare my food for me. Where shall I get my meals? Who will make my clothes? The deaf, the halt, all kinds of ailing people are pitiful to behold, but the most pitiful in the world is one who cannot see sun or moon; cannot make out what is white and what is black, what is short or what is long. How comes such fortune as this to pass my way? Blind!" He sighed to himself as he made his stumbling way.

그는 울며 말했다.

"이 몹쓸 도둑놈아, 먹고 잘 쓴 후에도 남아돌아 다른 사람에게 나누어 줄 것이 있는 부자들의 것을 가져갈 것이지 내 것을 가져가느냐. 아이고 나를 위해 밥 해줄 하녀도 없다. 식사는 어디서 할 것이며, 누가 옷을 지어줄까? 귀머거리, 절름발이, 온갖 병든 사람들, 이들을

50 옷과 헤드기어, 모자(the clothes, headgear, and hat): 해당 원문은 "衣冠과 行狀"으로 되어 있으며, 각 어휘는 『한영ᄌᆞ뎐』(1911)에서 "Hat and clothes; a suit"과 "Baggage for journey"로 풀이되어 있다. "headgear"는 영한사전에 등재되지 않은 영문표제어이다. 따라서 우리는 본래 영어 어휘의 뜻인 "헤드기어"로 번역했다.

바라보기 애처롭지만 세상에서 가장 애처로운 자는 해와 달을 보지 못하고, 희고 검은 것과 길고 짧은 것을 분별하지 못하는 자이다. 어떻게 이런 불운이 나에게 닥쳐 나는 장님이 되었는가!"

그는 더듬더듬 걸어가면서 자신을 한탄하였다.

Just at this time he met a state Minister, whose attendants kept calling out to clear the way, while he himself rode all so splendid. Sim thought to himself, "Yes, yes, here's an officer of state who comes. I'll see what I can do with him." He put his hands before him and inched along. The soldiers, who attended, pushed him aside when Sim shouted, "You rascal would you dare do that? I am on my way to the Capital."

바로 이때 그는 주의 장관[51]을 만났다. 그가 아주 눈부시게 말을 타는 동안 그의 부하들은 길을 비키라고 계속 크게 소리쳤다. 심은 속으로 생각했다.

"그래 그렇지. 여기 오는 이는 이 지역의 관리이구나. 그를 붙잡고 어떻게 해 봐야겠다."

심은 손을 앞으로 하고 조금씩 앞으로 나갔다. 수행 병사들이 심을 밀치자 그는 소리쳤다.

"이놈 감히 나를 건드려? 나는 황도[皇都]로 가는 중이다."

51 주의 장관(a state Minister): 원문은 무룽틱슈로 되어 있다. 태수는 고대 중국에서, 군(郡)의 으뜸 벼슬을 가리킨다. 『한영ᄌᆞ뎐』(1911)에서 "A magistrate-in the country, an ancient name for 군슈 etc."로 풀이된다.

The Minister then had his beavers stop while he asked Sim, "How comes it that you are naked?" Sim replied, "Your servant is blind. He comes from the town of Towha and his name is Sim Hakyoo. On my way to the Imperial City to attend the festival of the blind. I met a thief and so am stripped of my clothing. What shall I do? Where shall I go?" The Minister inquired. "What all have you lost?"

이에 장관은 부하들을 말리며 심에게 물었다.
"어떻게 해서 알몸이 되었느냐?"
심이 대답했다.
"소인은 앞을 보지 못합니다. 도화동 사람으로 이름은 심학규입니다. 맹인 잔치에 참석하러 황시[黃市]로 가는 중인데 도둑을 만나 옷을 빼앗겼습니다. 어찌해야 할지 어디로 가야할 지 모르겠습니다."
장관은 물었다.
"잃어버린 것이 모두 무엇이냐?"

Sim made answer, "My clothes, everything I owned; gold head button, made like a bat, my hat wind-holder that cost me a hundred yang, a special pig bristle hat, too, and a kiya head cover, an amber hat string, coral head-band rings, a silk jacket, muslin trousers, double-string shoes, grass-cloth outer garment, a tortoise shell knife, a felt pocket, a fortune-teller's divining box with several pieces of money, garter-string, too. I have groped for them everywhere.

The Minister shouted out, "Where did you ever get an amber hat-string, from you blind idiot? Push him off, get him out of the way."

Sim Pongsa, at his wits end, at last told the truth, and the Minister seeing his desolate plight, took pity on him, and calling a servant had him fit him out with a suit of clothes. He gave him shoes also, and some money with which to make his way.

Sim said, "To my dying day I shall never forget your kindness."

심은 대답을 만들었다.

"옷과 내가 가진 모든 것을 다 잃었습니다. 박쥐 모양의 금관자, 백 냥 주고 산 모자 바람잡이[52], 돼지털로 만든 특수모도 있고, 기야(kiya)머리 덮개, 호박 모자 끈, 산호 머리띠 고리, 비단 재킷, 무명 바지, 이중 끈 신발, 모시 겉옷, 거북껍질 칼, 펠트 주머니, 동전 몇 개가 든 점쟁이의 점 상자, 대님 끈도 있습니다. 이것들을 찾아 모든 곳을 더듬거렸습니다."

장관이 크게 소리쳤다.

"바보 같은 소경이 호박 모자 끈을 어디서 얻는다 말이냐? 옆으로

52 모자 바람잡이(hat wind-holder): 원문에는 "風簪"으로 되어 있다. 게일의 『한영주뎐』(1911)에는 "A Kind of clasp worn on the front of the head band - to steady the hat in the wind."라고 풀이되어 있다. 즉, 風簪이 '갓이 바람에 넘어가지 못하게 하기 위해 망건의 당 앞에 달아 꾸미던 장신구'라는 풀이가 이미 사전 속에 잘 드러나 있다. 그렇지만 번역을 위해서는 이러한 긴 풀이가 아니라 1:1로 대응되는 어휘를 배치해야 하는 데, 게일은 風簪의 용도를 말해주는 영어 어휘로 적절하게 번역한 셈이다.

밀쳐서 쫓아내어라."

심봉사가 당황하다 마침내 진실을 말하니 장관은 그의 처지를 딱하게 여기고 동정하여 부하를 불러 심에게 옷 한 벌을 주라 했다. 장관은 또한 그에게 신발과 약간의 돈을 주어 황성에 갈 수 있게 했다.[53]

심은 말했다.

"죽을 때까지 이 친절함을 결코 잊지 않겠습니다."

Thus he passed on. After many days he crossed the Naksoo Bridge and entered the Imperial City. Here he reached a certain place where a woman called out, "It is Sim Pongsa. Come in please."

He went near and was led into the guest room and given an evening meal. He thought to himself, "How strange this is! How odd! Who knows me here? Why should they treat me thus?"

After he had well eaten the woman came out again and took Sim into the inner room. He said to himself, "I do not know whether the man of the house is here or not. Why go into the inner room? Is anybody ill? I am not a fortune-teller."

이리하여 심은 다시 떠났다. 여러 날이 지난 후 그는 낙수교를 건

53 뺑덕어미가 심봉사와 동거하며 재산을 탕진하고, 황성에 가는 도중 도주하는 장면, 황성으로 가는 도중 심봉사가 목욕하던 중 의관을 잃고 태수를 만나 의복을 얻는 장면은 <경판20장본>의 화소가 충실히 반영된 것이다. 또한 심봉사가 盲人宴에 가는 노정에서 목동과 방아 찧는 여인을 만나 수작하는 장면과 같이 <경판20장본>과 구별된 <심청전>완판본의 화소는 존재하지 않는다.

너 황시로 들어갔다. 여기서 그가 어떤 곳에 도착하자 한 여자가 큰 소리로 불렀다.

"심봉사면 어서 들어오세요."

가까이 가니 그를 손님방으로 데리고 가서 저녁을 주었다. 그는 속으로 생각했다.

"참으로 이상한 일이구나! 참으로 괴이하다. 나를 아는 사람이 여기에 없는데 어째서 나를 이렇게 대접하는가?"

그가 식사를 잘 한 후, 그 여자가 다시 나와 심을 안방으로 데리고 갔다. 그는 혼잣말을 하였다.

"나는 이 집의 남자가 여기에 있는지 아닌지 모른다. 왜 안방으로 가는 것일까? 아픈 사람이라도 있나? 나는 점쟁이가 아닌데."

The woman answered, "Don't say anything, just follow me." She took his stick and pulled him along.

He thought again, "Am I in some house of ill-repute?" Up into the open guest room he was led and after being seated in the east side the woman inquired, "Are you indeed, Sim Pongsa?"

"How do you know me?" was his reply.

여자가 대답했다. "아무 말도 말고 나를 따라오세요."

그녀는 그의 지팡이를 잡고 그를 끌고 갔다.

그는 다시 생각했다.

"내가 지금 소문이 안 좋은 집에 있는가?"

개방된 객방으로[54] 그를 이끌어 동편에 앉힌 후 그 여자[55]가 물었다.

"당신이 정말로 심봉사입니까?"

"나를 어떻게 아시오?" 그가 물었다.

"I have a way of knowing." answered she. "My name is An. I have lived for several generations in the capital, but did my part badly, and so my parents died in poverty. I then took my servants and came here to live. Twenty-five I am and not yet married. One thing I learned and that is the secrets of fortune-telling and consequently am in touch with everything. This is my lucky year and last night I had a dream where I saw the sun and moon fall from heaven into the river. I want to dip them out and lo, they wore faces of people. I at once concluded that they referred to someone blind. When I thought of them being submerged, the name Sim(submerged) came to my mind also. I then sent my servant to watch the blind who might come by my door. God aided and the spirits and so we meet today. This is indeed our appointed destiny. Though I am only a very common woman I trust you will not refuse me, or cast me aside. I shall indeed look well after your comb and brush, how do you regard it?"

---

54 개방된 객방(the open guest room): 원문의 'ᄉᆞ랑'이다. '사랑(舍廊)'은 바깥주인이 거처하는 곳으로 손님을 접대하는 공개된 곳이라는 것을 알고 있기 때문에 손님이 함부로 들어갈 수 없는 내당과 대조하기 위해 'open'을 부가한 듯하다.

55 그 여인(the woman): 원문에서는 문밖으로 나와 심을 부르고 그를 내당으로 안내하는 이는 그 집의 하녀이고 내당에서 그를 맞이한 이는 맹인 안씨이다. 그러나 게일은 앞부분에서 이 두 사람을 따로 명확하게 구분하지 않는다. 그러나 바로 뒷부분에서 안씨가 하인을 보내 심이 오는지 살펴보게 했다는 대목이 나온다.

그녀가 대답했다.

"아는 법이 있지요. 나의 이름은 안입니다. 몇 세대 동안 수도에 살고 있습니다만 자식 도리를 잘못하여 부모님이 가난으로 죽었습니다. 그 후 하인들을 데리고 와 여기에 살았습니다. 25세가 되었으나 아직 미혼입니다. 한 가지를 배웠는데 그것은 바로 복술이기에 나는 모든 것을 감지할 수 있습니다. 올해가 나의 길년으로 어젯밤 꿈속에서 해와 달이 하늘에서 강으로 떨어지는 것을 보았습니다. 해와 달을 밖으로 꺼내고자 했더니 놀랍게도 사람의 얼굴을 하고 있었습니다. 즉시 해와 달이 어떤 눈먼 이를 가리킨다고 결론 내렸습니다. 깊이 잠긴 해와 달을 생각했을 때 심(가라앉을)이라는 이름이 또한 떠올랐습니다. 하여 하인을 보내 맹인이 혹시 우리 집 문 앞을 지나가는지 살피게 했습니다. 하나님이 돕고 정령들이 도와 오늘 우리가 만났습니다. 참으로 하늘이 정한 운명이 아닙니까? 내 비록 비천한 여자에 불과하지만 거절하거나 내치지 말아 주세요. 나는 정말로 당신의 빗과 솔을 잘 돌보겠습니다[56]. 어떻게 생각하는지요?"

Sim Pongsa gave a laugh and said, "Your words are most kind, but could anyone venture to do such a thing offhand?" The woman An See on this called a servant and after tea had been brought asked Sim where he lived. Sim told his whole life story and at the end of it wept

56 당신의 빗과 솔을 잘 돌보겠습니다(look well after your comb and brush): 게일이 참조한 한글 필사본에는 "君子의 堅志를 밧들가 ᄒᆞ오니"로 되어 있으나, 그의 메모를 보면 "견실"이라고 한자음이 달려 있다. 즉, 필사자가 부여한 "堅志"란 한자어를 게일이 수용하지 않았을 가능성이 있다. <경판 20장본>에는 "군ᄌᆞ의 건지를 밧들가 ᄒᆞ오니"로 되어 있다.

bitter tears. An See comforted him and that night they signed the marriage contract.

심봉사 웃으며 대답했다.

"말은 매우 고맙지만 누가 감히 그런 일을 준비 없이 할 수 있소?"

이를 듣고 그 여자 안씨[57]는 하인을 불러 차를 가져오게 한 후에 심에게 어디 사는지 물었다. 심은 그의 모든 인생사를 말하고 그 끝에 서러운 눈물을 흘렸다. 안씨는 그를 위로하였고 그날 밤 그들은 결혼 서약[58]에 서명했다.

The following morning Sim was seated wearing an anxious look and An See asked, "What is your anxiety? I am sorry for you."

Sim replied, "When I think over life my good days have always been followed quickly by bad. That's why I am anxious. I had a dream last night where I found myself in the midst of fire. I dreamed as well that I was flayed alive and my skin used for a drum-head. The leaves of the trees all fell. This, as I think it over, is a dreadful dream."

---

57 안씨(An See): 게일은 심학규의 부인을 곽씨(Kwaksi)라고 표기한다. 그러나 안씨는 Ann See라고 표기하는데 단순히 표기상의 혼동인지 아니면 안씨가 점술을 하는 여인이기 때문에 'See'를 강조한 것인지 모르겠다. 경판 송동본 20장에 보면 안씨는 맹인으로 나온다. 그러나 영문에서 안씨가 맹인이라고 직접적으로 언급한 부분은 없다. 그러나 고전 소설에서 점술을 하는 이들이 주로 맹인이기 때문에 안씨 또한 맹인이 아닐까 추측해 볼 수는 있다.

58 결혼 서약(marriage contract): 원문에서는 '그날 밤의 同寢ᄒᆞ니라'로 나온다. 이 부분을 게일은 두 사람이 결혼 계약을 맺는 것으로 영역한다. 남녀 간의 성적인 부분을 의도적으로 누락하는 것은 게일의 고소설 영역의 일반적인 경향에 속한다.

But An See replied, “Not so, the body in the fire means we will grow old together. ‘Your skin being flayed’ - means you will enter the Palace. - ‘'The falling leaves’ - you will have sons and daughters. This is a great, good dream, very good indeed.”

Sim laughed and said, “Wonderful words, these, wonderful words!”

An See then said, “Though you do not believe me now, later you will know.”

그 다음날 아침 심이 걱정스러운 표정을 띠며 앉아 있자 안씨가 물었다.

“무슨 근심이 있나요? 당신이 걱정됩니다.”

심은 대답했다.

“나의 인생을 생각하면 좋은 날들 뒤엔 항상 연이어 나쁜 일들이 생겼소. 그래서 걱정하는 것이오. 어젯밤에 꿈을 꾸었는데 내가 불 속에 있었소. 또한 꿈에서 나는 산 채로 살가죽이 벗겨졌고 나의 살가죽은 북가죽으로 사용되었소. 나뭇잎들이 모두 떨어졌소. 곰곰이 생각하니 끔찍한 꿈이오.”

그러나 안씨는 대답했다.

“그렇지 않습니다. 몸이 불 속에 있다는 것은 우리가 함께 늙어간다는 것을 의미합니다. ‘당신의 살이 벗겨진다’는 것은 당신이 황궁에 들어간다는 것을 의미하고 ‘잎이 떨어진다’는 것은 당신이 아들과 딸을 얻는다는 것을 의미합니다. 대단히 좋은 꿈입니다. 참으로 너무도 좋은 꿈입니다.”

심이 웃으며 말했다.

"멋진 말이요, 참으로 멋진 말이구려!"

그러자 안씨는 말했다.

"지금은 내 말을 믿지 않겠지만, 두고 보면 알게 될 것입니다."

His blindness was a passport and so he entered the Palace gate without hindrance and found the place full of those who could see neither sun nor moon. The Emperor and Empress were both alert to any news of her father, and so had all the feast prepared. She looked along the list but did not see her father's name. She sighed and said to herself, "Has my father in the meantime got back his sight and so is no longer among the blind? He knew I died in the Indang Sea, Perhaps he died of grief. Today we finish the feast, why does he not come."

She again looked over the book and there at the end was written Whangjoo, Towhatong, Sim Hakyoo. The name of the village and his surname were those she sought. She sent a servant to make inquiry, to find him if possible and to bring him if found.

눈 멈이 통행증이라 그는 제지 받지 않고 황궁문에 들어갔고, 그곳은 해도 달도 보지 못하는 사람들로 가득했다. 황제와 황후 모두 황후 아버지의 소식이 있을까 신경을 쓰며 모든 잔치를 준비하도록 했다. 그녀는 명부를 쭉 보았지만 아버지의 이름을 찾을 수 없었다. 그녀는 한숨을 쉬며 혼잣말을 하였다.

"그동안 아버지는 시력을 되찾아서 더 이상 맹인들 사이에 없는가? 아버지는 내가 인당수에 죽을 줄 알고 아마 슬픔으로 죽었을지도 몰라. 오늘로 잔치가 끝나는데 왜 아버지는 아니 오는가."

그녀가 다시 명부책을 훑어보니 그 끝에 황주 도화동 심학규라고 적혀 있었다. 바로 그녀가 찾던 그 마을의 이름과 그 성이었다. 그녀는 시녀를 보내 조사하게 하고, 가능하면 그를 찾고, 찾으면 데리고 오라고 했다.

Sim at first thought of his dream, denied and said No, but when An See's interpretation came to light he said, "Yes, I am Sim Hakyoo."

She led him forward to the dais but the Empress could not see him clearly so she asked, "Have you a wife and family?"

Sim bowed and said, "I lost my wife early in life. With her death she bore me a little daughter. Unfortunately this same child listened to an outrageous priest of the Buddha, and desiring above all things to have my sight restored sold herself for three hundred bags of rice and died in the Indang Ocean. My eyes were not restored and I lost my child."

심은 처음에 꿈을 생각하고는 거절하며 아니라고 말했다. 그러나 안씨의 해몽이 떠오르자 그는 말했다.

"맞소, 내가 심학규요."

시녀가 그를 연단으로 인도하였지만 황후는 그를 명확히 볼 수 없어 물었다.

"부인과 가족이 있습니까?"

심이 절을 하며 말했다.

"젊어서 아내를 잃었습니다. 아내는 죽으면서 나에게 어린 딸을 낳아 주었습니다. 그러나 애석하게도 이렇게 얻은 아이가 부처를 모시는 요망한 중의 말을 듣고 무엇보다 나의 시력을 되찾아 주고 싶은 마음에 삼백 자루의 쌀에 제 몸을 팔아 인당수에서 죽었습니다. 나는 시력을 되찾지 못하였고 자식을 잃었습니다."

He told all most carefully, and as she heard it, she knew indeed that he was her father. Hastening forward she threw her arms about his neck saying, "My father, you are alive. I am your Sim Chung, who was lost in the sea, but I am alive again today. Make haste please and get back your sight and see your daughter's face."

When Sim heard it, he bowed his head and said "What means this?" In his surprise and alarm, his two eyes suddenly flashed open and he saw the sun and moon, saw all the light of day. His child's face, too, he beheld and he recognized her truly as the fairy he had seen in his dream on 10th night of the 4th Moon of the year Kapja.

그는 모두 것을 매우 조심스럽게 말했고, 황후는 이를 듣자 그가 자신의 아버지인 것을 확신했다. 그녀는 황급히 앞으로 나가 그의 목에 팔을 두르면서 말했다.

"아버지, 살아 계셨군요. 바다에서 죽었던 아버지의 심청이가 오늘 다시 살아 있습니다. 제발 빨리 시력을 되찾아 딸의 얼굴을 보세요."

심은 이 말을 듣고 머리를 숙이며 말했다.

"이게 무슨 말인가?"

놀라고 경악하는 중에 그의 두 눈이 갑자기 번쩍 뜨이더니 그는 해와 달을 보았고 낮의 모든 빛을 보았다. 자식의 얼굴 또한 바라보았는데, 그녀는 바로 갑자년 음력 사월 십일 밤 꿈에서 보았던 바로 그 요정이었다.

He clasped his daughter in his arms and in the midst of joy and tears said, "Your dear mother has gone before you to the region of the dead. I lost you and for years lived in hardship. Now in this great city I meet you again, and such a meeting! Does the mother know it I wonder?"

He danced with delight and said, "My dear daughter, I see again. She has come back to me from the dead, and my eyes see all heaven and earth. How grateful a daughter, better than any son. Truly this word is fulfilled to me today, great and good. Was ever any joy like mine?"

그는 딸을 품에 꽉 안고 기쁨의 눈물을 흘리며 말했다.

"죽은 너의 엄마는 너보다 먼저 죽은 자들이 사는 곳[59]으로 갔다. 너를 잃고 나는 수년을 힘들게 살았다. 이제 이 큰 도시에서 너를 다시

59 죽은 자(死者)들이 사는 곳(the region of the dead): 원문의 "黃泉"을 번역한 것이다. 『한영ᄌᆞ뎐』(1911)에서 "黃泉"은 "The yellow springs-Hades; the next world."로 풀이된다.

만나다니, 이렇게 만날 줄이야! 네 엄마도 이를 아는지 모르겠구나."

그는 기뻐 춤을 추며 말했다.

"사랑하는 나의 딸, 나는 다시 본다. 딸이 죽었다 다시 나에게 오니 내 눈은 하늘과 땅을 모두 본다. 고마운 딸은 어느 아들보다 낫다더니[60] 진실로 이 말은 오늘 나에게 해당되는 말이구나. 좋고도 좋구나. 나처럼 기쁜 이가 또 어디 있겠느냐?"

Sim pongsa dressed in ceremonial robes had a special audience of the Emperor where he spoke his thanks and made his deepest prostration. He entered also the inner Palace where he told of all his trials and sorrows. He was then assigned to a special hall and ennobled with the title Poo Wun Koon, father-in-Law of the Emperor. An See also was ennobled, and called Lady Poo while all the people of Towhadong were relieved of taxes forever. Thus was Sim Chung marked through the ages as chief of all women known for their filial piety.

심봉사는 예복을 입고 황제를 특별 알현하자 깊숙이 엎드려 감사의 말을 전했다. 그는 또한 내전에 들어가서 그의 모든 시련과 슬픔을 이야기했다. 그런 후에 그는 특별 전각을 하사받고 황제의 장인인 '부원군'의 높은 자리에 올랐다. 안씨 또한 고귀한 지위에 올라 '부부인'으로 불렸고, 도화동의 모든 백성들은 영원히 세금을 탕감

60 고마운 딸은 어느 아들보다 낫다더니(How grateful a daughter, better than any son): 원문의 "不重生男重生女"를 번역한 것이다.

받았다. 이렇듯 심청은 효녀 중에서도 만고의 으뜸이었다.[61]

A new print made in Songdong

Translated in Korea 1919 and copied off in Bath England in the month of August 1933.

James S Gale

송동본.

1919년 한국에서 번역. 1933년 8월 잉글랜드 바스(Bath)에서 옮김.

제임즈 S 게일

61 심청 부녀가 각각 자녀를 두고 영화를 누리다 사망하는 장면이 없는 것은 완판본과 구별된 <경판20장본>의 특징이다. 이 점이 게일 영역본에도 잘 반영되었다.

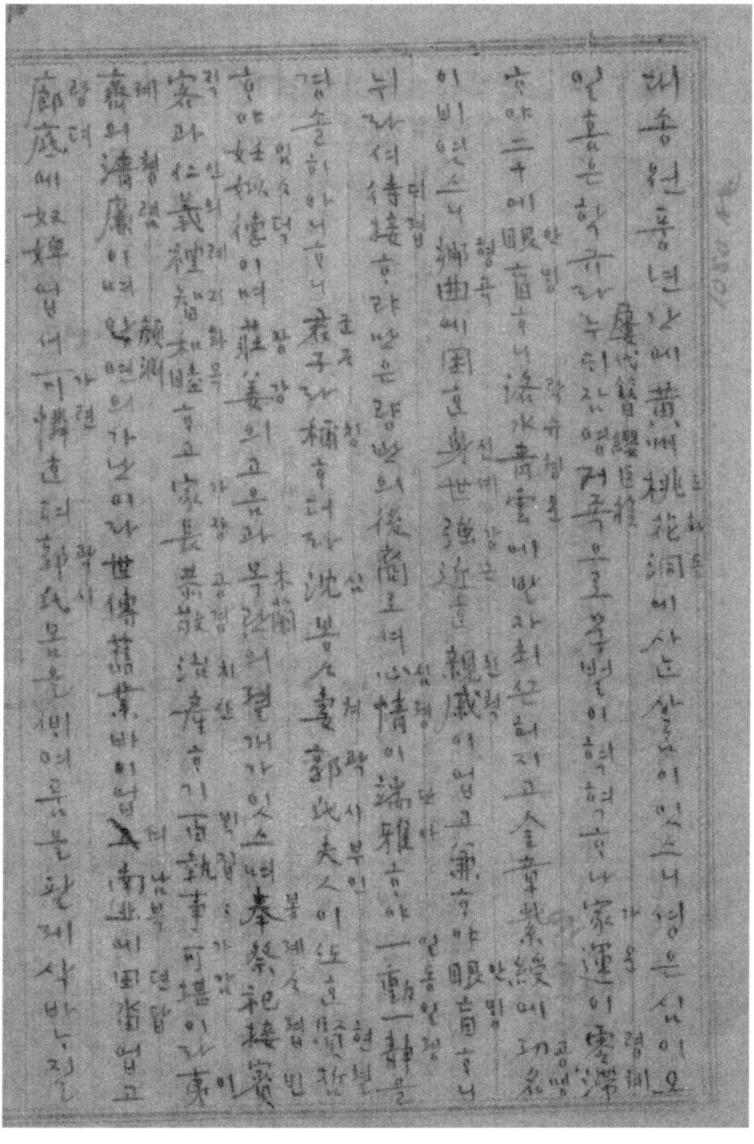

제4장

자유토구사의 〈심청전 일역본〉(1922)

趙鏡夏 譯, 『通俗朝鮮文庫』 9, 自由討究社, 1921.

조경하(趙鏡夏) 역

| 해제 |

조경하(趙鏡夏, 1888~1941)는 자유토구사의 한국인 번역가였다. 그는 <춘향전 일역본>, <장화홍련전>의 초역과 <심청전 일역본>을 번역했다. 그는 일제 강점기 조선총독부를 비롯한 지방 군수직을 여러 번 거쳤고, 일본을 방문하고 돌아오기도 했다. 1940년부터 사망할 때까지 조선총독부 중추원 참의를 역임한 인물이다. 이처럼 한국인이 번역에 있어 조력자로 참여한 작품들은 대체적으로 보면 국문고소설 작품이며, 일본인이 단독 역서로 출판한 자유토구사의 작품들은 한문서적인 경우가 많다. 즉, 이 시기는 한일 양국어의 간격이 그만치 소멸되어 있었던 셈이다. 따라서 한국의 국문 고소설 작품을 일본어로 번역할 수 있는 한국 지식인이 일정량 역할을 담당했던 셈이다. 특히 자유토구사의 서발문을 보면, 조선총독부의 한국 지식인들은 작품 선정에도 일정량 영향력을 발휘했던 것으로 보인다.

자유토구사가 번역 작품을 선정함에 있어서는 조선총독부가 발간한 『조선도서해제』(1915/1919)를 염두에 둘 수밖에 없는 정황이었다. 그렇지만 <심청전>은 한적중심으로 도서가 정리된 이 서목에는 의당 미수록 저술이었다. 즉, <심청전>을 비롯한 한국고소설 작품의 선정에 있어서 더 크게 작동했던 것이 무엇인지는 자유토구사의 서발문 자료를 보면 알 수 있다. 그들은 서울 종로의 서점들을 통해 다수의 서적을 구입했고, 그 중에서 많은 흥미성이 있는 작품이 무엇인지를 한국인 지식인에게 자문한 내용이 보이기 때문이다. 이를 잘 보여주는 것이 <심청전 일역본>의 저본이다. 이 일역본의 저본은 이해조 산정 판소리계 고소설 작품인 <강상련>이었기 때문이다.

즉, 자유토구사의 작품선정은 1920년대 한국도서의 출판유통문화가 깊이 관여하고 있던 셈이다. 조경하가 번역한 <심청전 일역본> 후일 호소이 하지메의 『조선문학걸작집』에는 재수록되게 된다. 고소설은 일종의 한국문학을 대표하는 정전이었던 셈이다. 역시 번역양상은 『강상련』의 세밀한 언어표현을 모두 번역한 것은 아니며, 훨씬 축약된 형태라고 볼 수 있다. 또한 현대의 일본인 독자를 위해 본래 마침표가 없이 본래 한문의 통사구조에 놓인 하나의 서술문을 문장 단위로 나누었으며, 단어 단위로 풀어서 서술한 특징을 보여준다. 또한 독자를 안내해주기 위한 두주가 붙어 있는 특징을 보여준다.

▌참고문헌

다카사키 소지, 최혜주 역, 『일본 망언의 계보』(개정판), 한울아카데미, 2010.

박상현, 「번역으로 발견된 '조선(인)' - 자유토구사의 조선고서번역을 중심으로」, 『일본문화학보』 46, 2010.

______, 「제국일본과 번역－호소이 하지메의 조선 고소설 번역을 중심으로」, 『일어일문학연구』 제71집 2권, 한국일어일문학회, 2009.

______, 「호소이 하지메의 일본어 번역본 『장화홍련전』 연구」, 『일본문화연구』 37, 동아시아일본학회, 2011.

서신혜, 「일제시대 일본인의 고서간행과 호소이 하지메의 활동－고소설 분야를 중심으로」, 『온지논총』 16, 온지학회, 2007.

윤소영, 「호소이 하지메의 조선인식과 제국의 꿈」, 『한국 근현대사 연구』 45, 한국근현대사학회, 2008.

이상현, 『한국고전번역가의 초상, 게일의 고전학 담론과 고소설 번역의 지평』, 소명출판, 2013.

최혜주, 「한말 일제하 재조일본인의 조선고서 간행사업」, 『대동문화연구』66, 성균관대 대동문화연구소, 2009.

(一) 母は死し父は盲ゐて

(1) 어머니는 돌아가시고 아버지는 맹인이 되어[1]

晩春の花は咲き亂れて、無情の狂風花枝を掃ひ、落花翩々として胡蝶の舞ふが如く、時に流水に落ちて、春は音もなく水と共に流れゆく。

1 어머니는 돌아가시고 아버지는 맹인이 되어 : 원본과 달리 단락을 나누고 단락별로 제목을 붙인 것은 일본 독자를 위한 재배치로 보인다. 작품의 서두부터 심청이 출생하고 곽씨 부인이 사망하는 장면까지가 제시했다.

늦은 봄에 피는 꽃은 어우러져 만발하였고, 무정하게 부는 광풍은 꽃가지를 쓸어내리고, 낙화가 나부끼는 것이 나비가 춤을 추는 듯 때때로 흐르는 물에 떨어져서는, 봄은 소리도 없이 물과 함께 흘러간다.[2]

黄海道黄州郡桃花洞といふところに、姓は沈、名は鶴圭といふ一人の盲人があった。沈鶴圭は先祖代々高官に就き、名望一世に奕々たる立派な兩班であったが、鶴圭の代となって家運傾き、殊に二十歳の時盲者となってからは、役にも就けず、生計はだんだん困難になりゆく一方であった。が、何分にも名ある兩班の後裔であるから、その行動は自ら人の儀表とならねばならず、事実また貧に安んじ道を楽しむ人であったので、村の人たちからも頗る人望を得て居った。その妻郭夫人も賢淑な人で、妊姒の徳と木蘭の節とを兼ね備へ、禮記家禮の内則篇等凡そ齊家に関係した文学には悉く精通し、先祖の祭祀や賓客の接待については何一つ心得ざることとてなく、また日常の生活は、この郭夫人が手づから針仕事や洗濯をして、その僅かなる賃錢によって辛うじて營むといふ有様であった。

황해도 황주군 도화동이라는 곳에 성은 심이요, 이름은 학규라고 불리는 맹인 한 사람이 있었다. 심학규는 선조 대대로 고관을 역임하고 명망은 당대에 참으로 훌륭한 양반[3]이었으나, 학규의 대에 이

2 이는『강상련』에만 있는 서사 부분이다. 조경하가 참조한 판본이 이해조의『강상련』이라는 사실을 보여준다.

3 양반 : 원문에는 양반이라고 밝히지 않았으나 번역본에서는 '세더잠영지족으로 공명히 ᄌᆞᄌᆞ터니'와 같은 구절, 내용 전개상 등장하는 양반이라는 어휘,『심

르러 가운이 기울고 특히 20살 때에 맹인이 되고 나서는 일자리도 얻지 못하고 생계는 점점 곤란해져갈 뿐이었다.[4] 하지만, 어찌되었든 이름 있는 양반의 후예인지라, 그 행동은 스스로 다른 사람의 모범이 되지 않으면 안 되었다. 사실 또한 안빈낙도하는 사람이었던지라, 마을 사람들로부터도 대단한 덕망을 얻고 있었다. 그 아내 곽부인도 현숙(賢淑)한 사람으로 임사(姙似)[5]의 덕과 목란의 절개를 겸하여 갖추었으며, 『예기』, 『가례(家禮)』, 『내칙편(內側篇)』 등 일반적으로 제가(齊家)에 관계하는 문학에 모두 정통하여, 선조의 제사와 귀한 손님의 접대에 관해서 어느 것 하나 이해하지 않은 것이 없었다. 또한 일상생활은 이 곽부인이 손수 삯바느질[6]과 빨래를 하여 그 얼마간의 품삯으로 간신히 꾸려나가는 실정이었다.

ある日、鶴圭が郭夫人に向ひ、

『凡そ人間は誰でも皆夫婦生活を營むが、立派に五官を備へた人でも妻の悪いために家庭の不和を招くことが間々あるものだ。それに御身と私とは前生に何の因縁やら、此の世に夫婦となってからといふものは、盲目の私を食べさせるために、御身は朝から晩まで暫くの間も休まず、一生懸命に働らいて、衣服飲食の世話をして呉れる。私の身は

청전』 속 심학규의 형상 등을 통해 그의 신분을 양반으로 규정했다. 알렌, 게일 등의 『심청전』 번역본에서도 심학규를 양반으로 밝혔다.

4 일자리도 얻지 못하고, 생계는 점점 곤란해져갈 뿐이었다 : 원문의 "락슈쳥운에 발ᄌᆡ최 븐어지고 금장자슈에 공명이 뷔엿스니, 향곡에 곤혼 신셰 강근혼 친척 업고"에 대한 번역이다. 양반의 신분으로 과거급제 등을 통해 벼슬을 얻지 못한 것이 아니라 '일자리를 얻을 수 없었다'는 정도로 번역하였다.

5 주나라 무왕의 어머니, 율곡의 어머니 신사임당의 호.

6 삯바느질 : 원문에 제시한 의복과 관련된 다양한 이름은 생략했다.

何の苦痛もなく至極楽安に暮らしてゐるが、その代りおん身の苦労は並大抵ではない。どうかおん身は運を天に任せて餘り無理な苦労はしないやうに。ところでここに一つ問題といふのは、私たち夫婦は四十を越して一人も子といふものがない。これでは先祖の祭りも絶やさねばならないし、後日死んで黄泉へたっても祖先に逢はす顔もない。また我々夫婦が死んだ後、葬式も祭りもして呉れ手がないと思ふと、実際悲しくてなりません。たとへ不具でもいいから、我が子といふものが欲しいが、此の際一つ子の産れるやう祈禱をしてみたらどうだらう。』

郭氏『昔の聖訓にも不孝三千無後為大とありまして、おほやけにはいはれず内心常々不安の念がして居りました。そして、何とかして子の産れるやうにと思はぬ日とてはなかったのでございますから、お言葉に從ひ早速祈禱をしてみませう。』

と言って、その日から熱心に祈禱を始めた。

어느 날 학규가 곽부인을 향하여,

"일반적으로 사람은 누구라도 모두 부부생활을 영위하는데, 훌륭하게 이목구비를 갖춘 사람일지라도 아내가 나쁜 탓에 가정의 불화를 초래하는 것이 때때로 있거늘. 그런데 그대와 나는 전생에 무슨 인연이 있어서 이 세상에 부부가 되어, 맹인인 나를 먹여 살리려고 그대는 아침부터 밤까지 잠시도 쉬지 않고 열심히 일하여 의복과 음식의 보살핌[7]을 해주고 있는 것인가. 내 몸은 아무런 고통도 없이

7 보살핌: 일본어 원문은 '(世話)'다. 세상의 소문, 항간의 화젯거리 등을 의미하기도 하고, 어떤 일에 대해서 힘을 다하여 살피거나, 매매나 교섭에 있어서 당사자 사이에서 중재의 역할을 하며 살피는 것을 뜻하기도 한다(金沢庄三郎編, 『辞林』, 三省堂, 1907).

지극히 편안하게 지내고 있지만, 그 대신 그대의 고생은 또한 예사롭지가 않구려. 아무쪼록 그대는 운을 하늘에 맡기어 너무 무리하게 고생하지 말게나. 그런데 마음에 한 가지 문제라고 할 수 있는 것은, 우리 부부가 40을 넘어서 한 명의 자식도 없음이니. 이대로는 선조의 제사도 끊길 수밖에 없고, 후일 죽어서 황천으로 떠난다 하여도 선조를 뵐 낯이 없지 않은가. 또한 우리 부부가 죽은 후, 장례도 제사도 해 줄 사람이 없다고 생각하니 실로 슬프지 아니한가. 가령 불구라도 좋으니까, 우리 자식이라고 말할 수 있는 것이 있었으면 하는데, 이 기회에 자식을 하나 낳을 수 있도록 기도를 해 보는 것이 어떠하오?"

곽씨 "옛날 성인의 가르침에도 불효삼천(不孝三千)에 무후위대(無後爲大)라 하였으니, 공공연히 말씀하시지는 않으시더라도 내심 항상 불안한 마음이 들었습니다.[8] 그래서 어떻게 해서든 자식을 낳으려는 생각을 하지 않는 날이 없었습니다만, 말씀에 따라 바로 기도를 올리도록 하겠습니다."

라고 말하고, 그날로부터 열심히 기도를 시작하였다.[9]

ある日郭夫人は夢を見た。それは頗る不思議な夢であった。天晴れて瑞気空中に充満し、五色の彩雲四方に棚引くと見れば、忽ち仙人や

---

8 곽씨~불안한 마음이 들었습니다 : "가군의 넓으신 덕"에 소박을 맞지 않고 지냈고, 이로 인해 자식에 대한 소망을 함부로 말하지 못 했던 곽씨의 진술은 생략한 채, 자식을 두고 싶어 하는 곽씨의 절절한 심정("몸을 팔고 뼈를 간들 무삼 일를 못ᄒᆞ릿가마는")을 요약해서 번역했다.

9 곽씨의 기자치성(祈子致誠) 장면이 요약되어 있고, 판소리 서술자가 개입하는 진술("현철ᄒᆞᆫ 곽씨부인이 이런 부졍당ᄒᆞᆫ 일을 힛슬리가 잇ᄂᆞ냐. 이것은 모두 광ᄃᆡ의 롱ᄃᆞᆷ이든 것이었다"에 대한 번역이 생략되었다.

玉女が鶴に乗って天から降りて来る。そして彼の仙人や玉女は、首に花冠を冠り腰に月佩を下げ、手に桂花を持って郭夫人の前に来り、傍らに坐ったその有様は恰も月宮の姮娥が月の中に入って居るやう、また南海の観音が海の中に入って来たやうで、心神頓に恍惚たる折柄、仙人達は郭夫人に言ふ。

仙『私たちは餘人でもありません、西王母の娘でありますが、この度蟠桃を上帝に持参するに當り、聊か悪い事がありまして道に上帝に罪を得て此の世へ流刑されました。何分方角も分らず、何れにいっていいかとゴロゴロしてゐる処へ、丁度太上老君の案内でここへ参りました。どうぞ□愛がって下さい。』

さう言って忽ち郭夫人の懐に入った。

어느 날 곽부인은 꿈을 꾸었다. 그것은 굉장히 희한한 꿈이었다. 맑은 하늘에 상서로운 기운이 충만하고, 오색의 아름다운 구름이 사방으로 길게 끼어 있는 것이 보이더니, 홀연히 선인(仙人)과 옥녀(玉女)가 학을 타고 하늘로부터 내려오는 것이었다. 그리고 그 선인과 옥녀는 머리에 화관을 쓰고 허리에 월패를 차고 손에는 계수나무의 꽃을 쥐고 있었는데, 곽부인 앞으로 와서 옆에 앉아 있는 그 모습이라는 것은, 마치 월궁(月宮)의 항아(姮娥)가 달 속으로 들어가는 듯, 또한 남해의 관음(觀音)이 바다 속으로 들어오는 듯하였다. 돌연 정신이 황홀한 바로 그때 선인들은 곽부인에게 말하였다.

선 "저희들은 다른 사람[10]이 아니라 서왕모(西王母)의 딸입니다만,

10 다른 사람: 일본어 원문은 '餘人'이다. 타인 혹은 다른 곳에 있는 사람이라는 뜻이다(金沢庄三郎編, 『辞林』, 三省堂, 1907).

이번에 반도(蟠桃)를 상제에게 가지고 가는 길에 조금 나쁜 일이 있어 길에서 상제에게 벌을 받아 이 세상으로 귀양을 오게 되었습니다. 어찌되었든 방향도 모르고 어디로 가야 좋을지 몰라 빈둥거리고 있을 때에, 때마침 태상노군(太上老君)의 안내로 이곳으로 왔습니다. 아무쪼록 어여삐[11] 여겨 주십시오."

그렇게 말하고는 홀연히 곽부인의 품으로 들어왔다.

郭夫人は目が覚めて、この不思議な夢の事を夫に話し、これ必定胎夢であると、内心大に喜んでゐると、果してその月から夫人は妊娠した。そこで十ヶ月の間は、胎内の子供の為に坐不邊、立不蹕、席不正不坐、割不正不食、耳不聴淫声、目不視悪色の聖訓を守り、静に満月を待ってゐると、やがていよいよその日は来た。

곽부인은 눈을 뜨고 이 희한한 꿈을 남편에게 말하며, 이는 필시 태몽일 것이라고 내심 크게 기뻐하였는데, 과연 그 달부터 부인은 임신을 하였다. 그로부터 10개월 동안은 태내의 아이를 위해서 가장자리에는 앉지를 않고, 비뚤어진 자리는 서지를 않았으며, 바른 자리가 아니면 앉지를 않고, 바른 음식이 아니며 먹지를 않으며, 음탕한 소리를 듣지 않고, 나쁜 색을 보지 말라는 성인의 가르침을 지키며 조용히 만월(滿月)을 기다리니, 이윽고 마침내 그날이 왔다.

沈鶴圭は慌てて隣の家へ往ってお産の世話を頼み、一方自分は藁を

11 일본어 원문에 단어가 누락되어 있다. 전후 문장을 고려하였을 때 '어여삐 여기다'와 같은 의미의 단어가 있었을 것으로 추정된다.

産室に敷いたり蓐を展べたりして、ひたすら無事に子供の產れることを祈り持った。待つ間程なく珍らしい香がして、彩雲産室の周圍に現はれ、やがて仙女のやうな女の子が產れた。郭夫人は折角產んだ子が女であると聴いて落膽したが、鶴圭は之を慰めて、

鶴『何もそれほど落膽するにはあたりません。勿論男の子であったら尙よかったが、男の子でも質が悪ければ先祖へまでも禍を及ぼすことがないとはかぎらず、女の子といへども場合によっては男に負けない立派な人物に仕立てることもできる。私たちは行く行く此の子を立派に育てて、禮儀を先にし、針線や紡績を次第に教へて、大きくなればいい婿を貰って餘生を安楽に送るやうにしよう。』

と言って、人に頼んで産後初めての藿汁や白飯をこしらへて郭夫人に食べさせ、自分は後園に往って衣冠を着換へ、誠心誠意三神に祈禱をこらした。

심학규는 서둘러서 이웃집에 가서 해산을 부탁하고, 한편 자신은 짚을 산실에 깔아 자리를 펼치고는, 오로지 무사히 아이가 태어날 수 있기를 기도하며 기다렸다. 기다리는 것도 잠시 신기한 향기가 나며 아름다운 구름이 산실 주위에 나타나, 이윽고 선녀와 같은 여자아이가 태어났다. 곽부인은 어쨌든 낳은 아이가 여자라는 것을 듣고[12]는 낙담하였는데 학규는 이를 위로하여,

---

12 곽부인은 어쨌든 낳은 아이가 여자라는 것을 듣고 : 남녀확인 대목이 간략히 요약된 부분이다. 심학규가 아이의 성별을 살피며 말하는 해학적이며 다소 외설적인 대사("아기삿을 만져보니 손이 느로비 지느가듯 것침업시 지너가는 것이 아마도 아달 반디되는 것을 느앗느보오")를 비롯하여, 부부가 나누는 대화가 생략되었다.

학 "뭐 그렇게까지 낙담할 필요는 없소. 물론 남자아이였다면 더욱 좋았겠지만, 남자아이라도 질적으로 나쁘면 선조에게까지 화가 미치지 않는다고는 말할 수 없으며, 여자아이라고 하더라도 경우에 따라서는 남자에게 뒤지지 않는 훌륭한 인물로 만들 수도 있소. 우리들은 장차 이 아이를 훌륭하게 키웁시다. 예의를 우선으로 하고, 침선(針線)과 방적(紡績)을 차례로 가르치며, 성장하면 좋은 사위를 얻어 여생을 편안하게 보내도록 합시다."

라고 말하고, 사람들에게 부탁하여 산 후 첫 미역국(藿汁)[13]을 만들어 곽부인에게 먹이고는, 자신은 후원에 가서 의관을 갈아입고 성심성의껏 삼신에게 기도를 드렸다.

『三十三天兜率天、二十八宿、神佛帝王等の靈驗ある神靈様に祈る。私共は年四十を超へて初めて女の子を産みましたが、何等故障もなく無事に産をいたしましたのは言ふ迄もなく偏に神樣方のお蔭でありまして、その御恩はたとへ此の身が白骨となる迄も忘れることではござりませぬ。ただ此上願ふ所は此の子に将来五福を與へられて、東方朔の壽、石崇の富、大舜曾子の孝、妊姒の徳を備へるやうに専ら加護をたまへ。』

"삼십삼천(三十三天), 두솔천(兜率天), 이십팔숙(二十八宿), 신불제왕(神佛帝王) 등 영험한 신령님께 기도합니다. 저희들은 나이 40을 넘

13 미역국(藿汁): 원문에는 "첫국밥"으로 되어 있는 데, 번역본에는 미역국으로 되어 있다. 이는 산 후 산모가 미역국을 먹는 한국의 풍습을 반영한 해석이라고 볼 수 있다.

어 처음으로 여자아이를 낳았습니다만, 아무런 문제도 없이 무사하게 낳을 수 있었던 것은 말할 필요도 없이 오로지 신령님의 덕분입니다. 그 은혜는 가령 이 몸이 백골이 될 때까지 잊을 수가 없는 것입니다. 다만 더더욱 바라는 것은 이 아이의 장래에 오복이 주워져서 동방삭(東方朔)의 수명과 석숭(石崇)의 부, 순임금과 증자의 효, 임사의 덕을 갖출 수 있도록 오로지 가호(加護)를 베풀어 주시옵소서."

祈禱を終へて再び産室に戻り、今度は赤ン坊を撫でながら、
『兒哥兒哥(幼兒に対する稱呼)我が娘よ、男の子に負けない我が娘よ、たとへ萬金を投じても、あらゆる寶玉を以てしても、汝を買ふことはできないのだ。愛らしい娘よ、たとへ南田北沓を貰って大金持になったとて此の嬉しさには及ばない。』
かくて娘の名を清と稱し、掌中の珠と愛で育てた。

기도를 마치고 다시 산실로 돌아와서, 이번에는 아이를 어루만지며,
"아가(유아를 대하는 호칭), 아가, 우리 딸아, 남자아이에게 뒤지지 않을 우리 딸아[14], 가령 만금을 준다 하여도 온갖 보옥을 준다 하여도 너를 살 수는 없을 것이다. 사랑스러운 딸아, 가령 남전북답(南田北沓)을 얻어 큰 부자가 된다고 하여도 이 기쁨에는 미치지 못할 것이다."[15]

---

14 남자아이에게 지지 않을 우리 딸아 : 원문의 "아달 겸 내 쌀이야"를 이후의 문맥을 보며, 풀어서 해석한 것으로 보인다.

15 심학규의 '아이 어루는 노래'에 대한 번역문 이후에 대응되는 원문이 있다. 그것은 "산혼준쥬 엇엇슨들 이에셔 반가오랴, / 표진강에 슉향이가 네가 되여 티엿느나, / 은하수 직녀셩이 네가 되야 나려왓나, / 어~ 둥둥 내 쌀이야"이다. 번역자는 이에 대한 번역을 생략했다.

이와 같이 딸의 이름을 청이라고 부르고, 손바닥 안의 진주와 같이 사랑으로 키웠다.[16]

処が郭夫人は、産後の肥立ち面白からず、病勢日に増し危篤に陥った。沈鶴圭は全力を盡して治療看護に心を砕き、祈願祈禱を凝らしたが、殆どその効は無かった。鶴圭今は詮術なく、病夫人の枕元ににじり寄って瘦せた背を撫でながら、
『おん身は一體どうしたといふものだ。急にこんなに變るとは。もしおん身が不幸にも死んでしまふなら、盲目の私はさて措いて、赤ン坊の将来はどうすればいいのか。』
と泣く。

그런데 곽부인은 산후조리가 좋지 않아 병세가 날로 위독해졌다. 심학규는 전력을 다하여 치료와 간호에 마음을 다하여 기원하고 기도하였지만[17], 그 효과는 거의 없었다. 학규는 지금은 어찌할 방도도 없이, 병상의 부인의 머리맡에 다가앉아서 야윈 등[18]을 어루만지며,

"그대는 도대체 어찌된 일이오?[19] 갑자기 이렇게 변할 줄이야. 혹

16 원문에는 "쥬야로 즐겨홀졔"로 간략히 제시되어 있는 부분을, 번역자가 향후 내용전개를 위해 조금 더 상세히 풀기위해 첨가한 부분으로 보인다. 원문에 없는 '손 안의 진주'는 일본어 표현으로도 '가장 소중하게 여기는 것'을 의미하며, 특히, '애지중지하는 자식'이라는 점을 뜻하는 어휘이다.

17 심학규는 전력을 다하여~하였지만 : 곽씨 부인의 죽음이라는 사건(내용상 전개)에 영향을 주지 못한 심학규의 행동("경도 닑고 문복ᄒᆞ야 굿도 ᄒᆞ고")을 그대로 옮기지 않고 축약했다.

18 원문에서는 "젼신"으로 되어 있다.

19 원문에서 "식음을 젼폐ᄒᆞ니 긔 허ᄒᆞ야 이러ᄒᆞ오 숨신님께 탈이 되며 제셕님께

그대가 불행하게도 죽어 버린다면, 맹인인 나는 둘째 치고라도 갓난 아이의 장래는 어찌하면 좋단 말이오?"

라고 말하며 울었다.

郭夫人、今は早や迚も生きながらへることの叶はぬ身と諦らめて、夫鶴圭の手をしッかと握り、深い溜息をついて

『あなた、どうか私の申上ることを能く聴いて下さい。私たち夫婦は百年の偕老を期して居りましたが、限りある命數で最早や私は死んでゆきます。死ぬる私は少しもつらくありませんけれど、あなたの将来を何うしたらよいか。それを思ふと悲しくなります。平素私はあなたに気の毒な思ひをさせまい為に、風寒暑熱を厭はず働きに出て、冷たい御飯は私が食べ暖いのをあなたに差上げて、兎も角も今日までは事へて参りました。それが今此うした天命で死んでしまっては、後であなたの衣服のことや食物の事を誰れが心配しませうか。頼りになる親戚といっても無いあなたは、結局は杖にすがって家家を乞食して廻るより外ないのでせうが、石につまづいて轉ぶこともあるでせう。過って河に落ちることもあるでせう。飢寒に堪へないで人の家に憐れみを乞ひ、我が情けなき境遇を顧みては独り路傍に泣く様が、今も眼に見えるやうであります。それを思ふと私は死んでも眼を閉ぢられません。年四十を越して初めて産んだ我が子に、ただ一度乳も飲ませることができないうちに死ぬるとはまた何うした前世の因果でせう。母のない子は誰の乳を飲んで生きてゆくでせうか。ああ悲しい。……あの

탈이 났는"와 같이 표현되는 심봉사의 대사를 축약한 것이다.

金同知宅に金十両預けて置きましたから、私が死んだらその金で簡単な葬式をすまして下さい。それから□のなかに白米が入ってゐますから、それで當分の食事をして下さい。また裏の村の貴德様の御母様は私と懇意の仲ですから、私が死んだら此の子を連れていって乳を飲まして呉れと頼んだら、よもや厭とは言ひますまい。それで幸に此の子が大きくなって、歩けるやうにもなったら、一遍私の墓へ連れれて来て下さい。天命如何ともすることができないで、目の見えぬあなたと生れたばかりの赤ン坊を残して私は死んでゆきますが、どうかあなたはあまり深く悲しまないで、御體を大切にして下さい。此の世の縁は来生でつぎませう。』

곽부인은 이제는 아무리 봐도 살 수 없는 몸이라며 포기하고, 남편 학규의 손을 꽉 쥐고는 깊은 한숨을 쉬며,

"당신[20]은 아무쪼록 제가 하는 말을 잘 들어 주십시오. 우리 부부는 백년해로를 기약하였습니다만, 얼마 남지 않은 목숨으로 머지않아 저는 죽게 됩니다. 죽는 저는 조금도 고통스럽지 않습니다만, 당신의 장래를 어떻게 하면 좋습니까? 그것을 생각하면 슬퍼집니다. 평소의 저는 당신이 어려움을 겪지 않게 하기 위해서 비바람과 추위 더위 가리지 않고 일하러 나가고, 식은 밥은 제가 먹고 따뜻한 밥은 당신에게 드리며, 어찌되었든 오늘에 이르기까지 지내왔습니다. 그것이 지금 이렇게 하늘의 명으로 죽게 되어 버렸는데, 앞으로 당신의 의복과 음식을 챙기는 일을 누가 걱정해 주겠습니까? 의지할 수

20 당신 : 해당 원문에서 곽씨가 심봉사를 부르는 표현은 "봉ᄉ님", "가군", "가중님"이다.

있는 친척이라고는 아무도 없는 당신은, 결국은 지팡이에 의지하여 집집을 동냥하며 돌아다니는 길밖에 다른 방법이 없을 것이며, 돌에 걸려서 넘어지는 일도 있겠지요. 잘못하여 강에 빠지는 일도 있을 것입니다. 배고픔과 추위를 견디지 못하여 남의 집에 동정을 구하고는, 자신의 처량한 신세를 되돌아보고는 홀로 길거리에서 울고 계실 모양이 지금도 눈에 보이는 듯합니다. 그것을 생각하면 저는 죽어도 눈을 감을 수가 없습니다. 나이 40을 넘어 처음으로 낳은 우리아이에게, 그냥 한 번이라도 젖을 주지 못하고 죽는다는 것이 또한 전생[21]의 인과란 말입니까? 어미 없는 아이는 누구의 젖을 먹고 살아가야 하는가요? 아아, 슬픕니다……. 저 건너 김동지(金同知) 댁에 돈 열 냥을 맡겨 두었으니까, 제가 죽으면 그 돈으로 간단한 장례식을 마쳐 주십시오. 그리고 상자 속에 흰 쌀이 들어있으니까, 그것으로 당분간의 식사를 해 주십시오. 또한 뒷마을의 귀덕(貴德) 어미는 저와 친한 사람이니, 제가 죽거든 이 아이를 데리고 가서 젖을 먹여 달라고 부탁하면 어떤 사정이 있다 하더라도 싫다고는 하지 않을 것입니다. 그래서 다행히 이 아이가 커서 걸어 다닐 수 있게 되면, 한번 제 무덤에 데리고 와 주십시오. 하늘의 명을 어찌할 수 없으므로, 눈이 보이지 않는 당신과 갓 태어난 갓난아이를 남겨두고 저는 죽습니다만, 아무쪼록 당신은 너무 깊이 슬퍼하지 마시고 몸을 조심하여 주십시오. 이 세상의 인연은 다음 생에 이어갑시다."

と言って今度は我が子の顔に顔を押し付け、

21 전생: 일본어 원문은 '前世'다. 현생에 태어나기 이전의 세상을 뜻한다(金沢庄三郎編, 『辞林』, 三省堂, 1907).

「ああ神も佛も餘りといへば餘りに情けない。お前がも少し早く生れるか、私がも少し生き延びるかすれば、この悲しみはなかったらうに、お前が生れるすぐ私が死んでゆかねばならないとは、まあ何といふ辛らいことか、せめて別れの乳でもお飮み。」

吐く歎息と共に吹く風は霎々たる飛風となり、涙と共に降る雨は蕭々たる細雨となった。

라고 말하고는 이번에는 아이의 얼굴에 자신의 얼굴을 갖다 대고는,

"아아, 신도 부처님[22]도 너무나도 무정하구나. 네가 조금 일찍 태어나든가, 내가 조금 더 오래 살든가 하면, 이 슬픔은 없었을 텐데, 네가 태어나자마자 내가 죽지 않으면 안 된다는 것은, 얼마나 괴로운 일이란 말이냐? 적어도 이별의 젖이라도 먹거라.[23]"

한숨과 함께 불어오는 바람은 소슬바람이 되었고, 눈물과 함께 내리는 비는 보슬비가 되었다.

やがて、郭夫人は、二回ほど吃上りをしたかと思ふと死んでしまった。盲目の鶴圭は郭夫人の死んだことを知らず、まだ息のあることと

22 원문에는 "텬디도 무심ᄒᆞ고 귀신도 야속ᄒᆞ다"로 되어 있다. 이를 일본인 독자가 더 쉽게 신앙의 대상으로 여길 수 있는 신(神)과 부처로 바꾼 것으로 보인다.

23 번역문에는 심봉사가 심청의 이름을 작명해주는 것으로 되어 있다. 원문에는 곽씨가 사망하면서 딸의 이름을 지어주는 것으로 되어있다. 곽씨 부인의 유언 부분은 충실하게 옮겼다. 하지만 딸의 이름 지어준 이후 남기는 곽씨 부인의 유언("이 ᄋᆡ 주랴 지은 굴네 진옥판 홍슈을 진주드림 부젼 달아 함 속에 너엇스니, 업락락 뒤치락 ᄒᆞ거들랑 나본듯이 씨워쥬오. ᄒᆞᆯ말이 무궁ᄒᆞ나 슘이 갑버 못ᄒᆞ겟소")는 생략했다.

思って、

『ああもうそんな気の弱いことを言はないで、心を丈夫にもって下さい。たとへどんなに病気が重いからッて必ず死ぬものではないから。』

慰めて置いて、急ぎ薬屋へいって薬を買って来て、

『さア、薬を買って来たから、一つぐッと飲んで早く直ってお呉れ。』

言ったが固より何の返事もあらう筈がない。鶴圭は訝しく思って身體を撫でで見ると、全身は早や冷たくなってゐた。

이윽고, 곽부인은 두 번 정도 머뭇거리는가 하더니 죽어버렸다.

맹인인 학규는 곽부인이 죽었다는 것을 모르고, 아직 살아 있는 줄 알고,

"아아, 이제는 그런 마음 약한 소리는 말고 마음을 굳건히 하게나. 가령 아무리 병이 깊다고 하더라도 반드시 죽는 것은 아니니까."

위로하고는 서둘러 약방에 가서 약을 사 와서는

"자, 약을 사 왔으니까 하나 꿀꺽 삼키고 빨리 낫게나."

라고 말하였지만, 처음부터 어떠한 대답이 있을 리가 만무했다. 학규는 이상하게 생각하여 몸을 만져 보았는데, 전신이 이미 차가워져 있었다.

鶴圭は夫人の死んだのを初めて知って、頭を叩きながら泣き出した。

『ああ、お前はもう死んでしまったのか。私が死んでお前が生きてゐて呉れたら、此の子を育ててゆくにも心配はいらないのに、反対に何の役にも立たない私が残って、お前が死んでしまったのでは、此の子

の育てやうがないではないか。これまでお前のお蔭で辛うじて生きて来た私は、此の後何を食べてゆかう。厳冬の寒空に何を着てゆかう。乳もなくて餓に泣く子に何を飲ませよう。日頃私はお前と偕老同穴を期してゐたのに、お前は私を棄てて何処へ往かうといふのか。』

とて死體の前に仆れてしまった。

학규는 부인이 죽은 것을 그제야 알아차리고는, 머리를 두들기며 울기 시작했다.

"아아, 그대는[24] 벌써 죽어 버렸단 말인가? 내가 죽고 그대가 살아 주었다면 이 아이를 키우는 데도 걱정이 없을 것을, 반대로 아무런 도움도 되지 않는 내가 남고 그대가 죽어 버려서 이 아이를 키울 방법이 없구려. 지금까지 그대 덕분에 간신히 살아 온 나는 앞으로 무엇을 먹고 살아야 한단 말이오? 엄동설한에 무엇을 입고 살아야 한단 말이오? 젖도 없어서 배고픔에 우는 아이에게 무엇을 먹여야 한단 말이오? 평소에 나는 그대와 백년해로의 인연[25]을 맺었거늘, 그대는 나를 버리고 어디로 갔단 말이오?"

라고 말하며 시체 앞에 엎어져 버렸다.[26]

24 그대는: 해당 부분의 원문에서 심봉사는 곽씨 부인을 "마누라"로 되어 있다.

25 인연: 일본어 원문은 '同穴'이다. 죽은 후 같은 묘지에 묻힌다는 뜻이다. 여기서는 전후 문맥을 고려하여 백년해로의 인연이라는 뜻으로 해석하였다(松井簡治·上田万年編, 『大日本国語辞典』01, 金港堂書籍, 1915).

26 원문에서 심학규가 부인의 죽음을 확인한 후 한시 구절들을 통해 곡을 하는 장면("청츈작반호환향 ~ 회포말을 ᄒᆞ러 갓ᄂᆞ")에 관해서 번역되어 있지 않다. 이는 내용전개 상 크게 필요하지 않은 부분이며, 보통의 일본인 독자를 위한 현대문으로 번역하는 이 일역본의 번역원칙에는 부합하지 않은 장면들이었기 때문이다.

(二) 孝女沈清

(2) 효녀심청[27]

同じ村の桃花洞の住民は、郭夫人の不幸を聞き傳へて誰ひとり心から同情しないものはなかった。で、大勢の人々が集まって、いろいろそれについて相談をした。一人が言ふには、

『死なれた郭夫人もお気の毒にはちがひないが、盲目の鶴圭さんこそ一層同情に堪へない。せめて郭夫人の葬式だけでも我々がみんなでしてやったら。』

一同のものは異議なく同意して、早速葬式萬端の準備にかかった。やがて葬式の日となって、赤ン坊の沈清は隣家へ預け、沈鶴圭に喪服を着せて墓所まで送らせた。

같은 마을 도화동 주민은 곽부인의 불행을 전해 듣고는 누구하나 마음으로부터 동정하지 않는 사람이 없었다. 그래서 많은 사람들이 모여서 그것에 대하여 여러 가지로 의논을 하였다. 한 사람이 말하기를,

"죽은 곽부인도 불쌍하기는 하지만, 맹인인 학규 씨야말로 더욱 동정하지 않을 수 없소. 적어도 곽부인의 장례식만이라도 우리들이 다 함께 하면 어떻소?"

모두 다 이의 없이 동의하여, 즉시 장례식을 위하여 여러 가지 측면에서 준비를 하였다. 이윽고, 장례식 날이 되어 갓난아이 심청은 이웃집에 맡겨두고, 심학규는 상복을 입히어 산소에까지 보내었다.

---

27 효녀심청 : 곽씨 부인의 장례장면부터, 심봉사 심청양육, 심청의 부친봉양, 장승상 부인을 만나는 장면까지가 번역되어 있다.

かくて葬式は無事に終ったが、鶴圭は墓の前に仆れて痛哭し、

『ああ夫人よ、お前はとうとう此の寂しい山の中で寝てしまったのか。これから私はどうなることでせう。いっそ私も早く死んでしまひたい。』

と言って容易に家に帰らうとはしない。洞中の人々は、

『もしもし沈鶴圭さん、もう好い加減にして帰りなさい。いつまでさうして居たっても死なれた夫人が生きかへる訳もありませんから、それよりは早く帰って子供を大事になさい。』

とて種々慰めたり厲ましたりした。

이리하여 장례는 무사히 끝났지만, 학규는 산소 앞에 엎어져서 통곡하며,

"아아, 부인, 그대는 결국 이 쓸쓸한 산 속에 잠들어 버렸는가? 앞으로 나는 어떻게 된단 말이오? 차라리 나도 빨리 죽어버리고 싶소."

라고 말하고, 쉽게 집으로 돌아가려고 하지를 않았다. 마을 사람들은,

"여보세요, 학규 씨. 이제 어느 정도껏 하고 돌아가게나. 언제까지 그렇게 있어도 죽은 부인이 살아 돌아올 리가 없으니까. 그것보다 빨리 돌아가서 아이를 잘 돌보게나."

라고 거듭 위로하기도 하고 엄하게 하기도 하였다.[28]

---

28 원문에서 한국의 장례문화를 엿볼 수 있는 상여치레와 상여소리 장면을 생략했다. 심봉사의 대사는 "ᄋᆞ고 여보 마누라, 날 버리고 엇의 가나. 나도 갑세 나와가"를 비롯한 그의 말들을, 그를 위로하는 마을 사람의 대사는 "마오 마오 이리 마오 죽은 안히 싱각말고 어린ᄌᆞ식 싱각ᄒᆞ오"를 함께 엮어 번역한 것으로 보인다.

鶴圭が仕方なく起き上って、皆の人に一々お禮をして家に帰ったが、寂しい家の内はますます寂しく、赤ン坊は頻りに母を恋うて泣くので、鶴圭は一層傷心に堪へず、夜一夜泣いて思案に明かしたが、やがて鳥の啼聲がきこえて、隣の井戸に水を汲む人の気配もした。鶴圭は沈清を抱いて井戸の邊りに歩み往き、

『そこに居られるのは何処の婦人か知りませんが、生れて一週間にもならず母を失ひ、乳もなくて泣いてゐる此の可哀さうな兒に、どうか少し乳を飲ませてやって下さい。』

と言った。女は、

『私には乳はありませんが、此の村には乳のある人は幾らもあることですから、何処かへ往って話して御覧なさい。乳さへあれば誰が厭といふものですか。』

と同情に堪へない様子で答へた。

학규는 어찌할 도리 없이 일어서서 모두에게 일일이 예를 다하고는 집으로 돌아왔지만, 적막한 집안은 한층 더 쓸쓸하고 갓난아이는 의지하던 어미를 잃고 울고 있기에, 학규는 한층 상심을 견딜 수 없었다. 밤마다 울면서 [이런 저런]생각으로 아침을 맞이하였는데, 이윽고 새가 우는 소리가 들리고 이웃집에서 우물물을 기르는 인기척이 났다. 학규는 심청을 안고 우물가로 걸어 나가,

"거기에 있는 사람은 뉘 집 부인인가 모르겠습니다만, 태어나서 1주일도 되지 않아 어미를 잃고 젖도 없어서 울고 있는 이 불쌍한 아이에게 아무쪼록 젖을 조금만 먹여주시지 않겠습니까?"

라고 말하였다. 여인은,

"저에게는 젖은 없습니다만, 이 마을에는 젖이 있는 사람은 얼마든지 있을 테니까 어딘가에 가서 말해 보십시오. 젖만 있으면 누가 싫다고 하겠습니까?"

라고 몹시 동정하는 모습으로 대답하였다.

そこで沈鶴圭は子供を抱いて、乳呑兒のある家をたづねて往って、乞食同様門口から言った。

『何方様のお宅か存じませんが、一寸御願ひがございます。』

その家の主婦は沈鶴圭と知って、急ぎ出迎へ、同情を面に表はしながら、

『お宅の御不幸は何と申上げ様もございません。さぞ御愁傷でございませう。それで、何か御用でも。』

『まことにおそれ入りますが、此の子は昨日から一滴の乳も飲みませんので、どうかお宅の坊ちゃまの召上った残りを少しばかり頂かして下さいまし。』

主婦は喜んで乳を飲ました。かやうして沈鶴圭は、乳を貰ひ歩いて沈清を育てた。

『あなた、沈鶴圭様、ちっとも遠慮なさることはありませんから、毎日でも連れていらっしゃい。』

さう言って女達は、沈鶴圭に好意をもち、皆快よく乳を飲ませた。

이에 심학규는 아이를 안고 유아가 있는 집을 방문하여, 구걸하며 문[29] 앞에서 말하였다.

29 문: 일본어 원문은 '門口'다. 문의 출입구를 뜻한다(金沢庄三郎編, 『辞林』, 三省堂, 1907).

"뉘 댁인지는 모르오나, 좀[30] 부탁이 있습니다."

그 집의 주부는 심학규라는 것을 알고, 서둘러 나와서는 동정하는 얼굴로,

"댁의 불행은 어떻게 위로해야 할지 모르겠습니다. 삼가고인의 명복을 빕니다.[31] 그런데 무언가 용건이라도?"

"정말 죄송합니다만, 이 아이는 어제부터 한 방울의 젖도 먹지 못했습니다. 아무쪼록 댁의 아드님이 드시고 남은 것을 조금이라도 얻을 수 있었으면 합니다."

주부는 기꺼이 젖을 먹여 주었다. 이렇게 해서 심학규는 젖을 동냥해 가며 심청을 키웠다.

"여보세요, 심학규 씨.[32] 조금도 사양하실 필요가 없으니까, 매일이라도 데리고 오세요."

그렇게 말하는 여인들은 모두 심학규에게 호의를 가지고 있어 흔쾌히 젖을 먹여 주었다.[33]

鶴圭は一々叮嚀にお禮をして、家に帰っては沈清の腹を撫で擦り、『ああ腹がふくれた。一年三百六十五日いつも此の位の腹でゐられたら心配はない。これも皆村の人達のお蔭だ。ああ難有い。さアお前も

---

30 좀: 일본어 원문은 '一寸'이다. 얼마간의 거리, 얼마간의 시간 혹은 조그마한 이라는 뜻이다(松井簡治·上田万年編, 『大日本国語辞典』01, 金港堂書籍, 1915).

31 삼가고인의 명복을 빕니다 : 원문에는 없는 표현이며 원문은 "지난말은 다 아니ᄒᆞ나 엇지 고싱ᄒᆞ시오며"이다.

32 심학규 씨 : 해당 번역부분은 "여보시오 봉ᄉᆞ님. 어려히 알지 말고 릐일도 안ㅅ고 오고 모레도 안ㅅ고 오면, 이의 셜마 굼기릿가"이다. 즉, 심봉사를 "심학규 씨"라고 부르는 표현은 원문에는 없는 것이다.

33 원문에서 심봉사의 젖동냥하는 모습 전체가 번역된 것은 아니다. 그가 처음 2부인을 만나 젖동냥을 하는 대목을 뽑아 번역한 것이다.

早く大きくなって、お母様のやうな立派な婦人になって、盲目の私に孝行をして下さい。幼ない頃に艱難を嘗めたものは、大きくなってから屹度えらくなるものだ。』

さう独言ちながら、沈清を寝かせておいて、その間に自分は家々を歩き廻り、食を乞うて漸く糊口を凌ぐのであった。

학규는 일일이 정중하게 예를 다하고는, 집에 돌아와서는 심청의 배를 어루만지며,

"아아, 배가 불렀구나. 1년 365일 항상 이정도 배불리 먹을 수 있다면 걱정이 없거늘. 이것도 모두 마을 사람들 덕분이로다. 아아, 감사하구나. 자 너도 어서 자라서 어머니와 같이 훌륭한 부인이 되어, 맹인인 나에게 효행을 다해 주거라. 어릴 때 모진 고생[34]을 맛본 자는 어른이 되어서 반드시 훌륭해지는 법이거늘."

이렇게 혼잣말[35]을 하면서 심청을 재우고는, 그 사이에 자신은 집집을 돌아다니며 음식을 구걸하여 잠시 입에 풀칠하며[36] 참고 견디었다.

さる程に沈清は、天地神明の加護を受けて、何の障りもなく大きくなった。六七歳となっては、盲目の父親の手をひいて道案内をするや

34 모진 고생: 일본어 원문은 '艱難'이다. 고심하다, 곤란하다, 고생한다와 같은 뜻으로 사용한다(松井簡治·上田万年編,『大日本国語辞典』01, 金港堂書籍, 1915).
35 혼잣말: 일본어 원문은 '独言'이다. 그냥 상대가 없이 말을 하는 것, 즉 혼잣말의 뜻이다(金沢庄三郎編,『辞林』, 三省堂, 1907).
36 입에 풀칠하며: 일본어 원문은 '糊口'다. 죽을 먹는다는 뜻으로, 가까스로 생을 보내다 혹은 생계, 생활의 의미로 사용한다(金沢庄三郎編,『辞林』, 三省堂, 1907).

うになり、十餘歳となっては、顔は傾國の美を現はし、その才その德、共にたぐひ稀なる少女となったので、近隣のもの誰ひとり賞讃しないものはなかった。

그러는 동안에[37] 심청은 천지신명의 가호를 받으며, 어떠한 장애도 없이 성장하였다. 6-7세가 되어서는 맹인인 아버지의 손을 이끌고 길 안내도 할 수 있게 되었으며, 10여세가 되어서는 얼굴은 경국[38]의 미를 나타내고, 그 재주와 덕 또한 보기 드문 소녀가 되었으므로, 인근의 그 어느 누구 하나 칭찬하지 않는 자가 없었다.

ある日沈清は父鶴圭の前に手をついて、

『お父様に申上げます。鴉は鳥類でありながら反哺の孝をなすとやら、また昔郭琚といふ人は、その父母のたべるものを、三四歳になるその子が取らうとするのを見て、父母のためにならない子だといふので郭琚夫婦がわが子を殺す相談をさへしたといひます。また孟宗は嚴冬の雪の中に筍を求めて、その父母に孝養を盡したといふぢゃありませんか。私は今歳十四歳でありますが、迚も昔の人のやうな孝行は私に出來ないかも知れません。しかし、お父様のお食事ぐらゐは、私が何とでもして出來ないことはありません。お父様は目が不自由ですから、外へお出かけの際過って仆れたり、風雨のために病気にかかった

37 그러는 동안에 : 원문은 "미월삭망 쇼디긔를 궐치안코 지너갈제"이다. 즉, 매월 초하루 보름과 소상, 대상, 기제사를 빠지지 않고 지내며 시간이 경과하는 모습을 드러내는 원문의 표현을 축약한 것이다.

38 경국: 일본어 원문은 '傾國'이다. 미인을 칭하는 표현 혹은 유곽(遊廓)의 뜻으로 사용한다(松井簡治·上田万年編, 『大日本国語辞典』02, 金港堂書籍, 1916).

りするやうなことがあってはなりませんから、どうか今日からお父様の外出はお止め下さい。私が代ってまゐりたいと思ひます。』

어느 날 심청은 아버지 학규 앞에 엎드려,

"아버님 한 말씀 올리겠습니다. 까마귀는 조류이면서 반포의 효를 행하였고, 또한 옛날 곽거(郭琚)라는 사람은 그 부모가 드시는 음식을 3~4세가 되는 [자신의]자식이 뺏으려는 것을 보고, 부모를 위하지 않는 아이라고 하여 곽거부인에게 자신의 아이를 죽이고자 하는 의논마저 하였다고 합니다. 또한 맹종(孟宗)은 엄동설한에 죽순을 찾아서 그 부모에게 효도를 다하였다고 하지 않습니까? 저는 지금 나이 14세입니다만, 도저히 옛날 사람들과 같은 효행은 저에게는 불가능할지 모릅니다. 하지만, 아버님의 식사 정도는 제가 어떻게든 해서 하지 못할 것도 없습니다. 아버님은 눈이 불편하시기에 밖에 나가실 때 잘못하여 넘어지거나, 비바람으로 인해 병이 드시는 일이 생겨서는 안 되기에, 아무쪼록 오늘부터 아버님이 외출하시는 것은 삼가 주십시오. 제가 대신하여 다녀오고자 합니다."

沈鶴圭は聞いて笑ひ、

『お前は全く孝女だ。子としてお前の心になればさういふのも尤もだが、年齢もゆかないお前を出歩かして、私が内に居ることもできまいから、お前の心持はわかってゐるが、まアまア暫く私にやらしてお呉れ。』

『いいえ、何ういたしまして。昔子路は聖賢でありながら百里魚米をなし、また齊嬰は獄中の父を救ひ出さんがために身を人に賣ったではありませんか。子路だって齊嬰だって人には違ひありません。私も昔の人を模範にして実行するつもりですから、どうぞ止めないで下さい。』

沈鶴圭もこれ以上止めてみたところで致方がないと思ったので、

『お前は実にいい心掛だ。それほどの決心ならお前の心に任せるが、年歯のいかないお前にやれるかどうかが気にかかる。』

심학규는 [이를]듣고는 웃으며[말하기를],

"너는 정말 효녀로구나. 자식으로서 너의 입장이 된다면 그렇게 말하는 것도 당연하다만, 연령도 어린 너를 나가게 하고 내가 집에 있을 수도 없으니, 너의 마음만은 알겠으나 여하튼 한동안은 내가 하게 해 주거라."

"아닙니다. 무슨 말씀이십니까? 옛날에 자로(子路)는 성현이면서 백리 길을[마다 않고] 생선과 쌀을 마련[하여 부모를 봉양]하였으며], 또한 제영(齊嬰)은 옥중의 아버지를 구하기 위하여 몸을 남에게 팔지 않았습니까? 자로도 제영도 사람임에는 틀림없습니다. 저도 옛날 사람을 모범으로 하여 그리 할 작정입니다만, 아무쪼록 말리지 말아 주십시오."

심학규도 이 이상 말린다고 하여도 어찌할 도리가 없다고 생각하여,

"너의 마음이 실로 착하구나. 그 정도의 결심이라면 너의 마음에 맡기겠지만, 연령이 어린 네가 할 수 있을지 어떨지 걱정이 되는구나."

かくて沈清はその日から乞食に廻った。破れた着物を着、壊れた履物をはいて、手にバケツをさげて隣村にいった。家の軒先に立って、

『母を亡くし、盲目の父親を食べさせる途がありません。どうかお餘りがありましたら頂かして下さいまし。』

と言ふ。その声如何にも可哀さうなので、聞く人皆気の毒がり、温い御飯やお茶をやって、

『さア、冷ないうちにお上んなさい。』

と勧めると、

『いいえ、家には冷い室でひとり私の帰りを待ってゐる父がございますから、私ひとりでいただく訳にはまゐりません。』

とて、彼方此方で貰ったものを皆そのままにして家に帰った。

『お父様、さぞ寒かったでせう、さぞひもじかったでせう。方々廻って来ましたから遅くなりました。』

이리하여 심청은 그날로부터 동냥을 다녔다. 헤어진 옷을 입고, 부서진 신발을 신고, 손에 물통을 들고는 이웃 마을로 갔다.[39] 집 처마에 서서[40],

"어머니를 여의고 맹인인 아버지를 부양할 방법이 없습니다. 아무쪼록 남는 음식이 있으시다면 [나눠]주셨으면 합니다."

라고 말하였다. 그 목소리는 너무나도 불쌍하였기에, 듣는 사람 모두 불쌍하게 여기어 따뜻한 밥과 나물을 주면서,

"자, 식기 전에 먹거라."

---

39 대사와 비해 외양묘사 혹은 장면묘사 부분에 대한 번역은 소략하게 된 편이다. "헌배즁의 우ᄉ단임미고 깃만 남은 헌져고리 ᄌᆞ락업는 청목휘양 볼셩업시 쓰여쓰고 뒤축업는 헌집신에 보션버셔 발을 벗고"를 "헤어진 옷"을 입고 "부서진 신발을" 신은 것으로 요약했다. 또한 추운 날씨와 같은 상황은 생략되었다.

40 집 처마에 서서 : 원문에는 "부억문안에 드러서며"로 되어 있다.

고 권하니,

"아닙니다. 집에는 차가운 방에서 홀로 제가 돌아오기를 기다리는 아버지가 계시기에 저 혼자 먹을 수는 없습니다."

라고 말하며, 이곳저곳에서 얻은 것을 모두 그대로 들고 집으로 돌아갔다.

"아버님, 얼마나 추우셨나요? 얼마나 배고프셨나요? 여기저기 돌아서 오느라 늦었습니다."

鶴圭は娘を出した後で、さすがに気にかかってならないので、ひとり頻りに物案じ顔をしてゐるところへ沈清の声を聞いたので、嬉しく出迎へながら、『ああ、娘か、帰って来たか。さぞ手が冷たかったであらう。さア此の火におあたり。』

と娘の手を握って、今更のやうに果敢なき親子二人の境遇に泣いた。

『目も見えず、生きて何の楽しみもない身が、何用あって此の幼いものに苦労をさすことか。』

沈清はこれを聞いて父を慰め、

『どうぞお父様、そんな悲しいことは言はないで下さい。親として子に孝養をさせるのは當然のことではありませんか。』

학규는 딸을 내보낸 후에, 과연 신경이 쓰여서 홀로 줄곧 근심하고 있던 차에 심청의 목소리가 들리기에, 기뻐하며 마중 나가면서

"아아, 딸아, 돌아왔느냐? 얼마나 추웠느냐? 자 이 불을 쬐어라."

고 말하고 딸의 손을 잡고는, 새삼스럽게 덧없는 부녀 두 사람의

처지에 울었다.

"눈도 보이지 않고 살아서 아무런 즐거움도 없는 몸으로, 무슨 일이 있어 이 어린아이에게 고생을 시키는가?"

심청은 이것을 듣고 아버지를 위로하며,

"아무쪼록 아버님, 그런 슬픈 말은 하지 말아 주십시오. 부모로서 자식에게 효도를 하게 함은 당연한 것이 아니겠습니까?"

かうして一年中一日といへども休みなく、沈清は各村を乞食し廻って父を養うた。するうちに沈清は暇々に習った針仕事が上達して、どんな仕事でも一通りは出来るやうになった。そこで乞食はやめて専ら賃仕事をして糊口の料を得ることにした。歳月は流水の如しとやら、沈清年十五となって、その容姿はますます美しく、孝心はいよいよ厚く、文学を修めて三綱五倫の道に通じ、世にも稀なる才女として、近村の人々皆郭夫人に優るとも劣らぬ尊敬をささげた。

이렇게 하여 1년 중 하루도 쉬지 않고, 심청은 각 마을을 동냥하여 돌아다니며 아버지를 부양하였다. 그러는 동안에 심청은 틈틈이 배운 바느질이 향상되어, 어떠한 일이라도 웬만큼은 할 수 있게 되었다. 그리하여 동냥을 그만두고 오로지 삯일을 하면서 입에 풀칠할 수 있는 돈을 벌기로 하였다. 세월은 물과 같이 흘러 심청의 나이 15세가 되자, 그 용모는 더욱 더 아름다워지고 효심은 한층 더 깊어졌다. 학문을 닦아 삼강오륜의 도에 통하여 세상에 보기 드문 재녀가 되었는데, 인근의 사람들 모두 곽부인에 비교해도 뒤떨어지지 않는다고 존경을 보내었다.

ある日隣村の武陵村に住んでゐる張丞相の夫人が、沈清のことを人から聞いて、侍女を送って迎へにやった。沈清は父に向ひ、

『お父さま、思ひがけなく張丞相夫人から呼ばれまして、今侍女まで遺はされましたが、往って来てよろしいでせうか。』

『態々の御呼びであるから暫く往ってお目にかかるがよろしい。しかし彼の夫人は一国の宰相の夫人でなかなかえらい方だから、すべてに十分注意をして。いいか。』

『畏まりました。では往ってまゐります。もし帰りが遅くなったらおひもじいでせうから、御膳の支度をいたしておきました。』

といって、侍女と共に張丞相夫人の宅へ往った。

어느 날 이웃 마을의 무릉촌(武陵村)에 살고 있는 장승상(張丞相)의 부인이 심청의 이야기를 사람들로부터 듣고는, 시녀를 보내어 데리고 오게 하였다. 심청은 아버지를 향하여,

"아버지, 뜻밖에 장승상 부인의 부름을 받았습니다. 지금 시녀까지 보내왔습니다만, 다녀와도 좋겠습니까?"

"일부러 부르신다고 하시니 잠시 가서 만나 뵙고 와도 좋다. 하지만 그 부인은 일국의 재상의 부인으로 상당히 지체 높으신 분이니까, 모든 것에 충분히 주의를 하여라. 알겠느냐?"

"알겠습니다. 그럼 다녀오겠습니다. 혹 귀가가 늦어지면 시장하실 테니 진지 준비[41]를 해 두었습니다."

라고 말하며, 시녀와 함께 장승상 부인 댁으로 갔다.

41 준비: 일본어 원문은 '支度'다. 채비하다 혹은 준비하다와 같은 뜻으로 사용한다(松井簡治·上田万年編,『大日本国語辞典』02, 金港堂書籍, 1916).

門前には柳が垂れて春色をたたへ、門内には色々の花卉が咲き亂れ、中門に入れば宏大なる建物があって、すべて立派な装置が施されてゐる。やがて導かれて夫人の居室に入ると、年は早や六十に近い夫人が、端正なる装ひをこらし堂々たる儀表を示して、沈清を迎へ入れた。手を握って、

『そなたが沈清か。様子を見ただけでもさこそと思はれる。』

と言って敷物を與へ坐らせて、さてつくづくと沈清の顔を見るに、さほど化粧もしないのに、生れながらの麗姿鳳容、しかもつゞましやかに坐ってゐるその様子は、白石青灘の川のほとりで、沐浴をすました燕が人を見て飛び出さうとする様でもあり、東天に昇る日輪の水に照り映ゆる様でもあり、秋波の轉ずるは曉の雨の晴れた空に、耿々として耀く星の光の如く、三日月なす細い眉、芙蓉の花にも似た両の頬、まことに得も言はれぬ風情である。

문 앞에는 버드나무가 드리워져 봄의 색깔을 띠고, 문 안에는 여러 가지 화초가 어우러져 만발하였다. 중문으로 들어가니 웅대한 건물이 있었는데, 모두 훌륭한 장치가 덧붙여져 있었다. 이윽고 안내를 받고 부인이 있는 곳으로 들어가니, 나이는 어느덧 60에 가까운 부인이 단정한 옷차림을 하고 당당한 모습으로 심청을 맞아 주었다. 손을 잡고는,

"그대가 심청인가? 모습을 보는 것만으로도 틀림없다고 생각되는구나."

라고 말하고 방석을 내주어 앉게 하였다. 주의 깊게 심청의 얼굴을 보니, 그렇게 화장도 하지 않았는데 태어날 때부터의 아름다운

모습과 용모, 게다가 얌전하게 앉아 있는 모습은, 백석청탄(白石青灘)의 강 근처에서 목욕을 마친 제비가 사람을 보고 날아가는 모습인 듯, 동천에 오르는 태양이 물에 비친 모습인 듯, 요염한 눈빛은 새벽비 개인 맑은 하늘에 빛나는 별빛인 듯, 초승달과 같은 가는 눈썹, 부용화를 닮은 두 뺨, 참으로 뭐라고 말할 수 없는 모습[42]이었다.

夫人は改めて感歎の辭を洩らし、
『そなたの前身は能くわからぬが、察するに仙女であったらうと思ふ。そなたが桃花洞に降りて以来、月宮で遊んだもう一人の仙女は、そなたに別れて嘸さびしいことであらう。武陵村には私が居り、桃花洞にはそなたが住むのは、必定何かの因縁である。そこで今そなたに一つ頼みたいことがあるから聴いて下さい。張丞相は先達亡くなられ、兄弟三人の子息があるが、いづれも京師に遊学して、家には一人の骨肉なく、今は寂しく暮らしてゐます。ただ慰めは古書を繙いて、冬の夜長を聖賢と語りかはすだけであるが、そなたの身の上を考へるに、まことに同情に堪へないものがある。そなたも元来兩班の後裔でありながら、さやうに艱難を受くるのは実に気の毒であるから、今より私の養女となってはどうであらう。さすれば針仕事や文学を益益上達せしめ、女ながらも将来有為の令夫人となれるやう、私が何処までも世話をして上げませう。』

부인은 재차 감탄의 말을 내뱉고는,

42 모습: 일본어 원문은 '風情'이다. 색다른 느낌, 특별한 멋, 풍취 등의 뜻으로 사용한다(松井簡治·上田万年編, 『大日本国語辞典』04, 金港堂書籍, 1919).

"그대의 전생[43]은 잘은 모르겠지만, 살펴 본 바로는 선녀가 아니었나 싶구나. 그대가 도화동에 내려온 이후, 월궁에서 놀던 또 한 사람의 선녀는 그대와 헤어지고 분명히 쓸쓸해하고 있을 것이다. 무릉촌에 내가 있고 도화동에는 그대가 살고 있는 것은 필시 무언가 인연일 것이다.[44] 이에 지금 그대에게 한 가지 부탁하고 싶은 것이 있으니 들어 주기를 바란다. 장승상은 일찍[45] 돌아가시고 아들 3형제가 있지만, 모두 서울에서 유학하고 있으니 집에는 혈육이 한 명도 없어 지금은 쓸쓸하게 생활하고 있다. 그저 위로가 되는 것은 고서를 번역하며, 기나긴 겨울밤 성현의 말씀과 함께 하는 것이었다. 그대의 처지를 생각하니, 참으로 동정하지 않을 수 없구나. 그대도 원래 양반의 후예이거늘, 그렇게 고생을 하는 것이 참으로 불쌍하구나. 이제라도 나의 양녀가 되는 것은 어떠하냐? 그렇게만 되면 바느질과 문학을 더욱 향상시켜[46], 여자이기는 하지만 장래가 유망한 영부인[47]이 될 수도 있고, 내가 언제까지라도 보살펴 줄 수도 있을 것이다."

---

43 전생: 일본어 원문은 '前身'이다. 전생의 몸 혹은 사정에 의해서 변하기 이전의 몸과 같은 뜻으로 사용한다(松井簡治·上田万年編, 『大日本国語辞典』03, 金港堂書籍, 1917).

44 필시 무언가 인연일 것이다 : 원문에는 "무릉촌에 봄이 드니 도화동에 기화로다" 정도로만 제시되어 있다. 번역자는 이 속에서 장승상 부인의 뜻을 해석하여 옮긴 것이다.

45 일찍: 일본어 원문은 '先達'이다. 자신보다 먼저 그 길에서 앞서 있는 사람을 뜻하거나 혹은 어떤 일을 도모함에 있어서 동행의 선도가 되는 사람을 뜻한다(松井簡治·上田万年編, 『大日本国語辞典』03, 金港堂書籍, 1917).

46 문학을 향상시켜 : 원문에는 "문ㅅㅈ도 학습ㅎ야"로 되어 있는데, 이를 현대독자에게 맞추어 의미를 옮긴 것으로 보인다.

47 유망한 영부인 : 원문에는 "긔출갓치 셩취식여 말년자미 보ㅈ 하니"로 되어 있다. 친딸과 같이 혼인시킨다는 의미맥락은 있지만 "영부인"이라는 표현은 없다.

沈清は恭しく手をついて、

『私は不運にも生れて一週間たらずに母を失ひ、盲目の父が乞食をして私の乳を飲ませて呉れまして、漸くこれほどまでに大きくなりましたが、私は曾て母の愛といふものを知らないので、日頃どうかして一度母様とよんでみたいと願って居りました。あなたは尊貴の地位に居られながら、卑しい私を娘にして下さるとは、何といふ勿體ないことでせう。私は死んだ母に逢へるやうな思ひで、こんな嬉しいことはございませんが、しかし私の栄達するかはりに盲目の父に事へるものが無くなりますのが悲しうございます。人として父母の恩を思はぬものはありませんけれど、私は特に父の恩を忘れることができませぬ。で、お言葉は難有うございますが、私は父のもとを離れることはできませぬ。』

さういふ沈清の眼からは涙が瀧の如くに流れて、両の頬がしとどに濡れた。恰も一枝の桃花春雨に悩むの趣である。丞相夫人は実にもと打ち點頭き、

『そなたは実に孝心である。私の言ったことは悪かった。』

と言って、貰ひ涙に眼を拭ふ。

심청은 공손하게 엎드려서,

“저는 불행하게도 태어나서 일주일도 되지 않아 어머니를 여의고, 맹인인 아버지가 동냥을 하여 저에게 젖을 먹게 해 주셔서 점차 이정도로 크게 되었습니다. 저는 어려서부터 어머니의 사랑이라는 것을 모르기에, 평소에 어떻게 해서든 한번이라도 어머니라고 불러 보고 싶다고 바랐습니다. 당신은 높은 지위에 계시면서, 비천한 저를 딸로 삼아주신다 함은 너무나도 과분한 말씀입니다. 저는 죽은 어머니를 만나기라도 한 듯, 이보다 더 기쁜 일은 없습니다. 하지만 제가 영달(榮達)하는 대신에 맹인인 아버지를 섬길 수 없게 되는 것이 슬픕니다. 사람으로서 부모의 은혜를 생각하지 않는 자 없습니다만, 저는 특히 아버지의 은혜를 잊을 수가 없습니다. 말씀은 감사합니다만, 저는 아버지의 곁을 떠날 수가 없습니다."

그렇게 말하는 심청의 눈에서는 눈물이 비 오듯 흐르고, 두 뺨은 촉촉이 젖었다. 마치 한 줄기 복사꽃이 봄비에 괴로워하는 듯했다. 승상부인은 납득한 듯 머리를 끄덕였다.

"그대는 실로 효녀로구나. 내가 한 말은 미안했다."

라고 말하고, 흐르는 눈물을 닦았다.

やがて日もやうやう暮れかかるので、沈淸は夫人に暇を告げ、

『お蔭さまで長い間お邪魔をさして頂きました。あり難う存じます。それでは日も暮れますからこれでお暇申します。』

と言ふ。夫人はまだ思ひ切れない風情であったが、強ひて何うすることもできないので、反物や寶石やお米などを侍女に待たせて沈淸の家へおくらせ、

『沈淸よ、帰ることは帰っても私のことは忘れないで下さい。そしてやはり義娘にだけはなってお呉れ。』

沈淸は厚くお禮を述べて家に帰った。

이윽고 날도 점차 어두워졌으므로 심청은 부인에게 작별을 고하며,

"덕분에 긴 시간동안 머물렀습니다. 감사합니다. 그럼 날도 어두

웠으니 이쯤에서 물러가겠습니다."

라고 말하였다. 부인은 아직 체념할 수 없는 듯했지만, 억지로 어찌할 수 있는 것이 아니기에, 옷감[48]과 보석, 쌀 등을 시녀에게 들고 가게 해서 심청의 집에 두고 오게 하였다.

"심청아, 돌아가는 것은 좋다만 나를 잊지는 말아다오. 그리고 역시 양녀만은 되어 주거라.[49]"

심청은 감사의 말을 전하고 집으로 돌아왔다.

(三) 高粱米三百石

(3) 고량미 3백석[50]

沈鶴圭は、娘沈清を武陵村にやった後で、話相手もなく、独り寂しく沈清の帰りを待っている間に、時はたって空腹となり、温突もまた冷たくなった。日も段々暮れかかるので、独り言していふ、

『ああ、娘はどうしたのか、早く帰る筈だのに何用あって帰らないのか。夫人が留めて帰さないのか、風が冷たいので帰れないのか。あの孝行者の娘が風くらいで帰らないと云ふ筈はない。』

飛ぶ鳥の影にも、樹の揺れる響にも、沈清の帰ったかと思って、

『沈清よ、今帰ったのかい。』

---

48 옷감: 일본어 원문은 '反物'이다. 단으로 되어 있는 포목 혹은 직물의 총칭을 나타낸다(松井簡治·上田万年編,『大日本国語辞典』03, 金港堂書籍, 1917).

49 양녀만은 되어 주어라 : 원문에는 "모녀간의 의를 두라"로 정도로 되어있으나, 번역자는 이를 해석하여 "양녀"가 되어 주길 바라는 뜻으로 번역했다.

50 고량미 삼백 석 : 심봉사가 심청을 찾으러 갔다가 개천에 빠지고, 공양미 삼백 석을 시주하게 된 사정과 고민을 심청과 대화하는 내용이 번역되어 있다.

심학규가 딸 심청을 무릉촌에 보낸 후, 말 상대도 없이 홀로 쓸쓸하게 심청의 귀가를 기다리던 사이에, 시간이 흘러 배는 고파지고 온돌도 또한 차가워졌다. 날도 점점 어두워지기에 혼잣말로,

"아아, 딸아 어찌된 일이냐? 일찍 돌아올 줄 알았는데 무슨 일이 있어 돌아오지 않느냐? 부인이 잡고 돌려보내지 않는 것이냐? 바람이 차가워서 돌아오질 못 하는 것이냐? 효녀 딸이 바람 정도로 돌아가지 않겠다고 말할 리가 없지 않느냐?"

날아다니는 새 그림자에도, 나무가 흔들리는 소리에도, 심청이 돌아왔다고 생각하여,

"심청아, 지금 돌아왔느냐?"

待てどもども可愛い沈清が帰って来ないので、今はたまり兼ねた沈鶴圭は、みづから武陵村まで娘を迎ひにゆくつもりで、杖をさぐって家を出た忽ち氷にすべって、一丈もある深い川の中へ落ちて、全身は泥だらけになってしまった。出ようとあせれば焦るほどますます深く落ち入って、水は腰の上まで来たので、鶴圭は大に驚いて、

『誰か来て下さい、助けて下さい。』

と声をかぎりに呼はった。

아무리 기다려도 귀여운 심청이 돌아오지 않기에, 더 이상 참지 못 하게 된 심학규는 스스로 무릉촌까지 딸을 마중 나갈 작정으로 지팡이를 짚고 집을 나섰는데, 바로 물에 미끄러져서 한 척이나 되는 깊은 강 속에 떨어지고 전신은 진흙투성이가 되어버렸다. 나오려고 조급해하면 할수록 더욱 더 깊이 떨어져서 물은 허리 위까지 차올라

왔기에, 학규[51]는 크게 놀라서,

"누군가 와 주세요. 살려 주세요."

라고 소리를 있는 힘껏 질렀다.

そのうち水は早や肩のあたりまでひたして来たので、

『ああ私は娘にも会へないで死んでしまふのか。』

と独り大声に泣いて居ると、丁度此の時夢運寺の住職が、寺の修繕のため勸善寄附を求めようと、各施主を廻はって今しも寺へ帰る途中、沈鶴圭の陥った川のほとりへと来かかった。何やら悲しげな声が聞えるので、急いで川の中を見ると、一人の男が今にも死にさうにしてゐるので、僧は驚いて、直ちに笠や長衫を脱ぎすて、川に飛び入って助け上げた。

그러는 사이에 물은 어느덧 어깨 정도에까지 잠겨 왔기에,

"아아, 나는 딸을 만나지도 못 하고 죽어 버리는 것인가?"

라고 말하며 홀로 큰 소리로 울고 있는데, 바로 이때 몽운사(夢運寺)의 주지 스님이 절을 고치기 위해 권선과 기부를 부탁하고자 각각의 시주(施主)를 돌아다니다가, 지금 막 절로 돌아가던 중 심학규가 빠진 강 부근에 이르렀다. 무엇인가 슬픈 소리가 들리기에 서둘러 강 속을 보니, 한 남자가 당장이라도 죽을 것만 같았기에, 스님은 놀라서 바로 삿갓과 장삼(長衫)을 벗고 강으로 뛰어 들어가서 구해 주었다.[52]

51 학규 : 원문에는 "심봉사"로 되어 있다.

52 번역자는 원문의 중타령 장면, 상황묘사가 내용전개와 상관없는 장황한 사설로 판단했는지 이를 생략했다.

能く見ると前々から知ってゐる沈鶴圭であったので、

『おおあなたでしたか。どうなすったのか。』

沈鶴圭は漸く気が付き、

『私を助けて下さったのはどなたですか。』

『手前です。夢運寺の住持です。』

『さうでしたか。いや、死にかかったものを能くこそ助けて下さいました此の御恩は白骨になるとも忘れません。』

住持は沈鶴圭を其の家に伴ひ、濡れた着物を脱がせ、新らしい着物と着換へさせた。

자세히 보니 이전부터 알고 있던 심학규였기에,

“아아, 그대였습니까? 어찌된 일입니까?”

심학규는 겨우 정신이 들어,

“저를 살려 주신 분은 누구십니까?”

“접니다. 몽운사의 주지입니다.”

“그렇습니까? 야, 죽어가는 사람을 잘도 살려 주셨습니다. 이 은혜는 백골이 되어도 잊지 못할 것입니다.”

주지는 심학규를 그 집까지 데려다 주고, 젖은 옷[53]을 벗기고 새 옷을 갈아입혀 주었다.

さてどうして川に落ちたかと、その事情をきくままに、鶴圭また詳しく語った。僧はこれを聞くと、

53 옷: 일본어 원문은 ‘着物’이다. 옷이나 의상을 뜻한다(金沢庄三郎編, 『辞林』, 三省堂, 1907).

『ああそれはお気の毒でした。時に私の寺の佛様は実に靈驗のあらたかな方で、祈禱さへすれば心ず願ひがかなひます。で、あなたのお目も高粱米三百石を施行して、誠心こめて祈禱なされば遠からず見えるやうになると思ひますが。』

沈鶴圭は此の言葉を聞いて、自分の資力などを顧みる暇もなく、大に喜んで、

『それでは高粱米三百石を施行しませう。どうか勸善帳へ載せて下さい。』

僧は笑って、

『載せることは載せますが、しかしあなたの生計向の様子では、失禮ながら三百石は餘程むつかしくはないでせうか。』

鶴圭は勃然として、

『失禮なことを仰やるな。出来ても出来なくても佛様に僞は申しません。餘計な御心配は止して、載せて下さい。』

住持は危みながらも勸善帳をひろげて、「米三百石沈鶴圭」と大書し、期日を定めて寺へ帰った。

그런데 강에는 왜 떨어졌는가 하고 그 사정을 묻자 학규는 또한 상세히 이야기했다. 스님은 이것을 듣고,

"아아, 그것은 가여운 일이군요. 때때로 우리 절 부처님은 실로 영험하신 분으로, 기도만 하면 반드시 바람이 이루어집니다. 그러니 그대의 눈도 고량미[54] 3백 석을 시주하여 성심을 다하여 기도를 하

54 고량미(高粱米) : 고량미는 수수 열매껍질을 깨끗이 찧어 껍질을 벗겨 낸 낟알을 의미한다. "공양미(供養米)"가 더욱 적합하다. 『강상련』의 원문은 한자표기 없

신다면, 머지않아 보게 될 수 있을 것이라고 생각합니다만."

심학규는 이 말을 듣고, 자신의 자산 등을 돌이켜 볼 겨를도 없이 크게 기뻐하며,

"그렇다면 고량미 3백 석을 시주하겠습니다. 아무쪼록 권선장[55]에 올려 주십시오."

스님은 웃으며,

"올리기는 올리겠습니다만, 하지만 그대의 집안 형편으로는 실례지만 3백 석은 상당히 어려운 것은 아닌가요?"

학규는 벌컥 화를 내며,

"무례한 말을 하지 마시오. 되든 안 되든 부처님에게 거짓을 올리지는 않습니다. 쓸데없는[56] 걱정은 그만두시고 올려주십시오."

주지는 위험하기는 하지만 권선장을 펼쳐서, '쌀 3백 석 심학규'라고 크게 적고 그 날짜를 정하고 절로 돌아갔다.

僧が帰ってから、沈鶴圭は米の調遠方を考へたが、元より今の境遇では三百石はおろか三石の米も出来さうにないので、今更どうしたことかと思案に暮れた。しかし外のこととちがって、佛事に関したことであるから、一旦勸善帳に記入して置きながら、後になって取消すとなれば、目のあくどころか何んな罰が當らないともかぎらない。さて何うしたらいいだらうと、頻りに歎息した。

이 "고양미"로 제시되어 있다. 번역자가 이 한자음에 부응하는 한자를 넣는 과정에서 실수를 한 것으로 보인다.

55 권선장 : 원문에는 "권션문"으로 되어 있다.

56 쓸데없는: 일본어 원문은 '餘計'다. 어떤 사물의 여유 있는 모습을 나타낸다(金沢庄三郎編, 『辞林』, 三省堂, 1907).

스님이 돌아가고 나서 심학규는 쌀을 장만할 방법을 생각했지만, 애시 당초 지금의 형편으로는 3백 석은커녕 3석의 쌀도 가능하지 않기에, 이제야 와서 왜 그랬을까 하는 생각에 날이 저물었다. 하지만 다른 일과 달라서 불사(佛事)에 관한 일인지라, 일단 권선장에 기입해 두고 나중에 취소한다면 눈을 뜨는 것은 둘째 치고 어떠한 벌을 받을 것임에 틀림없다. 그렇다면 어떻게 하면 좋을까 하고 끊임없이 탄식했다.

『天道様は公平で、人間を支配するに差別のあらう筈がないのに、私としたことはまあ何といふ不運なことだらう。家は洗ふが如き貧困の上に此の盲目、それも郭夫人さへ生きてゐて呉れたら大した難儀もなかったらうにたった一人の娘を人の家へやって、辛うじてその日その日の口を糊していかなければならない境遇、それに加へて今また高粱米三百石の出処がない。家財道具を皆賣り拂ったところで米一升の値にもならぬ。身を売らうにも此の盲目では一』

といって泣き出した。

"태양신[57] 은 공평하여 인간을 지배하는 데 있어서 차별하심이 없을 테인데, 내가 한 일은 어쩌면 그토록 불운한 일인가? 집은 씻은 듯이 빈곤한데다가 맹인이고, 그것도 곽부인만이라도 살아 있다면 크게 걱정할 일도 아니지만, 오직 딸 하나를 남의 집에 보내어 겨우 하

57 태양신(天道様) : 원문에는 "텬디"라고 표현되어 있다. 이를 하늘과 관련하여 일본인 독자들이 통상적으로 생각하는 신명(神明), 천지를 지배하는 신으로 태양신으로 바꾼 것으로 보인다.

루하루를 입에 풀칠하고 있는 형편이거늘, 그에 더하여 지금 또한 고량미 3백 석이 나올 때가 어디 있느냐? 가재도구를 모두 팔아 버린다고 해도 쌀 한 되의 가치도 되지 않거늘. 몸을 판다고 해도 이 맹인으로는."

라고 말하며 울기 시작했다.[58]

そこへ恰も沈淸は、急いで家に帰って門を開け、

『お父様、只今』

と言って入って来た。が、父の様子が何となく異ってゐるので、驚いて

『お父様は何うなすったのですか。私を迎へに外へお出になって、水に落ちて彼のやうに着物をおぬらしになったのですか。さぞお寒かったでせうおひもじかったでせう。早く帰らうと思ったのですが、張丞相夫人に引き留められて、つい遅くなって仕舞ひました。』

그때 마침 심청은 서둘러 집으로 돌아와서 문을 열고,

"아버지, 돌아왔습니다."

라고 말하며 들어왔다. 하지만, 아버지의 모습이 무언가 다르기에 놀라서,

"아버지 무슨 일이 있으셨습니까? 저를 마중하러 밖으로 나왔다가, 물에 빠져서 이와 같이 옷이 젖으신 것입니까? 오죽 춥고 시장하

58 심봉사의 자탄장면은 요약되어 번역되었다. 눈이 멀어 힘든 자탄의 진술은 '맹인'이라는 상황으로, 삼백석을 마련해보기 위해 집의 문물들 팔아볼 궁리를 하는 모습은 "가재도구를 모두 팔아 버린다고 해도" 정도로 요약했다. 운이 있고, 몸 건강하며 재물이 있는 남과 자신의 처지를 비교하는 자탄은 생략했다.

셨습니까? 빨리 돌아오려고 하였습니다만, 장승상부인이 붙잡으셔서 그만 늦어 버렸습니다."

言ひながら一緒に来た張家の侍婢の手傳ひで御飯を手早く炊いて、
『さア、早くおあがり下さい。』
父の前にすすめた。鶴圭は何故か、
『私は、御飯たべない。』
『お気分がおわるいのですか。それとも、私の帰りが遅かったのでお腹立ちなのですか。』
『さうぢゃない。』
『それでは何か御心配なことでもおありのですか。』
『お前の知ったことではない。』

그렇게 말하면서 함께 온 장씨 집안의 시비의 도움으로 재빠르게 밥을 지어서,
"자, 어서 드십시오."
[하고]아버지 앞에 권하였다. 학규는 웬일인지,
"나는 안 먹겠다."
"기분이 안 좋으신가요? 그렇지 않으면, 저의 귀가가 늦어서 화가 나신 겁니까?"
"그렇지 않다."
"그렇다면 무언가 걱정거리라도 계신 것입니까?"
"너는 몰라도 된다."

そこで沈淸は、

『お父様、あなたは何をおっしゃるのですか。平素私はお父様ひとりを頼みにし、お父様も私を頼りにして、たとへ何んな些細なことでも必ず相談しあって今日まで来たんではありませんか。それに今日は、何だってそんなことを仰やるのですか。行届かなくてもお父様のためなら、私の力の及ぶかぎり何んなことでも致しますから、どうか御心配なく隠さずに仰やって下さい。』

と言ひながら、悲しくなってとうとう泣き出してしまった。

그러자 심청은,

"아버지, 그대는 무슨 말씀을 하시는 것입니까? 평소에 저는 아버지 한 분을 의지하였고 아버지도 저를 의지하며, 가령 아무리 사소한 일이라도 반드시 서로 의논하며 오늘 날까지 오지 않았습니까? 그럼에도 오늘은 어쩐 일로 그런 말씀을 하시는 것입니까? 부족한 점은 많지만 아버지를 위해서라면 저는 힘껏 어떤 일이라도 할 것이므로, 아무쪼록 걱정하지 마시고 숨기는 것 없이 말씀하여 주십시오."[59]

라고 말하면서 슬퍼하였는데 결국 울기 시작하고 말았다.

鶴圭は泣くのを見て、可哀想に思ひ、仕方なしに事実の通りを話してしまった。

59 아무쪼록 걱정하시지 말고 숨기시지 말고 말씀하여 주십시오 : 해당 원문은 "말씀을 감추시니 제 마음에 섭섭하네요."로 되어 있다. 즉, 번역문과 달리, 심청은 부친께 직접 말씀해 줄 것을 권하지 않고, 돌려서 자신의 심정을 그냥 말하고 있다.

『沈清よ、泣くな。わしはお前に何も隠し立てする訳ではないが、もしお前が聞いたら、孝行なお前が何んなに心配することかと思って、それが不憫さに実は話すのを躊躇したのだった。先程お前を迎へに門の外へ出たが過まって川へ落ち、危く死なうとする処へ夢運寺の和尚が来て助けて呉れた。和尚のいふのに、もし膏粱米三百石を施行すれば屹度目が見えるやうになるとのと、で私は前後の考へもなしに、ただ目のあくと聞いた嬉しさに、米三百石を勸善帳に載せることにしたが、後で考へると迚もそんな米の出来やう筈はなし、今も今とて頻りに後悔してゐるのだ。』

학규는 우는 것을 보고 불쌍히 여겨, 어쩔 수 없이 사실대로 이야기해 버렸다.

"심청아, 울지 마라. 나는 너에게 아무것도 숨길 이유가 없다만, 혹 네가 듣는다면 효성스러운 네가 얼마나 걱정할까 생각하여, 그것이 가여워 사실을 이야기하는 것을 주저하였다. 좀 전에 너를 마중하러 문 밖으로 나갔다가, 잘못하여 강에 빠져서 위험하게 죽을 뻔했던 찰나에 몽운사 스님이 와서 살려 주셨다. 스님이 말하기를, 혹 고량미 3백 석을 시행(施行)하면 반드시 눈이 보이게 될 것이라고 하였다. 그래서 나는 앞뒤 생각도 없이, 그냥 눈이 뜰 수 있다는 것에 기쁜 나머지, 쌀 3백 석을 권선장에 적기로 하였는데, 나중에 생각해 보니 도저히 그런 쌀이 있을 리가 없어 지금껏 후회하고 있다."

沈清は之を聞いて大に喜び、

『お父様、後悔なすっちゃいけません。後悔なすっては却って誠心の施主になりません。お父様の目が見えるやうになる事なら、どうにかして三百石の米を準備してみませう。』

『お前がそれを聞いたら、どんな無理をしてでも準備しようとするにちがひないとは思ったが、何をいっても今のやうな生計では、三百石はさて置いて三石も出来さうには思へない。』

『決して御心配なさいますな。昔王祥は氷を叩き破って鯉魚を求め又孟宗は雪の中から筍を求めたではありませんか。たとひ昔の人には及はずとも至誠さへあれば天に通じないといふ筈はありません。』

심청은 이것을 듣고 크게 기뻐하며,

"아버지, 후회하셔서는 안 됩니다. 후회를 하시면 오히려 성심을 다하는 시주가 되지 않습니다. 아버지의 눈이 보일 수만 있다면, 어떻게든 해서 3백 석의 쌀을 준비해 보도록 하겠습니다."

"네가 그것을 들으면, 어떤 무리를 해서라도 준비하려고 할 것임에 틀림없다고 생각하였지만, 그보다는 지금과 같은 생계로는 3백 석은 둘째 치고 3석도 가능하지 않다고 생각한다.[60]"

"결코 걱정하지 마십시오. 옛날 왕상은 얼음을 두들겨 깨뜨려서는 잉어를 구하였고, 또한 맹종은 눈 속에서 죽순을 구하였다 하지 않습니까? 비록 옛 사람들에게는 미치지 못하겠지만 지성만 있으면 하늘에 통하지 않을 리가 없습니다."

---

60 삼석도 가능하지 않다고 생각한다 : 해당 원문은 "우리 형셰 단 빅석은 홀슈잇나"로 되어있다. 하지만 번역자는 심봉사가 말한 백석 역시 현실적이지 않은 것으로 판단한 듯하다.

(四) 人買ひに買はれて

(4) 사람을 사는 사람들에게 팔리어[61]

さまざまに父を慰めて、その日から沈清は祈禱をこらした。後園を奇麗に掃除し、黄土を施いて壇を設け、淨水を御膳に載せて、夜の五更に焚香再拜し、

『上天の日月星辰、下地の后土城隍、四方の神、帝天帝佛、釋迦尊佛觀音薩菩に申上ぐ。少女の父二十歳を過ぎて盲目となり、咫尺を辨ずることができません。願くば父の罪は皆少女に移嫁し、父の眼を開かせて栄壽無疆ならせたまへ。』

とて、毎夜懃心な祈禱をつづけた。

이렇게 저렇게 아버지를 위로하고, 그날로부터 심청은 기도를 했다. 후원을 깨끗하게 청소하고, 황토를 깔고 단을 설치하며, 깨끗한 물을 진짓상에 올려 밤 오경에 분향하여 재배하고는,

"하늘에 계신 일월(日月) 성진(星辰), 지상 세계에 계신 후토(后土) 성황(城隍), 사방의 신(神), 제천(帝天) 제불(帝佛), 석가 존불 관음보살에게 고합니다. 소녀의 아비는 20살을 넘기며 맹인이 되어, 지척을 분별할 수가 없습니다. 바람이 있다면 아비의 죄는 모두 소녀에게 주시고, 아비의 눈을 뜨게 하여 만수무강하게 하여 주십시오.[62]"

---

61 사람을 사는 사람들에 팔리어 : 심청의 매신(賣身) 대목이 번역되어 있다.

62 해당 원문의 심청축원 장면 중에서 "하나님이 일월두기 ᄉᆞᄅᆞᆷ의 안목이라. 일월이 업ᄉᆞ오면 무슨 분별 ᄒᆞ오릿가"와 "텬싱년분 짝을 만나 오복을 갓게 주워 슈부다남ᄌᆞ를 점지ᄒᆞ야 주옵쇼셔"에 대해서는 번역을 생략했다. 번역자는 심봉사가 눈을 뜨게 해달라는 심청의 축원으로 초점을 맞춘 셈이.

그렇게 말하면서, 매일 밤 열심히 기도를 계속했다.

するとある日、隣家の女が来て、

『お嬢さん、妙なこともあるものですね。何をする人達か知りませんが、

二十人ばかり群になって、金は幾らでも出すから十五になった女の子を売る人はないかと云って、ふれ歩いてゐますよ。』

之を聞いた沈清は、心に喜びながら、

『それは本當のことですか。本當ならそのうちの一人だけを、どうか呼んで下さいませんか。そして私が呼んだといふことは知らせないやうにしてね。』

그러던 어느 날, 이웃에 살고 있는 여자[63]가 와서,

"아가씨, 희한한 일이 있네요. 무엇을 하는 사람들인지는 모르겠지만, 20명 정도가 무리를 지어서 돈은 얼마든지 낼 테니까 15세가 된 여자아이를 팔 사람은 없는가 하고 말하며 돌아다니고 있습니다."

이것을 들은 심청은 마음으로 기뻐하면서,

"그것은 정말입니까? 정말이라면 그 중에 한 사람만을 어떻게든 불러 주지 않겠습니까? 그리고 제가 불렀다는 것은 알리지 말아 주십시오."

すると間もなく其の人が来た。そして、何の用あって人を買ふのか

63 이웃에 살고 있는 여자 : 원문에는 "귀덕어미"로 되어 있다.

と、尋ねると、その人の言ふやう。

『私たちは元来京師のものですが、商売のため船で方々を廻って居ります処が往く先に臨堂水といふ水があって、どうかすると船がひっくり返ってしまひますが、十五歳になる娘をその水の中へ投げ込めばその禍を免れるばかりでなく、商売も盛んになるといふことです。』

沈清は少しも躊躇せず、

『私は此の村のものですが、父が盲で長らく困って居りますと、幸ひ夢運寺の住持のいふには、膏粱米三百石を施行すれば目が開くとのことでございます。で、何とかして米三百石を得たいと思ひますけれど、家が貧しくてその方法がありませんから、実は私の身を売らうと思ふのでございますが如何でせう。年も丁度十五歳です。』

그러자 얼마 안 되어 그 사람이 왔다. 그리고 무슨 일이 있어 사람을 사는지 묻자, 그 사람이 말하기를,

"저희들은 원래 서울 사람인데, 장사[64]를 위해 배로 여기저기를 돌아다니고 있습니다. 그런데 가는 곳에 임당수(臨堂水)라는 물이 있는데, 잘못하면 배가 뒤집혀 버립니다. 하지만, 15세가 된 여자아이를 그 물 속에 던지면 그 화를 면할 뿐만 아니라 장사도 번성해진다는 것입니다."

심청은 조금도 주저하지 않고,

"저는 이 마을 사람입니다만, 아비가 맹인으로 오랫동안 어려움을 겪고 있습니다. 다행이 몽운사의 주지스님이 말하기를, 고량미 3

64 장사: 일본어 원문은 '商売'다. 상업, 특히 매매에 관련되는 상업을 통틀어 의미한다(松井簡治·上田万年編,『大日本国語辞典』02, 金港堂書籍, 1916).

백 석을 시주하면 눈을 뜰 수 있다고 합니다. 그래서 어떻게든 해서 쌀 3백 석을 얻고자 합니다. 하지만 집이 가난하여 그 방법이 없으므로, 실은 저의 몸을 팔고자 합니다만 어떠신지요? 저도 때마침 15세 입니다."

商人は沈清の顔をじっと眺めたまま、可哀相と思ったか暫くは何とも言はなかったが、

『あぁお嬢さん、あなたは何といふ感心な方でせう。昔から孝女も沢山ありますが、あなたのやうなのは少い。』

かう賞めて置いて、さて改めて承知の旨を答へた。

『それでは承知しました。』

『出帆は何時ですか。』

『来月の十五日です。』

かくて約束が済んで、商人は早速膏粱米三百石を夢運寺に搬ばせた。

상인은 심청의 얼굴을 가만히 바라 본 채, 불쌍하다고 생각했는지 아무 말도 하지를 않았지만,

"아아, 아가씨. 그대는 어쩌면 그토록 감동적인 분이십니까? 예로부터 효녀가 아주 많이 있었습니다만, 그대와 같은 사람은 적습니다."

이렇게 칭찬하고는, 그런 다음 정식으로 승낙의 뜻을 답했다.

"그렇다면 알겠습니다."

"출항은 언제입니까?

"다음 달 15일입니다."

이와 같이 약속이 끝나자, 상인은 서둘러 고량미 3백 석을 몽운사

로 옮겼다.

沈清は隣の女を物蔭に呼んで、此の事は他に洩れないやうに堅く口止めし、父鶴圭の前に往って、

『お父様、膏粱米三百石を夢運寺へ届けました。』

鶴圭は吃驚して、

『何だ、米三百石を寺へ届けた？何処からそんなに早く準備したか。』

沈清は父を欺くことは固より不本意であるけれど、さりとて此の場合ありのままを話す訳にもゆかないので、

『実は張丞相の夫人に喚ばれてまゐりました節、夫人は私を養女にしたいといふお話でありましたが、私はお父様の傍を離れることができませんからといって、辭退いたしました。今度の事情を夫人に話して頼みましたら夫人は喜んで米三百石を下さいましたから、それを寺へ贈りました、私は夫人の養女になることを承諾いたしました。』

鶴圭は訳も分らないで喜びながら、

『それはいいことをした。流石に一国の宰相の夫人だけあってどうしても為ることが普通の人とはちがふ。それで何時から連れて行くといふのか』

『来月の十五日ださうです。』

『何、明日から往ったって差支ない。私はひとり居たって構やしないよ。』

심청은 이웃에 사는 여자를 사람이 없는 곳으로[65] 불러서는 이 일

65 사람이 없는 곳으로: 일본어 원문은 '物蔭'이다. 어떤 사물의 뒤에서 눈에 보이지 않는 모습을 뜻한다(金沢庄三郎編,『辞林』, 三省堂, 1907).

이 밖으로 새어나가지 않도록 굳게 입을 막고, 아버지 학규 앞으로 가서는,

"아버지, 고량미 3백 석을 몽운사로 보냈습니다."

학규는 놀라서,

"무엇이라고? 쌀 3백 석을 절에 보냈다고? 어디서 그렇게 빨리 준비했느냐?"

심청은 아버지를 속이는 것이 원래 의도한 바는 아니지만, 그렇다고 해서 이 경우 있는 그대로를 이야기할 수는 없기에,

"실은 장승상의 부인에게 불리어 갔을 때, 부인은 저를 양녀로 삼고 싶다는 말씀을 하셨습니다만, 저는 아버지 곁을 떠날 수 없다고 하여 거절을 하였습니다. 이번 사정 이야기를 부인에게 말씀 드리고 부탁하였더니, 부인은 흔쾌히 쌀 3백 석을 주셨기에 그것을 절에 보냈습니다. 저는 부인의 양녀가 되는 것을 승낙하였습니다."

학규는 영문을 모르기에 기뻐하면서,

"그것 참 좋은 일을 했구나. 과연 일국의 재상의 부인답게 하시는 일이 보통 사람들과는 다르구나. 그렇다면 언제부터 데려가신다고 하였느냐?"

"다음 달 15일입니다."

"내일부터 간다고 해도 지장이 없다. 나는 혼자 있어도 상관없다."

父親を喜ばして置いて、沈清はつくづく考へた。一旦人と生れて来て、何一つ楽しいこともなしに、僅に十五で死ぬる身の不幸や、盲目の父の死んだ後のことなど考へると、何事も手につかず茫然してゐたが、

『もはや定まったことを、今更どうすることもできないのだ。それにしてもお父様の着物は誰が縫ふだらう。いっそ今のうちに一年間の着物を拵へて置かう。』

それからは毎日針仕事をして父の着物を縫ひ、すっかり簞笥に入れておいて、涙ながら船の出る日を待った。

아버지를 기쁘게 해 드리고 심청은 골똘히 생각했다. 일단 사람으로 태어나서 어느 것 한 가지 즐거운 일도 없이, 겨우 15세에 죽게 되는 불행한 신세와 자신이 죽은 후 맹인인 아버지의 일을 생각하면, 아무 일도 할 수 없어 망연해 졌지만,

"이미 정해진 일을 이제 와서 어떻게 할 수 있는 것도 아니었다. 그렇다고는 해도 아버지의 옷은 누가 바느질할 것인가? 차라리 지금 시간 있을 때 일 년 동안 입으실 옷[66]을 만들어 두어야겠다."

그로부터 매일 바느질을 하여 아버지의 옷을 만들어 죄다 상자[67]에 넣어 두고는, 눈물을 흘리며 배가 나가는 날을 기다렸다.

かくていよいよ出船の日の前日となった。夜は五更となっても寝もやらず、沈清は傍らに熟睡してゐる父の顔をつくづくと眺め、涙を嚥んで咽び泣きしながら、父の顔に我が顔を押し付けたり、手足を撫でたりして、

66 원문에서 제시된 심청이 매신 이후 부친을 위해 수선하는 의복(춘츄의복 강침 겹것, 하졀의복 젹습고의, 겨울의복, 갓망근, 버션 볼)들을 모두 번역하지 않고, 의복을 준비했다고 그 내용들을 요약하는 차원에서 번역했다.

67 상자: 일본어 원문은 '簞笥'다. 서랍이 있으며 의복 등을 넣어 두는 곳이라는 뜻이다(棚橋一郎·林甕臣編, 『日本新辞林』, 三省堂, 1897).

『夜が明けたらもう私はお目にかかることはできません。私が死んだら、さながら手足を無くしたやうに、お父様は誰を頼りに生きながらへてゆかれるであらう。今までは私が働らいて、どうか斯うか糊口を凌いで来た。私が死んだらお父様は乞食して廻るより外に食べる道もあるまい。食事を上げる人もなく、死後を弔ふ者もない。ああ私は何とした不運な生れだらう。生れて一週間たたずに母をなくし、十五で父を残して死んでゆくとは「何陽落日愁遠離」は蘇通国の母子の別れであり、「遍挿莱萸少一年」は竜山の兄弟の別れであり、「征客関山路幾重」は呉姫越女の夫婦の別れであり「西出陽関無故人」は謂城の朋友の別れである。そして此等の離別は皆生きての別れだから、何時かはまた逢へることもあらうけれど、私たちの別れは、もう二度とふたたび逢ふことのできない別れである。死んだ母は黄泉に居り、私は死んだら水宮に往く。いくらお母様に逢ひたくても、黄泉と水宮とでは、水陸遠く隔たって居、たとひ逢へても互に顔を知らないから、語り合ふ由もないが、假りに顔を知ってゐてお父様の事を訊かれたら何と答へてよいものやら。ああせめて今夜だけ夜が明けないでゐて呉れたらよいのに、さすればお父様の顔を十分に見ることができように。』

이렇게 해서 드디어 출항하는 전 날이 되었다. 밤은 오경이 되어도 잠도 오지 않고, 심청은 곁에서 숙면을 취하고 있는 아버지 얼굴을 가만히 바라보며, 눈물을 삼키고 삼키다가 울기를 반복하면서, 아버지 얼굴에 자신의 얼굴을 갖다 대면서 손발을 어루만지고는,

"밤이 밝으면 저는 뵐 수가 없습니다. 제가 죽으면 마치 손발을 잃어버린 것처럼, 아버지는 누구를 의지하여 살아가실 런지요? 지금

까지는 제가 일해서 그럭저럭 입에 풀칠을 해 왔습니다. 제가 죽으면 아버지는 동냥하여 돌아다니신다고 해도 밖에서 먹을 방법도 없습니다. 식사를 드릴 사람도 없고, 사후를 조문할 사람도 없습니다. 아아, 저는 왜 이렇게 불운하게 태어났을까요? 태어나서 1주일도 되지 않아 어머니를 잃고, 15세의 나이에 아버지를 남기고 죽는다니요. '하양낙일추원리(何陽落日愁遠離)'는 소통국의 모자의 이별이고, '편삽수유소일년(遍揷茱萸少一年)'은 용산의 형제의 이별이며, '정객관산로기중(征客關山路幾重)'은 오희 월녀 부부의 이별이고, '서출양관무고인(西出陽關無故人)'은 위성 붕우의 이별이거늘.[68] 그리고 이와 같은 이별은 모두 살아서의 이별이기에 언제가 다시 만날 수도 있지만, 저희들의 이별은 두 번 다시 만날 수 없는 이별입니다. 죽은 어머니는 황천에 계신데, 저는 죽으면 수궁으로 갑니다. 아무리 어머니를 만나고 싶다고 해도, 황천과 수궁과는 물과 육지로 멀리 떨어져 있어서, 비록 만난다고 하더라도 서로 얼굴을 알지 못하기에 서로 이야기할 이유도 없지만, 설사 얼굴을 알고 있다고 하더라도 아버지의 일을 물어보신다면 어떻게 말하면 좋을지. 아아, 적어도 오늘 밤만은 밤이 밝지 말아 주었으면 좋으련만, 그렇게 해서 아버지 얼굴을 충분히 볼 수 있었으면."

そのうちに天は容赦なく明けて鶏が啼き出した。沈清は、

68 '하양낙일추원리(何陽落日愁遠離)'는~이별이거늘 : 원문의 "양락일수원리ᄂᆞᆫ 쇼통국의 모ᄌᆞ리별, 편삽슈유쇼일인은 룡산에 형뎨리별, 정ᄀᆡᆨ관산로긔즁은 오희월녀 부부리별, 셔출향관무고인은 위셩에 붕우리별"을 그대로 번역했다. 심청이 부친이별 이후 부친을 걱정하는 대목보다는 상대적으로 부친과 이별하는 심정에 보다 초점을 맞춰 번역한 셈이다.

『鶏よ、啼くな。お前が啼いたら夜があける。夜があけたら私は死ぬるのだ。私の死ぬるのはいいが、お父様のことを何うするのか。』

いよいよ夜が明けはなれたので、今を最後の父の御飯を炊いておかうと、水を汲みに門を開けると、商人たちは早や外に待ってゐて、沈清を見るなり、

『今日は出帆の日ですから、成るべく早く参りませう。』

沈清は両眼から流れる涙を拭き拭き

『はい、それは承知して居りますが、此の事を父にはまだ知らせてありませんから、どうか暫くお待ち下さい。父の御飯を炊いて、事情を話してからお供いたします。』

商人たちも流石に可哀相と思ふので、沈清の乞ひを許した。

그러는 동안에 하늘은 인정 없이 밝아서 닭이 울기 시작했다. 심청은,

"닭아, 울지 마라. 네가 울면 밤이 밝는다. 밤이 밝으면 나는 죽는다. 내가 죽는 것은 좋다만, 아버지의 일을 어떻게 할 것인가?"[69]

이윽고 밤이 밝아 와서 마지막으로 아버지의 밥을 지어 두려고 물을 길으러 가려고 문을 여니, 상인들은 벌써 밖에서 기다리고 있다가 심청을 보자마자,

"오늘은 출항하는 날이기에 되도록 빨리 오십시오."

심청은 두 눈에서 흐르는 눈물을 닦으며,

"네, 그것은 알고 있습니다만, 이 일을 아비에게는 아직 알리지 않

69 원문의 "반야진관에 맹상군이 안이온다"를 생략했다.

앉기에, 아무쪼록 잠시 동안 기다려 주십시오. 아비의 밥을 짓고, 사정을 말한 후에 동행하겠습니다."

상인들도 과연 불쌍하다고 여겨, 심청의 청을 허락하였다.

沈清は涙と共に御飯を炊いて、父の好きなお茶をこしらへて、御飯をたべさした。

『お父様、沢山おあがんなさい。』

『今日はおいしいおかずが沢山あるが、どうから貰ったのかね？』

沈清はシクシク泣き出した。訳を知らない鶴圭は、

『沈清よ、お前は何うしたの？からだの工合でもわるいのかい。風邪でもひいたのかい。時に今日は十五日だね。

私は作夜お前が車に乗って何処かへ往く処を見たが、元来車といふものは身分の貴い人の乗るものだから、多分今日は張丞相の宅から迎へがあるのだらう。』

沈清は、その夢こそ自分の死ににゆく夢だと心のうちに思ひながら父を安心させるために、

『お父様、それは大變いい夢でごいます。』

심청은 눈물로 밥을 지으며, 아버지가 좋아하는 나물을 만들어서 밥을 드시게 하였다.

"아버지, 많이 드십시오."

"오늘은 맛있는 반찬이 많은데, 어디서 얻어 온 것이냐?"

심청은 훌쩍 훌쩍 울기 시작했다. 영문을 모르는 학규는,

"심청아, 너는 어쩐 일이냐? 몸 상태가 좋지 않으냐? 감기라도 걸

렸느냐? 오늘은 15일이구나. 나는 어젯밤 네가 가마를 타고 어딘가로 가는 것을 보았다만, 원래 가마라고 하는 것은 신분이 귀한 사람이 타는 것이기에, 아마도 오늘은 장승상의 댁에서 마중을 오는 것이 아니냐?"

심청은 그 꿈이야 말로 자신[70]이 죽으러 가는 꿈이라고 마음속으로 생각하면서 아버지를 안심시키기 위해서,

"아버지, 그것은 대단히 좋은 꿈입니다."

そして御膳を下げて煙草をすすめ、祖先の位牌のある家廟に暇乞をしやうと、齋戒沐浴して新らしい着物と着換へ、痛哭しながら、

『不孝者の沈清は、父の眼をあけさせようとて、米三百石の代りに此の身を売り、これから往って臨堂水の水鬼となります。願はくは少女の死後、父の眼を開かせ、賢い妻に縁を結ばせて、一生を安楽に生活せしめられんことを。』

と言って更に痛哭再拜し、家廟の戸を閉めながら、

『ああ私が死んだら誰が此の門を開閉するだらう。また端午や秋の節句にも、祭は誰がするだらう。気の毒なお父様を、ああ何うして捨てて行かれうか。』

父様の前に走り寄って、

『お父様』と一声、あとは何も得言はず倒れ伏してしまった。

그리고 진짓상을 치우고 담배를 권하고는, 선조의 위패가 있는 가

70 자신: 일본어 원문은 '自分'이다. 자기, 자신, 나, 우리와 같은 뜻으로 사용한다(金沢庄三郎編, 『辞林』, 三省堂, 1907).

묘에 작별인사를 하고자 목욕재계하여 깨끗한 옷으로 갈아입고 통탄하면서,

"불효자 심청은, 아비의 눈을 뜨게 하고자 쌀 3백 석을 대신하여 이 몸을 팔아, 지금부터 임당수의 물귀신이 됩니다.[71] 바라건대 소녀가 죽은 후 아비의 눈을 뜨게 하여, 현명한 부인과 인연을 맺게 하여 일생 안락하게 생활하게 할 수 있기를."

라고 말하고 다시 통탄하며 재배하고, 가묘의 문을 닫으면서,

"아아, 내가 죽으면 누가 이 문을 열고 닫을 것이란 말인가? 또한 단오와 가을의 절구에도 제사는 누가 할 것인가? 불쌍한 아버지를 아아, 어찌 버리고 갈 것이란 말인가?"

아버지 앞으로 뛰어 다가가서는,

"아버지"

라고 소리 지르고, 그 다음은 아무 말도 하지 않고 넘어져 엎드렸다.

鶴圭はびっくりして、

『おい、沈清、お前は今日は何うしたといふのか。』

沈清はやっと気を厲まして、

『お父様、私は不孝でございます。私は今までお父様を欺してゐました。

膏粱米三百石は、實は、私が南京へ商売にゆく船人に身を売って手に入れたものでございます。売られた私は臨堂水といふ水の中へ投げ

71 지금부터 임당수의 물귀신이 됩니다. : 해당 원문의 "림당슈로 도라가니"를 번역한 것이다. 이후로도 번역자는 임당수에 심청이 죽으러 간다는 뜻을 담은 부분에 관해서는 이러한 번역을 했다. 원문에서 가장 유사한 표현은 "슈궁원혼"이다.

入れられるので、今日はその出船の日でございます。』

학규는 놀라서,

"어이, 심청아, 너는 오늘 무슨 일이 있는 것이냐?"

심청은 겨우 정신을 차리고,

"아버지, 저는 불효자입니다. 저는 지금까지 아버지를 속여 왔습니다. 고량미 쌀 3백 석은, 실은, 제가 남경으로 장사하러 가는 뱃사람들에게 몸을 팔아서 손에 넣은 것입니다. 팔려가는 저는 임당수라고 하는 물속으로 던져질 것이고, 오늘은 그 출항하는 날입니다."

(五) 臨堂水の水鬼

(5) 임당수의 물귀신[72]

沈鶴圭は思ひも寄らぬ娘の言葉に驚くよりも呆れ果て、涙も出ないで、體を轉ばしながら、

『ああ、お前今何を言ったのか、本當か、冗談か。私には相談をしないでどうしてお前勝手にそんなことをして呉れたのか。お前が生きてゐてこそ私の眼もあいて嬉しいが、お前が死んで私の眼があいたって何になるものか。お前の母はお前を生んで、一週間にもならないのに死んでしまった、盲の私がお前を抱いて、家毎に乞食をして廻りながら、貰ひ乳でそこまで大きくした。やっと大きくなって呉れて、私もほっと一息してゐるところへ、今になって、これは何といふことだ。

72 임당수의 물귀신 : 심청이 임당수에 가서 투신하는 대목까지가 번역되어 있다.

眼を売ってお前を買ふのならいいが、お前を売って眼を買ふたって何になるか。』

심학규는 생각지도 못한 딸의 말에 놀라기보다는 너무나 기가 막혀서, 눈물도 나지 않고 몸을 뒹굴면서,

"아아, 너는 지금 무엇을 말하는 것이냐? 정말이더냐? 농담이더냐? 나에게 의논을 하지 않고 왜 네 마음대로 그런 일을 했느냐? 네가 살아 있고 내 눈이 뜨면 기쁘겠지만, 네가 죽고 내 눈이 뜬다한들 무엇을 하겠느냐? 너의 어미는 너를 낳고 1주일도 되지 않아 죽어 버렸다. 맹인인 내가 너를 안고 집집마다 동냥을 하며 돌아다니면서 동냥젖으로 여기까지 키웠다. 겨우 커서 나도 안심하고 있던 차인데, 이제 와서 이게 무슨 일이란 말이냐? 눈을 팔아서 너를 살 수만 있다면 좋지만, 너를 팔아서 눈을 산다 한들 무엇 하겠느냐?"

今度は外へ向って商人たちに言ふ。

『これ商人共よ、商買も商買だが、人を買ふて水に投げ入れるなんて、何処にそんな法があるか。お前達はそんな悪いことをしてまで自分たちの禍を遁れようとするのか。盲目の一人娘で、たった十五になる子供をだまして、親の私に一言の相談もなしに買ふことができると思ってゐるか。米もいらない。眼もあきたくない。昔七年の大旱の時に、人を殺して天に祈雨祭をしようとしたら、その時の王の湯は言はれた。祈雨祭は民の為であるのに、民を殺して祭をしたって、却って天が怒って罰を與へるだけであらう。むしろ私が犠牲になって雨乞をすると、さういって爪を剪り髪を斷って身には白い茅を巻き、誠心籠めて祭をしたら、忽ち大雨が数千里の面積に降ったと言ふ。さア私の一人娘の代りに私を殺せ。私は死にたいと思ふことは幾度もあるが、その都度沈清のことを考へて、あれのために我慢をしてゐたのだ。さア早く殺して呉れ、悪黨共。コラ人を無暗に殺せば大典通編(刑法)で罰せられるぞ。』

이번에는 밖을 향해 상인들에게 말하기를.[73]

"이 상인들이여, 장사도 장사지만 사람을 사서 물에 던지다니, 어디에 그런 법이 있단 말이냐? 너희들은 그런 나쁜 짓을 하여서라도 너희들의 화를 모면하려고 하는 것이냐? 맹인의 외동딸로 겨우 15세가 된 아이를 속여서, 부모인 나에게 한 마디 의논도 없이 [딸을]살 수가 있다고 생각하였느냐? 쌀도 필요 없다. 눈도 뜨고 싶지 않다. 옛날에 7년 [계속되는]가뭄에 사람을 죽여서 하늘에 기우제를 하려고 했더니, 그때 왕이었던 탕(湯)은 말하였다. 기우제는 백성을 위하는 것이련만 백성을 죽여서 제사를 지낸다니, 오히려 하늘이 노하여 벌을 내릴 것이다. 차라리 내가 희생을 하여 기우제를 올리겠다. 그렇게 손톱을 깎고 머리를 잘라 몸에는 흰 띠를 두르고[74] 성심을 다하여 제사를 지낸다면, 금방 큰 비가 수 천리 면적에 내릴 것이라고 하였다. 자, 내 외동딸 대신에 나를 죽여라. 나는 죽고 싶다고 생각한 적은 얼마든지 있지만, 그때마다 심청을 생각하여 이 애를 위해 참고 있었다. 자 어서 죽여 달라, 악당들아. 이놈아, 사람을

---

73 이번에는 밖을 향해 상인들에게 말하기를 : 원문에는 두 대사가 구분되어져 있지 않지만, 일역본에서는 독자의 편의를 위해 나누어 놓은 것으로 보인다.

74 손톱을 깎고 머리를 잘라 몸에는 흰 띠를 두르고 : 원문의 "젼됴단발 신영빅모"(剪爪斷髮 身嬰白茅)를 풀어서 번역한 것이다.

무턱대고[75] 죽이면『대전통편』(형법)으로 벌을 받을 것이다."

沈清は父の手を握って、

『お父様、今度のことは私が好んでやったことですから、どうかあの人たちを叱らずに下さい。私はもう定まったことで、今になっては何うすることもできませんから、どうぞ私は初めから無いものと思って諦らめて下さい』と言って父子二人は抱き合って、轉げながら痛哭した。

심청은 아버지의 손을 잡고,

"아버지, 이번 일은 제가 좋아서 하는 것이므로, 아무쪼록 저 사람들을 혼내지 말아 주십시오. 저는 이미 [마음을]정하였기에 이제 와서 어찌할 수 없습니다. 아무쪼록 저는 처음부터 없는 사람이라고 생각하고 포기하여 주십시오."

라고 말하고는 부자(부녀) 두 사람은 서로 안고, 뒹굴면서 통탄하였다.

此の事が忽ち村中に知れて、桃花洞の男女老若は皆同情の涙を流した。船人も事情を聞いて気の毒に思ひ、桃花洞の領座(村長)に告げて言ふ、

『昔にも例のない孝女の沈清と云ひ、あの沈鶴圭も実に気の毒です。で、金三百両と白米百石、反物一荷をあなたにお預けしますから、此

75 무턱대고: 일본어 원문은 '無暗に'다. 옳고 그름을 분별하지 않는 것, 전후 사정을 고려하지 않는 것, 생각하지 않는 것 등을 의미한다(金沢庄三郎編,『辞林』, 三省堂, 1907).

の金で水田を買って被等の基本財産とし、米百石と反物とは洞中で預かって、一生涯不自由のないやうにしてやって下さい。』

と言った。

이 일은 금방 마을에 알려지게 되고, 도화동의 남녀노소는 모두 동정의 눈물을 흘렸다. 뱃사람도 사정을 듣고는 불쌍하게 생각하여, 도화동의 영좌(촌장)에게 고하여 말하기를,

"옛날에도 예가 없는 효녀 심청입니다. 저 심학규도 실로 불쌍합니다. 그래서 돈 3백 냥과 백미 백 석, 옷감 한 짐을 그대에게 맡기겠으니, 이 돈으로 수전(水田)을 사서 그의 기본 재산으로 하고, 쌀 백 석과 옷감은 마을에 맡기어 일생 동안 불편함 없도록 하여 주십시오."

라고 말하였다.

一方武陵村の張丞相の夫人は、沈清の事を人から聞いて、侍婢を呼び、

『聞けば沈清は臨堂水の水鬼になるとか。出船の前に是非一度会ひたいといって、直ぐ連れて来てお呉れ。』

한 편 무릉촌의 장승상 부인은 심청의 일을 사람들로부터 듣고, 시비를 불러,

"듣자하니 심청이 인당수의 물귀신이 된다[76]고? 출범하기 전에 꼭 한 번이라도 만나고 싶다고 전하여, 곧 데리고 오도록 하여라."

76 심청은 인당수의 물귀신이 된다고? : 원문은 "심청이가 죽으러 간다고"로 되어 있다.

侍婢は早速沈清をつれて夫人の前に来た。夫人は沈清の手を握って涙を流しながら、

『ああ情ない、沈清よ、私はそなたを知ってからと云ふもの、真実我が子同様に思ってゐるのに、そなたは私を忘れてしまったのか。聞けばお父様の眼を開けるために、船人に身を売って臨堂水の水鬼にならうとするさうだが、孝は大孝であるけれど、今そなたが死んで何うなるものか。何故そなたは早く私に相談して呉れなかったか。今でも遅くないから、すぐ船人と破約しておしまひ。白米三百石は私が船人に返してあげるから。』

시비는 곧 심청을 부인 앞으로 데리고 왔다. 부인은 심청의 손을 잡고 눈물을 흘리면서,

"아아, 딱하다, 심청아. 나는 너를 알고부터 진실로 내 자식과 마찬가지로 생각하였는데, 너는 나를 잊어 버렸던 것이냐? 들으니 아버지의 눈을 뜨게 하기 위해서 뱃사람에게 몸을 팔아 임당수의 귀신이 되고자 하는 것 같은데, 효는 대효이지만 지금 네가 죽어서 될 일이더냐? 왜 너는 빨리 나에게 의논하여 주지 않았느냐? 지금이라도 늦지 않았으니 곧 뱃사람과의 약속을 깨 버려라. 백미 3백 석은 내가 뱃사람들에게 돌려 줄 테니까."

沈清は暫らく考へてゐたが、

『仰せの如く早く奥様に相談すれば、都合よくいったのですが、今になって後悔しても及びません。しかしこれは親のためにすることですから、私自身が犠牲になってやらねば、人の物をただ貰ったのでは屹

度効験がないだらうと思はれます。また假ひ白米三百石を返しても、船人たちは困るでせうし、一旦約束して置きながら、一月あまりもたってから破約するなどどいふことは人としてなすべきことではありません。盲目の父親をひとり残して死ぬる事は、孝を以て孝を傷くるわけですから、私とてもしたくないのでありますけれど、これも一つの天命と思へば致方がありません。奥様の御恩は死んで黄泉で御恩返しをいたしませう。』

と、厳蕭な態度で言った。

심청은 잠시 동안 생각하였지만,

"말씀대로 빨리 부인에게 의논을 하였다면 사정이 좋았을 테지만, 이제 와서 후회한들 무슨 소용이 있겠습니까? 하지만 이것은 부모를 위하여 한 일이니, 저 자신이 희생을 하지 않고 남의 물건을 공짜로 얻어서는 아마도 효험이 없을 것이라고 생각합니다. 또한 가령 백미 3백 석을 돌려준다고 하여도 뱃사람들이 곤란할 것입니다. 일단 약속하고부터 한 달 이상 지나서 약속을 깨는 것은 사람으로서 해서는 안 될 일입니다. 맹인인 아버지를 홀로 남겨두고 죽는 것은 효로 효를 다치게 하는 것이기에 저는 너무나도 하고 싶지는 않았지만, 이것도 하늘의 하나의 명이라고 생각한다면 어찌할 수가 없습니다. 부인의 은혜는 죽어서 황천에서 갚도록 하겠습니다."

라고 엄숙한 태도로 말하였다.

夫人は、沈清の決心の動かし難きを見て、心に歎きながら、

『私はそなたの決心を何うすることもできないが、そなたが死んだ後

は、顔を見たくも見ようがないから、暫らく待ってゐてお呉れ。畫工を呼んでそなたの姿をかいてもらひ、一生の思ひ出にしたいから。

とて、上手な畫工を呼んで、

『よく念入りに此のお嬢さんの顔や姿をかいて下さい。悲しさうな表情をしてゐる処を。』

と云って絹を出した。畫工は沈清の顔や姿をつくづく視て、蘭草のやうな青い髪や、白玉のやうな白い顔や、細い腰や綺麗な手足をさながらに書き終へた。一人の沈清は忽ち二人になった。夫人は右の手に沈清の首を抱き、左の手に畫像を撫でながら、痛哭した。

부인은 심청의 결심을 움직이기가 어렵다는 것을 알고 마음으로 탄식하며,

"나는 너의 결심을 어찌할 수가 없구나. 하지만, 네가 죽은 뒤는 얼굴을 보고 싶다고 하더라도 볼 수가 없으니 잠시 동안 기다려 주어라. 화공을 불러서 너의 모습을 그리게 하여서 일생의 추억으로 하고 싶으니까."

라고 말하고 뛰어난 화공을 불러서,

"정성들여 이 아가씨의 얼굴과 몸을 그려라. 슬픈 표정을 하고 있는 모습을."

라고 말하고 명주를 내놓았다. 화공은 심청의 얼굴과 모습을 자세히 보고, 난초와 같은 푸른 머리와 백옥과 같은 흰 얼굴과, 가는 허리와 예쁜 손발을 그대로 그렸다. 한 사람의 심청은 금방 두 사람이 되었다. 부인은 오른 손으로 심청의 목을 안고, 왼 손으로 화상을 어루만지며 통곡하였다.

沈淸も泣きながら、

『奥様と私とは前世何ういふ因縁やら、私は死んでもあなたのことは忘れません。別れのしるしに詩を一句書き残しておきませう。』

とて、畫像の餘白に墨痕美はしく左の詩を書いた。一字一字花となって香を放っかと思はれた。

심청도 울면서,

"부인과 저와는 전생에 어떠한 인연이었나요? 저는 죽어도 그대의 일은 잊지 못할 것입니다. 이별의 징표로 시를 한 수 적어 남겨 두겠습니다."

라고 말하며, 화상의 여백에 먹으로 필적도 아름답게 다음과 같이 시를 적었다. 한 자 한 자 꽃이 되어 향기가 나는 듯했다.

生寄死帰一夢間　眷情何必涙珊珊
世間最有断腸処　草緑江南人未還

사람의 죽고 사는 것이 한 꿈속이니
정에 끌려 어찌 굳이 눈물을 흘리랴마는,
세간에 가장 애끊는 곳이 있으니
풀 돋는 강남에 사람이 돌아오지 못하는 일이라.

夫人は読んでみて、

『此の詩は実に神仙の作った詩である。これでみると、そなたの水鬼になるのは、そなたの心からではなく、きっと玉皇上帝から喚ばれるのだらう。』

とて、夫人も亦詩を作って沈清にやった。

부인은 읽어 보고,

"이 시는 실로 신선이 지은 시이구나. 이것으로 보면 네가 물귀신이 되는 것은 네 마음으로부터가 아니라 아마도 옥황상제로부터의 부름이로다."

라고 말하고 부인도 또한 시를 지어 심청에게 주었다.

無端風雨夜来痕　吹送名花落海門
積苦人間天必念　無辜父女断情恩

난데없는 비바람 어둔 밤에 불어오니,
아름다운 꽃 날려서 바닷가에 떨어지네.
인간 세상 쌓은 고생 하늘이 알고 계셔,
죄 없는 아비 자식 정을 끊게 하는구나.[77]

沈清は夫人の詩を受け取って、暇乞をなし、家に帰って来ると、鶴圭は沈清の首を抱いて痛哭し、

『お前が往くなら私も一緒に往かう。お前ひとりではやらない。死んでも一緒に死ぬ。魚の餌食になるなら一緒に餌食にならう。私をのこ

77 심청이 지은 시는 원문의 "셩긔ᄉᆞ귀일몽간(生寄死帰一夢間)ᄒᆞ니 / 권정하필누산산(眷情何必涙珊珊)가 / 셰간최유단장쳐(世間最有断腸処)ᄂᆞᆫ / 초록강남인미환(草緑江南人未還)이라"에서 한시부분만 발췌하여 그대로 제시했으며, 이 점은 장승상 부인의 시도 마찬가지이다.

してお前だけ往くことはならない。』
　沈淸は泣きながら、
『私とても父子の天倫を切りたくて切る訳ではなく、死にたくて死ぬるのではありません。皆これ天命ですから、不孝者の私はどうぞお忘れになって、お父様は眼があきましたら、好い女と改めて縁を結んで、多くの子女を産まして下さい。』
　沈鶴圭はいよいよ驚いて、
『お前はどうでも死ぬるつもりでゐるのだな。わしは決して離さないぞ。』
　と、袖をしっかり握ってはなさない。

심청은 부인의 시를 받아들고 작별인사[78]를 고하고는 집으로 돌아왔는데, 학규는 심청의 목을 안고 통곡하며,

"네가 간다면 나도 함께 가련다. 너 혼자만을 보낼 수는 없다. 죽어도 함께 죽자. 물고기의 밥이 된다면 함께 밥이 되자. 나를 두고 너만 가는 것은 안 된다."

심청은 울면서,

"저는 부자(부녀)의 천륜을 끊고 싶어서 끊는 것이 아니고, 죽고 싶어서 죽는 것이 아닙니다. 이것 모두는 하늘의 명이기에 불효자인 저를 아무쪼록 잊으시고, 아버지는 눈을 뜨시면 좋은 여인과 새로 인연을 맺으셔서 많은 자녀를 낳으십시오."

심학규는 더욱 더 놀라서,

78 작별인사: 일본어 원문은 '暇乞'이다. 작별을 고한다는 뜻이다(金沢庄三郎編,『辞林』, 三省堂, 1907).

"너는 어떻게 하든 간에 죽을 작정이로구나. 나는 결코 놓아 줄 수 없다."

라며 소매를 꽉 붙들고 놓지 않았다.

沈淸は洞中の人々に父親の世話を頼み、

『どうぞ皆様、私はこれからまゐります。水鬼になる私は再び帰られませんが、父の身の上をどうぞ保護して下さいまし。たとへ黄泉へ往っても必ず御恩は報ずるつもりです。』

と言った。洞中の人々はいづれも自分の子が死ぬるやうに痛哭した。沈淸は両眼を泣きはらしながら、船人にしたがって渡船場へと向った。亂れた髪は耳に垂れ、涙は睫をうるほして、行くともなく行くほどに、渡船場についた。船人達は沈淸を抱いて船に乗せ、鼓を鳴らして船を出した。此の時天俄に曇り、一天墨を磨ったやう。一滴二滴と落つる雨は、涙の如く枝毎に咲きみだれた花もその色を失ひ、青山の草木も愁色を帯び、杜鵑の声さながら沈淸の行を弔ふ如くであった。

심청은 마을 사람들에게 아버지의 보살핌을 부탁하며,

"아무쪼록 여러분, 저는 지금 떠납니다. 물귀신이 되는 저는 다시 돌아올 수 없습니다. 아버지의 일신을 아무쪼록 보호하여 주십시오. 비록 황천에 가더라도 꼭 은혜는 갚겠습니다."

라고 말하였다. 마을 사람들은 어찌되었든 자신의 아이가 죽은 것처럼 통탄하였다. 심청은 두 눈에서 눈물을 흘리면서 뱃사람을 따라서 나루터를 향하였다. 헝클어진 머리는 귀에 드리웠고, 눈물은 속

눈썹을 촉촉하게 하고, 가는 듯 마는 듯 나루터에 도착하였다.[79] 뱃사람은 심청을 배에 태우고, 북을 울리고 배를 띄웠다. 이때 하늘이 갑자기 흐릿해져 하늘을 먹으로 문지른 듯했다. 한 방울 한 방울 내리는 비는 눈물과 같고, 가지마다 헝클어지게 피어난 꽃은 그 색을 잃어, 푸른 산의 초목도 근심을 띠며, 두견새의 소리도 마치 심청의 길을 조문하는 듯했다.

二三日たって、船は一処に碇泊した。ここが即ち臨堂水である。忽ち荒い浪が起って海は覆へるやう、魚や竜は喧嘩をするやうである。船人等は慌てて祭の準備を為し、一石餘りの御飯を炊き、牛や豚を屠殺して、北の方に向って並べた。それから沈清を沐浴させ、新らしい着物と着換へさして、船の先に坐らせた。やがて一人の船頭が鼓をドンドン叩きながら、祈禱をする。

『昔、軒轅氏、船を拵へて交通を便ならしめて以来、後世の人々は之に倣って船を作り、それそれ業を営んだ。軒轅氏の功徳は実に大きい。我が一行二十四名は、商売のために十五歳から海上の生活をなし、東西南北に漂泊して居りますが、今日は此の臨堂水を通過するに當り、玆に謹んで祭祀を行ひます。願くは東西南北の各水神、此の至誠に感ぜられて、我が一行に幸福を與へたまへ。今回の商売は勿論、将来といへども旅行を無事にし、商売を栄ならしめられんことを祈り上げます。』

79 원문에서 심청이 자신이 살던 마을을 돌아보며 자탄하는 대목이 생략되고, 바로 나루터에 도착한 것으로 장면이 전환된다.

이삼일 지나서, 배는 한 곳에 정박하였다. 여기가 바로 임당수이다.[80] 금방이라도 거친 파도가 일어 바다는 뒤집히려고 하고, 물고기와 용은 싸움을 하는 듯했다. 뱃사람 등은 서둘러서 제사 준비를 위해서 한 석 정도의 밥을 짓고, 소와 돼지를 도살하여 북쪽을 향하여 진열하였다. 그리고 심청을 목욕시켜 새로운 옷으로 갈아입히고 뱃머리에 앉혔다. 이윽고 한 명의 뱃사람이 북을 둥둥 치면서 기도를 하였다.

"옛날에 헌원(軒轅)씨가 배를 지어 교통을 편리하게 한 이후, 후세의 사람들은 이것을 본받아 배를 만들었으며 각각 업을 영위하였다. 헌원씨의 공덕은 실로 크다.[81] 우리 일행 24명은 장사를 위해서 15세부터 해상의 생활을 하고 동서남북으로 표박하고 있습니다만, 오늘은 이 임당수를 통과하기에 이르러 이에 정중하게 제사를 올립니다. 바라건대 동서남북의 각 물신들이여, 이 지성에 감동하시어 우리 일행에게 행복을 내려 주십시오. 이번 장사는 물론 앞으로도 여행을 무사히 하게 하여 장사를 영위할 수 있도록 기도드립니다."

かくて沈清を促して、水に入らしめようとした。沈清は船の先に立って合掌して天に祈る。

『不運な沈清が謹んで天に祈ります。私の死ぬるのは少しも厭ひはしませんが、盲目の父の一生の憾みを解かんために、好んで水鬼となるのですから、一日も早く父の眼の見えるやうにして下さい。』

次に桃花洞の方に向ひ、

---

80 원문에서 임당수가는 길에 제시되는 '강상풍경(소상팔경)'과 '혼령(고인)'과의 만남부분이 생략된 후 바로 임당수에 도착하는 장면으로 전환된다.

81 원문에서 이 이외 거론되는 하우씨, 도연명의 「귀거래사」, 장한의 「강동거」, 소동파 등이 생략되었다.

『お父様、今私は死にます。早く眼をお開きなさい。』

更に船人たちに向ひ、

『皆様、どうか目的地に着かれて巨萬の富を得られての帰りには、此処を通ったらせめては私の魂魄なりと慰めて下さい。』

と言って、眼を閉ぢて、裳で顔を蔽うて、ドブンと水中に身を投げた。これを見た一同は、

『ああ可哀想だ。大孝の沈清が死んだのは惜しい。』

とて泣いた。

이리하여 심청을 재촉하여 물에 들어가게 하였다. 심청은 뱃머리에 서서 합장하고 하늘에 기도하였다.

"불운한 심청이 정중하게 하늘에 기도드립니다. 제가 죽는 것은 조금도 싫지 않습니다만, 맹인인 아버지의 일생의 근심을 풀기 위해서 흔쾌히 물귀신이 되는 것이니, 하루라도 빨리 아버지의 눈이 보일 수 있도록 해 주십시오."

다음으로 도화동을 향하여,

"아버지, 지금 저는 죽습니다. 어서 눈을 뜨십시오."

또한 뱃사람들을 향하여,

"여러분, 아무쪼록 목적지에 도착하여서 커다란[82] 부를 얻으셔서 돌아가실 때에는 이곳을 지나셔서 적어도 저의 원혼을 위로하여 주십시오.[83]"

---

82 커다란: 일본어 원문은 '巨萬'이다. 만(萬)을 여러 번 되풀이 한 수, 혹은 막대한 수를 뜻한다(松井簡治·上田万年編, 『大日本国語辞典』01, 金港堂書籍, 1915).

83 저의 원혼을 위로하여 주십시오 : 해당 원문에서는 "혼빅 넉을 불너 긱귀 면케 ᄒᆞ여쥬오"로 되어 있다.

라고 말하고 눈을 감고 치마로 얼굴을 덮고 풍덩하고 물속에 몸을 던졌다.

이를 보고 있던 일동은,

"아아, 불쌍하구나. 효성스러운 심청이 죽은 것은 유감스럽다."

라고 말하며 울었다.

(六) 不貞腐れの後妻

(6) 심통 맞은 후처[84]

此の時玉皇上帝は、四海の竜王に命令して言ふ、

『今日、午の刻になれば、臨堂水に出天大孝の沈清が落ちるから、汝等は其処らに待ってゐて、取り敢へず水晶宮に迎へ入れ、更に命令を待って再び人界に帰せ。もし救ひ出す時間が間違ったら汝等は夫れ夫れ罪に當るぞ。』

이때 옥황상제는 사해(四海)의 용왕에게 명령하여 말하기를,

"오늘 정오가 되면 임당수에 출천대효(出天大孝)의 심청이 떨어지니, 그대들은 그곳에서 기다리고 있다가, 우선 수정궁(水晶宮)으로 데리고 오너라. 또한 명령을 기다리다가 다시 사람 세상으로 돌려보내어라. 혹 구출 할 시간이 잘 못되면 너희들은 각각 벌을 받을 것이다."

かくて四海の竜王は、多数の侍女を従へ、白玉轎を準備して待ってゐ

84 심통 맞은 후처 : 심청이 투신한 이후의 용궁생활과 심봉사의 정황이 번역되어 있다.

ると果してその刻になって白玉の如き一人の少女が水に落ちた。そこで皆の仙女は之を保護して白玉轎にのせると、沈淸は初めて気がついて、

『私は塵世の賤しい者です。どうして竜宮の轎になど乘れませう。』

皆の仙女は、

『これは、実は上帝の命でありますから、遠慮をしないで乗って下さい。もし遅くなりますと四海竜王が罪に當りますから。』

と親切にいふので、沈淸も仕方なく白玉轎に乗って、水晶宮へと向った。

이리하여 사해의 용왕은 다수의 시녀를 시켜 백옥의 가마를 준비하여 기다리게 했는데, 과연 그 시각이 되니 백옥과 같은 한 사람의 소녀가 물에 빠졌다. 그리하여 모든 선녀들이 이를 보호하여 백옥 가마에 태우자, 심청은 처음으로 정신을 차렸다.

"저는 속세의 미천한 사람입니다. 어떻게 용궁의 가마에 태우시는 것입니까?"

모든 선녀들은,

"이것은 실은 상제의 명령이므로 사양하지 말고 타십시오. 혹 늦어지면 사해용왕이 벌을 내리실 테니까요."

하고 친절하게 말하기에, 심청도 어쩔 수 없이 백옥 가마에 타고 수정궁으로 향하였다.

天上の仙官や仙女は、沈淸を見ようとて、鶴に乗ったりして集まって来る。又靑衣童子や紅衣童子は、白玉轎の前後に列んで仙楽を奏しつつ、水晶宮に案内した。名にし負ふ水晶宮は、とても人界には見ら

れぬ立派さ神々しさで、琥珀の柱に白玉の礎、玳瑁の欄干、珊瑚の簾など、目も眩むばかりである。水晶宮に着いて間もなく、いろいろの御馳走が出る。これまた人界には見られぬ珍らしいものばかり、そして仙女たちは代り代りに番をして、片時も沈清の傍を離れず、懇ろにもてなした。

천상의 선관(仙官)과 선녀(仙女)는 심청을 보려고 학을 타거나 하여 모여들었다. 또한 청의동자(青衣童子)와 홍의동자(紅衣童子)는 백옥 가마 앞뒤로 줄을 지어 선악(仙樂)을 연주하며 수정궁으로 안내하였다. 유명한 수정궁은 인간세계에서는 볼 수 없는 훌륭함과 신성함으로[장식되어 있는데], 호박 기둥에 백옥 주추, 대모(玳瑁)[85] 난간, 산호 주렴 등 눈이 부실 정도이다. 수정궁에 도착하여 얼마 되지 않아, 여러 가지 호화로운 식사가 나왔다. 이것 또한 사람 세계에서는 볼 수 없는 것들 뿐, 그리고 선녀들은 교대로 당직을 하여 한시라도 심청의 곁을 떠나지 않고 정중하게 대접하였다.[86]

武陵村の張丞相夫人は、沈清に別れてから、いたく名残の惜まれて、畫像を出しては壁に掛け、掛けては打眺めて慰めてゐたが、ある日忽ち畫像が黒くなって水が流れたので、夫人は今更のやうに悲しく、

『ああ、とうとう沈清は死んだか。』

85 대모: 거북이 종에 속하며 대부분 열대 바다에서 서식한다. 모양은 바다 거북이를 닮았으며, 앞다리가 길고 13개의 등껍데기는 물고기의 비늘과 같이 연결되어 있다. 노란색에 검은 점이 있는데, 이를 부드럽게 손질해서 다양한 공예품을 만들기도 한다(金沢庄三郎編, 『辞林』, 三省堂, 1907).

86 원문의 수정궁에서 보이는 인물 및 풍경 묘사는 축약된 것이다.

と言って泣き出した。が、暫くすると、畫像の色は元の色に帰り、水もなくなったので、夫人は心の中に、

『或は人に助けられたのかも知れぬ。』

と言って、幾分か安心をした。

> 무릉촌의 장승상 부인은 심청과 헤어지고 나서 몹시 아쉬워하며[87], 화상을 꺼내서는 벽에다 걸어두고는 바라보면서 위로하였는데, 어느 날 갑자기 화상이 검어지고 물이 흘러내렸다. 부인은 새삼스럽게 슬퍼하며,
>
> "아아, 마침내 심청이 죽었단 말이냐?"
>
> 고 말하며 울기 시작했다. 하지만 잠시 있다가 화상의 색은 원래의 색으로 돌아오고 물도 없어져서 부인은 마음속으로,
>
> "어쩌면 사람에게 구조되었을지도 모르겠구나."
>
> 라고 말하고, 어느 정도 안심을 하였다.[88]

が、たとひ沈淸は人に助けられても、どうせ死ぬにちがひないと諦らめて、その夜三更に侍女を連れて、渡船場に出た。奇麗な場所を選んで、酒や果物など祭品を並べて、沈淸の魂魄を慰めるべく、祭文を讀んだ。

---

87 아쉬워하며: 일본어 원문은 '名残'이다. 일이 끝난 후에도 계속해서 남아 있는 마음을 뜻한다. 혹은 여운(餘韻), 여정(餘情)으로 표현되기도 한다(松井簡治·上田万年編, 『大日本国語辞典』03, 金港堂書籍, 1917).

88 어느 정도 안심을 하였다 : 원문에서 장승상 부인은 그림의 변화를 보고 '누군가에게 구출을 받았나'라는 생각을 한다. 하지만 번역문처럼 '장승상 부인이 안심을 했다'라는 표현은 없다.

『沈清よ、沈清よ、父の眼をあけさせようとして、死を期して水鬼になる事を甘受した沈清よ、汝の孝は実に後世の模範たるものではあるが、汝の境遇はまことに同情に堪へない。天は何うして汝を一旦人界に下しながら忽ちその生を奪ったか。鬼神は何うして死ぬる汝を助けないのか。死ぬるほどなら生れなければよかったに。別れるほどなら逢はなければよかったに。生きての別れほど悲しいものはない。晦日にもならずに月が虧け、春も暮れずに花が散る。梧桐にかかってゐる月は恰も汝の顔のやうであり、露に濕れた花は恰も汝の姿である。汝と別れた此の身は昼夜愁心のみ。ここに於て一杯の酒を以て汝を慰む。靈あれば享けよ。』

祭文を読み終って焚香再拜をした。かくて祭物を江の中へ投げ込み、心ゆくばかり痛哭した。その翌日は更に江の側に望女臺を設け、時々その臺に登って沈清を思ひ出すのであった。

하지만 가령 심청이 사람에게 구조되었다고 하더라도 어차피 죽을 것임에 틀림없기에 포기하고, 그날 밤 삼경에 시녀를 데리고 나루터로 갔다. 깨끗한 장소를 골라서 술과 과일 등 제수용품을 늘어놓고 심청의 원혼을 위로하는 제문을 읽었다.

“심청아, 심청아. 아버지의 눈을 뜨게 하기 위해서 죽음을 약속하고 물귀신이 되는 것을 감수한 심청아, 너의 효는 실로 후세의 모범이 되겠지만, 너의 처지는 참으로 동정을 하지 않을 수 없구나. 하늘은 어찌하여 너를 일단 인간세계에 내려오게 하고는 금방 그 생을 빼앗아 갔단 말이냐? 귀신(鬼神)[89]은 어찌하여 죽어가는 너를 도와주지 않느냐? 죽을 것이라면 태어나지 않았으면 좋았을 텐데. 헤어질 것이라면 만나지 않았으면 좋았을 텐데. 살아서의 이별만큼 슬픈 것은 없다. 그믐날도 되지 않았는데 달이 기울었고, 봄이 지나지 않았는데 꽃이 떨어졌다. 오동나무에 걸린 달은 마치 너의 얼굴과 같고, 이슬에 젖은 꽃은 마치 너의 모습과 같다. 너와 헤어진 이 몸은 밤낮으로 근심하는 마음뿐. 이에 한 잔의 술로 너를 위로하고자 한다. 영혼이 있다면 받아 주거라."

제문을 다 읽고 분향재배를 했다. 이리하여 제수용품을 강 속에 던지고 마음 가는 대로 통곡하였다. 그 다음 날 또한 강의 한 쪽에 망녀대(望女臺)를 설치하여, 때때로 그 대에 올라가서 심청을 생각하였다.

沈鶴圭は沈清と別れて、一時殆ど死なんばかりであったが、洞中の保護によって、辛うじて餘命を保った。洞中の人々は沈清の水鬼になったことを憫み、張丞相の夫人が設けた望女臺の傍らに墮涙碑を立てて、左の詩をその碑に彫りつけた。

심학규는 심청과 헤어지고, 한때는 거의 죽은 거나 마찬가지였지만, 마을 사람들의 보호로 다행히 남은 목숨을 보존하였다. 마을사람들은 심청이 물귀신이 된 것을 불쌍히 여기어, 장승상 부인이 설치한 망녀대 옆에 타루비(墮涙碑)를 세워서 다음과 같은 시를 그 비에 새겨 넣었다.

心為其親雙眼瞎

89 귀신: 귀신 혹은 우악하고 사나운 사람을 뜻한다. 또는 죽은 사람의 영혼을 뜻하기도 한다(棚橋一郎·林甕臣編,『日本新辞林』, 三省堂, 1897).

殺身成孝謝竜宮
烟波萬里深々碧
江草年々恨不窮

앞 못 보는 아버지 위하는 마음으로
몸을 버려 효를 다하여 용궁으로 갔네.
푸르고 푸른 바다 만 리 길에
봄풀은 해마다 다시 돋고 한은 끝이 없네.[90]

此の碑を見るもの皆涙を流さないものはなかった。

이 비를 보는 모든 사람들이 눈물을 흘리지 않는 자가 없었다.

その後桃花洞では、例の船人から受取った金や穀物を沈鶴圭の生計費に充て、それぞれに保護を加へてやったので、鶴圭の家計は段々ゆたかになっていった。処がその近所に、パントクの母と呼ばれる品行の悪い女があった。鶴圭の家計の豊かになったことを知ると、自ら進んで妾になり、色々の悪事を企てようとした。元来素行の悪い女であったが、鶴圭の妾となってからは、あらゆる贅沢な真似をした上に、酒を飲んだり喧嘩をしたり鶴圭の世話はおろか、御飯一つ炊くことさへ滅多にしないのであった。それでも鶴圭は、女の色香に溺れて

90 원문의 "심위기친쌍안할(心為其親雙眼瞎)ᄒᆞ야 / 살신셩효샤룡궁(殺身成孝謝竜宮)을 / 연파만리심심벽(烟波萬里深深碧)ᄒᆞ니 / 강초년년한불궁(江草年年恨不窮)을."에서 한시문을 뽑아 풀이하지 않고 그대로 제시했다.

ゐたので、萬事をパントクの母に任せ、一切干渉をしなかった。かくて日一日、鶴圭の家計は苦しくなった。

그 후 도화동에서는 일전의 뱃사람들로부터 받은 돈과 곡물을 심학규의 생계비로 충당하여 각각 보호를 더하였기에, 학규의 가계는 점점 풍요로워졌다. 그런데 그 이웃에 빵독어미[91]라 불리는 품행이 나쁜 여인이 있었다. 학규의 가계가 풍요로워졌다는 것을 알자, 스스로 나아가서 첩[92]이 되어 여러 가지 나쁜 일[93]을 도모하고자 하였다. 원래 소행이 나쁜 여인이었는데, 학규의 첩이 되고부터는 온갖 사치를 따라하고 술을 마시거나 싸움을 하거나 하며, 학규의 보살핌은커녕 밥을 짓는 것도 좀처럼 하지 않았다.[94] 그래도 학규는 여인의 빛깔과 향기에 빠져 있었으므로, 모든 일을 빵독어미에게 맡기고 일절 간섭을 하지 않았다. 이리하여 하루하루 학규의 생계는 어려워졌다.

ある日鶴圭はパントクの母に向ひ、

『此の頃では我が家の財産も殆どなくなって、今ではまた乞食するより外なくなったが、此の村で乞食するのも恥かしいから、何処か他の村へ移ってはどうだらう。』

と言ふと、女は

91 빵독어미(パントクの母) : 해당 원문에는 "뺑덕어미"로 되어 있고, 번역문에는 가타카나(カタカナ) 표기로 인물명이 제시되었다.

92 첩: 소실, 첩, 측실의 뜻을 나타낸다(金沢庄三郎編, 『辞林』, 三省堂, 1911).

93 나쁜 일: 일본어 원문은 '悪事'다. 도덕에 반한 행위라는 뜻이다(棚橋一郎·林甕臣編, 『日本新辞林』, 三省堂, 1897).

94 뺑덕어미의 악행은 원본에 비해 간략히 제시된 것이다.

『一旦人の妻となった以上は、何処までも夫の命に從ふのが當然であ りますから、千里が萬里でも、私はお供いたします。』

『それは勿論さ。ところで此の村に借金はなからうか。』

『少しあります。』

『いくらほどあるか。』

『酒屋の酒代が四十両あります。』

鶴圭は呆れ返って、

『随分よく飲んだね、それだけか。』

『向ふの村の飴屋に飴代が三十両あります。』

『よく食べたね。』

『それに煙草代が五十両あります。』

『そんなに煙草を吸ったかね。それから。』

『油代が二十両。』

『油代とは何の油だ。』

『化粧用の油です。』

流石の鶴圭もこれには少し腹を立てたが、今更致方ないと思って、ある限りの家財を売り拂ひ、借金を拂って、僅かの旅費をふところに、二人手を取って処定めず出掛けるのであった。

어느 날 학규는 뺑독어미를 향하여,

"요즘은 우리 집의 재산도 거의 없어져서 지금은 다시 동냥을 하는 수밖에 없소. 하지만, 이 마을에서 동냥을 하는 것도 부끄러운 일이니, 어딘가 다른 마을로 옮기는 것은 어떠하오?"

라고 말하자 여인은

"일단 남의 처가 된 이상은 어디까지나 남편의 명을 따르는 것이 마땅하므로, 천 리가 만 리일지라도 저는 함께 하겠습니다."

"그것은 당연하다. 그런데 이 마을에 빚은 없소?"

"조금 있습니다."

"어느 정도 있소?"

"술집의 술값이 40 냥 정도 있습니다."

학규는 기가 막혀서,

"상당히 마셨구려. 그것뿐이오?"

"건너 마을의 엿 가게에 엿 값이 30 냥 있습니다."

"잘도 먹었구려."

"그리고 담배 값이 50 냥 있습니다."

"그렇게 담배를 피었소? 그리고?"

"기름 값이 20 냥."

"기름 값은 무슨 기름이오?"

"화장품용 기름입니다."

과연 학규도 이것에는 조금 화가 났지만, 이제 와서 어찌할 수가 없다고 생각하여 있는 대로 가재도구를 팔아서 빚을 갚고 얼마간의 여비를 지니고 두 사람 손을 잡고 [갈]곳을 정하지 않고 길을 나섰다.

(七) 天人靈動す出天の大孝

(7) 천인령을 움직이는 출천대효[95]

---

95 천인령(天人靈)을 움직이는 출천대효 : 심청의 환세 이후 작품의 대단원인 부녀상봉, 심봉사의 개안까지가 번역되어 있다.

話變って沈清は、相變らず水晶宮に居たが、ある日、玉真夫人が見えるといふので、沈清は誰とも知らずに出迎へた。五色の彩雲空中に飛び、仙楽の声水晶宮を震動して、青鶴や白鶴が左右に並び、前には天上の仙女、

後には竜宮の仙童、中に在って玉真夫人は靜々と轎の中から立ち現はれ、

『沈清よ、汝の母の私が来たよ。』

> 이야기가 바뀌어[96] 심청은 변함없이 수정궁에 있었는데, 어느 날 옥진부인(玉眞婦人)이 오신다고 하기에 심청은 누군지도 모른 채 마중을 나갔다. 오색의 아름다운 구름이 공중에 날아다니고, 선악의 소리가 수정궁을 진동하며, 청학과 백학이 좌우에 줄지어, 앞에는 천상의 선녀, 뒤에는 용궁의 선동, 가운데에 있는 옥진부인이 조용히 가마에서 나타나,
>
> "심청아, 너의 어미인 내가 왔다."

沈清は、喜んで飛び付くやうに、玉真夫人の前に来て、

『お母様』

と言ふなり首に抱きついた。

『ああお母様、あなたは私を生んで一週間にもならない内におかくれになって、その後私はお父様のお蔭で十五の年まで生きてゐました

96 이야기가 바뀌어 : 원문에는 "그써에" 정도의 구분표지만 있다. 이는 번역문에만 있는 독자를 위하여 심봉사의 정황 및 뺑덕어미 삽화를 제시한 후, 심청의 용궁생활로 초점이 이동해줌을 알려주는 표지이다.

が、つひにお母様のお顔を知らず残念に思ってゐました。今日圖らずお目にかかって嬉しさはたとへやうもありません。けれども一人のお父様は一』

と言って、感激を禁ずることができなかった。

심청은 기뻐서 날아갈 듯, 옥진부인 앞으로 와서,

"어머니"

라고 말하며 목을 안았다.

"아아, 어머니. 그대는 저를 낳고 1주일도 되지 않아 돌아가셔서 그 후 저는 아버지 덕분에 15세까지 살 수가 있었습니다만, 결국 어머니의 얼굴을 몰라서 유감스럽게 생각했습니다. 오늘 뜻밖에도 만나 뵙게 된 기쁨을 비유할 바가 없습니다. 하지만 홀로 계신 아버지는…"

라고 말하며 감격을 금할 수가 없었다.

かくて玉真夫人と共に樓上にのぼり、沈清は母の膝に抱かれたり、乳房を撫でたりしながら、嬉し泣きに泣いた。夫人も沈清の背をさすりつつ、

『沈清よ、お泣きでないよ。私はそなたを生んでから、上帝の命令で急いで世を別れたが、盲目のお父様はその後さまざまに苦労して、そなたをこれほどまでに養育された。顔と云ひ笑ふ様子と云ひ、お父様に能く似てゐること。今はお父様もお年を寄られたであらう。』

沈清は父が苦労をしたことや、自分が七つの歳から村々を廻って乞食して歩いたことや、張丞相夫人に呼ばれて別れる時には畫像まで書いてもらったことを、一々夫人に告げた。夫人は張丞相夫人を賞めた

たへた。

이리하여 옥진부인과 함께 마루에 올라가서, 심청은 어머니의 무릎에 안기기도 하고 가슴을 만지기도 하면서 기쁜 눈물을 흘렸다. 부인도 심청의 등을 쓰다듬으면서,

"심청아, 울지 마라. 나는 너를 낳고 상제의 명령으로 급히 세상을 떠났다만, 맹인인 아버지는 그 후 온갖 고생을 하여 너를 이처럼 키우셨구나. 얼굴도 그렇지만 웃는 모습도 아버지를 꼭 닮았구나. 지금은 아버지도 연세가 드셨겠구나."

심청은 아버지가 고생하신 것과 자신이 7살부터 마을 곳곳을 돌아다니며 동냥을 하러 다닌 것, 장승상 부인에게 불려가서 헤어질 때에는 화상마저 그려 받은 것을 일일이 부인에게 알렸다. 부인은 장승상부인을 칭찬하였다.

その後幾日かの間、夫人は沈清と共に水晶宮に泊ったが、ある日夫人は沈清に向ひ、

『そなたとまた別れることはつらいけれど、玉皇上帝の命令があって、永くは居られない。で、今日は私は帰ります。それからそなたは知らないだらうが、遠からずそなたはお父様に再び逢ふ機会があるから。』

沈清は意外な面持で、

『ああお母様、私はもうこれから永くお母様のお側に居られることと思ってゐましたのに。』

と言ったが、玉真夫人は沈清の手を握ったまま、悲しい顔をして別

れを告げ、空中に向って去った。

그 후 며칠간 부인은 심청과 함께 수정궁에 머물렀지만, 어느 날 부인은 심청을 향하여,

"너와 다시 헤어지는 것은 슬프다만, 옥황상제의 명령이 있어서 오래는 있지를 못 한다. 그래서 오늘 나는 돌아간다. 그리고 너는 모르겠지만 머지않아 아버지를 다시 만날 기회가 있을 것이다."

심청은 뜻밖의 표정으로,

"아아, 어머니, 저는 이제부터는 오래도록 어머니 곁에서 있을 수 있다고 생각했습니다만."

라고 말하였지만, 옥진부인은 심청의 손을 잡은 채 슬픈 얼굴을 하고 이별을 알리며, 하늘을 향하여 사라졌다.

玉皇上帝は沈清を憫れに思ぼされ、更に四海竜王に命じていふ。

『大孝の沈清を玉蓮花の中に入れて、元の臨堂水に返せよ。』

四海竜王は上帝の命によって、沈清を玉蓮花の中に入れ、臨堂水に戻らうとする。各仙女は沈清に向ひ、

『あなたは出天の大孝でありますから、再び人界に出られます。どうぞ富貴榮華をお享けなさい。』

『難有うございます。』

옥황상제는 심청을 불쌍하게 생각하여, 또한 사해용왕에게 명하여 말하기를,

"효성스러운 심청을 옥련화(玉蓮花) 속에 넣어서 원래 임당수로

돌려보내 주어라."

사해용왕은 상제의 명령에 의해 심청을 옥련화 속에 넣어 임당수로 돌려보내고자 하였다. 각 선녀는 심청을 향하여,

"그대는 출천대효이므로, 다시 인간세계에 나갈 수 있습니다. 아무쪼록 부귀영화를 누리십시오."

"감사합니다."

すると何時の間にやら、竜王や仙女は一人残らず去って、沈清一人蓮花の中に坐ったまま漂流した。やがて一処へ着いて能く見ると、そこは臨堂水であった。

그러자 눈 깜짝 할 사이에, 용왕과 선녀는 한 사람씩 남김없이 사라지고, 심청 홀로 연화 속에 앉은 채로 표류하였다. 이윽고 한 곳에 도착하여서 자세히 보니, 그곳은 임당수였다.

此の時、南京の船人等は、目的地へいって大に利益を得ての帰るさ、臨堂水に至って沈清の霊を慰めるため、いろいろの祭品を並べて祭りをした。一人の船頭はいふ、

『出天大孝の沈清様がなくなられたのは、実に残念でもあり可哀想でもあります。我が一行は其後あなたのお蔭で萬金の利を得、今や故国に帰りますが、あなたの霊魂が人界に帰る日のないのは、残念に堪へません。途中桃花洞に寄って、あなたのお父様が無事に居られるかどうかを伺ふ筈ですどうぞ安心して極楽世界においでになることを祈ります。』

とて、二十四名の船人一同痛哭した。

이때 남경의 뱃사람들은 목적지에 가서 크게 이익을 얻고 돌아가면서, 임당수에 이르러 심청의 혼령을 위로하기 위해 온갖 제수용품을 늘어놓고 제사를 지냈다. 뱃사람 한 명이 말하기를,

"출천대효 심청이 죽은 것은 실로 유감스럽고 가여운 일입니다. 우리 일행은 그 후 그대 덕분에 만금의 이익[97]을 얻어서 지금 고향으로 돌아갑니다만, 그대의 영혼이 인간 세상에 돌아가는 일이 없는 것이 유감스러워 감당할 수 없습니다. 도중에 도화동에 들리어 그대의 아버지가 무사히 계신지 어떤지를 물어 보려고 합니다. 아무쪼록 안심하여 극락세계에 계실 것을 기도합니다."

라고 말하며, 24명의 뱃사람 일동이 통곡하였다.

ふと海上を眺めると、今までなかった一枝の花が水上に浮んで来るので、船人は怪しみ、

『あの花は何の花だらう。天上の月桂花か、瑤地の碧桃花か、これは疑ひなく沈清様の魂魄であらう。』

と言ひ合ってゐる中に、五色の彩雲が集まって、中から青衣の仙官が現はれ、声を大きくして言ふ。

『海上に居る船人たちよ。今そこに浮んで来る花は、天上の蓮花である。それを大切に取って汝の国の天子に献げよ。もし粗まつにせば汝等は直ぐ水鬼になるぞ。』

---

97 원문에는 억 십만 냥으로 되어 있다.

船人等は大に恐れ、その花を船の中に安置し、周圍に幕を張って出帆した。順風そよそよと吹いて、間もなく船は海岸に着く。

문득 해상을 바라보니, 지금까지 없었던 한 줄기의 꽃이 물 위에 떠올랐다. 뱃사람들이 괴이하게 여기어,

"저 꽃은 무슨 꽃이냐? 천상의 월계화(月桂花)냐? 요지(瑤地)의 벽도화(碧桃花)냐? 이것은 의심할 여지없이 심청의 넋일 것이다."

라고 서로 말하는 사이에, 오색 아름다운 구름이 모여서 속에서 푸른 옷을 입은 선관이 나타나더니, 소리를 크게 말하였다.

"해상에 있는 뱃사람들이여. 지금 그곳에 떠있는 꽃은 천상의 연화다. 그것을 소중히 다루어 너의 나라의 천자에게 바치어라. 혹 소홀히 다루면 너희들은 바로 물귀신이 될 것이다."

뱃사람들은 크게 놀라, 그 꽃을 배 가운데에 안치하여 주위에 막을 붙여서 출범하였다. 순풍은 산들산들 불고 얼마 되지 않아 배는 해안에 도착하였다.

此の時王樣は王后を亡くし、心楽しまず。いろいろの珍らしい花卉を求めて花園を作り、自ら慰めるに過ぎなかった。そこへ船人等が珍らしい花一枝を献上したから、王はひどく喜び、それを玉の盤に載せてしきりに賞美せられた。

이때 왕은 왕후를 잃고 마음을 즐기지 못하고 있었다. 온갖 신기한 화초를 구하여 화원을 만들었는데, 스스로를 위로하기 위함이었다. 그러던 차에 뱃사람들이 신기한 꽃 한 송이를 헌상하였기에, 왕

은 굉장히 기뻐하며 그것을 옥쟁반에 올려서 계속해서 아름다움을 감상하였다.

ある日、王様の夢に、蓬萊の仙官が鶴に乗って降りて来て、言ふ、『王后の崩御につき、玉皇上帝に於ては、再び縁を結ばせ給ふにより、左様御承知あれ。』

王は目がさめてから、例の花の周りを散歩して居ると、不思議にも今まであった花はなくなって、その代りに立派なお姫様が坐って居るのを見た。王は喜んで、

昨日瑤花盤上寄　今日仙娥下天来

と一詩を賦し、宮女に命じて姫を宮中の一室に案内させて、翌日詔勅を以て之を廟堂に告げた。かくて三台六卿を集合して、之を王后とするの議を謀ると、一同皆賛意を表したので、天子は直ちに盛んなる結婚式を挙げ、

沈清を王后に封じ、皇極殿に居らしめた。

어느 날 왕의 꿈에 봉래 선관이 학을 타고 내려 와서 말하기를,

"왕후가 돌아가시고 옥황상제께서는 다시 인연을 맺을 것이니 그렇게 아십시오."

왕은 꿈에서 깨어나서 일전의 꽃 주변을 산책하다가, 지금까지 있었던 꽃이 사라지고 희한하게 그 대신에 훌륭한 공주가 앉아 있는 것을 보았다. 왕은 기뻐하며,

어제 고운 꽃이 상 위에 놓였더니,

오늘은 선녀가 하늘에서 내려왔구나.

라며 시 한구를 읊조리고, 궁녀에게 명하여 공주를 궁중의 한 방으로 안내하여, 다음 날 조칙(詔勅)으로 이것을 조정에 알렸다. 이리하여 삼대육경(三台六卿)을 집합하여 이(심청)를 왕후로 삼겠다는 계획을 논의하자 일동은 찬성을 표하였다. 이에, 천자는 곧 바로 성대한 결혼식을 올리어 심청을 왕후로 봉하고 황극전(皇極殿)에 거처하게 하였다.

沈王后は盲目の父のことが常に心にかかり、『ああ気の毒な父はまだ生きて居らるるだらうか。或は私の死んだのを心配して最早此世に居られぬのではなからうか。また佛様が果して靈驗あって、その後眼をあけて下さったか。』

と、絶えず歎息をしてゐた。天子は王后の様子を見て、

『卿は何か心配なことでもあると見えるが、何うかしたか。』

王后恭しく、

『私の身分は竜宮のものではございません。実は黄州郡桃花洞に住へる沈鶴圭といふものの娘でございます。父は盲目でありまして、それを私は一生の憾みとし、何とかして眼をあけたいと思って、米三百石に身を売って臨堂水に入ったのですが、幸に竜王のお蔭で再び人界に生れ、而も一国の王后とまでなりました。私の幸福は此の上ありませんが、父の事が時々心にかかってなりませぬ。』

『卿の孝心は感ずるに餘りある。それでは早速盲人の宴を設けて、全国の盲人を集めて見よう。卿は一々點呼して御覧。』

심황후는 맹인인 아버지의 일이 항상 마음에 걸려,

"아아, 불쌍한 아버지는 아직 살아 계실까? 혹은 내가 죽은 것을 걱정하여 이미 이 세상에 계시지 않는 것일까? 또한 부처님이 과연 영험하여 그 후 눈을 뜨게 해 주셨을까?"

라며 끊임없이 탄식을 하였다. 천자는 왕후의 모습을 보고,

"그대는 무슨 걱정이라도 있는 듯 보이는데 무슨 일이냐?"

왕후는 정중하게,

"제 신분은 용궁사람이 아닙니다. 실은 황주군 도화동에 살고 있는 심학규라는 사람의 딸입니다. 아버지는 맹인이기에 그것을 저는 일생의 한으로 여겨, 어떻게 해서든 눈을 뜨게 해 드리고 싶어서, 쌀 3백 석에 몸을 팔아서 임당수에 들어갔습니다. 하지만, 다행이 용왕 덕분에 다시 인간 세계에 태어났고, 게다가 일국의 왕후가 되었습니다. 저의 행복은 이보다 더 좋을 것이 없을 것입니다만, 아버지의 일을 생각하면 때때로 신경이 쓰이지 않을 수 없습니다."

"그대의 효심은 너무나도 감동적이다. 그렇다면 곧 바로 맹인을 위한 잔치를 열어, 전국의 맹인을 불러 보겠다. 그대는 일일이 점호(點呼)하여 보아라."

かくて月の十五日に、全国の盲人を集めるやう、命を下した。此の時沈鶴圭は、沈清のことを思ひ出して渡船場に往き、

『沈清よ、お前はとうとう水鬼となったとか。もし黄泉にいってお母様に逢ったら、二人相談して私も早く連れていってお呉れ。』

と泣いて居る処へ、黄州郡衙の使令が来て、

『もしもし沈鶴圭様、あなたは郡衙に呼ばれましたから一緒に参りませう。』

『私は何も悪い事をした覚えもありませんが、』

『実は王様が全国の盲人をお集めになるのです。』

沈鶴圭は使令について郡衙へ往った。

『京師で盲人宴会を開かれるのだから早く往って見るがいい。』

『私は御覧の通りの貧乏で、衣服も汚れ、旅費とてもありません。』

이리하여 [그]달 15일에 전국의 맹인을 부르게 하도록 명령을 내렸다. 이때 심학규는 심청의 일을 생각하여 나루터에 가서,

"심청아, 너는 결국 물귀신이 되었느냐? 혹 황천에 가서 어머니를 만났다면 두 사람 의논하여 나도 빨리 데리고 가 주거라."

며 울고 있는데, 황주 군위(郡衙)의 사령(使令)이 와서,

"여보세요, 심학규 씨. 그대는 군위의 부름을 받았으니 함께 갑시다."

"저는 아무런 잘 못도 한 기억이 없습니다만."

"실은 임금님이 전국의 맹인을 부르신다고 합니다."

심학규는 사령을 따라 군위로 갔다.

"서울에서 맹인을 위한 연회를 연다고 하니 어서 가 보는 것이 좋겠다."

"저는 보시는 바대로 가난하여 의복도 더럽고 여비도 없습니다."

郡衙から旅費や衣物を支給してもらって、沈鶴圭は一旦家に帰った。パントクの母にその事を告げ

『お前は暫く留守をしてゐて呉れ』

といふと、

『女必從夫といひますから、私もお伴いたします。』

『それでは一緒に往かうか。処で旅費がなくてはならぬから、金進士宅に預けておいた金三百両を取って来なさい。』

『ああ、あれは疾くに私が取って費ひましたよ。』

沈鶴圭は呆れて、

『それでは李長者の家に預けた金は？』

『それも餅代に拂ひました。』

군위로부터 여비와 옷을 지급받아 심학규는 일단 집으로 돌아갔다. 빵독어미에게 그 일을 알리고,

"너는 잠시 집을 지키고[98] 있거라."

고 말하니,

"여필종부라고 하니 저도 함께 하겠습니다."

"그렇다면 함께 가자꾸나. 그런데 여비가 없으면 안 되는 것을, 김진사 댁에 맡겨둔 돈 3백 냥을 받아 오시게나."

"아아, 그것은 이미 제가 받아썼습니다."

심학규는 기가 막혀서,

"그렇다면 이장자 집에 맡겨둔 돈은?"

"그것도 떡값으로 써버렸습니다."

鶴圭はいよいよ呆れて、

『コラ、お前は実に呆れた女だな。その金はお前も知っての通り、娘

98 집을 지키고: 일본어 원문은 '留守'다. 천자가 궁을 비운 사이에 궁을 지키는 사람, 주인이 외출한 사이 그 집을 지키는 사람, 혹은 부재중이라는 뜻으로 사용한다(金沢庄三郎編, 『辞林』, 三省堂, 1907).

が臨堂水に身を投げた時、船人から貰った金ぢゃないか。それをお前は皆餅代や杏代に使ってしまったとは、一體どうしたことか。』

『それは私も知ってゐますが、食べたくて仕方がなかったから食べたのです。』

と言って愛嬌笑ひを作りながら

『どうしたことか私は前月から月經が見えないのですが、近頃になって頻りに酸っぱいものばかり食べたくて、御飯はちっとも欲しくありません。』

鶴圭は女が妊娠したかと心の中に喜び、

『それは多分妊娠だらう。しかし餘り酸っぱいものばかりたべると體にわるいぞ。』

と言って、それきり黙ってしまった。

학규는 마침내 기가 막혀서,

"이년, 너는 실로 기가 막힌 여인이다. 그 돈은 너도 알고 있듯이, 딸이 임당수에 몸을 던질 때 뱃사람들로부터 받은 돈이 아니냐? 그것을 너는 모두 떡값과 살구 값으로 써버렸다는 것은 도대체 어찌된 일이냐?"

"그것은 저도 알고 있습니다만, 먹고 싶어서 어쩔 수 없이 먹었습니다."

라고 말하고 애교 웃음을 짓고는,

"어찌된 일인지 저는 지난달부터 월경이 보이지 않습니다만, 근래에는 자주 신 음식이 먹고 싶고 밥은 전혀 먹고 싶지가 않습니다."

학규는 여인이 임신하였다고 생각하여 마음속으로 기뻐하며,

"그것은 아마도 임신이구나. 하지만 너무 신 음식만 먹으면 몸에 안 좋다."

라고 말하고, 더 이상 아무 말도 하지 않았다.

かくて二人は京師に向って出発した

パントクの母は考へた。

『沈鶴圭について京師へ往ったところで何もならない。また帰って来たら乞食になるより仕方がないのだらうから、いっそ早く代りの男を見付けよう。』

旅人宿の主人に話して代りの男の周旋を頼み、その夜沈鶴圭の旅費を全部盗んで逋げてしまった。

沈鶴圭は斯くとも知らず、朝起きて

『さア、早く出発しよう。餘り寝過ぎるぢゃないか。』

と言ったが、もう早や二三里も逋げてしまったものが返事をする筈もない。續いて呼んだが答へがないので、鶴圭は初めて気付き、旅費を包んだ風呂敷を探って見ると見當らない。

『ああ、実に情けない女だ。最初女必從夫といって、一緒に此処まで来ながら、今更逋げ出すとは何といふことだ。私は誰の案内で京師に往くのか。帰って来て誰に養ってもらふのか。』

更に考へ直して、

『ああもう止さう。あんな女を思ふのは私が間違ってゐるのだ。郭夫人や沈清に別れて、今また生きてゐたのさへ不思議な位だ。あんな女がゐないだって困ることはない。』

이리하여 두 사람은 서울로 향하여 출발하였다.

빵독어미는 생각하였다.

"심학규를 따라 서울로 간다고 해도 아무런 좋은 일도 없을 것이다. 다시 돌아오면 동냥을 하는 수밖에 다른 방법이 없으니, 조금이라도 빨리 다른 남자를 찾자."

[그리하여]여인숙 주인과 이야기하여 다른 남자의 주선을 부탁하고, 그날 밤 심학규의 여비를 전부 훔쳐서 달아나버렸다.[99]

심학규는 그런 줄도 모르고, 아침에 일어나서,

"자, 빨리 출발합시다. 너무 늦게까지 자는 것이 아니오?"

라고 말하였지만, 어느덧 2-3리나 달아나 버렸기에 대답을 할 리가 없었다. 계속해서 불렀지만 대답이 없기에 학규는 그제야 알아차리고, 여비를 싸둔 보자기를 찾아보았으나 보이지가 않았다.

"아아, 실로 한심한 여인이로구나. 처음에 여필종부라고 하여, 함께 여기까지 와서는 이제 와서 달아나는 것은 무슨 일이냐? 나는 누구의 안내로 서울로 가야한다는 말이냐? 돌아와서는 누가 봉양해 줄 것이냐?"

다시 생각하여,

"아아, 그만 하자. 그런 여인을 생각하는 것은 내가 잘못한 것이다. 곽부인과 심청과 헤어지고 지금 다시 살아 있는 것조차 신기할 정도이다. 그런 여인이 없더라도 곤란할 일은 없을 것이다."[100]

---

99 원문에서 서울로 올라가는 심봉사 외양묘사의 모습, 뺑덕어미와 황봉사와 관련된 삽화가 생략되었다.

100 원문의 심봉사 목욕 후 의관구걸삽화, 안씨맹인 삽화, 방앗간 삽화를 모두 생략하였다.

やがてさまざまに辛苦を嘗めて京師に着いた。各道各郡から集まって来た盲目どもの数は何萬とも知れず、京師はすべて盲目の人を以て満たされたかのやうであった。旅費をさらはれてしまった沈鶴圭は、立派な宿屋に入ることもできず、他の盲人共の居る近処で乞食するより外なかった。

奉命軍使は令旗を廻はして歩きながら、

『各道各郡の盲人達よ、宴会は今日でお終ひだから、まだ参列しない人は早く往けよ。』

と声高に言ふ。沈鶴圭は急いで宮中へと向って往った。

마침내 온갖 고생[101]을 겪고 서울에 도착하였다. 각 도 각 군으로부터 모여든 맹인들의 수는 몇 만인지를 알 수 없고, 서울은 모두 맹인으로 가득 찬 듯했다. 여비를 도둑맞은 심학규는 훌륭한 여관에 들어가는 것도 할 수 없고, 다른 맹인들과 함께 있는 근처에서 동냥을 하는 수밖에 없었다. 명을 받든 군수는 영기(令旗)를 돌리며 걸으면서,

"각 도 각 군의 맹인들이여, 연회는 오늘로 마지막이니, 아직 참석하지 않은 사람은 빨리 가시오."

라고 소리 높여 말하였다. 심학규는 서둘러 궁중을 향하여 갔다.

此の時沈王后は、毎日集まって来る盲人達の住所姓名を呼んでみたが、父親の名は見當らないので、ひとり欄干に倚って涙を流しながら、

『ああ父上はどうなされたか。或は眼があいて盲人の中には居られな

101 고생: 일본어 원문은 '辛苦'다. 이는 고통 혹은 걱정 등의 뜻이다(金沢庄三郎編, 『辞林』, 三省堂, 1907).

いのだらうか。お歳も七十に近いから、旅が出来ないのであらうか。それとも途中で何か故障ができたのでなからうか。』

이때 심왕후는 매일 모여 든 맹인들의 주소와 성명을 보았지만, 아버지의 이름은 보이지 않았기에 홀로 난간에 기대어 눈물을 흘리며,

"아아, 아버지는 어찌된 일이십니까? 혹은 눈을 떠서 맹인 중에는 없는 것입니까? 연세도 70세에 가깝기에, 여행이 불가능하신 것입니까? 그렇지 않으면 도중에 무언가 고장이 난 것입니까?"

かく呟きつつ、ふと末席に居る一人の盲人に眼をやった時、それが間違なく父親であることがわかった。王后は喜んで、先づその盲人に住処を云はせると、沈鶴圭は恐入りながら自分の住所姓名を答へた。

『私は黄州郡桃花洞にゐる沈鶴圭であります。年二十年にして盲目となり、四十にして妻を失ひました。娘沈清は十五の年に、私の眼をあけたさに身を船人に売って臨堂水の水鬼となりましたが、眼は遂にあかず、今更娘を殺したのが悲しくてなりません。』

とて両眼から血のやうな涙を流した。

이렇게 울기 시작하면서, 문득 말석에 앉아 있는 한 사람의 맹인에게 눈을 돌렸을 때, 그것은 틀림없이 아버지라는 것을 알았다. 왕후는 기뻐하며, 우선 그 맹인에게 살고 있는 곳을 말하게 하니, 심학규는 공손하게 자신의 주소와 성명을 대답하였다.

"저는 황주군 도화동에 있는 심학규입니다. 나이 20살에 맹인이 되었고, 40에 부인을 잃었습니다. 딸 심청은 15세에 저의 눈을 뜨게

하게 하고자 몸을 뱃사람들에게 팔아서 임당수의 물귀신이 되었습니다만, 결국 눈도 뜨지 못하고 이제 와서 딸을 죽인 것이 너무나 슬픕니다."

라고 말하고 두 눈에서 피와 같은 눈물을 흘렸다.

沈王后は、之を聞いて玉簾の中から飛び出し、

『お父様眼を開けて私を見て下さい。臨堂水に身を投げた沈清です。』

沈鶴圭は両手を出し、

『何、沈清だと、それは本當のことか。ドレ一つ顔を見せて呉れ。』

と言ふと、今まであかなかった眼が忽ち開いて、明かに青天白日を仰ぐことができた。沈鶴圭は餘りの嬉しさに茫然としてゐたが、正に眼のあいたことを知ると沈王后の手を握って、

『ああお前は本當に沈清だったか。私の眼は今開いたよ。御前の大孝に天も感じたのだ。顔は初めて見るけれど、話の声には變りがない。ああ此んな嬉しいことはない。一旦死んだものが生き返って王后となり、四十年間の盲目が一時に見え出すとは。』

と言って感極って喜び泣いた。

심왕후는 이를 듣고 옥발[을 걷고] 안에서 날라 와,

"아버지 눈을 뜨고 저를 보십시오. 임당수에 몸을 던진 심청입니다."

심학규는 양 손을 내어,

"뭐라고, 심청이라고, 그것은 정말이더냐? 어디 조금이라도 얼굴을 보여 주거라."

고 말하자 지금까지 뜨지 못했던 눈을 갑자기 뜨게 되고, 분명히 청천백일(青天白日)을 우러를 수가 있었다. 심학규는 너무나도 기뻐서 망연해 있었지만, 틀림없이 눈이 뜨인 것을 알자 심왕후의 손을 잡고,

"아아, 네가 정말로 심청이더냐? 나는 지금 눈을 떴다. 너의 효성스러움에 하늘도 감동한 것이다. 얼굴은 처음 보지만 이야기하는 목소리는 변함이 없구나. 아아, 이렇게 기쁜 일은 없을 것이다. 일단 죽은 사람이 살아와서 왕후가 되고, 40년 간 맹인으로 지냈는데 한 순간에 보이게 되다니."

라고 말하며, 감격하여 기쁨의 눈물을 흘렸다.

かくて沈王后は此の事を天子に申上げ、鶴圭を府院君に封じ、建物や田畠や婢僕を賜はり、パントクの母には重き罰を科し、夢運寺の住職には米百石と金千両を賜ひ、桃花洞の住民にはそれそれ慰労金を與へ、張丞相の夫人は宮中に喚んで、沈王后と共に暮らすこととなった。此の事やがて世の中に知れて、国民皆聖壽の萬歳を唱へ、沈王后を模範として孝子烈女となったものが多かったといふ。(終)

이리하여 심왕후는 이 일을 천자에게 아뢰었다. [천자는]학규를 부원군으로 봉하고 건물과 전답과 노비를 하사하고, 빵독어미에게는 무거운 벌을 내리고, 몽운사의 주지에게는 쌀 백석과 돈 천냥을 하사하고, 도화동의 주민들에게는 각각 위로금을 주고, 장승상의 부인은 궁중에 불러서 심왕후와 함께 살게 하였다. 이 일은 마침내 세상에 알려지게 되어, 국민 모두 성수(聖壽) 만세를 제창하고, 심왕후를 모범으로 하여 효자열녀가 되는 일이 많았다고 한다.(끝)

판소리계 소설 2

— 심청전·홍부전·토끼전 —

판소리계 소설

흥부전

미국 외교관 알렌의 〈흥부전 영역본〉(1889)

- 흥보와 놀보, 제비왕의 보은

H. N. Allen, “Hyung Bo and Nahl Bo, or, the Swallow-king’s Rewards”, *Korean Tales*, New York & London: The Nickerbocker Press., 1889.

알렌(H. N. Allen)

| 해제 |

알렌(H. N. Allen, 1858~1932)의 <흥부전 영역본>은 그의 단행본에 수록된 고소설 번역본들과 같이 분명한 하나의 저본을 선정하기 어려운 텍스트이다. 그만치 축역과 의역이 일반적인 번역지향이며 알렌의 개작이 명백한 부분들이 의당 존재한다. 일례로 놀부가 多妾無子한 것으로 설정된 점, 놀부에게 양식을 얻으러 갔다가 쫓겨난 인물이 흥부의 아들로 설정된 점, 또한 놀부가 박을 탈 때마다 사람이 등장하며 금전적 문제로 파산한다는 내용 등을 들 수 있다. 다만 흥부의 박이 4개이며, 놀부 박이

12개 등장하는 모습과 같은 작품의 서사전개양상을 감안해보면, 경판 25장본(20장본) <흥부전>을 근간으로 하여 번역된 작품이란 점을 미루어 짐작할 수 있을 따름이다. 또한 알렌의 영역본을 접했던 모리스 쿠랑은『한국서지』에서 알렌의 <흥부전 영역본>에 관해서도 관련저본을 충분히 제시할 수 있었다.

참고문헌

구자균,「Korea Fact and Fancy의 書評」,『亞細亞硏究』6(2), 1963.

오윤선,『한국 고소설 영역본으로의 초대』, 집문당, 2008.

이상현,「서구의 한국번역, 19세기 말 알렌(H. N. Allen)의 한국 고소설 번역— '민족지'로서의 고소설, 그 속에 재현된 한국의 문화」, 부산대 점필재연구소 고전번역학센터 편,『한국 고전번역학의 구성과 모색』, 점필재, 2013.

이상현,『한국고전번역가의 초상, 게일의 고전학 담론과 고소설 번역의 지평』, 소명출판, 2013.

이상현, 이은령,「19세기 말 고소설 유통의 전환과 '민족지'로서의 고소설」,『비교문학』59, 2013.

이문성,「판소리계 소설의 해외영문번역 현황과 전망」,『한국학연구』38, 2011.

임정지,「고전서사 초기 영역본(英譯本)에 나타난 조선의 이미지」,『돈암어문학』25, 2012.

조희웅,「韓國說話學史起稿—西歐語 資料(第Ⅰ·Ⅱ期)를 중심으로」,『동방학지』53, 1986.

I.

In the province of Chullado, in Southern Korea, lived two brothers. One was very rich, the other very poor. For in dividing the inheritance, the elder brother, instead of taking the father's place, and providing for the younger children, kept the whole property to himself, allowing his younger brother nothing at all, and reducing him to a condition of abject misery.

한국의 남쪽, 전라도 지방에 두 형제가 살았다. 한 사람은 아주 부자였고 다른 한 사람은 아주 가난했다. 유산을 분배할 때 형은 아버지를 대신해 어린 동생들을 부양해야 하지만 전 재산을 독식하고 동생에게 아무 것도 주지 않아 동생을 참혹하고 비참한 상태에 빠뜨렸다.[1]

Both men were married. Nahl Bo, the elder, had many concubines, in addition to his wife, but had no children; while Hyung Bo had but one wife and several children. The former's wives were continually quarrelling; the latter lived in contentment and peace with his wife, each endeavoring to help the other bear the heavy burdens circumstances had placed upon them. The elder brother lived in a fine, large compound, with warm, comfortable houses; the younger had built himself a hut

1 유산을……빠뜨렸다: 요즘에는 흥부와 놀부의 빈부 격차를 흔히 게으름과 부지런함에서 비롯된 것으로 이해하지만, <흥부전> 서두에 부모의 분재전답(分財田畓)을 형 놀부가 독차지한 결과임을 분명하게 밝혀두고 있다. 조선후기 장자 중심의 상속제도 모순과 결부된 결과인 것이다. 알렌은 그 점을 매우 명백하게 밝혀 번역하고 있다.

of broom straw, the thatch of which was so poor that when it rained they were deluged inside, upon the earthern floor. The room was so small, too, that when Hyung Bo stretched out his legs in his sleep his feet were apt to be thrust through the wall. They had no *kang* and had to sleep upon the cold dirt floor, where insects were so abundant as to often succeed in driving the sleepers out of doors.

두 사람 모두 결혼을 했다. 형인 놀보는 아내 이외에도 첩들이 많았지만 자식이 없었던 반면에, 흥보는 단 한 명의 아내와 서너 명의 자식을 두었다. 놀보의 처첩들은 허구한 날 싸웠지만, 흥보는 아내에게 만족하고 평화롭게 살며 부부는 각자에게 주어진 삶의 무거운 짐을 나누어지려 했다.[2] 형은 따뜻하고 편안한 여러 채의 가옥이 있는 넓고 좋은 저택에서 살았지만, 동생은 빗자루 만드는 짚으로 땅바닥 위에 오두막을 직접 지었는데 그 지붕이라는 것이 너무 허술해서 비가 오면 안은 물에 잠겼다. 방 또한 너무 좁아 흥보가 잠결에 다리를 쭉 뻗으면 발이 벽 밖으로 툭 나가버리기 일쑤였다. 그들은 '캉'(kang)[3]이 없어 차가운 흙바닥에서 자야 했고, 바닥에 벌레들이 하도 많아 때로 벌레 때문에 자다가 문 밖으로 나가야 했다.[4]

2 두 사람……했다: 알렌이 <흥부전>에 없는 내용을 삽입한 대목이다. 알렌은 여기에서 가족이 불화하는 놀보와 가족이 화목한 흥보를 대비하고 있다. 또한 스무 명이 넘던 흥보의 자식을 서넛으로 줄임으로써, 합리성을 추구하는 한편 대여섯 명으로 구성된 이상적인 가족 형태의 모습을 제시하고 있다.

3 캉(kang): 중국 건축의 돌로 만들어진 일종의 난로로 그 위에 앉거나 잠을 잘 수 있게 만든 것이다. 캉[炕]은 일반적으로 우리의 평상처럼 만들어진 '온돌'을 뜻한다. 몽고어나 만주어로 캉은 '방(온돌 방)'이란 의미이다.

4 바닥에……했다: 알렌이 <흥부전>에는 없는 내용을 삽입한 대목이다.

They had no money for the comforts of life, and were glad when a stroke of good fortune enabled them to obtain the necessities. Hyung Bo worked whenever he could get work, but rainy days and dull seasons were a heavy strain upon them. The wife did plain sewing, and together they made straw sandals for the peasants and vendors. At fair time the sandal business was good, but then came a time when no more food was left in the house, the string for making the sandals was all used up, and they had no money for a new supply. Then the children cried to their mother for food, till her heart ached for them, and the father wandered off in a last attempt to get something to keep the breath of life in his family.

그들은 안락한 삶[5]을 위해 쓸 돈은 없었고, 뜻밖의 행운으로 생필품이라도 얻을 수 있으면 기뻤다. 흥보는 일거리가 있으면 언제든지 일했지만, 비 오는 날과 농한기[6]는 그들에게 큰 시련기였다. 아내는 간단한 바느질을 했고, 부부가 함께 짚신을 만들어 농부와 행상인에게 팔았다. 날씨가 좋으면 짚신 장사가 잘 되었지만, 그런 후에 집에 먹을 음식이 더 이상 남지 않고 신을 만들 짚이 다 떨어지고 새 짚을 살 돈이 없을 때가 왔다. 그럴 때면 아이들은 울며 엄마에게 먹을 것을 달라고 하였고, 엄마는 이로 인해 가슴이 아렸다. 아버지는 가족을 먹여 살릴 것을 구하기 위해 마지막 노력으로 여기저기를 헤매고

5 안락한 삶(the comforts of life): 필수 생활용품 이외의 것. 맛있는 음식, 비싼 옷, 하인 등을 지칭한다.

6 농한기(dull seasons): 침체된 계절 즉 농한기를 의미한다.

다녔다.[7]

Not a kernel of rice was left. A poor rat which had cast in his lot with this kind family, became desperate when, night after night, he chased around the little house without being able to find the semblance of a meal. Becoming desperate, he vented his despair in such loud squealing that he wakened the neighbors, who declared that the mouse said his legs were worn off running about in a vain search for a grain of rice with which to appease his hunger. The famine became so serious in the little home, that at last the mother commanded her son to go to his uncle and tell him plainly how distressed they were, and ask him to loan them enough rice to subsist on till they could get work, when they would surely return the loan.

쌀이 한 톨도 남지 않았다. 이 친절한 흥보네와 운명을 같이 했던 불쌍한 쥐는 밤마다 먹을 것 비슷한 것을 찾아 작은 집 주변을 쫓아다니다 절박해졌다. 절박해지자 쥐는 꽥 소리를 질러 절망감을 토로했다. 이 소리에 잠이 깬 이웃 쥐들은 그 쥐가 굶주림을 달래기 위해 쌀 한 톨을 찾아서 달리는 헛수고를 하느라 다리가 다 닳았다[8]고 말

7 홍보는……다녔다: 알렌이 <홍부전>보다 훨씬 강조하여 그리고 있는 홍부의 모습이다. <홍부전>에서도 홍부 부부는 놀부에게 쫓겨난 뒤, 짚신 장사를 하기도 하고 온갖 품팔이를 닥치는 대로 하며 눈물겹게 생계를 꾸려간다. 흔히 생각하듯, 무위도식만 하거나 착해빠진 위인만은 아니었던 것이다. 알렌은 그런 홍부의 형상을 정확하게 묘사하고 있다.

8 다리가 다 닳았다(his legs were worn off): '발이 닳도록'의 의미에서 '발'을 'legs'로 표현했다. 영어로도 이 문맥에서는 feet이 더 자연스러우나, 쥐의 입장에서

한다고 확신했다.[9] 이 작은 집의 굶주림은 너무도 심각하여, 마침내 엄마는 아들에게 백부의 집에 가서[10] 그들의 비참한 상황을 설명하고, 일거리를 얻으면 반드시 갚을 것이니 그때까지 연명할 수 있는 쌀을 빌려달라는 부탁을 하도록 시켰다.

The boy did not want to go. His uncle would never recognize him on the street, and he was afraid to go inside his house lest he should whip him. But the mother commanded him to go, and he obeyed. Outside his uncle's house were many cows, well fed and valuable. In pens he saw great fat pigs in abundance, and fowls were everywhere in great numbers. Many dogs also were there, and they ran barking at him, tearing his clothes with their teeth and frightening him so much that he was tempted to run; but speaking kindly to them, they quieted down, and one dog came and licked his hand as if ashamed of the conduct of the others. A female servant ordered him away, but he told her he was her master's nephew, and wanted to see him; whereupon she smiled but let him pass into an inner court, where he found his

---

leg라고 표현한 듯하다.

9 불쌍한 쥐는……확신했다: 흥부의 가난을 해학적으로 표현한 인상적인 대목이다. <흥부전>에는 "새앙쥐가 쌀알을 얻으려고 밤낮 보름을 다니다가 다리에 가래톳이 서서 파종(破腫)하고 앓는 소리, 동네 사람이 잠을 못자네."로 되어 있는데, 알렌은 그 의미를 비교적 잘 살려가며 번역하고 있다.

10 엄마는……집에 가서: 알렌이 독특하게 개작하고 있는 대목이다. <흥부전>에서는 모든 이본이 남편이자 가장인 흥부를 놀부에게 보내 양식을 얻어오라고 권유한다. 그럼에도 흥부가 아니라 흥부 아들로 바꾼 까닭은 형제간의 구걸-박대보다는 큰아버지와 조카의 구걸-박대가 보다 실감난다고 여긴 까닭인 듯하다. 서구인의 일반적인 관습이 투영된 결과일 수도 있다.

uncle sitting on the little veranda under the broad, overhanging eaves.

The man gruffly demanded,

"who are you?"

"I am your brother's son," he said. "We are starving at our house, and have had no food for three days. My father is away now trying to find work, but we are very hungry, and only ask you to loan us a little rice till we can get some to return you."

소년은 길에서 만나도 한 번도 아는 척을 한 적이 없는 백부의 집에 가고 싶지 않았다. 매를 맞을까봐 백부 집 안에 들어가기가 겁이 났다. 그러나 엄마는 갈 것을 명했고 그는 이 말을 따랐다. 백부의 집 밖에는 잘 먹어 돈이 되는 소가 여러 마리 있었다. 그는 우리 안의 크고 살찐 돼지들과, 이곳저곳에 지천으로 있는 암탉을 보았다. 개도 여러 마리 있었는데 짖으며 그에게 달려들어 이빨로 옷을 찢었다. 소년은 너무 놀라 달아나고 싶었지만 개를 달래자 순해졌고 한 마리는 다가와서 마치 다른 개들의 행동을 부끄러워한다는 듯이 그의 손을 핥았다. 하녀가 그에게 돌아가라고 했지만 그는 자신이 주인의 조카이고 백부를 만나고 싶어 왔다고 말했다. 이에 하녀는 비웃었지만 그를 안마당으로 들어가게 해주었다. 소년은 밖으로 나온 넓은 처마 아래의 작은 베란다에 백부가 앉아 있는 것을 보았다.

백부가 퉁명스럽게 물었다.

"누구냐?"

조카가 이에 대답했다.

"큰아버지의 동생의 아들입니다. 우리는 집에서 굶주리고 있고, 3일 동안 음식을 전혀 먹지 못했습니다. 아버지는 지금 밖에 나가 일거리를 찾으려고 애쓰고 있지만, 배가 너무 고파 그러니 쌀이 생기면 갚을 테니 그때까지 약간의 쌀을 빌려줄 것을 그저 부탁드립니다."

The uncle's eyes drew down to a point, his brows contracted, and he seemed very angry, so that the nephew began looking for an easy way of escape in case he should come at him. At last he looked up and said:

"My rice is locked up, and I have ordered the granaries not to be opened. The flour is sealed and cannot be broken into. If I give you some cold victuals, the dogs will bark at you and try to take it from you. If I give you the leavings of the wine-press, the pigs will be jealous and squeal at you. If I give you bran, the cows and fowls will take after you. Get out, and let me never see you here again."

So saying, he caught the poor boy by the collar and threw him into the outer court, hurting him, and causing him to cry bitterly with pain of body and distress of mind.

백부가 이마를 찡그리고 눈을 모아 아래 한 곳을 보았다. 그가 매우 화가 난 듯 보이자 조카는 백부가 그에게 올 경우에 대비해서 도망치기 쉬운 길을 찾기 시작했다. 마침내 백부는 고개를 들어 이렇게 말했다.

"쌀은 곳간에 잠가 두고 곳간을 열지 말라고 해 두었다. 밀가루도

밀봉되어 있어 열 수 없다. 내가 너에게 약간의 찬 음식을 준다면, 개들이 너에게 짖어대며 뺏으려고 할 것이다. 내가 너에게 술찌끼를 준다면, 돼지들이 샘을 내서 꽥액 꽥 소리를 지를 것이다. 내가 너에게 겨를 준다면, 소들과 암탉들이 너를 쫓을 것이다. 꺼져라. 다시는 이곳에서 네 얼굴을 보는 일이 없도록 해라."

그는 이렇게 말하며 그 불쌍한 소년의 옷깃을 잡아서 바깥마당으로 내동댕이쳐 다치게 했다. 소년은 몸의 고통과 마음의 괴로움으로 서럽게 울었다.

At home the poor mother sat jogging her babe in her weak arms, and appeasing the other children by saying that brother had gone to their uncle for food, and soon the pot would be boiling and they would all be satisfied. When, hearing a foot-fall, all scrambled eagerly to the door, only to see the empty-handed, red-eyed boy coming along, trying manfully to look cheerful.

"Did your uncle whip you?"

asked the mother, more eager for the safety of her son, than to have her own crying want allayed.

"No," stammered the brave boy. "He had gone to the capital on business," said he, hoping to thus prevent further questioning, on so troublesome a subject.

"What shall I do?" queried the poor woman, amidst the crying and moaning of her children. There was nothing to do but starve, it seemed. However, she thought of her own straw shoes, which were scarcely used, and these she sent to the market, where they brought three cash(3/10of a cent). This pittance was invested equally in rice, beans, and vegetables; eating which they were relieved for the present, and with full stomachs the little ones fell to playing happily once more, but the poor mother was full of anxiety for the morrow.

집에 있던 불쌍한 엄마는 앉아서 힘없는 팔로 아기를 어르며, 형이 먹을 것을 찾아 백부 집에 갔으니 곧 솥을 끓어 모두 배불리 먹을 수 있다며 남은 아이들을 달래고 있었다. 발걸음 소리에 모두들 앞다투어 문 쪽으로 모여들었지만, 빈손에 눈이 벌건 소년이 남자답게 유쾌한 척 애쓰며 걸어오고 있었다.

"큰 아버지가 때렸느냐?"

엄마는 울고 싶은 마음을 가라앉히고 아들이 다치지 않았기를 더 갈망하며 물었다.

"아, 아니에요."

용감한 소년이 말을 더듬거렸다.

"큰아버지께서는 사업차 서울에 가셨어요."

소년은 이로써 그토록 곤란한 문제에 대한 질문이 더 이상 나오지 않기를 바랐다.

"이를 어쩌나?"

그 불쌍한 여인은 자식들의 우는 소리와 칭얼대는 소리를 들으며 말했다. 굶어 죽을 수밖에 없는 것 같았다. 그러나 그때 거의 신지 않은 그녀의 짚신이 생각났다. 이것을 아이들 편에 장에 보냈더니, 3카쉬(1/10 센트-원주)[11]를 가져왔다. 이 쥐꼬리만 한 돈으로 쌀과 콩

그리고 채소를 골고루 샀다. 식사 후 당장의 허기를 면하자 배가 부른 아이들은 다시 즐겁게 놀기 시작했다.[12] 그러나 가련한 엄마는 내일에 대한 근심으로 가득했다.

Their fortune had turned, however, with their new lease of life, for the father returned with a bale of faggots he had gathered on the mountains, and with the proceeds of these the shoes were redeemed and more food was purchased. Bright and early then next morning both parents went forth in search of work. The wife secured employment winnowing rice. The husband overtook a boy bearing a pack, but his back was so blistered, he could with difficulty carry his burden. Hyung Bo adjusted the saddle of the pack frame to his own back, and carried it for the boy, who, at their arrival at his destination in the evening, gave his helper some cash, in addition to his lodging and meals. During the night, however, a gentleman wished to send a letter by rapid dispatch to a distant place, and Hyung Bo was paid well for carrying it.

---

11 카쉬(cash(1/10 of a cent)): 카쉬(cash)는 중국 동전으로 원래는 구리로 만든 동전이었으나 후에 점차 바뀌어 금속 바탕이 되었다. 청나라 건륭제(乾隆帝)가 카쉬가리아 지방을 점령하고 1760년에 주전국(鑄錢局)을 설치하면서 유래한 명칭이다. 탑(塔, tǎ)의 발음에서 'tower'가 나온 것과 비슷한 맥락이다. 헐버트도 카쉬의 개념을 사용하면서 100카쉬로 계란 한 줄을 산다고 했는데, 이를 보면 동양의 소액 동전 단위를 '카쉬'로 통일하여 쓴 듯하다.

12 그러나 그때 ……놀기 시작했다: 알렌이 <흥부전>에 없는 내용을 삽입한 대목이다. 그러면서 자신이 지닌 모든 것을 팔아서라도 자식을 먹여 살리는 어머니의 모습을 부각시키는 한편, 허기를 면한 자식들이 철없이 뛰노는 모습과 대비시키는 효과를 자아내고 있다.

그러나 운이 바뀌어 그들에게 새로운 삶이 펼쳐졌다. 아버지가 산에서 나뭇단을 해오자 그것을 팔아 짚신을 만들고 더 많은 음식을 살 수 있었다.[13] 다음날 일찍 밝은 아침부터 부모는 일거리를 찾아 나섰다.[14] 아내는 벼를 까부는 일을 얻었다. 남편은 등짐 진 한 소년을 따라가다 소년의 등이 너무 까져서 짐 지기가 어렵다는 것을 알고, 짐받이의 안장을 자신의 등에 맞춰 소년 대신 짐을 졌고[15], 소년은 저녁에 목적지에 도착하자 도움의 대가로 흥보에게 잘 곳과 먹을 것뿐만 아니라 약간의 카쉬를 주었다. 그날 밤 한 신사가 먼 곳에 급한 편지를 보내고 싶어 하자, 흥보는 편지를 전달하고 돈을 넉넉하게 받았다.[16]

13 아버지가 산에서……수 있었다: <흥부전>에서는 양식구걸을 갔다가 놀부에게 매를 맞고 돌아온 흥부가 옆집 부잣집에서 볏짚을 얻어다가 짚신을 만들어 파는 장사를 하는 것으로 되어 있다. 하지만 알렌은 스스로 나뭇짐을 해다 팔아 짚신 만들 밑천을 마련하는 식으로 바꾸었다. 흥부의 경제적 자립성을 강조하려는 의도로 보인다.

14 다음날 아침……찾아 나섰다: <흥부전>에서는 볏짚을 계속 얻을 수 없어 짚신 장사를 포기한 뒤, 흥부 부부가 품팔이로 나서는 것으로 되어 있다. 지푸라기란 아무 쓸데없는 것처럼 보이지만 농사지을 땅이 없던 흥부에게는 참으로 귀한 것이란 역설적 표현이고, 결국 흥부 부부에게 밑천이란 몸뚱아리밖에 없던 현실을 잘 보여준다.

15 짐받이의 안장을 자신의 등에 맞춰(the saddle of the pack frame to his own back): 흔히 사람이 말 위의 안장(saddle)에 타지만 이 경우에는 사람이 동물처럼 금속틀로 된 지게의 일종(pack frame)을 지고 간다는 의미이다. 『삼국지』「위서·동이전」에서는 지게를 알지 못해서 어깨에 나무를 꿰뚫어 옮긴다고 표현하기도 했다. 관찰자의 입장에서 본 지게의 여러 가지 모습 중 하나라고 할 수 있다. 사람을 짐 나르는 말과 동격으로 보고 선택한 용어일 가능성도 있다고 본다.

16 아내는 벼를……돈을 받았다: <흥부전>에는 흥부 부부가 했던 품팔이 종류를 길게 나열하고 있는데, 알렌은 흥부 부인의 '벼 까부는 일' 한 개와 흥부의 '등짐 대신 져주기'와 '편지 대신 전해주기' 두 개만을 기술하고 있다. <흥부전>에는 이것이 '용정(舂精) 방아 키질하기'와 '무곡주인(貿穀主人) 역인(役人) 지기', '각읍주인(各邑主人) 삯길 가기'로 되어 있다.

Returning from this profitable errand, he heard of a very rich man, who had been seized by the corrupt local magistrate, on a false accusation, and was to be beaten publicly, unless he consented to pay a heavy sum as hush money. Hearing of this, Hyung went to see the rich prisoner, and arranged with him that he would act as his substitute for three thousand cash(two dollars). The man was very glad to get off so easily, and Hyung took the beating. He limped to his house, where his poor wife greeted him with tears and lamentations, for he was a sore and sorry sight indeed. He was cheerful, however, for he explained to them that this had been a rich day's work; he had simply submitted to a little whipping, and was to get three thousand cash for it. The money did not come, however, for the fraud was detected, and the original prisoner was also punished. Being of rather a close disposition, the man seemed to think it unnecessary to pay for what did him no good.

돈이 되는 심부름을 하고 돌아오는 길에 그는 큰 부자에 대한 이야기를 들었다. 허위 고소를 당한 부자는 부패한 지방관에게 이미 붙잡혔고 만약 뇌물[17]로 큰 돈을 내놓지 않으면 공개적으로 매를 맞을 처지에 있었다. 이 말을 들은 홍보는 그 부자 죄수를 찾아가 3,000카쉬(2달러)[18]를 주면 부자인 척하며 대신 매를 맞겠다고 제안했다.

---

17 뇌물(hush money): 속어로 '뇌물'이란 뜻이다.

18 3,000카쉬(2달러)(three thousand cash(two dollars)): 문맥상 10카쉬가 1센트이므로 3달러가 되어야 옳다.

부자는 일이 너무 쉽게 풀린 것에 아주 기뻐했고, 흥보는 그 매를 다 맞았다. 흥보가 절뚝거리며 집으로 돌아오자 그의 모습은 차마 눈 뜨고는 볼 수 없을 지경이어서 불쌍한 아내는 한탄과 눈물로 그를 맞았다. 그래도 흥보는 매를 조금 맞고 3,000카쉬나 되는 돈을 받게 되었으니 벌이가 아주 좋은 날이었다고 가족에게 설명하며 기뻐했다. 그러나 속임수가 들통이 나 원래 죄수 또한 벌을 받았기 때문에 그 돈은 흥보의 수중에 들어오지 않았다. 다소 구두쇠 기질을 가진 부자는 자신에게 아무런 도움이 되지 않은 일에 돈을 지불할 필요가 없다고 생각한 듯했다.[19]

Then the wife cried indeed over her husband's wrongs and their own more unfortunate condition. But the husband cheered her, saying:

"If we do right we will surely succeed."

He was right. Spring was coming on, and he soon got work at plowing and sowing seed. They gave their little house the usual spring cleaning, and decorated the door with appropriate legends, calling upon the fates to bless with prosperity the little home.

19 돈이 되는……생각하는 듯했다: <흥부전>의 유명한 '매품팔이' 대목이다. <흥부전>에서는 30냥을 받고 김좌수 대신 매를 맞기로 했지만, 뜻밖에 사면령이 내려 매를 맞지 못하고 빈손으로 돌아오는 것으로 되어 있다. 그런데 알렌은 매를 맞고 3,000캐쉬를 받을 거라며 좋아했지만, 결국 부자가 약속을 어겨 돈을 받지 못하는 것으로 고쳐놓고 있다. 야속한 세태를 극명하게 보여주기 위한 의도인 듯하다.

아내는 남편의 억울함과 더 가난해진 처지에 눈물을 흘렸다. 그러나 남편은 그녀를 격려하며 이렇게 말했다.

"우리가 바르게 살면 언젠가는 반드시 일이 잘 풀릴 것이오."

그가 옳았다. 봄이 다가오자 흥보는 곧 논을 갈고 씨를 뿌리는 일을 얻었다. 흥보네는 여느 때처럼 작은 집에 봄맞이 청소를 하고, 운수에 복이 들어 이 작은 집이 번창하도록 청하는 적절한 글[20]로 문을 꾸몄다.

With the spring came the birds from the south country, and they seemed to have a preference for the home of this poor family — as indeed did the rats and insects. The birds built their nests under the eaves. They were swallows, and as they made their little mud air castles, Hyung Bo said to his wife:

"I am afraid to have these birds build their nests there. Our house is so weak it may fall down and then what will the poor birds do?"

But the little visitors seemed not alarmed, and remained with the kind people, apparently feeling safe under the friendly roof.

By and by the little nests were full of commotion and bluster; the eggs had opened, and circles of wide opened mouths could be seen in every nest. Hyung and his children were greatly interested in this new addition to their family circle, and often gave them bits of their own scanty allowance of food, so that the birds became quite tame

20 적절한 글(appropriate legends): 문 위에 새긴 글. 여기서는 입춘(立春) 때 대문에 '입춘대길, 건양다경(立春大吉, 建陽多慶)'과 유사한 글을 붙였다는 의미이다.

and hopped in and out of the hut at will.

봄이 오자 새들이 남쪽나라에서 날아왔고 쥐나 벌레들처럼 이 가난한 집을 좋아하는 듯 했다. 새들은 처마 밑에 둥지를 틀었다. 제비인 그 새들이 높은 곳에 작은 진흙 집을 만들자, 흥보는 아내에게 이렇게 말했다.

"이 새들이 저곳에 둥지를 트는 것이 걱정스럽소. 우리 집은 너무 부실해서 무너질 수 있는데, 그럼 이 불쌍한 새들은 어떻게 되겠소?"

그러나 작은 손님들은 이 말에 놀라는 것 같지 않았고, 친구의 지붕 아래가 더 안전한 듯 이 친절한 사람들과 함께 했다.

이윽고 작은 둥지는 북새통을 이루며 떠들썩한 소리로 가득하더니 알이 깨지고 주둥이가 넓은 새 무리가 둥지마다 보였다. 흥보와 아이들은 새로 들어온 가족들에게 큰 관심을 보이며 때로 얼마 안 되는 먹을 것을 조금씩 떼어 나누어 주었고 이 가족들에 길들어진 새들은 깡충거리며 마음대로 오두막을 나다녔다.[21]

One day, when the little birds were taking their first lesson in flying, Hyung was lying on his back on the ground, and saw a huge roof-snake crawl along and devour several little birds before he could arise and help them. One bird struggled from the reptile and fell, but, catching both legs in the fine meshes of a reed- blind, they were

21 봄이 오자……오두막을 나다녔다: <흥부전>에 비해 제비가 찾아들어 집을 짓고, 새끼를 낳아 기르는 모습이 확대되어 그려져 있다. 알렌은 아무도 찾아오지 않던 흥부집이 봄이 되자 새들로 북적이는 모습을 그림으로써 새로운 희망의 조짐을 강조하려 했던 듯하다.

broken, and the little fellow hung helplessly within the snake's reach. Hyung hastily snatched it down, and with the help of his wife he bound up the broken limbs, using dried fish-skin for splints. He laid the little patient in a warm place, and the bones speedily united, so that the bird soon began to hop around the room, and pick up bits of food laid out for him. Soon the splints were removed, however, and he flew away, happily, to join his fellows.

어느 날, 어린 새들이 첫 비행 연습을 하고 있었다. 바닥에 등을 대고 누워 있던 흥보가 일어나서 돕기도 전에 지붕에 살던 거대한 뱀[22]이 기어 나와 어린 새 몇 마리를 꿀꺽 삼켰다. 새 한마리가 그 파충류에게서 벗어나려 버둥거리다 떨어져 두 다리가 촘촘한 갈대발에 끼어서 부러지고 말았다. 어린 새는 속절없이 뱀의 사정거리 안에 매달려 있었다. 흥보는 서둘러 뱀을 쳐서 떨어뜨린 후, 아내의 도움으로 말린 생선 껍질을 부목으로 사용하여 부러진 새 다리를 묶어 주었다. 그가 어린 새 환자를 따뜻한 곳에 두자 새의 뼈는 빠르게 붙었고 곧 방 주위를 뛰어 다니며 그를 위해 놓아둔 약간의 먹이를 주워 먹었다. 얼마 뒤 부목을 제거하자, 새는 행복해 하며 친구들에게 날아

22 지붕에 살던 거대한 뱀 (a huge roof-snake): 알렌은 또 다른 저서에서 "업(구렁이)"조를 기록한 바 있다. "가옥의 지붕 기와 바로 밑에 있는 두터운 흙의 층은 많은 참새가 둥지를 틀기에 매우 좋은 장소이다. 참새와 그 알은 쥐와 업구렁이의 입맛을 끌고 있다. 집구렁이는 독이 없는 것으로서 길이가 약 3피트이고 사람의 팔뚝만큼 굵은 뱀이다. 업구렁이는 쥐를 잡아 죽이고 참새를 진정하는 데 도움이 되므로, 뱀이 우연한 기회에 실수하여 방안에 떨어지지 않는 한 조선 사람들은 구렁이를 괴롭히지 않는다." H.N.알렌 지음, 신복룡 역주, 『조선견문기』, 집문당, 2010. 104쪽 참조.

갔다.[23]

The autumn came; and one evening—it was the ninth day of the ninth moon—as the little family were sitting about the door, they noticed the bird with the crooked legs sitting on the clothes-line and singing to them.

"I believe he is thanking us and saying good-by," said Hyung, "for the birds are all going south now."

That seemed to be the truth, for they saw their little friend no longer, and they felt lonely without the occupants of the now deserted nests. The birds, however, were paying homage to the king of birds in the birdland beyond the frosts. And as the king saw the little crooked-legged bird come along, he demanded an explanation of the strange sight. Thereupon the little fellow related his narrow escape from a snake that had already devoured many of his brothers and cousins, the accident in the blind, and his rescue and subsequent treatment by a very poor but very kind man.

가을이 된 어느 날 저녁 즉 음력 9월 9일에 흥보네 가족들은 문 앞에 앉아 있다가 굽은 다리의 새가 빨랫줄 위에 앉아서 그들에게 노래하는 것을 보았다. 흥보가 말했다.

---

23 그가 어린 새……친구들에게 날아갔다: 흥부가 제비 새끼 다리를 고쳐주고, 회복시켜 주는 과정이 좀 더 확대되었다. 흥부의 정성을 돋보이게 만들려는 알렌의 의도로 보인다.

"우리에게 고맙다고 작별 인사를 하는 걸 거야. 지금쯤이면 새들은 모두 남쪽으로 가거든."

그 말은 사실인 것 같았다. 그 이후로 작은 친구가 보이지 않자 그들은 거주자들이 떠난 뒤 버려진 둥지를 보며 외로움을 느꼈다. 그러나 새들은 서리가 내리지 않는 새 왕국의 새의 왕에게 문안 인사를 드리고 있었다. 왕은 굽은 다리의 새가 들어오자 어떻게 된 영문인지 설명할 것을 요구했다. 이에 작은 새는 형제 사촌 새들을 다 잡아먹은 뱀에게서 구사일생으로 살아남은 이야기와 갈대발에 다리가 끼인 사건과 너무 가난하지만 아주 친절한 사람이 자기를 구해주고 치료해 준 이야기를 늘어놓았다.

His bird majesty was very much entertained and pleased. He thereupon gave the little cripple a seed engraved with fine characters in gold, denoting that the seed belonged to the gourd family. This seed the bird was to give to his benefactor in the spring.

새 임금은 대단히 유쾌하고 기분이 좋아졌다. 이에 그는 절름발이 작은 새에게 이 씨가 박씨과에 속한다는 것을 의미하는 금으로 만든 작은 글자가 새겨진 씨를 주었다. 그 새는 이 씨를 봄에 은인에게 가져다 줄 것이다.

The winter wore away, and the spring found the little family almost as destitute as when first we described them. One day they heard a familiar bird song, and, running out, they saw their little crooked-legged friend with something in its mouth, that looked like a seed. Dropping its burden to the ground, the little bird sang to them of the king's gratitude, and of the present he had sent, and then flew away.

겨울이 조금씩 갔고, 봄이 되어도 우리가 처음 이 홍보네를 그렸던 때와 별 다를 바 없이 그들은 여전히 곤궁했다. 어느 날 귀에 익은 새 소리를 듣고 밖으로 달려 나가보니, 굽은 다리의 작은 새 친구가 입에 씨처럼 보이는 뭔가를 물고 있었다. 작은 새는 가지고 온 것을 땅에 떨어뜨리고 새 왕의 감사 인사와 그의 선물에 대해 노래하고는 멀리 날아갔다.

Hyung picked up the seed with curiosity, and on one side he saw the name of its kind, on the other, in fine gold characters, was a message saying:

"Bury me in soft earth, and give me plenty of water."

They did so, and in four days the little shoot appeared in the fine earth. They watched its remarkable growth with eager interest as the stem shot up, and climbed all over the house, covering it up as a bower, and threatening to break down the frail structure with the added weight. It blossomed, and soon four small gourds began to form. They grew to an enormous size, and Hynng could scarcely keep from cutting them. His wife prevailed on him to wait till the frost had made them ripe, however, as then they could cut them, eat the inside, and make water-vessels of the shells, which they could then sell, and thus make a double profit. He waited, though with a poor grace, till the ninth moon, when the gourds were left alone, high upon the roof, with only a trace of the shrivelled stems which had planted them there.

흥보가 호기심에 씨를 집었더니, 한쪽에는 씨 종류의 이름이 있었고 다른 쪽에는 작은 금 글씨로 다음과 같은 전달사항이 있었다.

"나를 부드러운 땅에 심어 물을 듬뿍 주세요."[24]

적힌 대로 하자 나흘 후에 어린 싹이 고운 흙에서 나왔다. 흥보네는 박씨의 놀라운 성장을 지대한 관심을 가지고 지켜보았다. 박 줄기가 나오자 집 전체를 감고 지붕위로 올라갔고 나무 그늘처럼 집을 뒤덮었다. 박 줄기의 무게가 더해지자 허술한 집이 무너질 지경이었다. 꽃이 피자 곧 네 개의 작은 박[25]이 나오기 시작했다. 박이 어마어마한 크기로 자라자 흥보는 자르고 싶어 참을 수 없었다. 아내가 서리가 내려 박이 익으면 박을 잘라서 안은 먹고 껍질은 바가지를 만들어 팔면 돈을 두 배로 벌 수 있으니 그때까지 기다리자고 그를 설득하여 흥보는 마지못해 음력 구월까지 기다렸다. 마침내 높은 지붕 위에 박만 홀로 남고 지붕에서 박을 키웠던 줄기는 시들어 흔적만 남았다.

---

24 한쪽에는……듬뿍 주세요: <흥부전>에는 제비가 물어다 준 박씨에 '보은표(報恩瓢)'라 씌어 있었을 뿐 나를 부드러운 땅에 심어달라는 등의 말은 없다.

25 네 개의 박: 대부분의 <흥부전>에는 홍보박이 세 통으로 되어 있지만, 경판본 <흥부전>에만 홍보박에 네 통으로 되어 있다. 참고로 홍보박은 네 통인데 반해, 뒤에 열리게 될 놀보박은 세 배나 되는 열두 통이나 된다. 놀보에 대한 파산의 과정과 그를 즐기는 마음이 그만큼 컸다는 것의 반증으로 해석할 수 있다.

Hyung got a saw and sawed open the first huge gourd. He worked so long, that when his task was finished he feared he must be in a swoon, for out of the opened gourd stepped two beautiful boys, with fine bottles of wine and a table of jade set with dainty cups. Hyung staggered back and sought assurance of his wife, who was fully as dazed as was her husband. The surprise was somewhat relieved by one of the handsome youths stepping forth, placing the table before them, and announcing that the bird king had sent them with these presents to the benefactor of one of his subjects – the bird with broken legs. Ere they could answer, the other youth placed a silver bottle on the table, saying:

"This wine will restore life to the dead."

Another, which he placed on the table, would, he said, restore sight to the blind. Then going to the gourd, he brought two gold bottles, one contained a tobacco, which, being smoked, would give speech to the dumb, while the other gold bottle contained wine, which would prevent the approach of age and ward off death.

Having made these announcements, the pair disappeared, leaving Hyung and his wife almost dumb with amazement. They looked at the gourd, then at the little table and its contents, and each looked at the other to be sure it was not a dream. At length Hyung broke the silence, remarking that, as he was very hungry, he would venture to open another gourd, in the hope that it would be found full of something good to eat, since it was not so important for him to have something with which to restore life just now as it was to have something to sustain life with.

흥보는 톱으로 제일 큰 박을 탔다. 한참을 톱질한 후 박을 다 타자 벌어진 박에서 아름다운 두 소년이 멋진 술병과 우아한 잔들이 놓인 옥으로 만든 상을 가지고 나왔다. 그는 자신의 정신이 어떻게 된 것이 아닌지 겁이 났다. 흥보는 휘청거리며 뒤로 물러섰고, 아내의 확신을 구했지만 그녀 또한 남편 못지않게 완전 정신이 멍했다. 미소년 중 한 명이 앞으로 나와 그들 앞에 상을 놓고 새의 왕이 그의 백성 즉 부러진 다리의 새를 도운 은인에게 선물을 주기 위해 그들을 보냈다고 말하자 놀라움이 약간 가셨다.

부부가 대답을 하기도 전에, 다른 소년이 은병을 상 위에 놓으며 이렇게 말했다.

"이 술은 죽은 사람도 되살리는 술입니다."

그는 다른 병을 상 위에 놓으며 말하기를 그 술은 눈 먼 사람도 다시 볼 수 있게 해준다고 했다. 박으로 다시 가서 금병을 두 개 가지고 왔는데, 한 병에 담긴 담배[26]를 피우면 벙어리가 말을 하게 되고, 한편 다른 금병에 담긴 와인을 마시면 노화를 막고 죽음을 물리친다고 했다.[27]

26 담배(a tobacco): 강남 갔던 제비가 가지고 온 물품으로 담배를 설정했다. 담배가 루손(로손)섬에서 재배되어 일본을 거치거나 바로 우리나라로 들어오기에 '남초(南草)'라고 했던 사실과 연관된다. 그 당시 담배는 금은보화에 비견되는 보물이었다.

27 부부가 대답을 하기도 전에……물리친다고 했다: <흥부전>에도 첫 번째 홍보 박에서 청의동자(青衣童子) 한 쌍이 나와서 약들을 주고 가는데, 그것은 환혼주(還魂酒)·개안주(開眼酒)·개언초(開言草)·불노초(不老草)·불사약(不死藥) 등

이 말을 끝낸 후 두 소년은 사라졌고, 남겨진 흥보와 아내는 놀라움으로 거의 말을 하지 못하였다. 그들은 박을 쳐다보고, 그리곤 작은 상과 상 위에 놓인 것을 보고, 꿈이 아니라는 것을 확인하기 위해 서로를 쳐다보았다. 마침내 흥보가 침묵을 깨고 지금 너무 배가 고파 박에 먹을 만한 것이 가득 들어 있기를 기대하며 다른 박을 타겠다고 말하였다. 그로서는 목숨을 되살리는 어떤 것보다 목숨을 연명할 어떤 것이 더 중요했기 때문이었다.

The next gourd was opened as was the first, when by some means out flowed all manner of household furniture, and clothing, with rolls upon rolls of fine silk and satin cloth, linen goods, and the finest cotton. The satin alone was far greater in bulk than the gourd had been, yet, in addition, the premises were literally strewn with costly furniture and the finest fabrics. They barely examined the goods now, their amazement having become so great that they could scarcely wait until all had been opened, and the whole seemed so unreal, that they feared delay might be dangerous.

다음 박도 첫째 박처럼 벌어졌다. 어찌된 영문인지 박에서 온갖 종류의 세간살이와 여러 롤의 고급 비단, 새틴, 린넨, 최상급 면과 옷이 끝도 없이 나왔다[28]. 새틴의 부피만 해도 타기 전의 박보다 훨씬

이었다.

28 여러 롤~ 끝도 없이 나왔다: 롤(roll)는 필, 새틴(satin)는 공단, 린넨(linen)는 마에 해당된다.

더 컸다. 집터는 말 그대로 값나가는 가구와 최상급 천에 휘감겼다. 그들은 너무 놀라 물건들을 일일이 살피며 천천히 열어볼 수 없었다. 모든 것이 현실 같지 않아서 박을 조금이라도 늦게 타면 행운이 사라질까 두려웠다.

Both sawed away on the next gourd, when out came a body of carpenters, all equipped with tools and lumber, and, to their utter and complete amazement, began putting up a house as quickly and quietly as thought, so that before they could arise from the ground they saw a fine house standing before them, with courts and servants' quarters, stables, and granaries. Simultaneously a great train of bulls and ponies appeared, loaded down with rice and other products as tributes from the district in which the place was located. Others came bringing money tribute, servants, male and female, and clothing.

부부가 다음 박을 타자 한 무리의 목수가 연장과 목재를 갖추고 나왔다. 그들이 너무 놀라 넋을 잃고 있는 사이 목수들은 눈 깜짝 할 사이에 빠르고 조용하게 집을 짓기 시작하였다. 부부가 바닥에서 일어나기도 전에 뜰과 행랑채, 마구간, 곳간이 있는 멋진 집이 그들 앞에 세워졌다. 동시에 긴 행렬의 황소와 조랑말이 쌀과 그 지역에서 나오는 조공 등의 여러 물건들을 가득 실고 나타났다. 다른 행렬은 현금 조공, 남자와 여자 하인, 옷을 가지고 나왔다.

They felt sure they were in dreamland now, and that they might enjoy the exercise of power while it lasted, they began commanding the servants to put the goods away, the money in the sahrang or reception-room, the clothing in the tarackj or garret over the fireplace, the rice in the granaries, and animals in their stables. Others were sent to prepare a bath, that they might don the fine clothing before it should be too late. The servants obeyed, increasing the astonishment of the pair, and causing them to literally forget the fourth gourd in their amazed contemplation of the wondrous miracles being performed, and the dreamy air of satisfaction and contentment with which it surrounded them.

부부는 그들이 지금 꿈나라에 있고 꿈을 꾸는 동안만은 힘을 마음대로 행사할 수 있다고 확신하여, 하인들에게 물건을 치우고, 돈은 사랑 즉 응접실에, 옷은 벽난로 위의 다락 즉 다락방에, 쌀은 곳간에, 동물은 마구간에 두라고 명령하기 시작했다. 너무 늦기 전에 좋은 옷을 입을 수 있도록 목욕물을 준비하도록 보냈다. 하인들이 분부대로 하자, 부부의 놀람은 더 커졌다. 그들은 지금 일어나는 신기한 기적의 수행을 놀래 지켜보느라 꿈같은 분위기의 만족감과 충만감에 젖어 네 번째 박을 타는 것을 말 그대로 잊고 있었다.

Their attention was called to the gourd by the servants, who were then commanded to carefully saw it open. They did so, and out stepped a maiden, as beautiful as were the gifts that had preceded her. Never before had Hyung looked on any one who could at all compare with the matchless beauty and grace of the lovely creature who now stood so modestly and confidingly before him. He could find no words to express his boundless admiration, and could only stand in mute wonder and feast himself upon her beauty. Not so with his wife, however. She saw only a rival in the beautiful girl, and straightway demanded who she was, whence she came, and what she wanted.

The maid replied:

"I am sent by the bird king to be this man's concubine."

Whereupon the wife grew dark in the face, and ordered her to go whence she came and not see her husband again. She upbraided him for not being content with a house and estate, numbers of retainers and quantities of money, and declared this last trouble was all due to his greed in opening the fourth gourd.

Her husband had by this time found his speech, however, and severely reprimanding her for conducting herself in such a manner upon the receipt of such heavenly gifts, while yesterday she had been little more than a beggar; he commanded her to go at once to the women's quarters, where she should reign supreme, and never make such a display of her ill-temper again, under penalty of being consigned to a house by herself. The maiden he gladly welcomed, and conducted her to apartments set aside for her.

하인들은 그들에게 네 번째 박이 있음을 환기시켰고 명령을 받아 조심스럽게 톱질해서 박을 열었다. 하인들이 그렇게 하자 이전에 나왔던 선물만큼이나 아름다운 처녀가 한 발짝 밖으로 나왔다. 지금까지 흥보는 단 한 번도 지금 그 앞에 너무도 수줍고 은밀하게 서 있는 사랑스러운 여인만큼 아름답고 우아한 여인을 본 적이 없었다. 그는 끝없는 찬미를 표현할 말을 찾을 수 없어 그저 말없이 서서 탄복하며 그녀의 아름다움을 만끽했다. 그러나 그의 아내는 그렇지 못했다. 그녀는 예쁜 처녀를 경쟁자로만 보았고 누구인지, 어디서 왔는지, 왜 왔는지 즉시 따져 물었다.

처녀는 이렇게 대답했다.

"새의 왕이 나를 이 사람의 첩으로 보냈습니다."

이에 안색이 어두워진 아내는 처녀에게 온 곳으로 다시 갈 것과 자신의 남편을 다시는 만나지 말 것을 요구했다. 그녀는 남편에게 집과 재산, 수많은 하인들과 많은 돈에 만족하지 않는다고 타박했고, 이 마지막 골칫거리는 모두 네 번째 박을 열고 싶어 했던 그의 탐욕 때문이라고 못 박았다.

남편은 이때 쯤 할 말을 찾게 되어, 어제만 하더라도 거지나 다름없던 그녀가 하늘이 내린 선물을 받고 그런 식으로 행동한다고 심하게 책망했다. 당장 여자들의 거처로 가서 그곳이나 잘 다스릴 것을 명하고, 다시 한 번 그런 못된 성질을 부리면 집에 혼자 갇히는 벌을 주겠다고 말했다. 이에 반해 그는 그 처자를 기분 좋게 맞이해서 그녀를 위해 따로 마련한 처소로 데리고 갔다.[29]

---

29 하인들은 그들에게……데리고 갔다: 경판본 <흥부전>에는 다른 이본들과 달리 네 번째 박에서 양귀비가 나오는 것으로 되어 있고, 알렌도 그를 그대로 따르고 있다. "흥부는 좋아하되 흥부 아내 내색하여 하는 말이 '애고, 저 꼴을 뉘가 볼꼬. 내 언제부터 켜지 말라 하였지.' 하며, 이렇듯 호의호식 태평히 지낼 제."를 고지식하게 문맥 그대로 번역한 결과이다. 이는 눈물겹게 굶주렸던 흥부가 박 세 통

Ⅱ.

When Nahl Bo heard of the wonderful change taking place at his brother's establishment, he went himself to look into the matter. He found the report not exaggerated, and began to upbraid his brother with dishonest methods, which accusation the brother stoutly denied, and further demanded where, and of whom, he could steal a house, such rich garments, fine furniture, and have it removed in a day to the site of his former hovel. Nahl Bo demanded an explanation, and Hyung Bo frankly told him how he had saved the bird from the snake and had bound up its broken limbs, so that it recovered; how the bird in return brought him a seed engraved with gold characters, instructing him how to plant and rear it; and how, having done so, the four gourds were born on the stalk, and from them, on ripening, had appeared these rich gifts. The ill-favored brother even then persisted in his charges, and in a gruff, ugly manner accused Hyung Bo of being worse than a thief in keeping all these fine goods, instead of dutifully sharing them with his elder brother. This insinuation of undutiful conduct really annoyed Hyang Bo, who, in his kindness of

---

으로 의식주를 해결하고 난 뒤, 여복(餘福)으로 예쁜 여인까지 얻게 된다는 의미를 지닌다. 여성주의적 시각에서 보자면 남성중심주의적인 설정이란 비판을 받을 만하다. 하지만 판소리 특유의 서사문법을 염두에 둔다면, "배부르고 등 따스하면 여자 생각난다."는 통념을 갖고 한 바탕 웃고 넘어가는 여흥(餘興)의 대목인 것이다. 착한 흥부의 발복(發福)에 대한 넉넉한 웃음으로 해석할 수도 있는 것이다. 하지만 판소리의 문법에 익숙지 못한 알렌은 이 대목을 처첩간의 갈등 차원에서 민감하게 받아들이고 있다. 다만 뜻밖인 것은, 박에서 나온 미인보다 질투하는 흥부처를 꾸짖는 식으로 묘사하고 있다는 점이다.

heart, forgave this unbrotherly senior, his former ill conduct, and thinking only of his own present good fortune, he kindly bestowed considerable gifts upon the undeserving brother, and doubtless would have done more but that the covetous man espyed the fair maiden, and at once insisted on having her. This was too much even for the patient Hyung Bo, who refused with a determination remarkable for him. A quarrel ensued, during which the elder brother took his departure in a rage, fully determined to use the secret of his brother's success for all it was worth in securing rich gifts for himself.

놀보는 동생 집에서 일어난 신기한 변화에 대해 듣고 몸소 그 문제를 알아보러 갔다. 그는 소문이 과장되지 않았음을 알고는 동생이 부정한 방법[30]을 썼다고 나무라기 시작했고, 동생은 이 비난을 단호히 부인했다. 이에 놀부는 어디서, 누구에게 집과 저토록 비싼 옷과 좋은 가구를 훔쳐서 하루 만에 돼지우리 같던 집으로 옮길 수 있었는지 말할 것을 요구했다. 놀보가 설명을 요구하자 흥보는 솔직하게 새를 뱀으로부터 구해주고 부러진 다리를 묶어주었더니 다리가 나았고, 그 새가 보은으로 씨를 심고 키우는 방법을 지시하는 금색 글자가 새겨진 씨를 가져다주었고, 그리고 그렇게 했더니 줄기에서 네 개의 박이 열렸고, 익은 박을 타자 이 값비싼 선물들이 나왔다고 말해 주었다. 성질 고약한 형은 계속 흥보가 혐의가 있다고 주장하고,

30 부정한 방법: <흥부전>에는 "네가 요사이 밤이슬을 맞는다 하는구나"라고 되어 있다. 밤에 도둑질로 부자가 되었다는 뜻이다.

퉁명스럽고 못나게도 동생인 흥보가 이 모든 좋은 것들을 형과 마땅히 나누지 않고 혼자 차지하는 것은 도둑보다 더 나쁜 처사라고 비난했다. 우애롭지 못한 행동이라는 암시에 흥보는 정말 기분이 상했지만 마음이 착한 흥보는 형답지 못한 놀보의 지난날의 악행을 용서하고 현재 자신의 행운만을 생각하며 선물을 받을 자격이 없는 형에게 상당한 선물을 주었다. 의심할 여지없이 만약 이 탐욕스러운 형이 예쁜 여자를 쳐다보고 그녀도 가지겠다고 고집을 피우지 않았다면 더 많은 것을 주었을 것이다. 참을성 많은 흥보에게도 이것은 너무 심한 요구이었기에, 그다지 않게 단호하게 이를 거부했다.[31] 싸움이 이어졌고 그 와중에 형은 화가 나 떠나면서 혼자 비싼 선물을 받을 수 있다면 무슨 짓을 해서라도 동생의 성공 비결을 이용하겠다고 단단히 결심했다.

Going home he struck at all the birds he could see, and ordered his servants to do the same. After killing many, he succeeded in catching one, and, breaking its legs, he took fish-skin and bound them up in splints, laying the little sufferer in a warm place, till it recovered and flew away, bandages and all. The result was as expected. The bird being questioned by the bird king concerning its crooked legs, related its story, dwelling, however, on the man's cruelty in killing so

31 마음이 착한……이를 거부했다: 놀부는 흥부가 부자가 되었다는 말을 듣고 찾아와서 부자된 연유를 물은 뒤, 값진 것을 달라고 떼를 쓴다. 양귀비를 보고는 "어따, 이놈. 네게 웬 첩이 있으리오. 날 다고."하는가 하면, 화초장을 보고도 달라고 떼를 쓴다. 그리하여 놀부가 화초장을 짊어지고 가는 그 유명한 '화초장타령'을 부르는 대목이 이어지는데, 알렌은 그 대목은 생략하고 있다.

many birds and then breaking its own legs. The king understood thoroughly, and gave the little cripple a seed to present to the wicked man on its return in the spring.

집으로 가는 길에 그는 눈에 보이는 모든 새[32]를 향해 돌을 던지며 하인들에게도 똑같이 할 것을 명했다. 그는 여러 마리를 죽인 후에 한 마리를 잡는 데 성공하여, 새 다리를 부러뜨리고는 생선 껍질을 가져와 부목을 대어 주고,[33] 이 불쌍한 환자가 회복하여 붕대를 칭칭 감은 채 멀리 날아갈 때까지 따뜻한 곳에 두었다. 결과는 예상한 대로였다. 새의 왕이 구부정한 다리에 대해 질문을 하자 새는 이야기를 했지만, 여러 마리를 죽이고 자신의 다리도 분지른 그 사람의 잔혹함에 대해 장황하게 늘어놓았다. 새의 왕은 상황을 간파하고 굽은 다리의 새에게 씨앗을 주며 봄이 되어 돌아가면 그 사악한 사람에게 주라고 했다.

Springtime came, and one day, as Nahl Bo was sitting cross-legged in the little room opening on the veranda off his court, he heard a

32 모든 새: 알렌의 흥보전 제목은 "THE swallow-king's REWARDS"이다. 그렇다면 원문에서 나오는 bird는 모두 제비를 가리키는 것이며, all the birds는 모든 제비들이라고 해야 할 수도 있다. 소설 전체에 걸쳐 불특정한 새(bird)로 묘사하고 있으나 'the'를 계속 붙는 상황을 봐서도 '제비'를 가리키는 것이겠지만 일단 원문대로 '새'로 번역하였다.

33 그는 여러 마리를……대어 주고: <흥부전>에는 놀부가 제비를 집으로 몰다가 결국 한 마리가 들어와 집을 짓게 된다. 조바심이 난 놀부가 수시로 제비 알을 만져보다가 모두 곯아 겨우 알 하나만 새끼로 부화했다. 하지만 이번에는 뱀이 오지 않자 놀부는 제 손으로 새끼를 꺼내어 다리를 부러뜨린 뒤 고쳐주는 것으로 되어 있다.

familiar bird-song. Dropping his long pipe, he threw open the paper windows, and there, sure enough, sat a crooked-legged bird on the clothes line, bearing a seed in its mouth. Nahl Bo would let no one touch it, but as the bird dropped the seed and flew away, he jumped out so eagerly that he forgot to slip his shoes on, and got his clean white stockings all befouled. He secured the seed, however, and felt that his fortune was made. He planted it carefully, as directed, and gave it his personal attention.

봄이 왔다. 어느 날 놀보는 마당 옆의 베란다로 이어진 작은 방에 다리를 꼬고 앉아 있다가 귀에 익은 새 소리를 들었다. 그가 긴 장죽을 떨어뜨리고 종이 바른 창을 확 제쳤니 거기에는 틀림없이 굽은 다리의 새가 입에 씨를 물고 빨랫줄에 앉아 있었다. 어느 누구도 그 새를 건드리지 못하게 하고, 새가 씨를 떨어뜨리고 멀리 날아가자 신을 신는 것도 잊고 깨끗한 흰 버선이 온통 더러워지도록 정신없이 뛰어나갔다. 그는 씨를 손에 넣고는 자기에게도 행운이 왔다고 생각했다. 그는 적힌 대로 조심조심 씨를 심었고 본인이 직접 씨를 돌보았다.

The vines were most luxurious. They grew with great rapidity, till they had well nigh covered the whole of his large house and outbuildings. Instead of one gourd, or even four, as in the brother's case, the new vines bore twelve gourds, which grew and grew till the great beams of his house fairly groaned under their weight, and he had to block them in place to keep them from rolling off the roof. He had to hire men to guard them carefully, for now that the source of Hyung Bo's riches was understood, every one was anxious for a gourd. They did not know the secret, however, which Nahl Bo concealed through selfishness, and Hyung through fear that every one would take to killing and maiming birds as his wicked brother had done.

박 덩굴은 매우 무성했다. 자라는 속도가 아주 빨라 곧 그의 큰 집 전체와 바깥 건물까지 뒤덮었다. 한 박도 아닌, 흥보처럼 네 박도 아닌, 새로운 덩굴은 열두 박을 품었다. 박이 무럭무럭 자라 마침내 집의 큰 대들보는 박의 무게로 끙끙 앓았고, 놀보는 박이 지붕 아래로 떨어지지 않도록 받쳐주어야 했다.[34] 놀보는 지금쯤 흥보의 부의 비밀이 알려져 모두가 박을 갖고 싶어 한다고 생각하여 사람을 고용해서 박을 잘 지키게 했다. 그러나 사람들은 그 비밀을 알지 못했다. 놀보는 자기 혼자 부자가 되려는 이기심으로 숨겼고, 흥보는 못된 형이 그랬던 것처럼 모든 사람들이 새를 죽이거나 불구로 만들까 두려워 말하지 않았던 것이다.[35]

---

34 박 덩굴은 매우 ……받쳐 주어야 했다: 이 대목은 알렌이 저본으로 삼은 텍스트가 경판본 <흥부전> 계열이지만, 경판 25장본 <흥부전>은 아니라는 점에서 중요하다. 놀부박이 너무 커 집이 무너질 것을 두려워하는 대목은 다른 필사본이나 판소리 창본에는 나오는 흔한 내용이지만, 정작 경판 25장본 <흥부전>에는 없다. 뒤에 박의 무게로 집에 엉망이 되었다는 대목도 마찬가지이다. <흥부전>은 동일계열 가운데서도 놀부박 이후 대목에 이르게 되면 이본간의 출입이 매우 심한 편인데, 알렌의 번역본에서도 그런 현상이 동일하게 발견된다.

35 놀보는 지금쯤……않았던 것이다: <흥부전>에는 없지만 알렌이 새롭게 추가한 대목이다. 남들이 부자 되는 방법을 알까 겁이 나서 비밀에 부친 놀부와 남들이 부자 되기 위해서 무고한 새를 죽일까 겁이 나서 비밀에 부친 흥부의 태도가 대비된다.

Maintaining a guard was expensive, and the plant so loosened the roof tiles, by the tendrils searching for earth and moisture in the great layer of clay under the tiles, that the rainy season made great havoc with his house. Large portions of plaster from the inside fell upon the paper ceilings, which in turn gave way, letting the dirty water drip into the rooms, and making the house almost uninhabitable. At last, however, the plants could do no more harm; the frost had come, the vines had shrivelled away, and the enormous ripe gourds were carefully lowered, amid the yelling of a score of coolies, as each seemed to get in the others' way trying to manipulate the ropes and poles with which the gourds were let down to the ground. Once inside the court, and the great doors locked, Nahl Bo felt relieved, and shutting out every one but a carpenter and his assistant, he prepared for the great surprise which he knew must await him, in spite of his most vivid dreams.

파수꾼을 유지하는 데는 큰 비용이 들었고, 박 덩굴의 줄기가 두꺼운 점토층에 있는 흙과 수분을 찾아 기와 아래로 내려가 지붕의 기와가 너무 헐거워져 장마철 놀보 집은 엉망이었다. 안쪽의 큰 회반죽 덩어리가 지반자[36] 위에 떨어지고 이에 천장이 무너져 더러운 물이 방으로 뚝뚝 떨어져 이 집은 이제 사람이 살 수 없는 지경이 되었다.[37] 덩굴은 서리가 내려 시들자 드디어 피해를 주지 않았고, 잘 익

36 지반자(the paper ceilings): 반자틀 위에 도배를 한 것.
37 이 집은……지경이 되었다: 한옥은 안쪽 마감재로 회와 모래를 비율에 맞춰 섞

은 어마어마한 박은 20명의 인부의 고함 소리 속에 조심스럽게 내려졌다. 그들은 박을 땅으로 내리기 위해 사용하는 밧줄과 막대를 움직이느라 서로가 서로를 방해하는 듯했다. 박을 일단 마당에 내리고 대문을 잠그자 놀보는 안심을 했다. 그는 목수와 조수만 남겨두고 다른 모든 일꾼들은 못 들어오게 한 후 매우 생생한 꿈에도 불구하고 당연히 그에게 주어질 것이라 믿는 큰 깜짝 선물을 기대했다.[38]

The carpenter insisted upon the enormous sum of 1,000 cash for opening each gourd, and as he was too impatient to await the arrival of another, and as he expected to be of princely wealth in a few moments, Nahl Bo agreed to the exorbitant price. Whereupon, carefully bracing a gourd, the men began sawing it through. It seemed a long time before the gourd fell in halves. When it did, out came a party of rope-dancers, such as perform at fairs and public places. Nahl Bo was unprepared for any such surprise as this, and fancied it must be some great mistake. They sang and danced about as well as the crowded condition of the court would allow, and the family looked on complacently, supposing that the band had been sent to celebrate their coming good fortune.

은 사마토를 바른다. 여기에서는 이를 'plaster'라고 표현했다. 알렌이 한옥의 구조를 정확히 파악하고 있었다는 단적인 증거 중 하나이다. 그리고 덩굴이 기와집의 지붕을 훼손한 것은 앞으로의 일을 암시하는 복선이다.

38 잘 익은……선물을 기대했다: 박이 너무 커서 인부 20명이 조심스럽게 내리는 부분이나 박을 딴 뒤에 목수와 조수만 남겨두고 일꾼들을 집에 들어오지 못하게 했다는 내용도 <흥부전>에는 없는 대목이다. 그 결과 재물에 탐내는 놀부의 성정을 돋보이게 만드는 효과를 발휘하고 있다.

목수가 박 한 개 당 1,000 카쉬라는 엄청난 돈을 요구했다. 놀보는 조바심에 다른 목수를 기다릴 수 없었고, 또한 왕도 부럽지 않을 엄청난 부를 곧 가질 것으로 생각했기 때문에 터무니없이 비싼 삯을 주기로 동의했다. 이에 일꾼들은 박을 조심스럽게 받치고 타기 시작했다. 박이 둘로 갈라지기까지 긴 시간이 흐른 것 같았다. 벌어진 박에서 나온 것은 시장이나 공공장소에서 공연하는 한 무리의 곡예사들[39]이었다. 놀보는 이와 같은 깜짝 선물은 미처 생각지도 않았기에 분명 뭔가 큰 실수가 있다고 생각했다. 그들은 어지러운 마당을 용케 헤치어 가며 노래하고 춤을 췄다. 놀보네는 이 무리들이 앞으로 다가올 행운을 축하하기위해 왔을 것이라고 짐작하며 느긋하게 구경하였다.

But Nahl Bo soon had enough of this. He wanted to get at his riches, and seeing that the actors were about to stretch their ropes for a more extensive performance, he ordered them to cease and take their departure. To his amazement, however, they refused to do this, until he had paid them 5,000 cash for their trouble.

“You sent for us and we came,” said the leader. ' “Now pay us, or we will live with you till you do.”

There was no help for it, and with great reluctance and some foreboding, he gave them the money and dismissed them. Then Nahl Bo turned to the carpenter, who chanced to be a man with an ugly

39 한 무리의 곡예사들: <흥부전>의 첫 번째 박에서 나온 부류는 한 떼의 거문고쟁이였고 놀부는 돈 백 냥을 주어 그들을 보낸다.

visage, made uglier by a great hare-lip.

"You," he said, "are the cause of all this. Before you entered this court these gourds were filled with gold, and your ugly face has changed it to beggars."

그러나 놀보는 곧 지겨워졌다. 그는 재물을 얻고 싶어 배우들이 더 긴 공연을 위해 밧줄을 막 펼치는 것을 보고는 그만하고 떠날 것을 명령했다. 놀랍게도 그들은 수고비로 5,000 카쉬를 주지 않으면 가지 않겠다고 거절했다. 대장이 말했다.

"당신이 우리를 불러서 왔다. 지금 우리에게 돈을 안 주면 줄 때까지 너와 살 것이다."

놀보는 달리 방도가 없어 어떤 불길함을 느끼며 마지못해 그 돈을 주고 그들을 쫓아냈다. 그리고는 놀보는 하필 심한 언청이로 더 못나 보이는 못생긴 목수를 돌아보며 말했다.[40]

"너 때문에 이런 일이 생긴 거야. 네가 이 마당에 들어오기 전에는 박에 금이 가득했는데 너의 못생긴 얼굴 때문에 금이 거지들로 바뀌었어."

Number two was opened with no better results, for out came a body of Buddhist priests, begging for their temple, and promising many sons in return for offerings of suitable merit. Although

40 그리고는 놀보는……바뀌었어: <흥부전>에서는 첫 번째 박통에서 금은보화가 아니라 쓸데없는 거문고쟁이가 나와 돈만 뜯기자 톱질하던 째보의 콧소리 탓이라며 박을 타며 소리를 하지 못하게 한다. 알렌은 이 대목을 톱질하던 언청이의 못난 외모 때문이라 타박하는 것으로 고쳐 놓았다.

disgusted beyond measure, Nahl Bo still had faith in the gourds, and to get rid of the priests, lest they should see his riches, he gave them also 5,000 cash.

2번 박도 열어 보았지만 결과는 더 나을 바가 없었다. 한 무리의 중[41]들이 나와 사원을 도와 달라 애걸하며, 적당한 돈을 바치면 보답으로 아들을 많이 낳게 해주겠다고 약속했다. 말할 수 없이 혐오스러웠지만 놀보는 여전히 박에 대한 믿음을 가지고 있었기에 중들이 그의 보물을 보지 못하도록 내보내기 위해 그들에게도 5,000 카쉬를 주었다.

As soon as the priests were gone, gourd number three was opened, with still poorer results, for out came a procession of paid mourners followed by a corpse borne by bearers. The mourners wept as loudly as possible, and all was in a perfect uproar. When ordered to go, the mourners declared they must have money for mourning, and to pay for burying the body. Seeing no possible help for it, 5,000 cash was finally given them, and they went out with the bier.

중들이 나가자마자, 놀보는 3번 박을 열었지만 결과는 훨씬 더 안 좋았다. 고용된 문상객[42] 행렬이 운구인들이 맨 시체를 따라 밖으로

---

41 중: <흥부전>의 두 번째 박에서 나온 부류는 '무수한 노승들'이다. 이들은 강남황제 원당의 시주승들로 돈 500냥을 빼앗은 뒤 사라진다.

42 고용된 문상객(paid mourners): <흥부전>의 세 번째 박에서는 놀부의 상전(上典)이 죽었다며 '상여꾼들'이 나와 5,000냥을 빼앗아 사라진다.

나왔기 때문이었다. 문상객들은 가능한 한 크게 울었고, 모든 것이 완벽한 대소란 속에 있었다. 가라고 하자 문상객들은 슬프게 곡을 한 대가로 또 시체 매장비를 내야 하기 때문에 돈을 받아야 한다고 단호히 말했다. 이 또한 다른 도리가 없어 마침내 놀보가 그들에게 5,000카쉬를 주었고, 그들은 상여와 같이 나갔다.

Then Nahl Bo's wife came into the court, and began to abuse the hare-lipped man for bringing upon them all this trouble. Whereupon the latter became angry and demanded his money that he might leave. They had no intention of giving up the search as yet, however, and, as it was too late to change carpenters, the ugly fellow was paid for the work already done, and given an advance on that yet remaining. He therefore set to work upon the fourth gourd, which Nahl Bo watched with feverish anxiety.

그때 놀보 아내가 마당으로 나오더니 언청이 목수 때문에 이 모든 화가 닥쳤다고 하며 그를 욕하기 시작했다. 이에 화가 난 목수는 가겠다고 하며 돈을 달라고 요구했다. 그들은 박을 타는 것을 아직 포기할 의향이 없었고, 다른 목수를 부르기도 너무 늦어 그 못생긴 목수에게 이미 한 일에 대해서 돈을 지불하고 아직 남아 있는 일에 대해서도 선금을 주었다. 그리하여 목수는 네 번째 박을 타기 시작했는데 이를 지켜보는 놀보는 초조함으로 속이 탔다.

From this one there came a band of gee sang, or dancing girls.

There was one woman from each province, and each had her song and dance. One sang of the *yang wang*, or wind god; another of the *wang ja*, or pan deity; one sang of the *sungjee*, or money that is placed as a christening on the roof tree of every house. There was the cuckoo song. The song of the ancient tree that has lived so long that its heart is dead and gone, leaving but a hollow space, yet the leaves spring forth every spring-tide. The song of laughter and mourning, with an injunction to see to it that the rice offering be made to the departed spirits. To the king of the sun and stars a song was sung.

And last of all, one votary sang of the twelve months that make the year, the twelve hours that make the day, the thirty days that make the month, and of the new year's birth, as the old year dies, taking with it their ills to be buried in the past, and reminding all people to celebrate the New Year holidays by donning clean clothes and feasting on good food, that the following year may be to them one of plenty and prosperity. Having finished their songs and their graceful posturing and waving of their gay silk banners, the gee sang demanded their pay, which had to be given them, reducing the family wealth 5,000 cash more.

이 박에서 한 무리의 기생, 즉 무희들[43]이 나왔다. 각 지방의 기생

43 기생, 즉 무희들(gee sang, or dancing girls): <흥부전>의 네 번째 박에서는 '팔도의 무당들'이 나와 무당소리를 부르고 놀다가 5,000냥을 받고 물러갔다. 알렌은 기생, 즉 무희가 나왔다고 했지만 이들이 부르는 노래가 무가류(巫歌類)인 것을 보면 무당과 같은 부류라 할 수 있다.

이 다 모여 제각기 노래하고 춤을 추었다. 한 기생은 풍신 '양왕'(yang wang)을 노래하고, 다른 기생은 목신[牧神]인 '왕재'를 노래하고, 또 한 기생은 집집마다 마룻대 위에 놓는 세례금 즉 '성지'를 노래했다. 뻐꾸기 노래도 있었다. 너무 오래 되어서 그 속이 죽어 텅 빈 공간만 남았지만 봄이면 잎이 솟아나는 고목나무 노래도 있었다. 죽은 영혼들에게 정성스럽게 쌀 공양을 할 것을 명하는 웃고 우는 노래도 있었다. 해와 별들의 왕에게 바치는 노래도 불렀다.

마지막으로 한 숭배자는 일 년을 만드는 열두 달, 한 낮을 만드는 열 두 시간, 한 달을 만드는 삼십 일, 그리고 한 해가 그들의 질병을 과거 속에 묻으며 가고 새로운 해가 오는 것을 노래했다. 풍요롭고 번창한 명년이 되도록 모든 사람들이 깨끗한 옷을 입고 맛있는 음식을 먹으면서 신년 명절을 축하자고 했다. 노래하고 우아한 몸짓으로 비단 깃발을 흔드는 것을 마친 후 기생은 돈을 줄 것을 요구했다. 이 돈을 어쩔 수 없이 주고 나니 놀보네의 부는 또 5,000 카쉬 줄었다.

The wife now tried to persuade NaU Bo to stop and not open more, but the hare-lip man offered to open the next for 500 cash, as he was secretly enjoying the sport. So the fifth was opened a little, when a yellow-looking substance was seen inside, which was taken to be gold, and they hurriedly opened it completely. But instead of gold, out came an acrobatic pair, being a strong man with a youth dressed to represent a girl. The man danced about, holding his young companion balanced upon his shoulders, singing meanwhile a song of an ancient king, whose riotous living was so distasteful to his subjects that he built him a cavernous palace, the floor of which was covered with quicksilver, the walls were decorated with jewels, and myriad lamps turned the darkness into day. Here were to be found the choicest viands and wines, with bands of music to entertain the feasters: most beautiful women; and he enjoyed himself most luxuriously until his enemy, learning the secret, threw open the cavern to the light of day, when all of the beautiful women immediately disappeared in the sun's rays.

아내는 이제 그만하고 더 이상 박을 타지 말자고 놀보를 설득했다.[44] 그러나 은근히 이 놀이가 재미있어진 언청이 목수는 500 카쉬를 주면 다음 박을 타주겠다고 제안했다. 다섯 번째 박이 약간 벌어졌을 때 안쪽에 노랗게 보이는 물질이 보였다. 그들은 이것을 금으로 생각하고 서둘러 박을 다 열어 보았다. 그러나 금 대신 나온 것은 힘센 남자와 여장 청년이 짝을 이룬 기예단[45]이었다. 그 남자는 어린 짝이 어깨 위에서 떨어지지 않게 태우고 빙빙 돌고 춤을 추면서 옛날 어느 왕에 대한 노래를 했다. 왕의 방탕한 생활이 신하들에게 너무도 큰 혐오감을 주자 왕은 동굴 궁전을 지어 그 바닥은 수은으로 덮고[46] 벽은 보석으로 장식하고 무수히 많은 램프는 어둠을 빛으로 바

44 아내는 이제……놀보를 설득했다: <흥부전>에서는 네 번째 박통에서도 낭패를 본 뒤, 놀부가 '성즉성, 패즉패(成則成, 敗則敗)'라며 째보를 부추겨 계속 탈 것을 고집한다.

45 힘센 남자와 여장 청년이 짝을 이룬 기예단: <흥부전>의 다섯 번째 박에서는 '만여 명의 등짐꾼'이 나와서 집을 짊어지고 떠올린다. 이에 5,000냥을 주어 보낸다. 하지만 알렌이 저본으로 삼은 <흥부전>에서는 내용으로 미루어보아 다섯 번째 박에서 나온 부류는 남녀사당패로 보인다.

꾸었다. 최고급 진수성찬과 술과 연회 손님 즉 가장 아름다운 여인들을 흥겹게 하는 음악 밴드가 있어 왕은 가장 화려한 삶을 만끽하고 있었다. 마침내 그의 적이 이 비밀을 알고 낮의 빛 속으로 동굴을 활짝 열자 그 즉시 아름다운 여인들은 모두 햇살 속으로 사라졌다는 내용의 노래였다.

Before he could get these people to discontinue their performance, Nahl Bo had to give them also 5,000 cash. Yet in spite of all his ill luck, he decided to open another. Which being done, a jester came forth, demanding the expense money for his long journey. This was finally given him, for Nahl Bo had hit upon what he deemed a clever expedient. He took the wise fool aside, and asked him to use his wisdom in pointing out to him which of these gourds contained gold. Whereupon the jester looked wise, tapped several gourds, and motioned to each one as being filled with gold.

이 사람들의 공연을 중단시키기 위해 놀보는 그들에게 또 5,000 카쉬를 주어야 했다. 이 모든 불운에도 불구하고 그는 다른 박을 열어 보기로 결심했다. 그렇게 하자, 어릿광대[47]가 나와 오랜 여행에

46 그 바닥은 수은으로 덮고(the floor of which was covered with quicksilver): 수은 합금 화합물을 유리 밑에 바른 판(거울 판)을 말한다. 참고로 시황제는 자신의 무덤을 조성할 때 주변에 수은을 흐르게 한 바 있다.

47 어릿광대(jester): 흔히 왕을 웃기기 위해 고용된 광대인데 때로 바보인 척하며 왕에게 직언한다. 그래서 wise fool이란 표현을 쓴 것이다. 셰익스피어 리어왕의 어릿광대와 같다. <흥부전>의 여섯 번째 박에서는 '천여 명의 초라니'가 나와 놀부를 덜미잡이 등으로 거꾸러뜨리는 봉변을 주는 것으로 되어 있다. 그리하

대한 대가로 많은 돈을 요구했다. 놀부는 자기 생각에 괜찮은 묘수를 떠올렸기에 광대에게 그 돈을 결국 주었다. 놀보는 현명한 바보를 옆으로 데리고 가서 그의 지혜로 보아 이들 중 어느 박에 금이 있는지 가리켜 달라고 요청했다. 이에 어릿광대는 똑똑해 보이는 척하며 몇 개의 박을 두드리더니 모든 박에 금이 가득한 것 같은 몸짓을 했다.

The seventh was therefore opened, and a lot of yamen runners came forth, followed by an official. Nahl Bo tried to run from what he knew must mean an exorbitant "squeeze," but he was caught and beaten for his indiscretion. The official called for his valise, and took from it a paper, which his secretary read, announcing that Nahl Bo was the serf of this lord and must hereafter pay to him a heavy tribute. At this they groaned in their hearts, and the wife declared that even now the money was all gone, even to the last cash, while the rabble which had collected had stolen nearly every thing worth removing. Yet the officer's servants demanded pay for their services, and they had to be given a note secured on the property before they would leave. Matters were now so serious that they could not be made much worse, and it was decided to open each remaining gourd, that if there were any gold they might have it.

여 5,000냥을 주어 보내면서 어느 박에 생금(生金)이 들었는지 알려달라고 한다. 이에 초라니들은 "우리는 각통이라 자세히 모르지만, 어느 통인지 생금이 들었으니 모두 타고 보라"며 사라진다. 알렌도 어릿광대들에게 어느 박에 금은이 들어 있는지 알려달라고 묻는 점에서 유사하다.

그리하여 일곱 번째 박을 열었지만 많은 관졸들이 관리[48]를 따라 나왔다. 놀보는 그들이 터무니없이 '쥐어 짜낸다'는 것을 알기 때문에 도망치려고 했지만 붙잡혀 무엄하다고 매를 맞았다. 관리는 가방을 달라고 하더니 문서를 꺼냈고 그의 비서가 이를 읽었는데 놀보가 이 영주의 농노[49]이므로 향후 그에게 엄청난 조공을 바쳐야 한다는 내용이었다. 이에 놀보네는 마음속으로 끙끙 앓았고, 놀보 아내는 지금까지 폭도들이 값나가는 모든 것들을 거의 다 훔쳐가 마지막 단 한 카쉬도 없다고 말했다. 그러나 관리의 부하들은 일의 대가를 요구했다. 그들을 보내기 위해서는 집을 담보로 한 문서를 주어야 했다. 지금 상황이 너무 심각하므로 더 이상 나빠질 것도 없었다. 어느 한 박에 금이 있을 수 있으니 남은 박을 모두 타 보기 결정했다.

When the next one was opened a bevy of moo tang women (soothsayers) came forth, offering to drive away the spirit of disease and restore the sick to health. They arranged their banners for their usual dancing ceremony, brought forth their drums, with which to exorcise the demons, and called for rice to offer to the spirits and clothes to burn for the spirits' apparel.

"Get out!" roared Nahl Bo. "I am not sick except for the visitation of such as yourselves, who are forever burdening the poor, and demanding pay for your supposed services. Away with you, and

48 관리(official): <흥부전>의 일곱 번째 박에서는 '천여 명의 양반들'이 나와 예전 상전이라면서 놀부에게 속량(贖良) 값이라며 5,000냥을 빼앗아 갔다.

49 영주의 농노(serf of lord): 모두 중세 개념이다. serf는 노예의 의미도 있지만 여기서는 경작한 것의 일부를 영주에게 바치는 농노의 의미로 쓰였다.

befool some other pah sak ye (eight month's man－fool) if you can. I want none of your services."

They were no easier to drive away, however, than were the other annoying visitors that had come with his supposed good fortune. He had finally to pay them as he had the others; and dejectedly he sat, scarcely noticing the opening of the ninth gourd.

다음 박을 열자 한 무리의 여자 무당(점쟁이)[50]이 나와 병을 내리는 귀신[51]을 몰아내고 아픈 사람을 건강하게 해주겠다고 제안했다. 그들은 춤 의식에 흔히 사용되는 깃발을 정렬하고, 악령을 내쫓기 위한 북을 내오고, 혼령에게 바칠 쌀과 혼령의 의복으로 태울 옷을 달라고 했다.

"썩 꺼져라!"

놀보는 으르렁거렸다.

"너희 같은 것들만 방문하지 않으면 난 아프지 않다. 너희들은 영원히 가난한 사람들에게 부담을 주고 공치사[功致辭]로 돈을 요구하지.[52] 썩 가서 다른 팔삭이(8개월에 태어난 사람-바보)[53]나 속여라. 난

50 한 떼의 여자 무당(점쟁이)(a bevy of moo tang women (soothsayers)): <흥부전>의 여덟 번째 박에서는 '만여 명 사당거사'들이 나온다.

51 병을 내리는 귀신(the spirit of disease): 괴질신장, 몽달귀신 등을 가리킨다. [동의보감]에서는 천연두의 치료법으로 약 처방 외에 태을주 읽기에 관한 기록이 있으니, 태을주의 '태을천상원군'의 다른 이름인 '태을구고천존(太乙救苦天尊)'이란 주문을 100독 읽을 것을 권하였다.

52 너희들은 영원히……돈을 요구하지: 알렌은 기독교 선교사였으므로 무당의 굿이 이상한 의식으로 간주되었을 법하다.

53 팔삭이(pah sak ye (eight month's man －fool): 임신 8개월에 태어난 사람으로 '바보'라는 의미이다.

너희들의 의식[54] 같은 것은 필요 없다."

그러나 행운을 가져올 것이라고 짐작했지만 실상 그를 짜증나게 했었던 다른 방문객들과 마찬가지로 그들을 쫓아내기가 쉽지 않았다. 그는 이전 무리들에게 그랬던 것처럼 결국 그들에게 돈을 주어야 했고 맥없이 앉아 있다 아홉 번째 박이 벌어지는 것도 몰랐다.

The latter proved to contain a juggler, and the exasperated Nahl Bo, seeing but one small man, determined to make short work of him. Seizing him by his topknot of hair, he was about to drag him to the door, when the dexterous fellow, catching his tormentor by the thighs, threw him headlong over his own back, nearly breaking his neck, and causing him to lie stunned for a time, while the expert bound him hand and foot, and stood him on his head, so that the wife was glad to pay the fellow and dismiss him ere the life should be departed from her lord.

그 박에 저글러[55]가 들어 있는 것으로 밝혀지자, 부아가 치민 놀보는 난쟁이 한 명만 있는 것을 보고 그를 간단히 해치우려고 결심했

54 너희들의 의식: 문맥상 무당굿을 뜻한다.

55 저글러(juggler): 사전적 의미로는 '요술쟁이', '곡예사'를 뜻한다. 내용을 보아 여기서는 곡예사로 보인다. <흥부전>의 아홉 번째 박에서는 '만여 명의 왈자(曰者)들'이 나온다. '왈자'란 도시의 건달쯤 되는 부류이다. 이들은 온갖 노래와 희담을 하며 놀부를 괴롭히는데, 그 장면이 비정상적으로 길게 이어진다. 경판본이 기반으로 삼고 있는 서울에서 이들의 존재가 매우 독특하고 인상적이었던데 그 원인이 있을 듯하다. 하지만 이런 문화에 익숙지 않은 알렌은 매우 짧게 처리하고 다음 박으로 넘어간다.

다. 놀보가 난쟁이의 머리 꼭대기 매듭[56]을 잡고 막 문 쪽으로 질질 끌고 가려고 하자 솜씨 좋은 이 작자는 가해자의 넓적다리를 잡고 놀보를 자기 등 뒤로 내다 꽂았다. 목이 거의 부러질 뻔한 놀보가 한동안 정신이 멍해져서 누워 있는 동안 달인은 그의 손과 발을 묶고 거꾸로 매달았다. 놀보의 아내는 남편의 생명이 끊어지기 전에 그 작자에게 선뜻 돈을 주고 내보냈다.

On opening the tenth a party of blind men came out, picking their way with their long sticks, while their sightless orbs were raised towards the unseen heavens. They offered to tell the fortunes of the family. But, while their services might have been demanded earlier, the case was now too desperate for any such help. The old men tinkled their little bells, and chanted some poetry addressed to the four good spirits stationed at the four comers of the earth, where they patiently stand bearing the world upon their shoulders; and to the distant heavens that arch over and fold the earth in their embrace, where the two meet at the far horizon (as pictured in the Korean flag). The blind men threw their dice, and, fearing lest they should prophesy death, Nahl Bo quickly paid and dismissed them.

열 번째 박을 열자마자 한 떼의 소경[57]이 볼 수 없는 안구[眼球]를

56 머리 꼭대기 매듭(topknot): 상투. 흔히 과거 아시아에서 머리를 틀어 머리 꼭대기에 붙이는 헤어스타일이다. 동양권 문화에 대한 약간의 지식이 있는 사람이면 알 법한 단어이다.

57 한 떼의 소경(a party of blind men): <흥부전>의 열 번째 박에서는 '팔도소경'이

보이지 않는 하늘을 향해 뜬 채 긴 막대로 길을 짚으며 나왔다. 그들은 놀보네의 운세를 말해주겠다고 제안했다. 조금 전이었다면 그들에게 점을 치라고 했겠지만 지금 상황은 그런 도움을 요청하기엔 너무 절망적이었다. 노인네들은 작은 종을 딸랑거리면서 세상의 네 모퉁이에서 참을성 있게 어깨 위에 세상을 지고 서 있는 네 명의 선량한 신에게 바치는 시를 읊조리기 시작했다. 그들은 또한 (한국기에 그려진 것처럼)[58] 대지를 굽어보고 감싸 안으며 먼 지평선에서 대지를 만나는 먼 하늘[59]에 바치는 시도 읊었다. 소경이 주사위를 던지자 그들이 죽음을 예언할까 두려워 놀보는 재빨리 돈을 주고 내쫓았다.

The next gourd was opened but a trifle, that they might first determine as to the wisdom of letting out its contents. Before they could determine, however, a voice like thunder was heard from within, and the huge form of a giant arose, splitting open the gourd as he came forth. In his anger he seized poor Nahl Bo and tossed him upon his shoulders as though he would carry him away. Whereupon the wife plead with tears for his release, and gladly gave an order for the amount of the ransom. After which the monster allowed the frightened man to fall to the ground, nearly breaking his aching

---

나와 경 읽어준 값으로 5,000냥을 받아 사라진다. 알렌은 이를 점 쳐주는 대가를 받아 사라지는 것으로 그리고 있다.

58 알렌의 *Korean Tales*의 앞표지에 태극기 그림이 있다.

59 하늘(heavens): 복수를 쓴 것은 '하늘들'이라는 의미이기보다는 히브리어 성경에서 절대적이고 장엄한 것을 나타내기 위해 명사를 복수형으로 사용한 용례를 따른 듯하다.

bones in the fall.

그 다음 박은 안의 내용물을 밖으로 내놓는 것이 현명한지를 먼저 결정하기 위해서 조금만 열어 보았다. 그러나 그들이 결정을 하기도 전에 천둥 같은 소리가 안에서 들리더니 거대한 형상의 거인[60]이 일어나 박을 쫙 쪼개면서 밖으로 나왔다. 그는 화가 나서 불쌍한 놀보를 잡고 마치 짐짝 나르듯이 그를 자기의 어깨 위로 툭 던졌다. 이에 놀보 아내는 남편을 내려 줄 것을 눈물로 간청하고는 남편 몸값에 해당하는 돈을 주겠다고 먼저 제안했다. 이후 괴물이 대경실색한 놀보를 땅에 떨어뜨리자, 놀보의 이미 아픈 뼈는 떨어지면서 거의 부서질 뻔했다.

The carpenter did not relish the sport any longer; it seemed to be getting entirely too dangerous. He thereupon demanded the balance of his pay, which they finally agreed to give him, providing he would open the last remaining gourd. For the desperate people hoped to find this at least in sufficient condition that they might cook or make soup of it, since they had no food left at all and no money, while the other gourds were so spoiled by the tramping of the feet of their unbidden guests, as to be totally unfit for food.

The man did as requested, but had only sawed a very little when

60 거대한 형상의 거인(the huge form of a giant): <흥부전>의 열 번째 박에서는 거대한 몸의 장비(張飛)가 나와서 몸을 주무르라 등을 두드리라, 온갖 곤욕을 겪게 한 뒤 사라진다. 하지만 알렌은 장비라고 명기하지 않고, 다만 몸이 큰 거인으로만 그리고 있다.

the gourd split open as though it were rotten, while a most awful stench arose, driving every one from the premises. This was followed by a gale of wind, so severe as to destroy the buildings, which, in falling, took fire from the Kang and while the once prosperous man looked on in helpless misery, the last of his remaining property was swept forever from him.

The seed that had brought prosperity to his honest, deserving brother had turned prosperity into ruin to the cruel, covetous Nahl Bo, who now had to subsist upon the charity of his kind brother, whom he had formerly treated so cruelly.

목수는 너무 지나치게 위험해지는 듯한 이 놀이가 더 이상 즐겁지 않았다. 이에 그는 잔금을 요구했고 놀보네는 남은 마지막 박을 타면 돈을 주겠다고 최종 합의했다. 절박해진 이 사람들은 남은 음식도 돈도 없었고 다른 박들은 음식으로 도저히 먹을 수 없을 정도로 불청객들의 발에 짓밟혔기 때문에 최소한 이 박으로 요리나 죽이라도 해 먹을 수 있기를 기대했다.

목수가 요청받고 톱질한 지 불과 얼마 되지 않아 마치 썩은 박이 쪼개지듯이 박이 벌어지더니 안에서 너무도 고약한 냄새가 올라와 모든 사람들을 그 집에서 내몰았다. 고약한 냄새에 뒤이어 건물이 파괴될 정도의 굉장히 센 돌풍[61]이 불었고 건물이 무너지면서 '캉'

61 고약한 냄새에 이어... 돌풍: <흥부전>의 마지막 박에서는 '광풍이 대작하며 똥줄기'가 쏟아져 나와 집을 뒤덮는 것으로 되어 있다. 하지만 알렌의 <흥부전>은 마지막 박에서 나온 것은 고약한 냄새에 이어 돌풍이 불어 집에 불이 나도록 만드는 것으로 바꾸어 놓았다. 원작 <흥부전>에서는 황금을 쫓던 자가 누런 황금

에 불이 붙었다. 한 때 부유했던 자가 무기력하고 비참한 심정으로 바라보는 동안 그의 마지막 남은 재산은 그에게서 영원히 사라졌다.

정직하고 자격 있는 그의 동생에게 부를 가져다주었던 그 씨는 잔인하고 탐욕스러운 놀보의 부를 폐허로 바꾸어 놓았다. 이제 놀보는 옛날에 자신이 그토록 잔인하게 학대했던 그의 친절한 동생의 자비로 연명해야 했다.

같은 똥에 뒤덮이는 것으로 결말을 맺었다면, 알렌은 모든 것을 잿더미로 만드는 것으로 결말을 맺고 있는 것이다. 똥이 상스럽다고 여겼기 때문인 듯하다. 참고로 <흥부전>에서는 놀부가 열한 번째 박을 타서 박속을 끓여 먹은 뒤, 당동당동하며 미쳐 날뛰는 대목이 나온다. 그 뒤, 마지막인 열두 번째 박에서 똥이 나오는 것이다. 하지만 알렌은 이런 장면이 없이 마지막 박에서 불어대는 광풍으로 온 집이 불타는 것으로 끝난다.

한성고등학교 학감, 다카하시 도루의 〈흥부전 일역본〉(1910)

高橋亨 譯, 「興夫傳」, 『朝鮮の物語集附俚諺』, 日韓書房, 1910.

다카하시 도루(高橋亨)

▌해제▐

다카하시 도루의 <흥부전 일역본> 역시 그가 출판한 한국설화 및 속담집에 수록된 것이다. 다만, <흥부전 일역본>의 경우는 <장화홍련전>, <재생연>, <춘향전>과 달리, 다카하시가 수집한 설화와 함께 수록되어 있으며, 그 분량이 8면 분량으로 지극히 짧은 편이다. 이러한 점들 때문인지 다카하시의 『조선 이야기집과 속담』을 읽은 호소이 하지메 역시 <흥부전 일역본>은 그의 『조선문화사론』에 포함하지 않았다. 즉, 호소이는 다카하시의 <흥부전 일역본>을 고소설 작품이라기보다는 하나의 구전설화로 인식했던 셈이다. 그렇지만 다카하시의 일역본은 5개의 흥부박과 11개의 놀부박을 포함하여 경판 25장본 <흥부전>의 기본화소를 모두 포함하고 있다. 물론 "아라비아의 야화에 있는 알라딘의 궁전은 아니더라도, 우리 동생이 살고 있는 곳 근처에, 하룻밤 사이에 우뚝 솟아 구름을 뚫을 듯한 큰 건물이 나타났다고 하니, 어떤 사람이 살고 있는 곳인가"와 같은 진술은 원전 고소설에서는 찾아볼 수 없는 언어표현이지만, 다카하시의 번역작품은 방각본 <흥부전>의 축약작품이라고 말할 수 있을 것이다.

참고문헌

권혁래, 「근대 초기 설화·고전소설집 『조선물어집』의 성격과 문학사적 의의」, 『한국언어문학』 64, 한국언어문학회, 2008.
______, 「다카하시가 본 춘향전의 특징과 의의」, 『고소설연구』 24, 한국고소설학회, 2007.
이상현, 『한국고전번역가의 초상, 게일의 고전학 담론과 고소설 번역의 지평』, 소명출판, 2013.
조희웅, 「일본어로 쓰여진 한글설화/한국설화론(1)」, 『어문학논총』 24, 2005.

今は昔、心素直なる弟と、慾心のみ深き兄とありけり。弟を興夫といひ、兄をノル夫と云ふ。父親死してありとある其の遺産は盡く兄一人にて横領し、弟は草葺の家にさへ住むこと叶はず、黍の稈を壁にし、黍の葉もて葺きたる掘立小屋に起臥し。貧乏人の子澤山とて、犬か猫などの様に年々に生れ出れば、唯さへ狭き小屋に溢れて、折々は主人の脚も家に餘りて壁を貫き、往来迄はみ出て、道往く人はやれ興夫、脚を引込ませ、應と答へて引入ることもありき。餘りの苦しさに一日錢持てる罪人の代りに笞を受けんと引受け、其夜は妻と、明日は必ず幾許の錢取れん、其を以て久々にて子供等に米の粥を啜らせんと話して楽みぬ。しかるに其の翌日俄に其罪人無罪放免となり、これも画ける餅の空しくなれり。或時は粉米些かを兄の許に貰ひに往けば、兄は慳貧に、我が下人に食はすべき粉米をいかで汝に與へられんといふ。さらば酒の糠なりと、と云へば、我が豚にやるべき酒の粕を汝に與へらるるものかはと毒突くのみ。

지금은 옛날이지만 마음 순박한 동생과 욕심[1]만 많은 형이 있었다. 동생을 흥부(興夫)라고 하고, 형을 놀부(ノル夫)라고 하였다. 부친이 돌아가시고 나서 모든 그 유산은 전부 형 혼자 가로채어, 동생은 초가지붕이 있는 집에서조차 사는 것이 이루어지지 않고, 수수 짚을 벽으로 삼으며 수수 잎으로 지붕을 세운 오두막집에서 생활하였다. '가난한 사람일수록 아이가 많다'고 하였듯이 개나 고양이 등과 같이 해마다 태어나니, 그렇지 않아도 좁은 오두막집[2]이 넘쳐났다. 때때로 주인의 다리가 집에 넘쳐나서 벽을 뚫고 길까지 밀려 나오니, 길가는 사람이

"이보게나, 흥부. 다리를 들여 놓게나"[하고 말하면],

"응"

이라고 대답하여 들여 놓는 적도 있었다. 너무나 고통스러운 나머

1 욕심: 원하는 마음 혹은 욕망 있는 마음이라는 뜻이며, 또한 애욕의 뜻과 색욕의 정이라는 뜻도 있다(松井簡治·上田万年編, 『大日本国語辞典』04, 金港堂書籍, 1919).

2 오두막집: 일본어 원문은 '小屋'이다. 작고 허술하게 지어진 집, 임시로 지은 건물, 혹은 연극과 같은 무대극을 위해 지은 건물이라는 뜻이다(金沢庄三郎編, 『辞林』, 三省堂, 1907).

지 하루는 돈 있는 죄인을 대신하여 곤장을 맞을 것으로 하고, 그날 밤 아내와,

"내일은 반드시 얼마간의 돈이라도 취하여, 그것으로 오랜만에 아이들에게 쌀죽을 먹입시다."

라고 이야기하며 즐거워했다. 그런데 그 다음 날 갑자기 그 죄인[3]이 무죄로 방면되어, 이것도 그림의 떡처럼 공허하게 되었다. 어느 날 싸라기라도 조금 얻으러 형이 있는 곳으로 갔는데, 형은 몹시 인색하고 탐욕스러워

"우리 집 하인에게 먹여야 할 싸라기를 조금도 너에게 줄 수가 없다."

라고 말하였다.

"그렇다면 술의 쌀겨라도"

라고 말하자,

"우리 집 돼지에게 먹여야 할 술 찌꺼기를 너에게 줄 것 같으냐."

라며 독설을 퍼부을 뿐이었다.

或年の春なり。一羽の燕何思ひてかえりに擇りて、かかる貧家に飛去り飛来りて離れむとせず。終に怪しき軒に巣を構へんとす。彼はかかる子供澤山の我家に何の燕の巣やとて、頻りに逐ひ出さんとすれ共、又しても飛入りて、はや其の内に巣も大方出来上らんとす。仕方なしとて打捨ておけるに、主人に似てか、この燕も大變の子福者にて、巣にも溢れむ許りなり。或時其中の一羽の雛、巣より零れ落ちて脚を折り、立ちもえやらでちよちよと啼き居たるを憐みて、薬を脚に

3 죄인: 일본어 원문은 '罪人'이다. 죄를 저지른 사람이라는 뜻이다(棚橋一郎·林甕臣編, 『日本新辞林』, 三省堂, 1897).

塗り糸にて巻き、懇ろに介抱して又巣に戻しやりぬ。

어느 해 봄이 되었다. 한 마리의 제비가 어떤 연유에서인지 고르고 골라, 이러한 가난한 집에 날아와 왔다 갔다 하면서 떠나려고 하지 않았다. 결국에는 이 수상쩍은 지붕에 둥지를 틀고자 하였는데, 그는

"이와 같이 아이가 많은 우리 집에 무슨 제비 집이란 말인가."

하고 계속해서 쫓아내려고 하였지만, 또 다시 날아와서 어느덧 그 사이에 둥지도 대체적으로 완성되려고 하였다.

"하는 수 없구나."

하고 방치해 두었더니, 주인을 닮아서인지 이 제비도 대단히 자식복이 많은 것으로, 둥지에도 넘쳐날 지경이었다. 어느 날 그 중에서 한 마리의 새끼 새가 둥지에서 떨어져서 다리가 부러지게 되어, 서 있는 것도 할 수 없어 깡충깡충 거리며 울고 있는 것을 가엽게 여기어, 다리에 약을 바르고 실로 묶어서 친절하게 간호하여 다시 둥지로 돌려보내 주었다.

秋もはや遠近山に立ち始めて、冷風吹き初めし頃、燕は恙なく育ち上りし数多の子供率ゐて江南の国へと帰り去りぬ。燕は江南の国に帰れる時は、必ず其の国王に見参して、北の国にてありし色々の事共を報告するを掟とすれば。かの貧家の燕も見参の禮を濟して、さてことしはいともとも情深き主人の家に巣を作りて、殆んど失ひたる雛をば無事に育てて来たりたりと委しく奏上するに。國王も其はいと殊勝なる人間かな。来年は報謝の禮物を持ち行くべしと詔あり。翌春蜚々たる燕打群れて、舊の古巣を求めて渡り来れるに。彼の貧家の燕は瓢箪の種子一顆啄み来りて、謝するが如く興夫の眼前におきて去れり。主人はこは珍らしきかな、燕の贈物とは未だ聞かざることなりとて、庭の隅に植えたるに、よく成長して大瓢四個実りたり。珍らしき大きなる瓢かな、中実は子供に食はせ我も食ひ、瓢は乾かして市に鬻かんとて秋一日振りて割きたるに。第一のよりは仙童と覚しき霊相清らなる一人の童子出来て、恭しく五個の瓶を與へたり。一の瓶には仙家の重寶死人を甦らす霊薬入り。第二の瓶には盲目を癒やす薬入り。第三の瓶には唖聾を治す神薬入り。第四の瓶には不老草なる妙草入り。第五の瓶よりは不死の神薬出でたり。第二の瓢を割くに、大木巨材石材其他丹碧彫刻の建築材山の如く堆く出で。第三瓢よりは大工十数人勇ましき姿にて現はれ出で、誰令するともなくいといと勤勉に件の材料以て建築を始め出し、はや見るが内に突兀たる大厦礎の上に立たんとす。同じ瓢の中より更に又穀類湧き出ること泉の如く、絹綾金錢数を盡して現はれ出でたり。されば彼夫婦は夢にあらずやと喜びつつ更に第四の瓢を割かんとす。此の時妻は暫しと止め、既に此にて我等の入用は皆足れるに非ずや。一つは残して又他日にこそ割き見ましといふに、彼は聴かで是非とて割きたるに。中より唐繪の様なる美人楚々として現はれ出で、けふよりは君の婢妾と耻し気に額付きけり。流石に妻は面白からず、止めさることか止めしものを、無理に割いてこの様なる入らざるものを出したりとていと夫を怨したり。

어느덧 가을이 되어 멀고 가까운 산으로 떠나기 시작하고 찬바람이 불기 시작하였을 즈음에, 제비는 무사히 키워 낸 많은 새끼들을 거느리고 강남의 나라로 돌아갔다. 제비는 강남의 나라로 돌아가서는 반드시 그 국왕을 알현하고, 북쪽 나라에서 있었던 여러 가지 일들을 보고하는 것을 규정으로 하였는데, 이 가난한 집에 있었던 제비도 알현[4]의 예를 마치고,

"참 올해는 아주 매우 정이 많은 주인집에 둥지를 만들어서, 거의 잃어버릴 뻔한 새끼 새를 무사히 길러 올 수 있었습니다."

라고 상세하게 주상(奏上)하니, 국왕도

"그 사람 참 훌륭하구나. 내년에는 마땅히 보답의 예물을 가지고 가거라."

고 명령하였다. 이듬해 봄 수많은 제비 무리들이 예전의 낡은 둥지를 찾아서 돌아오니, 그 가난한 집의 제비는 표주박의 종자 한 알을 물고 와서, 감사를 표하듯 흥부의 눈앞에 두고 떠났다. 주인은

"이것은 신기한 일이구나. 제비의 선물이란 아직 들어 본 적이 없거늘."

라고 말하며, 마당의 한 구석에 심으니 잘 성장하여서 커다란 박 네 개가 열매를 맺었다.

"신기하게 커다란 박이구나. 속 내용물은 아이들에게 먹이고 우리들도 먹고, 박은 말리어서 시장에 내다 팝시다."

라고 말하며,

가을 어느 날 비틀어서 가르니, 첫 번째에서는 선동(仙童)으로 보이는 모습이 청아한 한 사람의 동자가 나타나, 공손히 다섯 개의 병을 주었다. 첫 번째 병에는 선가(仙家)의 귀중한 보물로 죽은 사람을

4 알현: 일본어 원문은 '見参'이다. 문안하는 것, 혹은 면회, 대면 등의 경어체이다(松井簡治·上田万年編, 『大 日本国語辞典』02, 金港堂書籍, 1916).

살려 낸다는 영약(靈藥)이 들어 있었다. 두 번째 병에는 맹인을 치유할 수 있는 약이 들어 있었다. 세 번째 병에는 아롱(啞聾)을 치유할 수 있는 신약(神藥)이 들어 있었다. 네 번째 병에는 불로초인 묘한 풀이 들어 있었다. 다섯 번째 병에서는 불사(不死)의 신약이 나왔다. 두 번째 박을 가르니, 큰 나무 커다란 재목 석재 그 밖의 단벽(丹碧) 조각의 건축재가 산처럼 수북하게 나왔다. 세 번째 박에서는 열 몇 명의 목수가 건장한 모습으로 나타나, 누군가의 명령 없이도 아주 근면하게 그 재료로써 건축을 시작하였는데, 어느덧 보는 사이에 우뚝 솟은 큰 집이 주춧돌 위에 세워졌다. 같은 박 속에서 다시 또 곡류가 솟아나는 것이 샘물과 같고, 비단명주와 금전이 남김없이 나타났다. 그러자 그 부부는

"꿈은 아니겠지."

하고 기뻐하며 다시 네 번째 박을 가르려고 하였다. 이때 부인은 잠시 멈춰 세우며,

"이미 이것으로 우리들이 필요로 하는 것은 모두 충족되지 않았습니까? 하나는 남겨 또 다른 날에 갈라 봅시다."

라고 말하니, 그는 듣지 않고 어떤 일이 있어도 다 갈라 보니, 안에서 중국화 속의 모습을 한 미인들이 청초한 모습으로 나타나,

"오늘부터 그대의 비첩(婢妾)입니다."

라고[말하며] 부끄러워하며 이마를 맞대었다(얼굴을 맞대었다). 역시나 부인은 기분이 좋지 않아서,

"멈추지 않으면 안 되는 것을, 멈추게 하려고 하였던 것을 무리하게 갈라서 이와 같이 필요 없는 것을 꺼내게 되었다."

라고 한층 남편을 원망하였다.

亞刺比亞の夜話にあるアラデンの宮殿ならねども、我が弟が住居のあたり、一夜の中に突兀と雲に聳ゆる大厦現はれたれば、何人の住家にかと怪みて走り来れば、昨日に變る貧弟の榮華、実に見ぬ世の陶朱猗頓も之には過きじと思はるれば。吃驚仰天肝膽皆潰えて、恐る恐る弟に向ひ事の由を尋ね、こは善き事を聴出したり。我もせばやと俄に軒に住よげなる燕の巣を作り、長き竿に木の葉を結付け、そこらを過る燕共を無理に我が家へ逐込まんとするに、燕は皆弟の家に逃込みて一羽として入りて巣を構えんとはせず。猶屈せず頻りに逐込めば、一眼めくらの一羽終に逐込まれてドウヤラ巣の中へと入りにけり。いといと懶惰なる燕なりけむ。其の儘ここを住居として妻なる燕をも呼来りて、はや三ッ四ッの雛さへ産み落したり。兄者人は思ふ通りと喜びて、雛燕の今日や落つる、明日や落ち来と待てども、元来雛の数共少ければ絶えて落ち来らず。待ち疲れて一日梯子に攀ぢて中なる雛を一羽撰み出し、床の上へと投げ落したり。憐れ雛は血の出る許脚を打ちて折りくぢき、悲鳴を擧げて親を呼ぶ。彼急ぎ之を取上げて薬を塗りて糸を纒ひやり水や米粒を啣ませてやうやう治しやり、又々巣へと返しやりぬ。

아라비아의 야화에 있는 알라딘의 궁전은 아니더라도, 자신의 동생이 살고 있는 곳 근처에 하룻밤 사이에 우뚝 솟아 구름을 뚫을 듯한 큰 건물이 나타났다고 하니, 어떤 사람이 살고 있는 곳인가[5]하고 수상히 여겨 달려와서 보니, 지난밤에 변한 가난한 동생의 영화는

5 아라비아의 야화에 ~ 살고 있는 곳인가 : 원전 고소설에서는 찾아볼 수 없는 다카하시의 표현이다.

실로 본 적 없는 것으로 세상의 도주의돈(陶朱猗頓)도 이에는 미치지 못할 것이라 생각하였다. 아연실색하여 간담이 모두 무너져 조심조심 동생을 향하여 연유를 묻고는,

"이거 좋은 일을 알아내었구나. 나도 해 봐야겠다."

라고 말하면서 갑자기 지붕에 제비가 살 수 있는 둥지를 만들어, 기다란 장대에 나뭇잎을 연결하여, 그곳을 지나는 제비들을 강제로 자기의 집에 쫓아 넣고자 하였는데, 제비는 모두 동생의 집으로 도망가고 한 마리도 들어가서 둥지를 차리려고 하지 않았다. 더욱 굴하지 않고 계속해서 쫓았더니, 한 눈이 장님인 한 마리가 결국에는 쫓기어 가까스로 둥지 속에 들어갔다. 아주 매우 게으른 제비인 듯하였다. 그대로 이곳을 주거로 하여 아내 되는 제비를 불러 와서, 어느덧 3-4마리의 새끼도 낳았다. 형은

"사람은 생각대로[되는구나]."

라고 기뻐하며, 새끼제비가 오늘은 떨어질까, 내일이면 떨어질까 하고 기다렸지만, 원래 새끼의 숫자도 적어서인지 도무지 떨어지질 않았다. 기다리다 지친 하루는 사다리를 타고[올라가] 안에 있는 새끼 한 마리를 끄집어내어 바닥 위에 던져 떨어뜨렸다. 가엾게도 계속해서 피를 흘리며 다리가 부러지고 꺾여 비명을 지르며 부모를 불렀다.

그는 서둘러 이것을 집어 들어 올려 약을 바르고 실로 묶어 주며 물과 쌀알을 먹이면서 겨우 겨우 낳게 하여, 다시 둥지로 돌려보내 주었다.

やがて冷秋九月、燕共江南の國へと立帰りて其の國王に見参せる時。彼の家に巣ひし燕は一部始終を奏上したれば、國王も逆鱗ましまして、己れ無情の人間奴いでで復讐せであるべきと、翌年春にこれも瓢の実一顆與へてやりぬ。ノル夫は瓢の種を拾ひ上げ、おれも長者になりたりと近處近隣に迄吹聴して、頻りに瓢の蔓の生長を楽みしに、はや十一個の大きやかなる瓢簞ブラリブラリと生き出でぬ。弟より七個多し、一層仕合多からんと熟すを待ち遠に賃金出して百姓を傭ひ、梯子を架け捩らせ、先づ一つザクリと割けば、こは如何に伽耶琴を弾く奴出来て、頼みもせぬに騒々しく琴弾き聴かせて果ては多額の賃銀を強請して去れり。第二の瓢を割くに僧出来て、怪しき經共打誦してこの悪人ノル夫に災禍を下し玉へと佛に祈禱し、果ては又祈禱科を強奪して去れり。第三の瓢よりは喪服を着けし者出来、我が主人逝かれたれ共葬るに錢なし、是非にとて多額の葬資を强奪して去れり。第四の瓢よりは巫女の一隊ゾロゾロと現はれ出て、驚く彼を取圍みて怪しき經を読み始め、八百萬の神々の御名を呼びてこの悪性男に禍を降し玉へと祈禱す、驚き逃げむとする彼を引捕へ、人に祈禱さして只逃げるとは何事かとて、多額の祈禱科を強奪して去れり。第五の瓢よりは瑤池鏡なる覗き鏡現はれ来り、ノル夫が何かと覗き見たるに、不法の覗科を貪り去り。この次こそは金あらん米あらんと、更に第六の瓢を割きたるに、思ひも寄らぬ大男ニヨツと許りに現れ出て小鳥を攫むが如く彼を引捕へ、おのれ我が臀の癢きを蹈めとて寝そべりて彼に臀を蹈ますに、臀の堅きこと石の如し。如何に力を入れて蹈めばとてこたへることか叱り付けられ、力無し意気地無しもつと一生懸命に蹈みやれと愚圖愚圖すれば敺らん景色、血の汗出して蹈むほどに力盡きて目眩み倒落つれば。おのれやれもうやめるか、然らばあやまり金を出せとて多額の金をとりて去りぬ。かくて十迄割くに従ひ總て皆悪魔外道のもの許り現出し、死なん許りに苛め抜かれ猶慾心は已まず。最後の十一番目の一個残れるをこれこそは福の瓢と刀を入れて恐わ恐わながら少し割けば、少しく黄金色見えたりさてこそ黄金ありとザクリと割れば、山吹色の糞の泉糞の川流れ出て出て止まんとせず。果ては屋敷を浸し我屋も浮かめば、家財道具も打棄てて一家五口命からがら弟の家へと逃げ入りぬ。流石に弟は憐みて新に家を建てやり、生涯楽に暮させたりとぞ。

이윽고 추운 가을 9월, 제비들은 강남의 나라로 돌아가 그 국왕을 알현하였을 때, 그 집에 둥지를 쳤던 제비가 자초지종을 주상하니, 국왕도 한참 동안 격노하며,

"이러한 무정한 인간 녀석은 더욱 마땅히 복수를 해주어야 한다."

라고 말하며, 이듬 해 봄에 이것도 박 열매 한 알을 가져다주게 하였다. 놀부는 박 씨를 주워 들고, 자신도 큰 부자가 될 것이라고 근처 인근에까지 말을 퍼뜨리며, 줄곧 박의 덩굴의 성장을 기대하였다. 어느덧 11개의 커다란 표주박이 대롱대롱 열리었다. 동생보다도 7개나 많고, 한층 경쟁하듯 익는 것이 몹시 기다려져서 품삯을 주고 백성[6]을 불러 모아, 사다리를 걸어 놓고 비틀게 하여서 우선 하나를 단숨에 갈랐다. 그랬더니 이는 어찌된 일인지 가야금(伽耶琴)을 치는 사람이 나타나, 부탁하지도 않았는데 떠들썩하게 가야금을 연주한 후 끝내는 거액의 품삯을 무리하게 요청하고 사라졌다. 두 번째 박을

6 백성: 일본어 원문은 '百姓'이다. 하늘 아래 일반 사람, 신하되는 사람이라는 뜻이며, 혹은 어리석은 백성을 일컬어 사용하기도 한다(金沢庄三郎編, 『辞林』, 三省堂, 1907).

가르자 스님이 나타나, [목탁을]두들기며 수상한 경을 읊고는,

"이 악인 놀부에게 재앙과 화를 내려 주십시오."

하고 부처님에게 기도하고, 결국은 또한 기도요금을 강탈하고 사라졌다. 세 번째 박에서는 상복을 입은 사람이 나와, 우리 주인이 죽어서 장례를 치르려 하나 돈이 없다며, 제발 부탁한다며 거액의 장례비용을 강탈하고는 사라졌다. 네 번째 박에서는 무녀 무리가 줄줄이 나타나, 놀란 그(놀부)를 둘러싸고 수상한 경을 읽기 시작하며, 8백만의 신들의 이름을 부르며

"이 나쁜 성격[7]의 남자에게 화를 내려 주십시오."

라고 기도하고는, 놀라서 도망가는 그를 붙잡아,

"남에게 기도를 시켜 놓고 그냥 도망가는 것은 무슨 경우인가?"

라며 거액의 기도요금을 강탈하고 사라졌다. 다섯 번째 박에서는 요지경이라는 거울이 나타나, 놀부가 무언가를 비춰 볼 때 마다 불법이라 하여 비춰 보는 값을 빼앗아 달아났다.

"이 다음이야 말로 금이 있고 곡물이 있을 것이다."

라며 다시 여섯 번째 박을 갈랐더니, 생각지도 못한 큰 남자들이 갑자기 나타나 작은 새를 잡기라도 하듯이 그(놀부)를 붙잡고는,

"네 이놈 내 엉덩이의 가려운 곳을 주무르거라."

고 말하며 엎드려 누워서 그에게 엉덩이를 주무르게 하니, 엉덩이의 딱딱함이 돌과 같았다.

"어떻게 힘을 주어 주무를까요?"

하고 물으니 대답하기는커녕 혼을 내며,

---

7 나쁜 성격: 일본어 원문은 '悪性'이다. 질병 혹은 태도가 나쁜 것을 의미한다(松井簡治·上田万年編, 『大日本国語辞典』01, 金港堂書籍, 1915).

"힘도 없고 도움도 안 되는 녀석 더욱 열심히 주무르거라."

고 투덜투덜하며 몰아가는 모습이었다. 피땀 흘려 주무르다가 힘이 다하여 현기증으로 쓰려졌더니,

"이놈아, 벌써 그만 둔 것이냐? 그렇다면 사죄금을 내놓거라."

고 하면서 거액의 돈을 빼앗아 사라졌다. 이리하여 열 번째까지 열어 보았더니, 차례로 모두 다 악마외도(惡魔外道)만이 나타나 죽다시피 괴롭힘을 당하였지만, 더욱 나쁜 욕심은 멈추질 않았다. 마지막 11번째의 한 개가 남아 있는 것을[보고] 이것이야말로 복이 들어 있는 박이라고 칼을 넣어 조심스럽게 조금 열어 보니, 아주 조금 황금색이 보이기에 황금이 있다고 생각하여 단숨에 짝 하고 갈랐더니, 황금빛 똥 샘물과 똥 강이 흘러나오고 흘러나와(계속해서 흘러나와) 멈추려고 하지를 않았다. 결국에 저택은 잠기고 자신의 집도 둥둥 뜨게 되자, 가재도구도 버리고 일가 5명은 목숨만 겨우[부지하고] 동생의 집으로 도망쳐 왔다. 역시 [착한]동생은 [형을]애처롭게 생각하여 새로이 집을 지워 주고, 생애를 편안하게 살게 해 주었다.

[참고자료] 알렌의 〈흥부전〉의 영역본과 경판, 불역본, 일역본의 번역 양상 비교표

[단락 1] 부유한 놀부와 가난한 흥부

흥부전 (경판 25장본)	알렌의 영역(1889)과 현대역	쿠랑의 불역(1894)과 현대역	다카하시의 일역(1910)과 현대역
1. 화셜. 경상 젼나 냥도 지경의 셔 ᄉᆞ는 ᄉᆞ름이 이스니, 놀부는 형이오 흥부는 아이라. 놀부 심ᄉᆡ 무거ᄒᆞ여 부모 ᄉᆡᆼ젼 분ᄌᆡ젼답을 홀노 ᄎᆞ지ᄒᆞ고 흥부 갓튼 어진 동ᄉᆡᆼ을 구박ᄒᆞ여 건넌산 언덕 밋히 ᄂᆡ쎠리고 나가며 조롱ᄒᆞ고 드러가며 비양ᄒᆞ니 엇지 아니 무지ᄒᆞ리.	1. In the province of Chullado, in Southern Korea, lived two brothers. One was very rich, the other very poor. For in dividing the in-heritance, the elder brother, instead of taking the father's place, and providing for the younger children, kept the whole property to himself, allowing his younger brother nothing at all, and reducing him to a condition of abject misery. 한국의 남쪽 전라도 지방에 두 형제가 살았다. 한 사람은 아주 부자였지만 다른 사람은 너무 가난했다. **큰 형은 유산을 분배하면서 아버지를 대신하여 어린 아이들을 부양해야 하지만 전 재산을 독식하고 동생에게 조금도 주지 않아 동생을 극도의 가난한 삶에 처하게 했기 때문이다.**	1. Nol pou, l'aîné, doué de mauvais instincts, médita de garder pour lui seul l'héritage que leur père avait divisé netre eux: il réussit à s'emparer de tous les biens et chassa son frère qui se retira au pied de la montagne: n'est ce pas là l'action d'un méchant? 못된 심성을 타고난 **형 놀부는 그의 부친이 그들에게 나누어 준 유산을 혼자 가지려고 고심했다.** 그는 재산을 모두 혼자 차지하는 데 성공했고 쫓겨난 아우는 산기슭에 살게 되었다. 이는 못된 자의 행동이 아니겠는가?	1. 今は昔、心素直なる弟と、慾心のみ深き兄とありけり。弟を興夫といひ、兄をノル夫と云ふ。父親死してありとある其の遺産は盡く兄一人にて横領し、 지금은 옛날이지만 마음 순박한 동생과, 욕심만 많은 형이 있었다. 동생을 흥부(興夫)라고 하고, 형을 놀부(ノル夫)라고 하였다. **부친이 돌아가시고 나서 모든 그 유산은 전부 형 혼자서 횡령(横領)하여,**

[해설]

판소리계 소설 <흥부전>의 서두이다. 여기에서는 작품의 배경, 주인공의 관계, 형제의 빈부 차이를 소개하고 있다. 요즘에는 흔히 놀부는 심술궂지만 부지런해서 부유하게 살았고, 흥부는 착하지만 게을러서 가난하게 살았다고 생각한다. 하지만 경판본 <흥부전>의 서두에서는 그들의 빈부 차이를 그렇게 설명하고 있지 않다. 부모 생전에 나누어준 논과 밭[分財田畓]을 형 놀부가 독차지한 까닭임을 분명하게 밝혀두고 있는 것이다. 형의 그런 태도는 단순히 놀부의 욕심으로만 설명될 수 없다. 조선후기에 일반화된 장자 중심의 상속 제도가 지닌 문제점을 배경에 짙게 깔고 있는 것이기 때문이다. 이런 사회경제사적 측면을 외면한 채 흥부와 놀부의 빈부 격차를 게으름과 근면함이라는 개인적 품성 차이로만 설명해서는 안 되는 까닭이다. <흥부전>이 제기하고 있던 이런 빈부 문제를 <흥부전>을 번역했던 초기 외국인들은 분명하게 인지하고 있었다. 세 번역자 모두 형 놀부가 부자로 살 수 있던 까닭은 부모의 유산을 독차지했던 결과임을 정확하게 밝혀놓고 있는 것이다. 놀부의 그런 태도를 알렌은 '독식'(獨食, kept the whole property to himself), 꾸랑은 '고심'(苦心), 다카하시는 '횡령'(横領, 兄一人にて横領)으로 지목하고 있다. 그 가운데 꾸랑은 <흥부전> 원문의 내용을 가장 정확하게 번역하려고 노력했던 점을 보여준다. 재산을 독차지한 형 놀부가 동생 흥부를 건넌산 언덕 밑으로 쫓아냈다는 사실까지 빠뜨리지 않고 산기슭에 살게 했음을 밝혀놓고 있는 것이다. 그에 반해 알렌과 다카하시는 그런 세세한 사실까지 번역하고 있지 않다.

[단락 2] 놀부의 심술타령

흥부전 (경판 25장본)	알렌의 영역(1889)과 현대역	쿠랑의 불역(1894)과 현대역	다카하시의 일역(1910)과 현대역
2. 놀부 심ᄉᆞ를 볼작시면 초상난 ᄃᆡ 춤츄기 불붓는 ᄃᆡ 부ᄎᆡ질ᄒᆞ기 **ᄒᆡ산ᄒᆞᆫ 듸 기닭잡기** 장의 가면 억ᄆᆡ흥졍ᄒᆞ기 **집의셔 못쓸 노릇ᄒᆞ기** 우는 ᄋᆞᄒᆡ 볼기치기 갓난ᄋᆞᄒᆡ 똥 먹이기 무죄ᄒᆞᆫ 놈 ᄲᆞᆷ치기 빗갑ᄉᆡ 계집 ᄲᆡᆨ기 늙은 녕감 덜미집기 ᄋᆞ희빈 계집 ᄇᆡᄎᆞ기 우물 밋ᄐᆡ 똥누기 오려논의 물 터놋키 잣친 밥의 돌 퍼붓기 ᄑᆡ는 곡식 삭 ᄌᆞ르기 논두렁의 구멍뚤기 호박의 말뚝박기 곱장이 업허놋코 발 ᄭᅮᆷ치로 탕탕치기 심ᄉᆞ가 모과나모의 ᄋᆞ들이라.	2. 생략	2. Si on examine la conduite passée de Nol pou, on le voit se reéjouir et danser quand quel-qu'un meurt; activer le feu, quand il éclate un incendie; prendre les objets sans en payer la juste valeur, quand il va, au marché; enlever la femme de celui qui lui doit de l'argent; si un enfant se plaint, il le frappe, s'il demande à manger, il lui donne des ordures; il donne des coups de pied dans le ventre des femmes enceintes, soufflette les gens sans motif; il pousse les vieillards et les prend par le cou(1); il frappe la bosse des bossus à coups de talon; il ouvre les digues des rizières pour en faire écouler l'eau; il jette du sable dans la marmite où l'on fait cuire le riz; dans les champs, il arrache les épis et pique avec un bâton pointu les citrouilles encore jeunes; il dépose ses ordures dans le puits. Le coæur de ce Nol pou est aussi âpre que le coing janne; 지난날 놀부의 행동을 살펴보자면, 그는 누가 죽으면 기뻐하며 춤을 추었고, 불(화재)이 나면 불기를 돋우었다. 시장에 가면 정당한 값을 치르지 않고 물건을 취했으며, 그의 돈을 꾼 사람의 여인을 빼앗고, 칭얼대는 아이를 때리고, 먹을 것을 달라고 하면 쓰레기를 주었다. 임신한 여인의 배를 발로 찼고, 이유 없이 사람들의 따귀를 때렸다. 노인을 밀치고 목덜미를 잡아챘다. 곱사등이의 등을 발꿈치로 때렸고, 논에 대어 놓은 물을 빼려고 논의 제방을 뚫었다. 밥을 하고 있는 솥에는 모래를 뿌렸고, 곡식의 이삭을 뺐으며, 아직 어린 호박에 뾰족한 방망이로 구멍을 뚫는가 하면, 우물에 그의 오물을 갖다 버렸다. 놀부의 마음은 누런 모과만큼이나 울퉁불퉁했다.	2. 생략

[해설]

<흥부전>이 조선후기에 유행하던 판소리라는 민중연행예술로부터 비롯된 작품임을 잘 보여주는 놀부의 '심술타령' 대목이다. 놀부의 온갖 심술을 열거하고 있는 이 대목을 알렌과 다카하시는 생략하고 넘어간다. 사실, 이 대목은 분노를 해학으로 표현할 줄 알던 판소리의 예술적 특장이 번뜩이는 대목이다. 그럼에도 불구하고 쿠랑은 이 대목조차 빠짐없이 재현하려 노력하고 있다. 놀부에게 쫓겨난 흥부가 산기슭에 살게 된 대목까지 번역했던 것과 상응하는 태도라 할 수 있다. 심지어 '모과심사'라는 뒤틀린 성정을 표현하던 관용구조차 번역하고 있는 것이다. 하지만 놀부 심술 가운데 "해산한 데 개·닭 잡기", "집에서 몹쓸 노릇하기"와 같이 빠뜨리고 넘어가는 대목도 있다. '아이를 낳게 되면 개라든가 닭을 잡는 등의 부정(不淨)한 일을 해서는 안 된다'는 전통적인 금기조항을 프랑스인에게 설명하기 어려웠다든가 '집에서 몹쓸 노릇하기'가 무엇을 지칭하는 지 명확하게 설명할 수 없었기 때문으로 생각된다. 아무리 정확하게 직역을 하려 해도 한 문학 작품을 완벽하게 옮길 수 없는 법인데, 여기에서 축자번역을 넘어선 문화번역에 이르는 어려움의 한 사례를 확인하게 된다.

[단락 3] 부유한 놀부의 삶

흥부전 (경판 25장본)	알렌의 영역(1889)과 현대역	쿠랑의 불역(1894)과 현대역	다카하시의 일역(1910)과 현대역
3. 이놈의 심슐은 이러ᄒᆞ되 집은 부ᄌᆡ라 호의호식 하는고ᄂᆞ.	3. Both men were married. Nahl Bo, the elder, had many concubines, in addition to his wife, but had no children; while Hyung Bo had but one wife and several children. The former's wives were continually quarrelling; the latter lived in contentment and peace with his wife, each endeavoring to help the other bear the heavy burdens circumstances had placed upon them. The elder brother lived in a fine, large compound, with warm, comfortable houses; 두 사람 모두 결혼을 했다. **형인 놀보는 아내 이외에도 여러 첩들이 있었지만 자식이 없었다. 반면에 홍보는 단지 한명의 아내와 서너 명의 자식을 두었다. 전자의 처첩들은 허구헌 날 싸웠지만, 후자는 아내에게 만족하면서 평화롭게 살며 각자 그들에게 주어진 삶의 무거운 짐을 나누어지려고 했다.** 형은 따뜻하고 편안한 여러 채의 가옥이 있는 넓고 좋은 저택에서 살았지만,	3. mais cet homme est riche, il peut faire bonne chère et se vê tir de beaux habits. 그러나 그는 부자이므로 맛있는 음식을 먹고 좋은 옷으로 치장할 수 있었다.	3. 생략

[해설]

놀부는 갖은 심술에도 '호의호식(好衣好食)'하며 잘 살았다. 쿠랑은 여기서도 가장 정확한 번역으로 옮기고 있다. "맛있는 음식을 먹고 좋은 옷으로 치장"했다고 번역하고 있는 것이다. 하지만 여기에서 주목할 것은 알렌의 번역 태도이다. 그는 놀부의 호의호식에 동의하지 않고 있다. 비록 재물은 넉넉하지만, 결코 그의 삶을 행복한 것으로 여기고 싶지 않았던 듯하다. 그래서 <흥부전> 원문에는 없는 대목을 길게, 그리고 자신의 관점에 맞게 고쳐 독특한 삽화를 만들어 내고 있다. 형 놀부는 아내 외에 여러 명의 첩을 두고 살았지만 처첩 갈등을 겪으며 지내야 했고, 동생 흥부는 한 명의 처와 다정하게 지냈다는 것이다. 가정의 불화와 평화로 그들 형제의 삶을 대비시키고 있는데, 진정한 행복은 물질이 아니라 가족의 화목이라는 알렌의 관점이 드러나는 대목이다. 나아가 놀부는 부자였지만 자식이 없는 불행을 겪고 있고, 흥부는 가난했지만 자식이 많은 행복을 누리고 있다는 것으로 발전된다. 진정한 행복은 일부일처의 가족 관계에서 출발한다는 알렌의 서구 기독교적 관점이 반영된 결과다. 그리하여 <흥부전>에서 매우 흥미롭고, 때론 가난한 주제에 자식만 많이 낳았던 무책임한 가장이라고 비판을 받게 되는 요소인 스무 명 남짓한 자식의 숫자를 서넛으로 대거 줄여놓고 있다. 가난하지만 단란한 가족과 화목했던 것으로 흥부의 삶을 그리고 싶었던 것이다. 이런 태도는 이후에 그려지는 흥부의 묘사에서도 일관되게 지켜지고 있다.

[단락 4] 가난한 흥부의 삶

흥부전 (경판 25장본)	알렌의 영역(1889)과 현대역	쿠랑의 불역(1894)과 현대역	다카하시의 일역(1910)과 현대역
4. 흥부는 집도 업시 **집을 지으려고 집직목을 닉려 가량이면 만첩청산 드러가셔 소부동 딕부동을 와드렁 퉁탕 버혀다가 안방딕청힝낭 몸치 닉외분합 물닙퇴의 살미살창 가로다지 입구주로 지은 거시 아니라** 이 놈은 집 직목을 닉려 ᄒᆞ고 슈슈밧 틈으로 드러가셔 슈슈딕 ᄒᆞᆫ 뭇슬 뷔여다가 안방딕청청힝낭몸치 두루 지퍼 말집을 꽉 짓고 도라보니 슈슈딕 반 뭇시 그져 남앗고나.	4. the younger had built himself a hut of broom straw, the thatch of which was so poor that when it rained they were deluged inside, upon the earthern floor. The room was so small, too, that when Hyung Bo stretched out his legs in his sleep his feet were apt to be thrust through the wall. They had no kang and had to sleep upon the cold dirt floor, where insects were so abundant as to often succeed in driving the sleepers out of doors. 동생은 직접 땅바닥 위에 **빗자루 만드는 짚**으로 오두막을 지었다. 그 지붕이라는 것이 너무 허술해서 비가 오면 방안은 물에 잠겼다.	4. Heung pou, chassé par son frère, se bâtit une maison, il dut se contenter d'aller dans un champ de sorgho et d'y couper des tiges dont il fit une gerbe; avec ces tiges, il éleva une chaumière grande comme un boisseau et composant tout son apparte-ment; encore lui resta-t-il la moitié de la gerbe. 형에게 쫓겨난 흥부는 홀로 집을 지었다. 그는 **수수밭에 가서 대를 잘라 짚단을 만드는 것**으로 만족해야만 했다. 이 짚단으로 그는 1부아소[인용자: 곡물을 재는 프랑스의 단위로 1부아소는 약 13리터를 지칭한다.] 만한 크기의 초가집을 세워 거처를 구성해 나갔다. 그러고도 그에게는 짚단의 반이 남았다.	4. 弟は草葺の家にさへ住むこと叶はず、黍の稈を壁にし、黍の葉もて葺きたる掘立小屋に起臥し。 동생은 지붕(草葺)이 있는 집에서조차 사는 것이 이루어지지 않고, **수수짚을 벽으로 삼으며, 수수 잎으로 지붕을 세운 오두막집**에서 생활하였다.

[해설]

형 놀부에게 쫓겨난 흥부가 거처할 집을 짓는 대목이다. <흥부전>을 번역한 외국인 세 사람 모두 흥부가 '빗자루를 만드는 짚', '수숫대 짚단', '수숫짚'으로 허술하게 지었다는 점을 정확하게 번역하고 있다. 그래서 알렌은 비가 오면 방안은 물에 잠길 정도였고, "방 또한 너무 좁아 흥보가 잠결에 다리를 쭉 뻗으면 그의 발이 벽 밖으로 툭 나가버리기 일쑤였다."며 원문의 대목을 그대로 번역하기도 했다. 심지어 "그들은 kang(온돌)이 없어 차가운 흙바닥에서 자야 했다. 바닥에 벌레들이 하도 많아 때로는 잠자는 사람을 문 밖으로 내몰기도 했다."라는 대목을 새롭게 만들어 넣어 흥부의 집이 얼마나 초라하고 허술했는가를 실감나게 보여주려 노력하기도 했다. 쿠랑이 정확하게 번역하고 있듯, 흥부는 애써 구한 수숫대 짚단마저도 반밖에 쓰지 않았을 정도로 1부아소 만큼 작고 허술한 집을 지었던 것이다. <흥부전>에서는 그처럼 허술한 집짓기를 하고 있는 흥부의 태도를 비판적으로 그리고 있다. 이 대목에서 주인공 흥부를 유독 "이 놈은"이라는 비칭(卑稱)으로 부르고 있다. 집을 지으려면 깊은 산속에 들어가서 좋은 재목들을 찾아 골라 탄탄하게 지어야 한다는 점을 앞에 제시하고 있는 까닭이다. 하지만 세 명의 외국인은 이런 대목을 모두 생략하고 있다. 굳이 서술할 필요가 없는 대목이라 생각한 결과이겠지만, 거기에 더해 이해하기 어려운 전통가옥 전문용어는 물론이고 정확하게 번역하기 까다로운 토속적 의태어가 뒤섞여 있었기 때문이기도 하다.

자유토구사의 〈흥부전 일역본〉(1922)

鄭在敏 譯, 細井肇 潤色, 『鮮滿叢書』 1, 自由討究社, 1922.

정재민 역, 호소이 하지메 윤색

▌해제▐

자유토구사 <흥부전 일역본>의 번역 및 출판경위는 호소이가 작성한 『선만총서』1의 권두서문에 잘 드러나 있다. 『선만총서』1권의 간행서목은 조선총독부의 고서해제(『조선고서해제』)에 기초하여 선정되어 있었다. 하지만 실제 총독부 참사관 분실에 소장하고 있던 서적을 조사해보니 소설이라고 볼 수 없는 작품이 다수인 점을 발견했다. 따라서 한국 종로의 서점에서 41종의 서적을 직접 구입하여, 참사관 분실의 한국인 지식인에게 추천을 의뢰했다. 이러한 점검과정을 거쳐 결정된 것이 10종의 서적이었고, 이 속에 이해조가 산정한 『연의각』이 포함된 것이었다. 또한 이러한 작품선정에는 이 작품이 한국에서 가장 널리 퍼진 소설이란 점이 있었다. 역시 한국인 지식인의 초역 이후 호소이의 윤색이 가해져 출현한 번역작품이다.

물론 호소이는 <흥부전>을 문예성이란 기준에서 볼 때, 동화와 별반 다를 바 없는 수준이라고 인식했다. 따라서 놀부의 성품을 묘사한 다양한 사설, 흥부의 아이가 몇 명인지 알 수 없는 점, 수와 시간이 명확하지 않은 점 등과 같이 원전의 과장되고 산만한 기술을 생략했다고 말했고, 생략한 부분을 서문에서 제시하는 것으로 대신했다. <흥부전 일역본>을 번역하여 출판한 이유는 역시 조선인의 민족성과 심성을 고소설 작품을 통해 제시하고자 했기 때문이다. 별도의 계획 없이 아이를 다산했으며 놀부에게 고민 없이 빌붙으려고 하는 흥부에게 보이는 한국 가족주의와 한국인의 생활상을 이야기했으며 이를 통해서 한국인의 민족성을 명백히 읽을 수 있다고 지적했다.

참고문헌

다카사키 소지, 최혜주 역, 『일본 망언의 계보』(개정판), 한울아카데미, 2010.

박상현, 「번역으로 발견된 '조선(인)' - 자유토구사의 조선고서번역을 중심으로」, 『일본문화학보』 46, 2010.

_____, 「제국일본과 번역－호소이 하지메의 조선 고소설 번역을 중심으로」, 『일어일문학연구』 제71집 2권, 한국일어일문학회, 2009.

_____, 「호소이 하지메의 일본어 번역본 『장화홍련전』 연구」, 『일본문화연구』 37, 동아시아일본학회, 2011.

서신혜, 「일제시대 일본인의 고서간행과 호소이 하지메의 활동－고소설 분야를 중심으로」, 『온지논총』 16, 온지학회, 2007.

윤소영, 「호소이 하지메의 조선인식과 제국의 꿈」, 『한국 근현대사 연구』 45, 한국근현대사학회, 2008.

이상현, 『한국고전번역가의 초상, 게일의 고전학 담론과 고소설 번역의 지평』, 소명출판, 2013.

최혜주, 「한말 일제하 재조일본인의 조선고서 간행사업」, 『대동문화연구』66, 성균관대 대동문화연구소, 2009.

名詮自稱の盜甫

이름자 자칭하여 놀부

今は昔、忠淸、全羅、慶尙三道の境に燕生員といふがあった。其子の盜甫と興甫の兄弟は何の故か、其の根性も気質も、雪と墨ほどに違って居た。弟の興甫は心直くして、親には孝養を怠らず、兄にも從順であったけれど、盜甫は悪鬼羅刹の生れ代りか、慈悲の心とては露ほどもなく、他人には喧嘩を吹っ懸け殺生を好み、弟につれなく當るは固よりのこと、父母に対してすら悪ざまに罵り立て、己れ一人の我を一ぱいに押し通して居た。親類縁者を始め、四隣の人も、凶虐な盜甫の振舞に誰一人眉をひそめぬものとてはなく、皆な腫れものに觸る思ひして、同席を厭ふばかりでなく、盜甫の名を聞けば、大抵、恐れをなして逋げ隠れるのであった。人には五臟六腑の備はるが尋常なれど、盜甫丈けは五臟七腑を蓄へ、他人の有たぬ凶虐の腑は、恐らく將棊袋ほどの大きさで、肝のそばにブラ下り居り、時と所とに頓弱なく、人さへ見れば破裂するのだとは人々の噂し合ふかげ口であった。

지금은 옛일, 충청, 전라, 경상 삼도의 경계에 연생원(燕生員)이라는 자가 있었다.[1] 그 아들 놀보와 흥보 형제는 왜 그런지 그 성질도 기질도 눈(雪)과 먹(墨) 정도로 달랐다.[2] 동생 흥보는 마음이 바르고 부모에게는 효도를 게을리 하지 않으며 형에게도 순종하였지만, 놀보는 악귀나찰(惡鬼羅刹)이 다시 태어난 것인지 자비로운 마음이라고는 이슬만큼도 없었고, 다른 사람들에게 싸움을 걸고 살생을 좋아하며, 동생에게 매정하게 대하는 것은 말할 것도 없이, 부모에 대해서조차 욕을 하고 자기만을 내세우며 나갔다. 친인척을 시작으로 이웃사람들도 흉악한 놀보의 행동에 누구 하나 눈살을 찌푸리지 않는 자가 없었다. 모두 부스럼을 만진 듯 같은 자리에 앉는 것도 싫어할 뿐만 아니라, 놀보의 이름을 듣는 것만으로도 대체로 두려워하며 달아나서 숨는 것이었다. 사람들에게는 오장육부가 갖추어진 것이 보통이거늘, 놀보만은 오장칠부를 가지고 있었다. 다른 사람에게 없는 흉악한 [그]부라는 것은 필시 장기주머니만큼의 크기로, 간 옆에 붙어서 시와 때에 따라 둔하고 약해짐 없이, 사람만 보이면 파열한다는 것은 사람들 사이에서는 유명한 이야기였다.[3]

そうした盗甫の事とて、酒癖の悪い上に、父母の沒後、饒足な家産を受け繼ぎながら、忌むべき盗癖をつづけ、弟の興甫夫婦には土地一斗落は愚か鏂一文も與へず、煩はしい厄介者のやうに冷遇虐待して居たが、凶虐な根性の上に強慾卑吝も加はって、興甫夫婦とその子数人の食ひ扶持を惜み、何時かは逐出して終はうと、云ひががりの糸口を見附けて居たが、弟の興甫は打たるれば打たるるまま、罵らるれば罵

1 『연의각』에 제시된 서사 허두("후한 쩍 강굉이는~엇던 ᄉᆞ룸 부테한고")가 생략된 채, 바로 한국의 시공간적 배경이 나온다.

2 원문에는 "동긔간에도 오장 달ᄂᆞ"라고 표현되어 있다.

3 『연의각』에서 놀부의 악행(놀부심술사설)을 나열하는 장면을 생략하고 그에 대한 평판으로 요약하여 서술했다.

らるるがまま、唯々として、兄の盜甫の心次第になって居たので、遉がにどうすることも出来なかった。夫れ丈け、親類緣者や四隣の人々は、盜甫を憎み興甫を憐れに思はぬ者はなく、興甫の友達なぞ、ひそかに興甫の為めに同情の涙を絞った。

그러한 놀보는 술버릇이 나쁠 뿐만 아니라, 부모가 돌아가신 후에 풍족한 가산을 물려받았으면서도 멀리해야 하는 도벽을 계속하였다. 동생 흥보 부부에게는 토지 한 말이 떨어지기는커녕 조금의 돈도 주지를 않고, 성가신 존재와 같이 차갑게 대하고 학대하였다. 흉악한 성질에다가 탐욕스럽고 저속하였는데 이에 인색함을 더하여, 흥보 부부와 그 아이 수 명의 식비를 아끼고자, 언젠가는 쫓아내버리려고 생트집을 잡을 단서를 찾고 있었다. 그런데 동생 흥보는 맞으면 맞는 대로, 욕을 하면 욕하는 대로, 네네, 하며 형 놀보가 마음먹은 대로 되었기에 참으로 어찌할 수가 없었다. 그런 만큼 친인척과 이웃 사람들은 놀보를 미워하고 흥보를 가엽게 생각하지 않는 자가 없었다. 흥보의 친구들은 몰래 흥보를 위해 동정의 눈물을 흘렸다.

逐はれて涙乍らに悄々と

[흥보는]쫓겨나 눈물을 흘리면서 근심하는데

盜甫は、飽食暖衣して、独り有らん限りの贅澤を盡しながら、祖先や父母の忌祭には、ろくろく供物だにせず、果餅の類をほんの申訳に具へて置きながらその費用を書き列ね置き、親類緣者へ之を吹聽するといふ、腐れ果てた魂、いつも弟の興甫を逐ひ出さうとして云ひ懸りをするのであるが、其の都度素直な弟の為めに張合抜けがして居たが、今日こそは何が何でも逐ひ出して終はうと決心の臓を堅め、突つ慳貪に

『興甫、ちょいとここへ来い。』

と呼び立てた。

놀보는 배불리 먹고 따뜻한 옷을 입으며 혼자서 온갖 사치를 다하면서, 선조와 부모의 기제(忌祭)에 제대로 공물을 올리지도 않고 소량의 과일과 떡 종류를 형식적으로 갖추고는, 그 비용을 적어 두어 친인척에게 이것을 선전하였다고 한다. 썩어빠진 정신은 항상 동생 흥보를 쫓아내려는 생트집을 찾기만 하였는데, 그때마다 순진한 동생 때문에 맥이 풀리었다. 그러나 오늘만은 무슨 일이 있더라도 쫓아내 버리겠다고 결심하여 오장을 굳건히 하고 퉁명스럽게,

"흥보야, 잠깐 이리로 오거라?"

고 불러 세웠다.

前日から、随分と非理横道な虐げを受け来った兄の、ただならぬ呼声を聞いた興甫は、早や、四肢は打震ふ思ひ

『何も御立腹になるやうなことをした覚えは無いが、何をあのやうに怒って居らっしゃることか。』

と、心戦き、逡巡して居ると、凶虐な盗甫は、苛ら立たしい声で、今度は烈しく庭掃きの馬堂釗を呼ぶのであった。

전날부터 도리에 맞지 않고 옳지 않은 학대를 해 온 형의 심상치

않은 부름을 들은 흥보는, 이미 사지는 떨리는 마음으로,

"아무 것도 화나실 만한 일을 한 기억은 없다만, 무엇을 저렇게 화를 내고 계실까?"

라고 두려워하며 주저하고 있자, 흉악한 놀보는 조바심이 난 목소리로, 이번에는 격하게 뜰 청소를 하고 있는 마당쇠를 부르는 것이었다.

馬堂釗も、やはり凶虐な主人に打たれたアトのうづきに、呻吟して居る所だったので、直ぐには起つ気もせず、溜息を洩して居ると

『馬堂釗、何をして居る、馬堂釗。』

と段々声が烈しくなり勝る。已むを得ず返事をすると

『興甫の奴はドコに居る、早く呼んで来い、あの穀潰しには思ひ知らせてく

れることがある。』

と拳を握り〆て、怒號する。逆らうと、何を仕出かすか知れないので、其儘興甫の処へ往って

『大旦那さんが今日は又何事か大層御立腹の様子、小旦那さんを呼んで来いとゑらい權幕です。』

마당쇠도 역시 흉악한 주인에게 맞은 후 욱신거림에 신음하고 있던 차라, 바로는 일어나지를 못하고 한숨을 쉬고 있자,

"마당쇠야, 무엇을 하고 있느냐? 마당쇠야."

라고 점점 소리가 격해져 갔다.[4] 어쩔 수 없이 대답을 하자,

"흥보 녀석[5]은 어디에 있느냐? 어서 불러 오너라. 저 식충이에게

알려 줄 것이 있다."

라고 주먹을 쥐고는 화를 내었다. [분부를]거스른다면 무엇을 할지 모르기에, 그대로 흥보가 있는 곳으로 가서,

"큰 어르신이 오늘은 또 무언가 크게 화가 나 있는 듯합니다. 작은 어르신을 불러 오라고 하는데 엄청난 기세입니다."

興甫は恐れを抱きながら

『お前、先へ入って大旦那さんの様子を見てはくれまいか、今日又いつものやうに何遍も打たれるやうでは、一箇月ほど痛みは免れない。』

と情けない顔をする。軈て興甫がたづたづと兄盜甫の前へ出ると

『興甫、俺の云ふ事を能く聞け。』

『ハイ。』

『今日まではいろいろ貴樣の面倒も見てやったが、今後は貴樣の家族まで食

はして置く訳にはゆかぬ、たった今女房や餓鬼を連れて出てうせろ。』

と、真つ向から、怒鳴り附けた、興甫は礑と當惑し

『兄さんの御傍を離れて私がドコへ参れませう。』

『そんな事を俺れが知るものか、立派な五體をして居ながら、何時まで兄の俺にすがらうと云ふんだ。ドコへ往ったって往まへぬことがあるか、元来貴樣のやうな腑甲斐のない奴は大嫌ひだ、愚圖愚圖云はず

4 점점 소리가 격해져 갔다 : 『연의각』에서 놀부가 마당쇠를 한 번 더 부르는 장면이 『제비다리(燕の脚)』에서는 놀부의 목소리가 격해져서야 비로소 마당쇠가 대답하는 상황으로 바뀐다.

5 홍보 녀석 : 『연의각』에서는 "자그 셔방님인가 무엇인가"로 제시되어 있다.

に出て行け。』

興甫は、兄の前に跪いた。

『兄さん、兄さんの有仰ることは決して無理とは申しませんが、これまで御厄介になって過ごして参りました身の、何一つ出来るのではなし、突然家を逐はれましたのでは全く途方に暮れて了ひます、殊に乳呑兒さへございますのに妻子を連れてさすらひの旅に出ましては、何処へ行きやうもございません、どうぞ御察し下さいまして—。』

흥보는 두려워하면서,

"너는 먼저 가서 주인 어르신[6]의 상태를 봐 주지 않겠느냐? 오늘 또 평소처럼 여러 번 얻어맞게 된다면, 한 달 정도 아픔을 면하지 못할 것이다."

라고[말하며] 불쌍한 얼굴을 하였다. 이윽고 흥보가 조심조심 형 놀보 앞으로 나오자,

"흥보야, 내가 말하는 것을 잘 들어라."

"네"

"오늘까지는 여러 가지 너를 보살펴 주었다만, 앞으로는 너희 가족까지 먹여 줄 수는 없다. 지금 당장 마누라와 아귀(餓鬼)를 데리고[7] 나가거라."

고 정면에서 화를 내자, 흥보는 갑자기 당황하여,

"형님 곁을 떠나서 제가 어디로 갑니까?"

---

6 주인 어르신 : 『연의각』에는 "큰 셔방님"으로 되어 있으나, 『제비다리』에는 마당쇠의 입장에서 부르는 호칭인 "주인 어르신"으로 되어 있다.

7 마누라와 아귀를 데리고 : 『연의각』에는 "네 처ᄌ 다리고"로 되어 있다. 즉, 『연의각』보다 『제비다리』에서는 놀부를 더 악인으로 형상화하였다.

"그런 것은 내가 알 바가 아니다. 성한 몸을 하고 있으면서, 언제까지 형인 나에게 의지하려고 하는 것이냐? 어디에서 살다니? 가지 못할 곳이 있더냐? 원래 너[8]와 같은 무력한 녀석은 정말 싫구나. 구시렁구시렁 거리지 말고 나가거라."

흥보는 형 앞에서 무릎을 꿇었다.

"형님, 형님이 말씀하시는 것은 결코 무리는 아닙니다만, 지금까지 신세를 지며 지내온 몸으로써, 어느 것 하나 할 수 있는 것이 없는데, 갑자기 집에서 쫓겨나면 정말 어찌할 바를 모르겠습니다. 특히 어린아이조차 있습니다만, 처자식을 데리고 유랑을 떠난다고 하더라도, 어디로 갈 곳이 없습니다. 아무쪼록 살펴 주십시오."

今は涙と共に伏し拜むのであった。凶虐な兄の前に呼び出された夫の身の上を案じて、胸を痛めながら、其場に来た興甫の妻は、盜甫が『女房や餓鬼を連れてたった今出て行け。』との烈しい罵りを聞いて、驚きと悲みとに胸は搔き亂れたが、夫の泣き伏したのを見て、共に兄の前に跪き、哀泣しながら
『何卒御察しを願ひます、このまま家を逐はれましたのでは、ドコへ行きゃうもございません、殊に乳呑兒を抱いて居りましては、一層困難を致します。諺にも同気連枝と申します、我等が方々を乞食姿でさまよひましては、自然お兄イ様の御顔もよごれます—。』

8 너: 일본어 원문은 '貴様'이다. 대칭을 나타내는 대명사로 경칭을 나타내나, 오늘날(사전이 출판된 당시의 시대 즉 19세기를 의미)은 아랫사람에게도 보통 사용한다(棚橋一郎·林甕臣編, 『日本新辞林』, 三省堂, 1897).

지금은 눈물과 함께 엎드려 절하였다. 흉악한 형 앞에 불려 나간 남편의 몸을 걱정하고, 가슴을 아파하면서 그 자리에 온 흥보 처는 놀보가

"마누라와 아귀[9]를 데리고 당장 나가라."

고 하는 격한 욕을 듣고, 놀라움과 슬픔에 가슴은 소란스러웠지만, 남편이 엎드려 울고 있는 것을 보고 함께 형 앞에 무릎을 꿇고 불쌍하게 울면서,

"아무쪼록 살펴 주십시오. 이대로 집을 쫓겨나서는 아무데도 갈 곳도 없습니다. 특히 젖먹이를 안고서는 더욱 곤란합니다. 속담에도 형제는 부모의 기운을 함께 받았기에 나무로 치자면 가지와 같습니다. 저희들이 여기저기서 구걸을 하고 있으면, 자연히 형님의 얼굴도 더렵혀질 것입니다."

『何をツベコベと猜きたる、俺の顔が汚れやうと汚れまいと餘計なた世話だ元来貴様の亭主が意気地なしなんだ、大の男が、働いて食って行けぬといふ道理が何処にあるか、女房や餓鬼の養へぬやうな腑甲斐ない野郎が又とドコにある、酒舗にでも雇はれて餘り飯でも食らって居れ、察しろしろと云って全體何を察しるんだ。』

声を荒らげて、打据えもしかねまじき悽じい權幕、興甫も、その妻も、今は早や、乞ふも益なしと諦めて、涙ながらに悄々と其場を去ったが、頑是ない幼兒や乳呑兒を前に、一文の路銀とてはなきこれから

9 아귀: 아귀도(餓鬼道)에 있는 망자(亡者)를 나타내거나, 혹은 음식물이 부족하여 피골이 상접한 사람을 뜻한다(松井簡治·上田万年編, 『大日本国語辞典』01, 金港堂書籍, 1915).

の身空を思ひつめては、顔見合せて又新たなる涙に袖を濕ほした。思案に暮れて、已むなく支械を手にはしたものの、着の身着のまま支械一つで、何をどうしたものかと暗然となって居ると

『サア家産を分けてやるぞ、俺は長男であり、祖靈を祭祀する責任があるから此家を取る、併し貴様も家が無くては叶ふまい、五代祖の墓幕の家を取れ、そして前後の屋敷にある田畑は俺が取るから、無主空山、石ころの荒蕪地は貴様が取れ、家具や牛馬畜類、下男下女は俺が取るから、七十ばかりのあの老婢丈けを連れて行け、屋敷の前の菜田田畓十二石五斗落は皆な俺が取るから、貴様は勝手にドコでなりと食を取れ、したが待てよ。』

"무엇을 이러쿵저러쿵 말하느냐? 나의 얼굴이 더렵혀지든 더렵혀지지 않든 쓸데없는 참견이다. 원래 너의 남편[10]이 무기력한 것이다. 남자 어른이 벌어먹지 못한다는 것이 어디에 있단 말이냐? 마누라와 아귀(餓鬼)를 부양할 수 없는 무기력한 녀석이 또 어디에 있단 말이냐? 술집[11]에서라도 일을 하여서 남은 밥이라도 처먹거라. 살펴 달라, 살펴 달라고 말하는데 도대체 무엇을 살펴 달라는 것이냐?"

소리도 거칠게, 일어설 수도 없을 정도로 두들겨 팰 것 같은 기세에, 흥보도 그 부인도 바로 구걸하는 것을 포기하고, 울면서 조용히 그 자리를 떠났다. 하지만 철없는 어린 아이와 젖먹이를 앞에 두고, 한 푼도 없는 앞으로의 처지[12]를 생각하다가, 서로 얼굴을 마주하며

---

10 남편: 일본어 원문은 '亭主'다. 그 집의 주인, 혹은 남편을 뜻한다(松井簡治·上田万年編, 『大日本国語辞典』03, 金港堂書籍, 1917).

11 술집: 일본어 원문은 '酒舗'다. 술집, 술가게, 혹은 주점을 뜻한다(松井簡治·上田万年編, 『大日本国語辞典』02, 金港堂書籍, 1916).

하염없이 흐르는 눈물을 손으로 닦을 뿐이었다. 이리저리 궁리하다가, 하는 수 없이 지게를 손에 들기는 하였지만, 입던 옷 그대로 지게 하나만으로 무엇을 어떻게 해야 할지를 생각하니 앞이 깜깜해 졌다.

"자 가산을 나누어 주겠다. 나는 장남으로 조상의 영혼을 제사할 책임이 있으니 이 집을 가지겠다. 하지만 너도 집이 없어서는 안 되니, 오대 조 묘막(墓幕)의 집을 가지 거라. 그리고 앞뒤 저택에 있는 밭은 내가 가지겠으니, 무주공산 자갈의 황무지는 네가 가지 거라. 가구와 소와 말, 가축 류, 하인과 하녀는 내가 가지겠으니, 70이 된 저 노비만을 데리고 가거라. 저택 앞에 채소를 심은 밭과 전답 12섬과 5마지기는 모두 내가 가지겠으니, 너는 마음대로 어디서든 음식을 구하여라. 그렇기는 한데 [잠깐]기다리거라."

と奥に入って、穴の開いた鍋、久しく用ひない破れ釜、亀裂入りの竹環でつくろった甕、緑の缺けた鉢四個、土製の小碗、首のとれた杓、木製の箸四対、減り餘った匙五箇と、古膳一箇を其場へ投うり出すやうにし、食ひ残りの漬物醬油半桶、唐辛醬一碗、腐った清蝦一椀、鹽一椀、腐った大麥食一椀を添へて

『これを食らひ終る前に、何か稼いで活計を立てるのだ、恁うして家産を分けてやった以上、二度とふたたび、此処へ強請りに来ることは罷り成らん、もう用はない、サッサと出て行け、もう日が暮れる、何を愚圖愚圖しとるか。』

と急き立てる

12 처지: 일본어 원문은 '身空'이다. 신상 혹은 몸을 뜻한다(松井簡治·上田万年編, 『大日本国語辞典』04, 金港堂書籍, 1919).

『まだ何か欲しいか、ウム、麥を搗くに入用ならあの石臼を持って行け。』

라고 말하고 안으로 들어가서, 구멍이 있는 냄비와 오래되어 쓸 수 없는 깨진 솥, 금이 간 죽환(竹環)으로 만든 항아리, 녹색의 이지러진 바리 4개, 흙으로 만든 작은 주발, 목이 잘린 국자, 나무로 만든 젓가락 4개, 닳아빠진 숟가락 5개, 낡은 쟁반 1개를 그 자리에 던질 듯이 하며, 먹다 남은 야채 절임, 간장 반통, 고춧가루 한 주발, 썩은 파란 새우 한 주발, 소금 한 주발, 쉰 보리밥 한 주발을 더하여서,

"이것을 다 먹기 전에, 무언가 돈을 벌어서 생계를 꾸리거라. 이렇게 가산을 나누어 준 이상, 두 번 다시 재차 이곳으로 생떼를 부리러 와서는 안 된다. 더 이상 용무가 없다. 서둘러 나가거라. 벌써 날이 저물었다. 무엇을 구시렁구시렁하고 있느냐?"

고 재촉하였다.

"아직 무언가 얻고 싶으냐? 음, 보리를 빻는 데 필요하다면 절구를 가지고 가거라."

百人力でも擡げられ相もない石臼を、勿論持ち運びはできないに定まって居る。與へられた品々を黙って支械に積み重ね、泣き入る妻と頑是ない幼兒や乳呑兒を連れて、胸も塞る思ひ、興甫は、夫れでも叮嚀に

『兄さん、それではこれでた暇致します、離れて居りましても影ながら兄さんの萬壽無疆をた祈り申して居ります。』

『フン、其麽事はどうでも能い、早く往け、後日になって又何かくれ

るかと思って、バカ叮嚀な挨拶をしても、何も貴様達にやるものは無いんだ、サッサと往け。』

백 인의 힘으로도 들 수 없는 돌절구를 물론 당연히 옮길 수 없었다. 주어진 품목들을 잠자코 지게에 쌓아 올리고, 마냥 울고 있는 부인과 철없는 어린아이와 젖먹이를 데리고, 가슴이 막막한 흥보는 그런 와중에도 정중하게,

"형님, 그럼 이만 물러가겠습니다. 떨어져 지내더라도 멀리서나마 형님의 만수무강을 기원하겠습니다."

"흥, 그런 일은 아무래도 좋다. 어서 가거라. 훗날 또 무언가를 줄 것이라고 생각하여, 지나치게 공손하게 인사를 하더라도 아무것도 그대들에게 줄 것은 없다. 얼른 가거라."

似た者夫婦とは此事であらう、凶虐な盗甫の妻は、弟夫婦が恁うした哀れな境涯に落ちたのを物影から見て居ながら、夫を遮るでもなく、素知らぬ顔で澄して居た。

興甫は、悲しさで胸が一ぱいになり、此世の果てが来たやうな思ひ、傍らに力なくうなだれた妻や、何も知らぬ幼兒や乳呑兒を見ると、もう溜らなくなって、涙は両の頬を雨のやうにはふり落ちるのであった。何程歎いて見ても聞入れられることではなし、一足歩いては立止まり、二足歩いては顧みして、トウトウ家を逐はれて去った。盗甫の妻は、最後まで顔も出さず又見送らうともしなかったのは、夫の盗甫にも倍した毒悪な性と云はねばならぬ。

끼리끼리 부부란 이것을 말함이다. 흉악한 놀보의 처는 동생 부부가 이렇게 불쌍한 처지가 된 것을 숨어서 보면서, 남편을 막으려고 하지도 않고 아무것도 모르는 듯한 얼굴을 하고 등장하였다.

흥보는 슬픔에 가슴이 터질듯하여 이 세상[13]이 끝난 듯한 생각이었다. [그런]곁에서 힘없이 고개를 떨어뜨린 부인과 아무것도 모르는 어린아이와 젖먹이를 보니, 더 이상 견딜 수 없어져서 양 볼에 눈물이 비와 같이 떨어졌다. 아무리 슬퍼해 보아도 귀를 기울여 주지 않았기에, 한 발 걷고는 멈춰 서고 두 발 걷고는 뒤돌아보다가 드디어 집을 쫓겨나 사라졌다. 놀보의 부인이 마지막까지 얼굴도 내밀지 않고 또 배웅도 하지 않은 것[14]을 보면, 남편 놀보보다 독하고 악한[15] 성격이라고 하지 않을 수 없다.

大方死んで居ます

거의 죽어 있습니다

興甫は、こわれ物と残り物の重い荷を負ひながら、一処往っては休み、二処往っては休み、喘ぎ喘ぎトボトボと遠い道を辿り進んだので、身體は綿のやうに疲れ果て、殊に雨さへ降り始めたので、難澁は

13 이 세상: 일본어 원문은 '此世'다. 지금 살고 있는 현 세상, 즉 현세를 뜻한다(金沢庄三郎編,『辞林』, 三省堂, 1907).

14 놀보의 부인이, 마지막까지 얼굴도 내밀지 않고 또 배웅도 하지 않은 것:『연의각』에는 "뒤문 밧을 나지 안코 문을 걸고 들어가니"로 되어 있다.『제비다리』에서는 문을 걸고 들어가는 모습이 생략된 채, 소란이 나도 배웅을 하지 않는 놀부 부인의 모습을 제시하며 인물평을 하였다.

15 독하고 악한: 일본어 원문은 '毒悪'이다. 정도가 심하거나 해를 입힌다는 뜻으로 사용한다(松井簡治·上田万年編,『大日本国語辞典』03, 金港堂書籍, 1917).

一しほであったが、漸う漸うの事で墓幕へ着いて見れば、何十年も其儘に捨てて顧みなかった廢屋のこととて、家とは名ばかり、屋根なぞはまるで型もなく、折柄の雨水がそのまま流れ落ち、部屋も温突は崩れ歪み、壁は朽ち倒れ、二間の床の床板は盗み去られて足を踏入るべきやうもない、兎も角も長途を歩き草臥れたことだし、雨の小歇みになったを幸ひ、物影に妻子を憩はせて、さて巾着を見ると、ただ一文丈け残って居た、興甫はそれを持って酒舗から一杯の酒を購ひ来り、それを携へ帰って、妻子に向ひ、この酒で山墓の祭祀を行はうと、

흥보는 깨진 물건과 남은 물건의 무거운 짐을 짊어지면서, 한 곳에 가서 쉬고 두 곳에 가서 쉬며, 허덕이면서 터벅터벅 먼 길을 더듬어 갔기에, 몸은 면과 같이 피곤하였다. 특히 비라도 오기 시작하면 머무는 것은 한층 더하였다. 겨우 묘막(墓幕)에 도착해 보니, 몇 십 년도 그대로 버려져 돌아보지 않았던 폐가로, 지붕 등은 마치 형태도 없어 때마침 빗물이 그대로 흘러 떨어졌다. 방도 온돌이 허물어져서 바르지 않고, 벽이 무너져 있으며, 방바닥의 장판은 도둑맞아서 발을 디딜 수도 없었다. 어쨌든 먼 길을 걸어서 지쳐 있기도 하고 다행히 비도 잠시 멈추었기에, 그늘에서 아내와 자식을 쉬게 하였다. 그건 그렇고 염낭을 보니 겨우 한 푼만이 남아 있었다. 흥보는 그것을 가지고 술집에 가서 한잔 술을 사고 그것을 가지고 돌아와서, 처자를 향하여 이 술로 산소에 가서 제사를 지내자고 하였다.

興甫を始め妻子一同、酒を供へて焚香再拜して後ち長男を顧み
『此の山墓は、お前の六代祖の御墓である、た前の伯父は、数年の間

一度も祭香をしたことがない、それで此のやうに見る影もなくなって居るが、祖先をないがしろにしては勿體ない。』

と、今直ぐ口へ入れるものもない窮迫の間にも、祖靈をまつる心のいぢらしさ、祭香を終って後ち、洞然たる廢屋に、一同悄然と膝を抱いて、無言のままにこれからの永い月日を考へた。

흥보를 시작으로 처자 일동은 술을 바치고 분향재배(焚香再拜)한 후에 장남을 돌아보며,

"이 산소는 너의 6대조의 묘다. 너의 큰아버지는 수년간 한 번도 제사를 지낸 적이 없다.[16] 그래서 이와 같이 볼품도 없어졌지만, 선조를 소홀히 해서는 불경스럽다."

라고 말하며, 지금 당장 입에 넣을 것도 없는 궁핍함에도 조상의 영혼을 모시는 마음이 안쓰러웠다. 제사가 끝난 후 텅 비어 있는 폐허에 모두 초연히 무릎을 꿇어앉고, 아무 말도 하지 않은 채 앞으로의 긴 시간을 생각했다.

それでも妻子はトロトロと睡りに落ちたやうだが興甫はこれからの事が気になってなかなかに眠られない。

『世間の人は、どうしてああも家勢が饒足で、高樓巨閣に内外の門戸を立て飽食暖衣をして居るのであらう、イヤ、これは兄上の云はれた通り、自分に腑甲斐が無いからだ、これからは心を入れ替へて、力の

16 너의 큰아버지는 수년간 한 번도 제사를 지낸 적이 없다 : 『연의각』의 "네 죠부님 싱존시에 졍죠 ᄒᆞᆫ식 단오 츄셕 고비 진셜 지ᄂᆞ녀니"가 『제비다리』에는 생략된 채, 놀부가 부모님이 돌아가신 후 제사를 지내지 않는 것으로 서술되었다. 묘막 치레, 집 치레 사설이 축약되어 있다.

限り働いて見やう。』

單り心に問ひ心に答へて、決心の臍を堅め、先づ何よりも住家を改築せねばならぬと、翌朝から、甲斐甲斐しく支械を負ひ、蜀黍藁や雜多の木屑を方々から拾ひ集めて帰り、せっせと造作をはげんだが、勿論小屋懸けほどのものにもなって居ない、夜に入って餓と疲れに、身を横たへると、天井洩る星影はさやかに、夜陰冷涼の気身に泌み渡り、足を伸ばせば壁土はボロボロと崩れ落ちる禁獄もかばかりと思はれるばかりであった。加之、害蟲や猛蚊は、何十年か捨てて顧みなかった此の廢屋に、人間の匂ひを嗅いで、四方から襲ひ来たり、少しまどろめば、手と云はず、足と云はず、顔と云はず、腹背と云はず、人間の血を貪り吸ふのであった。

그래도 아내와 자식은 깜박 잠이 들었는데, 흥보는 앞으로의 일이 신경이 쓰여 좀처럼 잘 수 없었다.

"세상 사람들은 어떻게 저렇게 가세가 풍족하며, 고루(高樓) 거각(巨閣) 안팎으로 문호(門戶)를 세우고 포식하며 따뜻한 옷을 입고 있는 것인가? 아니 이것은 형님이 말하신 대로 자신이 한심스럽기 때문이다. 앞으로는 마음을 다잡아서 힘닿는 대로 일해 보겠다."

오직 마음에 묻고 마음으로 답하며 굳게 결심하였다. 우선 무엇보다도 주거를 새로이 짓지 않으면 안 된다고[생각하여], 다음 날 아침부터 부지런히 지게를 지고 수수 짚과 잡다한 톱밥을 여기저기서 주워 와서는 부지런히 [집]짓기에 힘썼지만, 말할 것도 없이 오두막집에 걸어 놓을 만한 것도 되지 못했다. 밤이 되어서 배고픔과 피곤함에 옆으로 누우니, 천장에 새어나오는 별빛이 청명하였다. 어두운 밤 차갑고 서늘한 기운이 몸에 스며들었다. 다리를 펴면 벽의 흙이 너덜너덜하게 무너져 내리는 감옥같이 생각될 뿐이었다. 게다가 해충과 사나운 모기는 몇 십 년이나 버려두고 돌아보지 않았던 이 폐옥에서 사람의 냄새를 맡고는 사방에서 공격해 왔다. 잠시 졸았더니 손뿐만 아니라 다리, 얼굴 등 앞과 뒤 할 것 없이 사람의 피를 빨아 먹는 것이었다.

興甫は、其処此処の日傭に雇はれたり、雑役に服したりして、せっせと働いては見たものの、自分一人なら兎も角、一家数口を糊するのは容易な事ではない、食物を攝らぬ日が三日四日と打つづくことも珍らしくはなかった、もう四日目になると、妻は元気が衰へて、キョトンと眼を睜ったばかり、口も利かずなり、耳もどうやら聞へぬらしい、妻は兎も角、幼兒は一日食を與へずに居ると火の附くやうに泣き叫び、其声も次第に蟲の音のやうに衰へ行くのであるが、イツまでもイツまでも食を與へるまでは細く細く滅入るやうに泣いて訴へる。それを見て居る興甫の心は五臟が千切れ相に切なく、剰へ乳呑兒をかかえて居るので乳も咽れ咽れになって行くと、乳房を喰ひ切るやうにするし、これが母の身に取って何よりも辛らかった。

흥보는 이곳저곳의 일용직[17]으로 고용되어 잡역을 하였는데 부지런히 일하여 보았지만, 자기 혼자라면 몰라도 일가의 여러 입에 풀칠하는 것은 쉽지 않은 일이었다. 음식을 먹지 못하는 날이 3일 4일

17 일용직: 일본어 원문은 '日傭'이다. 하루만 고용한다는 뜻으로 사용한다(金沢庄三郎編,『辞林』, 三省堂, 1907).

지나는 것도 신기하지 않았다. 벌써 4일 째가 되니, 아내는 힘이 없어 멍청히 눈을 뜨고 있을 뿐 말도 하지 못하고, 아무래도 귀도 들리지 않는 듯하였다. 아내는 그렇다 치더라도, 어린아이는 하루에 한 끼를 주지 않으면 불이 붙은 것처럼 울어대는데 그 소리도 점차 벌레 소리처럼 쇠해갔다. 언제까지고 음식을 줄 때까지 아주 가늘게 기가 죽어서 울며 호소하였다. 그것을 보고 있던 흥보의 마음은 오장이 천 갈래로 찢어지는 듯 슬펐다. 게다가 젖먹이를 안고 있었는데 젖을 삼킬 수 없게 되자, 유방을 물어 끊을 듯하였다. 이것이 어머니 입장에서는 무엇보다 힘들었다.

此程も、もう絶食以来四日になる、息も絶え絶えになって居た興甫の妻は興甫に向って

『如何に非道な兄さんとは云へ、諺にも父子一身同気連枝といふことがあります、行きづらくはありませうが、アト一日もすれば、子供達も私等も餓えて死んで終ひます、どうぞあなた、兄さんの所へいらしって、た金か米かを頂いて来て下さいませ、もう、ひだるくって口を利くのもイヤになりました。』

『兄様の所へ行っても貰へるものは……。』

冷侮と、虐待ばかりだと思ふと、死んでも行く気にはなれなかった。

『――でも脊に腹は代へられぬと申します、恁う飢が続いて、生き死にの間際ですもの、イクラ兄さんでも、きっと、何とかして下さるに相違ありますまい。どうぞ御辛らいでせうけれど、行って見て下さいませ、子供等はもう大方死んで居ります。』

벌써 음식이 끊긴 지 4일이 되었다. 숨도 쉴 수 없게 된 흥보의 아내는 흥보를 향하여,

"아무리 도리에 어긋난 형님이라고는 하지만[18], 속담에도 부자일신(父子一身) 동기연기(同氣速枝)라는 말이 있습니다. 가기 힘드시기는 하겠지만, 앞으로 하루만 더 있으면 아이들도 저도 굶어 죽습니다. 아무쪼록 당신은 형님 댁으로 가셔서, 돈이나 쌀을 얻어 와 주십시오. 더 이상 시장해서 말을 하는 것도 힘들어 졌습니다."

"형님 댁에 가도 얻을 수 있는 것은……"

냉정하게 모욕하고 학대를 할 것이라고 생각하면, 죽어도 가고 싶은 마음이 들지 않았다.[19]

"하지만 대를 위해 소를 희생해야 한다고 생각합니다. 이렇게 기아가 계속된다면 삶과 죽음의 문제로, 아무리 형님이라고 하더라도 필시 어떻게 해 주실 것임에 틀림없습니다. 아무쪼록 힘드시겠지만 가 보십시오. 아이들은 이제 거의 죽어 있습니다."

パンを求むる者に蠍を

　　빵을 구하는 자에게 전갈을

興甫も仕方なしに起ち上ったが、何といふ五體の重さであらう、息

18 아무리 비도(非道)한 형님이라고는 하지만 : 『연의각』에는 "여보 ᄋᆞ해 아버지 말솜 들으시오"라고만 되어 있으나 『제비다리』에는 이 부분의 대사가 추가되어 있다.

19 냉정하게 ~ 죽어도 가고 싶은 마음이 들지 않았다 : 『연의각』에 나오는 "형님덕에 갓다가 보리ᄂᆞ 타고 오게"라는 흥부의 대사가 『제비다리』에는 생략되고, 놀부 집에서 받을 흥부의 고난과 그에 대한 심정을 직접 서술하는 대목으로 교체되었다.

こそ通っては居るものの、十常の八九は死んで居る、もう何をするのもイヤ、このままにして居たいやうな気もしたが、息も絶え絶えの妻子を見ては、憐れさ一しほなので、破れた網巾を古紐でつないで頭上に頂き、汚れた笠を冠り、真　黒になったボロボロの周衣を纏ふて、杖にすがりながら、兄盜甫の家へ向った。時は嚴冬、寒さは身を殺ぐやうに骨に徹する、ともすればうすら眠りの催ふすひだるさを怺らへて、漸うやっと兄盜甫の家の前へ辿り附いたが、奴僕等は門を閉ぢた房の中で將棊遊びに餘念もない樣子、勇を皷して人を呼ばうとしたが、何となく気遅れがして、百雷のはためくやうな兄盜甫の怒號を思ひ出し、胸は早や畏れに戦くのであったが、

흥보도 어쩔 수 없이 일어나기는 했지만 이다지도 몸이 무거운 것인가? 숨은 쉬고 있지만 십중팔구는 죽어 있었다. 이제는 어떤 일을 하는 것도 싫었다. 이대로 있고 싶은 마음이었지만, 숨도 쉬지 못하는 처자식을 보고는 불쌍하게 생각되어, 찢어진 망건을 낡은 끈으로 연결하여 머리 위에 올리고, 더러워진 삿갓을 쓰고는, 참으로 너덜너덜해진 두루마기를 걸치고, 지팡이에 의지하며 형 놀보 집으로 향하였다. 때는 엄동 추위로 [차가운 바람이]몸을 자르는 듯 뼈에 닿았다. 자칫하면 깜빡 졸 것 같아 억지로 참고 겨우 간신히 형 놀보 집 앞에 도착하였는데, 노복[20] 등은 문을 닫은 방 안에서 장기 놀이에 여념이 없는 모습이었다. 용기를 내어 사람을 부르려고 하였지만 왠지

20 노복: 일본어 원문은 '奴僕'이다. 에도(江戸) 시대 무가(武家)의 종복을 뜻하며, 혹은 일반적으로 하인 등의 뜻으로 사용한다(松井簡治·上田万年編, 『大日本国語辞典』04, 金港堂書籍, 1919).

주눅이 들었다. 천둥벼락과 같이 펄럭이는 형 놀보의 성난 부르짖음을 떠올리고는, 가슴은 어느덧 두려움에 떨고 있었는데,

此時姪が書堂からの帰りとたぼしく、興甫の姿を見附けて
『お父うさん、今、門外へ糸のやうに痩せ細った穢い人が来て居ます、歩くのにもヒヨロヒヨロして居て、下男達を見ても口が利けず、何だが喧嘩でもしそうな風です。』
盜甫の子も、それが自分の叔父であることを能く知り抜いて居ながら、わざと恁うした口の利きやうをするのだった。

이때 서당에서 돌아온 듯한 조카가 흥보의 모습을 발견하고는,
"아버지 지금 문밖에 실과 같이 살이 빠져 여윈 불결한 사람[21]이 와 있습니다. 걷는 것도 비실비실하여 하인들을 보고도 말을 걸지도 못하고, 왠지 싸움이라도 할 것 같은 분위기입니다."
놀보의 아들도 그것이 자신의 작은 아버지임을 잘 알고 있으면서도, 일부러 이렇게 말을 하는 것이었다.

盜甫は、村の人かと思って出て見ると、逐ひ出した興甫だったので、早や何か物ねだりに来たナと感附いては、先づ如何にして追っ拂はうかと、即座に
『貴公は全體どなたです。』
と空っ呆けたことを云った。それでも興甫が恭々しく、兄へ辭儀を

21 실과 같이 살이 빠져 여윈 불결한 사람 : 『연의각』에는 "실갓 쓴 양반 흔 ᄉᆞ람"으로 되어 있다. 이

すると、盗甫は愈よ素知らぬ顔で
『挨拶は受けたが、併し貴公は全體何誰です。』
と飽までも他人のままで押し通さうとした。
『兄さん、弟がた分りになりませんか。』
『其麼冗談はた止し下さい、私は五代独身です。』
『兄さんが五代祖の墓幕に分家をした弟です。』
『何イ、興甫なら俺の家へ何しに来た。』
とガラリロ調を代へて攫み懸りもし兼ねない權幕で怒鳴った。
『永らく御無沙汰しましたので御目に懸りに参りました。』
『餘計な事をぬかすな、サッサと往け、俺は貴様のツラを見るのもイヤだ。』

놀보는 마을 사람인가 하고 생각하고 나가 보니 쫓아 낸 흥보였기에, 벌써 무언가 구걸하려고 왔다는 것을 알아채고 우선 어떻게 해서 쫓아낼 것인가 하고 생각하다, 그 자리에서

"그대[22]는 도대체 누구십니까?"

라고 엉뚱한 말을 하였다. 그런데도 흥보가 공손하게 형에게 인사[23]를 하자, 놀보는 점점 모르겠다는 얼굴을 하며,

"인사를 받기는 했지만 그대는 도대체 누구십니까?"

22 그대: 일본어 원문은 '貴公'이다. 원래 나이 많은 사람에게 사용한 표현이나, 오늘날(사전이 출판된 당시의 시대 즉 20세기 초를 의미)은 아랫사람에게 사용하는 대칭 대명사이다(金沢庄三郎編, 『辞林』, 三省堂, 1907).

23 인사: 일본어 원문은 '辭儀'다. 사퇴하다, 거절하다의 의미를 나타내기도 하고, 계절 인사 혹은 머리를 숙이고 예를 다하다와 같은 뜻으로 사용하기도 한다(金沢庄三郎編, 『辞林』, 三省堂, 1907).

라고 끝까지 [모르는]남처럼 밀고 나가려고 하였다.

"형님, 동생을 알지 못하시겠습니까?"

"그런 농담은 그만 두십시오. 저는 5대 독자입니다."

"형님이 5대조의 묘막에 분가를 시킨 동생입니다."

"뭐라고, 흥보라면 내 집에 무엇 하러 왔느냐?"

고 180도 어조를 바꾸어 잡아버릴 듯한 성난 얼굴로 화를 내었다.

"한 동안 격조하였기에 찾아뵈었습니다."

"쓸데없는 일로 깜짝 놀라게 하지 말고 빨리 가거라. 나는 너의 얼굴을 보는 것도 싫다.[24]"

早や立去らうとするので、興甫は兄の前に跪き、哀求していふには『兄さん、まあどうぞた聞き下さい、私は決して怠けて居るのではありません、一生懸命に稼いでは居りますが、生活はなかなか困難で、二日たきに一度しか食にありつけません。それに此頃は寒さも加はり、稼ぎも十分には出来ず糧食も盡き果てて早や四五日、一粒の粟も食べずに居ります、誠に申上げ兼ねますが、妻子も同じ憂目を見て居りますので、どうぞた米を三斗丈けた恵み下さい、さもなくば籾一斗でも沢山です、籾が無ければた金を三両丈け——イヤイヤ妻子は今死に懸って居ます、兎に角生かしてやらねばなりませんから、食べ残りの食物でも、それも不可ねば糠でも結構です、必らず稼いでた返しに罷出ます、どうぞ窮狀を御察し下さいまして——』

24 나는 너의 얼굴을 보는 것도 싫다 : 『연의각』에는 "잔말 말고 어서 가거라"로 되어 있으나 『제비다리』에는 흥부를 보기 싫어하는 놀부의 심정이 직설적으로 표현되었다.

서둘러 일어서려고 하는데, 홍보는 형 앞에 무릎을 꿇고는 애원하며 말하기를,

"형님, 아무쪼록 들어 주십시오. 저는 결코 게으르지 않습니다. 열심히 벌고는 있습니다만, 생활은 좀처럼 곤란하여 이틀에 한 번밖에 식사를 할 수 없습니다. 게다가 요즘은 추위도 더해져 벌이도 충분히 할 수 없는데, 양식도 다 떨어진지 어느덧 4-5일입니다. 한 톨의 좁쌀도 먹지 못하고 있습니다. 참으로 염치없습니다만 처자식도 같은 고통[25]에 처해 있으니, 아무쪼록 쌀을 3말만이라도 베풀어 주십시오. 그렇지 않으면 벼 껍질 한 말이라도 충분합니다. 벼 껍질이 없다면 돈을 3냥만이라도. 처자식은 지금 죽어가고 있습니다. 어쨌든 살려내지 않으면 안 됩니다. 먹다 남은 음식이라도. 그것도 불가하시다면 쌀겨라도 좋습니다. 반드시 벌어서 갚을 것입니다. 아무쪼록 어려운 상황[26]을 살펴주십시오"

アトは涙になって其場に泣伏した。盗甫は冷たく笑った。

『貴様はナカナカうそつきが上手になったな、そんなに絶食をして居られる筈のものぢやない、旨いことを吐すな。』

と、肩を聳やかしながら、冷蔑の笑ひを高らかに加へるのであった。

『決して僞りなぞ申上げは致しません、村の衆が皆な存じて居ります、興甫の家は、鳥がどれ程飛びまわっても米粒一つ見當らぬ、何を

25 고통: 일본어 원문은 '憂目'이다. 고통스러운 일 혹은 슬픈 일을 나타낸다(松井簡治·上田万年編, 『大日本国語辞典』01, 金港堂書籍, 1915).

26 어려운 상황: 일본어 원문은 '窮狀'이다. 고통스러운 상항 혹은 궁핍한 상태를 나타낸다(金沢庄三郎編, 『辞林』, 三省堂, 1907).

食って活きてるかと、冗談さへ影口に申し、居りますとか、何卒た察し下すって私共一家をた救ひ下さいませ。』

『能くツベコベと饒舌りをる、口を利くと承知しないぞ。』

그러고는 눈물이 나서 그 자리에 엎드려 울었다. 놀보는 냉정하게 웃었다.

"그대는 상당히 거짓말이 능숙해졌구나? 그렇게 밥을 굶고 있었을 리가 없지 않느냐? 말도 안 되는 소리 하지 말거라"

고 어깨를 거들먹거리며 냉정한 웃음을 드높여 더할 뿐이었다.

"결코 거짓을 말하지 않습니다. 마을 사람들이 모두 알고 있습니다. 홍보의 집은 새가 아무리 날아다녀도 쌀 한 톨도 발견할 수 없으니[27], 무엇을 먹고 살아가는지? 라는 농담조차 뒤에서 말하고 있습니다. 아무쪼록 살피셔서 우리 가족 일가를 구해주십시오."

"잘도 이러쿵저러쿵 말이 많구나. [나에게]말을 거는 것을 용서하지 않겠다."

と叱り附け、大声に下男を呼んで

『後ろの倉を開けろ。』

と命じた。興甫は窃かに喜んだ。兄さんが倉を開けろと云ったから、きっと籾を下さるに相違ないと思ふ間もなく下男が来て

『開けました。』

27 홍보의 집은 새가 아무리 날아다녀도 쌀 한 톨도 발견할 수 없으니 :『연의각』에는 "홍보에 집에 식양쥐가 홍보집에를 아모리 도라단여도 쌀악기 ᄒᆞᆫ 도막이 없느니"로 되어 있다. 새가 쥐로 바뀌어 있다.

と告げた。
『籾の俵の後ろに米の俵があるだらう。』
『ハイ、あります。』
『米の俵の後ろに大麥の俵があるだらう。』
『ハイ、あります。』

라고 화를 내며 큰 소리로 하인을 불러,
"뒤에 창고를 열어라"
고 명하였다. 흥보는 은근히 기뻐하였다. 형님이 창고를 열라고 하였으니, 필시 쌀겨를 주시는 것이 틀림없다고 생각한 것도 잠시 하인이 와서,
"열었습니다."
라고 고하자,
"쌀겨 섬 뒤에 볏섬이 있지 않느냐?"
"네 있습니다."
"볏섬 뒤에 보리 섬이 있지 않느냐?"
"네 있습니다."

興甫は大麥を一俵でも下さることかと大に喜んだが、盜甫は意外にも
『大麥の俵の後ろに棍棒が一本ある筈だ、持って來い。』
軈て命の如く、下男が棍棒を持ち來たると、盜甫は凶虐な天性をむき出した興甫の髻を攫むが否や棍棒を揮って所構はず亂打しながら
『此の野郎、太々しい奴だ、俺の家の富裕なのは俺に備はった福で貴樣の関はったことぢやない、貴樣の貧窮なのは貴樣が不幸の運に生れ

附いたので俺が何を知る、よしんば米があったにしろ貴様にやる為めにあるのぢゃないぞ、食ひ餘りの食があったって貴様の為めに俺の犬を飢えさせる必要はないんだ、糠があったって貴様の為めに豚を飢えさせるには及ばないんだ、何事も俺の勝手だ、何を貴様がどうしやうといふんだ。』

と打据えた、

흥보는 보리를 한 섬 주시는가 하고 크게 기뻐하였지만, 놀보는 뜻밖에도,

"보리 섬 뒤에 곤봉[28]이 하나 있을 것이다. 가지고 오너라."

곧 명령대로 하인이 곤봉을 가지고 오자, 놀보는 흉악한 천성을 드러내며 흥보의 상투를 잡자마자 개의치 않고 곤봉을 휘두르며 마구 치면서,

"이놈아, 뻔뻔스러운 놈아. 내 집의 부유한 것은 내가 갖춘 복이거늘 너하고는 상관없다. 네가 궁핍한 것은 네가 불행한 운을 타고 태어났기 때문이거늘 내가 알게 뭐냐? 설령 쌀이 있다고 하더라도 너에게 주기 위해서 있는 것이 아니다. 먹다 남은 음식이 있더라도 너를 위해서 나의 개를 굶길 필요는 없다. 쌀겨가 있더라도 너를 위해서 돼지를 굶길 수는 없느니라. 뭘 하든 내 마음이다. 무엇을 네가 이래라 저래라 하느냐?"

고 하며 때려 눕혔다.

28 곤봉 : 『연의각』에는 "박달몽치"로 되어 있다.

興甫は、哀號々々と泣き叫びながら、許しを求めたがいつかな肯かれず今に早や蟲の息となった。
『貴様のやうな穀潰しは早く死んだ方が能い。』
『ハイ、いゑもう米も籾も食もいりません、命丈けはどうぞ御助け下さいませ、ああ、誰か来て助けて下さい、私は死にます、誰か来て、誰か……。』

흥보는 아이고, 아이고 하며 울부짖으면서 용서를 구하였지만 아무리해도 수긍하지 않았기에, 이제는 어느덧 숨이 끊어질 듯하였다.
"너와 같이 밥을 축내는 자는 빨리 죽는 것이 좋다."
"네, 더 이상 쌀도 쌀겨도 먹을 것도 필요 없습니다. 목숨만은 아무쪼록 살려 주십시오. 아아, 누군가 와서 살려주십시오. 나는 죽습니다. 누군가 와서 누군가…"

此の光景を見て居た下男は、あまりの非道に、思はず隣人に口走った。
『同気一身といふ事があるのに何といふ酷い仕方だらう。』此の囁きを小耳に挟んだ盜甫は、怒気更に心頭に発し、手にせる棍棒を以て今度は下男を打ち据えた。
『哀號、々々、これでは私も死んで終ふ、誰か来て助けてくれー』

이 광경을 보고 있던 하인은 너무나도 도리에 어긋나서, 저도 모르게 옆에 있는 사람들에게 말을 하였다.
"동기는 한 몸이라고 하거늘 이 무슨 가혹한 방법인가?"

이 소리를 언뜻 들은 놀보는 성난 마음이 더욱 마음속에 터져서 손에 잡고 있던 곤봉으로 이번에는 하인을 때려눕혔다.

"아이고, 아이고. 이렇게 하다가는 나도 죽어 버리겠다. 누군가 살려 주시오"

下男は漸うやっと、盜甫の手から逭れて身を隠したが、興甫は、全身綿のやうにグツタリとなって、倒れたまま起上る勇気すらない、顔も傷だらけで血はタラタラと流れる、最早や身動きもなり難いが、このまま兄の前に在っては、死んで終ふの外はないと思ひ、せめて嫂の所へ往って食でも乞ふたらと心附き足を曳摺り曳摺り臺所まで往った。此時恰當飯を炊いだばかりの時なので、その匂ひが鼻を打ち、気も遠くなるほどの思ひ、漸く心を落着けて

『嫂さん、どうぞ此の憐れな弟をた救ひ下さい。』

하인은 겨우 간신히 놀보의 손에서 벗어나 몸을 숨기었는데, 흥보는 온 몸이 솜처럼 축 늘어져서 쓰러진 채로 일어날 용기도 없었다. 얼굴도 상처투성이로 피가 줄줄 흘렀다. 이제는 몸을 움직이는 것도 어렵지만, 이대로 형 앞에 있다가는 죽어버리는 수밖에 없다고 생각하여, 적어도 형수가 있는 곳에 가서 먹을 것을 구걸하는 것이 어떤가 하고 생각하여 다리를 끌면서 부엌까지 갔다. 이때 마침 막 밥을 지었을 때라, 그 냄새가 코를 찔러 정신을 잃을 것 같은 생각에 잠시 마음을 안정시키고는,

"형수님, 아무쪼록 이 불쌍한 동생을 살려주십시오."

嫂は吃驚した風をして

『男女の別があるのに、断りもなく、何故ここへ入って来た。』

と云ひさま、手にして居た杓子で興甫の頬を一打ちした。興甫は、又してもここで恁うした辱めを受け、火のやうに怒心が燃えたが、偶然にも頬を撫でで見ると、飯粒が沢山くつ附いて居た、餓え切った五體の嗅覺が鋭く飯の匂ひに引附けられた。

『嫂さんは私を打ちながらも食はせて下さる、有難うございます、どうぞ片一方の頬も御打ち下さい、それを妻や子に見せませう。』

형수는 깜짝 놀란 듯하며,

"남녀의 구별이 있음을 양해를 구하지도 않고, 왜 이곳에 들어왔소?"

라고 말하며, 손에 들고 있던 주걱으로 흥보의 뺨을 한 대 쳤다. 흥보는 또다시 이곳에서 이렇게 굴욕을 당하게 되니 불과 같이 성난 마음이 불타올랐지만, 우연히도 뺨을 만져 보니 밥알이 많이 붙어 있었기에 굶어 있던 몸 전체의 후각이 예리하게 밥 냄새에 끌려,

"형수님은 나를 치면서 먹여 주시는군요. 감사합니다. 아무쪼록 반대 편 뺨도 때려주십시오. 그것을 아내와 아이들에게 보여주겠습니다."

意地の悪い嫂は、杓子を捨てて火の附いたままの薪木を取出し、今度はそれで打ち懸った。

興甫は、兄と嫂のむごい仕打ちに魂切る思ひして、帰りの道すがら、己が身を顧みて歎き泣いた。

『飢渴の為めに死に瀕して居るものを、こうまで打据えるには及ぶまいに、ああ、我が運命は何たる不幸であらう、父母が沒してこのかた、どうして恁うも不幸ばかり続くのであらう、何の罪科もない幼児や乳呑兒に、毎日餒じい思ひをさせ、妻にすら満足に食物を與へた事とてはない、忍びない、実に忍びない。』と、泣きながら、重い足を曳摺って、帰途についた。

심술궂은 형수는 주걱을 버리고 불이 붙어 있는 땔나무를 꺼내어, 이번에는 그것으로 치기 시작하였다.

흥보는 형과 형수의 무자비한 취급에 깜짝 놀라서, 귀갓길에 자신의 신세를 돌아보면서 슬퍼하며 울었다.

"기갈(飢渴)로 인해 죽음에 처해 있는 것을, 이렇게 때려눕힐 것까지는 없지 않은가? 아아, 나의 운명은 왜 불행한가? 부모가 돌아가신 이후 왜 이렇게 불행한 일만 계속되는 것인가? 아무런 죄[29]도 없는 어린아이와 젖먹이를 매일 굶게 하고, 아내에게조차 만족스럽게 음식물을 주지 못한다. 참을 수 없다. 실로 참을 수 없다."

라고 말하며 울면서 무거운 발을 끌고 돌아갔다.

稼がねば一粒の栗も

벌지 않으면 한 톨의 좁쌀도

夫の帰りを待ちわびた興甫の妻は、泣き入る我子を慰めて

29 죄: 일본어 원문은 '罪科'이다. 죄와 잘못을 뜻하거나 죄악으로 몸이 더렵혀지는 의미로 사용한다(松井簡治·上田万年編,『大日本国語辞典』03, 金港堂書籍, 1917).

『泣くな泣くな、いんまにた父うさんが、伯父さんのたうちから、籾か米かを貰って来て下さる、そうしたら、たあんと炊いてあげやうね。』

남편의 귀가를 기다리던 흥보의 아내는 마냥 울고 있는 자신의 아이를 위로하며

"울지 말거라, 울지 말거라. 지금 아버지가 큰 아버지 집에서 쌀겨나 쌀을 얻어 오실 것이다. 그렇게만 되면 꼭 끓여줄 테니까."

恰當そこへ、興甫が酔っぱらって、酒気を匂はせながら帰って来た。妻はいそいそと迎え

『お早くお上りなさいませ、実に同気連枝といふが、た酔ひになるほどた酒を御馳走して下さいましたか、米なら爐き、籾や大麥なら搗いて、早く小供等に食べさしませう、食なら直ぐに頂けますわ。』

興甫は、又しても涙

『おお、御身のいふことは、誠に豐年だ。』

마침 그때 흥보가 술에 취해서 술 냄새를 풍기면서 돌아왔다. 아내는 들떠서 맞이하며,

"어서 들어오십시오. 실로 동기는 한 가지에서 나왔다고 해야 할까, 술에 취할 정도로 대접을 받으셨습니까? 쌀이라면 밥을 짓고 쌀겨나 보리라면 찧을 것이니, 어서 어린 아이들에게 먹입시다. 음식이라면 바로 먹을 수 있고요."

흥보는 또 다시 눈물.

"오오, 당신이 말하는 것은 참으로 풍년이로군요."

興甫は、兄の悪言を妻の前でしたくない、寧ろ死んでも怨むまいと心に思ひ定め

『兄さんの宅に往ったら、兄さんと嫂が手を執って迎えられ、どうして居た

かと懇ろに云はれ、たんまり、昼餉の御馳走になり、た酒も頂載した。その上兄さんから金五両と米三斗、嫂さんから金三両と大豆二斗を下すって早く子供を喜ばせてやれとのこと、下男にそれを持たせてやると有仰ったが、下男には及ばぬ自分で持って帰ると云って、脊負って帰る道すがら、突然三人組の強盗に襲はれて、みんな奪ひ去られて終った。』

恁う云って、ぐったりとなった。両眼からは湯玉のやうな熱涙が音もなく頬を流れた。

흥보는 형에 대한 나쁜 말[30]을 아내 앞에서는 하고 싶지 않았다. 오히려 죽어도 원망하지 않을 것이라고 마음을 정하고,

"형님 댁에 갔더니 형님과 형수가 손을 잡고 맞이 해주며, 어떻게 지냈는지 친근하게 물으시며 점심[31]을 잔뜩 대접해 주시고 술도 주셨소. 게다가 형님은 돈 5냥과 쌀 3말, 형수님은 돈 3냥과 대두 2말을

30 나쁜 말: 일본어 원문은 '悪言'이다. 남에게 해를 입히는 말, 혹은 남이 들어서 유쾌하지 않은 말 등을 나타낸다(松井簡治·上田万年編, 『大日本国語辞典』01, 金港堂書籍, 1915).

31 점심: 일본어 원문은 '昼餉'이다. 점심 혹은 중식의 뜻이다(松井簡治·上田万年編, 『大日本国語辞典』04, 金港堂書籍, 1919).

줄 것이니 빨리 아이들을 기쁘게 하라고 하셨소. 하인들에게 그것을 가지고 가게 할 것이라고 하셨는데, 하인에게 시키지 않고 스스로 들고 가겠다고 말하고 등에 짊어지고 돌아오는 길에 갑자기 3인조 강도에게 공격을 받아 모두 빼앗기고 말았소."

이렇게 말하고 축 늘어졌다. 두 눈에서는 구슬과 같은 뜨거운 눈물이 소리도 없이 뺨을 [타고]흘러내렸다.

妻は、直ぐに夫れと悟った。

『もう分りました、能く分りました、ああ。』

と溜息を吐いて滅入る思ひ、夫の様子を見れば、全身血に塗みれ、顔面は紫暗色に膨れ上って、拭ひ残りの血がまざまざと見られる。烈しく打たれたことであらう、周衣に掩はれてこそたれ、全身の負傷は如何あらうかと思へば、妻は一時に胸が迫り来たって、ベタリと大地に坐って終った。

『哀號哀號、此れは又どうした事であらう、往きにくいと澁って居られたあなたを、無理やりに往かしたのは皆な私の罪、まさかに恁麽むごい目にた逢ひなさらうとは思ひませんでした。ああ御気の毒な、お痛はしい、私としたことが、家長を恁んな目にた逢はせ申した罪は、死んでもた詫びができません、それにしても、兄様は、山のやうに貯へて居る米を、誰にやるとて其の様に惜みなさいますやら、惜むばかりか此の様に同気連枝の骨肉を打ちたたいて——』

아내는 바로 그것을 깨달았다.

"충분히 알겠습니다. 잘 알겠습니다. 아아."

라고 한숨을 쉬면서 맥이 풀렸는데, 남편의 모습을 보니 온 몸이 피투성이로, 안면에는 어두운 보라 빛이 커져가며 닦다 남은 피가 선명히 보였다. 심하게 맞은 것이라고[생각하며], 겉옷에 가려져 있기는 하지만 온 몸의 부상은 얼마나 될까 하고 생각하니, 아내는 잠시 가슴이 막히어 털썩 땅에 앉아 버렸다.

"아이고, 아이고. 이것은 또 무슨 일이냐? 가기 힘들다고 껄끄러워 하던 당신을 억지로 보낸 것은 모두 제 잘못[입니다]. 설마 이렇게 무자비한 일을 당하리라고는 생각지도 못했습니다. 아아, 가엾고 애처롭다. 제가 한 일이, 가장에게 이런 일을 당하게 한 죄는, 죽어서도 사죄할 수가 없습니다. 그렇다고는 하더라도 형님은 산과 같이 비축하고 있는 쌀을 누구에게 주려고 그렇게 아끼시는지, 아끼는 것뿐만 아니라 이와 같이 동기의 골육을 두들겨 패시다니."

興甫は、それでも兄の悪言を云はず
『貧乏は国の力でも救濟のしたほせるものではないといふ、私は、又、力限り稼ぐより外に道はない。稼がずには一粒の粟も得られない。』
とつくづく云ふのであった。

흥보는 그래도 형에 대한 나쁜 말을 하지 않고,
"가난은 나라의 힘으로도 구제할 수 없는 것이라고 말하니, 나는 다시 힘닿는 대로 버는 수밖에 달리 방법이 없소. 벌지 않고는 한 톨의 좁쌀도 있을 수 없소."
라고 절실히 말하는 것이었다.

笞刑の身代り

태형의 대역

それ以来、興甫は昼夜専心勞働を勵んだ。炎天の日に大麥を搗いたり、朝から晩まで水田を耕したり、僅かな賃銀で支械を擔ったり、酒舗に雇はれて掃除や肉炙りをしたり、隣家の水を汲み、遠山近山に柴を刈り、風雨を厭はず身を粉に碎いて働いたが、やはり一家数口を養ふに足らず、食を得るのは二日に一度ぐらゐなもの、年中飢渴に苦しめられるので、興甫もいろいろと考へあぐんだ末、邑廳へ往って御頼みしたら米を一俵ぐらゐた恵み下さらぬ事もあるまいと、妻に此由を告げた上で、蓬頭亂髪まるで乞食のやうな風體をして邑廳へ出懸けた。

그 이후로 흥보는 밤낮으로 열심히 노동에 힘썼다. 땡볕[32]에도 보리를 찧거나, 아침부터 저녁까지 수전을 경작하거나, 약간의 임금을 받고 지게를 짊어지거나, 술집에서 일하며 청소와 고기 굽기를 하거나, 이웃집의 물을 긷거나, 멀리 있는 산 가까이에 있는 잡초를 베거나, 비바람을 꺼려하지 않고 몸이 부서지도록 일을 하였지만, 역시 일가의 많은 입을 부양하기에는 부족하였다. 음식을 얻는 것은 이틀에 한 번 정도로, 연중 배고픔과 목마름에 고통을 받으니, 흥보도 이리저리 생각한 끝에, 고을의 관청에 가서 부탁을 하면 쌀을 한 말 정도 베풀어 줄 것이라고 처에게 그 사정을 말한 다음, 흐트러진 머리

32 땡볕: 일본어 원문은 '炎天'이다. 여름철 몹시 더운 하늘 혹은 여름철 매우 뜨거운 태양이 비추는 곳의 의미로 사용한다(棚橋一郎·林甕臣編, 『日本新辞林』, 三省堂, 1897).

에 마치 거지와 같은 풍채를 하고 고을의 관청으로 갔다.

恰當吏が椅子に倚って居たところなので、興甫は廳に上り
『今、三十里ばかり歩きつづけました、腰が大分痛みますから暫らく休ませて頂きます。』
と短い煙管を取出し莨を吸はうとすると
『全體ここへ何用で来たか。』
『実は——。』

마침 벼슬아치[33]가 의자에 걸터앉아 있었기에, 흥보는 관청에 올라가,
"지금 30 리나 계속 걸어왔습니다. 허리가 상당히 아픕니다만 잠시 쉬어가도록 해 주십시오."
라고 말하며 짧은 담뱃대를 꺼내어서 담배를 피려고 하자,
"도대체 이곳에 무슨 일로 왔느냐?"
"실은…"

興甫は稼いでも稼いでも飢渴から逭れ得ない、実状を訴へた後ち、米一俵を恵まれたいと切り出した。
『貧窮な百姓の癖に、國庫の米を貰へる筈はない、お前は笞刑を受けたことがあるか。』
『其麽無慈悲な事を有仰らず、どうぞ幼い子等を救ふ為め、特に米一

33 벼슬아치 : 『연의각』에는 "이방"으로 되어 있다.

俵丈け──。』

『米の代りに笞刑を受けろ。』

『悪事もしないのに私が何で笞刑を受けるのです。』

『それは他でもない、此邑の豪富を誰か官家に訴へた。そこでその豪富を召

還した所、生憎病気で出廷できぬといふ、私への相談に誰か豪富の身代りとなって、官家へ往って笞刑を受けてくれる者があれば御禮に金三十両を進ぜるといふのだ。』

『金三十両!!金三十両!!』

흥보는 벌어도 벌어도 배고픔과 목마름으로부터 벗어날 수 없다고 실상을 호소한 후에 쌀 한 섬을 베풀어 달라고 말을 꺼내었다.

"궁핍한 백성 주제에 국고의 쌀을 받을 수 있을 리가 없지 않느냐? 너는 태형을 받은 적이 있느냐?"

"그런 무자비한 것을 말씀하시지 말고, 아무쪼록 어린 아이들을 구할 수 있게 특별히 쌀 한 섬만이라도…"

"쌀 대신 태형을 받거라."

"나쁜 일[34]도 하지 않았거늘 제가 왜 태형을 받습니까?"

"그것은 다름이 아니라, 이 고을의 부호를 누군가가 관가에 고발하였다. 그래서 그 부호를 소환하였더니, 생병이 나서 출두할 수 없다고 한다. 나에게 상담을 하며 누군가 부호를 대신하여 관가에 가서 태형을 받아 주는 이가 있다면 답례로 돈 30 냥을 준다고 한다."

34 나쁜 일: 일본어 원문은 '悪事'다. 도덕에 반한 행위를 뜻한다(棚橋一郎·林甕臣 編, 『日本新辞林』, 三省堂, 1897).

"돈 30 냥!! 돈 30 냥!!"

興甫は胸に高く叫んだ。したが、笞刑の恐ろしさに不圖思ひ到って
『幾度ぐらゐ打たれれば能いのですか。』
『三十度は免れまい。』
『三十度打たれれば三十両は間違ひないでせうな。』
『そうとも、笞一度が一両になる割だ。』
『では、其事を他の村人に告げないで置いて下さい。それで無いと先を越して三十両を他の村人に取られて終ふかも知れないから。』
『決心がついたね、それぢや旅費として五両丈け進げやう。』

흥보는 가슴에 크게 소리쳤다. 하지만 태형의 무서움에 생각이 미쳐서,

"어느 정도 맞으면 됩니까?"

"30 번은 피할 수 없을 것이다."

"30 번 맞으면 30 냥은 틀림없는 것입니까?"

"그렇고말고, 태형 한 대가 한 냥이 되는 것이다."

"그렇다면 그 일을 다른 마을 사람에게 알리지 말아 주십시오. 그렇지 않으면 선수를 쳐서 30 냥을 다른 마을 사람에게 빼앗겨 버릴지도 모르니까요"

"결심이 섰구나. 그렇다면 여비로 5냥을 주겠다."

興甫は思はぬことから金三十両にありつけ相である。笞刑の痛苦を知らぬではないが、金三十両に心を奪はれて居て餘事を考へる遑だに

無い。

『手紙を添えてやる、之を使令に渡せばそうまで痛くは打ち据えはしまい、豪富からも官家へ金百両ほど賂る筈だからマアマア安心して往ったが能い。たいしての事はあるまい。』

興甫は打喜んで『往って参ります、有難う御座います。』と、五両の旅費を懐ろにし、先づ何よりも妻に此事を話して喜ばし、子供等にも、鱈腹食べさしてやらねばならぬと、雀躍せんばかり、金の歌を唄って、苦盡甘来、一度苦みさへすれば金三十両といふ大枚が訳もなく手に入るとばかり、勇み勇んで立帰った。

흥보는 생각지도 못한 일로 돈 30 냥을 얻게 되었다. 태형의 고통을 모르는 바는 아니지만, 돈 30 냥에 마음을 빼앗겨서 다른 것을 생각할 겨를이 없었다.

"편지를 첨부해 줄 테니 이것을 사령에게 전하면 그렇게 아프게 치지는 않을 것이다. 부호로부터 관가에 돈 백 냥 정도 청탁하였을 테니, 여하튼 안심하고 가는 것이 좋다. 큰일은 없을 것이다."

흥부는 크게 기뻐하며,

"갔다 오겠습니다. 감사합니다."

라고 말하며 5냥의 여비를 품에 넣고, 우선 무엇보다도 처에게 이 사실을 말하여 기쁘게 하고 아이들에게도 실컷 먹여야지 하면서 기뻐하며, 덩실거리며 돈 노래를 불렀다. 고진감래라 한 번 고통이 있으면 돈 30 냥이라는 거금이 이유도 없이 손에 들어온다며 힘이 솟아나서 돌아갔다.

『妻よ、早くここを開けてたくれ、金だ、金だ。』

妻は、興奮し切った夫を迎えて怪訝に思ひ

『金がどうしたのです、ドコから借りておいででした。』

『借りたのでもない、拾ったのでもない、マア、拾ったのと同様だ。』

『では、途中でた拾ひになったのでせう、失くなした方がどんなに捜して居るか知れません、気の毒ですから、早く往って元の所へ置き、金主が来たらそれを返して、其中から一両か二両を貰って来たら能いでせう。黙って其儘着服して終ふのは如何に困って居る矢先だとて人の道に外づれます。』

『イヤ、その通り、御身の言は金玉だ、併し能く事情を聞いて貰ひたい、拾ったのでもなければ、人がただ呉れたのでもない、邑内の豪富を誰かが官家へ訴へた、所が、その豪富は、今、病に罹って打臥って居るので、誰か身代りに笞刑を三十度打たれたら金三十両に旅費としてなにがしかを呉れるとのこと、乃で私がそれを引受けた、早く往って三十度打たれさへすれば三十両は確かなんだから。』

“부인, 어서 이곳을 열어 주게나. 돈이다. 돈이다.”

아내는 흥분한 남편을 맞이하며 이상하게 생각하고는,

“돈은 어찌된 일입니까? 어디에서 빌려 오신 것입니까?”

“빌린 것이 아니라오. 주운 것도 아니라오. 어쨌든 주운 것이나 마찬가지라오.”

“그렇다면 도중에 주운 것입니까? 잃어버린 사람이 얼마나 찾고 있을지 모릅니다. 가여우니 어서 가서 원래 자리에 두십시오. 돈 주인이 오면 그것을 돌려주고 그 중에서 한 냥이나 두 냥을 받아서 오면 좋지 않습니까? 말하지 않고 그대로 착복해 버리는 것은 아무리 곤란한 상황이라도 사람의 도리에 어긋나는 일입니다."

"야, 그 말이 맞다. 그대의 말은 금옥이다. 하지만 사정을 잘 들어 주게나. 주운 것도 아닐 뿐더러, 남이 그냥 준 것도 아니라네. 고을 내에 부호를 누군가가 관가에 고발하였다고 하오. 그런데 그 부호는 지금 병에 걸려서 몸져누워 있는지라, 누군가 대신하여 태형을 30 번 맞으면 돈 30 냥에 여비로 무언가를 준다는 것이오. 이에 내가 그것을 받아들였소. 어서 가서 30 번만 맞기만 하면 30 냥은 확실하니까."

妻は、吃驚して

『笞刑と金とを取換へるとは驚いたことですね、人の罪の身代りといふも不思議な話ですが、それは兎も角として何日も何日も飢え衰えた身體に三十回も笞刑を受ければ其儘死んで終ふに定まって居ます、早く取消していらっしゃい、若し強って往くなら私を殺して往って下さい、死んで終へばそうしたことも見聞きしないで済みませう、夫に笞刑を受けさしてその金で何をどうしやうといふのでせう、あなたが其儘死んで終へばどうせ一家も餓死するのです、いっそ殺して置いて往って下さい。』

부인은 놀라서,

"태형과 돈을 바꿨다는 것은 놀라운 일이군요. 남의 죄를 대신한다는 것도 불가사의한 이야기입니다만, 그것은 어쨌든 며칠이나 굶어서 쇠약한 몸에 30 번이나 태형을 받는다면 그대로 죽어버릴 것입니다. 어서 취소하고 오십시오. 혹시 억지로 가신다면 저를 죽이고 가십시오. 죽어버린다면 그러한 것을 보고 듣지도 않고 끝날 것입니다. 남편에게 태형을 받게 하여 그 돈으로 어떻게 하라는 말입니까? 당신이 그대로 죽어버리면 어차피 일가도 굶어 죽을 것입니다. 차라리 죽이고 가 주십시오."

興甫も、妻の道理ある言葉には忤らひ難い。併し一旦金三十両に魂を奪はれ去った興甫は、まだ諦らめ兼ねて

『イヤ、それも其様だが、いまここに金三十両といふものが入れば、十両は肉を買って一家打揃って舌皷がうてる、十両は米を買って子供達に飽食させ、アトの十両で牛を買って、二十四朔の間誰かに飼育させ、それを売って長子に妻を娶らせ、孫でも生れれば此れほど慶ばしい事はない、笞を惜んで此の慶びを見ないのはつまらない。』

と囈言のやうに口走る。妻は、尙も頻りと夫を戒めるので

『それ程にいふなら官家へ往くのは止しませう、では、草鞋でも作るからドコからか藁を一束貰って来やう。』

とさあらぬ態に家を出て、馬にも乗らず日に一百七十里づづ歩きつづけた。漸く官家へ近附くと、立派な官舍が建並んで居る。

흥보도 아내의 도리 있는 말에는 거스르기 어려웠다. 하지만 일단 돈 30 냥에 영혼을 빼앗긴 흥보는 아직 포기할 수가 없었다.

"야, 그도 그렇지만, 지금 여기에 돈 30 냥이라는 것이 들어온다면 10 냥은 고기를 사서 일가가 함께 맛있게 먹고, 10 냥은 쌀을 사서 아이들에게 포식을 시키며, 나머지 10 냥은 소를 사서 24개월 동안 누군가에게 사육하게 하여, 그것을 팔아서 장자에게 부인을 취하게 하여 손자라도 태어나면 이보다 더 기쁜 일은 없을 것이오. 태를 두려워하여 이 기쁨을 보지 않는 것은 곤란하오."

라며 헛소리를 지껄였다.[35] [하지만]아내는 더욱 더 남편을 훈계하였기에,

"그 정도로 말한다면 관가에 가는 것은 그만 두겠소. 그렇다면 짚신이라도 만들 테니 어딘가에서 짚을 한 다발 얻어 오시오."

라고 시치미를 떼며 집을 나서서, 말도 타지 않고 낮에 170 리를 계속 걸었다. 겨우 관가에 다다르니, 훌륭한 관사가 나란히 세워져 있었다.

興甫は生れ始めてのことだから、一向勝手が分らないが、愈よ三門の中に入ると。大勢の軍奴使令達が此処彼処に陣取って居る、呼鈴を振ふと、長い大きな声で答へをした、總ての光景が始めての興甫には異様に思はれた、何となく『別有天地非人間』の感がすると同時、笞刑を受けると、どうしても活きて帰れないやうな気がし出した、

흥보는 태어나서 처음 하는 일이기에 전혀 알지를 못했지만, 마침내 삼문 안으로 들어갔더니 많은 군노 사령들이 이곳저곳에 자리 잡고 있었다. 초인종을 흔들자 길고 커다란 소리로 대답을 하였다. 모든 광경이 처음인 흥보에게는 색다르게 생각되었다. 왠지 '별유천지비인간'(別有天地非人間)의 느낌이 드는 동시에 태형을 받으면 아무래도 살아서 돌아가지 못할 것 같은 기분이 들었다.

35 『연의각』에 있는 돈타령만 나타나고 "볼기내력" 부분은 생략되었다.

今更のやうに妻の言に肯かなかった軽率を後悔したのであるが、此時軍奴が顯はれた。

『私を捕へて下さい。』

軍奴は怪訝の顔で

『ハハア、気違ひだな。』

『イヤ、いふ事に何の懸値もない、早く捕まへて中へ入れて下さい。』

『全體何の為めここへ来た。』

『笞刑の身代りに来たんです。』

『ああ、それでは賓徳村の燕生員興甫だらう。』

『その通りです。』と、先の手紙を手渡しした。軍奴は下級の使令等を見て

『此男は豪富の代りに笞刑を受けに来たんだから廷前へ引据えるのだ。』

と高らかに云って、扨て一段声を低め

『若し笞刑を執行するやうなら成るべく同情して軽く打ってやれ、豪富から既に同僚へと云って金百両と手紙が来て居る。』

새삼스럽게 아내의 말을 듣지 않은 경솔함을 후회하였지만 그때 군노가 나타났다.

"저를 잡아가주십시오"

군노는 이상한 얼굴로,

"응? 미쳤군."

"아니, 말하는 것에 조금도 헛됨이 없습니다. 어서 잡아서 안에 넣어 주십시오."

"도대체 무슨 일로 여기에 왔느냐?"

"태형을 대신하러 왔습니다."

"아아, 그렇다면 보덕촌 연생원 흥보로구나?"

"그렇습니다."

라고 말하고, 일전의 편지를 전하였다. 군노는 하급 사령 등을 보고는,

"이 남자는 부호를 대신하여 태형을 받으러 온 것이니 앞뜰에 꿇어앉게 하라."

고 소리 높여 말하였다. 그런데 일단 작은 소리로,

"혹시 태형을 집행한다면 가능한 동정하여 가볍게 쳐 주거라. 부호로부터 이미 동료에게 주라고 돈 백 냥과 편지가 와 있다."

そうなると、大勢の使令は、お客様でも迎えたやうに、興甫を慰めて、チヤホヤして居る、と、恰當此時、廳令の合圖があって吏が三門から宣告した。

『此度国家に大慶事あり、各道各郡の殺人罪囚以外は全部釋放すべきものなり。』

此の布令があったので使令は興甫に

『燕さんうまく行ったね。』

興甫は、まだ何の事か分らない。

『愈よ笞を受けるのですか。』

『如何なる罪でも釋放しろとのた布令があった。もう自由な身體だ、サア早く家へた帰んなさい。』

그러자 많은 사령은 손님이라도 맞이한 듯이, 흥보를 위로하며 비위를 맞추어 주었다. 그러자 바로 그때 청령(廳令)의 신호가 있어 벼슬아치가 삼문에서 발표하였다.

"이번에 국가에 큰 경사가 있어, 각 도 각 군의 살인죄 이외는 전부 석방하게 되었다."

이 포고가 있었기에 사령은 흥보에게,

"연씨 잘 되었네."

흥보는 아직 무슨 말인지 몰랐다.

"드디어 태를 받는 것입니까"

"어떠한 죄라도 석방하라는 포고가 있었다. 이제 자유로운 몸이다. 자 어서 집으로 돌아가거라."

興甫は却ってガッカリした。

『イヤそれは困ったことができた、私は笞を受けないでは金が貰へない、一度が一両の約束なのだから、此儘帰っては損になる。是非一つ笞を受けたいもので。』

『バカな事を云ひなさんな、笞を受ける筈で来て、放赦に会ったのだから是れ程結構な事はない、若し豪富が笞を受けなかったからとて約束の金を寄越さぬやうなら、其時はも一度ここへいらっしゃい、私達が何としてでもその金を出させるやうにして進げるから。』

흥보는 오히려 실망하였다.

"아니 그것은 곤란하게 되었소. 나는 태를 받지 않으면 돈을 받질 못하오. 한 번이 한 냥의 약속이기에 이대로 돌아가서는 손해요. 제발 한번 태를 받고 싶은데."

"바보 같은 소리 하지마라. 태를 받을 것이라고 와서 방면이 되었으니까 이것보다 좋은 일은 없다. 혹 부호가 태를 받지 않았으니까 약속한 돈을 보내주지 않는다면, 그때는 한번 이곳으로 오너라. 우리들이 어떻게든 해서라도 그 돈을 내놓게 해 줄 테니."

興甫もしかたなく、帰途についた。道すがら刑廳の傍らを通ると、何の事、ここでは盛んに笞刑を行って居る。興甫は狐につままれたやうで

『ハハア、此処は笞刑の豐年だな。』

と、独り語して歩いて居たが、思へば、自分は幸運だった。幾日も幾日も食を絶って、疲労し切った此の衰えた身體に、あの惨酷な笞刑を受けたとしたら、きっと死んで終って居たらう。恁うして無事に帰れるのは、天帝のみめぐみだ

『旅費が一両残った、妻や子に餅を買って行ってやらう。』

興甫は餅を負ふて家路を急いだ。

흥보도 어쩔 수 없이 돌아갔다. 길을 걸으면서 형청(刑廳)의 옆을 보니, 웬일인지 이곳에서는 왕성하게 태형을 실시하고 있었다. 흥보는 여우에 홀린 듯,

"응, 이곳은 태형이 풍년이로구나."

라고 혼잣말을 하며 걸었는데, 생각해 보니 자신은 행운이었다. 며칠이나 음식을 끊고 피곤해 하던 이 쇠한 몸에, 저 참혹한 태형을

받았더라면 필시 죽어 버렸을 것이다. 이렇게 무사히 돌아가게 된 것은 천제(天帝)가 주신 은혜이다.[36]

"여비가 한 냥 남았다. 아내와 아들에게 떡을 사서 가야겠구나."

흥보는 떡을 짊어지고 집으로 가는 길을 서둘렀다.

留守居の妻

빈집을 지키는 아내

妻は、興甫の帰りを待ちに待ったが、一向に帰らない、サテはあれほど止めたのに、妻子の飢渇を憐んでトウトウ官家へ往かれたに相違はない。一と思ふと、刑廳の庭前に、笞刑を施されて叫喚する夫の姿が眼に橈附くやう、凝っとはして居られないので、後園に壇を設けて、正寒水を汲み、それを壇の上に供へて焚香再拝の後ち一心こめて祈りを捧げた。

『乙丑生燕氏大主は、人の罪に代らんが為め笞を受けやうとて官家へ赴きま

した、天主よ、何卒憐念を垂れさせ賜ひ、無事に帰宅の叶ひまするやう、千祈萬禱し奉る。』

아내는 흥보가 돌아오기를 기다리고 기다렸지만, 전혀 돌아오지 않았다. 그런데 그렇게 말렸는데, 처자의 배고픔과 목마름을 걱정하여 재빠르게 관가에 간 것이 틀림없다고 생각하니, 형청의 앞뜰에서

36 『연의각』 속 흥부의 신세자탄가("잘되엿다 잘되엿다~됴흘씨고 됴흘씨고")를 축약한 것이다.

태형을 받으며 울부짖고 있는 남편의 모습이 눈에 선하였다. 생각만 하고 있을 수 없기에, 후원에 단을 만들어서 정한수를 길어다가, 그것을 단 위에 올리고 분향재배한 후에 마음을 담아서 기도를 올렸다.

"을축생 남편 연씨는 남의 죄를 대신하기 위하여 태를 받으려고 관가에 갔습니다. 하느님이시여, 아무쪼록 가엾이 여기셔서 무사히 돌아올 수 있도록 천신만도(千祈萬禱)를 올립니다."

祈禱が終って後ち、饑に泣く己が子に乳房を含ませて居たが、思はずホロリと涙が落ちた。

『貧しければこそ、恁うした憂目を見る、まこと、夫は天のやうに私なき浄き心の尊き人、その夫に、他人の犯した罪の身代りをさせ甘んじて笞刑を受けさせねばならぬとは、何たる因果なことであらう、ああ御気の毒な、假りに一命を取り止めたとしても、きっと大怪我をして、命も絶ゑ絶ゑに誰かに背負はれて来るのではないか—。』

기도가 끝난 후에, 배고파 울고 있는 자신의 아이에게 젖을 물게 하였는데, 생각지도 못하게 주르륵 눈물이 흘렀다.

"꼭 가난할 때에 이렇게 쓰라린 경험을 하게 된다. 참으로 남편은 하늘과 같이 사심 없이 맑은 마음을 한 존경할 만한 사람이다. 그런 남편에게 다른 사람이 저지른 죄를 대신하게 하여 태형을 달게 받지 않으면 안 된다는 것은 이 무슨 인과인가? 아아, 가엾구나. 만약 목숨을 건진다고 하더라도, 필시 크게 상처를 입어서 목숨도 끊어질 듯 누군가에게 업혀서 올 것이 아닌가?"

独りで胸を痛めて居ると、興甫は元気で早や家に入った。妻は驚喜して

『おお、お變りはなさ相な、笞刑をた受けになりましたか、それとも—。』

『笞刑は受けずに其儘帰った。』

妻は大に喜んで

『それは結構でした、実はた留守のうちに、壇を設けて天主にた祈り申上げて居りました。無事に御帰り下さいましたのは、是れ皆な天主の加護に依ることでございませう、ああ恁麽喜ばしいことはない、幾日も幾日も飢え渇いたあなたが若し笞刑をた受けになれば必らず黄泉の客となられたであらう。』

興甫は俄かに扶るやうな空腹を感じ始めた。

혼자 몹시 걱정하고 있었더니, 흥보는 건강하게 이미 집에 돌아와 있었다. 아내는 크게 기뻐하며,

"오오, 변함없는 것 같은데, 태형은 받으셨습니까? 아니면…"

"태형은 받지 않고 그대로 돌아왔소."

아내는 크게 기뻐하며,

"그것은 잘 되었습니다. 실은 집을 지키고 있는[37] 동안에, 단을 만들어서 하느님에게 기도를 올렸습니다. 무사히 돌아오신 것은 이 모두 하느님[38]의 가호에 의한 것일 것입니다. 아아, 이보다 더 기쁜 것

37 집을 지키고 있는: 일본어 원문은 '留守'다. 천자가 궁을 비운 사이에 궁을 지키는 사람, 주인이 외출한 사이 그 집을 지키는 사람, 혹은 부재중이라는 뜻으로 사용한다(金沢庄三郎編, 『辞林』, 三省堂, 1907).

38 하느님: 일본어 원문은 '天主'다. 야소교(耶蘇教)의 신을 의미하며, 신(Deus)의

은 없습니다. 며칠이나, 며칠이나 굶었던 당신이 만약 태형을 받게 되었다면 반드시 황천객이 되었을 것입니다."[39]

흥보는 갑자기 공복을 느끼기 시작했다.

と此時豪富の家の者が来て

『燕さんたうちですか。』

『居ります。』

『君は大層疲労して居たといふが、官家で笞刑を受けて、能くそうして帰れたものだね。』

興甫は、金が欲しさに笞刑を受けたと云はうとした。が、不圖良心がひらめいた。

『打たれれば能かったが打たれなかった。』

『何故打れずに済んだらう、打たれたら臀部に重傷を負ふた筈だ、それはマア何にしても結構だった。本當だらうね。』

『本當ですとも、打たれずに済みました。』

『イヤ、打たれずに済んだことも、実は他から聞いて知って居たのだが、イツもながら君は真っ正直だ、笞一つあてられなかったとしたら、約束通りの金が欲しいとは云はれまいし、又云ひもすまいが、今ここに恰當使ひ残りの金が七八両あるから夫れで米でも買ってくれ玉へ、左様ナラ。』

興甫は、打たれた風でもして寐て居たら沢山貰へたかも知れぬ

음역(音譯)이다(棚橋一郎·林甕臣編, 『日本新辭林』, 三省堂, 1897).

39 매를 맞지 않고 돌아온 홍보를 보고 기뻐하는 아내의 노래, 음식 노래 부분이 축약되어 있다.("죠타 죠타 지화즈 됴흘시고 믜 마지러 가던 랑군 믜 안이 맛고 도라오니~별식은 못 찾고 졔조되로 불샹한 음식을 련히 찻던가 보더라")

と、つまらないことに思った。マア仕方もない、稼ぐことだ。

마침 그때 부호의 집 사람이 와서,

"연씨 있습니까?"

"있습니다"

"그대는 굉장히 지쳐 있을 것이라 생각하였는데 관가에서 태형을 받고 잘도 그렇게 돌아왔구려."

흥보는 돈이 필요해서 태형을 받았다고 말하려고 하였다. 하지만 양심의 가책을 느꼈다.

"맞았으면 좋았을 텐데 맞지 못했습니다."

"왜 맞지 않고 끝났는가? 맞았다며 엉덩이에 중상을 입었을 것인데, 그것은 아무튼 잘 되었구려. 정말인가?"

"정말이고말고요. 맞지 않고 끝났습니다."

"야, 맞지 않고 끝났다는 것도 실은 다른 곳에서 들어서 알고 있었다만, 언제나 그렇듯이 당신은 정직하구려. 태를 한 대도 맞지 않았다고 한다면 약속대로 돈이 필요하다는 말을 듣지도 않을 것이고 또한 [약속한 돈에 대해서]말하지도 않겠지만, 지금 여기에 마침 사용하다 남은 돈이 7-8냥 있으니까 그것으로 쌀이라도 사게나. 그럼 이만."

흥보는 맞은 척이라도 해서 누워 있었다면 많이 받았을지도 모른다고 말했지만 소용없는 생각이었다. 어쨌든 어쩔 수 없다. 돈을 버는 수밖에.

うらぶれて知る人の心

비참해져 봐야 아는 사람의 마음

『妻よ、私は今日から草鞋でも綯はうと思ふが、家には藁一束もない、金書房の家へ往って藁を一束丈け貰って来てはくれまいか、田畑が無くては百姓も出来ず、資金が無くては商売も出来ぬ。草鞋でも綯はう。』

『金書房の所へはいつもいつも貰ひに行くばかり、いかに厚釜しくても、もう参られません。』

『それなら、私が行ってた頼みして来やう。』

と、自分で金書房の家を訪づれた。

"부인, 나는 오늘부터 짚신이라도 만들려고 생각하는데, 집에는 짚이 한 대도 없구려. 김서방 집에 가서 짚을 한 다발만이라도 얻어와 주지 않겠소. 논밭이 없으면 백성도 생기지 않고, 자금이 없으면 장사[40]도 할 수 없거늘. 짚신이라도 만들어야지."

"김서방 집에는 항상 얻으러 가기만 해서, 아무리 뻔뻔하다고 하더라도 이제는 갈 수 없습니다."

"그렇다면 내가 가서 부탁하고 오겠소."

라고 말하고 스스로 김서방 집을 방문하였다.

折能く金書房が居合はせたので、来意を告げて頼み込むと

『君は実にた気の毒だ、兄さんはああして富裕に何不自由なく暮して居るのに、君は恁うして苦労ばかりして居る……。』

うらぶれて袖に涙の落つる時、人の心の奥ぞ知らるる、興甫は、

40 장사: 일본어 원문은 '商売'다. 상업, 특히 매매에 관련되는 상업을 통틀어서 부른다(松井簡治·上田万年編,『大日本国語辞典』02, 金港堂書籍, 1916).

恁うした僞らざる、友情から迸り出る温言を又なくうれしく聞いた。金書房は後庭に入って藁二束を出して来た、興甫はそれを力一ぱい肩に擔って帰らうとした。

『マア待ち玉へ、御飯を食べて帰り玉へ。』

『有難う、もう頂いたも同様、僕は君の恩を忘れない。』

『そんな事はどうでもいい、マア寛ろぎ玉へ。』

有り合せではあったが、ゆたかな食事を進められ、興甫は、胸に感謝しながら、汁椀の汁を少しばかり食べたけれど、飢渇に苦しむ妻子の上を思ふと、己れ単り腹を満たすに忍びず、食袋を出して貰って食を詰め込み、それを藁と一緒に擔ひ

『有難う、有難う。』

と、幾たびも厚意を謝した。

때마침 김서방이 있었기에 [자신이]온 뜻을 알리고 부탁을 하자,

"그대는 실로 가엽구려. 형님은 저렇게 부유하게 무엇 하나 불편함 없이 살고 있는데, 그대는 이렇게 고생만 하고 있으니…"

비참해져서 소매에 눈물이 떨어졌을 때, 사람의 마음속을 알 수 있다. 홍보는 이렇게 거짓 없는 우정으로부터 쏟아져 나오는 이보다 더할 수 없는 따뜻한 말을 기쁘게 들었다.[41] 김서방은 후원에 가서 짚 2다발을 꺼내어 왔다. 홍보는 그것을 힘껏 어깨에 짊어지고 돌아가려고 하였다.

41 비참해져서~기쁘게 들었다 : 『연의각』에는 김동지가 홍부의 청을 들어주는 장면만 제시되어 있으나 『제비다리』에는 홍부의 심정을 표현한 부분이 추가되어 있다.

"어쨌든 기다리게나. 밥을 먹고 돌아가게나."

"고맙네, 이미 받은 거나 마찬가지네. 나는 자네의 은혜를 잊지 않겠네."

"그런 것은 아무래도 괜찮네. 어쨌든 쉬게나."

그냥 [집에]있던 것이기는 하지만, 풍요로운 식사를 받고는 흥보는 감사한 마음으로 국그릇의 국을 조금 먹었다. 하지만, 배고픔과 목마름에 고생하는 아내와 자식을 생각하니, 자기 혼자 배를 채우는 것을 참을 수 없어 음식 주머니를 달라고 해서 음식을 꾹꾹 담아서, 그것을 짚과 함께 짊어지고는,

"고맙네, 고맙네."

라고 몇 번이고 따뜻한 마음에 감사하였다.

興甫は家に入るや否や、声を懸けた。

『藁を貰った上に御飯までも頂いた。』

直ぐに食器に盛って膳に載せ、鹽を添えて、各々木匙にすくひながら、一家團欒して、たいしく食べた。

흥보는 집에 돌아오자마자 말을 걸었다.

"짚만이 아니라 밥도 얻었소."

바로 식기에 담아서 쟁반에 차리고는 소금을 첨가하여 각각 나무 숟가락으로 뜨면서 일가 단란하게 맛있게 먹었다.

食事が終ると、興甫は、藁一束を解いて水に濡らして置き、能く濕めるまでの一休みと、犬皮の巾着から無け無しの粉煙草を掻き集めて煙管につめ、頬をふくらして充分に一吸ひし、愈よ仕事に取懸り、藁を両手に握り占めては、八寸ばかりに綯り上げ綯り上げ、餘念もなく草鞋を作った。夫の恁うした働きぶりを見ては、妻も凝つとはして居ない。田畑に大豆や籾の折屑を拾ひに行ったが、生憎と雨に逢ったので、着たきりのボロ着物が、びしょ濕れになって終った。ほんの小屋懸けに等しいあばら屋に、蒲團とてもなく、濡れたままの着物で、子供を抱いたまま寝やうとすると、子供等は空腹を訴へて泣いて已まぬ。

식사가 끝나자 홍보는 짚 한 다발을 풀어서 물에 적셔 두고는 축축해질 때까지 쉬면서, 견피의 염낭에서 있을까 말까하는 담배가루를 긁어모아 담뱃대에 담아서 뺨을 부풀려서 충분하게 한번 피우고는 드디어 일을 시작하였다. 짚을 양손으로 잡고는 8촌정도의 크기만큼 만들어 갔다. 아무런 생각도 없이 짚신을 만들었다.[42] 남편의 이러한 움직임을 보고는 부인도 생각만 하고 있지는 않았다. 밭에 가서 콩과 부러진 벼의 부스러기를 주웠다. 하지만, 비를 만나서 하나 밖에 없는 낡은 옷이 다 젖어 버렸다. 임시로 만든 오두막과 비슷한 허름한 집에 이불도 없이 젖은 옷을 입은 채 아이를 안고 자려고 하자, 아이들은 배고픔을 호소하며 울기를 그치지 않았다.

乳呑兒の頭を撫でながら

『さあ、お乳を腹一ぱい飯んで能くねんぬをするんですよ、おお、可哀想にいつも餒じい思をさせるのでたなかの皮が背について、あんよ

42 『연의각』에 있는, 홍부가 짚신 삼는 대목을 축약해서 제시했다.

なそ恁んなに皺が出来てしまった。』

　と撫然となっだが

『だけど坊や、坊やはなかなか能いた顔をして居る。京城で大官の家にでも生れたのなら、生員進士から各道の守令、翰林学士、承旨にはなれる相だし、武官の家に生れたら後ち後ちは御営大将に登るであらう。』

　と慰めた、

젖먹이의 머리를 쓰다듬으면서,

"자, 젖을 한껏 먹고 코해야지. 오오, 불쌍하게 항상 배를 골리기에 뱃가죽이 등에 붙고 발이 이렇게 주름이 져 버렸네"

하고 낙담하였는데,

"하지만 아가, 아가는 상당히 좋은 얼굴을 하고 있구나. 경성[43]에서 대관의 집에서 태어났다면 생원진사부터 각 도의 수령, 한림학사, 승지는 되었을 테고, 무관의 집에 태어났다면 나중에 어영대장에 올랐을 텐데."

라고 말하며 위로하였다.[44]

喩へにも貧乏人の子沢山といふことがあるやうに、興甫の家は却々の多産だった。歳月の經つのは早いもので、もう彼れ是れ五六年を經たが恁うした貧しい中に、生憎と子ばかりは殖えた。年子さへ生れて今では八人といふ大勢、恰當春鶏が雛を幾つも產み出したやう、狭い

---

43 경성 : 『연의각』에는 "셔울로 소론 시벽파 닷토는 덕에"로 되어 있다.
44 『연의각』에서 홍부 처가 아기 어르는 소리를 대폭 축약해 놓았다.

一室にギッシリ詰って折れ重なるほどの有様、一々衣服を調製することは無論資力が許さないので、苧麻二疋で大きな袋をこしらへ、まるで品物でも藏って置くやうにその中へ入らせて置く。

옛말에도 가난한 집에 아이가 많다고 하는 말이 있듯이, 흥보의 집은 상당히 다산이었다. 시간도 빨리 지나 벌써 이리저리 5-6년이 지났는데, 이러한 가난한 속에서 공교롭게 아이만 늘어났다. 연년생도 태어나서 지금은 8명이나 된다. 마치 봄에 닭이 알을 몇 개라도 낳듯이, 좁은 방 하나에 가득 채워져 겹칠 정도였다. 일일이 의복을 맞추는 것도 물론 재력이 허락하지 않기에 모시풀 두 필로 커다란 주머니를 만들어, 마치 물건이라도 감추어 두는 것처럼 그 안에 들어가게 하였다.[45]

人の恩、燕の誼

사람의 은혜, 제비와의 친분

貧しい家にも春はめぐり来て、三月の好季節となった。百鳥は卵を産み、百獸は子を産み、樹木は青々と芽を吹いて、野も山も若々しい生に萠え出でんとして居る。春をたづねて遠い国から遙々と群をなして渡って来た燕は、心地能げに家の周圍を飛び廻はって居る。或日の事、燕の雌雄二羽が興甫の家の簷端に巣を作らうとして居るのを、興甫が目敏く見附けて

45 『연의각』에 상세히 나오는 흥보 자식의 음식 사설, 설움 사설을 대폭 축약했다.

『恁麼崩れ懸ったあばら家の簷端よりも、広々とした林の方がどれほど能いか分らぬ、若し人家に捿を構えるなら高楼巨閣を擇んで、三月三日に出て九月九日に帰ればよいのに—。』

と独りごちつつ、燕を逐った。

가난한 집에도 봄은 찾아온다고, 3월 좋은 계절이 되었다.[46] 온갖 새들이 알을 낳고 온갖 짐승들이 새끼를 낳으며, 수목은 푸릇푸릇하게 싹이 움트기 시작하고, 들에도 산에도 어린 생명이 싹트기 시작하였다. 봄을 찾아서 멀고도 먼 나라에서 무리를 지어 건너온 제비는 기분 좋게 집 주위를 날아다녔다. 어느 날의 일로, 제비 암수 두 마리가 흥부 집의 처마에 둥지를 만들려고 하는 것을 흥보가 재빠르게 발견하고,

"이와 같이 무너질 것 같은 황폐한 집의 처마보다도 널찍한 숲 쪽이 얼마나 좋은지 알지 못하는구나. 혹 인가에 살 곳을 짓는다면 고루거각(高樓巨閣)을 택하여 3월 3일에 나가서 9월 9일에 돌아오면 좋으련만…"

라고 혼잣말을 하면서 제비를 쫓았다.

燕は頓弱なく、方々から泥や木屑の類を集め

来たって、せっせと巣を作った。軈て子を産んだ。子燕は、恰當嬰

46 가난한 집에도 봄은 찾아온다고, 삼월 좋은 계절이 되었다. : 『연의각』에는 "이ㅅ때는 언의 ㅅ뎐고 삼츈시졀 됴흔 ㅅ때라"로 되어 있다. 번역자는 가난을 서술하는 대목에서 계절의 변화를 언급하면서 이야기의 전환점을 마련한다. '도승이 집터를 잡아주는 화소'가 생략된 점아 『연의각』의 주요 특성인데, 『제비다리』에도 생략되어 있다.

児のあんよをするやうに、飛ばう、飛ばうの一心で、巣を離れては、小さい力の一ぱいを試みるのであったが、どうした訳か、力弱ってバタリと下に落ち、そのはづみに脚が折れた。子燕の痛々しい負傷を見た興甫は、憐れなことに思って

『おお可哀想な、古語にも「唯有舊時燕、主人貧亦帰」といふことがある、燕はゆかりの鳥だ、舊時の縁を忘れない、嘸痛からう。』

人に物いふやう、落ちた子燕を掌に載せて、負傷の箇所を石口魚の皮でくるんでやり、妻を呼んで糸を持ち来らしめ、具合能く繃帯をしてやった。

제비는 신경 쓰지 않고 여기저기서 흙과 톱밥 종류를 모아 와서는 부지런히 둥지를 만들었다. 이윽고 새끼를 낳았다. 새끼 제비는 마침 영아가 걸음마를 하듯이 날려고, 날려고 하는 마음에 둥지를 떠나서는 작은 힘을 힘껏 시도해 보았는데, 어쩐 일인지 힘이 약해져서 딱하고 아래로 떨어졌다. 그 탄력으로 다리가 부러졌다. 애처로운 새끼 제비의 부상을 본 흥보는 불쌍히 여겨,

"오오, 불쌍하구나. 옛말에도 '유유작시연(唯有舊時燕) 주인빈역귀(主人貧亦歸)'라고 하는 말이 있다만, 제비는 인연의 새이다. 지난날의 인연을 잊지 않는다.[47] 필시 아플 것이다."

사람에게 말을 하듯이 떨어진 새끼 제비를 손바닥에 올려놓고는,

---

47 제비는 인연의 새이다. 지난날의 인연을 잊지 않는다 : "유유구시연 주인빈역귀(唯有舊時燕 主人貧亦歸)"라는 동일한 한문 문구임에도 불구하고, 『연의각』에서는 이를 그대로 풀어 "오작 졔비가 잇셔 쥬인이 가난ᄒᆞ여도 차져오는 것은 너 뿐이로구나"로 풀이했으나, 번역문에서는 제비를 "인연의 새"이며, 이를 잊지 않는 새라고 표현함으로써, 이후 내용 전개를 암시한다.

부상당한 곳을 물고기의 껍질로 감싸고는, 아내를 불러 실을 가지고 오게 하여 상태가 좋게 붕대를 해 주었다.[48]

子燕はそのまま巣に戻ったが何程もなく脚の負傷も癒ったらしく、此処彼処と飛び廻って居た。燕はただ一の鳴禽に過ぎないが、どうにかして『人の恩』に酬ゐやうと思ってでも居るかのやう、もう、十分傷も癒り、遠く千里を飛べるやうになったので

『今日でお別れです、お影で無事に暮すことができました、いろいろの御恩縁あらば其時御返し申上げます。』

と告げ、興甫の家を離れ、瀟湘江を渡って、故國の江南まで、千里を一気に飛び帰って行った。

새끼 제비는 그대로 둥지로 돌아갔는데, 얼마 되지 않아 다리의 부상도 나은 듯 이곳저곳을 날아다녔다. 제비는 단지 하나의 우는 짐승에 지나지 않지만, 어떻게든 해서 '사람의 은혜'에 보답하려고 생각하고 있는 듯하였다. 어느덧 충분히 상처도 낳아서, 멀리 천리를 날아갈 수 있게 되었기에,

"오늘로 이별입니다. 덕분에 무사히 생활할 수가 있었습니다. 여러 가지 은혜는 인연이 있으면 그때 갚도록 하겠습니다."

라고 고하고, 흥보의 집을 떠나 소상강(瀟湘江)을 지나 고향인 강남까지 천리를 한꺼번에 날아서 돌아갔다.

---

48 『연의각』에는 흥부 부부의 대사와 중국 전고를 활용한 언어표현들이 있는데 『제비다리』에서는 이를 축약했다.

燕は、直ぐに燕の王に見へた。燕は興甫の恩を細かに王に申上げた。そして出来ることならば、貧しい興甫を富ますことに依って、此恩を報じたいと望んだ。聞き終った王は、厳そかに云った。

『その恩こそは泰山よりも高い、(原文には高いとあり、内地人ならば重いといふ所だと思ふ)仍て東便庫の瓢の種子を持ち参り興甫一家に與へよ。』

제비는 바로 제비 왕을 뵈었다. 제비는 흥보의 은혜를 상세히 왕에게 고하였다. 그리고 가능하면 가난한 흥보를 부자로 만드는 것으로 이 은혜를 갚고 싶다고 바랬다. 모두 들은 왕은 엄숙하게 전하였다.

"그 은혜라는 것은 태산보다도 높다. (원문에는 높다고 되어 있는데, 내지인이라면 무겁다고 말하는 것이라고 생각한다.[49]) 그러하니 동편고의 박씨를 가지고 가서 흥보 일가에게 주거라."

燕は王の旨を諒し、瓢の種子を啣んで江南を出発し、各所に天と地と人の、異なった色と匂ひを味ひ、翌年又また興甫の家を訪づれた。

『おお、去年、簷端から落ちて怪我をした燕が、今年も又やって来た、お前の脚はどうか、その後ち痛むやうなことは無いか。』

我子のやうに思ひやって、恁う聞くのであった。燕は興甫の頭上を懐かし相に飛びながら啣んで居た瓢の種子を落した。興甫は

『何か落したやうだ。』

49 원문에는 높다고 되어 있는데, 내지인이라면 무겁다고 말하는 것이라고 생각한다 : 『연의각』에는 없는 번역자의 논평이다. 『연의각』에는 "그 사람의 은혜는 태산보다 무거우니"라고 되어 있다.

と云って傍らに居た妻と一緒にそれを検べると、寶瓢と書いてあった。

『之は瓢の種に相違ない。或る物語りに、蛇が玉を含んで来て、己れを活かしてくれた恩に報ゐたといふことがある、燕も去年の恩に酬ゐやうと、この瓢の種子を持って来たのであらう、燕から貰ったのだ、土でも金と思はう、石でも銀と思はう、よしそれが禍であっても福と思はうではないか。』

제비는 왕의 뜻을 받아들이고 박씨를 물고서 강남을 출발하여, 곳곳의 하늘과 땅과 사람의 색과 냄새의 다름을 맡으며 이듬해 다시 흥보 집을 찾았다.[50]

"오오, 작년 처마에서 떨어져 다친 제비가 올해도 다시 찾아 왔구나. 너의 다리는 어떠하냐? 그 후에 아프거나 하지는 않았느냐?"

자신의 자식과 같이 생각하여, 이렇게 묻는 것이었다. 제비는 흥보의 머리 위를 그리웠다는 듯이 날면서 물고 있던 박씨를 떨어뜨렸다. 흥보는,

"무언가 떨어졌구나."

라고 말하며 곁에 있던 부인과 함께 그것을 살펴보니[51] 보박(寶瓢)이라고 적혀 있었다.

"이것은 박씨임에 틀림없소. 어떤 이야기에 뱀이 구슬을 품어 와서, 자신을 살려 준 은혜에 보답하였다는 말이 있소. 제비도 작년의

---

50 『연의각』의 제비노정기 부분 즉, 제비가 박씨를 전하러 강남에서 흥부의 집까지 오는 경로를 『제비다리』에서는 대폭 축약했다.

51 『연의각』에서 제비가 전한 박씨가 금, 옥, 산호, 야광주, 쇠 등이라고 말하는 대목이 『제비다리』에는 생략되었다.

은혜에 보답하려고, 이 박씨를 가지고 왔을 것이오. 제비로부터 받은 것이오. 흙이라도 금이라고 생각합시다. 돌이라도 은이라고 생각합시다. 설사 그것이 화라고 하더라도 복이라고 생각하는 것이 어떠합니까?"

恁う云って、東便の垣の下にそれを播いたが、雨露にはぐぐまれて段々大きくなり、四五箇月を經た頃は瓢が三個、まるで大寺の鼓のやうにまん圓なものになった。

妻は大に喜んだ。興甫は思ふ、先づ瓢の中味は煮て食はう、次には瓢片を売って、着の身着のまままつ黒になって居る妻の為めに衣を拵へることだ。楽しみにして居ると、恰當八月の節句に、子供達は、隣家の膳上の松餅を見て帰り

『母あさん、お隣りでは、おいし相なお餅が沢山た膳に上って居る、私のお家ではこしらへないの、私達も頂きたい。』

と尤もなことをいふ。

『それは松餅のことだらうが—。』

『お家で拵へないのなら少し貰って来て頂戴。』

이렇게 말하고 동편의 담 아래에 그것을 뿌렸는데, 비와 이슬을 맞고 잘 자라 점점 커져서 4-5개월 지날 즈음에는 박이 3개, 마치 큰 절의 북과 같이 둥그레졌다.

부인은 크게 기뻐하였다. 흥보는 생각하기를 우선 박 안의 것은 쪄서 먹고, 다음은 박 껍질을 팔아서 몸에 걸친 옷밖에는 아무 것도 없어서 새까매져 있는 부인을 위해서 옷을 만들어 주고 싶었다. 기

대를 하고 있는데, 마침 8월 절구에 아이들은 이웃집 상 위에 송편을 보고 돌아와서는,

"어머니, 옆집에서는 맛있어 보이는 떡이 상 위에 많이 차려져 있습니다. 우리 집에서는 만들지 않습니까? 우리들도 먹고 싶습니다."

라고 당치도 않는 말을 하였다.

"그것은 송편을 말하는 것이냐?"

"집에서 만들 수 없다면 조금 얻어다 주십시오."

すると、又一人の子供が

『母あさん、お隣にではお餅ばかりぢゃない、黒い牛を殺して御馳走を拵へて居る。』

『それは多分豚でせう。』

折角の節句ではあるが、興甫の家では相も變らず一家打揃っての空腹、興甫は黙って寐て居たが、妻は瓢を割って見る気になり、大工の家から鋸を借りて来た。興甫を揺り起して

『瓢でも割いて中味を煮て食べませう。』

と促した。

그러자 다시 아이 한 명이

"어머니 옆집에서는 떡만이 아니라 검은 소를 죽여서 맛있는 음식을 만들고 있습니다."

"그것은 아마도 돼지일 것이다."

어쨌든 절구이기는 하지만, 흥보의 집에서는 변함없이 일가 모두 공복이었다. 흥보는 잠자코 누워 있었지만, 아내는 박을 깨어 보

려는 생각이 들어 목수 집에서 톱을 빌려서 왔다. 흥보를 흔들어 깨워서,

"박이라도 깨어서 속을 쪄서 먹읍시다."

라고 재촉하였다.

興甫はボンヤリ眼を開いたが、『空腹で力も何も出やしない、迚も今日は割け相にないが——。』

併し此の場合、他に何を食はうにも口に入れるものとては一つもない、元気を奮ひ起して真ん中を直徑に墨を引き鋸を手に瓢をひき始めたが、妻を顧みて

『貧乏だからとて苦に病むな、これは定まれる運命、きッと、先祖の墳墓の位置が悪いのだらう。悲んで見たところで今どうするといふこともできないで喃。』

『墳墓の位置が悪くて貧乏だといふと、兄さんは金持ちで弟は貧乏な地相な

のでせうか。』

흥보는 멍하니 눈을 뜨기는 했지만

"공복이라 아무런 힘도 나지를 않아요. 아무래도 오늘은 깨지 못할 듯한데…"

하지만 지금 상황으로는 달리 무엇을 먹으려고 하더라도 입에 넣을 것이 하나도 없었다. 기운을 차리고 가운데를 똑바로 선을 그어서 톱을 손에 들고 박을 가르기 시작했다. 부인을 돌아보고는

"가난하다고 해서 고통스러워하지 말게나. 이것은 정해진 운명,

필시 선조의 분묘의 위치가 나쁜 것일 것이야. 슬퍼해 본들 지금 어떻게 할 수 있는 것도 아니니까."

"분묘의 위치가 나빠서 가난하다고 하면서, 형님은 부자이고 동생은 가난한 것입니까?"[52]

こんな話をして居るうちに、瓢は早や割れた。何とも忍たいの知れぬ香気が鼻を突くので、興甫は気味悪るがり

『不思議な匂ひがする、「雲、竜を助け風、虎に従ふ」といふことがあるから竜か虎か来て子供達を嚙殺すかも知れない。』

すると、忽然瓢の中から青衣童子が二人顯はれた。

이런 이야기를 하고 있는 사이에, 박은 벌써 갈라졌다. 의심스러운 향기가 코를 찌르기에 흥보는 기분이 나빠져서,

"불가사의한 냄새가 나는군. '구름은 용을 돕고, 바람은 호랑이를 따른다.'라는 말이 있듯이 용이나 호랑이가 와서 아이들을 물어죽일지 모르오."

그러자 홀연히 박 안에서 푸른 옷을 입은 동자가 두 사람 나타났다.

寶の山、俄か富豪

산만한 보배, 갑자기 부호

興甫は吃驚した。

---

52 『연의각』에 있는 궁합타령 부분이 생략되었다.

『オヤオヤ、これは又どうした事か。』と訝ぶみながら、心の中に『若非蓬萊喚鶴童、必是天台採薬童』と思った。蓬萊に鶴を喚ぶの童か、天台に薬を採るの童であらうが、何にしに、ここへ姿を顯はしたものかと、見れば左右の手に何やら捧げて居る。そしていふ

『白き瓶には、死せるものを甦らす還魂酒、黒き瓶には盲ゐたる者の明を開くべき啓眼酒、烏金紙に包みたるは啞をしてもの云はしむる能言草、其他に不具を癒すべき蘇生草、聾ゐたる者に音の世界を與ふる聰耳草あり、尙、鹿角人蔘、熊膽、麝香をも携へたり、是れ皆な興甫一家に下し賜はるもの、謹んで受けられよ。』

흥보는 깜짝 놀랐다.

"어어, 이것은 또 웬일인가?"

라고 수상해 하며 마음속으로

"약비봉래환학동(若非蓬萊喚鶴童), 필시천태채약동(必是天台採藥童)"

이라고 생각했다. 봉래에 학을 부르는 동자는 천태에 약을 캐는 동자이거늘, 무엇하러 이곳에 모습을 나타낸 것인가 하고 보니, 좌우의 손에 무언가를 받들고 있었다. 그리고 말하였다.

"하얀 병에는 죽어가는 것을 살려내는 환혼주(還魂酒), 검은 병에는 보이지 않는 자의 눈을 뜨게 하는 계안주(啓眼酒), 기름종이[53]로 덮여 있는 것은 벙어리가 말을 할 수 있게 하는 능언초(能言草), 그밖에 불구를 낳게 하는 소생초(蘇生草), 귀가 들리지 않는 자에게 소리의 세계를 전해주는 총이초(聰耳草)가 있으며, 또한 사슴뿔, 인삼, 웅

53 기름종이(烏金紙) : 『연의각』에는 금면지로 되어 있다. 조금지(烏金紙)는 기름종이(あぶら取紙)의 다른 이름으로 에도(江戶)시대부터 쓰였다.

담, 사향도 갖추어져 있는데, 이것 모두 흥보 일가에게 내리는 것입니다. 정중하게 받아 주십시오."

興甫夫妻が呆つ気に取られて居るうちに、童子は姿を消して、靈薬靈草の類を盛る瓶や包紙のみが其場に遺された。夢心地から醒めた妻は、先づ声を揚げて喜んだ。

『これはマア、何といふ偉らいものを沢山......一時に大金持ちになったも同様、これからはきっと、一生楽に暮せるに相違ありません。』

興甫も、夢ならぬ眼のあたりの真実に、大に喜んだ。瓢を割いて寶を得たといふことは古今稀有のことだといひながら

『それでは早速鹿角を用ひて見やうではないか。』

と勇み立つのを、妻が制して

『私達の分際で鹿角を用ふるなぞは贅が過ぎます、いつも恩になるあの金書房の家に持って行って一石の米と交換して頂きませう。』

『おお夫れが能い、何にせよ食が一番だ。』

흥보 부부가 어안이 벙벙해 하고 있는 사이에, 동자는 모습을 감추고 영약영초(靈藥靈草)류가 가득한 병과 포장지만이 그 장소에 남겨졌다. 꿈을 꾸는 듯한 기분에서 깨어난 부인은 우선 소리를 지르며 기뻐하였다.

"어머나, 이것은 이 무슨 대단한 물건을 가득…… 한꺼번에 부자가 된 것과 마찬가지[입니다]. 앞으로는 필시 일생 약으로 살아갈 것임에 틀림없습니다."

흥보도 꿈이 아닌 눈앞의 진실에 크게 기뻐하였다. 박을 가르고

보배를 얻었다는 것은 고금에 보기 드문 일이라고 말하면서,

"그렇다면 어서 녹용을 사용해 봅시다."

라고 분발하는 것을 아내가 제어하며,

"저희들 분수에 녹용을 쓰는 것은 너무 사치스럽습니다. 항상 은혜를 입은 저 김서방 집에 가져가서 한 석의 쌀과 교환해 받읍시다."

"오, 그것이 좋구나. 뭐라고 해도 음식이 제일이다."

心附いて見れば、今更のやうに空腹の饑じさを覚ゆるのであった。

鹿角は米一石に換へられた。直ぐにそれを炊いだ。永い年月、饑え切って居た一家の者は、大口を開いて、親も子も、大急ぎで、詰め込んだ、詰め込んだ上にも詰め込んだ。もう早やうつむくことも出来ないほど詰め込んで、扨て今更のやうに眼を白黒しながら、子供等は苦しげに

『母あさん、お腹がはち割れ相になった、こりゃどうしたら能いでせう。』

子供ばかりではなかった。興甫も、飢渇の淺ましさ、一時に貪ぼり食たつので、腹は突出る目は落窪む、胸は壓されるやうに苦しさを覚へる。空腹よりは過度の満腹の方が幾倍苦しいかを今ツクヅクと感じ入った。

정신을 차리고 보니, 새삼스럽게 공복으로 굶주려 있는 것을 깨달았다.

녹용은 쌀 한 석으로 바꾸었다. 바로 그것으로 밥을 지었다. 오랜 세월 굶주려 있던 일가 사람들은 입을 크게 벌리고, 부모도 자식도

몹시 서둘러서 집어넣었다. 집어넣을 수 있을 만큼 위에 집어넣었다. 이제는 더 이상 고개를 숙일 수 없을 정도로 집어넣었다. 그런데 새삼스럽게 눈을 희번덕거리면서 아이들은 고통스러운 듯,

"어머니, 배가 끊어질 것 같습니다. 이걸 어떻게 하면 좋습니까?"

아이들만이 아니었다. 흥보도 비참할 정도로 굶주리고 목말라 한꺼번에 탐욕스럽게 먹었기에, 배는 뚫고 나오고 눈은 쑥 들어갔으며 가슴이 눌리는 듯한 고통을 느꼈다. 공복보다는 지나치게 배부른 편이 몇 배나 고통스럽다는 것을 지금 절실히 느꼈다.

実は妻も同じ思ひ

『永い間、餒じい思ひで死ぬかと思ひましたが、今こうやって食に有り附いて却って死に相です、ああ、これでは此儘逝って終ひ相だ、食ひ残りの食は棄てませう。』

『ああこれこれ、捨てるには及ばぬ、どうせ死んで逝くのなら、私の腹の上へみんな載せて下さい、食べながらみんな口へ入れて終ってから死なう。』

此うした喜劇の中へ、恰當青衣童子が再現して、丸薬をくれた。それを嚥下すると、親子供、ケロリと満腹が消化して、消化したものが直ぐに血肉にでもなったか、大に活気を増した。

『ああ閉口した、折角寶を得たかと思ふと、すんでの事に死ぬ所だった。』

실은 아내도 같은 생각,

"오랫동안 비참함에 죽으려고도 생각했습니다만, 지금 이렇게

음식을 얻게 되어서 오히려 죽을 것 같습니다. 아아, 이렇게 하다가는 이대로 죽을 것 같으니 먹다 남은 음식은 버립시다."

"아아, 이런, 이런, 버릴 수는 없소. 어차피 죽는다면 내 배 위에 모두 올려 주시오. 먹으면서 모두 입에 넣고 죽을 것이오."

이러한 웃긴 상황 속에서 때마침 청의동자(青衣童子)가 다시 나타나 동그란 약을 주었다. 그것을 삼키자 부모와 자식 모두 씻은 듯이 배부름이 소화되고, 소화된 것이 바로 피와 살이 된 듯 크게 활기를 더하였다.

"아아, 항복이다. 어쨌든 보배를 얻었다고 생각했더니, 거의 죽기 일보직전이었구나."

我れながら自分の淺墓な所為を悔んで、更に第二の瓢を割くと、これは又有りと有らゆる家産什器が次から次へと、出り取せば取り出すほど無盡藏であった。

一家挙って、餘りの嬉しさに手の舞ひ足の踏む所を知らず、周衣から足袋の類に至るまで一切絹で作ることが出来たのみか、家内はいろいろの珍貴な家具で燦然目も眩ゆいほど、忽ろに王者の富みが興甫の家に満ち充ちた。まだそればかりではない、第三の瓢からは、純金の櫃が顯はれて、金龜の錠が掛って居りその錠には、『興甫開見』と誌るされてあった。興甫は夢に夢みる心地、櫃を開いて見ると、黄金、烏金、銀、琥珀、珊瑚、金珮、眞玉、眞珠なぞ、驚異の眼に数限りなく山と積まれた。一ぱい取出して、又見ると、瓢は又夫等の金銀珠玉でギッシリ詰って居た。取り出しても取り出しても遂に盡くるの時が無かった。

興甫は、瞬忽にして世界に於ける稀なる豪富の所有者となった。

스스로 생각해도 자신의 경솔한[54] 행동이 후회스러웠다. 다시 두 번째 박을 가르자, 이것은 또한 온갖 가재도구가 잇따라 계속해서 [나오고], 꺼내면 꺼낼수록 무진장이었다. 일가 모두 너무 기쁜 나머지 어쩔 줄 몰랐다. 겉옷에서 버선에 이르기까지 [전에는]일체 면으로 만들 수 없었던 것뿐만 아니라, 집안에는 여러 가지 진귀한 가구가 반짝반짝 빛나서 눈부실 정도였다. 갑자기 왕자의 부가 흥보의 집에 가득 넘쳐났다. 아직 그것만이 아니었다. 세 번째 박에서는 순금이 든 함이 나타났는데, 금감(金龕)으로 된 열쇠가 잠겨 있으며 그 열쇠에는

"흥보, 열어 보아라"

고 적혀 있었다. 흥보는 꿈속에서 꿈을 꾸는 듯한 마음으로 함을 열어 보니, 황금, 오금(烏金), 은, 호박(琥珀), 산호, 금패(金珮), 진옥(眞玉), 진주 등 경이로움이 수없이 많이 산처럼 쌓였다. 가득 꺼내어서 다시 보니, 박은 다시 그러한 금은주옥으로 가득 쌓여 있었다. 꺼내어도, 꺼내어도 끝내 다하지를 않았다.

흥보는 순식간에 세계에서 [보기]드문 거대한 부의 소유자가 되었다.

---

54 경솔한: 일본어 원문은 '淺墓'다. 깊이 있지 못한, 생각이 얕은, 혹은 사려가 부족한과 같은 뜻으로 사용한다(松井簡治·上田万年編, 『大日本国語辞典』01, 金港堂書籍, 1915).

俺の物は俺の物

내 것은 내 것

興甫の家は新たに作られた、重門層樓、高臺廣室、さながら王宮のそれにも比すべきであった。下男下女は数多く召し使はれ、数百間の居室を淨麗に興甫夫妻は是等の奴僕にかしづかれ、数多き子等は、一夜にして公達の如くになった。

흥보의 집은 새롭게 지어졌다. 중문(重門)과 여러 층으로 높게 지은 누각, 마치 왕궁의 그것과도 비할만하였다. 하인과 하녀를 많이 고용하고, 수백 간의 깨끗한 거처에서 흥보 부부는 이러한 노복들에게 시중을 받으며, 많은 자녀들은 하룻밤 사이에 귀족의 자제와 같이 되었다.

此の噂さが四隣に広がった。兄の盜甫は、それを耳にして先づ胸糞悪く思った、凝っとしては居られないほど癪に觸って、火を放けて燒き拂っちまへとばかり、或る強風の日、興甫の家を訪づれた。雲を凌ぐ高樓巨閣からは妙なる楽のしらべが洩れて来る。

『主人の野郎は何処に居る。』

早や大声に怒鳴り出した。

이러한 소문이 사방[55]에 퍼져갔다. 형 놀보는 그것을 듣고 우선 기

55 사방: 일본어 원문은 '四隣'이다. 사방, 혹은 전후, 좌우의 뜻으로 사용한다(松井簡治·上田万年編, 『大日本国語辞典』02, 金港堂書籍, 1916).

분이 나빴다. 가만히 있을 수 없을 정도로 비위에 거슬려서 불을 질러서 불태워 버리겠다는 생각으로, 어느 강풍이 부는 날 흥보의 집을 방문했다. 구름을 능가하는 고루거각(高樓巨閣)에서는 묘한 음악 가락이 새어 나왔다.

"주인 놈은 어디에 있느냐?"

재빨리 큰소리로 화를 내었다.

此の有様を見た婢女は、奥へ入って興甫夫人に向ひ
『何だか妙な人が参りました。』
『どんな風の御方。』
『大層恐ろしい形相の人です、鳶の頭、鷺の目、烏の口、蛙の姿—。』
『口の悪い、そんなことをいふものではありません、能く分りました、私が出ませう。』

이러한 모습을 본 하녀[56]는 안에 들어가서 흥보 부인을 향하여,

"왠지 묘한 사람이 왔습니다."

"어떠한 차림새의 사람이더냐?"

"굉장히 무서운 얼굴을 한 사람입니다.[57] 솔개와 같은 머리, 백로와 같은 눈, 까마귀와 같은 입, 개구리와 같은 몸."

"입이 거칠구나. 그런 것을 말해서는 안 된다. 잘 알겠다. 내가 가

56 하녀: 일본어 원문은 '婢女'다. 여자 하인, 즉 하녀의 뜻으로 사용한다(松井簡治·上田万年編, 『大日本国語辞典』04, 金港堂書籍, 1919).

57 굉장히 무서운 얼굴을 한 사람입니다 : 『연의각』에는 없는 표현이다. 『연의각』의 하녀의 대사("엇의셔 괴이훈 폐긱이 왓습듸다 싱원님다려 그놈 뎌놈 ᄒᆞ고 쉰네를 보고 문안을 ᄒᆞ며 전혀 트집이옵듸다")를 바탕으로 서술한 듯하다.

보겠다.[58]"

興甫夫人は、それが兄の盜甫であることを早くも悟った。貧しい間は、交を絶って構ひ附けないばかりでなく、我が夫、それは現在骨肉の弟の餓死の急を侮蔑と毆打で酬ゐた人、必らず噂を聞いて尋ね来たのであらうが、何といふ淺ましい根性であらう。恁うは思ったが、色にも口にも出さず、盜甫の前へ来て叮嚀にた辞儀をした。

併し盜甫は、辞儀を返さうともせず、周衣の脇に手を入れたまま、胸を反らして立った。見れば清楚で優雅な興甫夫人の裝ひ、妬心がムラムラと口に出た。

『フン、いやに酒落れてるね、まるで妓生のやうだ。』

夫れは聞き流して

『近頃皆さんは御達者でいらっしゃいますか。』

『達者で居なかったらどうするといふんだ。』

興甫夫人は軽く

『まあどうぞ御入り下さいまし、そこでは端近でございます、只今主人を呼びませう。』

窓門を開いて、花蒲團をすすめた。

흥보 부인은 그것이 형 놀보인 것을 재빨리 알아챘다. 가난할 때는 왕래를 끊고 상대를 하지도 않았을 뿐만 아니라, 자신의 남편, 그것은 현재 혈육인 동생이 굶어 죽는다고 하는데, 모멸과 구타로 응

58 입이 거칠구나~내가 가보겠다 : 『연의각』에는 "응 요란시럽다 짓거리지 말아라"로 되어 있다.

대한 사람, 반드시 소문을 듣고 방문해 온 것이겠지만, 얼마나 한심한 근성인가. 이렇게 생각하였지만, 그런 기색도 말도 하지 않고, 놀보 앞에 와서는 정중하게 인사하였다.[59]

하지만 놀보는 인사를 하려고도 하지 않고, 겉옷 겨드랑이에 손을 넣은 채로 가슴을 펴고 서 있었다. 보니 청초하고 우아한 흥보 부인의 옷차림에, 시기심이 불현듯 입 밖으로 나왔다.

"흥, 몹시 멋을 부리고 있군. 마치 기생과 같구나."

그것을 흘려듣고,

"근래에 [가족]여러분은 건강하신지요?"

"건강하지 않으면 어떻게 할 것인가?"

흥보 부인은 가볍게

"자, 아무쪼록 들어오십시오. 거기는 툇마루[60]입니다. 바로 주인을 부르겠습니다."

창문을 열고 꽃방석을 권하였다.

盗甫は、吹つ懸けた喧嘩を相手が取り合はぬので、少し張合抜けの體、併し糞忌々しくて溜らない、何だ此の鉢植の花は、薪三把、火を附けて投げれば一面に火の海にならう。何だ此の蓆に書いてある鶴は、人をバカにしたやうに脚が長い、一本折ってくれると、小刀を取出して蓆を滅茶滅茶に切り破り、まだ腹の蟲が納まらず、わざと四方

59 『연의각』의 흥부 처의 심정 묘사("륜귀가 지즁ᄒᆞ야 동싱 우ᄋᆡ ᄒᆞ는 줄을 이제야 알앗는가 빈한ᄒᆞ야 안이오다 부요ᄒᆞ니 차자왓나")를 해석하여 번역한 부분이다.

60 툇마루: 일본어 원문은 '端近'이다. 집안의 끝부분에 가까운 곳, 혹은 방 입구를 뜻한다(棚橋一郎·林甕臣編, 『日本新辞林』, 三省堂, 1897).

の壁へ唾を吐き懸け吐き散らした。

『ホホ、兄さん唾壺がここにございます。』

『早く興甫の奴を引っ張って来い、来るまでドコへでも唾を吐き散らす。』

놀보는 싸움을 걸어도 상대를 해 주지 않기에, 조금은 맥이 빠졌다.[61] 하지만 몹시 분하여서 참을 수 없었다. 무엇인가? 이 화분에 심은 꽃은 뗄 나무 3개를 잡아 불을 붙여서 던지면 한 면이 불바다가 될 것인데. 무엇인가? 이 자리에 그려져 있는 학은 사람을 바보 취급하듯이 다리가 길다. 하나를 접더니 작은 칼을 꺼내어 자리를 엉망진창으로 잘라 찢었다. 하지만 아직 너무나도 화가 치밀어서, 일부러 사방의 벽에 침을 뱉어서 더럽혔다.

"오, 아주버님 타호(唾壺)[62]가 여기에 있습니다."

"어서, 흥보 녀석을 잡아끌고 와라. 올 때까지 아무데나 침을 뱉어서 더럽힐 것이다."

興甫夫人はいろいろの料理をしつらへさして盜甫にすすめ

『俄かの調理で、お口には合ひますまいが、どうぞ沢山召し上って下さいまし。』見ると、珍饌佳肴山の如く、盜甫には生れて始めてで、咽喉がゴクリと鳴るのであったが、同時に妬心は焔と燃へ

61 놀부는 싸움을 걸어도 상대를 해 주지 않기에, 조금은 맥이 빠졌다 : 『연의각』에는 없는 표현이다.

62 타호(唾壺) : 일본어 원문은 '唾壺'다. 침을 뱉는 데 사용하는 그릇이라는 뜻이다. 『연의각』에는 갖은 다양한 종류의 "타구"가 제시되어 있다(松井簡治·上田万年 編, 『大日本国語辞典』03, 金港堂書籍, 1917).

『恁麼ものが食へるか。』

と、矢庭に膳を足蹴にしたので、四邊は狼藉を極めた。夫れでも興甫夫人は忤らはなかった。

『お口に召さないものを差上げて相済みませんでした。しかし、食は人間の

一番大切なもの、若しそ此事を村人が聞けば兄さんは村を遂はれ、官家が知れば笞を免れません、監營の耳に入れば定配でせう。』

と静かにたしなめながら、すっかり四邊を拭き掃除した。

『フン、笞も定配も、みんな俺の代りに弟が受持つから俺は心配はいらないヨ。』

흥보 부인은 여러 가지 요리를 만들어서 놀보에게 권하며,

"급작스러운 조리로 입에 맞으실지 모르겠지만, 아무쪼록 많이 드십시오."

보니, 진찬가효(珍饌佳肴)가 산과 같이 있는데, 놀보에게는 태어나서 처음인지라 목에서 꼴깍하고 소리가 났지만, 동시에 시기심은 불꽃과 같이 타올랐다.

"지금 음식을 먹을 수 있을 것 같으냐?"

고 말하며 그 자리에서 당장 쟁반을 발로 찼기에, 사방은 낭패가 극을 달했다. 그래도 흥보 부인은 거스르지 않았다.

"입에 맞지 않는 음식을 드린 것 같아서 죄송합니다. 하지만, 음식은 인간에게 가장 중요한 것이므로 혹시 이 사실을 마을 사람들이 들으면 아주버님은 마을에서 쫓겨나고, 관가에 알려진다면 태를 면하지 못할 것입니다. 감영의 귀에 들어간다면 유배를 가야할 것입니다."

라고 조용하게 나무라면서, 사방을 전부 쓸며 청소하였다.

"흥, 태도 유배도 모두 나 대신에 흥보가 받을 것이니, 나는 걱정이 없다."

此時興甫が入って来た。

『おお兄さん、能くたいで下さいました、久しく御目に懸りませんでしたが御無事で何より結構でございます、皆様た變りはありませんか。』

凶虐なる兄にもせよ、久々の対面、興甫は舊怨を遺れて懐かしさに思はず涙が出た。

『貴様、何か人の訃でも聞いたのか、泣くなんて縁喜でも無ゑ、第一見苦しいぞ。』

飽迄も盜甫は喧嘩腰だった。

이때 흥보가 들어왔다.

"형님, 잘 오셨습니다. 오랫동안 뵙지 못했습니다만 무사하셔서 무엇보다도 다행입니다. [가족]여러분 모두 변함없으신지요?"

흉악한 형이라고는 하지만 오랜만의 대면, 흥보는 오랜 원한은 버리고 그리움에 엉겁결에 눈물이 났다.

"너는 무언가 다른 사람의 부고라도 들었느냐? 울다니 재수 없구나. 무엇보다 꼴불견이다."

어디까지나 놀보는 싸우려는 자세였다.

興甫は、新たに料理を命じたので、興甫夫人と婢女は、心を用ひて膏粱の美味を調理した盛饌を具へた。

『サア、どうぞ、何もございませんけれど―。』

『貴様食へ。』

『私も頂きますから、どうぞ兄さんも何か箸をた着け下さいまし。』

盗甫は、唾を嚥み下しては居たが、溜らなくなったので、佛頂面をしながらも、肉の一片を口に入れた。イヤ、たいしいの何のつて、頬ッぺたが落つこち相、ああ旨い、何だって今まで食はずに居たらうと、口にこそ出さないが、早速他の皿中に箸を加へて、熱いのをさましもせず又噛みもせず、其侭呑み込んで眼を白黒。

酒を注いでやると

『毒でも混ぜやしなかったか、危ぶないぞ、主酒客飯といふから、貴様先づ毒見をしろ。』

『兄さん、冗談を云っては困ります。』

흥보는 새로이 요리를 명하였기에, 흥보 부인과 하녀는 마음을 다하여 맛있는 음식을 조리하여 성찬을 준비하였다.

"자, 아무쪼록 [차린 건]아무 것도 없습니다만."

"네가 먹어라."

"저도 먹을 테니, 아무쪼록 형님도 무언가 젓가락을 대십시오."

놀보는 침을 삼키고 있었지만 참을 수 없어져서, 불만스러운 얼굴을 하면서도 고기 한 점을 입에 넣었다. 야, 맛있어서 볼이 떨어질 정도이며, 아, 맛있는 것을 어째서 지금까지 먹지 않고 있었던가 하고 입 밖으로 내뱉지는 않았지만, 재빨리 접시 속에 젓가락을 더하여 뜨거운 것을 식히지도 않고 그대로 삼키며 눈을 희번덕거렸다.

"독이라도 섞지는 않았는지 위험하구나. 주주객반(主酒客飯)이라고 하니, 네가 먼저 맛을 보거라."

"형님, 농담을 하시면 곤란합니다."

盗甫は、芳醇な酒味に、渇者の飲を貪る如く、つづけざまに飲み飲んだ、酔が回るにつれて次第に呂律も定かでなくなった。

『コラ興甫、貴様は兄弟一身といふ事を知って居るか、貴様の財産は俺の財産貴様の家の牛は俺の牛だ。』

『それは其の通りでございます、私の牛は兄さんの牛、兄さんの牛は私の牛です。』

『糞喰らへ、貴様のものは俺の物、俺の物は俺の物だ、全體貴様はどうして恁麽に財産を殖やした、それを真っ直ぐに話せ、若し嘘僞りを吐すと骨の挫けるほどぶん擲るぞ。』

『決して僞りなぞは申上げません、今、私からた話申上げやうと思って居た所でした。』

놀보는 맛과 향이 좋은 술안주에 갈증이 난 사람이 마실 것을 탐하는 것처럼, 계속해서 마시고 마셨다. 취기가 돌면서 점점 혀가 돌아가지 않았다.

"이놈, 흥보, 너는 형제는 한 몸이라는 것을 알고 있느냐? 너의 재산은 나의 재산 너의 집의 소도 나의 소다."

"그것은 그렇습니다. 저의 소는 형님의 소, 형님의 소는 저의 소입니다."

"엿 먹어라. 너의 것은 나의 것, 나의 것은 나의 것. 도대체 너는 어떻게 이렇게 재산을 불렸느냐? 그것을 솔직히 말하여라. 혹시 거짓을 말한다면 뼈가 꺾일 정도로 던져 버릴 것이다."

"결코 거짓을 말하지는 않겠습니다. 지금 제가 이야기를 하려고 하던 차입니다."

興甫は、燕の話をした、そして寶物の入って居る倉庫へ兄を案内して

『此甕は黄金、此甕は寶玉の類や山蔘鹿角なぞで、今売っても百萬両にはなりませう、これ丈けあれば大丈夫ではありませんか。』

聞けば聞くほど、盗甫は妬ましさに全身の血が逆流するやうだ。

『何が大丈夫だ、一度火事があれば皆んな灰になるんだぞ、あれは何だ。』

『あれは簞笥です。』

『俺に寄越せ。』

『差上げませう、アトで下男に持たして進ぜます。』

『何、俺が脊負って行く。』

『それはドチラでもよろしうございます。』

盗甫は先づ簞笥を分捕った、重たいのを慾が手傳っての我慢に家路を辿ったが、途中心ひそかに思へらく、軈て興甫の財産を捲上げてくれる、彼んな奴屁でもない、俺に懸つちゃ誰だって参らぬ奴は無いんだからな。

흥보는 제비의 이야기를 하였다. 그리고 보물이 들어 있는 창고에 형을 안내하고,

"이 독은 황금, 이 독은 보옥(寶玉) 종류와 산삼, 사슴뿔 등으로 지금 판다고 하더라도 백만 냥은 될 것입니다. 이것만 있으면 괜찮지 않겠습니까?"

들으면 들을수록 놀보는 시기심으로 온 몸에 피가 역류하는 듯하였다.

"뭐가 괜찮다는 것이냐? 한 번 불이 나면 모두 재가 된다. 저것은 뭐냐?"

"저것은 옷장입니다."

"나에게 주거라."

"드리겠습니다. 나중에 하인에게 가지고 가게 하겠습니다."

"뭐라고? 내가 짊어지고 가겠다."

"그것은 아무래도 상관없습니다."

놀보는 우선 옷장을 빼앗았다. 무거운 것을 욕심을 부려 참으면서 집으로 가는 길을 거닐었지만, 도중 몰래 생각하면서,

"머지않아 홍보의 재산을 빼앗아야지, 저런 놈[정도는] 일도 아니다. 나에게 걸리면 누구라도 항복하지 않을 자가 없다."

夫婦喧嘩

부부싸움

盜甫は帰る匆々妻を呼んだ。妻は盜甫の脊負って来た燦爛たる美事な簞笥を見て、無上に打喜び

『オヤ、これは又奇麗な簞笥を』どうして手に入れたね、遉がにあなたは甲斐性者だよ、きッと空手では帰らないに定まって居ても、これ

は大したもの、ドコから持ち出して来たんだらう。』

『ドコから持って来たか忘れちまった、お前は知らんか。』

『本人が知らないで、誰が知るもんですか。』

놀보는 돌아가자마자 부인을 불렀다. 부인은 놀보가 짊어지고 온 눈부시게 빛나는 아름다운[63] 옷장을 보고 한 없이 기뻐하며,

"어, 이것은[이렇게]아름다운 옷장을 어떻게 손에 넣었습니까? 과연 당신은 수완이 좋은 사람입니다. 필시 빈손으로는 돌아오지 않을 것이라고 하여도, 이것은 대단한 것, 어디에서 훔쳐서 왔습니까?"

"어디에서 가져 왔는지 잊어버렸다. 너는 모르느냐?"

"본인이 모르는 것을 누가 알겠습니까?"

盜甫は云ふのが癪なのだ。

『煩るさい、俺にそれを云へといふんだな。コイツ奴、ぶち殺すぞ。』

ムカムカとなったので、拳固で矢庭に突き倒した。似た者夫婦、妻も負けては居ない。痛みに泣き入りながらも

『何だ此の宿六奴、外から帰ってさへ来れば酒を食らひ醉って、女房を擲るのを藝能にしてやがる、手前のやうな極道者が又とあるか、エエ此の宿六の大宿六奴。』

『始まりやがった、貴様が泣いたって俺の拳固にや勝てねゑんだ。』

63 아름다운: 일본어 원문은 '美事'다. '見事'와 함께 볼만한 것, 아름다운 것, 뛰어난 것 등과 같은 뜻으로 사용한다(松井簡治·上田万年編, 『大日本国語辞典』04, 金港堂書籍, 1919).

놀보는 말하는 것이 거슬렸다.

"시끄럽다. 나에게 그것을 말하라고 하는 것이냐? 이 년 죽여 버리겠다."

화가 치밀었기에 주먹으로 마당에 밀쳐서 넘어뜨렸다. 서로 닮은 부부[이기에] 아내도 지고만 있지 않았다. 아픔에 마냥 울면서도,

"무엇이냐? 이 영감쟁이, 밖에서 돌아오기만 하면 술에 취해서 아내를 던지는 것을 예능으로 하는구나. 너와 같은 방탕한 자가 또 있을까? 에잇, 이 영감쟁이 중에서도 가장 큰 영감쟁이."

"시작했구나. 네가 운다고 해도 내 주먹에는 이길 수 없다."

恁うした夫婦喧嘩は毎度の事で、別に不思議でも何でも無かった。軈て、一もめ納まると、盜甫は忌々し相に、興甫が意外な豪富の所有者になって居る事を話した。妻は夫れを聞いて

『多分、人のものを盗んだのだらう。』

と己れの心を以て人を忖るのだった。

『所がそうぢゃない、何でも燕が巣を作って、産れた子燕が簷端から落ちて脚を折った時、興甫がその傷口を石口魚の皮で捲いてやったら、此の春、その燕が瓢の種子を以って来た、その種子から出来た瓢が三個とも寶物で一ぱいで取っても取っても一ぱいになってるんだといふ、俺も何とかして燕の脚の折れたのを一つ見附け出したいもんだ。』

이러한 부부싸움은 매번 있는 일로, 특별히 불가사의한 일도 아무것도 아니었다. 머지않아 한 번의 옥신각신함이 진정되자, 놀보는 짜증스럽다는 듯이 흥보가 의외로 거대한 부의 소유자가 되어 있는

사실을 말하였다. 아내는 그것을 듣고,

"아마도, 다른 사람의 것을 훔친 것이겠지요."

라고 자신의 마음으로 남을 헤아렸다.

"그런데 그게 그렇지가 않아. 어떻든 제비가 둥지를 만들어서 태어난 새끼제비가 처마에서 떨어져서 다리가 부러졌을 때, 흥보가 그 상처가 난 곳을 물고기의 껍질로 말아 주었더니, 이 봄, 그 제비가 박씨를 가지고 왔다는구나. 그 씨로부터 생겨난 박이 세 개 다 보물로 가득하여 꺼내어도, 꺼내어도 가득해 진다는 것이야. 나도 어떻게든 해서 제비 다리가 부러진 것을 한 번 찾아보고 싶구나."

夫れ以来、盗甫は燕の来るのを待った。

『どうして燕が来ないだらう。』

妻はふき出した。

『此の嚴冬に何の燕が来るものか。』

『冬の燕といふのが別にある相だが、何故来ないかなあ。』

其中に寒い寒い年も暮れて行った。

그 이후로, 놀부는 제비가 오는 것을 기다렸다.

"어떻게 제비가 오지 않는 것이냐?"

아내는 웃음을 터뜨렸다.

"이 엄동에 무슨 제비가 온단 말입니까?"

"겨울 제비[64]라는 것이 달리 있다고 하는데 왜 오지 않는 것이냐?"

---

64 『연의각』에서 놀부가 '싸옥이'를 제비로 오인하는 대목이 『제비다리』에는 생략되었다.

그러는 중에 추운 한 해가 끝이 났다.

燕の脚

제비다리

又、春がめぐって来た、昨年の燕が群をなして東方を訪づれた。盜甫は人夫十名ばかりを引具して燕の群を迎えに出たまでは能いが、長い竿に網を張って燕を待ったので、燕は大抵避けて飛んだ。折角一網に捕獲しやうとした計畫はアテが外づれて一羽もかからず、人夫への支拂ひ丈けに五十両を失った。

다시 봄이 돌아왔다. 작년의 제비가 무리를 지어 동방을 찾아왔다. 놀보는 인부 열 명을 인솔하여 제비 무리를 마중하러 나온 것은 좋았지만, 길 다란 장대에 그물을 붙여서 제비를 기다렸다. 하지만 제비는 대체로 피해서 날아갔다. 어쨌든 한 망에 포획하려고 한 계획은 예감이 빗나가서 한 마리도 걸리지 않았다. 인부에게 지불한 50 냥만을 잃게 되었다.

或日のこと、燕が二羽、家に入って巣を作るのを見て居ると、至って小さなものなので、盜甫は、何のつもりか、泥と俵とで叺のやうなものをこしらへ之を吊上げて燕を案内したので、燕は驚いて逃げ去り、屋後の人の往來のない所へ巣を構えた。

待てども待てども燕は一向に落ちてくれない。乃で盜甫は、燕の巣、蛇を入れたら驚いて落ちるに相違あるまいと、大變なことを思ひ附き、わざわざ人夫を引具して蛇取りに出懸け、やっと見附けた一匹の蛇を、誤って踏み附けたので、蛇は鎌首を上げて強たかに盜甫の足を噛んだ。盜甫は跛を引きながら蛇取りに失敗して帰り、却って治療に幾日かを費やした。

어느 날의 일로, 제비 두 마리가 집에 들어와서 둥지를 만드는 것을 보고 있자니 지극히 작은 것이기에, 놀보는 무슨 작정인지 진흙과 줄로 가마니와 같은 것을 만들어서 이것을 매달아 올려 제비를 안내하였는데, 제비는 놀라 달아나서 지붕 뒤쪽으로 사람의 왕래가 없는 곳에 둥지를 만들었다.

기다려도, 기다려도 제비는 전혀 떨어지지 않았다. 이에 놀보는 제비 둥지에 뱀을 넣으면 놀라서 떨어질 것임에 틀림없다고 엄청난 일을 생각해 내었다. 일부러 인부를 인솔하여 뱀을 잡으러 외출하였다. 겨우 발견한 한 마리의 뱀을 잘못하여 밟아버렸기에, 뱀은 머리를 올려서 강하게 놀보의 다리를 물었다. 놀보는 발을 절뚝거리면서 뱀을 잡는 것을 실패하고 돌아와서, 오히려 치료에 며칠을 낭비하였다.

恁麽事ではしかたが無いと、今度は、突然燕の子をつかまへて、脚を折らうとしたら、少し力が強過ぎたので、腹のあたりまで破って終った。燕は死んだ。イヤ之は失敗った、とばかり、更に他の子燕を捉へて

『俺の云ふ事を能く聞け、俺の弟はた前の仲間のた影で大金持ちになった、俺にもあの通りの福をくれ。』

恁う云ひ含めて、脚を二本ともボキンボキン折って終った。

『オイ、女房見ろよ、燕が落ちて脚が折れた。』
『今、態と折ってたぢやないか。』
『イヤ、態と折ったのぢやない。』
『噓ばッかり。』
『イヤ決して噓ぢやない、若し態と折ったのなら、俺はた前の子にな
る。』
と誓ひを立てた。

이러한 것으로는 소용이 없다고 생각하며, 이번에는 돌연 새끼제비를 잡아서 다리를 부러뜨리려고 하였는데, 조금 힘이 강하였기에 배 근처까지 찢어 버렸다. 제비는 죽었다. 야, 이것은 실패라는 듯, 다시 다른 새끼제비를 잡아서,

"내가 말한 것을 잘 들어라, 내 동생은 너의 동료 덕분에 큰 부자가 되었다. 나에게도 그와 같은 복을 주거라."

이렇게 이르고는, 두 다리 모두 우지끈 우지끈 부러뜨렸다.

"어이, 마누라 보게나. 제비가 떨어져서 다리가 부러졌구려."

"지금 일부러 부러뜨린 것이 아닙니까?"

"아니, 일부러 부러뜨린 것이 아니네."

"거짓말[도 잘하는군요]"

"아니, 결코 거짓말이 아니네. 혹시 일부러 부러뜨린 것이라면 나는 너의 자식이네."

라고 맹세를 하였다.

何でも堅く巻きさへすれば、寶物を沢山呉れるとでも思ったか、牛

皮二枚、馬皮一枚、犬皮五皮、筵十個ほどを以て巻かうとすると、妻は訝ぶかって
『それをどうするの。』
『脚を巻いてやるんだ。』
『そんなに巻いて飛べやしまいに、興甫は石口魚の皮と糸とで巻いたと云ったぢゃないか。』
『そうそう。』
盜甫は思ひ出して、今度は明太魚の皮で緊つかり巻いて元の巣へ入れた。

뭐든지 가볍게 말기만 하면, 보물을 가득 줄 것이라고 생각하였는지, 소가죽 두 장과 말가죽 한 장, 개가죽 다섯 장, 대자리 10개 정도로 말려고 하자, 아내는 이상하게 여겨,
"그것을 어떻게 할 것인가요?"
"다리를 말아 줄 것이네."
"그렇게 말아서는 날아갈 수도 없을 것입니다. 흥보는 물고기 껍질과 실로 말았다고 하질 않았습니까?"
"그래, 그래."
놀보는 [흥부의 말을]생각해 내고, 이번에는 명태의 껍질로 견고하게 말아서 원래 둥지에 넣었다.

報仇表

복수하는 표시

燕はやっと江南に去って王に見へたが、それが精一ぱいで、もう飛ぶことも何も出来なくなった。王は憐れに覺召し

『何故脚を巻いて居る。』

燕は一什始終を物語った。王は激怒して

『あの西便庫に、報仇表の瓢の種子がある、それを持って往って仇を返せ。』

燕は、王の命じた通り、再び盗甫の家に来た。

『イヤ来た来た、トウトウ来たぞ、〆た、〆た、春三月、好い時に来てくれた。』

제비는 겨우 강남으로 가서 왕을 만났는데, 그것이 할 수 있는 한 전부로 더 이상 나는 것도 아무 것도 할 수 없었다. 왕은 불쌍하게 생각하여,

"저 서편 창고에 복수라는 표시의 박씨가 있다. 그것을 가지고 가서 원수를 갚도록 하여라."

제비는 왕이 명령한 대로, 다시 놀보 집으로 왔다.

"야, 왔구나. 왔어. 드디어 왔구나. 끝났다. 끝났어. 춘삼월, 좋은 때에 와 주었구나."

燕が種子を撒き散らすと、盗甫は大喜び、それを拾って見ると、種子には「報仇表」の三字が書かれて居るが、盗甫は無学なので、何の意味だか分らない。隣人に此の意味を尋ねると

『報仇表とある、何か貴公に大きな禍があるに相違ない。』

『お前さんの眼はどうかしてやしないか、其麽事を云って俺が捨てれ

ば自分で植えて大金持ちにならうといふんだらう、其手には乗らないヨ、だが此字は何と読むネ。』

『風といふ字だ。』

『ハハア、豐年だな。』

『豐年ぢゃない、風字で、我家に敗風が吹き来たるといふ意味だから植えないがよからう。』

『其麽詰らないことを云ふものぢゃない。風字だって能いぢゃないか、之を植て寶物が風のやうに出てくれば結構だ、きッと、其の意味だらう。』

제비가 씨를 흩뿌리자 놀보는 크게 기뻐하며 그것을 주워서 보니, 씨에는 '복수표'라는 세 글자가 적혀 있었다. 하지만, 놀보는 알지 못하였기에 무슨 뜻인지 몰랐다. 이웃 사람[65]에게 이 의미를 묻자,

"복수표라는 것은 무언가 그대에게 커다란 화가 생김에 틀림 없소."

"너의 눈은 어찌된 것이 아닌가? 그러한 것을 말하여 내가 버리기라도 하면 자신이 심어서 큰 부자가 되려고 하는 것이지? 그런 수법에는 속아 넘어가지 않는다. 하지만, 이 글자는 어떻게 읽는 것인가?"

"풍이라는 글자요."

"하하하, 풍년이구나."

"풍년이 아니요. 풍(風)자로, 자신의 집에 패풍(敗風)이 불어온다는 의미이기에 심지 않는 것이 좋을 것이오."

65 이웃 사람 : 『연의각』에는 그의 "글훈장"으로 되어 있다.

"그런 재미없는 것을 말하지 말라. 풍이라는 글자라고 해도 좋지 않은가? 이것을 심어서 보물이 바람과 같이 나온다면 좋은 일이다. 필시 그 의미일 것이다."

乃で、濕地では不可いと、わざわざ陽あたりの能い先祖の神堂を取崩して十丈ばかりの深さに堀り、牛糞二俵、犬糞二俵、雑草二支械、小便一桶、灰七桶を肥料に詰め込んだ。

忽ちの間に莖が舟の檣のやうに生へて、葉は行李のやうに濶く、四方にはびこって隣家を掩ふばかりとなった。盜甫は隣り近所へ出懸け、男女老少の別なく、見る人逢ふ人に云った。

『家が崩れたら新らしく建ててやる、器物が毀れたら相當の償ひをする、瓢の中から寶物が出さへすれば何でも拵へてやるから決して莖を傷付けてはならんぞ。』

이에 습한 땅에는 불가하다고, 일부러 양지 바른 곳에 있는 선조의 신당을 부수고 10척 정도의 깊이를 파서는, 소똥 2섬, 개똥 2섬, 잡초 지게 2개, 소변 1통, 재 7통을 비료로 하여 가득 넣었다.

순식간에 줄기가 배의 돛대와 같이 자라나고, 잎은 소매와 같이 넓어서 사방으로 무성하게 자라 이웃집을 덮어버릴 듯하였다. 놀보는 이웃집에 외출하여, 남녀노소 할 것 없이 보는 사람 만나는 사람에게 말하였다.

"집이 무너지면 새롭게 지어 주겠소. 그릇이 깨어지면 상당한 보상을 하겠소. 박 속에서 보물이 나오기만 하면 뭐든지 만들어 줄 것이니 결코 줄기에 상처를 입혀서는 아니 되오."

何しろ待ち遠で溜らない。或日盗甫は人夫を雇って来て、一個の瓢を割いた。

すると中から読誦の声が聞へて来た。一人の老人は孟子を読み、一人の小童は通鑑を読み、一人の幼年は千字文を読んで居た。老人は宕巾を、少年は笠を幼年は草笠を冠って居たが、この三人につづいて周衣を着た者が多勢次から次へと顯はれた、盗甫は少し勝手が違ふと思ったが、それでも慾の皮はたるまない。

『ハハア、此の人達は市場へ行って、いろいろのものを持って来てくれる気かな。』

『馬鹿奴。』

一人が叫んだ。そしていふのには

『コラ盗甫、能く聞け、汝の父母は黄泉で余の奴婢となってここに三十年になるが、此程余の手元から逃げ失せたった、汝は父母の代價二千両を直ぐ此場で納めろ。』

아무튼 애타게 기다리는 마음 참을 수가 없었다. 어느 날 놀보는 인부[66]를 고용하여 와서는 한 개의 박을 갈랐다. 그러자 안에서 독경을 읽는 소리가 들려왔다. 노인 한 사람은『맹자』를 읽고, 어린 동자 한 명은『통감』을 읽으며, 어린아이 한 명은『천자문』을 읽고 있었다. 노인은 탕건(宕巾)을, 소년은 삿갓을, 어린아이는 초립(草笠)을 쓰고 있었는데, 이 세 사람에 더하여서 겉옷을 입은 사람들이 많이 계속해서 나타났다. 놀보는 조금 사정[67]이 다르다고 생각하였지만, 그

66 인부 :『연의각』에는 "꼽사둥이"와 "언청이"로 되어 있다.
67 사정: 일본어 원문은 '勝手'다. 편의상 좋은 것, 사정상 좋은 것이라는 의미로 쓰

래도 탐욕은 그칠 줄 몰랐다.

"하하하, 이 사람들은 시장에 가서 여러 가지 물건을 가지고 올 작정인가?"

"바보 자식아."

한 사람이 외쳤다. 그리고 말하기를,

"이놈, 놀보, 잘 듣거라. 너의 부모는 황천에서 나의 노비가 된 지 30 년이 되었다만, 이렇게 나의 수중에서 도망쳐서 잃어버렸다. 너는 부모의 대가로 2천 냥을 바로 이곳에 넣거라."

云ひも終らず、多勢で、太繩を取り出し、盜甫を高手小手に縛しめ、松の木に吊り下げて、長杵で滅多打ち

『コラ盜甫、汝の兄弟は何人か。』

悲鳴の下から答へるのであった。

『私は独身です。』

『独身だ、妹があるか。』

『三人あります。』

『ホホウ、生れもしない妹が三人も居るとは妙だ、それなら長妹は幾歳か。』

『二十二歳です。』

『何処へ嫁に往ったか。』

『五江の船商人の金持ちに妾にやりました。』

『次妹は？』

이며, 혹은 자신에게 이익이 되도록 행동하는 것, 또는 제멋대로라는 뜻으로도 사용한다(金沢庄三郎編, 『辞林』, 三省堂, 1907).

『十九歳ですがやはり人の妾になって居ます。』

『三番目は？』

『十六歳ですがうちに居ります。』

『なかなか出鱈目を申し居る、併しそれならうちに居る妹を見せろ、今まで瓢の中で無聊ぢゃった、美婦なら此方が妾にする。』

말이 끝나기도 전에 많은 사람들이 커다란 노끈을 꺼내어, 놀보를 뒷짐결박으로 묶어서 소나무에 매달고는 긴 방망이로 마구 때렸다.

"이놈, 놀보, 너의 형제는 몇 명이냐?"

비명 하에 대답하는 것이었다.

"저는 독신입니다."

"독신이라고, 여동생이 있느냐?"

"3명 있습니다."

"호호호, 태어나지도 않은 여동생이 3명이나 있다는 것은 묘하구나. 그렇다면 큰 여동생은 몇 살이냐?"

"22살입니다."

"어디로 시집을 갔느냐?"

"오강(五江)에서 배를 타는 상인 중 부자에게 아내로 주었습니다."

"다음 여동생은?"

"19살입니다만 역시 남의 아내가 되었습니다."

"세 번째는?"

"16살입니다만 집에 있습니다."

"상당히 허튼 소리를 하는구나. 하지만 그렇다면 집에 있는 여동생을 보여주어라. 지금까지 박 속에서 무료하였는데 아름다운 부인[68]이라며 이쪽이 아내로 맞이하겠다."

盗甫は、縛めを解かれて中に入り、妻に此由を告げると、妻は非常に立腹し

『金持ちの弟の事は云はずに、もともと居もしな妹の事なぞ人に媚びやうと思って出鱈目を云って、今現に見せろといふのにドコから借りて来る気だね木でも削って像でも作ってた見せが能い。』

盗甫は頭を掻きながら

『弱ったな、どうしたら能いかなあ、済まないがた前の髪を垂れ延ばして見せたらどうだらう。』

『妾にすると云ってるぢやないか、餘り人をバカにしないが能い、自分で男らしく今のはウソだと白狀したら能いぢやないか。』

놀보는 묶여 있던 것을 풀어서 안으로 들어가서 아내에게 이 사정을 말하자, 아내는 상당히 역정을 내며,

"부자인 남동생의 일은 말하지 않고, 사람에게 아첨하려고 원래 있지도 않은 여동생에 대해서 터무니없는 것을 말하여, 지금 바로 보여 달라고 하니 어디에서 빌려 올 작정입니까? 나무라도 잘라서 상(像)이라도 만들어서 보여주는 것이 좋을 것입니다."

놀보는 당황해 하면서,

"곤란하구나, 어찌하면 좋을 것인가? 미안하지만 너의 머리를 드

68 아름다운 부인: 일본어 원문은 '美婦'다. 용모가 아름다운 부인, 혹은 미인이라는 뜻으로 사용한다(松井簡治·上田万年編, 『大日本国語辞典』04, 金港堂書籍, 1919).

리워 내리고 보여준다면 어떠한가?"

"아내로 삼는다고 하지 않습니까? 너무 사람을 바보 취급하지 않는 것이 좋습니다. 스스로 남자답게 지금 했던 말은 거짓이었다고 자백하는 것이 좋지 않겠습니까?"

盗甫はしかたなく瓢人の前に帰り
『妾にすると有仰ったので、それを聞いて居て驚いてドコかへ逃げ失せました、姿も影も見へません。』
『吐すな盗甫、屹度ここへ連れて出ろ。』
盗甫は畏ぢ怖れて三百両を隠密に納めながら
『何卒御許しを頼ひます。』
『使ひ終ったら又来る。』
と云ひ終って悠々と立去った。

놀보는 어쩔 수 없이 박에서 나온 사람 앞에 돌아가서,

"아내로 삼는다고 말씀하셨기에, 그것을 듣고 있다가 놀라서 어딘가로 도망가 버려서 모습도 그림자도 보이질 않습니다."

"입을 다물어라. 놀보야, 반드시 여기로 데리고 오너라."

놀보는 두렵고 무서워서 3백 냥을 은밀하게 바치면서,

"아무쪼록 용서를 부탁드립니다."

"다 쓰고 나면 다시 오겠다."

라며 말이 끝나자 유유히 사라졌다.

妻は大に失望して盗甫に向ひ

『興甫のは一番目の瓢から寶物が出たといふが、どうして瓢人なぞが顯はれたらう、もう瓢を割くことはた休めなさい、何にもなりやしないから。』

『興甫も、始めの瓢からはやはり人が出たのだらう、今度割いて見て讀誦の声がしたら、其侭海へ投げ入れちまはう。』

아내는 크게 실망하여 놀보를 향하여,

"흥보의 것은 첫 번째 박에서 보물이 나왔다고 하는데, 왜 박에서 사람이 나타난 것일까요? 더 이상 박을 가르는 것은 그만하세요. 아무 이득도 없으니까요."

"흥보도 처음 박에서는 역시 사람이 나왔을 것이다. 이번에 갈라 보고 경을 읽는 소리가 들리면, 그대로 바다에 던져 버릴 것이다."

懲り性もなく、次の瓢を割いて見ると、今度は烈しい悪口が聞へて来た。

これは失敗った、何でも悪漢が多勢入って居ると思ふ聞もあらせず、九尺ゆたかの大男、毛笠を冠り竹杖を手にして、ヌツクと盜甫の面前に立ち顯はれ

『貴様が盜甫といふか。』

盜甫は度魂を抜かれて怖毛をふるひ

『ハイ―イエ、私が盜甫の、その、何です、つまり手代ですが、盜甫と代りはありません、何か御用で―。』

『盜甫に逢って話をする。』

『イエ、何、盜甫の代りと思召して何か寶物でもありますなら私がた

預り申して置きます。』

『他人には預ける訳にゆかぬ。』

『では私が盜甫です。』

『随分と判り切った嘘を吐く奴ぢゃ、貴様は過日同僚が汝の父母の身の代を

其侭にして置いてやった恩恵を知るか、その土産として明紬、木綿、苧布、胡麻十斗、金百両を其の兩班の家と、その宗家と、縁戚へ納めろ。』

『私は人の奴僕ではない、もともと百姓です。』

『何を生意気を吐かす。』

髻を引っ摑んで、『百姓も糞もあるか、恁うしてくれる。』と、八方へぶん回し滅多打ちに打ちのめしたので、盜甫は、眼がくらんで気絶せんばかり、這々の體で、金を二駄に一ぱい積んでやッと免れた。

싫증을 내지도 않고 다음 박을 갈라 보니, 이번에는 심한 욕설[69]이 들려왔다.

이것은 실패다. 어떻든 악한이 많이 들어 있다고 생각할 겨를도 없이, 꼬리가 9개 달린 남자가 벙거지를 쓰고 죽장을 손에 들고, 벌떡 놀보 면전에 나타나서[70],

"네가 놀보라고 하느냐?"

---

69 욕설: 일본어 원문은 '悪口'다. 나쁜 사람에게 하는 말, 혹은 그 말을 뜻한다(松井簡治·上田万年編, 『大日本国語辞典』04, 金港堂書籍, 1919).

70 꼬리가 아홉 개 달린 남자가, 벙거지를 쓰고 죽장을 손에 들고, 벌떡 놀보 면전에 나타나서 : 『연의각』에는 "키가 구척이나 되는 놈이 샨슈털 벙거지에 두 푼 짜리 칙즉 집고 비즈를 만이 차고 나오며"로 되어 있다.

놀보는 그때 혼이 빠져나가 공포심에 털이 떨리며,

"네, 아니, 제가 놀보의, 그, 무엇입니다. 즉 주인의 대리입니다만, 놀보와 마찬가지입니다. 무언가 볼 일이라도?"

"놀보를 만나서 이야기를 할 것이다."

"아니, 무슨[일이신지], 놀보 대신이라고 생각하시고 무언가 보물이라도 있으시면 제가 맡아두도록 하겠습니다."

"다른 사람들에게 맡겨 둘 수는 없다."

"그렇다면 제가 놀보입니다."

"퍽이나 알기 쉬운 거짓을 말하는 녀석이구나. 너는 지난 날 동료가 너의 부모님 몸값을 그대로 둔 은혜를 아느냐? 그 선물로 명주, 목면, 모시, 깨 10말, 돈 백 냥을 그 양반 집과, 그 가족과, 인척에게 바치거라."

"저는 사람의 노복이 아닙니다. 원래 백성입니다."

"무엇을 건방진 말을 하느냐?"

머리를 세게 거머쥐고,

"백성이고 똥이고 간에 이렇게 하거라."

고 말하며, 팔방으로 돌리며 마구 때렸기에 놀보는 눈앞이 캄캄해져서 기절한 듯, 허둥지둥 돈을 가득 담고는 겨우 풀려났다.

盜甫の妻は口惜涙に暮れながら

『私の家の瓢からは、何故怪物が出たり財寶を取り去ったりするだらう、あの瓢は、きっと不吉、みんな捨てなさい。たった今捨てて仕終ひなさい。』

『今日は俺丈け打たれたのだ、お前は打たれやしない、興甫の家では、興甫も、興甫の女房も打たれたんだそうだ。』

놀보의 아내는 원통함에 눈물로 지내며,

"우리 집의 박에서는 왜 괴물만 나오고, 재산과 보물을 빼앗아 가는 것인가? 저 박은 필시 불길하다. 모두 버리거라. 바로 버려 버려라."

"오늘은 나만 맞고 너는 안 맞지 않았느냐? 흥보 집에서는 흥보도 흥보의 아내도 맞았다고 한다."

盜甫は、次の瓢を割いて見た。赤い風呂敷の端がチラチラと見へた。ハハア、絹が出るなと、今度こそは大喜び、早速スッカリ割って見ると、又候、漢子が顯はれた。盜甫は面白くなかった、漢子は美しい裝ほひで幾つも附いた大きな鈴を鳴らしながら

『汝は誠意が足りない、汝の財產はやがて悉く無くなるであらう、赤心を披瀝して祈禱をしたならば、天下の長者になれぬこともない。いろいろの家產什器や珍饌を供具して祈禱をして見るが能い。先刻の瓢人が打ったのは、最初のが山蔘で、二番目が黃金だった筈だ。』

『オヤオヤ、残念な事をした。』

盜甫は、山蔘や金棒で打たれて居たことをナゼ早く知らなかったかと、残念でならなかった。

놀보는 다음 박을 갈라 보았다. 빨간 보자기가 힐끔힐끔 보였다. 하하하, 명주가 나온다고 이번에야말로 크게 기뻐하며 서둘러 모두 갈라 보니, 또 남자가 나타났다. 놀보는 속상하였다. 남자는 아름다운 옷차림을 하고, 몇 개나 붙어 있는 커다란 방울을 울리면서,

"너는 성의가 부족하구나. 너의 재산은 머지않아 전부 없어질 것이니라. 진심[71]을 피력하여 기도를 한다면, 천하에 큰 부자가 되지 못할 것도 없다. 여러 가지 가재도구와 진찬을 올리어 기도를 드려 보는 것이 좋을 것이다. 조금 전 박 속의 사람이 때린 것은 첫 번째가 산삼이고, 두 번째가 황금이었을 것이다."

"아이고 어쩌나, 유감스러운 일을 했구나."

놀보는 산삼과 금봉으로 맞고 있었던 것을 왜 일찍 알지 못했을까 하고 매우 유감스러워 했다.

乃で、齋戒沐浴、御供物をして再拝しながら頻りに祈り禱った。すると、大勢の男が幾人も幾人も飛び出したが、アトをも見ずに遁げ失せながら

『オイ、失望しないでみんな割って見ろ、黄金が一ぱい詰まってるぞ。』

盗甫は俄かに元気附いた。ヨシ来た、今度こそ福だ、勢ひ込んで次の瓢を割いて見ると、何ぞ知らむ、喪輿が出て来た。何十人の葬軍が喪歌を歌ひ、喪人が五人、中には盲者、啞者、聾者なぞがある、それに前後一人づゞで荷って居る死骸を載せた臺が顯はれた。そして口々にいふ所を聞くと、盗甫の奴が自分達を冷遇したら懲らしめの為め擲り据えて、其上喪輿を盗甫の家の庭に置き、みんなで葬歌を哀號しゃうヨと云ふのだった。盗甫は夫れを聞いた丈けで気が滅入った。

71 진심: 일본어 원문은 '赤心'이다. 조금도 거짓이 없는 마음, 진심이라는 뜻을 나타낸다(松井簡治·上田万年編, 『大日本国語辞典』03, 金港堂書籍, 1917).

이에 목욕 재개하고, 공물을 바치어 재배하면서 계속해서 빌고 빌었다. 그러자 많은 남자들이 몇 명이고 튀어 나왔지만, 뒤를 보지도 않고 달아나면서,

"어이, 실망하지 말고 모두 갈라 보아라. 황금이 가득 담겨 있을 것이다."

놀보는 즉시 기운을 찾았다. 좋아, 왔구나. 이번에야말로 복이다. 기세를 담아서 다음 박을 갈라 보니, 무엇인가 알지 못하는 상여(喪輿)가 나왔다. 몇 십 명의 장군(葬軍)이 장송곡을 부르며, 상인(喪人)이 5사람, 그 중에는 맹인과, 벙어리, 귀머거리 등이 있었다. 게다가 전후 한 사람씩 짊어지고 있는 시체를 태운 대(臺)가 나타났다. 그리고 여러 사람이 말하는 것을 들으니, 놀보 자식이 자신들을 냉정하게 대우하면 혼내기 위해서 때려눕히고, 그런 후에 상여를 놀보 집 마당에 두고, 모두가 장송곡으로 슬피 통곡하자고 말하는 것이었다. 놀보는 그것을 듣는 것만으로도 우울해졌다.

葬軍は口々に

『コラ盗甫、こうして俺達が百餘名も居るんだ何か御馳走をしろヨ。』

又いふのには

『我々がこうして江南から来たのは、お前の家に墓をこしらへる為めだ、早く温突をつぶし田畑も売ッ拂ッて納めろ、喃、すると俺達は早く帰ってやる。

尤も、地獄の沙汰も金次第、金さへたんまり出すんなら喪輿を荷ひ帰らぬでもない。』

興甫[72]は、血眼になって田畑を売り拂ひ三千両を得て夫れをそのままそこへ出した。

『此れ丈けしか無いので、どうぞ御頼み致します、勘辨して御引取り下さい。』

『ハッ、ハッ、ハッ』

葬軍は高らかに笑って、其金を收め、そのまま立去らうとした。

장군은 이구동성으로,

"이놈, 놀보, 이렇게 우리들이 백여 명이나 있다. 무언가 맛있는 것을 먹게 해 주거라."

또한 말하기를,

"우리들이 이렇게 강남에서 온 것은 너의 집에 묘를 만들기 위함이다. 어서 온돌을 부수고 밭도 팔아서 바치거라. 만일 그렇게 한다면 우리들은 일찍 돌아갈 것이다. 하긴 지옥의 판가름[73]도 돈 나름, 돈만 듬뿍 낸다면 상여를 짊어지고 돌아가지 못할 것도 없다."

놀보는 혈안이 되어서 밭을 팔아 3천 냥을 얻어서 그것을 그대로 거기에 내놓았다.

"이것밖에 없으므로, 아무쪼록 부탁드립니다. 용서하고 받아주십시오."

"하하하"

장군은 크게 소리 내어 웃으며, 그 돈을 받고 그대로 사라졌다.

---

72 일본어 원문에는 홍부라고 표기되어 있으나. 전후 문맥을 고려할 때 잘못 표기된 것으로 판단된다.

73 판가름: 일본어 원문은 '沙汰'다. 정부의 지령, 소식 및 알림의 뜻을 나타낸다(棚橋一郎·林甕臣編, 『日本新辞林』, 三省堂, 1897).

盜甫は狂氣のやうになって『モシモシ、他の瓢も寶物が出ますまいか
『他の瓢のことは能くは知らないが、兎に角黄金一桶は、きっと入ってる瓢
がある筈だ。』
盜甫はやっと胸を撫でた。黄金一桶!!黄金一桶!!今に出て見よ誰にもやらぬ自分一人、人に隠れてアトの瓢を割かう。軈て鋸の音がし出した。
『オヤオヤ、青い糸が巻いてある、成程、金櫃をつつんだ絹風呂敷だな。』

놀보는 미친 듯이,
"여보세요, 다른 박도 보물이 나오지 않는 것입니까?"
"다른 박의 일은 잘 알지 못하지만, 어쨌든 돈 한 통은 필시 들어 있는 박이 있을 것이다."
놀보는 겨우 가슴을 쓸어내렸다. 황금 한 통!! 황금 한 통!! 나와 봐라, 누구에게도 주지 않을 것이다. 나 혼자, 사람들 몰래 나중에 박을 갈라볼 것이라고 하였다. 이윽고 톱 소리가 들렸다.
"아이고, 어쩌나, 파란 실이 감겨 있구나. 과연 금궤를 감싸고 있는 면 보자기이구나."

ゾクゾク喜んで居ると、意外にも、逞ましい小男が琴を弾いて居る。盜甫は怒って足蹴にしたり拳で打ったりした。
『此の笠代は百両もする、辨償をして貰ひたい。』
屹となっていふので、少々怖ろしくもなり、百両を出して帰した。

次の瓢は自然と割れて中から俳優が十名ほど顕はれ、盗甫に叮嚀に挨拶をした。盗甫は今まで出たうちでこれが一番能いと思った。

『折角出て来たんだ、一度演劇を見せろ。』

두근두근해 하며 기뻐하고 있으니, 뜻밖에도, 건장한 작은 남자가 거문고를 키고 있었다. 놀보는 화가 나서 발로 차고 주먹으로 때리고 하였다.

"이 삿갓의 대금은 백 냥이나 한다. 변상해 받아야겠다."

엄숙한 표정이 되어 말하기에, 조금 무서워지기도 하여 백 냥을 내어 주고 돌아가게 하였다. 다음 박은 자연히 갈라져 안에서 배우가 10 명 정도 나타나, 놀보에게 정중하게 인사를 하였다. 놀보는 지금까지 나온 것 중에서 이것이 제일 좋다고 생각했다.

"어쨌든 나왔으니까, 한번 연극을 보여 주거라."

盗甫は、弱い者の前では強い、一人の女優が山川草木の歌を唄った。

『ナカナカ上手だ。』

又一人の女優が出て歌を唄ったが、此時、盗甫の妻が

『みんな往け往け、そんな歌なら私にだって唄へる。』

『イヤ待て、もう家には何も無い。どうせ敗家亡身、同じ事だ、此唄でも聞かうヨ。』

놀보는 약자 앞에서는 강하다. 여배우 한 사람이 산천초목의 노래를 불렀다.

"상당히 잘 하는구나."

또 여배우 한 사람이 나와서 노래를 불렀는데, 이때, 놀보의 아내가,

"모두 가거라. 가거라. 그런 노래라면 나라도 부를 수 있다."

"어이 잠깐만, 더 이상 집에는 아무것도 없다. 어차피 패가망신과 마찬가지니라. 이 노래라도 듣자."

盜甫も諦らめ懸けた。妻も其気になり、自分も高らかに歌を唄ひ、有りつ丈けの金を俳優にやって

『これで何んにも無い、みなさん、今までの財産を取り返すやう、どうぞ取計らって頂戴。』

と、頼み込んだ。轉んでもただは起きぬ。次の瓢に萬一の望みを懸けて居ると、今度は、歌曲大家、無学者、雄辯家、悖徳漢、老人、强盜、窃盜なぞ、續々と顕はれた。

『コラ盜甫、江南から来るのに三千両かかった、俺達は賭博をするから今直ぐここに三千両貸せ、それに貴様の女房はドコへ行った、早く連れて来て俺の足を擦すらせろ、美婦なら一夜所望する。』

『出た中で一番悪い奴だね。』

盜甫は、澁々三千両と外に旅費の三百両を出して逐ッ拂ッたが、これでもう家の中には何一つない赤裸々一貫となった。

놀보도 포기하였다. 아내도 같은 마음이 되어, 자신도 소리 높여 노래를 부르며, 돈 있는 것을 다 배우에게 주며,

"이것으로 아무 것도 없다. 여러분, 지금까지의 재산을 돌려주도록, 아무쪼록 조처해 주게나."

라고 부탁하였다. 넘어져도 그냥은 일어나지 않는다. 다음 박에 만일의 바람을 걸고 있었는데, 이번에는 가곡의 대가, 무학자(無學者), 웅변가, 패악한 사람, 노인, 강도, 절도 등 계속해서[나왔다],

"이놈, 놀보, 강남에서 오는데 3천 냥이 걸렸다. 우리들은 도박을 할 것이니, 지금 바로 이곳에 3천 냥을 빌려다오. 그리고 너의 아내는 어디에 갔느냐? 어서 데리고 와서 내 다리를 주무르게 하여라. 아름다운 부인이라면 하룻밤을 원한다."

"나온 것 중에서 가장 나쁜 녀석이구나."

놀보는 마지못해 3천 냥 외에 여비 3백 냥을 내어주고 쫓아냈지만, 이것으로 더 이상 집에는 아무 것도 없이 빈털터리가 되었다.

糞忌々しいと、鎌を取って、最後の瓢の莖をブツリ斷ち切り、其莖を引っ張ると、思ひきや、張飛の亡靈が大声で天地を震撼せんばかりに怒號した。

『我れこそは漢の五虎大將張飛なり、汝と勝負を決すべし、イザ立合へ。』

百雷のはためく思ひ、驚いたのは盜甫である。早速厠へかくれ、忍び足に逃げ出して、とある酒売る婆の家に忍び入り、甕の中にかくまって貰ってたが、張飛は破鐘のやうな大声で

『盜甫出でよ。』

其の威風に婆さんが平突這って終ひ、甕を指したので、盜甫はもうこれまでと夫れに這ひ出し

『将軍何卒御許し下され、命丈けは、何卒、何卒、此の通り伏し拜みます、命だけ御助け下さらば、從來の過を改め、人道に立返ります

る。』

『フフン、そうか、悪人には能き薬あり、取らするぞ。』

とて、糞汁を一杯、突附けた。盗甫は已むなくそれを飲み乾して、漸く将軍の握殺から免れた。

盗甫は恁うして無一文になった後ち、悄々と興甫を訪づれ、前非を悔ひ、兄弟仲睦ましく暮したといふ。

너무나 분하여 낫을 집어 들고 마지막 박의 줄기를 툭 자르고 그 줄기를 잡아당기려고 생각하였더니, 장비(張飛)의 망령이 큰 소리로 천지를 흔들려고 할 듯이 성내어 부르짖었다.

"나로 말할 것 같으면 한나라의 오호대장(五虎大將) 장비이다. 너와 승부를 결정짓고자 한다. 자, 겨루어 보자."

백뢰(百雷)가 펄럭이는 것처럼 놀란 것은 놀보였다. 재빨리 뒷간에 숨어서 몰래 발소리를 죽이고 도망갔다. 어느 술을 파는 할머니 집에 몰래 들어가 항아리 속에 숨었는데, 장비는 깨진 종과 같은 큰 소리로,

"놀보 나오너라."

그 위풍에 할머니는 수직으로 뻗어버리고 항아리를 가리켰기에, 놀보는 이제는 달리 방법이 없다고 생각하고 그에 대답하며,

"장군, 아무쪼록 용서해 주십시오. 목숨만은 아무쪼록 이대로 엎드려 빌겠습니다. 목숨만 살려 주신다면, 종래의 잘못을 고치고 사람의 도리를 다하겠습니다."

"흥, 그러겠느냐? 악인에게는 좋은 약이 있다. 집거라."

며 똥물을 한 잔 내밀었다. 놀보는 하는 수 없이 그것을 다 마시고,

가볍게 장군에게 맞아 죽는 것은 면하였다.

놀보는 이렇게 무일푼이 된 후에, 맥없이 흥보를 찾아가 지난 죄[74]를 뉘우치고 형제가 사이좋게 살았다고 한다.

燕の脚(終)

제비다리(끝)

74 지난 죄: 일본어 원문은 '前非'다. 이전의 과실, 과거의 나쁜 일이라는 뜻을 나타낸다(松井簡治·上田万年編, 『大日本国語辞典』03, 金港堂書籍, 1917).

판소리계 소설 2

— 심청전·흥부전·토끼전 —

제3부

판소리계 소설

토끼전

미국 외교관 알렌의 〈토끼전 영역본〉(1889)

- 토끼와 다른 전설들. 새와 동물들의 이야기

H. N. Allen, "The Rabbit, And Other Legends: Stories of Birds and Animals", *Korean Tales*, New York & London: The Nickerbocker Press., 1889.

알렌(H. N. Allen)

| 해제 |

알렌의 『한국설화』(*Korean Tales*, 1889)의 III장의 "The Rabbit and Other Legends Stories of Birds and Animals" 즉 「토끼와 다른 전설들. 새와 동물들의 이야기들」은 한국인의 자연사랑에 대한 기술로 시작해서 한국의 새들인 뻐꾸기, 기러기, 제비, 황새 등에 관련된 이야기를 소개하고, 그 다음 동물이야기로 넘어가는 순서를 취한다. 동물 이야기는 앞의 조류 이야기와 달리 한국의 동물들에 관련된 이야기를 소개하는 것이 아니라 우리가 익히 알고 있는 <토끼전>을 축역하는 것으로 대체한다. 이러한 알렌의 기술 방식으로 인해 3장 속에 포함된 <토끼전>을 설화로 볼 것이냐 아니면 고소설로 볼 것이냐에 대한 논의가 다양하다. 쿠랑은 *Korean Tales*에서 동물우화를 제외한 나머지 작품들을 모두 고소설의 번역본으로 파악하고 있다. 쿠랑은 <토끼전>을 고소설 번역본으로 생각하지 않았다. 즉, 그는 알렌 영역본의 III장의 「토끼와 다른 전설들. 조류와 동물들의 이야기들」을 그가 검토한 고소설과 대비할 필요가 없는 완연한 설화의 채록으로 인식했던 셈이다. 그러나 알렌은 3장에서 제비를 소개하면서 <흥부전>으로 추정할 수 이야기를 간략하게 언급하고 이후 6장에서 <흥부전>를 따로 배치하여 소개한다. 5장의 <직녀와 견우>도 그 배치가 견우직녀 설화를 서곡에 배치하고 이후 장들에서 고소설 <백학선전>을 축역 개작한 것을 소개하여 '견우직녀 설화'를 말해줄 수 있는 이야기로 <백학선전>을 선택한 듯 보인다. 마찬가지로 3장에서 알렌은 한국의 동물도 제각기 설화가 있다고 간략하게 언급한 후 각각의 동물에 대한 우화를 소개하는 대신 <토끼전>을 축역 개작한 영역본을 선보인다. 독립된 장으로 배치되어 설화보다 고소설로 기존 논의에서 주장되는 <흥부전>, <춘향전>, <심청전>, <홍길동전>과 다른 배치 방식을 취하지만 두 작품은 기존에 알려진 <토끼전>과 <백학선전>의 내용 화소를 많이 부분 포함하고 있다. 그런 점에서 두 작품은 설화와 고소설의 연결 고리를 담당하는 것으로 볼 수 있다.

▌참고문헌

구자균, 「Korea Fact and Fancy의 書評」, 『亞細亞硏究』 6(2), 1963.
오윤선, 『한국 고소설 영역본으로의 초대』, 집문당, 2008.
이상현, 「서구의 한국번역, 19세기 말 알렌(H. N. Allen)의 한국 고소설 번역— '민족지'로서의 고소설, 그 속에 재현된 한국의 문화」, 부산대 점필재연구소 고전번역학센터 편, 『한국 고전번역학의 구성과 모색』, 점필재, 2013.
이상현, 『한국고전번역가의 초상, 게일의 고전학 담론과 고소설 번역의 지평』, 소명출판, 2013.
조희웅, 「韓國說話學史起稿—西歐語 資料(第Ⅰ·Ⅱ期)를 중심으로」, 『동방학지』53, 1986.
권순긍, 「한국고전소설의 외국어 번역 양상과 그 의미: .J.S. 게일의 「토생전」 번역을 중심으로」, 『코기토』77, 2015.

The Koreans are great students of Nature. Nothing seems to escape their attention as they plod through the fields or saunter for pleasure over the green hills. A naturally picturesque landscape is preserved in its freshness by the law that forbids the cutting of timber or fuel in any but prescribed localities. The necessity that compels the peasants to carefully rake together all the dried grass and underbrush for fuel, causes even the rugged mountain sides to present the appearance of a gentleman's well kept park, from which the landscape gardener has been wisely excluded.

한국인들은 대자연의 위대한 제자이다. 들판을 터벅터벅 걷거나 푸른 언덕을 유람할 때 작은 것 하나 놓치지 않고 본다. 원래부터 그림 같았던 풍경은 지정된 장소가 아니면 목재 또는 땔감용으로 나무를 베는 것을 금하는 엄격한 법 덕분에 본모습이 보존된다. 농부들이 땔감을 얻기 위해 마른 풀과 덤불을 갈퀴질할 때 조심하기 때문에 심지어 울퉁불퉁한 산허리조차도 정원사의 인위적인 솜씨를 현명하게 배제한 신사의 잘 가꾼 정원처럼 보인다.

Nature's beauty in Korea may be said to be enhanced rather than marred by the presence of man; since the bright tints of the ample costume worn by all lends a quaint charm to the view. * The soil-begrimed white garments of the peasants at work in the fields are not especially attractive at short range; but the foot-traveller, clad in a gorgeous gown of light-colored muslin, adds a pleasant touch to the general effect, as he winds about the hills following one of the "short-cut" paths; while the flowing robes of brightly colored silk worn by the frequent parties of gentry who may be met, strolling for recreation, are a positive attraction. Nor are these groups uncommon. The climate during most of the year is so delightful; the gentry are so preemmently a people of leisure, and are so fond of sight-seeing, games, and music, that they may be continually met taking a stroll through the country.

한국에서 자연의 미는 사람의 존재로 망쳐지는 것이 아니라 오히려 그 아름다움이 더 커진다고 말할 수 있다. 모든 이가 선명한 색조의 풍성한 의복을 입는데 이것이 풍경에 진기한 매력을 더하기 때문이다. 들판에서 일하는 농부들의 흙 묻은 흰 옷은 가까운 거리에서 보면 그다지 매력적이지 않다. 그러나 옅은 빛의 멋진 모슬린 옷을 입고 지름길을 따라 굽이굽이 걸어가는 도보 여행자의 모습과 어울려져 전체적으로 멋진 그림이 완성된다. 기분전환을 위해 산보를 할 때 신사들을 자주 만날 수 있는데, 그들의 화려한 빛깔의, 아래로 흘려 내리는 비단 도포는 자연을 더욱 매력적으로 만든다. 이러한 신사 무리들을 보는 것은 어렵지 않다. 일 년의 기후는 대부분 매우 쾌적하고, 신사들은 특히 여가를 즐기고 관광과 놀이, 음악을 매우 좋아하기 때문에 전국을 유람하다 보면 계속해서 그들을 만날 수 있다.

As has been said, nothing out-of-doors seems to have escaped their attention. The flowers that carpet the earth from snow till snow have each been named and their seasons are known.

전술한 것처럼 그들은 집밖의 모든 것을 포착한다. 마지막 눈이 내릴 때부터 그 다음해 첫눈이 내릴 때까지 땅을 온통 뒤덮는 꽃마다 각각 이름이 있고 꽃들이 피는 계절도 잘 안다.

The mah-hah in-doors throws out its pretty sessile blossoms upon the leafless stem sometimes before the snows have left, as though summer were borne upon winter's bare arm with no leafy spring to herald her approach. Then the autumn snows and frosts often arrive before the great chrysanthemums have ceased their blooming, while, between the seasons of the two heralds, bloom myriads of pretty plants that should make up a veritable botanical paradise. Summer finds the whole hill-sides covered with the delicate fluffy bloom of the pink azaleas, summoning forth the bands of beauty seekers who have already admired the peach and the plum orchards. Great beds of nodding lilies of the valley usher in the harvest, and even the forest trees occasionally add their weight of blossoms[1] to the general effect.

집안의 매화(mah-hah)는 때로 눈이 아직 쌓인 앙상한 가지에 줄기 없는 예쁜 꽃을 피우는데, 마치 여름이 겨울의 앙상한 팔위에 봄을 알리는 무성한 잎도 없이 찾아온 듯하였다. 큰 국화가 채 지기도 전에 가을 눈과 서리가 내리고, 반면 봄과 가을의 두 전령 사이에 무수히 피는 예쁜 꽃들은 진정한 식물의 천국을 이룬다. 여름 산은 솜털처럼 부드럽고 우아한 분홍색 진달래가 만발하여 배꽃과 살구꽃을 이미 찬미했던 미의 추종자들을 밖으로 불러낸다. 골짜기의 바람에 흔들리는 커다란 백합 꽃밭은 가을 수확의 도래를 알린다. 심지어 숲의 나무들도 때로 꽃들을 피워 자연의 아름다움을 더한다.

The coming and going of the birds is looked for, and the peculiarities and music of each are known. As a rule, they are named in accordance with the notes they utter; the pigeon is the pe-dul-key; the crow the kaw-mah-gue; the swallow the chap-pie and so on. One

1 꽃들을 피워(add their weight of blossoms): 단풍을 의미한다.

bird – I think it is the oriole – is associated with a pretty legend to the effect that, once upon a time, one of the numerous ladies at court had a love affair with one of the palace officials – a Mr. Kim. It was discovered, and the poor thing lost her life. Her spirit could not be killed, however, and, unappeased, it entered this bird, in which form she returned to the palace and sang, "Kim-pul-lah-go", "Kim -pul Kim-pul-lah-go," then, receiving no response, she would mournfully entreat – "Kim-poh-go-sip-so" "Kim-poh-go-sip-so." Now, in the language of Korea, "Kim-pul-lah-go" means "call him" or "tell him to come," and "Kim-poh-go-sip-so" means "I want to see Kim." So, even to this day, the women and children feel sad when they hear these plaintive notes, and unconsciously their hearts go out in pity for the poor lone lover who is ever searching in vain for her Kim.

새들이 오고 가는 것을 살펴보고 각각의 새의 독특함과 노래를 안다. 일반적으로 새의 이름은 지저귀는 곡조에 따라 붙여진다. 비둘기는 비-둘-기(pe-dul-key), 까마귀는 까-마-귀(kaw-mah-gue), 제비는 제-비(chap-pie)등으로 불린다. 꾀꼬리로 추정되는 한 새는 예쁜 전설을 연상시킨다. 옛날에 궁궐에 사는 수많은 궁녀 중 한 궁녀가 궁의 관리인 미스터 김과 관계를 가졌다. 그 사실이 발각되자 불쌍한 궁녀는 목숨을 잃었다. 그러나 그녀의 영혼은 죽지도 달랠 수도 없어 꾀꼬리 속으로 들어가 꾀꼬리의 형상으로 궁궐로 돌아와 "김 불러 고(Kim-pul-lah-go)"[2] "김 불 김 불 러 고(Kim-pul Kim-pul- lah-go)"

라고 노래했지만 아무런 반응이 없자 그녀는 "김 보 고 싶 소(Kim-poh-go-sip-so)" "김 보 고 싶 소(Kim-poh-go-sip-so)"라고 구슬프게 애원한다. 오늘날 한 국 어로 "김 불 러 고(Kim-pul-lah-go)"는 "그를 불러줘" 또는 "그에게 오라고 전해줘"라는 의미이고, "김 보 고 싶 소(Kim-poh-go-sip-so)"는 "김을 만나고 싶다"라는 말이다. 심지어 오늘날까지도, 여자들과 아이들은 이 애처로운 곡조를 들으면 슬픔을 느끼고 사랑하는 미스터 김을 찾았지만 실패한 그 불쌍하고 외로운 궁녀에게 자신도 모르게 연민을 느끼게 된다.

Another bird of sadness is the cuckoo, and the women dislike to hear its homesick notes echoing across the valleys.

슬픔을 의미하는 또 다른 새는 뻐꾸기이다. 여인네들은 골짜기에 울러 퍼져 고향을 그리워하게 만드는 뻐꾸기 소리를 싫어한다.

The pe chu kuh ruk is a bird that sings in the wild mountain places and warns people that robbers are near. When it comes to the hamlets and sings, the people know that the rice crop will be a failure, and that they will have to eat millet.

메추라기(pe chu kuh ruk)[3]은 험한 산악지에서 노래하는 새로 사람

2 김 불 러 고(Kim-pul-lah-go): 음으로는 '김 볼(불) 라 고' 인 듯 하지만 뒷부분의 call him으로 볼 때 '김 불 러 도' 인 듯하다. 아니라면 굳이 '김 보 고 싶 어'와 구별한 이유가 없을 듯하다.

3 메추라기(pe chu kuh ruk): pe가 '메'음이 아니지만 메추라기를 의미하는 듯하다.

들에게 도둑이 근처에 있음을 경고한다. 이 새가 마을에 와서 노래하면 사람들은 벼 작물이 흉작이 되어 잡곡을 먹어야 한다는 것을 안다.

The crow is in great disfavor, as it eats dead dog, and brings the dread fever－Yim pyung.

까마귀는 죽은 개를 먹고 끔찍한 열병인 염병(Yim pyung)을 가져오기 때문에 혐오의 대상이다.

The magpie－that impudent, noisy nuisance, －however, is in great favor, so much so that his great ugly nest is safe from human disturbance, and his presence is quite acceptable, especially in the morning. He seems to be the champion of the swallows that colonize the thick roofs and build their little mud houses underneath the tiles, for when one of the great lazy house-snakes comes out to sun himself after a meal of young swallows, the bereaved parents and friends at once fly off for the saucy magpie, who comes promptly and dashes at the snake's head amid the encouraging jabbering of the swallows. They usually succeed in driving the reptile under the tiles.

그러나 저 뻔뻔하고 시끄러운 까치는 크게 환대를 받는다. 한국인들은 보기 흉한 큰 까치집을 안 건드리고 안전하게 하고 특히 아침에 나타나는 까치의 존재를 꽤 반긴다. 까치는 두꺼운 지붕을 점령하는, 기와 아래에 작은 흙집을 짓는 제비의 수호자인 듯하다. 굼뜬 큰 집 뱀이 제비세끼들을 잡아먹은 후 햇볕을 쪼기 위해 나오면 새끼를 잃은 부모와 친구들은 즉시 까불대는 까치에게 날아간다. 그러면 까치는 곧장 와서 지지배배 응원하는 제비 소리를 들으며 뱀의 머리로 진격한다. 대개 까치는 파충류를 기와 아래로 몰아내는 데 성공한다.

Should the magpie come to the house with his (excuse for a) song in the morning, good news may be expected during the day; father will return from a long journey; brother will succeed in his (civil-service) examination and obtain rank, or good news will be brought by post. Should the magpie come in the afternoon with his jargon, a guest－not a friend－may be expected with an appetite equal to that of a family of children; while, if the magpie comes after dark, thieves may be dreaded.

혹 까치가 아침에 노래(노래에 대한 사과)를 부르며 집에 오면 그날 좋은 소식이 기대된다. 아버지가 오랜 여행 후 돌아오거나 오빠가 (공직) 시험에 합격해서 관직에 오르거나 혹은 희소식이 우편으로 올 것이기 때문이다. 까치가 오후에 지저귀며 오면 반갑지 않는 손님이 한 식구의 아이들과 맞먹은 식욕을 품고 방문할 것으로 예상된다. 반면에 까치가 해지고 나서 오면 도둑이 들까 무섭다.

This office of house guard is also bestowed upon the domestic goose. Aside from its beauty, this bird is greatly esteemed for its daring in promptly sounding an alarm, should any untimely visitor enter the court, as well as for its bravery in boldly pecking at and, in some cases, driving out the intruder.

> 집을 수호하는 임무는 집 거위에게도 부여된다. 이 새는 예쁘기도 하지만 또한 만약 손님이 부적절한 시간에 마당으로 들어서면 바로 경고 소리를 내는 그 대담함뿐만 아니라 그 침입자에게 용감하게 다가서 부리로 쪼고 어떤 경우에는 그 침입자를 몰아내는 그 용맹함으로 높이 평가받는다.

The wild goose is one of the most highly prized birds in Korea. It always participates in the wedding ceremonies; for no man would think himself properly married had he not been presented by his bride with a wild goose, even though the bird were simply hired for the occasion. The reason for this is that these observing people once noticed that a goose, whose mate was killed, returned to the place year after year to mourn her loss; and such constancy they seek, by this pretty custom, to commend to their wives. They further pledge each other at this time in these words:

"Black is the hair that now crowns our heads, yet when it has become as white as the fibres of the onion root, we shall still be found faithful to each other."

기러기는 한국에서 제일 높이 평가받는 새 중 하나이다. 기러기는 항상 결혼식에 참여한다. 단순히 결혼식 행사를 위해 기러기를 사용하는 것을 알지만 신랑은 신부에게 기러기를 받지 않으면 결혼식을 제대로 했다고 생각하지 않는다. 그 이유는 관찰력이 뛰어난 한국인이 옛날에 짝을 잃은 한 기러기가 해마다 암컷의 상실을 애도하기 위해 같은 장소로 되돌아오는 것을 보았기 때문이다. 그들이 이 관습으로 추구하고자 하는 것은 그들의 부인도 그런 지조를 가지기를 기대하기 때문이다. 그들은 결혼식 때 서로에게 다음과 같이 맹세한다.

"지금 우리의 머리를 덮고 있는 머리카락은 검은 색이지만 그 머리카락이 양파 뿌리처럼 하얗게 되더라도 우리는 서로에게 계속 충실하겠습니다."[4]

The white heron seems to be the especial friend of man. Many are the tales told of the assistance it has rendered individuals. In one case the generous-hearted creature is said to have pecked off its bill in its frantic attempts to ring a temple bell for the salvation of a man. One of the early stories relates how a hunter, having shot an arrow through the head of a snake that was about to devour some newly hatched herons, was in turn saved by the mother bird, who pecked to death a snake that had gotten into the man's stomach while he was drinking at a spring. The pecking, further, was so expertly done as

4 지금 우리의 머리를 덮고 있는 머리카락은 검은 색이지만 그 머리카락이 양파 뿌리처럼 하얗게 되더라도 우리는 서로에게 계속 충실하겠습니다.: "검은 머리가 파뿌리가 되도록"이란 표현과 관련 있다.

not to injure the man.

백로는 사람들에게 특별한 친구인 것 같다. 백로가 사람들을 도와 준 이야기들이 많다. 한 이야기를 보면 마음이 관대한 이 새가 사람을 구하기 위해 절의 종을 울리려고 미친 듯이 부리로 쪼았다고 한다. 더 오래된 옛날이야기를 보면 한 사냥꾼이 방금 알에서 부화한 백로를 집어 삼키려는 뱀의 머리를 화살로 관통시킨 적이 있었는데, 어미 새의 보답으로 목숨을 구했다고 한다. 사냥꾼이 샘물을 마실 때 뱀이 뱃속으로 들어갔는데 어미 새는 그 뱀을 쪼아 죽여 그를 구했다. 게다가 어미 새가 어찌나 솜씨 좋게 그 뱀을 쪼았는지 사냥꾼은 전혀 다치지 않았다고 한다.

The swallows are everywhere welcome, while the thievish sparrows are killed as often as possible; the former live in the roofs of the houses, and usually awaken the inmates by their delighted chattering at each recurrence of dawn. A charming story is told of a swallow's rewarding a kind man who had rescued it from a snake and bound up its broken leg. The anecdote is too long to be related in this connection further than to say that the bird gave the man a seed which, being planted, brought him a vast fortune, while a seed given to his wicked brother, who was cruel to the swallows, worked his ruin.

제비는 모든 곳에서 환영을 받지만 반면에 도둑 같은 참새는 빈번히 맞아 죽는다. 전자는 집 지붕에 살면서 새벽이 다가오면 언제나 그 쾌활한 재잘거림으로 집 사람들을 깨운다. 한 매력적인 이야기를 보면, 한 친절한 사람이 뱀으로부터 제비를 구하고 부러진 다리를 묶어준 준 뒤 제비가 그에게 은혜를 갚았다고 한다. 그 예화는 너무 길어서 여기에서는 간단히 언급만 하겠다. 제비는 친절한 그 사람에게는 엄청난 행운을 가져다 줄 씨앗을 주었고 반면에 제비에게 잔인했던 사악한 형에게는 그를 망하게 할 씨앗을 주었다고 한다.

The bird held in the highest favor, however, is the stork. It is engraved in jade and gold and embroidered in silk, as the insignia of rank for the nobility. It is the bird that soars above the battle, and calls down success upon the Korean arms. In its majestic flight it is supposed to mount to heaven; hence its wisdom, for it is reputed to be a very wise bird. A man was once said to have ridden to heaven on the back of a huge stork, and judging from the great strength of a pair the writer once had as pets, the people are warranted in believing that, in the marvellous days of the ancients, these birds were used for purposes of transportation.

그러나 한국인들이 가장 사랑하는 새는 황새이다. 옥과 금에 황새를 새기고 비단에 황새 자수를 놓아 상류층 지위를 나타내는 휘장으로 사용한다. 전쟁터에서 하늘 높이 떠서 한국군이 이길 수 있도록 하는 새도 바로 황새이다. 황새는 매우 현명한 새로 명성이 높은데, 한국인들은 황새가 위풍당당하게 하늘로 비상하여 지혜를 가져다

준다고 믿는다. 옛날에 어떤 사람이 커다란 황새의 등을 타고 하늘까지 올라갔다고 하는데, 필자[5]가 예전에 키웠던 한 쌍의 애완 황새가 보여준 엄청난 힘으로 판단해보건대, 기적 같은 일이 벌어졌던 고대 시대에 이 새가 이동 수단으로 사용되었으리라고 보는 사람들의 믿음은 타당하다.

The animals, too, have their stories, and in Korea, as in some other parts of the world, the rabbit seems to come off best, as a rule. One very good story is told concerning a scrape the rabbit got himself into because of his curiosity, but out of which he extricated himself at the expense of the whole fraternity of water animals.

동물들 또한 각자의 이야기가 있다. 세계의 다른 곳과 마찬가지로 한국의 토끼는 대체로 내기에서 이긴다. 아주 좋은 예는 호기심 때문에 곤경을 자초했지만 전체 수중 동물을 속이고 그곳에서 빠져나온 토끼 이야기이다.

It seems that on one occasion the king of fishes was a little indiscreet, and while snapping greedily at a worm, got a hook through his nose. He succeeded in breaking the line, and escaped having his royal bones picked by some hungry mortal, but he was still in a great dilemma, for he could in no way remove the cruel hook.

5 필자(the writer): 알렌을 지칭.

한 번은 물고기 왕이 다소 경솔하여 벌레를 탐욕스럽게 물다 그만 낚시 바늘에 코가 꿰였다. 다행히 그는 낚시 줄을 끊어 어떤 배고픈 인간이 왕족의 뼈를 가지는 것을 피했지만 그 잔인한 낚시 바늘을 제거 못해 여전히 큰 어려움에 처했다.

His finny majesty grew very ill; all the officials of his kingdom were summoned and met in solemn council. From the turtle to the whale, each one wore an anxious expression, and did his best at thinking. At last the turtle was asked for his opinion, and announced his firm belief that a poultice made from the fresh eye of a rabbit would remove the disorder of their sovereign at once. He was listened to attentively, but his plan was conceded to be impracticable, since they had no fresh rabbit eyes or any means of obtaining them. Then the turtle again came to the rescue, and said that he had a passing acquaintance with the rabbit, whom he had occasionally seen when walking along the beach, and that he would endeavor to ring him to the palace, if the doctors would then take charge of the work, for the sight of blood disagreed with him, and he would ask to absent himself from the further conduct of the case. He was royally thanked for his offer, and sent off in haste, realizing full well that his career was made in case he succeeded, while he would be very much unmade if he failed.

물고기 임금의 병세가 심해지자 왕국의 모든 관리들이 소환되어 엄숙한 조정회의에 모이게 되었다. 거북에서 고래에 이르기까지 모두 걱정스러운 얼굴로 최선의 방책을 생각했다. 마침내 거북은 의견을 말해달라는 요청을 받고, 싱싱한 토끼 눈[6]으로 만든 찜질제가 있으면 임금의 병이 즉시 나을 것이라 확신하다고 공표했다. 모두 그의 의견을 경청했지만 살아있는 토끼 두 눈이나 혹은 그것을 얻을 방법이 없기 때문에 그 계획은 실현 불가능한 것으로 간주되었다. 그러자 거북은 다시 구원에 나서며, 해변을 거닐 때 가끔씩 만나게 된 토끼와 어쩌다 아는 사이가 되었는데 그 토끼를 궁궐로 데려오겠다고 말했다. 단 자신은 피를 보는 것이 싫으니 그 이후의 일은 의사가 맡고 자신은 빠질 수 있게 해달라고 요청했다. 왕은 거북의 제안에 감사하며 그를 서둘러 밖으로 보냈다. 거북은 자신이 성공하면 출세를 할 것이고 실패하면 그동안 쌓은 많은 것을 잃게 될 것이라는 것을 너무도 잘 알고 있었다.

'T was a very hot day as the fat turtle dragged himself up the hill-side, where he fortunately espied the rabbit. The latter, having jumped away a short distance, cocked his ears, and looked over his back to see who was approaching. Perceiving the turtle, he went over and accosted him with,

---

6 토끼눈(eye of a rabbit): 알렌은 토끼 간을 토끼 눈으로 번역했다. 우리는 흔히 break one's heart를 '애태우다'로, 식욕을 나타내는 full or empty stomach 등을 '간에 기별도 안 간다'로, Heart alive를 '간이 콩알 만해졌다'로 하는 등, 내장 중 주로 '간'을 들어 비유하지만 영어는 그렇지 않다. 또한 의사인 알렌이 간은 없으면 안되지만 눈은 의안으로 교체할 수 있기 때문에 의학적 판단으로 토끼 간을 토기 눈으로 바꾼 듯하다.

"What are you doing away up here, sir?"

뚱뚱한 거북이 몸을 질질 끌고 산으로 간 날은 아주 더운 날이었다. 그는 그곳에서 운 좋게도 토끼를 만났다. 짧은 거리를 폴짝 뛰어가고 있던 토끼는 귀를 세우고 누가 다가오는지 보기 위해 등 뒤를 살펴보았다. 거북이라는 것을 알고 토끼는 다가가서 말을 걸었다.

"여기 산은 어쩐 일이오?"

"I simply came up for a view. I have always heard that the view over the water from your hills was excellent, but I can't say it pays one for the trouble of coming up,"

and the turtle wiped off his long neck and stretched himself out to cool off in the air.

"그저 구경 차 올라 왔소. 여기 산에서 보는 바다 풍경이 멋지다는 이야기를 내내 듣고 있었지만 고생해서 여기로 올라온 보람이 있는지는 잘 모르겠소."

거북은 긴 목을 닦고 몸을 쭉 뻗어서 바깥바람에 몸을 식혔다.

"You are not high enough; just come with me if you want to see a view,"

and the rabbit straightened up as if to start.

"그렇게 높이 올라오지 않았소. 경치를 보고 싶으면 나랑 함께 갑시다."

토끼는 막 떠날 것처럼 몸을 폈다.

"No, indeed! I have had enough for once. I prefer the water. Why, you should see the magnificent sights down there. There are beautiful green forests of waving trees, mountains of cool stones, valleys and caves, great open plains made beautiful by companies of brightly robed fishes, royal processions from our palaces, and, best of all, the water bears you up, and you go everywhere without exertion. No, let me return, you have nothing on this dry, hot earth worth seeing."

The turtle turned to go, but the rabbit musingly followed. At length he said:

"Don't you have any difficulty in the water? Doesn't it get into your eyes and mouth?"

For he really longed in his heart to see the strange sights.

"아니, 안 그래도 되오. 한번으로 족하오. 나는 바다가 더 좋소. 이런, 당신도 바다 밑의 장엄한 모습을 봐야 하는데. 그곳에는 파도에 흔들리는 아름다운 푸른 숲, 산처럼 높은 시원한 바위와 계곡 그리고 동굴, 화려한 옷을 입는 물고기 떼로 더욱 아름다운 넓고 광활한 평야, 궁궐에서 나온 왕의 행차, 그리고 무엇보다도 바닷물에 안기면 당신은 가고 싶은 곳은 어디든 힘들이지 않고 다닐 수 있소. 아니, 돌아가야겠소. 이 건조하고 더운 육지에서는 볼 만한 게 전혀 없군."

거북은 되돌아서 갔지만 토끼는 생각에 잠겨 그를 뒤따랐다. 마침내 토끼는 이렇게 말했다.

"당신은 바다에서 전혀 어려움이 없소? 눈과 입으로 물이 들어가지 않소?"

토끼의 마음은 그 진기한 풍경을 보고 싶어 죽을 지경이었다.

"Oh, no! it bothers us no more than air, after we have once become accustomed to it," said the turtle.

"아니오! 일단 바다에 익숙하게 되면 육지만큼이나 물에서 지내는 것은 별 어려움이 없소." 거북은 말했다.

"I should very much like to see the place," said the rabbit, rather to himself, "but 't is no use, I couldn't live in the water like a fish."

"바다가 너무 보고 싶어." 토끼가 혼자서 한 말이었다. "그러나 소용없어. 나는 물고기처럼 바다에 살 수 없어."

"Why, certainly not,"

and the turtle concealed his excitement under an air of indifference; "you couldn't get along by yourself, but if you really wish to see something that will surprise you, you may get on my back, give me your fore-paws, and I will take you down all right."

"아니, 그렇지 않소."

거북은 무심한 척하며 흥분을 감추었다.

"당신 혼자서는 바다에 갈 수 없소. 그러나 당신이 깜짝 놀랄 어떤 것을 정말로 보고 싶다면 내 등에 올라 타 앞발로 나를 잡으시오. 그럼 내가 당신을 무사히 물속으로 데리고 갈 것이오."

After some further assurance, the rabbit accepted the apparently generous offer, and on arriving at the beach, he allowed himself to be firmly fixed on the turtle's back, and down they went into the water, to the great discomfort of the rabbit, who, however, eventually became so accustomed to the water that he did not much mind it.

몇 번 더 확답을 받을 후에 토끼는 겉으로는 후한 듯한 그 제안을 받아들었다. 바닷가에 도착하자 토끼는 거북의 등을 꽉 잡았다. 그들은 바다 속으로 들어갔다. 토끼는 처음에는 너무도 힘들어 했지만 일단 물에 익숙해지자 별로 신경을 쓰지 않게 되었다.

He was charmed and bewildered by the magnificence of every thing he saw, and especially by the gorgeous palace, through which he was escorted, by attendant fishes, to the sick chamber of the king, where he found a great council of learned doctors, who welcomed him very warmly. While sitting in an elegant chair and gazing about at the surrounding magnificence, he chanced to hear a discussion concerning the best way of securing his eyes before he should die. He was filled with horror, and, questioning an attendant, the whole plot was explained to him. The poor fellow scratched his head and wondered if he would ever get out of the place alive. At last a happy thought struck him. He explained to them that he always carried about two pairs of eyes, his real ones and a pair made of mountain crystals, to be used in very dusty weather.

그는 눈에 보이는 모든 것의 장엄함, 특히 화려한 궁에 현혹되고 끌렸다. 그는 시종 물고기들의 호위를 받으며 궁을 통과해서 아픈 왕의 침실로 갔다. 그곳에는 박식한 의사들이 모여 큰 회의를 하고 있었고 토끼를 아주 따뜻하게 맞아주었다. 토끼는 우아한 의자에 앉아 주변의 장엄함을 이리저리 살펴보는 동안 우연히 의사들이 토끼를 죽이기 전 토끼의 눈을 확보하는 최고의 방법에 대해 논의하는 것을 듣게 되었다. 토끼가 공포에 휩싸여 이에 대해 한 시종에게 물어보자 그는 모든 음모를 설명해주었다. 불쌍한 토끼는 머리를 긁으면서 살아서 이곳에서 나갈 수 있을지 없을지 난감했다. 갑자기 좋은 생각이 떠올랐다. 토끼는 그들에게 자신은 항상 두 쌍의 눈을 가지고 다니는데 하나는 진짜 눈이고 다른 하나는 먼지가 많은 날에 쓰는 유리로 만든 가짜 눈이라고 설명했다.

Fearing that the water would injure his real eyes, he had buried them in the sand before getting upon the turtle's back, and was now using his crystal ones. He further expressed himself as most willing to let them have one of his real eyes, with which to cure his majesty's disorder, and assured them that he believed one eye would answer the purpose. He gave them to understand that he felt highly honored in being allowed to assist in so important a work, and declared that if they would give the necessary order he would hasten on the turtle's back to the spot where he had buried the eyes and return speedily with one.

진짜 눈에 물이 들어가면 눈이 상할까봐 거북의 등에 타기 전에 모래 속에 진짜 눈을 묻어 두었고 지금은 유리 눈을 하고 있다고 토끼는 말했다. 더 나아가 토끼는 그들에게 자신의 눈이 임금의 병을 고칠 수 있다면 기꺼이 주고 싶고 진짜 두 눈 중 한 눈이 그 목적을 이룰 수 있을 것이라 믿는다고 그들을 확신시켰다. 토끼는 그토록 중한 일에 자신이 도움이 될 수 있어 너무도 큰 영광으로 생각한다는 것을 그들이 믿게 했다. 필요한 명령이 내려지면 거북의 등을 타고 진짜 눈이 묻혀 있는 그곳으로 서둘러 가서 눈을 가지고 빨리 돌아오겠다고 단언했다.

Marvelling much at the rabbit's courtesy, the fishes slunk away into the comers for very shame at their own rude conduct in forcibly kidnapping him, when a simple request would have accomplished their purpose. The turtle was rather roughly commanded to carry the guest to the place designated, which he did.

토끼의 예의바른 말에 매우 감동한 물고기들은 토끼에게 요청만 하면 간단히 그 목적을 이룰 수 있었는데 강제로 토끼를 납치했던 자신들의 무례한 행동이 부끄러워져 조용히 구석으로 물러났다.

Once released by the turtle to dig for the eyes in the sand, the rabbit shook the water from his coat, and winking at his clumsy betrayer told him to dig for the eyes himself, that he had only one pair, and those he intended to keep. With that he tore away up the mountain side, and has ever after been careful to give the turtle a wide berth.

모래에서 두 눈을 파기 위해 거북으로부터 일단 풀려나자 토끼는 옷에서 물기를 털고는 그의 어설픈 배신자에게 눈을 찡긋하며 자신은 지키고 싶은 진짜 두 눈 밖에 없으니 직접 모래를 파서 눈을 찾으라고 말했다. 그 말을 한 후 그는 산으로 멀리 내뺐다. 그 이후 토끼는 거북을 가까이 하지 않도록 항상 조심했다.

이인직의 〈토끼전 일역본〉(1904)

이인직 역,「龍宮の使者」,『世界お伽噺』64, 1904.

이인직 역

▌해제▐

작품의 제목이 <별주부전>이나 <토끼전>으로 되어 있지 않다는 점에서, 기존의 작품 제명과 다르다. 일반적으로 <별주부전>이나 <토끼전>의 제명은 작품에서의 주체가 누구인지를 드러내는 효과를 지니기에, 작품에 따라 다르다. 그러나 <용궁의 사자(龍宮の使者)>의 사자는 별주부나 작품에서의 거북 등을 상징하는 것으로 보이지만, 그 이름이 적시되어 있지 않다. <용궁의 사자>는 오오에 사자나미(大江小波)가『세계 옛날이야기(世界お伽噺)』에 수록한 이야기로, <토끼전>을 일본어로 번역한 것이다. 이 작품의 원전은 이인직이 유학시절에 <별주부전>을 일본어로 번역한 것으로 알려져 있다. 이것을 이후 오오에 사자나미가 <용궁의 사자>로 편집하여『세계 옛날이야기』에 수록하여 1904년 11월 27일 박문관에서 발행하였다.

따라서 원전의 문제는 이인직이 어떠한 <별주부전>을 일본어로 번역하였는가가 문제가 된다. 작품의 내용을 살펴보면, 일단 내용이 간략하게 전개된다는 점에서 판본이나 창본을 그대로 번역한 것이기 보다 오히려 설화적 성격에 가깝다. 다만 토끼가 덫에 걸리거나 독수리에게 잡힌다는 부분이 다소 장황하게 전개되는데 이러한 것은 판소리 창본에서 현저하게 드러나는 부분이다. 아울러 토끼의 모습을 설명하는 것과 관련하여 판본이나 일부 창본에서는 용궁에서 그 용모를 파악하고 거북이가 육지로 올라온다. 그러나 <용궁의 사자>에서는 육지에 올라온 거북이가 게의 도움을 받아 토끼의 용모를 파악하는데, 이러한 부분도 창본의 영향을 받은 것으로 판단된다.

아울러 덫에 걸린 거북이 파리떼에게서 도움을 받거나, 육지의 동물로 너구리가 중요한 역할을 하는 것도 창본의 특징이다. 이러한 점에서 <용궁의 사자>는 설화적 성격이 강하면서도, 판소리 창본의 영향을 받은 것으로 판단된다. 따라서 안국선이 국내에 있으면서 알고 있었던 <별주부전> 이야기에 당시 보거나 들었던 판소리 창본에서의 인상적인 부분을 덧붙여 번역한 것으로 판단된다. 그리고 현재 알려진 판소리 창본 가운데, 위에 서술한 내용이 두드러지는 내용은 김연수 창본에 가깝다. 다만 안국선이 <별주부전>을 번역한 시점이 김연수가 활동하던 시기보다 앞선다는 점에서, 김연수가 어떤 판소리에 영향을 받았는가가 중요하다. 그리고 김연수는 송흥록 - 송광록 - 송우룡 - 유성준으로 이어지는 동편제 <수궁가>의 영향을 받은 것으로 알려져 있다. 따라서 안국선도 동편제 판소리의 영향 관계 속에서 <별주부전>을 번역했다고 판단할 수 있다.

▎참고문헌

강현조, 「이인직 소설의 창작배경연구」, 『우리말글』43, 우리말글학회, 2008.

구장률, 「신소설 출현의 역사적 배경」, 『동방학지』 135, 연세대 국학연구원, 2006.

다지리 히로유키(田尻浩幸), 『이인직 연구』, 국학자료원, 2006.

유봉희, 「이인직 연구에 대한 몇 가지 재고찰」, 『현대소설연구』 48, 한국현대소설학회, 2011.

다지리 히로유키, 「이인직 재론」, 『어문연구』 39(2), 한국어문교육연구회, 2011.

함태영, 「이인직의 현실인식과 그 모순」, 『현대소설연구』 30, 한국현대소설학회, 2006.

ある時大海の主、龍宮城の大龍王が、重い病気にかかりまして、いろいろな薬を用いて見ましたが、何うしても快くなりません。

すると、ある学者の云いますに、『大王様の此度の御病気にわ、山兎の生肝を召し上りますのが、何より一番お薬で御座います。』と、云う事でありますが、元より兎わ山に居るもの、それを海の底で捕まえ様と云うのわ、とても出来ない相談でありますから、これにわ大きに弱りました。

が、假にも大竜王と呼ばれる者が、高の知れた兎一匹、手に入れる事が出来ないとわ、いかにも残念でたまらぬと、家来の魚を残らず呼び集めて、何うかしてこれを取る工夫わあるまいかと、やがて大評議に成ったのであります。

언젠가 넓고 큰 바다의 주인인 용궁성의 대용왕이 중병에 걸려서 여러 가지 약을 사용해 보았습니다만, 무엇을 하더라도 좋아지지 않았습니다.

그러자, 어느 학자가,[1]

"대용왕의 지금의 병은 산토끼의 생간을 드시는 것이 무엇보다 제일 좋은 약입니다."

라고 말하는 것이었습니다만, 원래 토끼는 산에 있는 것으로 그것을 바다 아래에서 붙잡으려고 하는 것은 아주 불가능한 이야기였기에, 이것에는(이 이야기에는) 몹시 약해졌습니다.

하지만, 가령 대용왕이라고 불리는 자가 대수롭지 않은 토끼 한 마리를 손에 넣을 수 없다는 것은 정말로 유감스러운 것이기에 참을 수 없어서, 신하[2]인 물고기들을 남김없이 불러 모아서 어떻게든 해서 이것을 잡을 방법이 없는지를 물어보았습니다. 그리하여 마침내 큰 평의(評議)[3]가 열렸습니다.

すると鯨わ、大きな體をノサノサと進ませ、『恐れながら大王様！こ

1 어느 학자 : <별주부전>에서는 용왕의 병을 진단하는 인물과 그 병의 원인에 대한 자세한 내용이 포함된다. 신재효의 <토별가>에서는 하늘에서 내려온 선관으로 되어 있다. <용궁의 사자>에서는 이러한 내용이 생략되어 있어, 상대적으로 내용이 축약된 형태로 되어 있음이 드러난다.

2 신하: 일본어 원문은 '家来'다. 자녀가 부모를 공경하듯 다른 사람에게 예를 다하는 것, 혹은 공가(公家)나 대신(大臣)의 집에 조정(朝廷)의 공사(公事) 및 고사(故事)를 배우러 들어가는 사람 및 무가(武家)에 주종관계로 들어가는 사람의 뜻으로 사용한다(松井簡治·上田万年編, 『大日本国語辞典』02, 金港堂書籍, 1916).

3 평의(評議) : 신하들이 모여 의논하는 상황에 대하여, '평의'라는 표현을 쓰고 있으며 이러한 표현은 <별주부전>이나 <수궁가> 등에서는 찾아보기 어렵다.

の御用わ私が、相務めまするで御座りましょう。』と、云いますから、『オ、鯨か？其方わ海中で一番大きな奴ぢゃから、成る程出来ぬ事わあるまい。が、それわ何うして取って参る？』『これから西の方に當って朝鮮と申す国が御座りますが、其所には虎狼を初め、兎なぞわ沢山居るに相違御座りませんから、私がこれから参って、皆一呑に致してまいりましょう。』と、云いますと、大竜王わ頭を振り、『イヤ、其方わ體ばかり大きくても、馬鹿な事を云う奴ぢゃなァ。成る程その口ならば、獣を丸呑にする事も出来ようが、一端其方の口に入った者を、何うして乃公が食う事が出来る。』と、叱りつけられたものですから、鯨わ頭を掻きながら、黙って引込んでしまいました。

그러자, 고래는 커다란 몸을 느긋하게 전진하고는,

"죄송하오나 대용왕님! 이 일은 제가 맡아서 하겠습니다."

라고 말하기에,

"오 고래인가?[4] 그대는 바다 속에서 가장 커다란 자이기에 참으로 불가능할 것은 없다. 하지만, 그것을 어떻게 잡아 올 것인가?"

"여기서 서쪽을 따라 조선이라는 나라가 있습니다만,[5] 그곳에는 호랑이와 늑대를 시작으로 토끼 등이 많이 있음에 틀림없을 것이니, 제가 지금부터 가서 모두 한입에 삼키고 오겠습니다."

---

4 고래인가 : <별주부전> 등에서 '고래'의 역할은 그다지 부각되어 있지 않는 것이 일반적이다. 여기서 고래의 형상이 비교적 상세하다는 점에서 고래에 대한 관념적 인식이 내재되어 있는 상황에서의 작품 변화라고 판단할 수 있다.

5 서쪽을 따라 조선이라는 나라가 있습니다 : <별주부전>에서는 동해, 서해, 남해, 북해에 용왕이 있으며, 각각 광연왕, 광덕왕, 광리왕, 광택왕으로 되어 있으며, 동해 용왕인 광연왕이 병이 들은 것으로 되어 있다. <용궁의 사자>도 조선이 서쪽에 있다는 것을 통해 동해의 용왕이 병이 들은 것임을 알 수 있다.

라고 말하자, 대용왕은 머리를 흔들며,

"아니, 그대는 몸만 크지 바보 같은 것을 말하는 녀석이로구나. 과연 그 말대로라면 짐승을 한입에 삼키는 것도 가능하겠지만, 일단 그대의 입에 들어간 것을 어떻게 내가 먹을 수 있단 말이냐?"

고 화를 내었기에, 고래는 머리를 긁적이며 잠자코 물러났습니다.

入れちがってヨタヨタと、重い體を這ひ出しましたのわ、一匹の海亀で御座います。

海亀わ大竜王に向い、恐れながらこの御用わ、私に仰付け下さいまし！私ならばこの通り、足が四本御座いますから、水の中も泳げれば、陸の上も歩けます。で、是から朝鮮えまいり、山え入って兎に会いましたら、またこの口で云いくろめて、巧く御前え連れてまいりましょう。』と、云いますと、大竜王も膝を打って、『成る程其方なら訳わあるまい。これわいかにも望通り其方に申付けるから、急いで兎を連れてまいれ！』と、直ぐに御使を云い付かりましたから、『ハ、畏りました。』と、亀わ御前を下るがはやいが、その儘陸えと急ぎました。

그 다음으로 비틀비틀 무거운 몸으로 기어 나오는 것은, 한 마리의 바다거북이[6]였습니다.

바다거북이는 대용왕을 향하여,

"죄송하오나 이 일은 저에게 맡겨주십시오! 저라면 이와 같이 다

6 바다거북이 : <별주부전> 등에서와 같이 자라나 거북이라 하지 않고 이를 '바다거북이'라 지칭한 것은 거북이의 생태에 대한 비교적 정확한 인식을 토대로 한 것이라 볼 수 있다.

리가 4개 있으므로 물속에서도 헤엄칠 수 있으며, 육지 위에서도 걸을 수 있습니다. 그러기에 지금부터 조선에 가서, 산에 들어가 토기를 만나면, 또한 이 입으로 구슬려서 [대용왕] 면전에 잘 데리고 오겠습니다."

라고 말하자, 대용왕도 무릎을 치며,

"과연 그대라면 [못할] 이유가 없다. 이것은 매우 바라는 바이다. 그대에게 분부할 테니, 서둘러 토끼를 데리고 오거라!"

바로 심부름을 지시받았기에,

"아, 알겠습니다."

라고 말하고, 거북이는 면전을 물러나 그대로 육지로 서둘렀습니다.

亀わ陸え上ると、その足で直ぐ山の方え来ましたが、此時初めて心付ぎますと、自分わまだ兎と云うものを、一度も見た事がありません。

『イヤ、こいつは大失敗！あんまり急いだもんだから、兎わどんな形をしてるか、よく聞いて来るのを忘れた。ア、仕方が無い。も一度帰って聞いて来よう。』と、又もや海え飛び込んで、龍宮城え取ってかえし、

거북이는 육지에 올라가자 그 발걸음으로 바로 산으로 왔습니다만, 이때 처음 깨달은 것은 자신은 아직 토끼라는 것을 한 번도 본 적이 없다는 것입니다.

"아니, 이것은 큰 실책이다! 너무나 서둘렀기에 토끼는 어떤 형태를 하고 있는 것인지, 잘 듣고 온다는 것을 잊었다. 아, 어쩔 수 없다.

다시 한 번 돌아가서 물어보고 와야겠다."

라고 말하고, 또다시 바다로 뛰어 들어가서 용궁성으로 되돌아갔다.

仲間の者の大勢居る所え来て、『オイオイ、誰か兎の顔を知った者は無いか？』と、云って尋ねましたけれども、誰も首を縮めるばかりで、一匹も知った者わありません。

そこでまた魚仲間に聞きますと、是も皆首を傾げながら、『うさぎとうなぎわ名が似てるから、やっぱり蛇の様な者だろう。』と、云えば、『いいや。う、さぎと云って、鵜と鷺との間子だから、やっぱり鶴の様な形だろう。』などと、好い加減な事を云って居ります。

동료들이 많이 있는 곳으로 가서,

"어이, 어이, 누군가 토끼의 얼굴을 알고 있는 자가 없는가?"

라고 말하며 물어보았지만, 누구도 목을 움츠릴 뿐 한 마리도 아는 자가 없는 것입니다.

그래서 또 물고기 동료에게 물으니, 이것도 모두 고개를 갸웃하면서,

"토끼와 뱀장어는 이름이 비슷하니까 역시 뱀과 같은 자일 것이다."

라고 말하자,

"아니, 우사기[7]라는 것은, 우(鵜)와 사기(鷺) 사이의 새끼이므로 역시 학과 같은 형태일 것이다."

등등 무책임한 것을 말하고 있었습니다.

---

7 토끼를 일본어로 우사기(うさぎ)라고 부른다. 여기서는 토끼를 모르는 상황에서 토끼가 어떻게 생겼는지를 유추하는 과정을 우(鵜)와 사기(鷺)에 비유하여 재미있게 묘사하고 있는 문장이다.

すると、隅の方で、『クスクス。』と、笑う者がありますから、誰かと思ってふりかえりますと、これわ一匹の蟹でした。

『ヤアお前は蟹ぢゃァ無いか。何を笑うんだ失敬ぢゃないか。』と、咎めますと蟹わ横向きに、チヨコチヨコと這って出まして、『だって君達が、あんまり出鱈目を云ってるから、つい噴き出してしまったんだ。』『オヤ、それぢゃァお前は、兎を見た事があるのかエ？』『そりゃァあるとも！僕は時々用を傳って、山の奥えも行くもんだから、兎なんぞにゃァ時々会って、形わよく知ってるんだ。』『そんなら教えてくれないか！』『お安い御用だ、教えてあげよう。だが口で云った斗りぢゃァ、また間違えるといけないから、僕が画にかいてあげようぢゃないか。』『それわ何より有難い。でわ一つ書いてくれたまえ！』

그러자 구석 쪽에서,

"킥킥"

하고 웃는 자가 있어서, 누군가 하고 돌아보니, 이것은 한 마리의 게였다.[8]

"야, 너는 게가 아니냐? 무엇을 웃는 것이냐? 실례가 아니냐?"

고 나무라니 게는 옆을 향하여 종종걸음으로 나와서는,

"왜냐하면 너희들이 너무나도 허튼소리[9]를 하니까, 그만 참지 못

8 한 마리의 게: 게가 토끼를 본적이 있다고 하는 대목은 판소리 창본에서 두드러지는 특징이다. 이러한 점에서 이 작품이 판본을 대상으로 한 것이기 보다는 판소리 창본을 대상으로 정리한 것으로 추정할 수 있다.

9 허튼소리: 일본어 원문은 '出鱈目'이다. 입에서 나오는 대로, 마음에서 나오는 대로, 제멋대로 말하거나 행동하는 것을 뜻한다(金沢庄三郎編, 『辞林』, 三省堂, 1907).

하고 웃음을 터뜨리고 말았다."

"아이고, 그렇다면 너는 토끼를 본 적이 있느냐?"

"그야 물론 있지!"

"나는 때때로 강을 건너서 산 깊은 곳에도 가기에, 토끼 따위는 가끔 만나서 형태를 잘 알고 있다."

"그렇다면 가르쳐 주지 않겠느냐?"

"간단한 일이다. 가르쳐 주겠다. 하지만, 말로만 해서 다시 잘못하면 안 되기에 내가 그림으로 그려서 주겠다."

"그것은 무엇보다도 고마운 일이다. 그러면 하나 그려 주게나!"

と、紙と筆を持って来ますと、蟹わこれを受取って、大きな鋏に筆を持ち、飛び出した目をクルクルさせながら、やがてその紙の上に、委しく兎の画を書きましたが、またその上にわ、

라면서 종이와 붓을 가지고 오니, 게는 이것을 받아들고 커다란 집게로 붓을 들고 튀어 나온 눈을 빙글빙글 돌리면서, 마침내 그 종이 위에 자세히 그림을 그렸습니다만, 다시 그 위에는,

月の圓さを　ながめる目！
遠い雷　聞く耳や！
風の寒さを　防ぐわ毛！
恐い者にわ　逃げる足！

달이 둥근 것을　　바라보는 눈!

먼 곳의 천둥소리를　듣고 있는 귀!
바람이 차가운 것을　방어하는 털!
무서운 자에게는　　도망가는 다리!

と、こう云う歌を書きました。
海亀わ大喜びで、その兎の画を大切にしまい、尙この獣わ何う云う所に居て、どんな質だと云う事も、悉しく教えてもらいましたから、もう今度わ大丈夫だと、またもや陸え這い上り、それから山の方えと急ぎました。

라고, 이러한 노래를 적었습니다.
바다거북이는 크게 기뻐하며 그 토끼의 그림을 소중하게 챙겼다. 더욱 이 짐승은 어떠한 곳에 있으며 어떤 성질인지도 상세하게 가르쳐 주었기에 이번에는 괜찮을 것이라고[생각하며], 또다시 육지로 올라가서 그 후 산 쪽을 향해 서둘렀습니다.

玆にまた朝鮮の山に、年を經た兎が一匹棲んで居りましたが、ある時その巣を飛び出して、ある谷間に遊んで居りますと、俄かに恐ろしい風が起って、木の葉がバラバラ落ちて来ますから、驚いて上を見ますと、こわ如何に！空一面を閉いてしまいそうな、恐ろしく大きな鷲が一羽、火の様な眼を怒らせながら、自分を捕えに来る所です。
『キャッ！』と、云うとこの兎わ、もう足が萎んでしまって、逃げる事も何も出来ません。その間に鷲わ下りて来て、兎の頸首をグッと掴みその儘高く舞いあがりましたから、兎わ憐れな声を出して、『ア、大

變だ大變だ！こんな高い所え連れて来られて、若し落とされたら何うしょう？』と、云いますと、鷲わせせら笑をしながら

이때에 조선의 산에는 나이 든 토끼가 한 마리 살고 있었습니다만, 어느 날 그 집을 뛰쳐나와서 어떤 골짜기에서 놀고 있었는데, 갑자기 무서운 바람이 일어나더니 나뭇잎이 후드득 후드득 하고 떨어졌습니다. 놀라서 위를 바라보니, 얼마나 무서운지! 하늘의 한 면을 덮어 버릴 듯한 무섭고 커다란 독수리가 한 마리[10]가 불과 같은 눈을 부라리면서, 자신을 잡으려고 오는 것입니다.

"까악!"

이라고 말하는 이 토끼는 이미 다리가 얼어붙어버려서, 도망가는 것도 아무 것도 할 수가 없었습니다. 그 사이에 독수리가 내려와서 토끼의 목덜미를 꽉 잡고 그대로 높이 날아올라갔기에, 토끼는 슬픈 소리를 내며,

"아, 큰일이다! 큰일이다! 이렇게 높은 곳에 데리고 와서 만일 떨어뜨린다면 어떻게 하지?"

라고 말하자, 독수리는 비웃으면서,

『大丈夫だから安心して居ろ！よしや天まで上っても、折角捕えたお前をば、落してしまってなるものか。』『そんなら、私を何うなさるんです？』

『どうも仕ない。食ってやるのだ。』『えーッ？この私をお食べに成る

10 독수리 : <용궁의 사자>의 사자에서 토끼가 독수리에게 잡혀 위기에 처하는 것은 판소리 창본에 현저하게 드러나는 특징이다.

んですか？ああ情無い事に成って来た。』と、兎わワアワア泣き出しましたが、誰も助けてくれる者わありません。

其中に大鷲わ、兎を爪に掴んだまま、谷を越え、山を越え、しばらく空を飛んで居りましたが、少しわ草臥れたと見えまして、ある山の麓にある、大きな岩の上に止まりました。

"괜찮으니까 안심하고 있거라! 설령 하늘까지 올라가도, 어쨌든 붙잡은 너를 떨어뜨리겠느냐?"

"그렇다면 나를 어떻게 하실 것입니까?"

"아무 것도 하지 않을 것이다. 먹을 것이다."

"뭐? 이 나를 먹는다는 것입니까? 아, 비참한 일이 되었다."

라고 토끼는 엉엉 울기 시작하였지만, 누구도 도와주는 자는 없었습니다.

그러는 중에 큰 독수리는 토끼를 손톱으로 붙잡은 채로, 골짜기를 지나 산을 넘어 한참을 하늘을 날았습니다. 하지만, 조금 지쳐서 어느 산기슭에 있는 커다란 바위 위에 멈췄습니다.

『ドレ、是からそろそろ御馳走に成ろうか。』と、咽喉を鳴らし初めますと、兎わもう是迄と覺悟を極めたと見えまして、静に鷲に向い、『それでわ鷲さん！頭からでも足からでも、耳からでも尻尾からでも、御自由に召し上って下さいまし。ですが鷲さん！貴君わそんな大きな體をして居て、私の様な者たった一匹でわ、とてもお腹が張りますまいねエ。』と云いますと、『ウン、そりゃァほんの一口だから、とても腹の足にわ成らんよ。』『それぢゃァお気の毒ですから、なんと私の女房や子供も、一所に召し上ってわ如何です?』『そりゃァ食い度い事わ食い度いが、此所に居ないから仕様が無いぢゃないか。』『イヤ、それわ此所に居りませんでも、私が連れて来りゃァいいでしょう。』『そんなら有難いが……何うして連て来る？』『でわ私が御案内致しますから、なんと是から私の巣まで、一所にお出で下さいまし！』『ヨシ、それぢゃァ行くから、案内してくれ！』と、鷲わ折角食おうとした兎を、また免して案内に立て、何所え行くかと思いましたら、やがて山と山との間にある、小さな洞穴の前え来ました。

"어디, 이제부터 슬슬 먹어볼까나?"

라고 하며 입맛을 다시기 시작하니, 토기는 이제 달리 방법이 없다고[생각하고] 결심한 것 같았습니다. 조용히 독수리를 향하여,

"그렇다면 독수리씨! 머리부터든 다리부터든 귀부터든 꼬리부터든 마음대로 드십시오. 하지만 독수리씨! 그대는 그렇게 큰 몸을 하고 있으면서, 나와 같은 것 겨우 한 마리로는 도저히 배가 부르지는 않겠습니다."

라고 말하자,

"응, 그것은 겨우 한 입이라서, 요깃거리는 되지 않는다."

"그렇다면 가여우니 어떻게 우리 부인과 아이도 함께 드시면 어떻습니까?"

"그것은 먹고 싶기야 하지만, 이곳에 없으니까 어쩔 수 없는 것 아니냐?"

"아니, 그것은 이곳에 없더라도 제가 데리고 오면 어떻겠습니까?"

"그렇다면 고맙겠지만…왜 데리고 오느냐?"

"그렇다면 제가 안내하겠으니, 어떻게든 지금부터 저의 집까지 함께 가십시다!"

"좋다. 그러면 갈 테니, 안내해 주거라!"

고 하며독수리는 모처럼 먹으려고 했던 토끼를[놔주고], 또한 토끼로 하여 안내를 하게하였다. 어디로 가는가하고 생각하고 있었더니, 마침내 산과 산 사이에 있는 작은 동굴 앞에 왔습니다.

来ると兎わ、また鷲を振り向きまして、『これが私の巣で御座いますが、一寸待って下さい！一つ呼んで見ますから。』と、穴の中を覗きながら、『オイオイ、今帰ったよ。少し用があるんだから、皆此所まで出て来い、出て来い！』と、大きな声で云いましたが、誰も返事をする者がありません。

『ハテ變だぞ……乃公の留守にゃァ、決して餘所え出ない筈だが……それぢゃァ又昼寝をしてるんだナ。……鷲さんまことに済みませんが、暫

時此所で待ってて下さい！行って起してまいりますから。』と、云いながらその穴から、チョコチョコと中え駆け込みましたが、急に表え出て来ませんから、

도착하니 토끼는 다시 독수리를 돌아보면서,

"이것이 저의 집입니다만, 잠깐만 기다려 주십시오! 하나를 불러 보겠습니다."

라고 하며, 구멍 속을 엿보면서 ,

"어이, 어이, 지금 돌아왔소. 잠깐 일이 있으니, 모두 이곳까지 나오거라, 나오거라."

고 큰소리로 말하였습니다만, 아무도 대답을 하지 않았습니다.

"그런데 큰일이로구나…내가 집을 비운 사이에 결코 다른 곳에 나가지 않을 터인데…그렇다면 또 낮잠을 자고 있는 것이로구나…독수리씨 참으로 죄송합니다만, 잠시 이곳에서 기다려 주십시오! 가서 깨워올 테니."

라고 말하면서, 종종걸음으로 그 구멍 안으로 뛰어 들어가서는 갑자기 나오지 않으니까,

鷲わ待遠しがって、『オイオイ兎や！何を愚圖愚圖してるんだ！起きなけりゃァ起きないでいいから、お前一匹出て来ないか！乃公腹が減って来た。』と、云いますと、兎わ奥の方で眼ばかり光らせ、『オオ、そんなにお腹が減ったなら、此所まで入って来るがいい。此所にゃァ大兎小兎が、コレコレこんなに列んでるのだ。』と、云っても鷲わ鳥ですから、空わ自由に飛び廻わっても、穴えわ入る事が出来ません。『さてわ兎に欺まされたのか。チェー忌々しい、悔しい！』

と、頻りに羽叩きをしましたが、さて如何する事も出来ず。その中にわ日が暮れかかって来て、眼がそろそろ見えなく成りますので、鷲わまた長居も成らず、悔し涙を飜しながら、何所えか飛んで行ってしまいました。

독수리는 조심스러워 하며,

"어이, 어이, 토끼야! 무엇을 꾸물거리고 있느냐! 일어나지 않으

면 일어나지 않아도 좋으니까, 너 한 마리라도 나오지 않겠느냐! 내가 배가 고파졌다.”

라고 말하자, 토끼는 안쪽에서 눈만 번득이면서,

“어이, 그렇게 배가 고프다면, 여기까지 들어오면 되지 않는가? 이곳에는 큰 토끼 작은 토끼가 이것 보게, 이것 보게, 이렇게 늘어서 있다.”

라고 말하였다. 독수리는 새이기에 하늘은 자유롭게 날아다닌다고 하더라도 구멍에는 들어갈 수가 없습니다.

“그렇다면 토끼에게 속은 것인가? 이런 짜증스럽고 분하구나!”

라고 하며 계속해서 날개 짓을 하였습니다만, 그래도 어찌할 수가 없었습니다. 그러는 중에 날이 저물어 와서 눈이 슬슬 보이지 않아졌기에, 독수리는 다시 오래 있을 수도 없어서 분한 눈물을 흘리면서, 어디론가 날아가 버렸습니다.[11]

兎わうまく鷲をだまして、危い命を助かりましたので、その後は用心して、あまり遠くえ出ませんでしたが、穴にばかり引込んで居てわ、食物が碌に食べられませんから、またそろそろ穴を這い出し、今度わ里の方えと出て来ました。

で、彼方此方食物をさがして居ります中、やがて畑の隅の所に、兼て百姓の掛けておいた、狐罠にうっかり踏み込み、グッと頸を締められて、少しも動けなく成ってのであります。

11 토끼가 굴로 들어가서 독수리를 따돌리는 과정은 창본에 나오는 특징으로, <용궁의 사자>에서도 이 내용이 상대적으로 다른 부분과 비교하여 확대되어 있는 것을 확인할 수 있다.

『ア、苦しい苦しい！私わ何も悪い事をしないのに、こんな物に掛けられるとわ、何と云う因果な事だ？ア、今に百姓がやって来た日にわ、直ぐ四足を縛ばられて、下げて行かれるに相違無い。ア、何うしたらいいだろう？アア、苦しい、助けてくれ？誰か来て助けてくれ！』と、泣いて居ります所え、ブーンと云う声を揚げて、耳の側え飛んで来た者があります。

토끼는 용케 독수리를 속이고 위험한 목숨을 건졌기에, 그 후에는 조심하여 너무 멀리에 나가지는 않았습니다. 하지만, 구멍 안에서만 틀어박혀서는 먹을 것도 제대로 먹지 못 하였기에, 다시 슬슬 구멍을 나와서는, 이번에는 마을 쪽으로 나왔습니다. 그러고는 여기저기 음식을 찾고 있던 중에, 결국 밭 구석에 전부터 백성이 걸어놓은 여우 덫[12]에 무심코 발을 내딛어서, 꽉 목이 졸려 조금도 움직일 수 없게 되었습니다.

"아, 괴롭다, 괴롭다! 나는 아무 것도 나쁜 일을 하지 않았는데, 이렇게 덫에 걸리다니, 이 무슨 인과인가? 아, 머지않아 백성이 오는 날에는 바로 4다리를 묶어, 내려 갈 것임에 틀림없을 것이다. 아, 무엇을 하면 좋을까? 아아, 괴롭다. 살려 줘? 누군가 와서 살려 줘!"

라고 하며 울고 있던 차에, 붕하고 소리를 내면서, 귀 옆으로 날아

---

12 덫 : 토끼가 덫에 걸린다고 되어 있는데, 이와 같이 토끼가 덫이나 그물에 걸리는 것은 판소리 창본에서 나타나는 대목이다. 이러한 점은 <용궁의 사자>는 판소리 창본의 영향이 크다고 할 수 있다. 다만 창본에서는 토끼가 용궁에 다녀온 이후에, 다시 위기를 겪게 되는 상황에서 덫에 걸리는 것으로 나온다. 그러나 <용궁의 사자>에서는 토끼가 용궁에 가기 이전에 덫에 걸리는 것으로 나오기 때문에, 작품의 내용 순서가 바뀌어 있다는 것을 확인할 수 있다.

온 자가 있었습니다.

見ると一匹の青蠅ですから、兎わまた一策を思い付き、『モシモシ青蠅さん！後生だから私を助けてくれないか！』と、さも心細そうに頼みますと、青蠅わ首を傾げ、『ヤレヤレこれわ狐かと思ったら、兎さんが掛って居なさるのか。これわいかにも気の毒だから、如何かして助けてあげ度いが、何と云うにも私の方わ、こんな少さな蟲だから、いくら一生懸命の力を出した

って、お前さんを罠から抜いてあげる事わ出来ませんよ。』と、その儘飛んで行こうとしますから、兎わ急いでまた呼び止め、

보니 금파리[13] 한 마리였기에, 토끼는 다시 한 가지 계책을 생각해 내고,

"여보세요. 금파리씨! 젊으니까 나를 도와주지 않겠소!"

라고 자못 불안해하며 부탁하니, 금파리는 고개를 갸웃거리며,

"아이고, 이것은 여우인가 하고 생각했더니, 토끼씨가 걸려 있는 것이 아닌가. 이것은 정말로 가여우니 어떻게든 해서 도와주고 싶지만, 뭐라고 말하더라도 내 쪽은 이렇게 작은 곤충이기에 아무리 열심히 힘을 낸다고 하더라도 그대를 덫으로부터 꺼내는 것은 불가능합니다."

라며 그대로 날아가 버리려고 하기에, 토끼는 서둘러 다시 불러 세워서,

13 금파리 : 김연수 창본 <수궁가>에서 토끼가 덫에 걸리자 파리들이 나타난다.

『イヤイヤ青蠅さん！それわ餘計な御心配だ。何も助けてくれと云ったって、力を貸してくれと云うんぢゃない。只お前が仲間を連れて、大勢で来てくれりゃァ済むのだ。』『なんぼ大勢掛っても、とてもお前さんの身體わ動かせない。』『だから動かすにゃァ及ばないから、只私の體中に、一杯たかって居てくれりゃァいいのだ。』『ナニお前さんの體にたかる？そんならお安い御用だから、直ぐに仲間を連れて来ましょう。』と、ブーンとまた飛んで行きましたが、暫時すると今の青蠅わ、仲間を大勢連れまして、ワンワンワンワン鳴き立てながら、この兎の倒れて居る所え、隙間も無く止まりました。

“아니, 아니, 금파리씨! 그것은 쓸데없는 걱정이다. 굳이 도와 달라고 말했다고 해서, 힘을 빌려달라고 말한 것은 아니지 않느냐? 그냥 네가 여러 명의 동료를 데리고 온다면 해결되는 일이다.”

“아무리 여럿이 덤벼들어도 당신의 몸은 아무래도 움직일 수 없소.”

“그러니까 움직일 수는 없으므로, 다만 내 몸에 가득 모여들어 있어 준다면 좋다.”

“뭐라고? 당신 몸에 모여들어? 그러면 간단한 일이니까 바로 동료를 데리고 오겠습니다.”

라고 말하며, 붕하고 다시 날아갔습니다. 잠시 있으니 방금 전 금파리는 동료를 여럿 데리고 와서 앵앵, 앵앵 하고 울면서, 이 토끼가 쓰러져 있는 곳에 빈틈도 없이 앉아 있었습니다.

すると、彼方の森の陰から、大勢の人間の声がして、百姓共わ棒や縄を持ちながら、やがて此所え駈けて来ましたが、見るとこの罠には、兎が一匹落ちて居ますが、頭も背も、耳も足も、一面に青蠅がたかって居ますので、百姓共わ眉をひそめ、『ヤレヤレこれわひどい蠅だ。』と、云いながら追いましたが、蠅わ一寸立った斗りで、直ぐまた兎にたかりますから、『さてわこの兎わ、もう死んでから日が經って、肉も腐ってしまったんだろう。左も無くてこんなに蠅の付く理わ無い。』『イヤ、そう云やァ何だか臭い様だ。こんな物をうっかり食うと、それこそ直ぐにコレラに成ってしまう。放棄っとけ、放棄っとけ！』と、その儘行こうとしましたが、

그러자, 저쪽 숲 그늘에서 여러 사람의 목소리가 들리며 백성들은 방망이와 밧줄을 들고 마침내 이곳에 달려 왔습니다. 보아 하니 이 덫에는 토끼가 한 마리 떨어져 있었습니다. 머리도 등도 귀도 다리도 한 면에 금파리가 모여들어 있기에, 백성들은 눈살을 찌푸리면서,

"아이고 이런 나쁜 파리로구나."

라고 말하면서 쫓아냈습니다만, 파리는 조금 일어섰을 뿐 바로 다시 토끼에게 모여들었으므로,

"그렇다면 이 토끼는 이미 죽은 지 며칠이 지나서 고기도 썩어 있겠구나. 그렇지 않으면 이렇게 파리가 붙어 있을 리가 없다."

"그래서 그런지 왠지 냄새가 나는 듯하다. 이런 것을 무심코 먹으면, 그거야말로 바로 콜레라에 걸려 버릴 것이다. 포기하자, 포기해!"

라고 말하며, 그대로 가려고 했습니다만,

中の一人が引きかえして、『だが此儘にしといちゃァ、他の獣が掛からないから、こりゃァ外づしておかなけりゃァいかん。』と、いきなり兎の尻尾を持って、グッと罠から引き出して、彼方の艸の中え投り込んでしまい、それから一同行ってしまいました。

その後で兎わ、ピョンピョン立ち上ってホッと息『ヤレヤレ危険い所だった。だが青蝿の計略で、すっかり人間を誑してやったのわ、ほんとに好い心地だ。して見ると人間も、あんまり怜悧でわ無いと見える。』と、独語を云いながら、又百姓共に見付からない中、はやく巣え帰りましょうと、急いで山路えさしかかって来ました。

그 중에 한 사람이 되돌아와서,

"하지만 이대로 놓아둔다면, 다른 짐승이 걸리지 않을 것이니까, 이것은 떼어놓지 않으면 안 되겠군."

라고 하며 갑자기 토끼의 꼬리를 잡고 덫에서 확 잡아내어서 저쪽의 풀 속에 던져버리고, 그런 후에 일동은 가 버렸습니다.

그 후 토끼는 깡충깡충 일어서며 한숨 돌리고는,

"아이고 위험할 뻔 했구나. 하지만 금파리가 계략으로 완전히 인간을 쫓아내 준 것은 기분이 좋구나. 그러고 보면 인간도 그다지 똑똑한 것 같지는 않은 것처럼 보이는구나."

라고 혼잣말[14]을 하면서, 다시 백성들에게 발견되지 않게 빨리 집으로 돌아가야겠다고 하면서, 서둘러 산길로 접어들어 왔습니다.

---

14 혼잣말: 일본어 원문은 '獨語'다. 상대가 없이 말을 하는 것, 즉 혼잣말을 뜻하며, 혹은 독일어를 뜻하기도 한다(松井簡治·上田万年編, 『大日本国語辞典』03, 金港堂書籍, 1917).

するとと不意に横間から、『モシモシ！』と、呼ぶ者がありますから、立止ってその方を見ますと、黒い岩の様な甲良を着た、丈の低い男ですから、兎わ耳を傾けながら、『今呼んだのわお前さんか？』と、云いますと、その男わヨタヨタと、兎の前え這って来て、ぢっと顔を見上げながら、『若しゃ貴君わ、山兎さんぢゃありませんか？』と、聞きますと、『いかにも私わ山兎だが、そう云うお前さんわ、全體何所の何と云う方です。ついに此邊でわ見かけた事も無いが……』『そりゃァ御道理です。私わ海亀と云う者で、今度初めて海の底から、この山の方え来たのですもの。』『そのまた海の海亀さんが、何うして私を知って居なさるんだ？』『それにゃァこう云う物があるんです。』と、云いながら懐中から、一枚の画を出して、兎と見較べながら、

그러자 뜻하지 않게 옆에서,

"여보세요!"

라고 부르는 자가 있었기에 멈추어 서서 그 쪽을 바라보았더니, 검은 바위와 같은 등딱지를 입은 키가 작은 남자이기에, 토끼는 귀를 기울이면서,

"지금 부른 것은 당신입니까?"

라고 말하자, 그 남자는 비틀 비틀거리며 토끼 앞에 나와서, 가만히 얼굴을 올려보면서,

"혹시 당신은 산토끼씨가 아닙니까?"

라고 물으니,

"정말로 나는 산토끼인데 그렇게 말하는 당신은 도대체 어디의 무엇이라고 부르는 자입니까? 아직까지 이 근처에서 본 적도 없는

데…"

"그것은 지당하신 말씀입니다. 저는 바다거북이라 부르는 자로, 이번에 처음으로 바다 속에서 이 산 쪽으로 왔습니다만."

"그렇다면 또한 바다에서 온 바다거북이씨가 어떻게 저를 알고 계십니까?"

"그것은 이러한 것이 있습니다."

라고 말하면서 품속에서 한 장의 그림을 꺼내어 토끼와 비교하면서,

『成るほどお前さんわこの通りですネ。』と、云うので兎ものぞき込み、『オオ、こりゃァ私の写真だが、こんな物が何所にありました？』『それわ矢張り私達の仲間の、蟹が書いてくれたんです。』『で、またお前さんわ、こんな物を持ってこんな所まで、全體何しに来なすったんです？』と、聞きますと、亀わニッコリ笑いながら、

"과연 당신은 이대로이군요."

라고 말하기에, 토끼도 들여다보면서,

"어이, 이것은 나의 사진입니다만, 이런 것이 어디에 있었습니까?"

"그것은 역시 저희들의 동료 게가 그려 준 것입니다."

"그러면 또 당신은 이런 것을 들고 이런 곳까지 도대체 무엇을 하러 오신 것입니까?"

라고 물으니, 거북이는 방긋 웃으면서,

『実わ山兎さん！貴君をお迎えに來たんです。』『何だって？私を海え

連れて行くのか？イヤそりゃァ真平です。私わ山でこそ達者に飛びあるくが、海ぢゃァとても泳げませんから……』『それわ御心配にゃァ及ばないので、私が付いて行きさえすりゃァ、決して怪我わさせやしません。』『それわまァ有難いが、全體何だって、私を海え連れて行くんです？』『それわ他でもありません。一體この陸の上にゃァ、虎と云う恐ろしい獣も居りゃァ、鷲と云う怖い鳥も居りますので、少しも安心わ出来ますまい。其所え行くと海の底にわ、そんな物騒な獣わ、見たくも見る事わ出来ない斗りか、第一大竜王様と仰有る方が、それわそれわ好いお方で、よく家来を可愛がり、また餘所から来たお客を、それわそれわ大切に遊ばすので、誰でも一度来た者わ、二度と再び帰る気わ出ない位……まことに好い所なのですよ。所で此頃大王様わ、貴君の事をお聞きに成って、是非一度お招き申して、竜宮城を御覧に入れ、いろいろ御馳走をさし上げ度いと云うので、それでわざわざ私が、お使者に立って来たのです。なんと兎さん！貴君も一生の思出に、一度わ竜宮城え遊びに入らっしゃいな！私が御案内しますから。』と、言葉巧みに云いますと、兎わ暫時考えて居ましたが、

"실은 산토끼씨! 당신[15]을 마중 왔습니다."

"뭐라고요? 저를 바다에 데리고 갈 것인가요? 아니, 그것은 모쪼록 부탁[16]드립니다. [하지만]저는 산에서이니까 능숙하게 날라 다니

15 당신: 일본어 원문은 '貴君'이다. 동년배 혹은 자신보다 어린 사람을 부를 때 사용하는 대칭 대명사다(金沢庄三郎編, 『辞林』, 三省堂, 1907).

16 모쪼록: 일본어 원문은 '真平'이다. 완전히 평편한 것, 혹은 제발, 부디, 모쪼록, 오로지, 한결같이와 같은 의미로 사용한다(松井簡治·上田万年編, 『大日本国語辞典』04, 金港堂書籍, 1919).

지만, 바다에서는 도저히 수영할 수 없으니까…”

“그것은 걱정할 것까지는 없습니다. 제게 붙어 가기만 하면, 결코 부상은 입지 않을 것입니다.”

“그것은 어쨌든 감사합니다만, 도대체 왜 나를 바다에 데리고 갑니까?”

“그것은 다른 이유는 없습니다. 대체로 이 육지 위에는 호랑이라 불리는 무서운 짐승도 있고 독수리와 같은 무서운 새도 있으니까, 조금도 안심할 수는 없습니다. 그곳에 가면 바다 속에는 그런 위험한 짐승은 보고 싶어도 볼 수가 없을 뿐만 아니라, 무엇보다 대용왕이라고 불리는 분이 그것 참 좋은 분으로 몹시 신하를 예뻐하십니다. 또한 다른 곳에서 온 손님을 참으로 소중히 접대하니, 누구라도 한 번 온 자는 두 번 다시 돌아갈 생각이 없을 정도로…참으로 좋은 곳입니다. 그런데 요즘 대용왕님이 당신의 이야기를 들으시고, 꼭 한번 초대하시어 용궁성을 보시게 하고 여러 가지 좋은 음식을 드리고 싶다고 말하시기에, 그래서 일부러 제가 심부름을 왔습니다. 어때요? 토끼씨! 당신도 평생의 추억으로 한 번은 용궁성에 놀러 오십시오! 제가 안내할 테니까요.”

라고 말을 교모하게 하니, 토끼는 잠시 생각하고 있었습니다만,

『成る程お前さんの云う通り、陸にゃァ虎や鷲ばかりか、人間と云う悪い奴が居て、私達をひどい目に会わすから、ほんとに油断が出来やしません。今も今でその人間の、罠に掛ってもう少で、命を取られてしまう所を、兎一生の智恵を絞って、やっとの事で助かった位です。ですから私も此陸わ、どうも危険でたまらないと、思って居た所ですから、こりゃァいっそお前さんの案内で、海の底え行くとしましょうよ。』『そんなら直に行きますか?』『行きますとも、善わ急げだ。』『でわ私が御案内しましょう。』

"과연 당신이 말한 대로, 육지에서는 호랑이와 독수리뿐만 아니라, 인간이라는 나쁜 사람이 있어서 우리들에게 나쁜 짓을 하기에, 정말로 방심할 수 없습니다. 지금도 그 인간의 덫에 걸려서 하마터면 목숨을 잃을 뻔한 것을, 토끼가 평생의 지혜를 쥐어짜서 가까스로 살아났습니다. 그러니까 저도 이 육지는 아무래도 위험하여 견딜 수 없다고 생각하고 있던 차입니다만, 그렇다면 차라리 당신의 안내로 바다 속에 가도록 하겠습니다."

"그렇다면 바로 가겠습니까?"

"가고야 말고요. 이제 서두릅시다."

"그렇다면 제가 안내하겠습니다."

と、海亀わ山兎を、すっかり口車に乗せまして、是から一所に山を下りて、海の方えと急ぎましたが、何しろ兎わ名代の速足、亀わまた重い體で、とても速くわ歩けませんから、その頸ばかり前え伸ばしても、足わ一向捗取らず、セイセイ息を切らして居ります。

兎の方でわまた、亀と一所に歩こうと思うと、途中で居眠が出る位、まだるくてるくて溜まりませんから、大欠伸をしてわ立ち止まり、

라고 하며 바다 거북이는산토끼를 완전히 그럴 듯하게 구슬려서, 여기서부터 함께 산을 내려 바다 쪽으로 서둘렀습니다. 하지만, 아무튼 토끼는 발이 빠르기로 유명하고 거북이는 또한 몸이 무거워서 도저히 먼 곳까지는 걸을 수 없었습니다. 그 목만 앞으로 내밀고 다리는 전혀 나아가지 않아서, 겨우 숨을 헐떡이고 있었습니다.

토끼 쪽은 또 거북이와 함께 걸으려고 하였는데, 도중에 잠이 올 정도로 지루하고 지루해서 견딜 수 없어서 하품을 크게 하고는 멈추어 섰습니다.

立ち止まってわ欠伸をしながら、やがて亀に向いまして、『モシモシ海亀さん！なんぼ陸が珍しいと云って、まるで田舎者が市え来た様に、そうグヅグヅ来られちゃ困るぢゃありませんか。そんな足ぢゃァ竜宮まで行くのに、何年かかるか知れやしない。』と、云いますと、海亀わ汗を拭きながら、『イヤ、何もグジグジする気ぢゃ無いが、何分こんな重い物負ってる上に、足が此通短いもんだから、思う様に歩けませんのさ。それにしてもお前さんわ、何と云う速足でしょう！それぢゃァとても私の様な者が、一所に行く訳にゃァ行きませんが、どうもこりゃァ困ったものだ。』と、云いますと、兎も気の毒に思いまして、

멈추어 서서 하품[17]을 하면서, 결국 거북이를 향하여,

"여보세요. 바다거북이씨! 아무리 육지가 신기하다고 하더라도 마치 촌놈이 도시에 온 것 모양, 그렇게 꾸물거리고 와서야 곤란하지 않겠습니까? 그런 다리로는 용궁까지 가는데 몇 년 걸릴지 모르

17 하품: 일본어 원문은 '欠伸'이다. 피곤하거나 잠이 올 때 자연스럽게 입이 벌려지면서 나오는 호흡을 뜻한다(松井簡治·上田万年編, 『大日本国語辞典』01, 金港堂書籍, 1915).

겠습니다."

라고 말하니, 바다거북이는 땀을 흘리면서,

"아니, 그렇게 꾸물거릴 마음은 아닙니다만, 여러모로 이렇게 무거운 것을 짊어지고 있는데다가, 다리가 이렇게 짧으니까 생각대로 걸을 수 없습니다. 그건 그렇다 하더라도, 당신은 어떻게 그리 걸음이 빠르십니까? 그렇다면 도저히 저와 같은 자가 같이 갈 수가 없습니다. 아무래도 이것은 곤란하게 되었습니다."

라고 말하니, 토끼도 가엽게 생각하고,

『オオ、そんなら好い事がありますよ。どうせ今に海え行きゃァ、お前さんのお世話に成るんだから、その代りこの陸を歩く間わ、私がお前さんを、負ぶってあげようぢゃありませんか。』『でもこんな重い體を……』『なァに遠慮にゃァ及びません。グヅグヅ歩くお付き合いをするより、負ぶった方が私も楽だ。さァ来なさい！はやくはやく！』と、兎わ亀に背を向け、遠慮するのを無理に負ぶって、『さァしっかり捉まって居なさいよ！』と、云うかと思うと速足に、ドンドン山を下りましたから、間も無く広々と海を控えた、濱邊の松原えと来てしまいました。

"어이, 그렇다면 좋은 방법이 있습니다. 어차피 지금 바다에 가면 당신의 신세[18]를 지게 될 것이기에, 그 대신 이 육지를 걷는 동안 제

18 신세: 일본어 원문은 '世話'다. 세간의 소문 및 속담의 뜻으로 사용하기도 하고, 어떤 일을 주선하거나, 혹은 어떤 일을 맡아서 하는 것을 나타내기도 한다. 때로는 평민적 또는 현대적이라는 뜻으로 사용하기도 한다(松井簡治·上田万年編,『大日本国語辞典』03, 金港堂書籍, 1917).

가 당신을 업고 가면 되지 않겠습니까?

"하지만 이러한 무거운 몸을..."

"뭐 그렇게 사양할 것까지는 없습니다. 꾸물거리며 걷는 것에 맞추는 것보다, 짊어지는 편이 저도 편합니다. 자 오십시오! 빨리 빨리!"

라고 하며 토끼는 거북이에게 등을 향하여 사양하는 것을 억지로 짊어지고,

"자 꽉 붙잡고 있으십시오!"

라고 말하는가했더니 빠른 걸음으로 쾅쾅 산을 내려가니, 머지않아 널찍한 바다를 맞이하고 바닷가의 솔밭으로 왔습니다.

兎わ此所で背の亀を、まづ砂の上におろしましたが、見ると前にわ海の水が、青く成ったり白く成ったりして、濱え打ち寄せて来ますから、兎わ少し顔色を變え、『オイオイ海亀さん！何だい海が動いてる様だぜ。』と、云いますと、亀わ笑いながら、『なんの兎さん！海の波わ何時でもこうです。初めて見ると恐い様ですが、入ってしまえば楽なもので、少しも心配わ無いのです。今迄大層御厄介に成りましたから、さァ是からわ私の方で、貴君を負ぶって行く番です。』と、云ってもまだ兎わ、海の方をぢっと見て、何だか気味の悪そうな風です。

토끼는 이곳에서 등 뒤에 있는 거북이를 우선 모래 위에 내려놓았습니다. 하지만, [앞을]보니 앞에는 바닷물이 파랗게 되었다가 하얗게 되었다가 하며 밀려왔기에, 토끼는 조금 얼굴색이 변하여,

"어이, 어이, 바다거북이씨! 무슨 일인가요? 바다가 움직이고 있는 모양입니다."

라고 말하니, 거북이는 웃으면서,

"뭘 토끼씨! 바다의 파도는 언제나 이렇습니다. 처음 보니 무서운 모양입니다만, 일단 들어가면 편하니 조금도 걱정은 없습니다. 지금까지 매우 성가셨겠지만, 자 지금부터는 제 쪽에서 당신을 짊어지고 갈 순서입니다."

라고 말해도 아직 토끼는 바다 쪽을 가만히 바라고는 왠지 기분[19]이 나쁜 모양입니다.

此時また後の方で、『兎さん兎さん！そんな所で何をしてるんだ？』と、大きな声で云う者がありますから、吃驚して振り向くと、兼ねて山で懇意にして居た、狸が岩の上に立って居りますから、『オ、お前わ狸さんぢゃないか。何しにそんな所え来てるんだ？』『私の事よりお前こそ、全體何所え行くんだと云うに？』『私わ今……この海亀さんの案内で、これから竜宮城え行く所さ。』『ナニ竜宮え？馬鹿な事を云いなさんな！お前わいくら足が達者だって、水え入りゃァ徳利同然、直ぐにブクブク往生してしまうぜ。』『けれどもそりゃァ心配にゃァ及ばない。この亀さんが負ぶってくれるんだから。』

이때 또 뒤에서,

"토끼씨, 토끼씨! 그런 곳에서 무엇을 합니까?"

라고 큰 소리로 말하는 자가 있어서 깜짝 놀라 돌아보니, 전부터

19 기분: 일본어 원문은 '気味'다. 향과 맛을 뜻하거나, 멋 혹은 풍미의 뜻으로도 사용하기도 하며, 기분이라는 뜻을 나타내기도 한다(落合直文編, 『言泉』02, 大倉書店, 1922).

산에서 친밀하게 지내던 너구리[20]가 바위 위에 서 있었기에,

"어이, 당신은 너구리씨가 아닙니까? 무엇하러 그런 곳에 왔습니까?"

"나의 일보다 당신이야말로, 도대체 어디에 간다고 말씀하십니까?"

"저는 지금…이 바다거북이씨의 안내로, 지금부터 용궁성에 가는 길이었습니다."

"뭐라고? 용궁이라고? 바보 같은 말을 하고 있군요! 당신은 아무리 다리가 뛰어나다고 하더라도, 물에 들어가면 맥주병과 같은 당신은 바로 부글부글 죽어버리고 말 것입니다."

"하지만 그것은 걱정할 필요 없습니다. 이 거북이씨가 짊어지고 가 줄 테니까요."

『ハハハ、それが第一馬鹿な事だ。この海の底にわ、全體どんな恐ろしい奴が居るか、上から身たって解るもんぢゃない。それをうっかり誑されて、後で助舟を呼んだって、仲間の、獣の力ぢゃァ、誰も助ける事が出来ないぢゃないか。悪い事わ云わないから、止したまえ、止したまえ！』と、頻りに留めるものですから、兎も成る程と思いまして、気の毒そうに海亀に向い、『折角お迎いに来て下だすったが、私もよく考えて見ると、矢張り命が惜しいから、竜宮行わ御免蒙るとしましょう。何卒大竜王様とやらにも、宜しく申上げて下だざい！』と、云いながら岩え飛びあがり、其所に居た狸と一所に、山の方え行きかけました。

20 너구리 : <별주부전> 등에는 다양한 육지 동물이 등장한다. 이 가운데 너구리의 역할이 두드러지는 것은 판소리 창본에서 나타난다.

"하하하, 그것이 가장 바보스러운 일이오. 이 바다 속에는 본시 어떠한 무서운 녀석이 있는지? 위에서 본다고 하더라도 알 수 있는 것이 아니오. 그것을 멍청히 속아서 나중에 구조선을 부른다고 하더라도, 동료인 짐승들의 힘으로는 누구도 도울 수가 없지 않겠습니까? 나쁜 것을 말하고자 하는 의도는 아니나, [가는 것을]멈추세요, 멈추세요!"

라고 계속 말리기에, 토끼도 그렇구나 하고 생각하고 가여운 듯 바다거북이를 향하여,

"모처럼 마중을 와 주셨는데 저도 잘 생각해 보니, 역시 목숨이 아까우니 용궁에 가는 것은 사양하는 걸로 하겠습니다. 아무쪼록 대용왕들에게도 잘 부탁드리겠습니다!"

라고 말하면서, 바위에 날아올라서 그곳에 있던 너구리와 함께 산 쪽으로 갔습니다.

それを見ると海亀わ、さも落膽した様に、二匹の後影を見送って居ましたが、やがて大きな声をあげ、『ア、何と云う事だろう！折角あの大竜王様が、海中の御馳走をあつめて、御酒宴を成さろうと思召したのに、肝腎のお客が入らっしゃらなくてわ、みんな無駄に成ってしまった。それにまた大王様わ、兎さんに上げようと思って、此間中から海の寶を、沢山集めてお置きに成ったのに、それもお客が入らっしゃらなけりゃァ、みんな無駄に成ってしまった。それからまた兎さんに、若し竜宮がお気に入って、此儘居たいと云う様に成りゃァ、大王様わ大喜びで、直ぐにあの兎さんを、御様子になさる筈だったのに、ア、それも無駄に成ってしまった。勿體無い話だなァ。』と、独語を云いました。

그것을 보니 바다거북이는 자못 낙담한 듯, 두 마리의 뒷모습[21]을 배웅하고 있었습니다만, 결국 큰소리를 내며,

"아, 무슨 일인 것이냐! 애써 저 대용왕님이 바다 속에 맛있는 음식을 모아서 주연을 베풀려고 생각하였는데, 중요한 손님이 없어서는 모두 헛된 일이 되어 버릴 것이다. 게다가 또 대용왕님은 토끼씨에게 주려고 생각하여 요즘 바다의 보배를 많이 모아두었는데, 그것도 손님이 없다면 모두 부질없는 일이 되어 버렸다. 게다가 또 토끼씨가 만약 용궁이 마음에 들어 이대로 있고 싶다고 말하게 된다면 대왕님은 크게 기뻐하며 바로 저 토끼씨를 양자로 삼았을 텐데, 아아, 그것도 헛된 일이 되어 버렸구나. 아까운 일이 되어 버렸어."

라고 혼잣말을 하였습니다.

するとこの独語が、狸にわ聞えませんでしたけれども、兎わ耳が長いので、よく聞き込んだと見えまして、また其所に立ち止まり、『待てよ。折角あれほど用意をして、私を待って居ると云うのに、行かずにしまうのも残念だなァ。』と、こう思い直したものですから、『狸さん！僕わ矢張り行って來るよ。その代り帰りにゃァ、お土産を沢山持って來るから、楽みにして待て居たまえ！』と、云うかと思うとまた引返えして、元の濱邊の亀の所え來、『亀さん！先刻わああ云ったけれども、折角お迎いに来たお前さんを、一人で帰えしてしまうのわ、いかにもお気の毒ですから、矢張り一所に行きましょうよ。』と、云いますと、

---

21 뒷모습: 일본어 원문은 '後影'이다. 지나가는 사람의 뒷모습이라는 뜻이다(松井簡治·上田万年編,『大日本国語辞典』01, 金港堂書籍, 1915).

그러자 이 혼잣말이 너구리에게는 들리지 않았습니다만, 토끼는 귀가 길기 때문에 잘 들은 듯 보여, 다시 그 자리에 멈추어서,

"잠깐만, 애써 저렇게 준비를 해서 저를 기다리고 있다고 하는데, 가지 않는 것도 애석한 일입니다."

라고 하며 이렇게 다시 생각하였기에,

"너구리씨! 저는 역시 갔다 오겠습니다. 그 대신 돌아올 때는 선물을 많이 가지고 올 것이니 기대하고 기다려 주십시오!"

라고 말하는가했더니, 다시 되돌아가서 처음 바닷가의 거북이가 있던 곳으로 와서,

"거북이씨! 아까는 그렇게 말하였지만, 애써 마중 나와 준 당신을 혼자 돌려보내는 것은 아무래도 가엾다고 생각하기에, 역시 함께 갑시다."

라고 말하였다. 그러자,

『オオ、それわよく云って下すった。実に貴君をお連れ申さないでわ、大王様に御申訳がありませんから、いっそ私わこの濱で、身を投げてしまおうかと思いましたが、元々海の者ですから、身を投げても死ぬ事わ出来ず、如何したらいいだろうかと、途方に暮れて居た所です。まァ何にしても兎さん！よく行くと云って下すった。でわまた邪魔の来ない中、早く行こうぢゃありませんか！』と、云う中にもう山兎を、甲良の上にのせまして、亀わそのまま波に乗り、竜宮さして急ぎました。

"어이, 그거 말씀 잘 해주셨습니다. 실은 당신을 데리고 가지 않으

면 대왕님에게 죄송하기에, 차라리 저는 바닷가에서 몸을 던져 버릴까 하고 생각하였습니다. 하지만 원래 바다에서 왔으므로, 몸을 던져서 죽는 것도 할 수 없습니다. 어떻게 하면 좋을까 하고 생각했지만, 어찌할 바를 모르고 있던 차였습니다. 어쨌든 뭐라고 하더라도 토끼씨! 용케 간다고 말해 주셨습니다. 그러면 다시 방해꾼[22]이 오지 않는 사이에 빨리 가지 않겠습니까!"

라고 말하는 사이에 이미 산토끼를 등딱지 위에 올려놓고는, 거북이는 그대로 파도를 타고 용궁을 가리키며 서둘렀습니다.

此時また以前の狸わ、岩の上え来て兎を呼び、『オーイオーイ兎さん！あれほど私が止めるのに、お前わやっぱり海え行くのか。ほんとに耳わ長くっても、思案の足りない獣だなァ。』と、大声で云いましたが、今度わ兎も聞えない風をして、見向きもせずに行ってしまったのです。

이때 다시 [방금]전의 너구리는 바위 위에 와서 토끼를 불러서는,

"어이, 어이, 토끼씨! 그렇게 제가 말렸는데 당신은 역시 바다에 갑니까? 정말로 귀는 길어도 사려는 부족한 짐승이로구려."

라고 큰 소리로 말하였지만, 이번에는 토끼도 들리지 않는 척하며, 돌아보지도 않고 가버렸습니다.

---

22 방해꾼: 일본어 원문은 '邪魔'다. 불교 용어로 불도수행을 방해하는 악마의 의미로 사용하기도 하고, 혹은 방해의 뜻으로 사용하기도 한다(松井簡治·上田万年 編, 『大日本国語辞典』02, 金港堂書籍, 1916).

その中に亀わ、陸でわあまり役に立たなかった足で、自由に波をかき分けながら、間も無く竜宮え着きますと、門番の小魚共わ、『ソレ海亀さんのお帰りだ。』『山兎を生捕って来た。』と、城中え触れましたから、城の中の魚共わ、我も我もと珍らしがって、兎を四方から取りまきました。

こう成るとまた海亀わ、大得意に成りまして、兎を大竜王の前え連れて行き、『御注文の山兎を、生捕にして参りましたから、何卒生肝をお取り下さいまし！』と、云いますと、兎わ聞いて肝を潰し、『さてわ一杯食わされたか。』と、今更後悔しても追付きません。

그러는 중에 거북이는 육지에서는 그다지 도움이 되지 않았던 다리로 자유롭게 파도를 가로지르면서 머지않아 용궁에 도착하였습니다. 그러자 문지기[23]인 작은 물고기들은,

"그것은 바다거북이씨가 돌아온 것이다."

"산토끼를 생포하여 왔다."

라고 성 안에서 말을 하였기에, 성안의 물고기들은 나도 나도 하며 신기해하면서, 토끼를 사방으로 둘러쌌습니다.

이렇게 되자 다시 바다 거북이는 크게 우쭐거리면서[24] 토끼를 대용왕 앞으로 데리고 가서,

---

23 문지기: 일본어 원문은 '門番'이다. 문의 출입, 혹은 개폐를 지키는 사람의 뜻이다(松井簡治·上田万年編, 『大日本国語辞典』04, 金港堂書籍, 1919).

24 우쭐거리면서: 일본어 원문은 '得意'다. 뜻을 펼치고 만족해하는 모습, 혹은 생각대로 이루어져서 유쾌해하는 모습 등을 나타내거나, 자랑스러워하거나, 자신이 가장 자신 있어 하는 것 등의 뜻으로 사용한다(松井簡治·上田万年編, 『大日本国語辞典』03, 金港堂書籍, 1917).

"주문하신 산토끼를 생포하여 돌아왔으니, 아무쪼록 생간을 취하십시오!"

라고 말하니, 토끼는 듣고 혼비백산하여,

"끝내는 한 방 먹었구나."

라고 말하며, 새삼스럽게 후회하였지만 소용없었습니다.

が、元より智恵わすぐれた兎、この言葉を聞きますと、そっと海亀の袂を引き、『モシモシ！海亀さん！お前さんもあんまりぢゃァ無いか。生肝が要るなら要ると、何故初めから云ってくれないんです。』と、怨言を云いますと、『そんな事云ったって、それを初めに云おうもんなら、お前わ一所に來る筈わあるまい。』『所が、亀さん！それわ亀さんの了簡だが、兎の方から云って見ると、生肝の一つや二つ、決して惜しい事わ無いんです。が、その代り兎の常で、生肝わ巣に置いたまま、何時も體に付けて居ないのです。ですから生肝が要るんなら、是かれ行って取って來なけりゃ成りません。どうも困ったものですなァ。』と、頭を掻いて見せました。

これを聞いた大竜王わ、却って機嫌を損じまして、『こりゃ海亀！なんぼ山兎を連れて参っても、生肝が無くてわ何の役にも立たん。直ぐ様この兎を連れて行って、その生肝を受取ってまいれ！』と、厳しい命令でありますから、海亀わまた御苦労にも、兎を甲良に負いながら、遥々海を渡りまして、元の濱邊え泳ぎつきました。

하지만, 원래 지혜가 뛰어난 토끼는 이 말을 듣고 살짝 바다거북이의 소맷자락을 잡으면서,

"여보세요! 바다거북이씨! 당신도 너무하지 않습니까? 생간이 필요하다면 필요하다고 왜 처음부터 말해 주지 않은 겁니까?"

라고 원망의 말을 하자,

"그런 말을 한다고 하더라도 그것을 처음에 말했더라면, 당신은 함께 올 리가 없지 않습니까?"

"하지만 거북이씨! 그것은 거북이씨의 생각입니다만, 토끼 쪽(토끼 입장)에서 말해 보면 생간 하나야 둘쯤은 결코 아까운 것이 아닙니다. 하지만 그 대신 토끼는 항상 생간은 집에 둔 채로, 언제나 몸에 붙여 두는 것은 아닙니다. 그러니까 생간이 필요하다면, 지금부터 가서 가지고 오지 않으면 안 됩니다. 정말 곤란해 졌습니다."

라고 하며 [난처하다는 듯]머리를 긁어 보였습니다.

이것을 들은 대용왕은 오히려 기분이 상하여,

"이런 바다거북이! 아무리 산토끼를 데리고 오더라도, 생간이 없어서는 아무런 도움도 되지 않는다. 바로 이 토끼를 데리고 가서, 그 생간을 받아 오너라!"

고 엄하게 명령을 하니, 바다거북이는 힘들지만 다시 토끼를 등딱지에 짊어지고, 멀리 바다를 건너가서 아까 그 바닷가로 헤엄쳐 갔습니다.[25]

すると山兎わ、ヒラリと體を躍らせて、岩の上に飛びあがり、『やィ海亀の野呂馬野郎！兎の生肝欲しければ、此所にあるから取りに来い！

25 토끼가 용궁에서 꾀를 내어 생환하는 과정은 창본이나 판본에서 비교적 상세하다. 이는 이 부분이 작품에서 중심적인 내용으로 다루어지기 때문이다. 그러나 <용궁의 사자>에서는 이 부분이 비교적 소략하게 전개되어 있어 차이가 있다.

此所にあるから取りに来い！』と、胸を叩いて見せながら、そのまま山の方をさして、矢の様に駈けて行った限り、二度と姿を見せません。

その後に海亀わ、初めて自分の誑されたのを悟り、悔しまぎれに足摺して、山の方を睨めましたけれども、もう追付かない話です。此時後から一羽の雁が、山の方え飛んで行きましたが、亀わ頸だけ伸びあがって、『ああ、羽根が欲しい欲しい！』

그러자 산토끼는 훌쩍 몸을 날리어 바위 위로 날아 올라가더니,

"야, 바다거북이. 이놈, 바보 같은 놈아! 토끼의 생간이 필요하다면, 여기에 있으니까 가지러 오너라! 이곳에 있으니까 가지러 오너라!"

고 가슴을 두들겨 보이면서, 그대로 산 쪽을 가리키며 화살과 같이 달려간 뒤로, 두 번 다시 모습을 보이지 않았습니다.[26]

그 후에 바다 거북이는 그제야 자신이 속은 것을 깨닫고, 분한 나머지 발을 동동 구르며 산 쪽을 노려보았습니다. 하지만, 소용없는 일이었습니다. 이때 뒤에서 한 마리의 기러기가 산 쪽으로 날아갔습니다만, 거북이는 목만 빼고,

"아아, 날개가 있었다면!"[27]

---

26 판소리 창본에서는 토끼가 용궁에서 생환한 이후에 새로운 위기를 겪는 과정이 등장한다. 하지만 <용궁의 사자>에서는 이러한 내용이 없이 간결하게 이야기가 마무리 되고 있다.

27 토끼를 놓친 거북이(자라)가 이후 어떻게 용왕의 병을 치유하는가의 문제는 판본 및 창본에 따라 다양하게 등장한다. 화타가 등장하여 고치는 것에서, 토끼의 변을 가지고 와서 고치게 했다는 것도 있다. 그러나 <용궁의 사자>에서는 이러한 내용이 모두 생략되어 있다는 점에서, 이야기가 비교적 간략하게 정리되어 있다.

연동교회 목사, 게일의 〈토생전 영역본〉(1919)*

J. S. Gale, “The Turtle and the Rabbit”, *Gale, James Scarth Papers* Box 9.

게일(J. S. Gale)

| 해제 |

『게일 유고』(*Gale, James Scarth Papers*) Box 9에는 “The Turtle and the Rabbit”이라는 제명으로 된 총 31장 분량의 게일 <토생전 영역본> 원고가 있다. 1~15장이 1차 교정본이며, 나머지 부분이 이에 대한 2차 교정본으로 보인다. 그의 <심청전 영역본>과 같이 한국에서 1919년 번역했던 것을 1933년 영국 바스(Bath)에서 옮긴 것으로 보인다. 여기서 우리가 國譯한 게일의 번역본은 2차 교정본이다. 1차 교정본과 2차 교정본에는 게일의 짧은 평문(note)이 있는데, 그가 <토생전>을 입수한 시기가 1888년경으로 되어 있어 이에 부응하는 출판시기를 지닌 번역

* 우리가 게일의 번역본과 대비할 자료는 ‘김진영 외편, 「경판본 <토생전>」, 『토끼전 전집』2, 박이정, 1998’이다.

저본은 존재하지 않는다. 또한 원전에 대한 게일의 개입이 분명히 존재한다. 예컨대, 비속한 표현을 제거하고, 사설의 맛을 잘 느낄 수 있는 형상적 묘사도 소거시켰다. 하지만 현재 전하는 <경판16장본>의 주요화소와 게일의 영역본은 일치하며, 유교 이념이 공고히 드러나 있는 과거 조선의 문화를 존중하고 찬미한 그의 지향점이 잘 반영되어 있다.

▌참고문헌

권순긍, 한재표, 이상현, 「『게일문서』(Gale, James Scarth Papers) 소재 <심청전>, <토생전> 영역본의 발굴과 의의」, 『고소설연구』 30, 한국고소설학회, 2010.

권순긍, 「한국 고전소설의 외국어 번역 양상과 의미-J.S.게일의 <토생전> 번역을 중심으로」, 『코기토』77, 부산대 인문학연구소, 2015.

유영식, 『착흔목쟈: 게일의 삶과 선교』 1~2, 도서출판 진흥, 2013.

이상현, 「게일의 한국고소설번역과 그 통국가적 맥락 - 『게일유고』(Gale, James Scarth Papers) 소재 고소설관련 자료의 존재양상과 그 의미에 관하여」, 『비교한국학』22(1), 국제비교한국학회, 2014.

이상현, 『한국고전번역가의 초상, 게일의 고전학 담론과 고소설 번역의 지평』, 소명출판, 2013.

R. Rutt, James Scarth Gale and his History of Korean People, Seoul: the Royal Asiatic Society, 1972.

R. King, "James Scarth Gale, Korean Literature in Hanmun, and Korean Books", 서울대 규장각한국학연구원 편, 『해외 한국본 고문헌 자료의 탐색과 검토』, 삼경문화사, 2012.

In the days of the Mings of China(1368-1638 A.D.) there lived in the Dragon Palace at the bottom of the sea, a famous king called Kwangtuk. His reign was happy and his age peaceful, till one day he fell ill of a dread disease that no medicine could avail to cure. Gradually he grew worse and worse and tears and lamentations filled the Palace.

> 중국 명나라 때(1368-1638) 해저 용궁에 광덕이라는 유명한 왕이 살았다[1]. 그의 치세는 만족스럽고, 그의 시대는 평화로웠다. 그러던 어느 날 왕은 위중한 병에 걸렸고 어떤 약으로도 고칠 수 없었다. 그의 병세는 점차 더욱 악화되어 용궁은 눈물과 탄식으로 가득했다.

Just when hope failed, however, there came by a religious hermit who said, "His Majesty's ailments means death unless miraculous aid be forthcoming. Such medicine as is known to men will count for nothing, and even that yielded by the Spirit Hills will, I fear, be powerless. One hope only remains which is this; If someone could only make his way to the world of light, that lies underneath the

1 중국 명나라 때~살았다.(In the days of the Mings of China~Kwangtuk.): 이하 문장 단위 이상에서 주석을 달 경우는 게일의 영역본에 대한 國譯文과 영어원문을 주석에서 별도로 제시하지는 않도록 한다. 해당 게일은 원문의 소설적 시공간을 축자적으로 번역하지는 않았다. 중국의 책력("셩화")을 알고 있었음도 불구하고, 대신 명나라 시기(1368-1638년)로 옮겼다. 현전 경판본에 북해 용왕의 이름("광혁왕")과 달리, 서해 용왕의 이름("광덕왕")으로 바꿨다. 『한영ᄌᆞ뎐』(1911)에서 "龍宮"은 "The Dragon Place-in the sea."로 풀이된다. 즉, 용궁을 "Dragon Palace"으로 번역하는 경우는 어느 정도 합의된 번역양상으로 보인다.

shining sun and get possession of the rabbit, his liver would cure the king."

희망이 거의 보이지 않았던 바로 그때에 종교계의 은자[2]가 나타나 말했다.

"전하의 병환은 기적 같은 도움이 없으면 죽음을 의미합니다. 인간들에게 알려진 그런 약은 소용없고, 심지어 신령산[3]에서 캔 약초도 효과가 없을 것 같습니다. 남아 있는 단 하나의 희망은 바로 이것입니다. 만약 누군가가 빛나는 태양 아래 놓인 광명의 세계로 나가서 토끼를 손에 넣을 수 있다면, 토끼 간으로 전하를 치유할 수 있을 것입니다."

The Dragon King hearing this, called his ministers at once and asked what could be done about this rabbit's liver. One courtier stepped forward and said, "I'm a fool, Your Majesty, I know it, but I'll make the attempt."

2 은자(hermit): 원문에는 "도ᄉᆞ"로 되어 있다. 『한영ᄌᆞ뎐』(1911)에서 "道士"는 "A Taoist"로 풀이된다. 게일은 『한영ᄌᆞ뎐』이 제시해주는 풀이의 맥락에 의거하여 번역한 것은 아닌 셈이다. 영한사전에서 "hermit"은 "쳐ᄉᆞ, 산림쳐ᄉᆞ, 은슈, 은ᄉᆞ(Unerwood 1890) 쳐ᄉᆞ, 도ᄉᆞ(Scott 1891) 은쟈(隱者), 은일ᄉᆞ(隱逸士), (recluse)쳐ᄉᆞ(Jones 1914), 쳐ᄉᆞ(處士), 은쟈(隱者), 은일(隱逸)(Underwood 1925)"로 풀이된다. 이에 의거하여 우리는 도사보다는 隱者로 번역했다. 『한영자뎐』(1911)에 隱者는 "A hermit scholar-who refuses office"로 풀이된다.

3 신령산(the Spirit Hills): 원문에는 삼신산으로 되어 있다. 『한영ᄌᆞ뎐』(1911)에 "三神山"은 "The three mountains of the genii-fairy land"로 풀이된다. 道士와 마찬가지로 그의 영역은, 신선세계와 같은 도교적인 의미 내용을 상대적으로 줄인 양상을 보여준다.

All looked to see who it was, and lo, it was the turtle, a cousin of the chara(tortoise).

The king brightening with hope said, “Your loyal heart is wonderful, but”, he added , “I question one thing: you never saw a rabbit and would not know him, for there are none in this watery world.”

용왕은 이를 듣고 대신들을 즉시 불러 이 토끼 간을 어떻게 구할 수 있을 지에 대해 물었다. 한 신하가 앞으로 나와 말했다.

“전하, 제가 미련하나 그 일을 해보겠습니다.”

모두 누구인가 하고 쳐다보니, 이럴 수가, 자라(육지 거북)의 사촌인 거북이 아닌가.[4]

왕은 희망으로 환해져 말했다.

“그대의 충성스러운 마음이 놀랍소만.” 그가 덧붙였다.

“그러나 한 가지 마음에 걸리는 것은 이 수중 세계에 토끼가 없으니 그대가 토끼를 본 적이 없을 것이고 그러니 토끼를 알아보지 못한다는 것이오.”

---

4 원문에서 자라의 직위는 ‘주부’이다. 이는 하찮은 벼슬을 의미한다. 그러나 영문에서는 이에 대한 언급이 없고 단지 거북을 육지거북인 자라의 사촌으로 소개한다. 자라는 민물에 살며, 거북은 바다에 사니 생물학적으로 합리적인 번역인 셈이다. 경판본 <토생전> 등의 이본에서 하찮은 인물이라는 의미의 주부 직책의 자라는 존재감이 있고 신령한 동물인 (바다) 거북과 대비되어 나타난다. 자라가 ‘주부’의 벼슬을 가지고 있다면 거북은 조정에 참여할 정도의 지위를 가진 인물인 것을 알 수 있다. 게일은 이 부분을 무시하거나 의도적으로 왜곡시켜 결과적으로 풍자의 문맥을 제거한 것으로 보인다.

The king then called his special artist and had him sketch an outline of the rabbit, so the turtle would know when he saw him.

Folding this carefully up and placing it in his pocket he bade farewell. The king reminded him that he was going forth into the world of men. "My great anxiety", said he, "is lest you be caught by net, hook, or claw of some kind. Once when young I visited the upper regions sightseeing and on the banks of the Sungwha River I was trapped by a fisherman and nearly killed. He had me by a hook but I pulled hard on the string and fortunately it broke, so I am here to day. Take good care of yourself; make haste now and return quickly."

왕은 거북이 토끼를 보았을 때 알 수 있도록 전문 화가를 불러 토끼의 윤곽을 그리게 하였다.

거북은 그림을 조심스럽게 접어 주머니에 넣은 뒤 작별을 고했다. 왕은 거북에게 인간 세계로 들어간다는 점을 상기시키며 말했다.

"내가 가장 염려하는 것은 그대가 그물이나 고리 혹은 어떤 갈고리에 걸리지 않을까 하는 것이오. 내가 젊었을 때 한 번 위쪽 세계를 구경하러 나갔다가 성화강 강둑에서 한 어부에게 잡혀 죽을 뻔한 적이 있었소. 낚시 바늘에 걸렸지만 줄을 세게 당겼더니 다행히 줄이 끊어졌고 그래서 내가 오늘 여기에 있는 것이오. 각별히 몸조심 하오. 어서 가서 빨리 돌아오오."

He gave him a drink of spirit wine and sent him forth. The turtle hastily bade goodbye to his parents and children and set out over the white-caps and rollers of the sea. Finally he reached the regions where mortals dwell. He was delighted over the safe journey and the wonderful view and went creeping along the seashore till he entered the deep mountains. It was springtime, the loveliest season of the year. Not knowing whither to turn, he looked to the left and to the right. The hills were not high but the colours mantling them were most refreshing: foliage green and abundant; the passing water, too, sweet and clear; the cliffs cut sharply off, hung high over. The birds called; the flowers and plants of the fairy danced with delight; phoenixes and peacocks flew here and there; fragrance filled the air, while bees and butterflies hummed their music. Amid the branches of the willow appeared the oriole. What was seen was indeed a world of light and colour wonderful to the eye.

왕은 거북에게 신령스런 술[5] 한 잔을 주고 밖으로 보냈다. 거북은 서둘러 부모와 자식들에게 작별을 고한 후 흰 물결과 거센 파도를 건너 드디어 필멸의 존재들이 거주하는 지역에 도착했다. 그는 여행을 무사히 마친 것과 멋진 풍경에 크게 기뻐하며 엉금엉금 바닷가를 기어가 드디어 깊은 산속으로 들어갔다. 한 해의 가장 아름다운 계절

5 신령스런 술(spirit wine): 원문에는 "어듀" 즉, 御酒로 되어 있다. 『한영ᄌᆞ뎐』(1911)에서 "御酒"는 "Wine supplied by the government"로 풀이되어 있다. spirit의 복수인 spirits가 술을 의미하기도 하지만 같이 쓰인 wine이 술을 의미하기 때문에 여기서는 술의 의미보다는 신령을 뜻하는 듯하다. 게일은 용왕이라는 신령한 존재가 내리는 술이기에, 『한영자뎐』(1911)이 풀이해주는 임금(정부)이 내리는 술이라는 의미로 번역하지는 않은 것으로 보인다.

인 봄이었다. 어디로 가야할 지 몰라 그는 왼쪽, 오른쪽을 쳐다보았다. 산은 높지 않았지만 산을 뒤덮은 색깔들은 매우 선명했다. 잎은 녹색으로 무성했고, 흐르는 물 또한 달콤하고 깨끗했으며 날카롭게 깎인 절벽은 높이 솟아 있었다. 새들은 노래하고 동화 속의 꽃과 식물들은 기쁨의 춤을 췄다. 불사조와 공작새가 여기저기 날아다녔다. 향기가 사방에 가득하며 벌과 나비는 웅웅대며 노래했다. 버드나무 가지 사이로 꾀꼬리가 보였다. 보이는 것은 참으로 눈에 경이로운 빛과 색의 세계였다.

The turtle gazed about him in ecstatic amaze, when suddenly to his added astonishment he saw an animal plucking the leaves and frisking about among the flowers. He hid from sight and watched it for a time. Then he took the picture from his pocket, glanced it over, and lo, it was the rabbit.

Happy in his luck, he thought, "Catch it I will, and offer it to my king; and when he is cured I shall rise to the place of Minister of State." He elongated his neck to the fullest extent going softly toward the rabbit, made a deep bow.

거북은 주변을 황홀하게 바라보고 있었다. 그때 놀랍게도 갑자기 한 동물이 잎을 따며 꽃 사이로 뛰어노는 것이 보였다. 그는 보이지 않게 숨어서 한동안 그것을 지켜본 후 주머니에서 그림을 꺼내서 쓱 훑어보았는데, 이럴 수가, 그것은 토끼가 아닌가.

그는 정말 운이 좋다고 생각했다.

"저것을 잡아 왕에게 바쳐야겠다. 왕의 병이 나으면 나는 국무성 장관 자리에 오르게 될 거야."

그는 목을 최대한 길게 빼고 천천히 토끼 쪽으로 걸어가서 고개를 깊이 숙였다.

Said he. "Brother rabbit, I greet you."

The rabbit looked at the turtle and laughingly said, "how come you to know my names? Are you a son of the tortoise family? Your neck is long, very long."

The turtle seated himself at the side of the road and replied "We never met before did we? This is the first time."

He gave his name and family seat and then asked, "How old are you, pray? You live here among the green trees and hills do you?"

그는 말했다.

"토끼 형제여[6], 인사드립니다."

---

6 토끼 형제여(Brother rabbit): 원문에서 거북이가 토끼를 처음 만날 때, 토끼를 부르는 호칭은 "토선싱"이다. 『한영ᄌᆞ뎐』(1911)에서 "先生"은 "The first born-an elder; a senior; a teacher: Mr"로 풀이된다. 이 어휘의 용례와 그것이 존칭어라는 점을 분명히 알고 있었던 셈이다. 그러나 이러한 풀이에 부합되게, 거북의 토끼에 대한 호칭을 번역하지는 않았다. brother(형제)라는 표현은 존칭보다는 남을 친근하게 부르는 말로 기독교에서 사용하는 용어이다. 성경을 번역하는 과정에서 3인칭 남성을 지칭하는 brother의 말이 '형제'로 번역되어 널리 쓰이게 되면서 이 말은 "하나님을 믿는 신자끼리 스스로를 이르는 말"로 의미가 확대된 것이다. 개신교 선교사였던 게일로서는 선생이라는 말보다 형제라는 말이 호칭으로서 당연히 더 친근했을 것이고 이를 통해서 기독교적 신앙관을 의도적으로 드러낸 셈이다. 그러나 뒤 이은 부분에서 게일은 先生이란 호칭에 부합하도록, 토끼를 '경'(Your lordship) 혹 나리(Your Excellency) 등 영어식 공손한 표현으로

토끼는 거북을 쳐다보고 웃으며 말했다.

"내 이름을 어떻게 아시오? 자라 집안의 자식이요? 목이 길군, 아주 길어."

거북은 길가에 자리를 잡고 앉아 대답했다.

"우리는 전에 한 번도 만난 적이 없습니다. 그렇죠? 이번이 처음입니다."

그는 이름과 사는 곳을 말하고 나서 물었다. "몇 살입니까? 여기 우거진 나무와 산에서 삽니까?"

The rabbit laughed as he replied, "I have trotted about the world for nigh on three hundred years; among the hills where countless flowers bloom; where bright clouds overhang the head, and tall pines stand all about, accompanied meanwhile by the sound or rippling water. Here I sport at pleasure, drink in the dew of the morning; breathe the sweet breath of heaven; and pass up and down to find my food in the herbs that grow. At times, too, on the high peaks I skip with perfect freedom; again I gaze down into the deep sea far beneath. There are no words for the joys of such a life as mine. If you desire to share it come along with me and we shall be happy together."

토끼 웃으며 대답했다.

"나는 삼백년 가까이 세상을 돌아다녔고, 산에는 무수한 꽃이 피

옮기기도 하였다.

고, 밝은 구름은 머리 위에 떠 있고, 큰 소나무들은 사방에 서 있고, 소나무 옆에는 깊은 물결 혹은 잔물결 이는 물이 흐르지요. 여기서 나는 마음껏 노닐며, 아침 이슬을 마시고, 달콤한 하늘 바람을 마시고, 산 아래 위를 지나가며 자라는 풀에서 먹이를 찾지요. 때때로 높은 산봉우리에서 자유자재로 깡충깡충 뛰어다니고, 다시 저 아래에 있는 깊은 바다를 내려다보지요. 이런 나의 삶의 즐거움을 어찌 말로 표현할 수 있겠습니까. 이 즐거움을 나와 함께 나누고 싶다면 함께 갑시다. 그러면 우리 함께 행복할 것입니다."

The turtle said, "Your lordship's words are most enticing, and all you say is true I am sure, but as for me, I am not a dweller among mortal men, but am a courtier in the palace of the Dragon King of the North Sea. A literary official, the turtle am I. Now, however, the Dragon King of the East is about to hold great celebration for his birthday and sends a messenger to our king inviting his presence. Unfortunately[7] His Majesty has fallen ill of an internal complaint and is unable to go, and so the Crown Prince has sent me out into the world to examine the seashores and rivers and to take note of where fishers ply their dangerous craft. This I have done, and am now on

7 불행하게도~ 없습니다(Unfortunately~): 원문에서는 용왕이 '오즘소틱'가 있어 동해 용왕의 생일잔치에 참석하지 못한다고 했다. 그러나 영역문에서는 단순히 속병(internal complaint)이 있어 참석하지 못하는 것으로 처리했다. '오줌소태'는 방광염이나 요도염 등으로 오줌이 자주 마려운 병이기에 한 자리에 오래 머무를 수 없어 잔치에 참여하는 것이 불가능하다. 바다를 통치하는 용왕의 지위에서 보면 비속하고 격이 떨어진다고 여겨 보편적인 병명인 속병으로 처리한 듯하다.

my way back. Such an abundance of flowers I find here, however, that I desire to look about for a little before I go. By good fortune, too, I have met Your Excellency and am delighted beyond words. You speak of the joys of your life, and so I also, and will tell you of the charms of my watery home, the Crystal Palace. Listen, Please!"

거북은 말했다.

"토끼님의 말에 귀가 솔깃해집니다. 당신이 말한 모든 것이 진실이라고 확신합니다. 그러나 나로 말하자면 나는 필멸의 사람들 사이에 살지 않고 북해의 용왕궁의 신하로 문헌 담당 관리인 거북이라고 합니다. 허나 지금 동해의 용왕께서 생일을 맞아 큰 연회를 열 생각으로 우리 왕에게 사신을 보내 참석해 달라고 초대했습니다. 불행하게도 임금님은 속병이 있어 참석할 수 없습니다. 그래서 태자께서 나를 세상으로 내보내서 해변가와 강을 점검하고 어부들이 위험한 어선을 어디로 몰고 다니는지 적어오라고 했습니다. 나는 이 일을 다 하고 지금 돌아가는 중이었습니다. 그러나 꽃이 만발한 것을 보고 가기 전에 조금 더 둘러보고 싶었습니다. 운이 좋아 토끼님을 만나게 되어 기쁘기가 이루 말할 수가 없습니다. 당신이 인생의 즐거움에 대해 말하니 나도 또한 당신에게 물 속 집인 수정궁을 자랑하고자 합니다. 잘 들어주십시오."

Then he went on, "The Crystal Palace is indeed a world of wonder. Stones there are of amber; pillars of coral; beams of yellow jade; tiles of deep green chrysolite; screens of glistening mica; dark green jade railings tipped with gold. We have mountains too, of the five coloured clouds neath which all things flourish. Every kind of music is heard, as well, morning and night. All the precious things of earth combine to make it beautiful. Glass goblets with amber holders, filled to the brim with wine of a thousand years! Would not such a world as this delight you?

> 거북은 말을 잇는다.
>
> “수정궁은 정말이지 경이로운 세계입니다. 그곳의 돌은 호박으로 되어 있고, 기둥은 산호이며, 들보는 황옥이며, 기와는 청록색 귀감람석이며, 가리개는 반짝이는 운모이며, 벽옥 난간은 금으로 덮어 있습니다. 또한 우리의 산은 오색구름으로 되어 있고, 그 아래에서 만물이 꽃을 피웁니다. 또한 갖은 음악이 아침과 밤에 들립니다. 땅의 모든 귀중한 것들이 더해져 더욱 아름답습니다. 호박대가 달린 유리잔에는 천년된 술이 넘치도록 가득합니다. 이와 같은 세상이 당신을 기쁘게 하지 않겠습니까?

“In the morning we ride on the mists, and in the evening we draw the shadows over us. We swing about at pleasure toward all the distant quarters of the sky, blowing our pipes of peace, or sitting in state as we ride through the upper air. There are no limits to such freedom as ours. Brother Rabbit, you praise the charms of this world of yours, but your mind is really narrow. If but the clouds darken down, and a dash of rain falls with a roll of thunder or flash of lightning, to scare the eye and shake the ear, I can see you running for your life to your hiding place in the rocks. If the hills should fall this small body of yours would be ground to powder."

When the rabbit heard these words he gave a start and said,

"Don't talk such nonsense!"

"우리는 아침에는 안개를 타고, 저녁에는 그림자를 머리 위로 당깁니다. 우리는 그네를 타고 마음대로 하늘의 먼 모든 곳으로 가며, 평화의 피리를 불거나 아니면 위엄을 갖추고 앉아 하늘 위로 올라갑니다. 이와 같은 우리의 자유로움에는 끝이 없습니다. 토끼 형제여, 당신이 살고 있는 세계의 매력을 자랑합니다만 그 마음이 참으로 좁습니다. 구름이 내려와 어두워지고, 천둥이 치고 번개가 번쩍거리며 갑자기 비가 내려, 눈을 두렵게 하고 귀를 흔들기라도 하면, 당신이 목숨을 구하고자 바위 속 은신처로 달려가는 모습이 눈에 선합니다. 산이라도 무너지면 당신의 그 작은 몸은 뭉개져 가루가 되겠지요."

이 소리를 듣자 토끼는 대경하며 말했다.

"허튼 소리 마시오!"

But the turtle spoke again saying, "When the world is enveloped in the biting cold of winter, and snow falls with all the earth and every valley piled to overflowing, you are prisoner in your rocky crevice, How then can you care for wife and weans? How escape hunger and thirst? After the dread three months are over and you rise again to take a look at prospects more refreshing, I can see you climbing along the face of the hills, and crouching for fear of the huntsman, who, with bow in hand, sends his winged shafts flying over your head. How do your internals feel on such an occasion? There are those too, who hunt with falcon and dogs, wild chasers of game. How do you enjoy them? If you go down to the flat lands, the boys who care for the cattle have bird-nets with which to trap you. They shout creation to their call[8]. I can see your little stump tail rise from fear, and your eyes grow pale with terror; your legs flying for dear life, falling, stumbling, not knowing whether it is heaven or earth. Fires kindle in your inner soul and your wits fall all confused. Will you think then of flowers and sweet smells? Con it over and if you care to come with me to the Palace of the Dragon King, you will see where the fairies really dwell; will eat the peaches of the Western Queen Mother; will drink the choicest wine, have pretty girls to play with and lead you a life of endless joy. All riches and honour will be yours. Think it over I pray you."

그러나 거북은 입을 열어 다시 말했다.

"세상이 살을 에는 듯한 겨울 추위로 덮이고 눈이 내려 온 대지와 모든 계곡이 쌓인 눈으로 넘쳐흐를 때, 당신은 바위 틈 속에서 꼼짝 못하는 죄수입니다. 그때 당신은 아내와 어린 것들을 어떻게 돌볼

8 그들은 잡았다고 서로 소리칩니다(They shout creation to their call): 이에 대응되는 경판본의 해당 원문은 "ᄋᆞ 오셩소릐 지르고 에워드러올 졔"이다. 게일의 번역을 정확하게 이해하게 힘들지만 '토끼 잡아라'는 소리를 여러 명이 이어 받아서 외친다는 뜻으로 유추할 수 있다.

수 있습니까? 허기와 갈증은 어떻게 면할 겁니까? 죽을 것 같은 석달이 끝난 후 당신은 다시 일어나 신록의 경치들을 바라보지만, 나는 당신이 언덕 위로 올라가다가 손에 활을 잡고 날개 달린 화살을 당신 머리 위로 날려 보내는 사냥꾼이 무서워 웅크리는 당신의 모습이 보입니다. 그런 일이 생길 때 당신의 속이 어떻겠습니까? 또한 어떤 이들은 거친 사냥감 추적자인 매와 개를 데리고 사냥합니다. 그들은 어떻습니까? 아래의 평평한 땅으로 가면 소치는 소년들이 새그물로 당신을 잡습니다. 그들은 잡았다고 서로 소리칩니다. 당신의 뭉툭한 짧은 꼬리가 두려움으로 올라가고, 눈은 공포로 창백해지며, 당신의 다리는 귀중한 목숨을 살리기 위해 달리느라 자빠지고 엎어지느라 하늘인지 땅인지 분간을 못합니다. 당신 내면의 혼에는 불이 붙고 당신의 기지는 모두 혼돈스러운 상태에 빠집니다. 그때 꽃과 향기로운 향이 생각날까요? 다시 생각해 보세요. 나와 함께 용궁으로 가면, 당신은 요정들이 정말로 거주하는 곳을 보고, 서왕모의 복숭아도 먹고, 최고급 술도 마시며, 어여쁜 여자들과 함께 노닐며 끊임없이 즐거운 삶을 영위하게 될 것입니다. 모든 부와 영예를 가질 것입니다. 잘 생각해 보기 바랍니다."

The rabbit turned his ears to hear and then replied, "Your words, turtle scholar, greatly enthral me. By nature I am a creature of poor luck. My wife died when she was young, my only son likewise. Last year at solstice time I took another wife, a very pretty creature, and we have greatly enjoyed each other. Now if I were to leave suddenly without a word, seeing it is miles and miles to your home, she would not know where I had gone, and would be broken-hearted. I'll go first and tell her and then return. Be pleased, Your Excellency, to sit down for a moment and wait."

토끼는 귀를 기울여 듣고는 대답했다.

"거북 학자님[9], 당신의 말에 너무도 솔깃합니다. 본디 나는 운이 없어 아내는 젊어서 죽고 하나뿐인 아들도 마찬가지였습니다. 작년 동지[10] 때 새 아내를 맞았는데 참 어여쁜 여자입니다. 우리는 서로에게 매우 만족하고 있습니다. 지금 내가 말 한 마디 하지 않고 갑자기 떠나기라도 한다면, 당신의 집까지는 수 마일이 떨어진 곳이니까, 아내는 내가 어디로 갔는지 모를 것이며 그리하여 가슴이 찢어질 것입니다. 먼저 가서 아내에게 말한 후에 돌아오겠습니다. 거북님, 잠시 앉아 기다려 주십시오."

The turtle thought to himself, "If this rascal goes home, his wife will persuade hem otherwise. We must leave, here and now, even though it be by force," so he said, "You are a great lord, what matters your wife? Why should you ask her anything? Are you a hen-pecked

9 거북 학자님(turtle scholar): 원문에서는 "듀부의 말룰 드르니"이다. 언더우드(1925)은 'schoalr'를 학도, 생도, 학생, 서생, 문인, 선비, 학자로 풀이한다. 게일이 거북의 직위를 'a literary offical'(문관)으로 번역한 것에 근거해서 'scholar'를 '학자'로 번역한다.

10 동지 때(solstice time): solstice는 영한사전에서 "하지(夏至), 동지(冬至) (Scott 1891, Jones 1914) 지(至), 일지(日至) (Underwood 1925)"로 풀이된다. 동지(winter solstice)인지 하지(summer solstice)인지 불명확하다. 다만 해당 원문이 "셧달"인 점을 감안한다면 동지에 근접한 의미로 게일 표현했음을 추론할 수 있다.

husband?"

When the rabbit heard this word "hen-pecked" he was ashamed, and said hastily, "Never mind, I'll go. I'll go. But how many days will it take? And the water-way is new and strange to me. What about that?"

거북은 속으로 생각했다.

"만약 이 놈이 집에 간다면 부인이 가지 말라고 설득할 것이다. 우리는 지금 여기서, 억지를 써서라도 떠나야 한다."

그래서 그는 말했다.

"당신은 대장부인데 왜 부인 타령을 합니까? 왜 이런 것까지 부인에게 물어야 합니까? 당신은 공처가입니까?"[11]

'공처가'라는 말을 듣자 토끼는 부끄러워 서둘러 말하였다.

"신경 쓰지 마십시오. 갈 것이오. 가면 되지요. 그런데 며칠 걸릴까요? 물길은 처음이고 낯섭니다. 어떻습니까?"

The turtle, great delighted, said, "If you are only willing to trust me, you need not mind about the water-way." So they started down toward the sea. There the rabbit took his place on the turtle's back

11 공처가(hen-pecked husband): 원문에서는 "판관ᄉ령의 아들"이냐고 자라가 토끼에게 핀잔을 준다. 판관사령은 "감영이나 유수영의 판관에 딸린 사령이라는 뜻으로 아내가 하라는 대로 잘 따르는 남자를 놀림조로 이르는 말"이다. 여기에는 아내의 말을 고분고분 잘 따른다는 공처가적인 의미와 특별한 권한이 없이 시키는 대로 하는 판관사령 벼슬에 대한 조소가 함께 어우러져 있다. 그런데 이를 게일은 'Are you a hen-pecked husband?"라고 하며 '공처가'로 단순화시켰다.

and shut tight his eyes. The turtle gave a plunge and was already deep under the blue waves. It was but a moment and they had reached the Crystal Palace. Here the rabbit opened his eyes and saw amid highly coloured clouds a massive gateway over the third story of which he read, in large characters, "The Dragon Palace of the North Sea."

거북은 크게 기뻐하며 말했다.

"나만 믿으면 물길은 신경 쓰지 않아도 됩니다."

이리하여 그들은 바다 쪽으로 내려갔다. 그곳에서 토끼는 거북의 등에 자리를 잡고 눈을 꼭 감았다. 거북은 풍덩 뛰어들더니 금방 푸른 파도 아래의 깊은 곳에 왔다. 순식간에 그들은 수정궁에 도착했다. 눈을 뜬 토끼는 갖은 색깔의 구름 사이에 거대한 관문을 보았는데 3층에 큰 글자로 "북해 용궁"이라고 적혀 있었다.

A great number of guards kept the gate. The turtle said, "I shall go in for a moment and return. Wait here."

He went into the palace and told the king all about how he had captured the rabbit. The king highly pleased, went up to the Dragon Throne and called his officers about him. He command the soldiers to at once kill the rabbit and serve up his liver. Thus the armies of the deep made an onset, just as the rabbit was stepping with short and halting paces over the doorway. He looked to this side and that and behold there were soldiers everywhere, a most alarming sight.

무수한 수비대들이 문을 지키고 있었다. 거북은 말했다.

"잠깐 들어갔다 돌아올 것입니다. 여기서 기다리십시오."

그는 궁 안으로 들어가서 왕에게 토끼를 어떻게 잡았는지 모두 말하였다. 왕은 크게 기뻐하며 용좌에 올라가더니 신하들을 가까이 불렀다. 그는 군사들에게 토끼를 당장 죽여 그 간을 내오라고 명했다. 이에 수중 군사들은 토끼가 짧고 뒤뚱거리는 걸음걸이로 문을 넘어서는 순간 달려들었다. 토끼가 이쪽저쪽을 보니 사방에 군사들이 있었다. 참으로 두려운 광경이었다.

When he entered the king said, "I have an internal sickness and no medicine avails anything. Recently I learned that if only I could get your liver, I should survive and for that reason I have had you captured and brought here. You are but a little creature while I am a great king. Will you give your liver for this sickness that effects my body? Bind him Fast." Such was the command and the soldiers rushed in from all sides and bound him.

그가 들어서자 왕은 말했다.

"내 몸 속에 병이 있는데 어떠한 약도 소용이 없다. 최근에 너의 간을 먹기만 하면 살아난다는 것을 알게 되었다. 그 때문에 나는 너를 잡아 여기로 데려 오게 했다. 나는 위대한 왕인 반면 너는 단지 하찮은 존재일 뿐이니 내 몸을 아프게 하는 이 병을 고칠 수 있도록 너의 간을 주겠느냐? 토끼를 단단히 묶어라."

명령이 이러한지라 군사들은 사방에서 돌진하여 그를 묶였다.

The rabbit's soul jumped from his skin, and his spirit melted like water. He know not what to do. I have been deceived by the turtle, thought he, and have now come to the place of death. Had I known that such a fate awaited me, no attractions of the Crystal Palace would ever have lured me hither. A robe of ginseng, a cap of the thousand year peach, a crystal staff itself would have been as nothing. What a dog I must be to leave home and come these thousand li through the deep only to die. My wife will never guess what has befallen me. He sat for a moment to think it over and then suddenly looked up to heaven and gave a great laugh.

토끼의 혼은 피부에서 튀어 나갔고 그의 정신은 물처럼 녹았다.[12] 어떻게 해야 할지 몰랐다. 그는 생각했다. 내가 거북에게 속아서, 이제 죽을 곳에 왔구나. 이런 운명이 나를 기다리고 있는 것을 알았더라면, 수정궁에 아무리 볼 것이 많다고 해도 속아서 여기로 오지 않았을 것이다. 인삼 가운[13], 천년된 복숭아로 만든 모자,[14] 수정 지팡

12 해당원본 "톳기 혼비빅산ᄒᆞ여"에서 게일의 번역이다. 『한영ᄌᆞ뎐』(1911)에서 "魂飛魄散"은 "The 혼 flies up, the 빅 dissipates"로 풀이된다. 풀이 속에서 혼백을 그대로 제시할 만큼 혼백이 서구인의 영혼관과 다른 것임을 게일을 비롯한 한국의 개신교 선교사들은 분명히 알고 있었다.(J. S. Gale, "The Beliefs of the People", *Korea in transition*, 1909, p.72) 이는 서구어로는 실상 번역이 불가능한 개념이다. 다만 게일은 魂魄 중에서 서구의 영혼과 상대적으로 더욱 근접한 개념이 "魂"이었기에 "soul"로 번역한 셈이다. 더불어 魄은 '정신'(spirit)이라는 의미로 번역한 셈이다.

13 인삼 가운(A robe of ginseng): 해당 원문은 "인삼 두루막이"이다. 『한영ᄌᆞ뎐』(1911)에서 "두루막이(周衣)"는 "A large close overcoat"로 풀이된다. 게일이 "robe"로 번역한 모습은 이러한 풀이에 의거하지 않은 것처럼 보인다. 하지만

이가 무슨 소용인가. 집을 떠나 깊은 바다를 천리나 지나 와서 죽게 되다니 나는 참으로 개 같은 놈이구나. 아내는 나에게 무슨 일이 닥쳤는지 생각지도 못할 것이다. 그는 잠시 앉아서 곰곰이 생각하다 갑자기 하늘을 우러러 보며 크게 웃었다.

The king asked, "What joy have you fallen heir to, pray, that you laugh?"

The rabbit, without changing colour, replied, "Your Majesty! I am laughing at the turtle."

"What funny thing is there about the turtle that makes you laugh?"

왕은 물었다.
"무엇이 그리 즐거워서 그렇게 웃느냐?"
토끼는 안색의 변화 없이 대답하였다.
"용왕님, 지금 거북을 보고 웃고 있습니다."
"거북이의 어떤 점이 재미있어 그렇게 우스우냐?"

The rabbit laughed again and said, "The turtle is paid from the

"robe"는 영한사전에서 "옷, 의복(Scott 1891), 두루마기(周衣), 곤룡포(袞龍袍), 룡포(龍袍)(Jones 1914), (1) 것옷, 웃옷, 례복(禮服), 법복(法服). (2)녀복(女服). (3) 니불, 덥는것(Underwood 1925)"로 풀이된다. 존스의 영한사전(Jones 1914)은 『한영ᄌᆞ뎐』(1911)을 참조한 사전이며, 가장 근접한 시기에 출판된 것이다. 게일은 "robe"를 두루마기에 대한 역어로 활용한 것으로 추정된다.

14 천년된 복숭아로 만든 모자(a cap of the thousand year peach): 천도(天桃)는 하늘나라에서 난다고 하는 복숭아의 의미인데 게일은 하늘 天을 숫자 千으로 오독한 듯하다.

royal exchequer and so should serve his king with right spirit. When he met me on the bank of the stream, had he but mentioned that Your Majesty was ill, I never for a moment would have begrudged my little morsel of a liver, but he said not a word about it. He talked only of the wonders of the Crystal Palace. How for a long time I had had a desire to see these halls, and not only so, but I had longed to make me escape from the troubled world of men and come and live here. How could I know why he brought me? One ought to do their part in life honestly. He certainly has not acted as a good courtier, but has fed me from an empty breast. A blameworthy foolish creature is he not? Your Majesty's case is a serious one where medicine is most urgently needed."

토끼는 다시 웃으며 말했다.

"거북은 왕실로부터 녹봉을 받으니 바른 마음으로 왕을 섬겨야 합니다. 나를 개울가에서 만났을 때, 용왕님께서 아프다는 언급만 했더라도 저는 결코 단 한 순간도 저의 이 보잘 것 없는 간을 내어 주는 것을 아깝게 여기지 않았을 것입니다. 그러나 그는 그것에 대해서는 한 마디도 하지 않았습니다. 단지 수정궁의 경이로움에 대해서만 말했습니다. 얼마나 오랫동안 이 용궁을 보고 싶었는지요. 그뿐만 아니라 골치 아픈 인간 세상에서 벗어나 여기에 와서 살기를 얼마나 갈망했는지요. 나를 왜 데리고 왔는지 제가 어떻게 알 수 있었겠습니까? 우리는 살면서 정직하게 제 역할을 해야 합니다. 분명히 그는 훌륭한 신하로 처신하지 않고 저에게 빈 젖을 먹였습니다. 비난

받아 마땅한 어리석은 자가 아닙니까? 용왕님의 경우는 약이 매우 시급히 요구되는 심각한 상황입니다.[15]"

The king in great anger said, "You rascal, cunning words yours! I command you to give up your liver at once and cease talking such arrant nonsense." He roared his command like the winds in the autumn woods.

The rabbit, not knowing what to do, but maintaining his composure, gave a slight grin and said, "People of the world when they meet me are always asking for my liver. I have no strength to prevent such demands being carried out, and so, long ago, I took my liver out and hid it in a safe place. Meeting the turtle, and not knowing what he wished, I came away without it."

왕은 크게 화를 내며 말했다.

"네 이놈, 네 말이 간사하구나. 당장 네 간을 포기하고 그런 말도 안 되는 허튼 소리를 그만둘 것을 명한다."

그가 고함을 지르며 명을 하였는데 마치 가을 산의 바람과 같았다.

토끼는 어찌할 바를 몰랐지만, 평정을 유지하고 조금 웃으며 말했다.[16]

---

15 용왕님의~ 입니다(Your Majesty's case~ needed): 원문에서는 "급호 곽난의 청심환 소라 보녀염즉 호외다"이다. 급체에 청심환이 필요하듯이 토간이 시급히 요구되는 상황이라는 말이다. 영역에서는 그런 의미만을 추출하여 "약이 매우 시급히 요구되는 상황"이라는 것만 강조했다.

16 해당 원문은 "톳기 망극호여 방귀를 줄줄흘니며 안식이 여상호여 반만 웃으며

"세상 사람들은 저를 만날 때마다 항상 저에게 간을 달라고 합니다. 저는 그런 요구를 거절할 힘이 없습니다. 그래서 오래 전에 저는 간을 꺼내서 안전한 장소에 숨겨두었습니다. 거북을 만났고 그가 원하는 바가 무엇인지 몰랐기 때문에 저는 간 없이 멀리 왔습니다."

The rabbit looked his displeasure at the turtle and said, "You stupid fool, now that I see the face of His Majesty he is serious ill. Why did you not tell me?"

The king more angry than ever, said, "The liver is one of the five vital organs, how could you ever take it out and put it back again? You are here to deceive." He then ordered the soldier to cut him open and have it out.

토끼는 거북을 째려보며 말했다.

"이 어리석은 바보야, 지금 용왕님의 얼굴을 보니 병이 위중한데 어째서 나에게 말하지 않았느냐?"

왕은 더욱 화를 내며 말했다.

"간은 중요한 다섯 기관의 하나인데, 어떻게 그것을 꺼내서 다시 갖다 놓을 수 있다 말이냐? 너는 지금 나를 기만하려고 하는구나."

그는 군사들에게 토끼 배를 갈라 간을 꺼내라고 명했다.

알오듸"이다. 게일은 이 원문에서 "망극ᄒᆞ여 방귀를 줄줄흘니며"라는 표현을 "어찌할 바를 몰랐지만" 정도로 번역했다. 그가 이 언어표현이 비속한 것으로 여겼거나 이를 그대로 번역함이 불가능한 것으로 판단했을 가능성이 있다.

The rabbit at his wits' end, said, "If you open me and find no liver, what then? Once dead, there is an end of it. No repentance can avail, but if you save me I'll go and get it and present it to Your Majesty."

The king more furious still, urged on his men. With knife in hand the soldiers undertook to have him opened, but yet the rabbit did not in the least change the colour of his countenance. He simply said, "I have proof that it is not here, listen a moment."

"What proof have you?" demanded the king.

"Proof?" said the rabbit "I have a special opening in my body for the taking out of my liver. I take it out and I put it back."

토끼는 어찌할 바를 몰라 말했다.

"저를 가른 후에 간이 없으면 그 다음은요? 한 번 죽으면 그것으로 끝입니다. 후회해도 소용없습니다. 그러나 저를 살려준다면 가서 간을 가지고 와 용왕님께 드리겠습니다."

더욱 더 격노한 왕은 부하들을 재촉했다. 손에 칼을 든 군사들은 그의 배를 가르고자 착수했다. 그러나 토끼는 조금도 안색을 바꾸지 않고 말했다.

"간이 여기 없다는 증거가 있습니다. 잠시 들어 주십시오."

"어떤 증거가 있느냐?" 왕이 물었다.

"증거요?" 토끼가 대답했다.

"제 몸에는 간을 밖으로 꺼내기 위한 특별한 구멍이 있습니다. 저는 간을 꺼내고 다시 넣을 수 있습니다."[17]

The king doubtful of this, had him turned over to see and sure enough, there was the opening. His Majesty then gave a stroke to his beard, laughed ha, ha, and said, "When you put your liver back show how you do it. How comes it that people say that your lover is medicine?"

The rabbit in a perfectly cool manner, replied, "When I put it back I just swallow it. I am not like other creatures for I have the spirit of the four seasons in my stomach, as well as the fresh dews of the morning and the mists of the evening sky. All the essence of the air are gathered in my inward parts. These constitute medicine."

왕은 이를 의심하여 토끼를 뒤집어 살펴보게 하니 과연 구멍이 있었다. 그러자 왕은 수염을 쓰다듬고 하하 웃으며 말했다.

"간을 언제 다시 넣는지 어떻게 그렇게 하는지 보여라. 어째서 사람들은 너의 간이 약이라고 말하느냐?"

---

17 해당 원문은 "소ᄉᆡᆼ이 다리 ᄉᆞ이의 굼기 세히 이셔 한 굼근 ᄃᆡ변을 보옵고, 한굼근 소변을 통ᄒᆞ고, 한굼근 간을 출입ᄒᆞ오니 적간ᄒᆞ여 보쇼셔"이다. 비합리적인 진술 혹은 비속한 표현으로 보았는지, 간을 꺼내는 특별한 구멍이 있다는 정도로 번역을 했다. 원문에서 간이 출입하는 것을 구체적으로 제시한데 반하여 영역에서는 대변과 소변은 언급하지 않고 간을 출입하는 '특별한 구멍'(special opening)으로 대체하여 비속한 표현을 제거하고자 한 것으로 보인다. 이 대목은 이본 대부분에 등장하는 삽화로 토끼의 간 출입을 증명하는 명백한 징표가 되는 부분이다. 그런데 번역에서 특별한 구멍으로만 제시되어 논리적으로 보면 치밀하게 형상화 되지 못하고 허점이 드러난다. 구체적으로 어느 곳을 지적하지 않고 특별한 구멍이 있다고 하는 것은 청자들이나 독자들이 납득하기 어렵다. 세 구멍이 있어야 대변, 소변을 제외하고, 간이 출입하는 곳이 가능해지는 것이다. 이 세 구멍은 토끼가 용궁에서 살아 돌아오는 결정적 증거를 제시하는 물증이 되었던 것이기에 더욱 그렇다.

토끼는 매우 차분한 태도로 대답했다.

"간을 다시 넣을 때 그냥 삼킵니다. 제가 다른 피조물들과 다른 것은 저의 위는 아침의 신선한 이슬과 저녁 하늘의 안개뿐만 아니라 사계절의 기운을 담고 있기 때문입니다. 대기의 모든 정수가 저의 내장에 모입니다. 이것들이 약이 됩니다."

The king hearing this, was inclined to believe it. He counselled his ministers when they said to him, "This creature's words are full of deceit. By all means open him up and see."

The king however, objected and said to the rabbit. "Your words seem like truth to me, but you may have put back your liver and forgotten."

The king then, in order to insure his faithful service for the future, highly honoured him and made him a prince of the Dragon Kingdom.

왕은 이를 듣고 그것을 믿고 싶은 마음이 생겼다. 대신들과 의논하니 그들이 말했다.

"이 자의 말은 거짓으로 가득합니다. 반드시 저 자의 배를 갈라 보십시오."

그러나 왕은 이에 반대하고 토끼에게 말했다.

"나는 네 말이 사실이라고 생각하지만, 네가 간을 다시 넣은 후 망각했을 수도 있다."

그런 후 왕은 앞으로의 그의 충성스러운 직무를 확실히 하기 위해서 그에게 큰 영예를 내리고 그를 용국의 제후[18]로 삼았다.[19]

The rabbit said, "I am but a feeble creature from the hills but now by the grace of your high majesty I am made a duke. How can I ever sufficiently thank you? Let me go, I pray, at once with the turtle and bring the liver."

The king, glad of the proposal, made a great feast in which he specially honoured the rabbit. The chief censor, the crab, said, "This rabbit is not to be believed. I propose that we leave him here and go ourselves instead."

The rabbit shot a deadly glance at the crab, and the king in a sudden burst of anger said, "My decision is given, what more have you to say about it? Let the crab be locked up in the tower."

토끼는 말하였다.

"저는 그저 산에서 온 미약한 존재입니다. 그러나 이제 용왕님의

---

18 왕자(prince): Underwood(태ᄌᆞ, 셰ᄌᆞ, 공ᄌᆞ); Scott(왕자, 태쟈, 셰자); Jones(군(君), 친왕(親王), 황자, 부마, 위, 공, 공작); Gale(공작); Underwood(인군, 제왕, 왕후, 태자, 세자, 친왕, 황자, 왕자, 대군, 군, 궁, 부마, 위, 공작, 졔후). 이중어 사전에 따르면, prince는 duke의 의미도 포함한다. 원문에서 용왕은 토끼를 삼정승을 의미하는 삼공위(三公位)에 봉한다. 게일은 이를 'a prince of the Dragon Kingdom'로 번역하고 바로 이어 'a duke'로 번역한다. 게일은 삼공위를 처음부터 duke로 번역하지 않고 prince로 번역한 후 다시 duke로 풀어준 셈이다.

19 이는 다음과 같은 원본의 누락부분에 해당되는 것이다. "왕이 ᄯᅩᄒᆞᆫ 올히 너겨 톳기더러 닐오ᄃᆡ 네 말ᄅᆞᆯ 드른즉 그러ᄒᆞᆯ 듯ᄒᆞ거니와 혹 도로 너코 이졋는지 아지 못하미 ᄇᆡᄅᆞᆯ 갈ᄂᆞ보미 가장 단ᄒᆞ다 ᄒᆞ고 [역주자: 누락부분] 봉ᄒᆞ여 토공을 삼공위로ᄒᆞ니" 이러한 누락부분에 게일의 번역을 볼 때, 그가 참조한 판본 1888년경의 오늘날과는 다른 판본일 가능성을 보여준다. 게일의 번역을 보면, 왕은 배를 갈라야 하기보다는 망설이고 있는 것으로 표현된다. 이에 따라 향후 용왕이 토끼의 충성스런 봉사를 보장받기 위해서 영예로운 지위를 주며, 토끼는 이에 그 은혜에 감동한 척하여 간을 가지러 나가는 대사를 용왕에게 한다.

은총으로 공작이 되었습니다. 어떻게 감사를 드려야 할 지 모르겠습니다. 거북과 당장 가서 간을 가져 올 수 있게 허락해 주십시오."

왕은 이 제안에 기뻐하여 큰 연회를 베풀고 특히 토끼를 후대하였다. 대감찰관[20]인 게가 말하였다.

"이 토끼를 믿어서는 안 됩니다. 그를 여기에 두고 대신 신들이 갈 것을 청합니다."

토끼는 죽일 듯이 게를 쏘아 보았고[21], 왕은 벌컥 화를 내며 말했다.

"이미 나의 결정이 내려졌거늘, 말할 게 더 뭐가 남았는가? 게를 탑에 가두도록 하라."

The rabbit in high glee, said, "As I see your Majesty's sickness I fear there is growth in your throat. Your uncle king Yumna of hell, may lend a hand and provide a coat of never die grass, or a cap of the inner vitals, but the relief will be only temporary. I shall go at once and get my liver."

The king then summoned the turtle and said, "what the rabbit says accord with reason. If we kill him out of hand, no advantage will come of it. I command you to go with him at once and bring his liver.

20 대감찰관(chief censor): 원문에는 "대사간"으로 나오며, "大司諫"은 『한영ᄌᆞ뎐』(1911)에서 "The Chief Royal Censor-an officer of front rank, 3rd degree"로 풀이된다. 즉, 원문의 해당 어휘를 잘 옮긴 것이다. 하지만 우리는 "chief censor" 그 자체만으로 서구인으로 감지되는 개념을 표현하기 위해, 대감찰관으로 옮긴 것이다.

21 토끼는 죽일 듯이 게를 쏘아 보았고(The rabbit shot a deadly glance at the crab): 원문에서는 "소릐 업슨 조총으로 노코시브더니"이다. 실제 총으로 자가사리(번역에서는 게)를 쏘아죽이고 싶다는 의도를 '죽일 듯이 노려본다'는 정도로 추상화 시켰다.

As you hurry along, use your official pass" for supplies."

토끼는 기뻐 날뛰며 말했다.

"용왕님의 질병을 보니 목이 부은 것 같아 걱정입니다.[22] 전하의 삼촌인 지옥의 염라왕이 도움의 손길을 주어 결코 죽지 않는 풀로 만든 코트(불로초)나 혹은 목숨을 살리는 장기로 된 모자[23]를 줄 수도 있지만 그 완화는 일시적일 뿐입니다. 당장 가서 간을 가져오겠습니다."[24]

이에 왕은 거북을 불러들여 말했다.

"토끼가 말한 것이 이치에 맞소. 지금 그를 죽이면 이로 인해 얻는 이득이 없소. 당장 그와 함께 가서 그의 간을 가져 올 것을 명하오. 서둘러 가니 그대의 공식 통행증으로 '필요한 물품'을 구하도록 하오."

---

22 전하의 질병을 보니 목이 부은 것 같아 걱정입니다(I fear there is growth in your throat): 해당 원문은 "목젼의 견양ᄃᆡ기 날듯ᄒᆞ니"이다. 목이 붓는 것으로 보아 목에 종양이 생긴 질병으로 보인다.

23 목숨을 살리는 장기로 된 모자(a cap of the inner vitals): 해당 원문은 "우황 감토"이다. 여기서 게일은 감투는 모자로 옮긴 셈이다. 우황은 소의 담석으로, 해열제나 강심제로 쓰이는 약제이기도 하다. 구하기 쉽지 않은 명약으로 인식되었다. 『한영ᄌᆞ뎐』(1911)에 "牛黃"은 "Cow bezoar"로 풀이된다. bezoar는 동물의 위나 장에 생기는 결석, 즉 胃石을 지칭하는 영어어휘이다. 위석은 해독제로 활용되기도 했다. 즉, 게일의 『한영ᄌᆞ뎐』(1911)은 "牛黃"을 약제로 쓰이는 소의 위석으로 풀이한 셈이다. 그러나 게일은 소의 결석이란 맥락을 제거하고 "목숨을 살리는 장기(the inner vitals)"정도로 번역한 셈이다.[참고로 "vital(s)"은 영한사전에서 "사ᄂᆞᆫ, ᄉᆡᆼ명의, ᄉᆡᆼ명의요긴ᄒᆞᆫ, ᄉᆡᆼ명계관ᄒᆞᆫ, 목숨달닌(Underwood 1890), ᄉᆡᆼᄉᆞ관두ᄒᆞ다(Scott 1891), ᄉᆡᆼ명샹(生命上): ᄉᆡᆼ활샹(生活上): 활발ᄒᆞᆫ(活潑): (necessary) 즁요ᄒᆞᆫ(重要)(Jones 1914) 명문(命門), ᄉᆡᆼ긔(生機), 요해쳐(要害處)(오장(五臟)ᄀᆞᆺᄒᆞᆫ것) (Underwood 1925)"로 풀이된다.]

24 원문에서 이 영역문의 단락에 해당하는 부분은 "목젼의 견양ᄃᆡ가 날 듯ᄒᆞ니염ᄂᆞᄃᆡ왕이삼촌이오불노초로 두루마기를 ᄒᆞ고 우황감토을 ᄒᆞ여셔도 황당ᄒᆞ오니"이다. "염라대왕이 삼촌이오"이라는 말은 생사를 주관하는 염라대왕과 그렇게 가깝더라도 아무 소용이 없다는 관용적 표현인데 번역에서는 불노초와 우황을 주는 구체적인 인물로 등장했다.

The rabbit on the back of the turtle once more set off through the briny deep. He said in his heart, "I was a fool to be taken in and I certainly ran a close shave today. The Dragon King is an idiot, that is why I live. Man or beast, who could ever take out his liver and put it back again? I shall flatter this numskull of a turtle and in the end get safely away."

He remarked to the turtle. "If you had told me first of all about the king's illness, I would have brought my liver and we could have avoided this extra journey. The king too, would have been cured at once. You were very foolish and now you have to sweat for it. If I had brought the liver and as a reward ridden in the king's chair you yourself would have been overwhelmed with honours."

토끼는 거북의 등을 다시 타고 출발하여 깊은 바다를 지나갔다. 그는 마음속으로 말하였다.

"속다니 내가 바보였다. 죽을 뻔했는데 오늘 겨우 살았다. 용왕이 바보라서 내가 살았지. 사람이건 짐승이건, 누가 간을 꺼내서 다시 도로 넣을 수 있다 말인가? 돌대가리 같은 이 거북에게 아부해서 기어이 무사히 빠져 나가야겠다."

그는 거북에게 한 마디 했다.

"당신이 왕의 병환에 대해 먼저 말했더라면 간을 가지고 왔을 것이고 그러면 이런 여행을 다시 하지 않았을 것입니다. 왕도 또한 그 즉시 병이 나았을 것입니다. 당신이 참으로 어리석었기에 지금 이로 인해 고생하는 것은 당연합니다. 내가 간을 가져와 그 보답으로 왕의 의자를 탔더라면, 당신도 큰 영예를 누렸을 텐데 말입니다."

When the turtle heard this he thought, "How could I know that the beast's liver was not inside of him?" and then he said, "My one desires was to get you into the presence of the king, but even now if you only hasten and get it quickly there is no occasion to trouble in the least about my labour and sorrow."

When once they had crossed the sea and landed safely, the rabbit found himself again on his native soil. He rolled and tumbled and galloped about delighted at being free, when suddenly he felt himself caught in a net-trap and tangled hopelessly up. Alas, in the sight of home, here he was as good as dead.

거북은 이 말을 듣고

"짐승의 간이 몸 안에 있지 않는 것을 내가 어찌 알 수 있겠는가?"[25]

하고 생각한 후 말했다.

"나의 유일한 바람은 당신을 왕 앞으로 데리고 가는 것이었습니다. 지금도 당신이 서둘러 간을 빨리 손에 넣기만 한다면, 내 노고와 슬픔에 대해서 걱정할 일은 전혀 없습니다."

25 자라가 간이 밖에 있다는 토끼의 말을 의심하지 않게 되었음을 서술한 부분("그 간이 밧게 잇슈이 뎡영 무의이 알고 허는 말이")에 관하여, 게일은 "짐승의 간이 몸 안에 있지 않는 것을 내가 어찌 알 수 있겠는가?"라며 토끼의 말에 응답하는 직접적인 대사로 번역했다. 이 역시 게일의 개작 혹은 오늘날과는 다른 경판본을 참조했을 가능성을 모두 감안해볼 수 있다.

일단 그들이 바다를 건너 육지에 안전하게 도착하게 되자, 토끼는 고향 땅을 다시 보게 되어 구르고 넘어지고 질주하며 해방된 것에 기뻐했다. 그때 갑자기 토끼는 자신이 그물에 걸려 꼼짝없이 잡히게 된 것을 알게 되었다. 아이고, 집이 보이는 여기서 그는 죽게 생겼구나.[26]

While deep in despair a blue-bottle fly came by and alighted on his eyelid. At once he thought, "If this creature could only blow his eggs over me, the trapper will think me a decayed carcass and throw me away." He roared at the fly, "You foul insect, let me once get free and I'll destroy you root and branch."

When the fly heard this he flew into a violent rags and called to his mates, "Here is a rabbit caught in a net, doomed to die, who insults me. Come all of you and let's see that he does not die in peace. Suck his blood and leave not a hair on his back."

깊은 절망에 빠져 있을 때 청파리가 지나가다 그의 눈꺼풀에 앉았다. 곧 그는 생각했다.

"만약 이 놈이 내 위에 알을 놓을 수 있기만 하며, 그물 친 자는 나를 썩은 시체로 생각하고 내다 버리겠지."

토끼는 파리에게 호통을 쳤다.

---

26 <토생전> 7장과 9장은 字體가 다른 것이어서, 번각이 있었던 판본으로 추정된다. 문제가 되는 장면은 내용전개가 비합리적인 토끼가 만나게 되는 그물위기 부분이다. 그 내용전개를 보면 게일의 영역본도 이 점이 잘 반영되어 있다.

"이 더러운 벌레야, 내가 나가기만 하면 너를 갈기갈기 찢어 줄 것이다."

파리는 이 말을 듣고 격렬한 날개 짓 소리를 내며 날아가 동료들에게 소리쳤다.

"여기 그물에 걸린 토끼가 있는데, 죽을 거면서 나에게 욕을 했어. 우리 모두 가서 편하게 죽지 못하게 하자. 피를 빨고 등에 털 하나도 안 남게 하자."

Millions came and encamped upon him till the rabbit was thrown into mortal agony. He roared out this and that, and poured contempt upon them, insulting words without number. The flies, incensed beyond all control, blew him over leaving not a spot untouched.

When the trapper came by the rabbit lay as dead. Seeing how terribly fly-blown he was, he simply said "Rotten !" and threw him away. The rabbit then ran for his life, and by good luck met his wife on the way. She, however, seeing his condition, gave a great start and exclaimed, "How ever have you got yourself into such a mess?" The rabbit then sat down and told her all.

수백만 마리의 파리가 와서 그 위에 진을 쳤고, 토끼는 죽을 것 같은 고통 속으로 던져졌다. 그는 이것저것 고함을 지르며 파리에게 경멸을 퍼부었고 무수히 모욕적인 말을 했다. 파리는 걷잡을 수 없이 화가 나서 쉬를 슬어 토끼는 성한 데가 한 곳이 없었다.

그물 친 자가 왔을 때 토끼는 죽은 것처럼 누워있었다. 얼마나 끔찍하게 파리가 쉬를 슬었는지, 그는 간단히 "썩었군!"하고 말하더니 토끼를 멀리 던져 버렸다. 그러자 토끼는 죽을 힘을 다해 뛰었고 운 좋게 도중에 아내를 만났다. 그녀는 그의 상황을 보고 깜짝 놀라 외쳤다.

"도대체 어떻게 이 지경이 되었습니까?"

그러자 토끼는 앉아서 그녀에게 모든 것을 말했다.

When the wife heard it she posted off to the turtle and gave him a sound piece of her mind, saying, "You bandit, you robber, what grudge pray, have you against us that you entice my husband away in order to rob him of his liver? Had he not been a creature of resource he would assuredly have died. You horrible beast may you break your long neck and die. May your king die too in utter despair, with no liver and no rabbit. His sickness is deep and he will assuredly suffer a griming ugly death."

아내는 이 말을 듣고 거북에게 급히 가 가슴속에 품은 말을 했다.

"이 산적 같은 놈아, 이 강도 같은 놈아, 우리에게 어떤 원한을 가졌기에 내 남편을 꼬드겨서 데리고 가 간을 빼으려고 했느냐? 그 사람이 꾀가 있는 사람이었을 망정이지 안 그랬다면 틀림없이 죽었을 것이다. 이 끔찍한 짐승 같은 놈아, 네 긴 목이 부러져 죽어버려라. 또한 너의 왕도 간도 토끼도 없이 끔찍한 고통 속에 죽을 것이다. 왕의 병이 깊으니 너의 왕은 반드시 더럽고 추하게 죽을 것이다."

The turtle on hearing this turned white with rage and said, "You nefarious woman, hear what I have to say. How depraved so ever a female may be, would she dare utter such words as these?"

Just at this point the rabbit came bounding out to say to the turtle, "You have taken me on your back and gone twice through the depths of the sea. I have no return to make, however, good-bye."

거북은 이 말을 듣고 분노로 얼굴이 하얗게 되어 말했다.

"이 흉악한 년아, 내 말을 들어보아라. 아무리 여자가 타락했다 한들 어떻게 감히 이런 말을 지껄일 수 있나?"

바로 이때 토끼가 깡충거리며 와서 거북에게 말했다.

"나를 등에 태우고 두 번이나 깊은 바다를 건넜는데 나는 보답할 게 없네. 잘 가."

The turtle answered, "You, two, have cursed our palace and our king, do you mean to say now that you intend to give no liver, and send me back empty-handed?"

The rabbit looked up to heaven and laughed saying, "However stupid you may be, you could hardly, after all your labour, expect to get no liver, but none you get. If our relatives only knew that you were here they would come in an army and pull you into a thousand pieces. Make haste and get away."

The rabbit then turned with his wife and giving a leap was lost in the forest.

거북은 대답했다.

“너희 둘은 우리 용궁과 우리 왕을 모욕했다. 지금 간을 주지 않고 나를 빈손으로 돌아가게 하겠다는 것이냐?”

토끼는 하늘을 쳐다보고 웃으며 말했다.

“네 아무리 어리석다고는 하지만, 이 모든 고생 뒤에 간을 얻을 수 없을 것이라곤 생각도 못했겠지만, 넌 아무 것도 가지지 못해. 만약 우리 친척들이 네가 여기에 있는 것을 알기라도 하면 몰려와서 너를 천 갈래로 찢을 것이다. 빨리 꺼져.”

그런 후 토끼는 아내와 함께 몸을 돌려 폴짝 뛰어 숲속으로 사라졌다.[27]

Hopeless, and in utter despair, the turtle heaved a deep sigh and said, “Here I am befooled by this rabbit, with what face can I return to my king? Better were I dead.”

He then wrote out his last will and testament, pasted it on a rock, and gave his head a smashing blow upon a stone that cracked it through and through and so he died.

---

27 그런 후~ 사라졌다(The rabbit then ~forest): <토생전>에 등장하는 자라를 (바다) 거북으로 했던 것처럼 원본과 차이 나는 등장인물을 보면 그 하나가 토끼의 자식 유무이다. <토생전>에서는 兎女가 등장하여 “암톡기와 둘히 토녀룰 업고 오줅 오줅ᄒᆞ며 슈풀 가온ᄃᆡ로 싹 드러가”지만 게일의 영역문에서는 암토끼만 등장한다. 사건에 영향을 미치는 인물이 아니어서 무시했으리라 보이지만 실상 토녀가 있음으로써 한 단란한 가정의 그림이 완성된다. 토끼는 이미 작년 섣달(번역에서는 동지로 나옴)에 새 아내를 맞아 행복하게 신혼생활을 하고 있는 상태였다. 그 자식인 토녀의 존재는 “남의 빅년히로ᄒᆞᆯ ᄂᆡ 남편을 유인ᄒᆞ여ᄃᆞ가 간을 ᄂᆡ려ᄒᆞ러라 ᄒᆞ니”처럼 용왕을 살리기 위해 가장이자 남편을 죽임으로써 한 단란한 가정을 파괴하는 용궁의 횡포를 부각시키는 기능을 한다. 이와 달리 영역문에서 토녀의 존재의 누락으로 용왕와 거북의 횡포가 희석화되는 경향이 있다.

The king getting no word from the turtle, wondered what had become of him, so he sent the turtle's older brother to find out and let him know.

희망을 잃고 깊은 절망에 빠진 거북은 깊은 한숨을 내쉬며 말했다.
"여기서 나는 토끼에게 바보 취급을 당했다. 무슨 얼굴로 왕에게 돌아갈 수 있겠는가? 죽는 것이 더 낫겠다."
그리곤 그는 마지막으로 유서와 증언을 적어 바위 위에 붙이고 자기의 머리를 바위에 세게 박았다. 그는 머리가 완전히 깨져 그렇게 죽었다.
왕은 거북에게서 소식이 없자 어떻게 되었는지 궁금하여 거북의 형[28]에게 가서 알아보라고 했다.

This turtle number two made the voyage and landed safely. The first thing that caught his eye, was the written inscription pasted on the rock, and, to his horror, just before it lay the body of his deceased brother. He looked at the writing and in his distress began to cry. Finally he gathered together the remains, folded up the paper will, and made his way home. The king feeling sorry for the sad fate of his devoted servant, came down from his throne and jointed in the funeral.

28 거북의 형(the turtle's older brother): <토생전>에서는 자라가 머리에 부딪혀 죽고 소식이 없자 용왕은 (이성사촌) 형인 대사성 거북을 보내 진상을 알아오게 하지만 번역본에서는 'the turtle's older brother'(거북의 형)을 보낸다고 되어 있다. 영문으로는 그가 거북의 친형임을 암시한다.

이 2번 거북은 바다를 건너 무사히 육지에 도착했다. 그의 눈을 단박에 사로잡은 것은 바위에 붙어 있는 손으로 적은 글이었다. 경악스럽게도 바로 그 앞에는 죽은 동생의 시체가 놓여 있었다. 그는 글을 보고 절망하며 울기 시작했다. 그는 유해를 모으고 종이 유서를 접어서 집으로 돌아갔다. 왕은 충성스러운 신하의 슬픈 운명을 안타까워하여 왕좌에서 내려와 장례식에 참석했다.

The Director of Medicine, the octopus, along with his cousin the stinging ray, who was judge of the courts; the carp, the learned lawyer; the skate, the royal Secretary; the oyster; and the man of letters, the silver fish, made request of the king saying, "The wretch, the rabbit, who lives in the mountains, had deceived both Your Majesty and Your Majesty's Ministers and done dishonour to the Dragon Kingdom. Let us call upon the Spirit of the Hills that he have him arrested and soundly punished for his evil deeds.

The Prime Minister, the whale; minister of the Left, the salmon, and the Minister of the Right, the tunny, said, "You will never catch the rabbit by means of the Mountain Spirit. Rather send out soldiers and have them surround the hill where his burrows are; then pour down rain until you drown him out, him and all his brood."

의학 국장 문어, 그의 사촌인 대법관 찌르기 가오리, 학식 있는 변호사 잉어, 왕실 비서실장 홍어, 전복, 문관 은어, 모두 왕에게 요청하였다.

"산중에 사는 그 못된 토끼가 전하와 그 신하들을 기만하고 용국의 명예를 더럽혔습니다. 허락해 주시면 신들이 산신령을 찾아가 토끼를 잡아 못된 악행에 대해 엄한 벌을 내리라고 하겠습니다."

수상인 고래, 좌상 연어, 우상 다랑어[29]가 말했다.

"산신령만으로는 절대 토끼를 잡을 수 없습니다. 차라리 군대를 보내서 토끼 굴이 있는 산을 에워싸게 하십시오. 그런 후 비를 쏟아 부어 토끼를 익사시키고, 그와 그 집안의 모든 자식들을 죽이십시오."

But the king opposed this saying, "All this that you suggest avails nothing, even the king of Han had to die. When he fall ill he bowed his head and said, "Life and death are in the hands of God." Thus he died. But how much more a creature like me. They call me a spirit and I have foolishly listened to it, but in the end I have been made a laughing-stock of by the rabbit. If I do as did the man Cho, when he sought help from the monkey, my faults will stand out more

29 수상인 고래, 좌상 연어, 우상 다랑어(The Prime Minister, the whale; minister of the Left, the salmon): 경판본 원문의 "영의졍 고릐와 좌의졍 슈어와 우의졍 민어"를 번역한 것이다. 領議政, 左議政, 右議政은 『한영ᄌ뎐』(1911)에서 각각, "The Chief Minister of State-an officer of the 1st degree", "The Minister of State for the Left-an officer of the front rank, 1st degree", "The Minster of the Right-3rd Minster of State"로 풀이된다. 한국의 정치적 제도에 관해서는 일찍이 샤를 달레의 『한국천주교회사』 서설(1874)에 이미 그 개관이 잘 정리되어 있었으며, 왕실과 직접적으로 접촉했던 개신교 선교사들은 체험을 통해 잘 알고 있었다. 헐버트의 저술을 보면, 그는 왕의 직속으로 영의정, 좌의정·우의정이 있으며 이들이 전국에서 일어나는 모든 문제의 최종적인 재결자란 사실을 잘 알고 있었다. 또한 그가 체험한 바로는 왕의 사사로운 문제에도 간여하며, 관료의 등용을 주재하며, 갑작스런 재난이나 사건이 발생할 때 주도적인 역할을 담당했으며, 왕과 신하들의 중심에 놓이며 그들의 눈을 거치지 않고 이루어지는 정사는 없었다. (H. B. Hulbert, "Government", *The Passing of Korea,* 1904, pp. 46~49)

disgracefully than ever. For me to disregard the will of God, and vent my spleen upon the rabbit would be the act of an unenlightened soul. Do not suggest such a thing again."

그러나 왕은 이에 반대했다.

"그대들이 제안하는 이 모든 것은 부질없소. 심지어 한나라 왕도 죽음을 피할 수 없었소. 한나라 왕은 병이 들자 머리를 숙이며 '삶과 죽음은 신의 손에 달려 있다.'라고 말하며 그렇게 죽었소. 그런데 나 같은 자는 말해 무엇 하겠소. 사람들이 나를 신령으로 부르기에 나는 그 말을 어리석게 듣다 결국 토끼에게 웃음거리가 되었소. 초인[楚人][30]이 원숭이에게 도움을 구했을 때처럼 내가 그렇게 한다면, 나의 허물은 이로 인해 지금보다 더 부각될 것이오. 신의 뜻을 무시하고 토끼에게 나의 울분을 푸는 것은 무지몽매한 자의 행위가 될 것이오. 다시는 그런 일을 권하지 마시오."

He finished speaking and then gave a deep sigh. Calling his ministers to his presence he wrote out his last wishes and passed away. His age was eighteen hundred years and he had been king for twelve hundred.

---

30 원숭이에게 도움을 구한 초인이(the man Cho, when he sought help from the monkey): 해당 원문은 "쵸인이 실원에 화연림목허다시 ᄒᆞ면"으로 되어 있다. 이는 "초나라에서 원숭이를 모조리 잡으려니 / 그 화가 숲과 나무에까지 뻗치고 / 성문이 불타니 / 그 재앙이 못 안의 물고기에로 미치는 구나(楚國亡猿 禍延林木 城門失火 殃及池魚"라는 杜弼의 「檄梁文」과 관련된 부분으로 보인다. 이를 말하려고 했으나 잘못 인쇄된 것으로 보인다. 게일 역시 이처럼 명확하지 못한 해당 원문을 기반으로 잘못된 번역을 한 셈이다.

The Crown Prince gathered his minsters about him and they entered upon a season of mourning. All the creatures of the sea joined likewise as though they had lost a revered parent.

After five days the Prince ascended the throne and issued a general pardon to all offenders. With shoutings of "Long live the King!" the princes of the Dragon World hailed the occasion.

그는 말을 다한 후 한숨을 깊게 쉬었다. 그는 신하들을 오라고 부른 후 마지막 소망을 적고 그리고 숨을 거두었다. 그의 나이는 1800년이고 그의 재임 기간은 1200년이었다.

태자는 대신들을 불러 모았고 그들은 애도 기간에 들어갔다. 모든 바다 생물들이 애도에 참여했는데 마치 존경하는 부모를 잃은 듯 했다.

5일 뒤 태자는 왕위에 올랐고 모든 범법자를 방면하는 일반 사면을 내렸다. "대왕 만세"라고 외치며 용궁 세계의 제후들은 이를 환영하였다.

Translated by James S. Gale.

Copied off in Bath England Sep. 13. 1933

제임즈 게일 번역

1933년 9월 13일 영국 바스에서 옮김